D1666200

Georg Meier
Das Jahr der wundersamen
Elvis-Vermehrung

Georg Meier

Das Jahr der wundersamen Elvis-Vermehrung

Roman

Dittrich Verlag

Bibliografische Information der Deutschen
Bibliothek
Die Deutsche Bibliothek verzeichnet diese
Publikation in der Deutschen Nationalbibliografie;
detaillierte bibliografische Daten sind im Internet
über >http://dnb.ddb.de< abrufbar.

ISBN 978-3-937717-72-2

© Dittrich Verlag GmbH, Berlin 2012
Lektorat: Marita Gleiss
Umschlaggestaltung: Guido Klütsch

www.dittrich-verlag.de

PROLOG

»Ey, ey, nicht anfassen! Vorsicht, Alter!« Ich schiebe, mühsam die Wut in mir zügelnd, eine fremde, ekelhafte Hand von meinem Arm. Sieht so aus, als wäre das wieder mal eine dieser beschissenen Situationen, in die man gemeinhin gerät, wenn man jung ist und glaubt, sich beweisen zu müssen. Ich bin, offen gestanden, zu alt für so'n Scheiß, hab jedoch nicht vergessen, wie das üblicherweise abläuft und stelle mich fatalistisch darauf ein, im nächsten Moment meine Fäuste in diese Gesichter rammen zu müssen, was halb so schlimm wäre, wenn nicht die Gefahr bestünde, dass auch in meinem Gesicht ein paar schwere Brocken landen könnten – und diese Möglichkeit ist sogar sehr wahrscheinlich.

»Ist schon gut«, lenkt der mit der Hand auf meinem Arm ein. »Ich will keinen Streit, aber ich kann's nicht leiden, verarscht zu werden.«

»Was heißt hier *verarscht zu werden*?« Jetzt werde ich doch lauter. Nicht, dass mir daran gelegen wäre, permanent meine Ehre zu verteidigen. So einer bin ich nicht. Aber wenn Typen wie diese beiden, die mir ohnehin viel zu dicht auf der Pelle hängen, mich, dieses Thema, das Elvis-Thema, betreffend, der Lüge bezichtigen, werde ich sauer. Mit Recht. Als wär ich ein Spinner, der es nötig hätte, an Kneipentresen seine langweilige Biographie aufzupolieren. Mal abgesehen davon, dass ich nur noch selten in Kneipen rumhänge, ist der Tresen für mich immer eine Stätte der Wahrheit gewesen. An diesem Abend habe ich meinen Arsch vom Sofa gelöst, um mich an einen Tresen zu stellen, Bourbon zu schlucken, den Schweißgeruch der Umstehenden einzuatmen – voll das Kneipen-Feeling gewissermaßen – und vielleicht, wer weiß, einem interessanten Zeitgenossen zu begegnen. Nicht immer dieselben Lokale, hab ich mir kühn gesagt, nicht nur die Kneipen, die du seit Jahrzehnten kennst. Hamburg besteht ja nicht nur aus Eimsbüttel, Ottensen und St. Pauli. Na ja, ich hab mich dann doch für Eimsbüttel ent… Was heißt *entschieden*? Pures Diktat der Gewohnheit. Und weil es unbedingt 'ne Raucherkneipe sein muss. Ganz wichtig.

Gute Musik spielt auch eine Rolle in der Kneipen-Auswahl.

Ich habe also einen Bourbon vor mir stehen, Maker's Mark, einen sehr soliden, sogenannten *handmade Whiskey*, auf Eis, dazu rauche ich eine filterlose Lucky Strike, werde von *I Recall A Gypsy Woman*, einem neuen Stück von Chuck Prophet, weich umspült und fühle mich sauwohl. Dann komme ich mit den beiden Typen ins Gespräch. Wir reden über Musik. Die beiden sind, grob geschätzt, zwanzig Jahre jünger als ich, kennen sich aber auch in der Musik der 60er, 70er Jahre ganz gut aus. Schließlich fällt ein Name, der mich sofort erregt lossprudeln lässt. »Den Jungen hab ich mit aufgebaut«, behaupte ich. »Mit dem hab ich irre Sachen erlebt. Ich könnte euch Storys erzählen …«

Die beiden Vögel grinsen müde. »Jetzt willst du uns einen vom Pferd erzählen, Alter. In dieser Kneipe trifft man jeden zweiten Tag einen Spinner, der sich rühmt, mit diesem oder jenem Star irre Storys erlebt zu haben. Vorgestern hat uns einer weismachen wollen, er hätte Nina Hagen entjungfert.«

Na ja, wie's so geht, gibt ein Wort das andere, ich werde stinksauer, auf einmal schmeckt mir der Whiskey nicht mehr, und selbst eine Prügelei liegt, wie erwähnt, im Bereich des Möglichen.

Doch die beiden sind tatsächlich nicht auf Streit aus. Ganz im Gegenteil. Sie sind mit einem Mal enorm interessiert, wohl weil sie eine spannende Story wittern, egal, ob wahr oder erfunden, spendieren mir einen Drink und fordern mich auf, meine Geschichte zu erzählen.

Ich sage: »Okay, warum nicht. Aber ich warne euch. Das kann Stunden dauern. Weil ich dazu weit ausholen muss. Damit ihr wirklich die ganze Atmosphäre der damaligen Zeit mitbekommt. Es ist verdammt wichtig, den gesellschaftlichen, politischen und kulturellen Hintergrund dieser Jahre zu kennen.«

»Alles klar«, sagen sie, mittlerweile echt gespannt. »Wir haben viel Zeit.«

Schlechte Nachricht
aus Graceland

Nur eine Frage der subjektiven Wahrnehmung: Die
letzten Tage hatten sich auf unerträgliche Weise in die
Länge gezogen, als hätte Gott oder wer auch immer
sie nur widerwillig verstreichen lassen wollen und
maximal in die Länge gezogen – falls es für Gott eine
Grenze des Möglichen geben sollte. Laut Bibel natürlich nicht, aber ich bezweifelte seit geraumer Zeit,
dass ER auf diesem Planeten wirklich alles im Griff
hatte. Meine Uhr zeigte zwar wie eh und je die richtige Tageszeit an, aber ich konnte mich des Eindrucks
nicht erwehren, dass die Minuten, als würde sich jede
einzelne vorm Verstreichen sträuben, extrem langsam, zäh wie Sirup dahingetropft waren.

Doch da es natürlich keinen wirklichen Stillstand
der Zeit gegeben hatte, war es jetzt tatsächlich so
weit. Der Augenblick, für den ich die letzten Jahre
gelebt hatte, der tausendmal, unterlegt von einem
Song aus meiner Kopf-Jukebox, in diesem Kopf abgespult worden war: Ich stand draußen, vor der hohen rotbraunen Backsteinmauer, vor der Eisentür;
ich lächelte. Alles klar! Ich spielte wieder mit. Meine
Wünsche und Pläne purzelten alle auf einmal in mir
durcheinander, verursachten für einen Moment ein
kleines, durchaus nicht unangenehmes Chaos. Der

Song, das ausgewählte Stück, legte sich breit über alle Gedanken – *Seagull* von Bad Company.

Mit einem Mal war der ganze Scheiß vorbei: das Rasseln der Schlüssel, das Ratschen und Quietschen der Riegel, das Fluchen, Schreien und Furzen der Insassen, das Wichsen im Schein des Knastmondes, dessen bläulich-fahles Licht in jede Zelle schwappte, die Intrigen, die Machtkämpfe, der Ersatzkaffee, die Macker und die Tunten, korrekte und beschissene Beamte, die Schweißfüße des Drecksacks, den sie aus der Einzelzelle des Untersuchungsgefängnistrakts in meine Zelle verlegt hatten, weil er selbstmordgefährdet war. Vorbei auch die wöchentlichen Verzweiflungsschübe.

Ich winkte nicht zum Abschied, obwohl es da drin ein paar verdammt anständige Burschen gab, die ich an einem schöneren Ort gern wiedersehen würde. Die Freiheit einatmen, in tiefen Zügen – sie roch vorwiegend nach dem Gift, das aus den Auspuffrohren der Autos qualmte, doch das war okay, das hatte ich mir auch so vorgestellt. Der Straßenverkehr schien in den sieben Jahren um das Doppelte angewachsen zu sein. Ich kannte die neuen Auto-Modelle aus der Werbung im Spiegel, den ich im Knast abonniert hatte, und war schon sehr gespannt darauf – zumindest auf die Kraftprotze unter ihnen. Fette, schnelle Karren – das war mein Ding. Völlig unerwartet, weil seit Ewigkeiten nicht gehört, lief *Cadillac* von Bo Diddley in meinem Kopf, treibender Beat, die typische Bo-Diddley-Gitarre, ein Rock'n'Roll-Saxophon vom Feinsten.

Obwohl ich anfangs mehr wankte als ging, wie ein nach langer Krankheit endlich Genesener, berauschte mich nach und nach das geile Feeling, frei und ohne Furcht herumlaufen zu können, von einer Straße in jede x-beliebige andere Straße biegen zu dürfen. Ich hätte endlos so weitergehen können, hielt aber hinter der ersten Ecke an, um nach kurzem Rundblick, einer automatischen Vorsichtsmaßnahme, meine Reisetasche zu öffnen, meine Hand hinein- und unter den Plastikboden zu schieben. Das Geld. Ich erfühlte die Scheine, ein paar Hunderter, die ich klugerweise dort versteckt hatte, eine Stunde vor meiner Verhaftung – eine meiner wenigen klugen Handlungen, wie mir gerade auffiel. Außer der Kohle befanden sich noch einige abgetragene Klamotten, Berufskleidung und meine Messer, sechs Küchenmesser – vom kleinen Officemesser bis zum schweren Schlagmesser, alle von der Firma F. Dick – in der Reisetasche. Ich bin gelernter Koch, hatte allerdings nicht etwa wegen eines zähen Rumpsteaks oder einer versalzenen Suppe sieben Jahre abgesessen, sondern weil ich mit einer Knarre in eine Bank marschiert war und eine Plastiktüte über den Schalter gereicht hatte, mit dem Befehl, sie mit Scheinen zu füllen – obwohl es mir an sich verhasst ist, mit anderen Menschen im Befehlston zu kommunizieren. Aber logisch, in so einem Fall war der scharfe Ton sozusagen Pflicht. Nicht der große Wurf, nur 60 000 Mark, aber immerhin. Die Kohle hatte ich bei meiner Freundin gebunkert. Ich hatte die volle Strafe absitzen müssen, da ich mich standhaft geweigert hatte, das Versteck zu verraten. Na ja, scheiß drauf. Im Moment verfügte ich über etwa zwölfhundert Mark – und da war die Rücklage, die vom Lohn für die Scheißarbeit im Knast bis zur Entlassung einbehalten worden war, schon dabei. Trotzdem fühlte ich mich großartig, denn gleich würde ich den ersten Teil meines Plans umsetzen: in der erstbesten Apotheke Speed kaufen, gleich zwei Pillen einwerfen, dann Zigaretten kaufen, gleich eine anzünden, danach in der Bilka-Cafeteria ein halbes Hähnchen mit Pommes frites und Ketchup verdrücken und dazu ein, zwei Flaschen Bier trinken und eine Zeitung lesen. Irgendwann im Laufe des Tages würde ich mir eine neue Hose kaufen. Ich trug eine sogenannte Schlaghose. Wahrscheinlich war ich der Einzige in dieser und allen anderen Städten diesseits des Eisernen Vorhangs, der noch in Hosen herumlief, die so weit ausgestellt waren, dass sie beim Gehen flatterten.

In der Apotheke stieß ich auf eine Mauer der Ablehnung. ›Rosimon neu‹ sei seit 1972 rezeptpflichtig. Scheiße, verdammte! Ich hatte mich jahrelang darauf gefreut, meinen Entlassungstag mit einem satt blubbernden V8-Motor im Kopf so richtig zelebrieren zu können. Das halbe Hähnchen war in Ordnung. Das Bier sowieso. Bier, Mann, seit sieben Jahren das erste Bier. Ich trank es direkt aus der Flasche, mit Ehrfurcht, die Flüssigkeit strömte kühl und ein wenig bitter schmeckend die Speiseröhre hinunter. Herrlich! Einmaliges Glücksgefühl, allerdings teuer erworben, nicht wahr? Sieben Jahre sitzt man nicht eben mal auf einer Arschbacke ab. Mit der zweiten Flasche verabschiedete sich der erhebende Moment, auf den ich sieben Jahre lang gewartet, den ich mir bis ins Detail ausgemalt hatte, wehte hinweg, war vorbei, machte der Gewohnheit oder dem Einstieg in die Gewohnheit Platz – schon fing es an, normal zu sein, alles in mir knüpfte wie selbstverständlich an meine Biertrinkgewohnheiten bis zu meiner Verhaftung 1970 an. Ich hielt schon wieder die Flasche wie damals, mit nur drei Fingern, weil ich das schon damals für cool gehalten hatte, die Unterlippe schob sich so selbstverständlich wie damals vor, ich rülpste dezent wie damals und saugte, auch wie damals, nach jedem coolen Schluck ganz cool an meiner Kippe, ließ natürlich den Rauch durch Mund und Nase aus mir entweichen, alles lässig und, klar, auch jetzt, in diesem Augenblick, noch traumhaft wohltuend, obwohl, wie schon erwähnt, der richtig geile Moment bereits vorbei war.

Die Cafeteria sah noch genauso beschissen aus wie damals, was mich ein wenig beruhigte, hatte ich doch vorhin während meines Spaziergangs durch Gießen eine ganze Menge baulicher Veränderungen registrieren müssen, die mir bittere Überlegungen bezüglich der psychischen Verfassung jener dafür verantwortlichen Bauherren und Architekten bescherten. Von hier oben, auf diesem halben Stockwerk, konnte man immer noch – Bierflasche auf der Resopal-Tischplatte, Zigarettenschachtel und Streichhölzer daneben, Kippe im Mund, mit einer gewissen Überheblichkeit, wenn man an einem Tisch am Geländer saß – herunterschauen auf die herumwuselnden und sich durch die Sonderangebote kämpfenden Kunden eines Billigwarenhauses. Und man konnte sich, ob mit oder ohne Droge, abgesehen von den zwei, drei Bieren, die man zum Anheizen weggeschluckt hatte, wohlig in dem Glauben wiegen, die Mechanismen des kapitalistischen Systems und überhaupt alles – das wesentliche Element der Evolution, die Macht des Geschlechts- sowie des Hamstertriebs, den Unterschied zwischen Stadt- und Landbevölkerung, die Ursache des vulgären Geschmacks der Mehrzahl der Stadt- sowie der Landbewohner – nicht nur längst begriffen, sondern, wenn auch noch nicht aktenkundig, exakt definiert zu haben.

August 1977, Wetter teils-teils, also zwar sommerlich warm, aber feucht, um nicht zu sagen nass, weil vorhin das letzte Stück Himmel mit Finsterwolken zugepflastert worden war. Kurz darauf goss es dann wie aus Eimern, Unmengen an Wasser, fast monsunartig. Der Regen trieb weitere Besucher ins Kaufhaus, die sich, obwohl durchnässt und jäh aus der Bahn ihrer eigentlichen Vorhaben gefegt, von einem Moment auf den anderen in raffgierige potentielle Kunden verwandelten, Pfützen an jedem Grabbeltisch hinterlassend, mit Verkäuferinnen redend, denen die Indolenz aus den Augen gellte, während die beiden von mir sofort als solche identifizierten Kaufhausdetektive erhöhte Wachsamkeit zeigten, einerseits ihre Schultern breiter werden ließen, andererseits möglichst identitätslos mit der Masse zu verschmelzen suchten.

Ich trank einen Kaffee, der verdammt gut war, also richtig nach Kaffee schmeckte, schaufelte ein Stück Schwarzwälder Torte in mich rein und ging noch mal Teil zwei meines Plans durch. Zeit hatte ich ja eigentlich massenhaft. Selbst wenn ich einen Terminkalender besessen hätte, wären die Seiten darin ohne Eintragungen gewesen. Doch in mir rumorte es. Das musste ich noch oder wieder lernen: Schritt für Schritt, nicht alles auf einmal – die Umstellung vom Käfig in die Freiheit bringt nicht nur Glücksgefühle, sondern auch 'ne Menge Stress.

Teil zwei: Auto mit Kassettenrekorder kaufen oder klauen, volltanken, und ab nach Hamburg. Ich hatte meine Fühler ausgestreckt und erfahren, dass sie jetzt in Hamburg wohnte. Damals hatte sie mir versprochen, die Kohle für mich aufzuheben, die 60000 Mark, für die ich ein ziemlich happiges Stück meines Lebens verheizt hatte. Ich war jetzt einunddreißig, hatte die gesellschaftlichen Eruptionen in der Bundesrepublik, die politischen Veränderungen hier und weltweit nur gefiltert und sowieso passiv, quasi eingemauert, mitbekommen, war in dieser Drei-Mann-Zelle, im stupiden Hofgang und durch den täglichen Blick in Schlangenaugen, auf stramme Muskeln, die üblicherweise mit infantilen Tätowierungen bedeckt waren, und auf Granitgesichter, die zu gleichen Teilen Blödheit und Brutalität ausstrahlten, zu einem anderen Menschen geworden. Das wusste ich da noch nicht. Im Knast hatte ich viel gelesen, von den Russen – Puschkin, Turgenjew, Dostojewski, Gogol und so weiter – über Theodor Fontane, Thomas Mann, Joseph Roth, Franz Kafka und James Joyce, die deutschen und französischen Lyriker des 19. und 20. Jahrhunderts, die amerikanischen Schriftsteller F. Scott Fitzgerald, Thomas Wolfe und William Faulkner bis zu Truman Capote und Saul Bellow, die deutsche Nachkriegsliteratur, natürlich von Grass, Böll, Lenz und Simmel, zumindest in dieser Gefängnisbücherei dominierend, ich hatte mich bildungsbeflissen, ja, okay, aber tatsächlich mit Hingabe, gleichsam in ein Abenteuer stürzend, auf die Literatur eingelassen, die sperrigen Werke der großen Philosophen gelesen und tatsächlich einiges davon sogar begriffen, war oftmals hochbefriedigt gewesen, und hatte geglaubt, die ethischen Grundsätze der Autoren schon durch das Lesen in mich aufnehmen zu können, als wäre ich nichts weiter als ein Schwamm. Jedenfalls hatte ich ernsthaft vor, die Gesetze, sofern sie mit meiner Moral und Gefühlslage übereinstimmten, zu achten. Dann der andere Gedanke, der nicht neu war und sich ausgerechnet jetzt in den Vordergrund schob, den Genuss des zweiten Bieres minderte und mich leicht verunsicherte: Geli, meine frühere Freundin – warum hätte sie die 60 000 Mark für mich aufheben sollen? So gut kannten wir uns doch gar nicht. Wir waren verliebt damals, 1970, eine kurze, glückliche Zeit, genau fünf Wochen. Ich traf sie im *Zoom,* einer Diskothek in Frankfurt. Sie sprach mich an. Ich fühlte mich an jenem Abend nicht besonders gut, was weniger mit dem kläglichen Inhalt meiner Geldbörse zu tun hatte – damit auch, logisch, kein Vergnügen, mit einem einzigen Zehner und großem Durst an einem Tresen zu sitzen –, sondern hauptsächlich damit, dass ich mein tags zuvor im Suff irgendwo im Umkreis von zwei Kilometern geparktes Auto einfach nicht wiederfand. Ich gefiel ihr. Sie stand auf Spinner, auf Typen wie mich, die ihr irgendwo geparktes Auto nicht mehr finden können, die mit einem lumpigen Zehner in der Tasche am Tresen sitzen und von der großen Kohle träumen. Sie war durch und durch Hippie – locker, sanft, stoned, an einen guten Kern im Menschen glaubend. Ich war alles andere als ein Hippie, obwohl ich gegen die Leute nichts hatte, war mehr der Lederjackentyp, trug zwar auch längere Haare, fand die Musik klasse, bewegte mich aber vorwiegend in Ganovenkreisen. Einen guten Kern vermutete ich auch in mir, kannte allerdings massenhaft Kerle, die ihren guten Kern, sofern es überhaupt jemals einen gegeben hatte, irgendwann als Ballast empfunden und kurzerhand in die Mülltonne getreten hatten.

Geli hatte mir im ersten Jahr ein paar Briefe in den Knast geschickt, im zweiten Jahr eine Karte, dann nichts mehr. Dass sie vor einigen Monaten nach Hamburg gezogen war, hatte ich nicht etwa von ihr, sondern durch Zufall von einem Mitgefangenen erfahren, einem Heroin-Dealer, dessen Kundin sie gewesen war. Heroin also. Nicht gerade beruhigend, was meine Kohle anging.

Geldgierig war ich nie gewesen. Ich würde mich schon freuen, wenn sie mir die Hälfte übriggelas-

sen hätte. Auf jeden Fall brauchte ich ein Auto, um
Geli zu besuchen. Ein Auto mit Kassettenrekorder.
Rock'n'Roll-Kassetten. Ich stamme aus Würzburg.
Schon als kleiner Junge war ich, den Rock'n'Roll betreffend, sozusagen erleuchtet worden, als aus dem
Radio eine fauchende Musikzunge geschossen war,
die mich beleckt hatte, heiß und rauh und unsagbar
angenehm, das Radio hatte lichterloh gebrannt, und
plötzlich war das Wohnzimmer, in dem ich gesessen
hatte, das ich genau zu kennen geglaubt hatte, zu
einem geheimnisvollen Ort geworden, ich war mir
vorgekommen wie Alice im Wunderland, und *Rock
Around The Clock* von Bill Haley, das hatte ich sofort kapiert, war erst der Anfang. Im Freibad hatte
ich mich dann oft bei den amerikanischen Soldaten
herumgedrückt, weil mich die Musik aus ihren trag-
baren Plattenspielern magisch anzog – Songs von Elvis Presley, Gene Vincent und so –, und im Laufe der
Jahre war es nicht nur mir, sondern auch meinen Eltern und all den anderen Erwachsenen um mich herum so vorgekommen, als hätte sich der Rock'n'Roll
so nach und nach in meinem ganzen Körper ausgebreitet. Wie eine schleichende Krankheit – nach Meinung der Erwachsenen. Ein Glücksfall – nach meiner Ansicht. Der Wunsch nach einer Gitarre war mir
knallhart verwehrt worden, weil dieses Instrument,
seitdem Elvis, Chuck Berry und Horst Gebhard,
ein sogenannter Halbstarker aus der Nachbarschaft,
damit herumliefen, nicht mehr mit Lagerfeuer und
Wandern gleichgesetzt wurde, sondern nur noch
mit Dekadenz, mit psychischem Schmutz, vermutlich sogar mit Sex, der zwar auch in den Köpfen der
Erwachsenen hauste, aber dort sozusagen angekettet
war wie ein unzähmbares Tier und deshalb wohl ein
trauriges Kaspar-Hauser-Dasein fristete.

An Sex dachte ich momentan in der Bilka-Cafeteria auch, allerdings nicht intensiver als in den letzten Tagen, Wochen, Monaten. Eine Nutte wäre, na ja, okay. Nur nichts Persönliches, zumindest heute nicht – und wie denn auch? Ich meine, Frauen, die sich in Verbrecher verlieben, waren auch damals nicht allzu häufig anzutreffen. Oh Mann, ich wurde echt unruhig. Es wimmelte von leicht bekleideten Frauen in dünnen T-Shirts, unter denen die Titten fröhlich hüpften, als freuten sie sich, dass der BH aus der Mode gekommen war; ich glotzte auf hundert in enge Hosen gesperrte Ärsche, deren Schönheit ich nur erahnen konnte. Jetzt bloß keinen unkontrollierten Samenerguss, dachte ich schon wegen des unangenehm auffallenden Flecks, der dann meine Hose zieren würde, und zwang mich, an etwas Ekelhaftes zu denken, zum Beispiel an die eitrige Geschwulst am Nacken des Strafvollzugsbeamten Schlüter, und siehe da, die Erektion ließ nach – nicht völlig, aber genug, um mir das Aufstehen zu ermöglichen.

Draußen fiel Sonnenlicht zwischen zerfasernden Wolken hindurch auf die Straße und brachte die Pfützen zum Glitzern.

Alles so friedlich hier, dachte ich, während mich die Gießener Innenstadt gleichmütig aufnahm, während Passanten, Handwerker, Lieferanten achtlos an mir vorübergingen. Niemand ahnte, wo ich herkam, wo ich sieben Jahre lang gewesen war. Interessierte vermutlich auch keinen, störte mich aber momentan keineswegs. Ich war ohnehin nicht auf Kontakt eingestellt. Noch verunsicherten mich die vielen frei herumlaufenden Leute. Vielleicht, dachte ich, haben sich ja in den letzten Jahren außer der Mode auch die Sitten verändert, nicht alle, natürlich, doch möglicherweise ein paar so sehr, dass der Nichtwissende unangenehm auffällt. Ja, vielleicht fällt man nach so langer Zeit im Knast einfach aus der Gesellschaft heraus, wird als nicht mehr dazugehörig einfach abgeschoben – irgendwohin, weiß der Teufel wohin, in ein Lager, auf den Müll. Im Knast bin ich ja Unzähligen begegnet, die sich draußen nicht mehr zurechtgefunden haben, denen der Knast zur Heimat geworden ist.

Ich nahm mir vor, mich bedeckt zu halten, mich ganz langsam vorzutasten. Emanzipation zum Beispiel. Ich hatte im SPIEGEL eine Menge über die Frauenbewegung gelesen. Das war groß in Mode. Einerseits erkannte ich, dass jetzt der richtige Zeitpunkt dafür gekommen war, und ich hatte Männer, die dem anderen Geschlecht die Gleichberechtigung absprachen, schon immer für beschränkt gehalten – andererseits wusste ich natürlich nicht, was da auf mich zukommen würde. Ich ging jedoch nicht davon aus, dass in jeder Frau eine Domina steckt.

Anderes Straßenbild: So viele Langhaarige hatte es vor meiner Haft nicht gegeben, erstaunlich viele Ausländer, Neubauten, unbekannte Hunderassen, starke Polizei-Präsenz, na klar, ich war ja informiert: wegen der Terroristen. Baader, Ensslin und einige andere saßen zwar im Knast, die Meinhoff hatte sich, von aller Welt verlassen, in ihrer Zelle erhängt, doch es existierte bereits eine zweite RAF-Generation. Die neuen Auto-Modelle faszinierten mich, aber ich hätte Bedenken gehabt, so einen Wagen zu knacken, da ich gelesen hatte, dass viele, mit Alarmanlagen, Spezialschlössern und anderen fiesen Sachen bestückt, der Autoknacker-Zunft zumindest vorübergehend ein paar Probleme beschert hatten – eine Herausforderung für technisch begabte Autoklauer, die, wie ich annahm, inzwischen längst damit fertig wurden. Für mich sah die Sache anders aus. Meine Kenntnisse hatten sich auf diesem Gebiet seit 1970 nicht erweitert. Ein voll informierter Autoknacker wäre mir als Zellengenosse überaus willkommen gewesen. Stattdessen hatte ich die Zelle mit einem Heiratsschwindler und, wie schon erwähnt, einem selbstmordgefährdeten, schweißfüßigen Schwachkopf teilen müssen.

Bevor ich im Bahnhof meine Tasche einem Schließfach anvertraute, blitzte der Gedanke, einfach mit dem nächsten Zug durchs weite, offene Land zu fahren, in mir auf. Das haben Bahnhöfe ja so an sich, dass sie Fernweh und andere, damit verbundene, Gefühle wecken. Brüsk wischte ich diese Idee beiseite. Die Vorstellung, dumpf und ohne Musik in einem Eisenbahnabteil zu sitzen, erschien mir unerträglich. Für mich kam nur ein Auto in Frage, mit Kassettenrekorder. So hatte ich's schließlich geplant.

Am Abend betrat ich mit neuer Hose – einer Levi's Jeans – und alter, aber immer noch Lässigkeit suggerierender Lederjacke eine Bar in der Bahnhofstraße. Den Laden hatte es damals schon gegeben. Zwielichtig, mit beschissenem Ruf, genau das Richtige für mich. Grell-geschmacklos gekleidetes lautes Gesindel, ein paar ruhige, Souveränität ausstrahlende Herren in dunklen Anzügen, die meisten Frauen verlebt und von allen Träumen verlassen. Es gab auch junge, knackige Mädels, die auf mich jedoch nur für Sekunden erotisch wirkten. Es waren ihre Augen, die mich auf Abstand hielten. Ich kannte solche Augen, in denen Berechnung lag – scheinbar schlafende, aber in Wahrheit hellwache Raubtiere. Obwohl ich geil wie ein läufiger Kater war, bis zum Platzen gefüllt mit Sex-Phantasien, gehörten diese Frauen nicht zu den Objekten meiner Begierde.

Meiner noch immer nicht sicher, blickte ich mich um, in der vagen Hoffnung, ein von damals oder aus dem Knast bekanntes Gesicht zu entdecken. Die Luft war schwer und heiß. Männliche Sprüche, männliches Lachen rundum, die schon fast verblühte Bardame hatte einen auffallend sinnlichen Mund. Ich stellte mich an den Tresen und bestellte einen Whisky auf Eis. Was goss mir die Lady denn ins Glas? Johnny Walker. Na gut, egal. Mit der Wirbelsäule an den Tresen gelehnt, fiel es mir schon bedeutend leichter, den Blick durch den Raum schweifen zu lassen.

Da war ja Ignatz Moser! Unverwechselbare Physiognomie. Ein Karl-Valentin-Gesicht. Dazu passend ein magerer Körper und spindeldürre Gliedmaßen. Vor zwei Jahren war der Typ mein Zellengenosse gewesen. Ein 50-jähriger Münchner, der die Hälfte seines Lebens hinter Gittern verbracht hatte, ein Einbrecher der alten Art, nicht sehr kreativ, immer nur mit Maske, Dietrich und Brecheisen unterwegs. Einer von den Knastologen, die sich sofort vom Leben in Freiheit aufs Knastleben umstellen können, Kontakte knüpfen, Geschäfte vermitteln, immer geschmeidig, ohne Anspruch auf Macht und Stärke, den Mächtigen gegenüber auf natürlich wirkende Weise devot.

Und nun saß er da in einer Nische, zusammen mit zwei Burschen, deren Visagen von Dummheit, Brutalität und Narben verunziert waren. Sie schienen ein paar Scheine in den Taschen zu haben, denn auf ihrem Tisch stand eine Flasche Dimple.

»Hallo, Ignatz.«

Instinktiv drehte sich das Karl-Valentin-Gesicht ruckartig zur Seite, jederzeit alarmbereit, dann erkennend und erfreut. »Sakrament, der Hans Lubkowitz, ja Kruzifix Halleluja! Da setz di nieder, trink mit uns! Jessas, ham's di endlich nausg'schmissn.«

»Ausgerechnet heute«, sagte ich supercool, »hat mir gar nicht gepasst. Weil die Tunten doch am Abend 'ne Striptease-Show abziehen wollen.«

Herzhaftes Lachen. Selbst die beiden Dumpfbacken gönnten sich ein Schmunzeln. Knasthumor. Grinsend und mich gleich heimisch fühlend, ließ ich mich auf einem Stuhl nieder, Ignatz füllte sein Glas und schob es zu mir hin. »Da, Hansi, trink erst mal an guaden Schluck. Heit bist aussikimma? Jo, do wirst fei an scheenan Durst hom. Kruzifix Hallelujah, der Lubkowitz Hansi!«

»Durst? Das kannst du laut sagen, Ignatz, alter Schnarcher. Du hast immer geschnarcht Mann, ich kann dir sagen.« Der Whisky brannte in meiner Speiseröhre, trieb mir Tränen in die Augen, ließ mich röcheln. Verständnisvolles Lachen. War ja klar. Der erste Schnaps seit Jahren.

Der Abend verlief recht unterhaltsam. Unzählige Knastgeschichten wurden ausgepackt – lustige, grauenvolle, ekelhafte. Aber die lustigen überwogen. Ich bestellte ebenfalls eine Flasche Dimple. 80 Mark. Aber scheiß drauf, ich hatte Lust, den ersten freien Tag zu feiern. Na ja, eigentlich hatte ich es langsam angehen lassen wollen, nicht gleich mit Vollgas über die komplizierte Straße der Freiheit brettern. Ging natürlich nicht, wie ich bald feststellen musste. Hätte ich mir auch denken können. Selbstdisziplin und Verantwortungsbewusstsein gehörten zu jener Zeit leider nicht zu meinen hervorstechenden Eigenschaften. Im Knast hatte ich so was ja nicht gebraucht. Um mich herum tobte Kneipenlärm, wehte Atem aus heißen Mündern, Musik lief auch, irgendwas, scheißegal, alle schwitzten, mich inbegriffen, denn ich gehörte schon gleich nach dem ersten Schluck dazu, weil ich dazu gehören wollte. Nicht unbedingt zu diesem, für mich fatalen Milieu, doch es gab nun mal kein anderes, in das ich mich hätte hineinschmiegen können. Nach dem vierten Glas wurde ich von den Wogen der auf mich einstürzenden Eindrücke überflutet, mitgerissen, als befände ich mich in einem tosenden, über die Ufer getretenen Wildbach. Mal tiefes Wasser, mal Stromschnellen, nirgends ein Halt – und dann der Sog, der Strudel, der mich wirbelnd in die Tiefe zog.

Wo war ich? Wo lag ich denn hier? Eine Parkbank. Über mir das Blätterdach einer Buche. Es dämmerte. Schon wurden die Umrisse sichtbar. Warum fühlte ich mich wie ausgekotzt? Mir tat jeder Muskel weh. Außerdem war ich völlig verdreckt, war die Mundhöhle ausgedörrt wie die Namib-Wüste, mein Gehirn arbeitete so langsam und eingeschränkt, als wären ihm einige wichtige Teile abhanden gekommen.

Erst mal orientieren. Da vorn reckte sich der Turm der Johanneskirche in den Morgenhimmel. Die Südanlage also. Erst mal nachdenken. War gar nicht so einfach – und tat auch weh. Es fiel mir schwer, das Erinnerungsvermögen anzukurbeln. Nur ein paar Fetzen: Ignatz, viel Whisky, die beiden Arschlöcher, trotzdem gute Stimmung. Ein, zwei Stunden fehlten. Beschissener Blackout. Wo war die Kohle? Meine Finger krabbelten hurtig durch alle Taschen. Alles klar. Natürlich. Ich grinste traurig vor mich hin. Die Wichser hatten mich gerupft. Alles war nach dem uralten Schema abgelaufen: Nach den ersten Gläsern ein saugutes Gefühl von eigener Größe, die Kanten verlieren ihre Schärfe, die Saufkumpane sind in Ordnung. Eine Stunde später verschwimmt alles, erste Anzeichen von Übelkeit, man wankt aufs Klo, kotzt sich aus, danach wird alles wieder leicht und angenehm, man trinkt trotzig weiter – schon um den anderen zu zeigen, dass man nichts verlernt hat. Es dauert dann nicht mehr lange, bis die ersten Sicherungen durchbrennen, schließlich torkelt oder kriecht man in den Tunnel der Ich-Auflösung.

Vermutlich hatten sie mich hier im Park auf der Bank abgelegt. Mit einem Griff die Geldbörse aus einer meiner Taschen gefischt. Hatten wahrscheinlich besser als ich gewusst, um welche Tasche es sich handelte. Eine Welle der Empörung schwappte über mich. Ignatz, du gottverdammter Drecksack, dachte ich, wie kann es sein, dass du von einem anständigen Einbrecher mit Berufsethos zu einem Scheißkerl verkommen bist? Die Frage war nur oberflächlich naiv, denn ich sah im Verhalten meines ehemaligen Zellengenossen weniger die Gemeinheit – die natürlich auch, schon weil sie für meinen desolaten Zustand verantwortlich war –, als vielmehr die Dummheit. Auch Kriminelle brauchen Kumpel, ein Umfeld, das ihnen relative Sicherheit bietet. Wer in den Ruf gerät, seine ehemaligen Mitgefangenen abzulinken, muss verdammt auf der Hut sein. Aber egal. Die Welt war in den sieben Jahren nicht besser geworden. Hatte auch keiner behauptet. Ein unglaubliches Dickicht hier draußen in der Freiheit, ein endloser Dschungel mit einer Million Möglichkeiten, Jäger zu sein oder Beute zu werden. Mich fröstelte, als ich jäh erkannte, wie beschissen meine Situation nach einem Tag in der Freiheit geworden war.

Die ersten vier Jahre hatte ich im beinharten Gefängnis in Butzbach unter übelstem Abschaum verbracht, unter Mördern, Erpressern, Schlägern und mächtigen Strippenziehern mit guten Verbindungen nach draußen. Den Rest der Strafe hatte ich im friedlichen Knast in Gießen abreißen dürfen. Hier war alles überschaubar, fast gemütlich gewesen, ohne fiese Überraschungen, hier hatte ich mich geradezu behütet gefühlt.

Jetzt schmerzte mich jede Bewegung – und der Schmerz zerrte Bruchstücke des Geschehens ins Bewusstsein: Ich hatte mich gewehrt, sie hatten auf mich eingeschlagen.

Schorf auf der Wange, eine dicke Lippe, die sich anfühlte, als gehöre sie gar nicht zu mir. Den Schlüssel zum Schließfach hatten die Wichser übersehen. Kurzes Aufatmen. In meiner Reisetasche befand sich noch ein Hunderter.

Mühsam erhob ich mich, schaute an mir herunter, hätte heulen können, was ich mir jedoch untersagte. Eigene Schuld, eigene Blödheit. Ich versuchte, den Mund verächtlich zu verziehen, aber das tat weh. Wie spät? Ja, ja, bis vor einigen Stunden hatte ich noch eine Armbanduhr besessen. Ein Blick zur Kirchturmuhr, auf deren Zifferblatt der Minutenzeiger gerade auf zehn vor fünf kroch. Nicht weit von mir entfernt drehten zwei Bullen gelangweilt ihre Runde. In etwa fünf Minuten würden sie an meiner Parkbank angelangt sein und sich über die Abwechslung sicher freuen. Kein guter Zeitpunkt für ein Gespräch mit Bullen, vor allem wenn man dreckig und zerschlagen war, Alkohol ausdünstete und als letzten festen Wohnsitz das Gießener Gefängnis angeben musste. Ich machte mich schwerfällig auf den Weg, mit dem Schlurfschritt eines Penners.

Auf dem Bahnhof eilten die ersten Pendler, unausgeschlafen und in sich gekehrt, zu den Zügen. Verloren stand ich mit meiner Reisetasche in der Halle, ein dreckiger, von den Reisenden instinktiv gemiedener Blickfang. Hunger und Durst, die Bahnhofsgaststätte öffnete erst in einer halben Stunde. Und an einen Autokauf war nicht zu denken.

»Hast du Feuer, Kumpel?« Der Mann, der sich in meine Nähe gewagt hatte, schien ebenfalls ziemlich verkatert zu sein. Merkwürdiger Typ: einige Jahre älter als ich, Rocker-Tolle, hellblaue lange Jacke mit schmalen schwarzen Samtrevers, weißes, mit schwarzen Ornamenten besticktes Hemd, superschmaler Schlips, Levi's Jeans, weiße Socken, schwarze Slipper. Sah aus wie ein 50er-Jahre-Rock'n'Roller, nicht mehr so schlank, wie er damals gewesen sein mochte, alles sehr weich – das Gesicht, der Körper, die Hände. Ein durchaus anziehendes Gesicht – so ähnlich wie das von James Dean, wenn auch älter, aufgeschwemmt und ziemlich verlebt.

Ich kramte die Streichholzschachtel hervor, riss den Streichholzkopf über die Reibefläche, durch die Flamme hindurch fragte ich, ob für mich noch eine Kippe übrig sei.

»Natürlich, Kumpel, excuse me.«

Lucky Strike, filterlos, keine Steuerbanderole auf der Packung, alles klar, PX-Zigaretten. Wir inhalierten kräftig, als wollten wir unsere Lungen für die Schrecken der Nacht bestrafen, blickten uns an, hungrig nach Kommunikation, entdeckten im Gesicht des Gegenübers offenbar Interesse.

»Tja, ich seh im Moment ziemlich beschissen aus«, sagte ich, hatte eigentlich etwas Positives über mich sagen wollen, doch mir war nichts eingefallen.

»Du bist unter die Räuber gefallen? Wenn du willst, kannst du bei mir ein Bad nehmen. Ich wohne in Friedberg, 'ne halbe Stunde mit dem Zug. Danach könnten wir uns noch'n paar Elvis-Scheiben anhören. Hast ja wohl die schlechte Nachricht aus Graceland mitgekriegt.«

»Logisch, Mann, echt scheiße, die Sache mit Elvis.«

»Kannst du einen drauf lassen, old boy. Jetzt ist er schon eine Woche tot, goddam. Und ich bin seit einer Woche betrunken.« Der Typ kam jetzt richtig in Fahrt, schien zehnmal mehr zu leiden als ich vor einigen Jahren nach dem Abtritt von Jimi Hendrix. »Elvis war für mich die Welt, you know? Seit 1956 war ich jeden Tag in Gedanken bei ihm. Kannst du dir das vorstellen, Buddy? Als der King 1959 als Soldat nach Friedberg kam, hatte ich das Glück, ihm einmal ganz nah zu sein, mit Händeschütteln und so, Autogramm, ein paar Worte wurden gewechselt, Smalltalk, you know? Ich sagte ihm, ich hätte alle Platten von ihm. Fand er dufte. Dann sah ich ihn noch einige Male aus der Entfernung. Er wurde immer abgeschirmt von, was weiß ich, Bodyguards oder so, und immer unzählige Schaulustige. Der konnte nie allein und unbehelligt einfach mal durch die Straßen gehn. Schon fast ein Martyrium. Ich machte damals Fotos. Sind aber wertlos. Immer stand irgendein Arschloch im Weg. Ich sag dir, es ist kein Zufall, dass ich in Friedberg aufwuchs, in der Stadt, in der Elvis seinen Militärdienst ableisten musste. Solche Zufälle gibt es nicht.«

Da war ich zwar anderer Meinung, hütete mich aber, den Klugscheißer zu spielen, denn ich war scharf auf das Bad. »Ich heiße übrigens Hans Lubkowitz«, stellte ich mich vor – und damit hatte ich ihn weggelotst von dem mystischen Scheiß.

Der 50er-Jahre-Typ nannte ebenfalls, offensichtlich erfreut über meine Zutraulichkeit, seinen Namen: »Fred Fink, sehr angenehm.« Und schon hatte ich seine weiche Hand, die männlich-fest zuzudrücken versuchte, in meiner Hand, die ziemlich dreckig war und sich nach Wasser und Seife sehnte, den Druck aber gern erwiderte. Mittlerweile war ich davon überzeugt, dass dieser Elvis-Fan mit mir kein Scheißspiel vorhatte.

Um diese Tageszeit fuhren stündlich Züge in Richtung Frankfurt.

Ich war nie zuvor in Friedberg gewesen, hatte allerdings den markanten Burgturm schon aus der Ferne gesehen – aus dem Zugfenster, um genau zu sein. Bis zur Ludwigstraße war es nicht weit. Schöne, um die Jahrhundertwende erbaute Häuser. Großzügige Vier-Zimmer-Wohnung im zweiten Stock, nach dem Geschmack einer welkenden Generation eingerichtet, der Geruch einer vergangenen Epoche schwebte durch den Flur und erinnerte mich an mein Elternhaus.

»Ich wohne hier mit meiner Mutter«, entschuldigte sich Fred, der gar keinen Grund hatte, sich zu entschuldigen, schon gar nicht vor mir, dem abgebrannten Vagabunden. Dann öffnete er die Tür zu seinem Reich. Ein großes Zimmer – an einer Wand Regale, vollgestopft mit Schallplatten, Büchern über Elvis, Rock'n'Roll, Jazz, die Beat-Generation, mit Büchern von Allen Ginsberg, Jack Kerouac, William S. Burroughs, Ernest Hemingway, Truman Capote, Hubert Fichte, Albert Camus und J. D. Salinger, Textbüchern mit Elvis-Songs, Bob-Dylan-Songs, Beatles-Songs, Notenbüchern mit Blues-, Jazz- und Soul-Stücken, mit stapelweise Zeitungen und Magazinen mit Berichten über Elvis – und eine tolle Stereo-Anlage. Auf den restlichen Wänden überall Elvis: Filmplakate, Konzertplakate, Fotos, Zeichnungen. Außerdem befanden sich in dem Zimmer zwei mit Samt bezogene Sessel, ein Schreibtisch mit Bürostuhl davor, ein Bett mit einer schimmernden, gesteppten 30er-Jahre-Tagesdecke darauf und eine E-Gitarre, eine Fender, wie ich feststellte.

»Wie du siehst«, sagte Fred, bedeutungsschwer auf die Bücher zeigend, »bin ich nicht nur Rocker, sondern auch Existentialist. Anfangs empfand ich das selbst als paradox, sogar als schizophren, doch es lässt sich miteinander vereinbaren, es gibt Beziehungspunkte. If you know what I mean.«

»Klar doch«, antwortete ich, ohne dabei lügen zu müssen, denn ich war schon zehn Jahre zuvor davon überzeugt gewesen, dass man in Jack Kerouacs *Unterwegs* alle Bebop-Passagen ohne Abstriche in Rock'n'Roll verwandeln könnte – okay, dann mit mehr Gitarre und weniger Saxophon –, weil das Ekstatische unverändert bliebe.

In der Badewanne wurden die grauschwarzen Gedanken, die sich mahlend mit meiner Situation und der damit verknüpften unsicheren Zukunft befassten, erst einmal vom wohligen Embryo-im-Mutterbauch-Gefühl zur Seite gedrängt. Das erste Wannenbad seit sieben Jahren – und dazu noch mit einer Fichtennadel-Badetablette, die während ihrer langsamen Auflösung leicht sprudelte. Normalerweise war ich kein Freund von Fichtennadelduft. Erinnerte mich zu sehr an den Geruch im Badezimmer meiner Tante Hedda, einer vertrockneten Jungfer, in deren Wohnung die allerstrengsten Benimmregeln galten. Aber heute fand ich die sanft sprudelnde Badetablette trotz des Fichtennadeldufts einfach himmlisch. Kindlich zufrieden schaute ich mich um. Gekachelter Raum, Blümchenmuster, es roch so privat, so intim – die Welt jenseits der Gefängnismauern. Sieben Jahre Gemeinschaftsduschen mit einem Rudel hässlicher Kerle, von denen einige stets einen Ständer vor sich herschoben, da musste man verdammt aufpassen, wenn man sich bückte. Manche waren knastschwul, also draußen durchaus dem anderen Geschlecht zugeneigt, aber hinter Gittern würden sie ihre Gurke sogar in einen schuppigen Waldschrat schieben.

Allmählich klangen die Kopfschmerzen ab, das Gehirn funktionierte wieder einigermaßen, beruhigende Gedanken blubberten an der Oberfläche, Gedanken wie: Alles ist besser als der Knast, das Abenteuer letzte Nacht war derb, aber immerhin intensiv und schon deshalb besser als die Zellenträume vom intensiven Abenteuer da draußen in der Wildnis. Freiheit bedeutet Wildnis, zumindest wenn man jung ist. Und ich fühlte mich mit meinen einunddreißig Jahren noch recht jung.

Fred hatte mir saubere Kleider hingelegt. Fand ich rührend fürsorglich. Levi's Jeans, weißes T-Shirt, Holzfällerhemd, sogar Unterhose, weiße Socken, ein gebügeltes Taschentuch.

»Deine Sachen hab ich gewaschen«, sagte er. »Meine Mutter ist noch die nächsten zwei Tage bei ihrer kranken Schwester in Offenbach. So lange kannst du gern hier wohnen.«

Sein Vertrauen streichelte meine Seele, aber ich sagte noch nicht zu, da ich ja unbedingt nach Hamburg wollte – obwohl es natürlich auf zwei Tage nicht ankam.

Die Klamotten waren mir ein wenig zu weit, was mich nicht wunderte, denn Fred trug ein Speckpolster auf dem Körper.

Wir tranken in der Küche Kaffee, aßen Toast mit Spiegeleiern, Toast mit Marmelade, aus Freds Zimmer dröhnte *King Creole* von Elvis Presley zu uns herüber. Fred hatte sich ebenfalls umgezogen: schwarzes Seidenhemd, schwarze Jeans, weiße Socken, schwarz-weiße Slipper, die Rocker-Tolle war wieder 1A in Form. Er sagte öfter ›goddam the hell‹, und es klang jedesmal wie eine subtile Botschaft.

»Ich bin gestern aus dem Knast gekommen«, murmelte ich, wohl wissend, dass dieses Bekenntnis gewagt war, da Freds Herzenswärme möglicherweise stark abkühlen könnte. »Ich weiß ja nicht, ob du so einen in deiner Wohnung haben möchtest. Sieben Jahre. Ich hab 'ne Bank überfallen.«

Das Gesicht meines Gegenübers leuchtete auf wie eine soeben angeknipste Neon-Werbung. Mit fliegenden Fingern zündete er sich eine filterlose Lucky Strike an, lehnte sich zuerst mit einem überraschten, aber keineswegs abweisenden Gesichtsausdruck zurück, dann beugte er den Oberkörper vor, starrte mir in die Augen, mit einem geradezu liebevollen Blick, atmete heftig, grinste nervös. »Ob du's glaubst oder nicht – ich war auch schon im Knast. Dass du okay bist, hab ich gleich gesehn. Weißt du, warum ich gesessen habe? Anfang der 60er Jahre, als Student, you know, hab ich massenhaft Ami-Zigaretten verkauft. Damals hing ich ständig in Ami-Bars rum, in Frankfurt, Friedberg, Gießen. Ich kannte eine Menge GIs und kam so an amerikanische unverzollte Zigaretten ran. In der PX, dem amerikanischen Kaufhaus, in dem nur GIs und ihre Angehörigen einkaufen durften, kostete damals eine Stange, wenn ich mich nicht irre, einen Dollar. Viceroy, eine Edelmarke, kostete, glaub ich, anderthalb Dollar. Ich kaufte den Jungs die Stange für sechs Mark ab und verhökerte die Päckchen einzeln für eine Mark fuffzig. Irgendwann uferte das Geschäft ein wenig aus. Ich versorgte mittlerweile an die 100 Leute mit Ami-Zigaretten und verlor langsam den Überblick. Prompt hatte ich einen Zollfahnder als Kunden und musste anderthalb Jahre sitzen.« Er lehnte sich wieder, jetzt ganz entspannt, zurück. »Knast-Erfahrung gehört meiner Ansicht nach ebenso zu einem richtigen Leben wie eine Fahrt auf der

Autobahn in einem 50er-Jahre-Ami-Schlitten mit be-
schissenen Stoßdämpfern und einem Kassettenrekor-
der, auf dem Elvis-Songs laufen, so Sachen wie *Good
Rockin' Tonight, That's All Right Mama* oder *When
It Rains, It Really Pours*. Dazu'n Flachmann mit
Bourbon im Handschuhfach und 'ne filterlose Lucky
Strike im Mundwinkel, so ganz lässig, you know?«

Bedauernd lächelnd hob ich die Hände. »Dann
fehlt mir noch was zum richtigen Leben. Ich geh mal
davon aus, dass du diese Erfahrung schon gemacht
hast.«

Jetzt lächelte er. Mysteriös. »Wenn du wüsstest«,
raunte er und war plötzlich ein geheimnisumwit-
terter Mensch.

Duft und Geschmack des Kaffees, vermischt mit
den anderen Gerüchen, die für eine bürgerliche Wohnung typisch waren, weckten Erinnerungen in mir,
bittersüß, mit einem Stich ins Sentimentale. Ich hatte
schon lange keine bürgerliche Wohnung mehr betreten. Es war dieser Geruch, in dem die Ahnung von
verlorener Heimat schwebte, der mich zum Bleiben
aufforderte. Zum Bleiben und zum Reden. In dieser
Küche war es so gemütlich, dass ich anfing, Fred von
mir zu erzählen:

»Meine Eltern besaßen ein Restaurant in Würzburg, weißt du, ein traditionsbeladenes Lokal, das
einen Namen in der Stadt hatte, und da war es klar,
dass ich als einziges Kind Koch lernen sollte, um später den Laden zu übernehmen. Na ja, damals, Anfang
der 60er, wurde ja die Autorität der Eltern noch nicht
angezweifelt. Man glaubte damals noch, quasi automatisch, die Erwachsenen hätten, schon allein weil sie
erwachsen waren, den großen Durchblick. Ich wär
lieber Rock'n'Roll-Sänger geworden. Meine Stimme
ist ziemlich gut, ähnelt der von Del Shannon, wie ei-

nige Leute meinten. Aber Scheiße. Ich begann eine Lehre im 18 Kilometer entfernten Kitzingen, im Hotel *Fränkischer Hof*, dem besten Haus am Platz. Der einzige Vorteil: Ich wohnte auch dort, zusammen mit zwei anderen Lehrlingen in einer Dachkammer, und fuhr nur an meinen freien Tagen nach Hause. Das bedeutete, dass ich mich nachts nach der Arbeit aus dem Haus schleichen konnte, in die Ami-Bars, in denen ich bald einen Haufen GIs kannte, von denen ich Zigaretten schnorrte, die ich lässig mit ›hi, man, how ya doin'?‹ begrüßte, von denen ich auch Bier spendiert bekam. Manche von ihnen traf ich im Sommer im Freibad. Da war einer, ein lockerer Vogel aus Kansas City, der immer eine Gitarre dabei hatte. Er spielte verdammt gut, Blues und Rock'n'Roll, und als er einmal das Chuck-Berry-Stück *Sweet Little Sixteen* spielte, sang ich einfach mit, und alle GIs um uns herum waren total geplättet. Und einer sagte ›wow, this guy's the first German I know, who found out what Rock'n'Roll really means‹, was ich als das größte Lob in meinem bisherigen Leben empfand. Mit diesem Burschen aus Kansas City, der übrigens Charly Browning hieß und nach dem Titel des Coasters-Hits Charly Brown genannt wurde, hing ich tagsüber und nachts oft herum. Ein ziemlich durchtriebener Bursche. Er lehrte mich, Bourbon zu trinken, die Fäuste richtig einzusetzen und Autos zu knacken, um darin, scheiß der Hund drauf, besoffen durch die Nacht zu fahren, einfach so. Waren zwar keine Ami-Schlitten, die wir knackten, sondern meistens deutsche Mittelklassewagen, Kassettenrekorder gab's damals noch nicht, aber es machte trotzdem Spaß, war Abenteuer pur. Mit Charly Brown fühlte ich mich in jeder Kaschemme sicher, ob in der von Rednecks besuchten *Hillbilly Bar*, ob in dem Kellergewölbe der *La Palo-*

ma Bar oder in der nach Rock'n'Roll, Schweiß und Gewalt riechenden *Atlantic Bar*, in der an den Wochenenden Rock'n'Roll-Bands einheizten, vor allem Holländer indonesischer Abstammung mit ziemlich langen, nach hinten geklatschten Haaren, ob in dem Dreckloch *Hole in the Wall* oder im *Jambalaya*, gleich die enge Kopfsteinpflastergasse neben dem Hotel hoch, wo dicke ältere schwarze GIs aus den Südstaaten von dicken deutschen Schlampen bedient und auch sonst verwöhnt wurden, während aus der Musikbox zu jeder Tageszeit phantastische schwarze Musik geblasen wurde, größtenteils Sachen, die ich gar nicht kannte, die, wen wundert's, in Kitzingens einzigem Plattenladen völlig unbekannt waren, Scheiben aus der PX, mit Blues und Boogie getränkte Stücke, die mir mehr als einmal eine Gänsehaut verschafften – wegen der Stimmen, Gitarren, Pianos und Saxophone, wegen des lässigen Swings, wegen dieser anderen Welt, in die ich zwar schon hineingerochen hatte, in die ich bereits durch die Songs von Fats Domino, Ray Charles und Sam Cooke hatte hineinschlüpfen können, aber nicht allzu weit, sozusagen nur bis in die Diele des *House of Soul*.

Charly Brown kam mit jedem klar – und wenn nicht, was auch ein paarmal vorkam, wusste er sich gut zu behaupten. Er war ein wirklich wilder Typ, und ich, der damals 16-jährige, bewunderte ihn. Er war, ich würde sagen, auf eine kindliche, nicht gerade unschuldige, aber vom Bösen weit entfernte Weise amoralisch, als wäre er der Phantasie eines Charles Dickens entsprungen. Sein früher Tod hatte ja auch diesen Lebe-schnell-stirb-jung-Charakter und berührte mich sehr. Auf dem Weinfest in Iphofen belästigte er eine dralle Schönheit, die ihn kurzerhand mit einer Flasche 1962er Iphöfer Burgweg, Sylvaner, erschlug, wie ich von seinem Freund Jesse Boggs erfuhr.

Auf jeden Fall hatte ich von ihm eine Menge gelernt. Autos knacken und fahren, mindestens zwanzig Song-Texte, und vor allem eine andere Sicht der Welt, die mich allerdings mit meinen Eltern, mit den Arbeitskollegen und dem Chef, überhaupt mit allen *anständigen* Leuten von da an ständig kollidieren ließ. Na ja, kurz und gut, ich beendete zwar die Lehre, war aber für das normale Berufsleben nicht mehr zu gebrauchen. Ein paarmal stand ich als Sänger einer Schüler-Beat-Gruppe auf Gemeindesaal- und Hinterzimmerbühnen, hatte mir längst das Saufen angewöhnt, klaute manchmal ein Auto, um damit durch die Nacht zu fahren, und dann sah ich zum ersten Mal ein Gefängnis von innen. Neun Monate. Als ich wieder rauskam, arbeitete ich eine Zeitlang als Koch, dann klaute ich wieder Autos. Diesmal, um sie zu verkaufen. Ich hatte einen windigen Gebrauchtwagenhändler aufgetan, der dicke Schlitten nach Persien verkaufte. Mercedes vor allem. Mercedes stand in Persien hoch im Kurs. Irgendwann wurde ich zusammen mit dem Händler erwischt. Drei Jahre Knast, von denen ich zwei absitzen musste. 1969 kam ich raus, ziemlich desorientiert. Ich glaubte, etwas nachholen zu müssen, mich für die Zeit im Knast entschädigen zu müssen – und einige Monate später der Banküberfall. Sechs Jahre, dazu das eine Jahr, das ich auf Bewährung hatte. Die große Kelle, wie man so sagt. Ich musste alles bis auf den letzten Tag absitzen, weil ich mich weigerte, das Versteck der Beute preiszugeben.«

Fred wirkte wie verzaubert. Die Story hatte ihm gefallen. Eine Outlaw-Story nach seinem Geschmack. Bis weit über die Mittagszeit hinaus unterhielten wir uns, obwohl wir beide saumüde waren, über

Rock'n'Roll, den Knast, über Autos und Träume. Dabei kamen wir uns näher, wurden vertraulich, zwei Menschen, die sich schon eine Ewigkeit nach intensiven Gesprächen gesehnt hatten und nun endlich auf den geeigneten Partner gestoßen waren.

Fred, der stramm auf die vierzig zuging, entpuppte sich, für mich allerdings nicht überraschend, als lebensuntüchtiger Mann, der völlig unter der Fuchtel seiner Mutter stand – abgebrochenes Literatur-Studium, hin und wieder ein Job, in den letzten zwei Jahren nichts, das im landläufigen Sinn als Arbeit bezeichnet werden konnte. Seit zehn Jahren schrieb er an einem Roman über Existentialisten im Paris der 5oer Jahre; seine Mutter, die ein beachtliches Aktienpaket besaß, steckte ihm Geld zu, hielt ihn aber an der kurzen Leine, wenn er nicht parierte.

Wieder das geheimnisvolle Lächeln. »Ich habe ein Auto. In einer Garage. Nur ein paar Schritte von hier. Einen Oldtimer …« Kurze Pause, um die Spannung zu erhöhen. »Einen Buick Limited Riviera von 1958. Know what I mean? Ein Straßenkreuzer mit Heckflossen, Doppelscheinwerfern, Chrom in rauhen Mengen, Servolenkung, elektrischen Fensterhebern, V8-Motor, 300 PS.« Seine Augen leuchteten, als hätte er soeben vom Paradies erzählt – und in gewisser Weise hatte er das ja auch, wenn man riesige Blechkisten mit schlechten Stoßdämpfern und mieser Straßenlage liebte. Das Modell kannte ich natürlich, weil die Amis auch in Würzburg recht präsent waren und ich in meiner Kindheit deren Straßenkreuzer angehimmelt hatte.

»Ist er fahrtüchtig?«

»Was denkst du denn. Und vollgetankt ist er auch. Ich hab sogar einen Kassettenrekorder einbauen lassen. Er hat auch einen Namen.«

»Der Kassettenrekorder?«

Fred starrte mich verwundert an. »Der Buick. Er heißt Buddy.«

»Schöner Name«, sagte ich. »Aber du hast hoffentlich nicht nur Elvis-Kassetten.«

Wir mussten beide lachen, unsere Blicke trafen aufeinander, und jeder erkannte in den Augen des anderen einen Schimmer des Wohlbefindens sowie ein Glitzern, das Abenteuerlust und immer noch jungenhafte Lust am Aufbegehren verriet.

»Heute Nacht bin ich von einem ehemaligen Knastbruder ausgeraubt worden. Ich wollte mir für 500 Mark einen alten Opel oder so was kaufen. Jetzt hab ich noch einen Hunderter. Dafür kriegt man nicht mal 'ne Rostlaube mit aufgeschlitzten Sitzen und überquellendem Aschenbecher. Vom Benzin ganz zu schweigen.«

Fred schob die Unterlippe vor, was seine Nachdenklichkeit optisch perfekt zur Geltung kommen ließ. »You know, ich würde dich gern nach Hamburg kutschieren. Geht aber nicht, weil ich meine Mutter in zwei Tagen zu ihrer Freundin nach Bad Homburg fahren muss. Natürlich nicht im Buick. In den würde sie niemals einsteigen. In einem Leihwagen. Sie kennt einen Autovermieter, der ihr Prozente gibt. Vielleicht linkt er sie auch, aber er kommt bei ihr gut an, weil er, was weiß ich, einen guten Riecher hat und sich als der bessere Sohn, als der Sohn, den sie lieber gehabt hätte, aufspielt.« Er zuckte, scheinbar gelangweilt, die Achseln. Aber es zuckte auch um seinen Mund.

Und mir war die Wendung zu Freds Mutter-Sohn-Problematik eher peinlich. Ich winkte betont locker ab. »Mach dir keine Gedanken. Ich nehm den Zug. Du hast mir schon enorm geholfen. Dafür werd ich dir ewig dankbar sein.« Freds Hundeblick ließ mich schnell weiterreden: »Der Kaffee- und Bohnerwachsgeruch in dieser Wohnung erinnert mich übrigens intensiv an mein Elternhaus. Als ich hier reinkam, wurde ich sofort, wie soll ich's sagen, von Emotionen eingehüllt wie in eine Daunendecke.«

Nun war es Fred, der, peinlich berührt, das Thema wechselte: »Schade, dass du so viel jünger bist als ich. Das bedeutet nämlich, dass du die 50er Jahre gar nicht richtig mitgekriegt hast.«

»Hey, hey, nun mal langsam! Ich hab schon 1957 AFN gehört. Da war ich elf. Und ein Jahr zuvor hatte ich dieses Erweckungserlebnis, mit Bill Haley. Ein Freund von mir besaß ein gutes Dutzend Rock'n'Roll-Singles – Elvis, Little Richard, Gene Vincent, Chuck Berry, die ganze Palette. Und natürlich kannte ich die ganzen Ami-Schlitten, die durch Würzburg fuhren, die Chevis, Dodges, Fords und Pontiacs.«

Sein mildüberhebliches Lächeln ärgerte mich. »Na ja, aber das waren doch alles nur Eindrücke vom Rand des Geschehens, der Blick aus dem Sandkasten ...« Er lenkte begütigend ein, als er meine gerunzelte Stirn registrierte. »Klar, Buddy, du hast den Rock'n'Roll begriffen, das ist ja auch das Wesentliche, und ich bin keineswegs stolz darauf, bald vierzig zu werden – trotzdem ist es ein Unterschied, ob man nach den Hausaufgaben eine Elvis-Single auf den Plattenteller legt, oder ob man nachts in einer verräucherten Kneipe mit einer filterlosen Lucky zwischen den Lippen und einer Bierflasche in der Hand vor einer Musikbox steht, ein 50-Pfennig-Stück einwirft und drei Titel drückt – zum Beispiel *Hound Dog* von Elvis, *Kansas City* von Fats Domino und *Let's Have A Party* von Wanda Jackson.«

Ich zeigte ein schiefes Grinsen. Natürlich hatte er recht. Und ich hatte ebenfalls recht. Denn die

Atmosphäre der damaligen Zeit war keineswegs nur angenehm gewesen und schon gar nicht nur von Musikbox und Straßenkreuzern geprägt worden, sondern ebenso von den immer noch das Stadtbild beherrschenden Ruinen aus dem Krieg, den Kriegs-erzählungen der Eltern, der Angst vor dem nächsten Krieg, den vielen kleinen Nazis, die immer noch trot-zig, wenn auch verstohlen, den Arm zum »deutschen Gruß« ausgestreckt hatten – und nicht zuletzt von den Spätheimkehrern, Vertriebenen und Flüchtlingen einerseits und den schon wieder Geld scheffelnden Geschäftemachern andererseits, von der Hoffnung auf eine bessere Zukunft – ja, es hatte sich zum Er-staunen der Erwachsenen eine Zukunftsperspektive entwickelt –, vom Echo des Grauens, das noch im-mer vernehmbar gewesen war, von den Heerscharen schwarzgekleideter Frauen an den Gräbern der vie-len, die jenem Krieg zum Opfer gefallen waren, aber auch von den ersten *Micky-Maus*-Heftchen in deut-scher Sprache, von den putzigen deutschen Kleinwa-gen und den Kinos, die zu der Zeit für ihre Besitzer wahre Goldgruben gewesen waren. Und all das hatte auch mich geprägt, war in mich gedrungen, in jede Körperzelle, ich hatte die 50er Jahre bewusst erlebt, das war die verdammte Wahrheit.

Und das sagte ich Fred mit einer gewissen Erregt-heit. Er beobachtete mich nachdenklich, nickte zu-stimmend, ernst. Dann strahlte er, offenbar von einer Eingebung überwältigt. »Come on, Buddy!« Taten-durstig erhob er sich. »Wir machen 'ne kleine Rund-fahrt durch Friedberg und Bad Nauheim. Ich zeig dir Elvis' Kaserne, die Villa, in der er wohnte, die Knei-pen, in denen ich bis heute verkehre.« Lässig klim-perte er mit dem Schlüsselbund. Hatte überhaupt das Bedürfnis, lässig zu wirken, so in der Art von

James Dean und dem jungen Marlon Brando. Aber jeder, der ihm dabei zusah, merkte schnell, dass er ein weichlicher Bürgerssohn war, der seiner Jugend nachtrauerte, dem das Erwachsenendasein ein Greuel war, der am liebsten immer zwanzig gewesen wäre und es kaum verkraftete, bald doppelt so alt zu sein.

Ich hingegen, mich mit meinen 31 Jahren also gewissermaßen ungefähr in der Mitte dieser für Fred elementaren Altersstufen befindend – 20=positiv, 40=negativ –, wähnte mich im gerade richtigen Alter. Noch relativ jung, bedeutend reifer als ein Zwanzigjähriger, aber immer noch bereit zum Risiko, körperlich fit, relativ frisch, gemessen an einem Vierzigjährigen, der ja, wie ich annahm, schon deshalb verkrampft sein müsse, da er von nun an beständig die 50 vor Augen habe. Ich ging sowieso davon aus, dass ab fünfzig alles scheiße sei.

Mein lieber Scholli! Der 58er Buick Limited Riviera: Ein riesiges Schiff, teils cremefarben, teils hellblau, viel Chrom und Weißwandreifen, cremefarbenes Kunstleder auf den Sitzen. Der Motor blubberte satt vor sich hin – und während Fred mich durch die Gegend fuhr und ich die vorbeigleitende Stadtlandschaft gemeinsam mit dem Rock'n'Roll aus ziemlich guten Lautsprecherboxen an mir vorbei- und in mich hineinfließen ließ, und wir beide, Fred und ich, das Wageninnere mit dem Rauch von Lucky Strikes einnebelten, fragte ich mich, ob die Moleküle dieses Fahrzeugs so etwas wie ein kollektives Erinnerungsvermögen hätten und sich an die Fahrten in ihrer Jugendzeit über die Highways von Amerika, vielleicht sogar über die Route 66, erinnerten, was natürlich Quatsch war, mir aber irgendwie als Allegorie schön passend oder zumindest schön kitschig vorkam.

Zwar konnte ich auch jetzt keinen rechten Sinn im Sein erkennen, aber immerhin fühlte ich mich saugut und konnte sowohl die Rock'n'Roller als auch die Hippies vollkommen verstehen, mal abgesehen davon, dass ohnehin viele Hippies den Rock'n'Roll verstanden hatten.

Erstaunlich, die vielen Lokale in der Friedberger Altstadt – nicht wenige mit schlechtem Ruf. Drei Bordelle! Nicht übel für eine Kleinstadt. Am Abend betranken wir uns in einer der Kneipen mit schlechtem Ruf, in der Fred so gut wie jeden kannte. Die Musikbox war vollgepackt mit Elvis-Stücken. An einer Wand hing ein Elvis-Poster, jetzt mit Trauerflor. Weil der King angeblich einmal für zehn Minuten hier hereingeschaut und eine Cola getrunken hatte. Klar, dass hier die schlechte Nachricht aus Graceland, obwohl schon eine Woche alt, das Hauptthema war. Nach dem zehnten *Jailhouse Rock* wankten wir in die bürgerliche Wohnung, wurden dort sogleich von ihrem bürgerlichen Geruch geradezu besprüht, saßen dann in diesem Geruch und ihn auch schon selbst ausdünstend bei Kaffee und Leibniz-Keksen in der Küche, später in Freds antibürgerlichem Zimmer, jetzt bei Bourbon und Erdnüssen, mit Elvis volle Kanne aus der Stereo-Anlage, wir redend und redend, uns manchmal gegenseitig auf Gitarrenriffs von Scotty Moore oder Saxophon-Soli von Boots Randolph aufmerksam machend, in vielen Dingen erstaunlich und beglückend einig. Fred vor allem wirkte, als hätte er das große Los gezogen. Ich war das große Los? Bisher hatte ich eher als Niete gegolten. Nicht, dass ich mich auch als eine solche gesehen hätte.
Ich schlief dann in Freds Bett – und der stieg mit einem Gefühl uferlosen Triumphs in das nach La-

vendel riechende Bett seiner Mutter. Eine bewusste Provokation, vermutete ich, ein Akt der Entweihung. Solche Probleme waren mir fremd. Meine Eltern hatten mich nach meiner zweiten Verurteilung quasi verstoßen, als Sohn gestrichen. Es gab keinen Kontakt mehr. Ich hatte meine Eltern ebenfalls gestrichen. Sie brauchten mich nicht, ich brauchte sie nicht. Meine Erzeuger – na und? Weiter verband mich nichts mit ihnen.

Ich fühlte mich wohl in Freds Bett – und schon schlief ich ein.

Wurde jedoch gegen Mittag von einer älteren, schmalen Frau mit strenger Ältere-schmale-Frau-Frisur und strengem Blick wachgerüttelt. Nicht etwa zögerlich oder mehr oder weniger geduldig, sondern brutal, als sei ich ein unerlaubt eingedrungener Penner.

»Wer sind Sie? Was machen Sie hier?« Strafvollzugsbeamten-Ton. Obwohl noch nicht einmal richtig wach, wusste ich sofort, wen ich vor mir hatte.

»Was haben Sie meinem Sohn angetan? Sie verkommenes Subjekt! Stehen Sie auf! Sofort!«

Ein vertrauter Ton, der mich immer und so auch jetzt automatisch zum Sünder werden ließ, zum ertappten Selbstbefriediger, Autoknacker, Bankräuber, Ladendieb, von Kindheit an kleinlaut vor den Eltern, Polizisten und Richtern, gehorsam vor Strafvollzugsbeamten. Ich stotterte eine wirre Entschuldigung, wobei ich mich fragte, ob ich nackt, wie ich war, aus dem Bett steigen sollte, ob ich die Dame bitten sollte, sich umzudrehen. Die Morgenlatte wie ein Betonpfeiler. Enormer Harndrang.

Aber Frau Fink stufte mich Gott sei Dank als eher unwichtig ein, wirbelte herum, eilte in ihr Zimmer – um dort einen Schrei auszustoßen, der wohl schon seit ihrem Betreten der Wohnung darauf gewartet hatte, ausgestoßen zu werden.

Während ich im Bad meine Blase entleerte und mich oberflächlich wusch, drang ihre Stimme schneidend, einer Fräse gleich, durch die Tür. Kurz darauf betrat ich die Küche, ein Eindringling, ein Fremdkörper mit verschorftem Gesicht, in den zu weiten Klamotten des Sohnes. Mein neuer Freund saß dort zusammengesunken, in einen Bademantel gehüllt, ein Häufchen Elend. Seine Mutter, die Richterin, stand vor ihm, in ihrer Miene keine Spur von Milde, ihre Stimme scharf wie ein Fallbeil. »Ich bin sprachlos«, behauptete sie fälschlicherweise. Das sei ja wohl das Letzte, schimpfte sie, er in ihrem Bett, dass er zudem noch mit Sperma besudelt habe. Dieser grauenvolle Gestank! Nun wisse sie, dass sie ihn nicht einmal einen Tag alleinlassen könne. In Zukunft werde er sie auch nach Offenbach fahren müssen und dort übernachten, obwohl ihre Schwester – seine Tante Hedi – ihn nicht ertragen könne. Sie drehte ihren Vogelkopf zu mir, der ich betreten auf der Türschwelle stand und davon ausging, gleich aus der Wohnung gestoßen oder getreten zu werden. Ihr Raubvogelblick versuchte mich zu stechen.

»Sie wissen ja nun, dass mein Sohn homosexuell veranlagt ist. Vermutlich haben Sie sich mit ihm in meinem Bett vergnügt. Für einen Strichjungen sind Sie eigentlich schon zu alt. Früher hat er Strichjungen in sein Zimmer geschmuggelt und mit meinem Geld bezahlt. Wie viel haben Sie denn für Ihre Liebesdienste verlangt? Wegen der abstoßenden Wunden in Ihrem Gesicht gab's doch bestimmt einen Nachlass.«

Da Fred vermutlich selten in seinem Leben jemanden angebrüllt hatte, wirkte sein Ausbruch entsprechend dilettantisch, die Stimme brach ein paarmal, vibrierte stark, blieb jedoch laut, war bestens zu verstehen: »Du dumme Sau! Bist du jetzt total ausgeflippt? Ich hab mich neununddreißig Jahre von dir quälen und verbiegen lassen, neununddreißig verdammte Jahre! Damit ist jetzt endgültig Schluss!« Hass spritzte wie Eiter aus einem aufgestochenen Geschwür aus seinem Gesicht, entstellte es zu einer Fratze. Überraschung!

Frau Fink, von plötzlichem Entsetzen überwältigt, wich zurück, wahrscheinlich zum ersten Mal, wurde sich dieses Anzeichens von Schwäche sofort bewusst, fing sich wieder, um im Gegenangriff eines ihrer, wie ich annahm, üblichen Züchtigungsinstrumente einzusetzen: »Damit, mein Lieber, mit dieser Unverschämtheit, hast du für lange Zeit jeden Anspruch auf Taschengeld verwirkt! Dann kannst du dein hässliches Ami-Auto schieben und in deinen Verbrecherkneipen deine Saufkumpane anschnorren!« Sie wandte sich, schon wieder ganz die Chefin, mir zu. »Sie verschwinden jetzt besser! Sie sehen ja, was Sie angerichtet haben!«

Fred sprang auf, warf den Stuhl dabei um. »Hans, warte auf mich!« Stürzte in sein Zimmer, kam nach wenigen Minuten angezogen und mit einem Koffer in der Hand wieder, was der alten Dame ein höhnisches Lachen entlockte. »Wie weit wirst du wohl mit deinem benzinfressenden Blechschlitten kommen?«

Fred presste sich ein böses Grinsen ab. »Ich war so frei, deine Geldschatulle mit dem Brieföffner aufzuknacken.« Er zitterte erregt, schien den Bruch mit seiner Mutter unbeirrbar anzustreben.

»Du Vieh, du verkommenes!« Rasend vor Zorn und Verzweiflung stürzte sie sich auf ihn. Diesmal hielt er nicht die Hände schützend vors Gesicht. Er schien sich nicht nur oberflächlich verändert zu haben, sondern hatte sich ganz offensichtlich vorgenommen, nicht länger als Weichling, als Versager herumlaufen zu wollen. Seine vorschnellenden Handballen knallten gegen sie. Wuchtig, unerwartet. Sie wurde zurückgestoßen, prallte mit dem Rücken und einem gellenden Schmerzensschrei gegen die Ecke der Anrichte.

»Oh Gott«, stießen Fred und ich zu gleicher Zeit entsetzt aus. Das sah gar nicht gut aus. Ich zählte im Stillen spontan die Zeit, die ich seit meiner Entlassung in Freiheit verbringen durfte und kam auf mickrige sechsundvierzig Stunden.

SCHEISS AUF HAMBURG

Geiles Fahrgefühl. Nicht mehr als 140 km/h, immer
noch schneller als auf amerikanischen Highways. Es
war warm, der Himmel bedeckt, bald würden die
Scheibenwischer mit leichtem Surren über die unglaublich breite Frontscheibe streichen. *Guitar Man*
von Elvis lief gerade, und wir fühlten uns, im Einklang mit dem Text, wie Guitar Men, die von Stadt
zu Stadt zogen, um in Clubs und Kneipen für Trinkgeld und Drinks zu spielen, konsequente, nirgendwo außer im Rock'n'Roll verwurzelte Burschen,
die sich genau diese Lebensform ausgesucht hatten
– wegen einer vagen, aber grenzenlosen Sehnsucht,
wegen unseres romantischen Freiheitsdrangs, durch
den wir alle Härten und Enttäuschungen, mit denen
unser Leben gepflastert war, überstanden hatten –,
nicht mehr so frisch wie noch vor fünfzehn Jahren,
klar, der Lack ein wenig abgeblättert, keine Frage,
aber alles noch erkennbar. Und für mich, den Typen
mit der geilen Stimme, die angeblich an Del Shannon erinnerte, war die Vorstellung, auf einer Bühne
zu stehen, gar nicht so abwegig. War natürlich schon
abwegig, weil ich momentan kein Sänger war und
vermutlich auch in den nächsten Monaten, Jahren,
Jahrzehnten auf keiner irgendwie attraktiven Bühne
singen würde. Aber trotzdem 'ne schöne Vorstellung,
ganz abgesehen davon, dass wir vor allem das Gefühl

des Unterwegsseins genossen, wozu nicht zuletzt die Songs, die uns umspülten, beitrugen. Nicht nur Elvis-Songs – die auch, logisch, *Mystery Train* und solche Sachen –, denn Fred besaß wirklich ein feines Gespür für Musik, für *unsere* Musik, und diese Kassette mit Unterwegs-Songs enthüllte zu meiner fortwährenden Verblüffung eine famose Palette, die von Lightnin' Hopkins, Bo Diddley und Chuck Berry über Dion (natürlich *das* Autofahrer-Stück *The Wanderer*), *Six Days On The Road* von Johnny Rivers, *On The Road Again* von Tom Rush, über *Roadhouse Blues* von den Doors und *Into The Mystic* von Van Morrison bis zu *Already Gone* von den Eagles und, ja, absolut super, *Carry On* von Crosby, Stills, Nash & Young. Alles Stücke, die wunderbar zu unserer Fahrt passten, die wir selbstverständlich laut hören mussten, mit einer filterlosen Lucky Strike zwischen den Fingern oder den Lippen, natürlich, was denn sonst?, mit einem silbernen, mit Jack Daniel's gefüllten Flachmann im Handschuhfach. Ab und zu nuckelten wir an dem Flachmann, der sich angenehm in die Hand schmiegte. Eigentlich nippten wir nur. Wir wollten ja nicht betrunken werden; es ging einfach nur um die Symbolik. Fred trug trotz der Wolkenmassen über uns eine Sonnenbrille. Ray Ban. Seine Rockertolle war nicht richtig in Form und hing ihm flach wie ein Pfannkuchen in die Stirn. Kein Wunder. Er war ja heute nicht zum Haarewaschen, Föhnen, pedantischen Pomadisieren und Formen gekommen. Er sah dennoch gut aus, romantisch vernachlässigt. Und die Bartstoppeln verliehen dem weichen Gesicht zu Freds und meinem Erstaunen einen Hauch von Verwegenheit. Schwarze Lederjacke, weißes T-Shirt von Fruit Of The Loom, Bluejeans, hohe schwarzweiße Leinenturnschuhe.

Perfekt gekleidet. Nach dem Tod seiner Mutter hatte Fred sich Zeit gelassen und zwei weitere Koffer vollgestopft. Ich hatte mir von den übrigen Klamotten einiges aussuchen dürfen und mich für einen Stapel Hawaii-Hemden entschieden, weil die getrost weit sein dürfen. Meine Reisetasche hatte ich gegen einen Koffer ausgetauscht. Kein Problem für den Kofferraum, in dem eine ganze Rock'n'Roll-Band Platz gehabt hätte.

»Immer locker«, hatte Fred zu meiner Verwunderung gestammelt und dabei gezittert wie ein frierender Hund. So leicht kann man also ums Leben kommen, hatte ich erschüttert festgestellt. Unsere bleichen Gesichter schienen in zwei Sekunden gealtert zu sein, wir atmeten beide laut und schnell, unsere Herzen pochten einen wilden Takt. Dann hatten wir uns einen Ruck gegeben. Mit unbehaglichem Gefühl hatten wir die Küche verlassen und die Küchentür geschlossen – und schon war es uns merklich besser gegangen. Auf nüchternen Magen trifft einen der Anblick eines toten Geschöpfs, egal ob überfahrene Katze oder an gebrochenem Rückgrat verendete ältere Dame, besonders hart. Ich hatte es jedenfalls so empfunden, ich meine, nichts gegen Action – davon hatte ich ja im Knast über Jahre hinweg geträumt –, aber schon die ersten zwei Tage in der Freiheit waren mit Action so verdammt vollgepackt gewesen, dass ich mir wie in einem rasenden Karussell vorgekommen war. Ich hätte eine sparsamere Dosierung vorgezogen. Na ja, jedenfalls waren wir, beziehungsweise hauptsächlich Fred, dann sehr zielstrebig vorgegangen, hatten die reichlich vorhandenen Schmuckstücke eingesammelt, in einer der zahlreichen Schatullen noch ein Bündel Hunderter gefunden, ein paar Elvis-Devotionalien eingepackt. Mir hatte das Stöbern und Einsammeln trotz des flauen Gefühls im Magen irgendwie Spaß gemacht, obwohl meine Pläne arg durcheinander geraten waren.

»Hast du tatsächlich ins Bett deiner Mutter gewichst?«

»Und ob.« Es klang sowohl trotzig als auch stolz. »Ein Akt der Befreiung. Am liebsten hätte ich noch in ihr Bett geschissen.« Er setzte einen stahlharten Kämpferblick auf.

»Aber, aber.« Ich schnalzte tadelnd mit der Zunge. »Das wäre denn doch zu kindisch gewesen.«

»Hab ich mir auch gedacht. Außerdem hätte ich mich dann vielleicht vor mir selbst geekelt.«

»Gut möglich.«

Wir schnipsten gemeinsam mit den Fingern zum Rhythmus von *Rockin' Down The Highway* von den Doobie Brothers.

»Ich bin nicht schwul«, sagte Fred so nebenbei, mit starrem Blick nach vorn, auf die Fahrbahn, deren Mittelstreifen am Auto vorbeihuschten, als hätten sie es eiliger als wir.

»Bist du doch.« Ich glotzte starr auf die Rücklichter des vor uns fahrenden LKWs. »Ich weiß, wann ich einen Schwulen vor mir habe.«

Kurze Pause, der ein Räuspern folgte. »Bist du etwa auch schwul?« Mit einem Anflug von Hoffnung in der Stimme.

»Nein«, sagte ich, und lachte verhalten, fast entschuldigend. »Aber mach dir nichts draus. Ich hab nicht das Geringste gegen Schwule. Ist völlig normal, hat's schon immer gegeben, wird's immer geben, Knabenliebe war in der Antike sogar ein Bestandteil der Kultur.«

Trockenes Schluchzen. »Mein Leben lang war ich allein mit dieser Sache. Es gab niemanden, mit dem ich darüber reden konnte. Auch in den Frankfurter Schwulen-Bars und mit Strichern nicht. In den Bars ging's immer um schnellen Sex, den Strichern ging's ums Geld. Meine Mutter wusste natürlich davon. Sie ekelte sich geradezu vor mir. Mein Vater sei auch so einer gewesen, sagte sie. Schade, dass er so früh gestorben ist. Wahrscheinlich wäre ich mit einem Vater an meiner Seite ein ganz anderer Mensch geworden.«

Ach, du Scheiße, dachte ich, jetzt werden wir bis Hamburg ein beschissenes Problemgespräch führen. Betont lässig zündete ich zwei Zigaretten an, steckte eine zwischen Freds Lippen, demonstrativ kumpelhaft, scheinbar entspannt, aber leicht anbiedernd, schon mit einem leichten Stich ins Klischeehafte. »In Hamburg«, sagte ich, »gibt es mittlerweile eine bedeutende politisch aktive Schwulenszene. Es hat sich ja in den letzten Jahren einiges getan.«

Ein weiteres trockenes Schluchzen. »Schade, dass ich meine Mutter erst umbringen musste, um frei zu sein.«

»Verdammt, Fred, du hast sie nicht umgebracht. Du hast sie abgewehrt, dabei ist sie mit der Wirbelsäule gegen die Kante geknallt.«

»Am liebsten hätte ich nach dem Schock noch auf sie gespuckt.«

»Na, na.«

»Die Sau hat mein Leben kaputtgemacht, mich zu einem unselbständigen Schwächling verformt! Auch meinen Vater hat sie wohl auf dem Gewissen.«

»Wieso? Hat er sich umgebracht?«

»Nein, das nicht. Er ist im Finanzamt die Treppe runtergefallen. Aber ich wette, das lag daran, dass er ständig von ihr gequält und auch in Gedanken von ihr beherrscht worden war.«

»Alles wird gut«, beschwichtigte ich spontan und eigentlich ratlos, auf jeden Fall jeglicher Erfahrung widersprechend.

Only The Lonely von Roy Orbison kam genau zur rechten Zeit.

Beeindruckendes Panorama: die Elbbrücken, der Hafen, die mächtigen Kontorhäuser, das Straßen- und Schienengewirr. Große, fremde Stadt. Ich war mal in Hamburg gewesen, 1970, hatte aber nur ein paar Kneipen in St. Pauli kennengelernt – und einen dreckigen Hinterhof irgendwo in Altona, in dem ich eines Morgens verkatert und ausgeplündert zwischen Mülltonnen aufgewacht war. Ja, ja, Scheiße, Mann, ich bin schon öfter irgendwo verkatert und ausge- plündert aufgewacht.

Wir folgten den Wegweisern und landeten in St. Georg, dem Viertel hinterm Hauptbahnhof, in dem es massenhaft billige Hotels und Nutten und Ka- schemmen gab. Das hatte mir zumindest der Knast- bruder erzählt, von dem ich auch Gelis Adresse er- fahren hatte – Eimsbüttel, Von-der-Tann-Straße 7.

Am Steindamm fanden wir einen Parkplatz. Pas- santen blieben stehen, um sich den Buick anzusehen.

»Haben Sie den Wagen in Istanbul gekauft?« fragte uns ein Türke. »In der Türkei gibt es viele alte ame- rikanische Autos, meistens Taxis, aber nicht so ge- pflegt.«

Ich war überrascht von der Anzahl türkischer Lä- den und den unzähligen dunkelhäutigen Menschen in diesem Viertel. Massenhaft Männer mit riesigen Schnauzern, Frauen mit Kopftüchern, sogar Inder mit Turban und Schwarze in bunter Tracht. Mir wurde wieder einmal klar, wie viel mir in den Knastjahren entgangen war. Deutschland wirkte einerseits bunter als damals, andererseits verunsicherte mich die Wandlung, die ohne mich stattgefunden hatte und vermutlich noch voll im Gange war. Außer Österreich und Italien hatte ich noch kein fremdes Land besucht. Nach Istanbul wäre ich gern mal gereist. Und plötzlich befand ich mich, wie es aussah, in der Türkei. Das beunruhigte mich ein wenig, weil das Fremdländische, wie ich dachte, gar nicht hierher gehörte.

Steindamm, Hansa-Platz, Bremer Reihe, Stralsunder Straße und so weiter. Überall reihte sich Kneipe an Kneipe, darüber schäbige Hotels. Spielhallen schienen in zu sein. Blutjunge, mittelalte und steinalte Nutten lehnten an Hauswänden und Laternenmasten, angeödet von diesem Leben, von den Freiern und Zivilbullen – hier, in dieser traditionellen Nuttengegend, war groteskerweise Prostitution verboten. Die ganz jungen Nutten waren vom Heroin gezeichnet, die ganz alten vom Alkohol.

30 Mark für ein Doppelzimmer im Hotel *Paradies*, Toiletten und Duschen am Ende des Flurs. Blick aus dem zweiten Stock auf den Hansa-Platz, auf dem sich Junkies mit Dealern und Hehlern trafen, auf dem türkische Kinder spielten, Tauben das Denkmal über dem Brunnen, eine Frauengestalt in Siegerpose, mit ihrer Scheiße veredelten, Freier mit süchtigen Nutten feilschten, Penner sich um Tabak und die Kornflasche stritten, kräftig gebaute Kotzbrocken ihre Pitbulls kacken ließen, Dichter ihre Großstadt-Gedichte schrieben und Soziologen Milieu-Recherchen betrieben.

Von Romantik keine Spur. Es war heiß und feucht, bis auf die Moslem-Frauen waren alle leicht bekleidet – manche nach meinem Geschmack zu leicht. Nicht, dass ich prüde wäre, ganz bestimmt nicht, aber im Moment quälte mich diese Art von Reizüberflutung. Ich blickte wie ferngesteuert auf kaum verhüllte Titten und Arschbacken, schöne und, na ja, auch die anderen, die eher abschreckenden Titten und Ärsche, hatte plötzlich ein riesiges Rohr in der Hose, würde jetzt selbst die teigige Schlampe an der Rezeption vernaschen und knurrte eine Weile animalisch vor mich hin. Ich hatte eisern und mit einem Ziel, nämlich einer Vagina, vor Augen seit einer Woche die Finger nur zum Waschen und Pissen an meinen Schwanz gelassen, war seit zweieinhalb Tagen frei und noch immer endlos weit entfernt von einer möglichst feuchten Möse.

»Morgen besuche ich Geli«, sagte ich, auf der Bettkante sitzend, in der einen Hand eine Bierdose, in der anderen die Zigarette. Ein lakonisches Grinsen hing in meinem Gesicht – ich konnte es spüren, dieses Grinsen, schon weil ich immer noch jeden Muskel spürte, quasi die Nachwehen jener Absturznacht. »Ich fühl mich noch immer verdammt unsicher, hab noch gar nicht voll begriffen, dass ich nun jederzeit jeden Raum, in dem ich mich aufhalte, verlassen und anschließend überallhin gehen kann, in jeder Kneipe rumhängen und saufen kann. Na, vielleicht nicht in jeder.« Mein Grinsen wurde breiter, wenn auch nicht lockerer. »Hab ja vieles nicht mitgekriegt. Damals war es jedenfalls so, dass man ab einer bestimmten Haarlänge nur noch eine begrenzte Auswahl an Gaststätten hatte. Obwohl ich nie so 'ne richtige Hippie-Matte trug – über die Ohren und den Kragen reichend, das schon, aber ziemlich korrekt frisiert und geföhnt – und auch nicht wie ein Hippie gekleidet war.«

»Das ist irre, Buddy!« Fred, auf dem einzigen Stuhl sitzend, ebenfalls mit Bierdose und Zigarette bewaffnet, blickte mich verwundert an. »Mir geht es ganz genauso. Das heißt, äh, ich meine, natürlich konnte ich immer weggehen und in Kneipen rumhängen – das mit dem Hausarrest ist ja schon seit einem Vierteljahrhundert vorbei und die Knastzeit eine Ewigkeit her –, aber ich war dabei stets mit Schuldgefühlen beladen; immer lastete der Gedanke an meine Mutter, an die morgendliche Gerichtsverhandlung, mit ihr als geifernder Anklägerin und gnadenloser Richterin in einer Person, wie das Kreuz, das Jesus zu seiner Hinrichtungsstätte schleppen musste, auf meinen Schultern. In gewisser Hinsicht war ich auch ein Gefangener. Ich fürchte mich ein wenig vor dieser Freiheit – weil ich sie ja gar nicht richtig kenne.« Zutraulich beugte er sich vor, mit einem Grinsen, das Befriedigung und Lust zugleich ausdrückte. »Weißt du, ich hab hier bereits in den ersten zehn Minuten Unmengen von Schwulen gesehen, sie quasi in Gedanken enttarnt. Hier muss irgendwo ein Nest sein. Da kann man seine Furcht vor der Welt schon mal eine Zeitlang beiseite schieben.«

Ich nickte. »Das ist die richtige Einstellung.«

An diesem Abend lief nicht viel. Im Vergleich zum Abendprogramm in einer Drei-Mann-Zelle war natürlich alles unglaublich spannend, allein das Bewusstsein, ein freier Mann an einem mit Brandlöchern übersäten Tresen zu sein, erregte mich. Die sexuelle Erregung vermochte ich in den Hintergrund zu drängen, indem ich mich mit Fred und meinem unmittelbaren Tresen-Nachbarn unterhielt, über irgendwelche Scheiße, Fußball oder so, mit Absicht oberflächlich, nichtssagend, weil ich fürchtete, ein tiefsinniges, intelligentes Gespräch würde nach kurzer Zeit die Gegensätze offenbaren, in Streit ausarten, die künstliche Harmonie zerstören. Und wegen der Harmonie saßen wir ja schließlich hier in diesem verrauchten Laden. Ich hatte keinen Bock auf Nutten, Fred wusste nicht, wo sich die Schwulen-Kneipen befanden und traute sich nicht, die Wirtin zu fragen.

Angenehme Kneipe. So muffig-geschmacklos, dass sie schon wieder gemütlich wirkte. Eine beeindruckende Ansammlung von Kitsch: Buddelschiffe, kleine Anker, Barkassennachbildungen aus Plastik, Barbie-Puppen in von der Wirtin genähten Seemanns-Uniformen, Schneekugeln mit dem Michel, einem Segelschiff, einem Seemann und dem Bismarck-Denkmal darin, ein von Porzellanhunden umstellter ausgestopfter Dackel namens Lumpi, an den Wänden vertrocknete Lebkuchenherzen mit so sinnigen Sprüchen wie: *Auf ewig dein, Ich liebe dich,* oder *Alles wird gut,* etwa hundert gerahmte Fotos mit Hafenmotiven und signierten Porträts weltberühmter Hamburger wie beispielsweise Uwe Seeler, Henry Vahl, Aale-Dieter, Wilfrid »Frieda« Schulz und Hans Scheibner. Na ja, alles nicht so schlimm, eher erheiternd – das Angebot in der Musikbox war allerdings deprimierend, bestand ausschließlich aus Liedern, die wahrscheinlich in den Folterkellern des KGB oder meinetwegen auch des CIA erfolgreich zur Zermürbung feingeistiger feindlicher Agenten eingesetzt wurden. Gerade sang Lolita:

»Seemann, lass das Träumen,
denk nicht an zu Haus,
Seemann, Wind und Wellen
rufen dich hinaus …!«

Und da klatschte einer seine Pranke auf den Tresen und brüllte und schluchzte: »Aufhören, verdammte

Scheiße! Wegen dem Scheißlied bin ich damals zur See gegangen! Das Scheißlied, das verschissene! Von wegen Romantik! Nur dreckige Häfen und verdammte Kanaken! Und nun sieht man hier in Hamburg auch überall verdammte Kanaken! Nun kommen sie alle hierher, um uns auszusaugen! Ist doch so! St. Georg ist bis unters Dach gefüllt mit Ausländern, Fixern und Schwulen! Die Scheiß-Demokratie! Ich scheiße auf die Demokratie, verdammte Scheiße!«

Fred, ziemlich besoffen, aber auch ziemlich groß und mit Lederjacke, einer Schirmmütze, wie sie Marlon Brando in *Der Wilde* so vorteilhaft trug, in schwarzen Jeans und mit einem Stilett in der Hand recht respekteinflößend, brüllte zu meinem Entsetzen den Brüller an: »Wenn du Stunk suchst, geh ich gern mit dir vor die Tür – und danach wird nur einer von uns beiden in der Lage sein, hier noch ein Bier zu bestellen, du Faschist!«

Für einen Augenblick war jeder – bis auf Lolita (»... deine Heimat ist dein Schiff, deine Freunde sind die Sterne ...!«) – mucksmäuschenstill. Verzweifelt, wenn auch im stillen mit Freds Reaktion völlig einverstanden, zupfte ich an seiner Lederjacke. Alle Augen waren auf meinen Freund gerichtet, in den meisten der mit diesen Augenpaaren verbundenen Hirne schien die Meinungsbildung noch nicht abgeschlossen zu sein; ich sah förmlich, wie die Gehirne arbeiteten, und da ich wusste, dass hinter solchen Stirnen nicht etwa die Ratio herrscht, sondern das allseits bekannte Gebräu aus dumpfen Emotionen, ahnte ich, lebenserfahren wie ich war, sogleich Unheil.

Und schon zeigte die Wirtin ihren Gästen den Weg: »Rocker mit Stilett sind hier unerwünscht! Geh mit deinem Messer woanders spielen!«

»Moment mal!«, rief Fred, mein Gezupfe an seiner Jacke ignorierend, »Unterstützen Sie etwa die rechtsradikalen Thesen dieses Fünf-Mark-Strichers?«

Stricher? Nun ging das Geraune los. In jedem Gesicht ein Fragezeichen. »Erwin ein Strichjunge? Mit seinen achtundvierzig Jahren und der beschissenen Fresse? Das ist doch Quatsch. Vielleicht früher mal – aber eher nicht.«

Erwin sagte dazu nichts. Er dachte, wie man deutlich sehen konnte, nach, musste erst mal kapieren, was hier überhaupt los war, warum dieser Rocker auf einmal so aggressiv geworden war.

Die Wirtin, eine ältere Dame, schmal, aber sehnig, mit strengen Gesichtszügen, klatschte wortlos die Rechnung auf den Tresen. Fred stierte angestrengt auf den Zettel, auf die Zahl unter dem Strich, keine hohe Zahl, eindeutig kein Nepp; er hob den Kopf und stierte, immer noch angestrengt, auf die Frau. Seine Augäpfel waren von roten Äderchen marmoriert. »Was soll das? Fucking bitch! Solche wie dich kenn ich genau! Aber der Tod steht schon hinter dir und wird schon bald seine eiskalte Hand auf deine Schulter legen, alte Schreckschraube!«

Dummerweise wurde diese Wirtin – Uschi – von ihren Stammgästen wie eine Göttin oder zumindest eine Priesterin verehrt. Scheiß auf das Stilett, das Fred ohnehin vor Angst gleich fallen ließ, es gab ein paar kräftige Burschen in dem Laden – und fünf Minuten später fanden wir uns blutend auf dem Straßenpflaster wieder. Ein Lied wehte durch die Kneipenfenster. Nicht von Lolita, aber nicht minder beschissen:

»Jimmy wollt' kein andres Mädchen,
doch sein Leben war nie leer,
denn als Trost sind ihm geblieben
die Gitarre und das Meer …!«

Der grauenhafte Freddy Quinn.

»Bist du noch ganz dicht?«, fauchte ich meinen Freund an, während ich mich langsam, stöhnend und unter Schmerzen erhob und froh war, wieder einigermaßen aufrecht stehen zu können. »Wie blöd muss man denn sein, um erstens seine Mutter zu liquidieren und zu berauben und zweitens, sozusagen auf der Flucht, eine Kneipenschlägerei vom Zaum zu brechen? Mal abgesehen davon, dass du dich bei der Schlägerei wie eine Tunte verhalten hast. Kratzen, beißen, spucken und fauchen. Das machen Tunten.«

»Ich bin keine Tunte.«

»Jedenfalls bist du nicht der Typ, den Marlon Brando in *Der Wilde* spielt. Das solltest du nicht vergessen. Damit kannst du kokettieren – aber wenn's ernst wird, ich bitte dich, lass den Scheiß.« Zum ersten Mal war ich sauer auf Fred – und das schmerzte mich mehr als die Blessuren. Obwohl die auch nicht ohne waren. Ich legte beide Hände an den Kopf. »Was für eine Scheiße, ey! Kaum bin ich frei, krieg ich jede zweite Nacht was auf die Fresse.«

Fred schien es auf dem Straßenpflaster zu gefallen. Er saß da im Schneidersitz, steckte sich eine Lucky zwischen die Lippen, ließ sein Zippo aufflammen, inhalierte gierig und bequemte sich endlich zu einer Antwort: »Ist mir klar, dass ich nicht erwarten kann, von heute auf morgen ein anderer Mensch zu werden, aber ich lasse es nicht mehr zu, dass in meiner Gegenwart abfällig über Schwule gesprochen wird.«

Kopfschüttelnd half ich ihm hoch. »So geht das nicht. Manchmal muss man einfach die Klappe halten. Zum Beispiel in solchen Kneipen. Es sei denn, du stehst darauf, ordentlich vermöbelt zu werden. Aber dann musst du das ohne mich durchziehen.«

»Diese Drecksäcke.«

»Genau.«

Auch der nächste Tag war schwülwarm. Wir sahen uns in Hamburg um, löffelten Eis im Alsterpavillon, wurden in der Nähe des Großneumarkts einen Teil des mütterlichen Schmucks bei einem Juwelier los, der keine Fragen stellte und dafür die Klunker sehr günstig bekam. Das war uns allerdings schon vorher klar gewesen. Ich hatte früher oft mit Hehlern zu tun gehabt. Deshalb hätte es mich eher irritiert, wenn einer aus dieser Zunft unsere Notlage *nicht* ausgenutzt hätte.

Fred teilte ohnehin meine Einstellung zum Geld, das heißt, für ihn waren die Scheine wie Schmetterlinge – sie schwirrten umher, und manchmal ließen sie sich auf einem nieder, oft genug flogen sie viel zu weit entfernt vorbei, und die sich auf einem niederließen, blieben für gewöhnlich nicht lange. Man gab sie achselzuckend frei und war dafür anständig besoffen oder im Besitz einer weiteren geilen Rock-LP, oder der Benzintank war wieder voll. So hatte er von Kindheit an gelebt, die Schmetterlinge waren meistens der Geldschatulle seiner Mutter entwichen, hin und wieder hatte er beim Kartenspiel Glück gehabt – und ganz früher, schon so lange her, dass es gar nicht mehr zählte, hatte er ja mal richtig Geld verdient mit dem Verkauf unverzollter Zigaretten, wenn auch nur ein paar Monate lang. Und das war ja bekanntlich voll in die Hose gegangen. Im Knast hatte auch er arbeiten müssen. In der Küche. Wie ich. Nur konnte ich im Gegensatz zu ihm leidlich kochen. Am Vortag hatte ich ja mit ansehen müssen, wie er Spiegeleier briet. Mann oh Mann! Außen angebrannt, kein einziger Dotter unversehrt.

Am frühen Abend stiegen wir wieder in unsere 50er-Jahre-Klamotten, versteckten unsere Gesichter hinter harten Mienen, steckten uns jeder eine Lucky in den Mundwinkel, dann fuhren wir nach Eimsbüttel.

Und fanden in der Von-der-Tann-Straße sogar einen Parkplatz für das Schiff.

In dem Mietshaus lebten zwei türkische Familien und mehrere Wohngemeinschaften. Auch hier also Türken. Wie viele von denen lebten denn mittlerweile in dieser Stadt? Gelis Name stand an der Tür zur linken Souterrain-Wohnung, zusammen mit zwei anderen Namen. Ich klingelte. Kurz darauf wurde die Tür geöffnet. Von Geli. Die nicht nur genauso schlank wie damals, sondern außerdem sehr überrascht war. Nicht etwa freudig überrascht. Im Gegenteil. Von den spontan vor der Brust verschränkten Armen bis zu den erstarrten Gesichtszügen war alles an ihr auf Abwehr eingestellt. Dennoch sah sie anziehend aus; in meinem Kopf wurden schlagartig mehrere Szenen mit mir und ihr angeknipst und liefen nebeneinander ab. Nicht nur Fickszenen, auch romantisches Zeug, Gespräche am Ufer des Mains, Hand in Hand im Palmengarten – aber doch hauptsächlich Fickszenen.

»Hallo, Geli.«

»Wie kommst du denn hierher?«

Wiedersehensfreude sah anders aus. Auch Fred wunderte sich, wie ich seiner gerunzelten Stirn entnehmen konnte.

»Mit dem Auto. Und warum ich gekommen bin, weißt du ja.«

»Tja«, sagte sie, nun doch zumindest ansatzweise betreten, »da kommst du zu spät.« Sah nicht so aus, als würde sie uns zu einem Kaffee einladen wollen. »Man hat mir das Geld geklaut.« Schiefes Grinsen, so verlogen wie der Scheiß, den sie mir erzählte. Ihr

Blick löste sich flatternd von meinem Gesicht und blieb an meiner Gürtelschnalle hängen. Hinter ihr tauchten zwei Typen auf, die wie richtige Rocker aussahen, mit kantigen, Gewalt ausstrahlenden Fressen.

»Das ist Hans«, sagte Geli, ohne den Kopf zu heben.

»Dann sag ihm mal, er soll sich verpissen und nicht noch mal hier antanzen«, knurrte der vordere Rocker und bohrte mir einen Killerblick in die Augen.

»Ich hab ihm schon gesagt, dass es hier für ihn nichts zu holen gibt.« Geli nuschelte, hatte den Kopf noch tiefer gesenkt und schien irgendwas an meinen Knien entdeckt zu haben.

Ich verstand. Ich hatte sofort verstanden, bereits beim Anblick von Gelis Gesicht, in dem nur noch Spuren an das sanfte Hippie-Mädchen erinnerten. Jeder weitere Satz aus meinem Mund hätte zwangsläufig aus einer unkontrollierten Ansammlung von Schimpfwörtern aus der untersten Schublade bestanden – und dann hätte ich vermutlich was in die Fresse gekriegt, worauf ich nicht nur wegen der letzten und der vorvorletzten Nacht keinen Bock hatte, sondern weil ich generell eine Abneigung gegen Schmerzen empfand, besonders wenn sie sich in und auf *meinem* Körper austobten. Der Traum, den ich sechs Jahre lang täglich hervorgeholt und gepflegt habe, ist soeben zerplatzt, dachte ich nur für ein paar Sekunden, und dann wurde mir klar, dass in einem dunklen Winkel meines Hirns seit Monaten die Erkenntnis vom Verlust der Kohle, von mir starrköpfig ignoriert, gehaust hatte. Keine Pläne mehr. Zum Abschied schoss ich einen Blick auf Geli, der sie, wie ich unsinnigerweise hoffte, vor Reue zusammenbrechen lassen würde, dann folgte ich Fred zum Auto.

»In der hast du dich aber schwer getäuscht«, brachte Fred die Sache auf den Punkt, während wir uns von dem Buick durch den Abendverkehr schaukeln ließen. Warmer Fahrtwind blies durch die offenen Fenster und unsere Haare, und alles wäre so schön gewesen, wenn auf dem Rücksitz eine mit Kohle gefüllte Plastiktüte gelegen hätte.

Bis zu diesem Moment hatte ich nahezu teilnahmslos dem Zusammenbruch meines Traum- und Plangebäudes beigewohnt. Freds Feststellung entsprach zwar den Tatsachen, aber sie ärgerte mich. Blödes Gequatsche. Natürlich hatte ich mich in Geli getäuscht. Das war so offensichtlich, dass nur ein Idiot dazu auch noch einen Kommentar absondern konnte.

»Schön, dass du das erkannt hast. Wär ich gar nicht drauf gekommen. Es ist beruhigend, einen so ausgeschlafenen Freund zur Seite zu haben.«

Fred, nun seinerseits verärgert, brummte: »Mann, lass deine Wut nicht an mir aus. *Ich* war es nicht, der einer Schnepfe 60 000 Mark anvertraut hat – dazu noch ohne Quittung.«

»Was glaubst du, was ich mit dieser Quittung anfangen könnte, außer mir damit den Arsch abzuwischen?«

»Dafür wäre sie ungeeignet, wegen erstens zu klein und zweitens zu fest. Klopapier hat weich zu sein. Mein Arsch zum Beispiel ist meine sensibelste Körperregion.«

»Hab ich mir fast gedacht.«

Wir kicherten kurz vor uns hin, dann schauten wir uns endlich, wenn auch nur verkehrsbedingt, für einen Moment wieder frei in die Augen – und waren sofort beruhigt, denn wir sahen, dass die tiefe Verbundenheit noch immer existierte.

»Plötzlich bin ich bis zum Zerreißen angespannt«, sagte ich, mich gewissermaßen entschuldigend. »Ich steh ja nun sozusagen vor dem Nichts. Im Knast hatte ich keine Existenzsorgen. Da hatte ich 'ne Menge anderer Sorgen, klar, aber keine beschissenen Existenzsorgen. Jetzt muss ich sehen, wie ich über die Runden komme. Soll ich mir etwa eine Arbeit suchen? Gut, ich weiß, dass Millionen andere Menschen brav jeden Morgen zur Arbeit gehen, wie es sich für anständige Bürger gehört. Aber ich habe nicht das geringste Interesse daran, in nächster Zeit ein anständiger Bürger zu werden.«

Genau die Sprüche, die Fred hatte hören wollen. Er nickte, davon höchst angetan und vor allem erfreut, einen richtigen Freund zu haben. »Du hast ja mich«, sagte er fürsorglich. »Und wenn wir meine Kohle verbraten haben, könnten wir ja eine Bank ... Du weißt schon.«

»Was? Überfallen? Das ist nicht gerade dein bester Witz, du Komiker.« Befremdet schaute ich ihn an, und er schwieg beleidigt. Ich war ohnehin nicht scharf auf eine Unterhaltung, schon mal gar nicht auf ein Gespräch über Bankraub, also verkroch ich mich in meinen Gedanken, starrte dabei düster auf die vorbeiziehende Stadtlandschaft, ohne sie wirklich wahrzunehmen. Auf einmal begriff ich, dass die Freundschaft mit Fred alles andere als eine unkomplizierte Kameradschaft sein würde. Die circa 3 000 Mark des Elvis-Fans würden in, na, ich schätzte mal grob, in zehn Tagen aufgebraucht sein. Er hatte ja nie gelernt, das Geld einzuteilen, er war ein großes Kind in 50er-Jahre-Klamotten, das einen Wagen fuhr, für den es kaum Parkplätze gab, von den Benzinkosten ganz zu schweigen. Wahrscheinlich taugte der Traumtänzer, der sich schon als Bankräuber sah, nicht mal zum Schmierestehen. Ein prima Kumpel, zweifellos, ein Freund, mit dem man über alles reden konnte. In meiner Situation hätte ich mir allerdings einen Partner mit Durchblick gewünscht, einen, der mit schlafwandlerischer Sicherheit wusste, was zu tun war. Denn ich zählte leider nicht zu den Anführertypen.

Dann saßen wir wieder in unserem Zimmer, Lucky Strike in der einen, Bierdose in der anderen Hand, umzingelt von kackbraunbeigen Tapeten, von draußen drang Geschrei, Gelächter, der Klang eines Martinshorns durchs Fenster.

Fred, in beleidigtem oder vielmehr traurigem Ton, brach das Schweigen: »Warum bin ich für dich ein Komiker? Was ist an mir so lächerlich?«

Scheiße, Mann, war ja klar, dass er damit kommen würde, dachte ich genervt. Mein Blick löste sich von der Zimmerdecke, um sich auf sein Gesicht zu richten, in meiner Stimme lag alle Ernsthaftigkeit dieser Welt: »Irrtum, Fred. Ich finde dich überhaupt nicht lächerlich. Du bist ja mein Freund. Aber ich sehe ganz klar, dass du in deinem, äh, neuen Leben noch nicht richtig angekommen bist. Du scheinst vergessen zu haben, dass ich erst vor ein paar Tagen aus dem Knast gekommen bin, in dem ich sieben verdammt lange Jahre saß, weil ich eine Bank überfallen hatte, und dass ich selbst noch Schwierigkeiten mit diesem neuen Leben habe. Ich will dir mal was sagen, Alter: Ein Bankraub hat nichts mit Rock'n'Roll zu tun.«

»Ach? Hat es nicht?« Jetzt ließ er wieder die Tunte raushängen. »Schätzchen, ich bin nicht so blöd, wie du vielleicht annimmst. Ich wollte mich nur der Realität stellen. War nur eine Idee. Irgendwie muss ja Kohle reinkommen.«

Ich konnte mir ein Hohnlachen nicht verkneifen. »Du meinst, wenn ein richtiger Mann klamm ist, lässt er den Blick schweifen, um eine geeignete Bank ausfindig zu machen?«

Wieder beleidigt. »Ich weiß, was dahinter steckt. Weil ich schwul bin, kann ich keine Bank ausrauben – würde wohl im Ernstfall mit Wattebäuschchen um mich werfen. Das ist es doch, was du denkst.«

Angeödet verdrehte ich die Augen. »Bin ich schwul? Nein. Und trotzdem war ich als Bankräuber eine Niete. Uns beiden fehlt das nötige Talent. Das ist der springende Punkt. Das hat doch nichts mit schwul zu tun. Ernst Röhm war auch schwul – und trotzdem knallhart.«

»Also weißt du, den beschissenen Ernst Röhm hättest du dir ruhig verkneifen können. Es gibt edlere Beispiele von harten Kerlen unter den Schwulen. Zum Beispiel Alexander der Große, Cäsar, Prinz Eugen, John Wayne ...«

»Das ist doch Quatsch.« Ich musste lachen. »Was redest du denn da? Prinz Eugen und John Wayne kannst du garantiert streichen. John Wayne ist ein reaktionäres Arschloch mit Schwulen-Phobie ...«

»Alles nur Tarnung! So wie sich John Wayne bewegt, kann er nur eine Tunte sein.«

Mit leisem Seufzen winkte ich ab, obwohl ich die Vorstellung witzig fand. Mein Blick wanderte zum Fenster. Doch Fred ließ nicht locker: »Ich könnte Waffen besorgen. In Friedberg. Ich kenne mich dort in allen Kneipen aus, vor allem in den Kaschemmen. In einer Ganoven-Bar hängt immer so'n Typ rum, der mit Waffen handelt. Dafür macht er natürlich keine Werbung, aber jeder in diesen Kreisen weiß es.« Freds Schlitzaugen und das vorgeschobene Kinn sollten wohl Abgebrühtheit signalisieren. Es sah aber eher komisch aus, was ich klugerweise nicht erwähnte.

»Vergiss es. Nicht mein Fach. Wenn schon kriminell, dann als Autoklauer. Ich muss mich noch schlau machen – wegen der neuen Modelle und der ganzen neumodischen Sicherheitsvorrichtungen.«

»Und was schlägst du nun vor? Ich meine, wie soll's nun weitergehn?«

Genau diese Fragen gefielen mir nicht. Ich sollte der Leitwolf sein. Ausgerechnet ich.

Streit auf dem Hansa-Platz. Hörte sich nach einer Schlägerei an. Ich hasste Schlägereien und warf nicht einmal einen Blick aus dem Fenster. Mit dem Daumen drückte ich die Kippe aus und verbrannte mir dabei die Fingerkuppe. An manchen Tagen geht einfach alles schief. Nachdenklich sagte ich: »Vielleicht sollten wir wirklich wieder nach Friedberg fahren. Nicht wegen der Waffen. Aber wenn du dort tatsächlich Gott und die Welt kennst, stoßen wir eventuell auf einen Burschen, der uns weiterhelfen kann. Scheiß auf Hamburg.«

Gewichtiges Kopfnicken. Mein Freund freute sich, dass er von mir, dem Bankräuber, ernstgenommen wurde. »Komm, wir gehen saufen«, schlug er unternehmungslustig vor.

Schon weil ich Entgegenkommen zeigen wollte, landeten wir später ein paar Straßen weiter in einer Schwulenkneipe, die sich im Souterrain befand. Nichts mit Plüsch und Spitzendeckchen und gedämpftem Licht. Stühle, Bänke und Tische aus grobem Holz, kernige Stimmung. Stricher jeden Alters, die einen völlig abgerissen, andere grell aufgeputzt, besoffene Freier aus allen Gesellschaftsschichten, exaltierte Tunten, Muskelmänner in Leder, Musik von Adamo und Roy

Black, von Zarah Leander und – ja, verdammt noch mal – Lolita. Es war laut und unruhig in dem Laden, ein ständiges Kommen und Gehen, Streit, Gelächter, Zoten, Gefummel und Geknutsche. Fred tauchte sofort wohlig hinein in den Sündenpfuhl, wirkte aufgekratzt wie ein Kind, das zum ersten Mal im Zirkus ist. Sein Outfit fiel hier nicht weiter auf, denn es gab einige, die auf Marlon Brando machten. Er flirtete hier, er flirtete da, hatte einen Ständer, den ihm endlich ein zartes, blasses Kerlchen auf der Toilette lutschte – zwar gegen Geld, also knallhart und nix mit Liebe, aber scheiß auf die Kohle.

Ich hatte gleich jedem klargemacht, dass ich Freds heterosexueller Kumpel sei, der sich nur besaufen wolle. Eine Hetero-Frau in meinen Armen hätte den Abend abgerundet, doch auch so genoss ich die schäumende Lebensgier um mich herum, all die extremen Gestalten, die Unruhe, den krassen Gegensatz zum Leben hinter Gittern. Allmählich fühlte ich mich sicherer – was mich wunderte, da ich doch vor dem Nichts stand und vermutlich, falls mir nichts besseres einfallen sollte, demnächst wieder ein Ding drehen würde. Damit wäre ich dann wieder einer von den Kriminellen, würde mir zwangsläufig und automatisch wieder angewöhnen, ständig und überall Bullen zu vermuten, stets mit Observierung zu rechnen, hätte wieder Kontakt zu anderen Kriminellen, von denen erfahrungsgemäß die meisten echte Drecksäcke sind. Ein Leben in der Schwebe, ohne festen Halt, mit mieser Zukunftsperspektive. Üblicherweise ist es doch so, überlegte ich, man schlägt sich zwei, drei Jahre durch, mal selbstgewiss, meist jedoch paranoid – dann legt sich einem eine Hand auf die Schulter. ›Herr Lubkowitz? Sie sind verhaftet!‹ Oft ist es nur ein dummer Zufall, manchmal hat die Schmiere längst die Spur aufgenommen und das Fangnetz bereits in der Hand, und man selbst weiß nichts davon, rechnet zwar in den hin und wieder auftauchenden Momenten der Paranoia mit allem, hofft jedoch stets, schon um überhaupt weitermachen zu können, mittlerweile ein cleverer und außerdem vom Glück geküsster Bursche zu sein. Tatsächlich schaffen es nur die abgewichsten, die knallharten, kühlen Gangster, längere Zeit in Freiheit die Sau rauslassen zu können, mit den Taschen voller Kohle, mit fetten Wagen, öfter mal übers Wochenende nach Mallorca, immer Party, Weiber … Ach, was soll's.

Sich dann wieder umzustellen, ist für Chamäleons wie Ignatz Moser ein Kinderspiel, aber für Typen wie mich eine schmerzhafte Prozedur. Gleich nach der Ankunft im Knast muss man das andere Leben aus seinen Gedanken verdrängen und sich voll auf die Welt und die Regeln hinter Mauern und Gittern einstellen. Irgendwann unterscheidet man sich von Ignatz Moser nur noch in Nuancen. Verpfuschtes Leben? Keine Ahnung. Das Leben meines Vaters ist für mich kein Vorbild. Jahrzehntelang mit grimmiger Miene und der Angst vor den Außendienstbeamten des Ordnungsamts, vor dem Finanzamt, der Pleite, einer Inflation, vor klauenden Angestellten und dem Dritten Weltkrieg im Nacken ein Restaurant zu führen, ist fast so deprimierend wie Knast. Mein Vater war stets mit gramvoll gesenktem Kopf herumgelaufen und hatte mir ständig geraten, mit hoch erhobenem Haupt durchs Leben zu gehen beziehungsweise zu schreiten und meine Ziele immer höher zu stecken. Als mir, mit, weiß nicht genau, etwa sechzehn oder siebzehn, die Substanzlosigkeit dieser Ratschläge bewusst geworden war, hatte ich den Kontakt zu ihm verloren.

Das Hotelzimmer. Zigaretten, Bier, von draußen die Fetzen menschlicher Stimmen, Fußgetrappel auf dem Flur.

Der Dopplereffekt: Ein Streifenwagen näherte sich, seine Sirene klang anfangs heller, der Wagen fuhr vorbei, entfernte sich, und der Sirenenton wurde ein wenig tiefer.

Es war immer noch heiß, fast windstill, doch das angekündigte Gewitter wälzte sich heran.

»Hamburg ist gar nicht so übel«, sagte Fred, in dessen Augen die Diamanten der Erkenntnis funkelten.

Ich winkte ab. Ich hatte mich entschieden. Für mich waren solche Städte zur Zeit ein, zwei Nummern zu groß, zu fremd, so unübersichtlich. Friedberg mit seinen 25 000 Einwohnern schien mir der richtige Ort zu sein. »Scheiß auf Hamburg«, sagte ich cool – wie Belmondo in *Außer Atem* und hätte dazu am liebsten eine Gitane zwischen den Fingern gehabt. Lucky Strike war auch nicht schlecht, natürlich amerikanischer, aber unsere Leitbilder stammten ja ohnehin aus dem amerikanischen Kino. »Hamburg ist auch nicht mehr das, was es früher einmal war.«

Erstaunt schaute Fred mich an. »Das ganze Land ist nicht mehr das, was es vor sieben Jahren war, Buddy. Es gibt jetzt Porno-Kinos. Auch für Schwule. Und der süße Typ, mit dem ich auf der Toilette war, erzählte mir von Clubs, in denen unglaubliche Dinge ablaufen.«

»Wenn wir in Friedberg sind, kannst du meinetwegen jeden Abend nach Frankfurt fahren. All die Schweinereien gibt es da auch. Hauptsache, ich kann mich auf dich verlassen.«

»Du nimmst mich in die Bande auf? Ich meine, du akzeptierst mich als Partner? Fuck, Alter, ich danke dir.«

Fingerknöchel klopften an die Tür. Ich erstarrte gewohnheitsmäßig, mit den üblichen Filmsequenzen erlebter Scheißerfahrungen im Gehirn-Kino. Fred erhob sich und öffnete.

Uniform, ein Polizist. Sekundenschnell rasten Gedanken durch mein Hirn, kamen sich in die Quere, vereinigten sich, mein Herzschlag legte einen flotten Zahn zu – aber gleich die Entwarnung, alles klar, fast vergessen, ich war ja tatsächlich vollkommen sauber, hatte nichts zu befürchten. Besorgt registrierte ich mein Panikpotential.

»Sind Sie Alfred Fink? Ja? Tut mir leid. Ich habe eine schlechte Nachricht für Sie. Ihre Mutter. Sie ist gestorben. Vermutlich ein Unfall, in ihrer Wohnung. Sie sollten sobald wie möglich nach …«

»Was sagen Sie? Meine Mutter? Oh Gott! Sie war noch so rüstig, sie hat noch so viel vorgehabt!«

Nun übertreibt er maßlos, dachte ich ebenso beunruhigt wie peinlich berührt. Fred war als Schauspieler eine Katastrophe, doch es gelang ihm, weiß der Teufel wie, sich ein paar Tränen abzudrücken, während er die Hände in die Luft warf, sich die Haare raufte und Gott anklagte. »Wer hat sie denn gefunden?«, flüsterte er, den Rücken gekrümmt, als laste eine Tonne Schmerz auf ihm.

»Die Freundin Ihrer Mutter, Ottilie Kannegießer aus Bad Homburg, die einen Schlüssel zur Wohnung besitzt. Sie hat Ihre Mutter vorgestern leblos auf dem Küchenfußboden gefunden.«

Ein Aufschrei. »Oh nein! Das war ja nur ein paar Stunden, nachdem ich mich von ihr verabschiedet hatte. Sie hat noch gesagt, ich solle in Hamburg keinen Unfug anstellen. Ich bin nämlich homosexuell, wissen Sie.«

»Ich nicht«, warf ich, peinlich berührt, ein. »Ich bin sein heterosexueller Freund.«

»Das geht mich nichts an«, antwortete der Uniformierte kühl.

»Das geht Sie sehr wohl was an«, konterte Fred, dem jetzt klar geworden war, dass ihm keine Gefahr drohte, scharf. »Wir Schwule lassen uns nicht mehr ins Abseits drängen! Unsere Situation geht alle etwas an! Und wir vergessen auch nicht, dass wir vor gar nicht langer Zeit von Ihren Kollegen verfolgt wurden. Ich will ja gar nicht bis zur Nazi-Zeit zurückgehen. Noch in den 6oer Jahren …«

Der Polizist zuckte gelangweilt die Achseln. »Die Zeiten ändern sich. Früher war die Gesetzeslage so, heute ist sie anders.«

»Aber entschuldigen könnten Sie sich. Ich verlange hier und jetzt von Ihnen eine Entschuldigung!«

Ich kniff entsetzt die Augen zu, der Bulle blieb jedoch gelassen. »Warum soll ich mich für Gesetze entschuldigen, die schon vor meinem Eintritt in den Polizeidienst abgeschafft wurden? Mein Beileid und auf Wiedersehen.«

Fred wollte noch irgendeine Beleidigung von sich geben, doch ich trat ihn ans Schienbein, der Bulle schloss die Tür von außen, Fred fauchte mich an: »Bist du neuerdings auf der Seite der Bullen, verfluchter Judas?«

»Du bist besoffen. Komm, setz dich wieder hin, wir trinken noch ein Bier und überlegen uns, was nun zu tun ist.«

»Was nun zu tun ist?« Mit einem Schlag war der Zorn verpufft. Mein Kumpel sah aus, als hätte ihn eine Fee berührt. Jede seiner Körperzellen schien auf einmal von Jubel und Optimismus erfüllt zu sein. »Goddam, Buddy, ich hab jetzt die große Wohnung in Friedberg für mich allein. Du wirst da natürlich auch wohnen, gleichberechtigt, aber das versteht sich ja von selbst. Was mein ist, ist auch dein – und umgekehrt. Dort werden wir dann die Pläne schmieden. Von dort aus werden wir zuschlagen. Von diesem Adlerhorst inmitten der Bundesrepublik werden wir ausschwärmen und die braven Bürger das Fürchten lehren, nicht wie die Arschlöcher von der RAF, sondern emotionslos, wenn auch elegant, vielleicht sogar mit herbem Charme, auf jeden Fall mit Stil und eiskalt gewinnorientiert, zwei stahlharte Outlaws, jeder kann sich hundertprozentig auf den anderen verlassen, vielleicht werden wir eines Tages sogar gemeinsam im Ehebett schlafen.« Schmutziges Grinsen.

Anfangs hatte ich, der mehrmals vorbestrafte Outlaw, das Licht am Ende des Tunnels ahnend, zustimmend genickt und gelacht. Eine neue Option. Doch schon trat die Vernunft ans Rednerpult, um auf mich einzureden. Das sei kein Spaß. Dieser weiche, ein wenig aufgeschwemmte Narr habe offensichtlich die Absicht, sobald wie möglich kriminell zu werden. Aber auf der dunklen Seite des Lebens zu stehen, habe nichts mit Romantik zu tun, auch wenn die musisch veranlagten Verbrecher gern Lieder hörten, die von *Ball and Chain,* von *Folsom Prison* und *Jailhouse Rock,* von *Tom Dooley* und *Hangman's Knee* erzählten.

In Wahrheit war ich ja auch nicht frei von sentimentalen Anwandlungen bei diesem Thema, obwohl ich bisher von jener Romantik nicht viel mitgekriegt hatte, außer eben in Blues- und Country-Songs, in Filmen und in Erzählungen unglaubwürdiger Mithäftlinge.

Dennoch sah ich mich öfter so: Whiskey, Zigaretten, vage Sehnsucht, es ist fünf Uhr morgens, aus dem Fenster eines Motelzimmers fliegt der Sound eines Tenor-Saxophons in die Morgendämmerung, an der

Straßenkreuzung blinken Ampeln, Polizeisirenen nähern sich, der Held, soeben von seiner Freundin verraten worden, nimmt die Pistole auseinander, reinigt liebevoll die Einzelteile, fügt alles mit geübten Griffen wieder zusammen, schiebt das volle Magazin in den Schacht, lädt lässig durch und erwartet fatalistisch und mit einem bitteren Lächeln den Feind.

Wahrscheinlich braucht man als Outlaw ab und zu dieses Bühnenbild, um sich nicht ständig als Flüchtender oder gar als potentieller Strafgefangener zu fühlen. Selbstbetrug findet natürlich nicht nur in den Köpfen der Kriminellen statt, schon klar, und vielleicht sind die Konsequenzen für angesehene Mitbürger, die sich dem Selbstbetrug hingeben, auf ähnliche Weise katastrophal, keine Ahnung, mir auch scheißegal, das würde mich auch nicht beruhigen. Es gab für mich nur wenige beruhigende Dinge. Eins davon wurde mir gerade zur rechten Zeit angeboten: Freds Wohnung, die Trutzburg, das nach Lavendel, Sagrotan und Bohnerwachs duftende Refugium. Ich freute mich geradezu auf den Geruch, der mich im Flur empfangen würde, auf die Badewanne, die schneeweiße Bettwäsche und die mit flauschigem Stoff bespannte Klobrille.

Ein Herz für Igel

»Friedberg hat sich während unserer Abwesenheit überhaupt nicht verändert«, scherzte Fred, der einerseits gelöst, andererseits aufgeregt wirkte.

Auch die Fink'sche Wohnung sah noch genauso aus wie vorher, wenn man davon absah, dass sich Frau Kannegießer aus Bad Homburg, die Freundin von Frau Fink, darin aufhielt, als wäre sie damit verwachsen. Eine streitbare alte Dame, deren Dalai-Lama-Verehrung in krassem Gegensatz zu ihrer Aggressivität stand. Sie hatte die Wohnung auf Hochglanz gebracht und vermutlich ihre Nase in jede Schublade, in jede Schatulle und selbst unter die Schränke und Betten gesteckt. Sie war hager, sehnig und besaß denselben strengen Gesichtsausdruck wie Freds Mutter. Nun saß sie im Wohnzimmer zwischen all den Spitzendeckchen und den Kissen mit den bestickten Bezügen, trank Tee und knabberte steinalte Kekse.

»Schön, dass du dich auch mal wieder blicken lässt. Du hast dir wohl gedacht, die dumme Frau Kannegießer soll erst mal die Wohnung in Schuss bringen. Typisch für dich, dass du nicht da warst, als deine Mutter dich brauchte. Aber lassen wir das. Auf dich war ja noch nie Verlass. Ich frage mich nur, wo der Schmuck und das Geld deiner Mutter geblieben sind.« Tückischer Blick. »Weißt du etwas darüber? Oder dein, hm, hm, Freund?«

Auf diese Reaktion war sie nicht vorbereitet: Fred griff sich die Teetasse, goss den Inhalt über die Kekse, warf die Tasse auf den Teppich und zertrat sie, dann beugte er sich zu Frau Kannegießer, kam ihr sehr nahe und fauchte in das erschrockene Gesicht: »Legen Sie bitte den Wohnungsschlüssel auf den Tisch und verschwinden Sie aus meiner Wohnung, Sie widerwärtige Schnüfflerin! Ich konnte weder Sie noch den Dalai Lama jemals leiden!«

»Das ist ja wohl die Höhe! Wenn das deine Mutter ...!« Sie hatte sich offenbar gleich wieder gefangen. »Du willst jetzt wohl ein Liebesnest aus dieser Wohnung machen! Und einen Strichjungen hast du auch schon mitgebracht! Ja, ich weiß, dass du vom anderen Ufer bist, du Schmutzfink! Das ist kein Geheimnis!«

Zeit für meinen Einsatz. Auch wenn ich mit dieser Angst vor Autoritäten geschlagen war, hatte ich nie als Feigling gegolten. Ich baute mich vor ihr auf und sagte ruhig und bedrohlich: »Wenn du mich noch mal einen Strichjungen nennst, drehe ich dir den Hals um, du Flittchen!«

»Flittchen?« Mehr traute sie sich nicht mehr zu sagen. Sie wurde hektisch, erhob sich erstaunlich flink, warf den Schlüssel auf den Tisch, griff sich ihre Handtasche und die Strickjacke – an der Tür, der Gefahr fast entronnen, drehte sie sich noch einmal um. »In Bad Homburg, in Friedberg und Bad Nauheim wird bald jeder wissen, dass hier in der Ludwigstraße ein Bordell für Homos aufgemacht hat. Dafür werde ich sorgen, dass es alle Welt erfährt!«

Fred warf die Untertasse, ich den Zuckerstreuer nach ihr, doch sie war schon verschwunden, mit irrem

Gelächter – und schrie durchs Treppenhaus: »Die Wohnung von Frau Fink ist ein Homo-Bordell!«

Fred wirkte sehr zufrieden. Vorhin hatte er der Polizei einen Besuch abgestattet, sich ausgiebig erkundigt und schnell festgestellt, dass man auch dort von einem Unfall ausging. Der Showdown mit Frau Kannegießer war ebenfalls zufriedenstellend verlaufen, nicht ganz so glänzend, wie er sich vorgestellt hatte, aber die Schockwirkung hatte sich zu seiner Freude deutlich auf ihrem Gesicht ausgebreitet. Er wusste, diese Szene würde noch jahrelang durch den Kopf der Schnüfflerin geistern und vielleicht sogar ihren Tod bedeuten – aber das wäre zu viel des Glücks.

»Und nun rechne ich mit meiner Tante Hedi in Offenbach ab!«, dröhnte er gut gelaunt durch die Wohnung, griff sich das Telefon, zwinkerte mir fröhlich zu und rief an: »Ja? Ich bin's, Fred – kein Beileidsgesülze! Ist ja ekelhaft. Ich will dir nur sagen, dass du in der Hölle schmoren sollst, Bestie! Ihr habt mir lange genug das Leben zur Hölle gemacht, meine Mutter, die Kannegießer und du! Fick dich, du alte Nazi-Fotze!«

Aufgeregt und glücklich wie ein Schuljunge nach einem gelungenen Streich legte er auf, sah mich lobheischend an. Ich schüttelte wieder einmal den Kopf und kam mir ihm gegenüber so unendlich weise vor. »Hast du etwa vor, die nächsten Tage damit zu verbringen? Mit der Beschimpfung aller Menschen, die dich früher gepeinigt haben?«

Immer noch dieses selige Lächeln. »Glaub mir das: Meine Tante ist eine Sau. Ihr Mann war ein hohes Nazi-Tier in Offenbach. In ihrem Bücherschrank steht nur zwischen 1933 und 1945 gedruckter Dreck. Den Rest meiner Verwandtschaft werde ich auf der Beerdigung zur Schnecke machen. Ach, ist das herrlich!«

Er stolzierte durch sein Reich, forderte mich auf es ihm gleichzutun, ermunterte mich ungehemmt in allen Schränken, Truhen und Kommoden zu stöbern, kramte schaudernd in der Unterwäsche seiner Mutter, warf mit BHs und Schlüpfern um sich, verspritzte Kölnisch Wasser und Sagrotan, entdeckte eine uralte Packung mit Monatsbinden, die er lachend wie einen Fußball in die Vitrine mit den Nippes-Figuren trat. Der Klang des zerspringenden Glases und der zerbrechenden, auseinanderstiebenden Figuren schien ihn zu faszinieren.

Noch sah ich keinen Grund einzuschreiten, da ich weder für den Nippes-Scheiß noch für die Vitrine Anteilnahme empfand. Mein Freund beruhigte sich dann ja auch bald und kochte erst mal Kaffee.

Ich fühlte mich sauwohl. Es war eine Ewigkeit her, dass ich in einer bürgerlichen Wohnung so frei und unbeschwert hatte herumlaufen dürfen. Die elterliche Wohnung in Würzburg war immer mit einem Makel behaftet gewesen. Dem Ehepaar Lubkowitz, den tüchtigen Restaurantbetreibern, hatte die bürgerliche Bildung gefehlt und der damit verbundene bürgerliche Geschmack. Sie hatten in ihrer Wohnung diesen Geschmack imitiert, ungeschickt und völlig daneben. Doch es hatte darin zumindest so ähnlich gerochen wie in den authentischen Wohnungen der Bürger. Tief in meinem Inneren verbarg sich der Wunsch, das ahnte ich, in solch einer Wohnung mit einer Frau und Kindern zu leben, ein Bürger zu sein – einfach nur von den Nachbarn akzeptiert als einer von ihnen.

Ich zog mit gemischten Gefühlen ins Zimmer der Verblichenen. Fred riss die Bezüge vom Bettzeug und legte mir frische hin. *King Creole* von Elvis Presley – die Stimme des Kings röhrte so laut und frei wie nie zuvor durch die Räume.

Während ich, jetzt völlig entspannt und der Zukunft optimistisch zugewandt, in der Badewanne lag, ging Fred einkaufen, kam bald voll beladen wieder und mit der strahlenden Miene eines fündig gewordenen Goldsuchers bedeckte er den Küchentisch mit all den Dingen, die zuvor in dieser Wohnung, außerhalb von Freds Zimmer, geächtet gewesen waren: Jim Beam, Bacardi, Gordon's Dry Gin, Schweppes Bitter Lemon, Coca-Cola, Tiefkühl-Pizza, Nuts und Bounty, Erdnussbutter, zwei T-Bone-Steaks, Ketchup, eine Dose Mais, Kartoffelchips – also lauter *ausländisches* Zeug.

»Mein Mutter hasste ausländisches Zeug. Für die Ausgestaltung meines Zimmers, für die Rock'n'Roll-Platten und meine Rock'n'Roll-Kleidung hab ich kämpfen müssen wie ein Löwe, ja, ohne Scheiß, ich hab eigentlich jeden verdammten Tag einen zermürbenden Kleinkrieg mit meiner Mutter geführt, der Tag für Tag ein Stück von meiner Seele abgehobelt hat – und Tag für Tag so weitergegangen wäre, wenn du nicht aufgetaucht wärst, mein Retter.« Strahlend schaute er mich an, mich, den Messias, ausgerechnet mich.

Später verdrückten wir die von mir, na ja, genießbar zubereiteten Steaks mit Mais und Ketchup, Chips und Toast, tranken Bourbon, erzählten uns Geschichten aus der Jugend, ganz entspannt, wie Tramps am Lagerfeuer, und ich spielte schon mit dem Gedanken, mir eine Arbeit zu suchen, wie zig Millionen andere, unspektakulär und ganz normal, stellte mir mehrmals vor, wie ich nach der Arbeit zu Hause mit Fred gemütlich Kaffee oder Whiskey schlürfte, nach dem Abendbrot vielleicht mit ihm Schach spielte, Platten hörte oder in die Glotze starrte. Die politischen

Sendungen hätten mich interessiert. Es war für mich faszinierend, tagtäglich an zahllosen Kleinigkeiten erkennen zu können, wie sehr sich die Atmosphäre seit 1968 gewandelt hatte. In den letzten Jahren war vieles, das die 68er gefordert hatten, nach und nach, wenn auch nicht baugleich, wenn auch zähflüssig und zum Teil verwässert, umgesetzt worden. Die Gesellschaft war zwar nicht besser, aber eindeutig freier geworden. Hoffnung versprühende Tendenz: Selbst traditionsbewusste Bauern, konservative Akademiker und üblicherweise zurückhaltende Frauen aus dem bürgerlichen Milieu beteiligten sich neuerdings, und zwar vehement, an Demonstrationen aller Art – gegen Kernkraft, für das Recht zur Abtreibung, gegen Aufrüstung, für Emanzipation und für die Legalisierung weicher Drogen.

Unsere Gespräche über Politik bewegten sich überwiegend auf einem für mich äußerst traurigen, manchmal schmerzhaft niedrigen Niveau, da mein neuer Freund auf diesem Gebiet, krass gesagt, so bewandert war wie Ray Charles in der Malerei. Das nagte an mir, ich regte mich eines Abends darüber auf, das heißt, es quoll einfach aus mir heraus – zu meinem und Freds Erstaunen sogar lautstark, was wohl auch an der Alkoholmenge lag, aber nicht nur. Ich forderte ihn tatsächlich auf, sich in dieser Hinsicht verdammt noch mal schlau zu machen, anderenfalls müsse er sich einen anderen Gesprächspartner suchen. Nach einem Blick in sein entsetztes Gesicht wurde ich ein wenig milder und versuchte es mit einem Appell an seine Einsichtsfähigkeit. Es dürfe ihm doch nicht egal sein, dass Diktaturen vom Westen nicht nur geduldet, sondern unter der Hand oder gar offen unterstützt würden, sofern diese antikommunistisch eingestellt seien – wie zum Beispiel in Chile, in Argentinien, Bolivien, Paraguay, Uruguay, Brasilien, um nur ein paar Staaten zu nennen. Ich sagte, die Liste der prowestlichen beziehungsweise vom Westen nicht nur akzeptierten, sondern massiv unterstützten Diktaturen sei erschreckend lang – und dazu gesellten sich dann noch die Länder des Ostblocks und eine Reihe mit ihnen sympathisierender Diktaturen in Asien und Afrika. Gerechtigkeit, sagte ich, nun wieder erregt, sei ein Begriff, der von den westlichen Regierungen zwar gern und oft benutzt würde, aber offenbar für die diktatorisch regierten Länder nicht gelte. »Ja, wie denn auch!«, rief ich aufgebracht. »Diesem Begriff wird ja selbst hier in Wahrheit nicht die gebührende Achtung erwiesen!« Im Schneckentempo bewege man sich auf die Gerechtigkeit zu, und es habe der 68er-Unruhen und, nicht zuletzt, des Kanzlers Willy Brandt bedurft, damit sich endlich einiges bewegt habe – zum Beispiel die Frauenemanzipation, die Schwulenbewegung, mehr Rechte für Arbeiter und Angestellte. Ich schwieg erschöpft und durstig, leerte mein Glas und füllte es erneut.

Immerhin hatte ich erreicht, dass sich auf Freds Gesicht der Ausdruck von Nachdenklichkeit breitmachte. So habe er das noch gar nicht gesehen, sagte er bedächtig, als formten sich seine Gedanken erst beim Sprechen. Er sei sowieso nicht sehr politisch, habe die Ereignisse damals – 1968 und so – zwar mit einer gewissen Sympathie verfolgt, aus der Distanz, wie ein Zuschauer im Theater, auf einem der besseren Plätze – bequemer Sessel, guter Überblick, beide Hände frei zum Beifallklatschen, wie etwa bei den Happenings der Kommune 1 –, aber ohne sich wirklich damit auseinanderzusetzen. Auch die Musik – Beat, Rock, Underground, Westcoast, Soul – habe ihm von Anfang an gefallen, doch deren Schönheit

sei ihm erst spät aufgefallen, da er nie richtig aus den
50er Jahren herausgefunden habe. Vermutlich eine
Reaktion auf die Diktatur seiner Mutter. »Ich hab die
50er Jahre und den Rock'n'Roll als ein sicheres Rück-
zugsgebiet angesehen, glaube ich. Die 50er waren für
mich eher ein Ort als eine bestimmte Zeit.« Bevor er
weitersprach, leerte er ebenfalls sein Glas und füllte
es wieder. »Für meine Mutter waren die 50er Jahre
so unangenehm wie das Jahrzehnt davor, wie all die
Jahre danach. Sie sah in allem nur das Schlechte, war
nicht in der Lage sich zu freuen, obwohl sie nie unter Entbehrungen oder Krankheiten zu leiden hatte.
Mein Vater, den ich kaum gekannt hatte, scheint das
völlige Gegenteil von ihr gewesen zu sein: kunstbe-
geistert, lustig, trinkfreudig. Vielleicht war sie gar
nicht meine richtige Mutter. Vielleicht hat mich mein
Vater ihr untergeschoben.«

»Das stelle ich mir sehr schwierig vor«, sagte ich,
und dann lachten wir, bis ich mit dem Ellbogen gegen
den Plattenspieler stieß. Danach lachten wir nicht
mehr, da sich die Nadel – der Diamant, um genau zu
sein – buchstäblich durch die Rillen pflügte, sodass
die Seite im Arsch war, ausgerechnet Freds erste Elvis-Single, die er sich 1956 gekauft hatte, die für ihn
eine Ikone darstellte, *That's All Right, Mama*, Elvis
Presleys erste Single, aus der PX, also amerikanische
Pressung, nicht mehr wiederzukriegen. Er hatte das
Stück natürlich auch auf der LP *Rock'N'Roll No. 1,*
und zwar in wesentlich besserer Klangqualität, aber
das war offensichtlich nicht dasselbe.

Er wurde bleich, war nicht einmal zornig – nur
traurig, ein Kind, dessen wertvollstes Sammelbild
zerrissen wurde.

Ich musste ihn tröstend in den Arm nehmen. Und
schon schnurrte er.

Während der nächsten Tage fand ich meine Unbeschwertheit wieder. Leichtfüßige, leider schnell verwehende Tage. Nach meinem subjektiven Zeitgefühl flossen die Stunden viel schneller als sonst in den Gully der Vergangenheit – was ich, auf die Ratio pfeifend, als Betrug empfand, da ich die Klebrigkeit, die grausame Dehnbarkeit der Stunden, Tage, Monate im Knast, noch genau vor mir …, ja, buchstäblich vor mir sah. Ich konnte noch immer, wie in den sieben Gefängnisjahren, die Zeit vertropfen sehen.

Fred führte mich zu allen Orten, die mit Elvis in Verbindung standen, in Friedberg, Bad Nauheim und Frankfurt. Nichts wirklich Sehenswertes – die Kaserne, das Hotel, die Villa, zwei, drei Bars, ein Nachtclub mit Striptease-Programm –, aber es machte schon Spaß, einfach so in dem Buick herumzugondeln, so frei, dass mir schwindlig wurde.

Abends zogen wir durch die Kneipen, durch die anständigen und die verruchten Kneipen. Oh ja, es gab in Friedbergs Altstadt Lokale, in denen dunkle Gestalten verkehrten. *Zum goldenen Engel* in der Engelsgasse beispielsweise. Treffpunkt der bösen Buben und der ungezogenen Mädchen. Am Tresen klebend und lautstark die einen – andere um Unauffälligkeit bemüht, beobachtend, an die Wand gelehnt und mit ihr scheinbar verschmelzend, mit dem einen oder anderen tuschelnd, Informationen austauschend, stets wachsam. An einem Tisch, in Herrscherpose, von einem Hofstaat umgeben, ein ehemaliger Boxer – ganz große Nummer, wie Fred flüsternd behauptete. Fred war an diesem ersten Abend im *Goldenen Engel* ein Nervenbündel. Kein Wunder: Er hatte vor, sich als Homosexueller zu bekennen, und obwohl man ihn in allen anrüchigen Lokalen der Stadt kannte und freundlich behandelte, wußte er natürlich nicht, wie die Leute darauf reagieren würden. Es gab zwei oder drei Tucken, klar, die gab es überall, die gar nicht anders konnten, als sich exaltiert und tuntig zu verhalten, doch über die lachte man – keineswegs verächtlich, eher gutmütig, dennoch mit einer gewissen Herablassung. Fred wollte auf keinen Fall zu denen gehören, über die man spottete.

Er räusperte sich, sein Gesicht sah aus, als würde es von innen beleuchtet. Unsicher, ein wenig umständlich stellte er sich auf einen Stuhl und zog schon dadurch die Aufmerksamkeit auf sich. »Hört mal her, Leute!«, rief er, seine Stimme klang rauh, auf seiner Stirn bahnten sich Schweißrinnsale den Weg ins Dickicht der Augenbrauen, flossen von den Schläfen über die Wangen in den Hemdkragen. Er atmete heftig. »Ihr kennt mich ja seit vielen Jahren, zumindest viele von euch. Ich hab mich in eurer Gesellschaft immer wohlgefühlt, aber nie den Mut gehabt, mich zu bekennen! Jetzt hab ich das Versteckspielen satt! Deshalb teile ich euch heute mit, dass ich schwul bin! Jawohl, ich bin einer vom sogenannten anderen Ufer! So, jetzt wisst ihr's!«

Allgemeines Achselzucken, hier und da wissendes Grinsen. Kein Erstaunen. Kein Erschauern. Sah für mich so aus, als hätte es ohnehin jeder gewusst. Aber um so besser. Alle gingen wieder zur Tagesordnung über, redeten wie immer über ausgeführte oder geplante Gesetzesverstöße, über Weiber, Fußball, Geld und Autos, Mallorca, wieder über Geld und Weiber, einige regten sich wie üblich über die beschissenen Atomkraftgegner auf, die zu blöd seien, um zu erkennen, dass sie mit ihren Protesten nur den Russen in die Hände spielten. »Moskaus nützliche Idioten«, sagte einer, und den Wunsch, für diesen Spruch gelobt, wenn nicht gar gefeiert zu werden, konnte man in seinem Gesicht deutlich lesen. Zu meinem Bedauern bekam er dafür tatsächlich Applaus.

Fred bahnte sich, mit glühendem Kopf, unsicher und nebenbei einige, die ihn wohlwollend tätschelten, dankbar angrinsend, einen Weg zu mir. »Und?«, fragte er aufgeregt, »Wie war ich?«

Nun ja, er hatte ja nicht etwa gesungen oder ein Kaninchen aus einem Zylinder gezaubert, seiner 20 Sekunden langen Rede hatte es schon wegen der zeitlich enormen Begrenzung an Tiefe gefehlt, doch ich lobte ihn wegen des Mutes, den er aufgebracht hatte, um sich mit Todesverachtung auf einen der wackligen Stühle zu stellen.

In diesen Kneipen ging es wirklich hoch her. Nicht nur an den Wochenenden, denn die Mehrzahl der Gäste bestand aus Leuten, die das Privileg hatten, morgens ausschlafen zu dürfen, aus Kellnern, Köchen, Schichtarbeitern, Bardamen, Nutten – selbst ein paar Studenten und bürgerliche Alkoholiker zählten zu den Stammgästen – und natürlich aus den Kriminellen, die sich wiederum in vier Kategorien aufteilen ließen: die Gelegenheitskriminellen, die primitiven Klauer und Räuber, die sich auch jederzeit anheuern ließen, die subtilen, Gewalt möglichst vermeidenden Ganoven mit dem Habitus von Geschäftsleuten, und schließlich die harten Hunde, entweder Alpha-Tiere oder hautnah mit denen verbunden, dornige Gewächse, schon immer gewesen, mit kühl musternden Augen, misstrauisch von Anfang an, gewohnheitsmäßig skrupellos. Es gab noch diverse Zwischenstufen. Ich kannte jeden Typus und fragte mich, ob ich bereits wieder zu dieser Unterwelt-Gesellschaft zählte, wenn auch vorerst nur am Rand, ob ich möglicherweise, meinen im Knast gebetsmühlenartig abgeleierten Vorsätzen zum Trotz, ein Berufsverbrecher war, auf einem Weg, der keine Umkehr erlaubte. NO U-TURN! Obwohl ich niemandem etwas Böses wollte. Meine psychische Verfassung war das Ergebnis meiner Erfahrungen, die Oberfläche meiner Seele bestand aus Narben und nicht verheilten Wunden. Das entschuldigte nichts, ganz klar, aber es erklärte einiges.

Mehrere Frauen ohne männliche Begleitung behaupteten sich souverän, schienen schon viele Abende hier verbracht zu haben. So sehr ich mich auch nach einer Nummer sehnte, ich hielt mich zurück. Sieben Jahre war mein Schwanz nur mit mir zusammengewesen. Ich fürchtete, in sexueller Hinsicht unbeholfen geworden zu sein. Meine Hände würden womöglich verschwitzt und fahrig über einen nackten Frauenkörper streichen, trockene Mundhöhle und eine Lederzunge beim Küssen, kaum mit meinem Schwanz in einer der weiblichen Öffnungen angelangt, würde es mir schon kommen, ein paar ungeduldige Stöße – und voilà. Unterm Strich hatte ich bisher um die zehn Jahre Knast abgesessen, und manchmal glaubte ich, stigmatisiert zu sein, als hätten sich die Schatten der Gitterstäbe in meine Stirn eingebrannt. In diesen Momenten bildete ich mir ein, jeder einigermaßen aufgeweckte Mensch könne mir ansehen, könne an meiner Ausdünstung feststellen, wo ich gewesen war, sei in der Lage aus meinen Worten herauszuhören, in welchem abgeschlossenen System ich fast ein Drittel meines Lebens verbracht hatte.

In diesen Kneipen galt das nicht als Makel. Friedberg / Hessen, Kleinstadt, ganz erstaunlich, aber dennoch nicht verwunderlich, wegen der vielen Amis, der Nähe zu Frankfurt und außerdem zu Butzbach mit seinem Gefängnis, das eine hohe Zahl an sogenannten Schwerverbrechern beherbergte und verwahrte. Kein Wunder, dass ich in diesen Kneipen jede Menge Knastologen traf. Keinen, dem ich vorher schon begegnet war, aber wir konnten es voreinander nicht verbergen – und wollten es auch nicht, mal abgesehen davon, dass Fred sowieso allen erzählte, wie schlimm ich sei. Einerseits fand ich's bescheuert, dass er mich wie ein Jäger, der mit seiner Trophäe, einem Zwölfender-Geweih, auf die Kacke haut, präsentierte und als »Bankräuber, sieben Jahre, davon vier in Butzbach« vorstellte, andererseits steckte in dieser Prahlerei natürlich eine Empfehlung, sozusagen die Eintrittskarte zum Klub der bösen Buben. Ich spielte also mit, das alte Spiel, befand mich mit einem Mal wieder in schlechter Gesellschaft, stieg wie gehabt in die Rolle des Lässigen, Abgewichsten, spulte Knastanekdoten ab, hörte mir, Interesse vortäuschend, dreckige Knast-Anekdoten an, wir hoben alle unsere Gläser und stießen auf den liberalen Strafvollzug in den Knästen der Bundesrepublik an.

Verständlicherweise waren viele der Gäste noch immer traurig wegen Elvis Presleys Abflug in die ewigen Jagdgründe. Na ja, der eine oder andere – wir befanden uns immerhin unter Leuten, deren Religion der Mammon war – ließ bereits durchblicken, man könne auch in der Wetterau mit dem King noch immer die fette Kohle machen, indem man zum Beispiel Wallfahrten nach Friedberg und Bad Nauheim organisiere. »Die Elvis-Villa in der Bad Nauheimer Goethestraße«, röchelte einer, der schon die Banknotenstapel vor sich zu sehen schien, »die muss man kaufen.«

»Eine Sekte gründen, die Villa zum Tempel erklären«, schlug ein edel gekleideter Grauhaariger vor. »Sekten aller Art schießen ja in den letzten Jahren wie Pilze aus dem Boden. Die meisten von cleveren

Gauklern gegründet. In dieser Zeit der allgemeinen Verunsicherung suchen viele vom Christentum enttäuschte Menschen nach einem Führer, der ihnen Erlösung verspricht. Ist so. Eine Sekte zu beherrschen, bringt mehr Kohle als zehn Spielhallen zusammen.« Er grinste versonnen. Aber ihm, dem Besitzer mehrerer Spielhallen, ging es auch nicht gerade schlecht, wie mir Fred mit Insidermiene erklärte. Man könne dem Finanzamt säckeweise Münzen verschweigen, es gebe keine Möglichkeit, die wahren Einnahmen zu ermitteln.

Das wusste ich natürlich. Eine Daddelhalle an der richtigen Stelle, davon träumten viele – ich auch, aber erst mal wurde die Sektengründung weiter erörtert. Bis man zu den Details wie Satzung, Zeremonien und Vorstandswahl kam, alles im Moment zu kompliziert fand und sich dem Thema Terrorismus widmete, was jeden Anwesenden, mich eingeschlossen, wahnsinnig aufregte, verständlicherweise. Die Scheiß-Rote-Armee-Fraktion, die durchgeknallten Wichser, die sinnlosen Attentate in letzter Zeit auf Siegfried Buback und Jürgen Ponto! Deswegen war die Polizei im ganzen Land so präsent und rührig wie noch nie zuvor seit 1945. Ständig musste man damit rechnen, in eine Fahrzeug- und Personenkontrolle zu geraten. Der einzige Effekt des Terrorismus, rief ich in die Runde, sei die vermehrte Festnahme polizeilich gesuchter Leute. Die RAF sei somit vor allem *unser* Feind! Der Applaus gefiel mir, und fast hätte ich mich davon zu einer flammenden Rede hinreißen lassen, konnte mich aber rechtzeitig bremsen – schon weil nicht abzusehen war, wohin mein Geschwafel führen würde, denn ich hatte ja gar nicht gewusst, was ich hätte sagen sollen. Vielleicht wäre ich schon nach den ersten zwei Sätzen vom Thema abgekommen, um die aktuelle Situation der Autoknacker zu erörtern, und kurz darauf hätte ich, betrunken wie ich war, übers Ficken geredet.

In einer anderen Altstadt-Kaschemme, in der Augustinergasse, der *Luna Bar*, gleich um die Ecke, gab's keine Musikbox, da lief Musik vom Tonband. Nur vom Feinsten. Viele Songs, die ich im Knast über die altmodischen Kopfhörer kennengelernt hatte. Ich fragte mich, wer die Bänder aufgenommen hatte. Doch nicht etwa die üppige wasserstoffblonde Bardame, die zwar freundlich war, deren volle Lippen, erdbeerrot bemalt, mich unterdrückt stöhnen ließen, die jedoch freimütig bekannte, außer der in Friedberg und Bad Nauheim obligatorischen Vorliebe für Elvis-Songs keine weitere Sympathie für ausländische Musik zu hegen. Sie schmelze bei Udo-Jürgens-Liedern dahin, gab sie bedenkenlos zu. Damit war sie bei mir – in dem seit Jahren, sobald die Fetzen eines Udo-Jürgens-Schlagers meine Gehörgänge erreichten, Hassgefühle, Resignation, ja Weltuntergangsstimmung und Gewaltphantasien aufstiegen, als gäbe es in meinem Inneren ein verstopftes Abflusssystem – unten durch.

Eagles, Eric Clapton, Bad Company, Tina Turner, Mother's Finest, Mink De Ville, John Lennon und Frankie Miller – nein, diese Bänder musste ein Durchblicker aufgenommen haben. Der Wirt war es garantiert nicht. Der sah aus wie King Kong und vermochte, wie ich – überheblich, ich weiß – vermutete, eine Langspielplatte nicht von einem Klodeckel zu unterscheiden. Es gab guten Bourbon, *Wild Turkey*, der allerdings 50% Alkohol in sich hatte, was uns aber im Moment nicht weiter beunruhigte, da wir ohnehin auf Sauftour waren.

Und dann tauchte Horsti auf, ein schmieriger älterer Typ, schmal und klein, mit Menjou-Bärtchen, cremefarbenem Seidenjackett, schwarzer Hose mit messerscharfen Bügelfalten und Lackschuhen. Der Schlafzimmerblick und die formvollendete Höflichkeit faszinierten mich. Ich beobachtete ihn aus der Insektenforscherperspektive und war überzeugt, ein gefährliches Exemplar vor mir zu haben. Er sei absolut korrekt, raunte mein Freund mir zu. »Der Typ ist eiskalt«, raunte ich zurück und schenkte Freds geheimnisvollem Grinsen dummerweise keine Beachtung.

Konspirativ steckten Horsti und Fred die Köpfe zusammen, unterhielten sich murmelnd, mit ernsthaften Mienen, und bald darauf war der schmierige Horsti verschwunden. Fred wirkte unruhig, rauchte hastig, sah mehmals auf seine Armbanduhr, als hätte er eine Verabredung, dann entschuldigte er sich bei mir. Er müsse kurz mal in die Wohnung, sei jedoch in nicht mal einer halben Stunde wieder hier. »Okay«, sagte ich achselzuckend, »wirst schon deine Gründe haben.« Ich hatte ja von seinem irren Vorhaben keinen Schimmer. Als er wiederkam, hing erneut das mysteriöse Grinsen in seinem Gesicht. Er hatte so einen rauhen Ton drauf, der Abgebrühtheit suggerieren sollte. Ich kannte das schon und stellte mich auf eine unangenehme Überraschung ein. Sein kryptisches Geraune auf meine Fragen stieß mir sauer auf. Der Spinner, dachte ich, was hat er denn jetzt wieder angestellt?

Später, auf dem Heimweg – mittlerweile ging mir die Geheimnistuerei gehörig auf den Sack – platzte er damit heraus, von Horsti für 1 600 Mark zwei Pistolen der Marke Beretta gekauft zu haben, Modell 70, Kaliber 7,65, relativ kleine Waffen, die sich gut verbergen ließen. Beifallheischend blickte er mich an.

Ich zog es vor, erst mal zu schweigen. Mir blieb auch keine andere Wahl, da ich ganz einfach sprachlos war.

Als das große Kind später in der Wohnung, vor Aufregung glühend, die Pistolen und eine Schachtel Patronen vor mir auf den Küchentisch packte, befiel mich das wohlvertraute Gefühl des Unbehagens.

»Was soll das, wenn ich fragen darf?«

Fred setzte ein Gangstergesicht auf. »Das, Buddy, ist unser Handwerkszeug. Einer von uns muss ja aktiv werden. Unser Vermögen schrumpft in einem Affentempo, meine Mutter kann ich nicht mehr um Geld anhauen, Freunde, die einem nicht mehr ganz jungen Rock'n'Roller ein paar Tausender leihen, sind schwer zu finden, wenn es sie überhaupt gibt.«

»Das Vermögen schrumpft, und du wirfst einen Teil davon aus dem Fenster. Ist das logisch?«

»Ich habe es investiert, und ich erwarte von dir, dass du erstens der Realität ins Auge siehst und zweitens etwas mehr Engagement zeigst.«

»Haben wir denn morgen noch Geld für Brötchen?«

Mein Freund überhörte die Ironie. Seit dem Erwerb der Waffen war er für Ironie nicht mehr empfänglich, er spielte den harten Gangster. »In einigen Tagen, Buddy, können wir uns mit Brötchen totschmeißen. Wir suchen uns in einem verschissenen Kaff eine verpennte Bank aus, gehen rein, lassen uns eine Einkaufstüte mit Scheinen füllen – und schon sind wir wieder draußen. Zack zack, rein und raus.«

»Und verduften in deinem Buick?«

»Quatsch. Wir klauen einen Wagen. Das heißt, du klaust einen Wagen. Ist ja dein Metier.«

Ich blies die Backen auf und pustete Atemluft auf meine Zigarette, um die Glut aufleuchten zu sehen, ganz in Gedanken. Für Sekunden klappte ich die

Augen zu – und sah sofort Gefängniszellen, Gitterstäbe und Typen wie Ignatz Moser und Horsti vor mir, schon roch ich den Samstagseintopf und hörte das hallende Rasseln der Schlüssel. »Ich möchte nicht mehr zurück in den Knast, Fred. Verstehst du das? Nie wieder.«

Er schien es nicht zu verstehen oder vielmehr nicht verstehen zu wollen. Ganz bewusst, wie es schien, hatte er die Vernunft in sich weggesperrt. Einem genervten Teenager gleich, lehnte er sich mit verschränkten Armen zurück, mit verschränkten, an die Brust gedrückten Armen und beleidigter Miene.

»Deine Einstellung finde ich, tut mir leid, ziemlich mickrig. Wieso zweifelst du an meinen Fähigkeiten? Millionen Bankräuber werden nie geschnappt. Nur die Doofen, die Spontan-Bankräuber …, ja, okay, du bist natürlich nicht doof, du warst auf dem Gebiet einfach noch unerfahren, aber, ich meine, du hast doch daraus gelernt, aus eigener Erfahrung, und in den sieben Jahren wirst du dich doch weitergebildet haben – in krimineller Hinsicht. Wir wissen ja beide, dass man im Kittchen hauptsächlich von Kriminellen unterrichtet wird. Ich meine, Hans, denk mal nach, irgendwas steht jetzt an. Oder hast du einen anderen Plan? Schlag was vor.«

Scheiße, es gab keinen Plan. Nur den unscharf in mir herumschwebenden Wunsch, für alle Zeit in dieser Wohnung zu leben, mit Fred natürlich, aber auch irgendwann mit einer Frau und, pff, ja, auch mit Kindern. Das scheißnormale Familienleben, die unspektakuläre Verwirklichung meines Traums von Zusammenhalt und Geborgenheit, das kleine, bescheidene Glück.

»Ich würde mir Arbeit suchen, vielleicht als Koch«, antwortete ich ohne große Hoffnung auf Zustimmung in der Art von *saugeile Idee, genial, dass ich da nicht selbst drauf kam.*

Spöttisches, ansatzweise tuntiges Lachen, wie von mir befürchtet. »Du bist ja perverser, als ich dachte, Buddy. Ich hab dich hier nicht einziehen lassen, damit ich den Haushalt führe und dir den Tisch decke, wenn du nach der Arbeit nach Hause kommst, und später neben dir vorm Fernseher einschlafe. Ganz abgesehen davon, dass uns dein Monatslohn zu ALDI-Kunden herabstufen würde. Ich hasse aber die ALDI-Filialen mit ihrem Billig-Design, den halb ausgepackten Kartons und den traurigen Kassiererinnen ebenso wie den Ruf, der einem anhaftet, der als ständiger ALDI-Kunde geoutet wurde. ›Der trinkt den Bourbon von ALDI‹, heißt es dann. Da kann ich mich ja gleich vom Burgturm stürzen. Igitt.«

Für mich klang das ziemlich behämmert, schon weil ich grundsätzlich nichts gegen ALDI einzuwenden hatte, aber das mit dem Whiskey leuchtete mir sofort ein – und nach zwei bis drei Minuten zwangsläufig auch das andere. Die depressiven Kassiererinnen, die aufgerissenen Kartons – da war was dran. Mein Bild von ALDI und den zwischen ALDI-Regalen herumschlurfenden ALDI-Kunden wurde mit einem Mal von einem grau-blauen, kalten Ton bestimmt. Seit Tagen fehlte es mir, von einer Möse abgesehen, an nichts. Guter Whiskey, guter Gin, Tiefkühl-Pizza von Dr. Oetker, Lucky Strike, kaltes Bier in heißen Kneipen, die Stereo-Anlage und die darauf abgespielten Platten nicht zu vergessen, spät ins Bett, den Vormittag bedenkenlos verschlafen – fast paradiesisch. Eine Arbeitsstelle wäre dagegen eine weitere Bestrafung. Acht oder gar, für Köche nicht ungewöhnlich, zehn Stunden täglich, Stress, miese Bezahlung zumindest in der Liga, in der ich kochte. Bei dieser Vorstellung wurde der Gedankenfilm sofort schwarzweiß, düster, wie in den englischen, im Arbeitermilieu spielenden Filmen der 40er, 50er Jahre – verrußte Fabrikhallen tauchten drohend auf, graue Arbeiterviertel, Hundescheiße, Müll in den Gossen, Nieselregen, in den Treppenhäusern Kohlgeruch.

Zögernd nahm ich eine der Pistolen in die Hand, spürte gleich die Kraft und die Macht, die nun in meiner Hand lag, und fing schon an, damit zu spielen, wie abgebrühte Typen und solche, die es gern wären: Magazin rausrutschen lassen, Schlitten zurückziehen, Magazin mit Patronen füllen, wieder in den Schacht schieben, durchladen, Magazin wieder rausziehen, im Lauf steckende Patrone durch Zurückziehen des Schlittens wieder auswerfen, Abzug durchdrücken – klick. Es schien mir, als wäre die Waffe durch dieses Ritual zu einem Teil von mir geworden. Ach was, schwülstiges, längst abgedroschenes Klischee. Aber das mit dem Werkzeug stimmte. Damit lag Fred richtig. Ich wusste, ohne zu ihm hinzusehen, dass er mich bewundernd beobachtete, und in meiner Eitelkeit gab ich mich versierter als ich wirklich war. Ja, gut, ich hatte damals eine Waffe mit mir rumgetragen, eine ähnliche wie diese, hatte auch damit geschossen, im Frankfurter Stadtwald, auf unschuldige und vor allem unbewegliche Bäume, hatte ein ganzes Magazin verballert und dann noch genau drei Patronen übrig gehabt. Das war zwei Tage vor dem Bankraub gewesen, bei dem übrigens kein Schuss gefallen war. So viel zu meiner Erfahrung mit Schusswaffen.

Nun ging ich mit Fred die ganzen Handgriffe noch einmal durch. War ja nicht sehr kompliziert. Ich hatte genügend Schwachköpfe kennengelernt, die mit einer Pistole herumgelaufen waren.

Wir grinsten uns an, zwei harte Burschen, Zigarette im Mundwinkel, Whiskeyglas in der Hand, *I Shot The Sheriff* von Eric Clapton lief, die Luft schien mit krimineller Energie geladen zu sein. An diesem Abend war die Fink'sche Wohnung ein Adlerhorst. Zwei Raubvögel planten ihren ersten Coup.

Endlich entluden sich die Wolken. Als hätten wir ihn bestellt, sorgte der Regen für menschenleere Straßen. Es war weit nach Mitternacht, kaum noch Autos unterwegs, und ihre Fahrer waren zu sehr damit beschäftigt, zwischen den hin- und herstreichenden Scheibenwischern auf die Fahrbahn zu starren, um ihre Aufmerksamkeit den beiden Männern in einer Bad Nauheimer Seitenstraße widmen zu können, von denen einer, nämlich ich, fluchend versuchte, einen dünnen Metallstreifen zwischen die Scheibe und die Gummidichtung eines Opels zu schieben.

»Mann, das dauert ja. Ich dachte, du seist ein Profi«, nörgelte Fred, dem das Wasser vom hochgeschlagenen Kragen der Lederjacke in den Nacken floss.

»Lieber sind mir Autos, die nicht abgeschlossen sind.«

Bitteres Lachen. »Das glaub ich dir. Der Zündschlüssel sollte möglichst auch noch stecken.«

»Mann, nerv mich nicht. In sieben Jahren kommt man nun mal aus der Übung.«

Ohne nachzudenken steckte sich Fred eine Zigarette in den Mund. Die wurde natürlich umgehend nass. Ich verbarg meine Schadenfreude.

Na, also, das Metall ließ sich ins Innere der Tür schieben. Ein Hochgefühl. Wie beim ersten Mal. Wie damals in Kitzingen mit dem Ami, der mir das beigebracht hatte. Der Rest war ein Kinderspiel für einen, der das hundertmal gemacht hatte, nämlich mit dem Metallstreifen die Verriegelungsmechanik zu finden und runterzudrücken. Triumphierend setzte ich mich ans Steuer, Fred ließ sich fluchend neben mir nieder. Seine Tolle war zerstört und klebte auf seiner Stirn. Ich bückte mich zu den Kabeln, kurz darauf sprang der Motor an. Cool verkniff ich mir jede von Triumph oder gar Häme zeugende Äußerung, gab mich ganz entspannt, ganz abgebrüht.

Jetzt Licht an, ausparken, weg vom Tatort, und zwar diszipliniert im Einklang mit den Regeln der Straßenverkehrsordnung.

Am Stadtrand wartete der Buick im Schatten einer Lagerhalle auf uns. Fred setzte sich in das Schiff und folgte dem Opel Rekord.

Noch ein Stück auf der Landstraße, dann bogen wir in einen Waldweg, auf dem wir etwa einen Kilometer zurücklegten. Ich fuhr den Opel sanft an die Seite und stieg in den Buick.

»Ich kann hier nicht wenden, verdammte Scheiße.« Mit dem Mut der Verzweiflung ließ Fred den Wagen rückwärts durch die Dunkelheit kriechen. Manchmal rumpelte es. Dann ächzten die Stoßdämpfer, der Wagen schaukelte, dass einem übel werden konnte.

»Bei Tageslicht wird es einfacher sein«, beruhigte ich den Fahrer, der um seinen Oldtimer bangte. »Vor allem darfst du dir, was den Wagen angeht, keine Emotionen erlauben. Hat James Bond etwa seinen Aston Martin geschont?«

»Was soll der Quatsch«, keuchte Fred, mit verbogenem Oberkörper und herausquellenden Augen durchs Heckfenster starrend. »Ich bin nicht James Bond und habe, im Gegensatz zu ihm, eine starke emotionale Bindung zu dem Buick. Mal abgesehen davon, dass irgendeine Scheißwurzel oder ein Stein

98

der Karre zum Verhängnis werden und damit unseren Plan vereiteln könnte.«

Auf der Landstraße entspannte sich Fred, wurde wieder, als hätte jemand einen Schalter betätigt, zum harten Kerl. »Warum, goddam, hast du dir einen zehn Jahre alten Opel ausgesucht? Ein Stück weiter stand ein fast neuer BMW. Genau der richtige Wagen für Gangster. Diese RAF-Leute fahren doch auch alle BMW.«

»Deshalb werden BMWs ja auch gern von den Bullen angehalten.«

Elvis dröhnte wieder durchs Auto, *A Mess Of Blues*, spitzenmäßig, ohne Zweifel, aber ich hatte allmählich von Elvis die Schnauze voll. Tag und Nacht Elvis. Okay, es liefen auch mal andere Sachen, aber vor allem Elvis – und selbst seine Schnulzen, seichtes Zeug, das er nach der Entlassung aus der Army massenhaft aufgenommen hatte, und das mich zum Gähnen brachte, wurden von Fred gnadenlos aufgelegt, abgespult oder gar mitgesungen.

»Der Opel ist in Ordnung«, brummte ich vor mich hin. »Ich trau mich nicht an neue Wagen ran, hab zu viel Schiss vor irgendwelchem elektronischen Kram. In diesen sieben Jahren hat sich ja auf dem Gebiet der Elektronik 'ne Menge getan.«

»Take it easy, du hast das gut gemacht«, lobte mich Fred, der seit Stunden von einer Jahrmarkterregung beherrscht wurde, die ich als Kind verspürt hatte, auf dem Karussell, im Autoscooter, in der Raupe. Das Autoklauen inklusive Versteck im Wald war sozusagen die Geisterbahn. Morgen der Banküberfall mit anschließender Flucht – was würde das für ihn sein? Schießbude und Achterbahn?

Ich holte den Flachmann aus dem Handschuhfach, nach einem Schluck reichte ich ihn meinem Partner.

Einsame nächtliche Landstraße, sanft schaukelndes Ami-Auto, *Route 66* von den Stones, zwei entschlossene Typen, die ganz kühl dem nächsten Tag entgegensahen, sich völlig vertrauten, sich vielleicht vor dem Schlafengehen noch gegenseitig einen blasen würden … Ach nein, eher nicht. Als stinknormaler Hetero würde ich mich nicht mal auf einen Zungenkuss mit Fred einlassen.

Die Wolken sahen aus wie zerfetzte Watte. Hin und wieder strahlte die Sonne hindurch. Kein schlechtes Vorzeichen in Sicht – wobei ich sowieso nicht an Omen und so'n Scheiß glaubte. Friedliche, verschlafene Provinz. Reichelsheim, ein Kaff in der Wetterau, nahe bei Friedberg, endlos weit entfernt vom schnellen Pulsschlag der Metropolen. Die dortige Sparkasse war tags zuvor von Fred ausgekundschaftet worden. Seit einiger Zeit waren selbst in der Provinz die Schalter der Banken mit Panzerglas gesichert. So auch in Reichelsheim. Deshalb hatten wir vor, einen Kunden als Geisel zu nehmen.

Es war jetzt zehn Uhr morgens. Fred, am Steuer des Opels, machte einen verdammt nervösen Eindruck. Verständlicherweise. War ja sein Debüt. Der Motor lief. Auf der Straße nur hin und wieder ein Passant, kaum Autoverkehr. Soeben betrat ein Kunde die Bank, ein alter Mann, schon etwas gebrechlich, ideal für meine Zwecke. Ich tauschte mit meinem Kumpel noch einen tiefen Blick aus, der von Treue, Hoffnung und eventuellem Abschied erzählte, dann überquerte ich die Straße, schaute prüfend in alle Richtungen, setzte mir vor der Tür eine Micky-Maus-Maske aufs Gesicht, stürmte in die Bank, zog die Waffe und schrie, vermutlich hysterisch: »Überfall! Geld her!«, drückte eine Plastiktüte in die Durchreiche, blickte mich hektisch um. Der Kunde war gut und gerne siebzig Jahre alt, trug eine Schiebermütze und abgetragene Kleidung und war unrasiert. Was mich irritierte, war das Glitzern in seinen Augen, das auf eine milde Form von Wahnsinn schließen ließ. Aber scheißegal. Es gab kein Zurück. Ich richtete die Pistole auf ihn, meine Geisel.

Hinter dem Schalter thronte krötenhaft ein dicker Mann in meinem Alter mit Hornbrille und verächtlichem Grinsen. »Wir haben Panzerglas, Sie Anfänger. Ich werde jetzt vor Ihren Augen in aller Ruhe mein Frühstück auspacken und verzehren. Den Alarmknopf habe ich bereits gedrückt.«

Verfluchter Drecksack, total abgewichst, dachte ich entsetzt – und brüllte: »Ich weiß, dass ihr Panzerglas habt! Wenn du Wichser nicht innerhalb von fünf Sekunden anfängst, die Tüte mit Scheinen zu füllen, ist dein Kunde ein toter Mann, und an den Tapeten klebt massenhaft Blut!«

Der Hüter des Geldes blieb ungerührt, öffnete die Aluminiumdose mit den belegten Broten, biss in ein Käsebrot und nuschelte: »Das ist kein Kunde, sondern der Kommunist Hermann Bebbel, der seit Jahren fast täglich hier reinkommt, um ungefähr zwanzig Minuten lang gegen den Kapitalismus und die Herrschaft der Banken zu wettern. Die größte Nervensäge der ganzen Wetterau. Wär mir recht, wenn der endlich ins Gras beißen würde. Ich hätt ihn längst selbst umgebracht, aber das wird ja hart bestraft, und außerdem ist er der Bruder einer wichtigen Persönlichkeit des Ortes und hat deshalb quasi Narrenfreiheit.«

Hermann Bebbel stellte sich in Positur, reckte die Brust vor. »Schieß nur, mein Junge. Ich bin auf deiner Seite. Es ist mir eine Ehre, im Kampf gegen den

Kapitalismus zu sterben. *Bankfilialleiter lässt unge-rührt Geisel sterben*. Diese Schlagzeile würde mir gefallen. Mein Bruder, der Arbeiterverräter, wür-de es nicht so gut finden, vermute ich.« Trockenes Kichern, verschmitztes Grinsen. In meinem Magen rumorte es, und ich fragte mich, warum Fred aus-gerechnet dieses Kaff ausgewählt hatte. Gleich die ersten beiden Personen, die ich hier getroffen hatte, waren verrückt.

Ungehalten – weil er diese Schlagzeile denn doch vermeiden wollte? – schob mir der Kassierer ein paar Scheine rüber. »Das sind 600 Mark, Sie Micky Maus. Zum Tresor kann ich jetzt sowieso nicht. Zeit-schloss.«

»Schieß, Junge«, drängte die Geisel fast flehend. »Nimm das Geld, aber drück trotzdem ab. Ich will, dass diese Bankfiliale geschlossen wird.«

Ich fühlte mich der Situation nicht gewachsen. Mit ungläubigem Staunen glotzte ich auf den Dicken hin-term Panzerglas, der seine Zähne erneut in das Kä-sebrot schlug, dann auf Hermann Bebbel, der gera-de dabei war, seine Brust freizulegen, indem er das Hemd aufriss, wobei die Knöpfe, Geschossen gleich, durch den Raum flogen. Flucht! Die innere Stimme klang schrill. Ich grabschte das Geld und die Tüte, taumelte, von wüsten Beschimpfungen der Geisel be-gleitet, zur Tür, wischte geistesgegenwärtig den inne-ren und den äußeren Türgriff ab, rannte auf die Stra-ße und warf mich ins Auto. »Fahr los!«, schrie ich.

Fred, mehr der Automatikgetriebe-Fan, würgte prompt den Motor ab. Fluchend tauchte ich unter, suchte die beiden Drähte, rieb ihre blanken Enden aneinander, die Karre sprang wieder an. Wir rasten auf der Hauptstraße aus dem Ort des Schreckens, bo-gen irgendwann ab, auf eine Nebenstrecke.

»Willst du nicht endlich die Maske abnehmen?«, fragte Fred, der vor Aufregung glühte. »Hat ganz schön gedauert. Wie ist es gelaufen? Erzähl schon.«

Ich riss die Maske vom Gesicht. Mit Zitterfingern zündete ich eine Zigarette an. Schade, dass der Flachmann im Buick liegt, dachte ich. »Der Kassierer hat sein Frühstück ausgepackt, ein Käsebrot gefressen und gesagt, seinetwegen könne ich die Geisel ruhig erschießen.«

»Willst du mich verarschen?«

Ich stieß ein bitteres Lachen aus. »Das ist die Wahrheit. Und es kommt noch verrückter: Die Geisel, ein gewisser Hermann Bebbel, Kommunist und Nervensäge, flehte mich an, ihn zu erschießen.«

»Und? Hast du's getan?«

»Hast du einen Schuss gehört? Na also. Der Verbrecher hinterm Schalter hat schließlich 600 Mark rausgerückt. Peinlicher geht's gar nicht. Wenn ich so was wie eine Bankräuber-Ehre besäße, hätte ich diesen Betrag zurückgewiesen.«

Aber Fred atmete hörbar auf. »Besser als gar nichts, ein guter Anfang«, sagte er allen Ernstes. »Von 600 Mark müssen etliche Leute einen ganzen Monat leben.« Für ihn war dieser Bankraub ein Erfolg.

Als wir durch Bad Nauheim fuhren, beschlich auch Fred ein mulmiges Gefühl, da wir ja in einem geklauten Wagen saßen, dessen Nummernschild inzwischen vermutlich jeder Bulle auf der Liste hatte. Aber schon waren wir wieder auf der Landstraße. Rechts breitete sich Wiesengelände aus, durch das sich das Flüsschen Usa schlängelte, links erstreckte sich Wald, gleich musste der Waldweg kommen.

Plötzlich Vollbremsung, quietschende Reifen, ich wurde nach vorn gerissen, konnte mich gerade noch abstützen, wusste gar nicht, was los war, der Wagen schlingerte nach rechts, rutschte in den Graben, dann verstummte der Motor. Stillstand und Stille.

»Bist du besoffen?«, schrie ich verwirrt.

»Der Igel«, sagte Fred kleinlaut. »Ein Igel auf der Fahrbahn. Ich dachte, die laufen nur nachts herum.«

»Los, raus hier!«, schrie ich, während sich die Panik in mir blähte wie ein Hefeteig. »Wir müssen die Karre in Brand setzen! Überall sind unsere Fingerabdrücke!«

Im Kofferraum fanden wir einen halbvollen Benzinkanister. Auch das noch, na klasse: Ein Sportwagen näherte sich rasant – und stoppte scharf auf unserer Höhe.

»Brauchen Sie Hilfe?« Der Mann im offenen Alfa Romeo Spider beugte sich in unsere Richtung.

»Verpiss dich!«, brüllte ich verzweifelt.

»Wie bitte? Wie war das? Sind Sie noch ganz dicht? Ich wollte Ihnen ...«

Fred war noch härter: »Willst du was auf die Fresse? Du hast den Igel überfahren, du Drecksack!«

Der Alfa Romeo verpisste sich mit durchdrehenden Rädern, eine Abgaswolke, den plattgefahrenen Igel und den Geruch von verbranntem Gummi hinterlassend.

Wir kippten das Benzin ins Wageninnere, ich knüllte die Zeitung, die ich im Kofferraum gefunden hatte, zusammen, zündete sie an und warf sie durchs Fenster. Paff! Eine Explosion. Die heiße, fauchende Druckwelle riss uns beide von den Füßen.

Während wir uns auf der Waldseite davonmachten, knallte es hinter uns fürchterlich, doch wir blickten nicht zurück, sondern rannten, vom Entsetzen vorwärtsgepeitscht, so schnell wie schon seit Jahren nicht mehr.

Der Waldweg. Wir bogen hinein und fühlten uns gleich ein wenig sicherer. Aber ich fühlte noch was ganz anderes in mir: ein Gemisch aus Wut, Enttäuschung und Ratlosigkeit. Am liebsten hätte ich Fred jetzt nach Strich und Faden zur Sau gemacht, doch das ging leider nicht, da ich zu sehr mit Luftholen beschäftigt war. Keine Kondition – zwar eine bessere als die von Fred, aber das war nun wirklich keine Kunst.

Diesmal schonte Fred seinen Oldtimer während des Rückwärtsfahrens weitaus weniger. Die Angst. Ich war immerhin froh, dass er das Vertrackte an unserer Situation begriffen hatte. Was mich betraf – ich hatte auch was begriffen, sozusagen schlagartig: Dass ich von nun an wieder wie früher von morgens bis abends damit rechnen musste, dass mir aus heiterem Himmel ein Typ mit einem Dutzendgesicht eine Bullenmarke vor die Nase halten und den Spruch ›Herr Lubkowitz? Sie sind verhaftet‹ aufsagen würde.

Auf der Landstraße angekommen, sahen wir von weitem die Rauchsäule, die Feuerwehrwagen, die Polizei – und nahmen den entgegengesetzten Weg.

»Kaffee oder Bourbon?«, fragte Fred, als wir die Wohnungstür hinter uns schlossen.

»Bourbon.«

Wir ließen die Gläser gegeneinander klirren, tranken mit Genuss, rauchten dazu, dann teilte ich die Beute und reichte meinem Komplizen die 300 Mark. »Hier, Alter, dein Anteil. Ich werde mir morgen einen Job suchen und mich von dir trennen. In Freundschaft, hoffe ich.«

Die Veränderung in Freds Mienenspiel hätte mich fast umgestimmt. Erstaunen und Angst, Entsetzen und Traurigkeit. »Wieso das denn?«, stammelte er.

»Ist doch alles gut gelaufen. Ein geiles Abenteuer. An diesen Tag werde ich noch in hundert Jahren denken.«

»Ich vermutlich auch.«

»Das mit dem Igel fand ich grauenhaft. Davon werde ich wahrscheinlich träumen. Weißt du, ich hätte zuerst den Igel in Sicherheit bringen müssen. Dieser beschissene Alfa-Romeo-Fahrer. Die sind alle gleich, diese Alfa-Romeo-Fahrer. Rücksichtslos und selbstverliebt. Aber ich sag dir was, Hansi-Baby, morgen wirst du die Welt wieder ganz anders sehen. Wir werden Supermärkte ausrauben. Da gibt's kein Panzerglas.«

Unter anderen Umständen hätte ich jetzt mild gelächelt.

Heartbreak Hotel

»Mein Gott, Buddy, Bad Nauheim ist doch nur drei Kilometer entfernt«, stöhnte Fred, der Verzweiflung nahe. »Wenn du dort unbedingt arbeiten willst, kannst du doch trotzdem hier wohnen. Du steigst in den Zug und bist in funf Minuten dort. Wo ist das Problem?«

Mit traurigem Lächeln schüttelte ich den Kopf, sprach mit Fred wie mit einem Kind. »Wir können an meinen freien Tagen bei dir saufen, über Elvis reden, Platten hören und all die andern Rock'n'Roll-Sachen durchziehen, meinetwegen, aber ich muss Abstand gewinnen. Ich will nichts mehr von Bankraub und dem ganzen Scheiß hören. In dieser verkackten Provinzbank hatte ich wieder den Knast vor Augen. Nee, Alter, das bekommt mir nicht. Und dir auch nicht.«

Zuerst zog Fred verbittert alle Register des Beleidigtseins, aber zum Abschied umarmten wir uns, küssten uns sogar, wenn auch nur auf die Wangen, und schworen uns ewige Freundschaft.

Das Hotel gehörte zur unteren Kategorie, was mir sehr angenehm war – wegen der dementsprechend miesen Küche. Vom ersten Tag der Lehre an hatte ich den mir von den Eltern aufgezwungenen Beruf zutiefst verabscheut. Handwerklich war ich nicht mal schlecht, das heißt, ich war flott, benutzte die Hände routiniert und sicher. Der Ehrgeiz, anspruchsvoll zu kochen, fehlte mir jedoch völlig.

Zwei Stockwerke eines vierstöckigen Altbaus in der Innenstadt. Im Erdgeschoss befanden sich ein Blumengeschäft und ein Tabakladen, im dritten Stock hielt sich eine Im- und Exportfirma auf geheimnisvolle Weise über Wasser. Das Hotel war so renovierungsbedürftig wie das ganze Haus. Maximal zwanzig Gäste – Kurgäste, überwiegend Rentner, anspruchslose Mitglieder der gesetzlichen Krankenkassen, Leute, die wohl noch nie vom Leben verwöhnt worden waren. Schäbige Einrichtung, gespannte Atmosphäre. Das Betreiberehepaar stammte aus Sachsen und war wenige Tage vor dem Mauerbau in den Westen geflüchtet, zwei knorrige Gestalten, beide über 60, hager, verbissen und angewidert von jeglicher Art von Humor. Herr und Frau Schmehle. Nicht die Sorte von Arbeitgebern, die mein Herz erfreute, schon weil ihr Geiz und die ständige Angst, vom Personal beklaut zu werden, sie im Laufe der Jahre zu traurigen Monstern verunstaltet hatten, die mich an meine Eltern erinnerten.

Hinter der Küche ein düsterer Flur, die Personalzimmer und das Bad fürs Personal. Ich schaute mich angeödet in meinem Zimmer um. Bett, Stuhl, Tisch, Schrank, Waschbecken. Kein Ort für Sensibelchen. Der Blick aus dem Fenster prallte schon nach wenigen Metern gegen die Backsteinwand des Nachbarhauses. Nebenan – so viel wusste ich schon – wohnte das Mädchen für alles, Doris Hirsekorn. Sie machte die Zimmer, half beim Frühstück, servierte das Mittagessen, spülte Geschirr und Töpfe.

Im Speisesaal spielte sich das meiste ab – Frühstück, Mittagessen, Kaffeetrinken, Abendessen, danach gemütliches Beisammensein. Es gab zudem

– oh Luxus! – einen Fernsehraum, der so klein war, dass der tägliche Streit um die wenigen unbequemen Stühle niemanden verwunderte. Alles in allem ein bescheidenes Angebot. Nach den ersten Stunden in der Küche, deren Einrichtung mir, gelinde gesagt, ziemlich unzeitgemäß erschien, atmete ich erst mal auf. Unterstes Niveau, ohne Feinheiten, ohne Rücksicht auf die Gäste. Das erleichterte mich ungemein. Als störend empfand ich jedoch den mit glühendem Hass auf die Gäste verbundenen Geiz, von dem das Ehepaar durchtränkt zu sein schien.

Heute gab es nach der Champignonsuppe aus der Tüte Rindergulasch mit Nudeln und Gurkensalat. Herr Schmehle, der Küchenchef, machte sich ans Gulasch, teilte dazu ein kleines Stück Rindfleisch aus der Schulter in Würfel, schnitt aber auch noch ein gewaltiges Stück Schweinebauch in Würfel, weil das Rindfleisch zur Zeit so teuer sei, bestäubte das Fleisch und die Zwiebeln nach dem Anbraten mit viel Mehl und Paprika, löschte mit viel Wasser ab und ließ den Fraß bis Punkt zwölf köcheln, dann wurde er serviert, wie zäh auch immer das Fleisch dann noch war.

Ich war für die Suppe, den Gurkensalat und die Nudeln zuständig. Eine Kleinigkeit für mich. Das Gulasch erwies sich als total versalzen. Das sei nicht tragisch, meinte der Küchenchef, weil die Gäste das Gulasch mit den Nudeln vermischen würden.

Ab und zu schwebte Frau Schmehle durch die Küche, schaute mir auf die Finger, ermahnte mich zur Sparsamkeit und ließ sich hemmungslos über die Gäste, »das Pack da draußen«, aus.

Zu allem Überfluss keimte in mir der Wunsch, meiner Chefin beizubiegen, dass sie und ich von diesem »Pack« lebten, und ich hatte nicht übel Lust, ihr eine reinzuhaun, aber ich riss mich zusammen und ließ es bei Gemeinplätzen wie »ja, ja, es ist alles nicht so einfach«, was bei Frau Schmehle, ihrem skeptischen Blick nach zu urteilen, nicht gerade auf Begeisterung stieß.

Zur Mittagszeit, nachdem die Chefin und Doris Hirsekorn das Essen und die Getränke auf die Tische gestellt hatten, warf ich einen Blick in den Speisesaal. Altersheim-Feeling. Alte Leute, denen man ansah, dass ihr Lebensweg eine verdammt steinige Strecke gewesen war. Die Frauen trugen merkwürdige Frisuren und hässliche Handtaschen, die Männer wirkten grau und gebrochen. Feindselige Atmosphäre. Wie eine Dompteuse bewegte sich Frau Schmehle zwischen den Tischen, blaffte hier und da nörgelnde Gäste an, einmal wäre es fast zu Handgreiflichkeiten gekommen. Mich überlief ein Schauer.

Immerhin war Doris Hirsekorn ein erfreulicher Anblick. Sie schien ein paar Jahre älter als ich zu sein, die ersten Anzeichen des Verblühens hatten sich bereits in ihre Augenwinkel gegraben. Hübsches Gesicht. Sie war klein, stämmig, aber nicht etwa dick. Große Brüste. Und in ihrer Jeans steckte vermutlich die Art von Gesäß, deren Anblick mich schwindlig machen würde. Ihre Arbeit bewältigte sie souverän, verhielt sich den dankbaren Gästen gegenüber nicht nur freundlich, sondern auch verständnisvoll. Manchmal, wenn Schmehles mich wieder einmal wegen »Verschwendung« rügten, zwinkerte sie mir, dem neuen, leicht irritierten Kollegen, verstohlen zu.

Nachmittags hatte ich zwei Stunden Pause. Dann spazierte ich durch den Kurort, den Kurpark, trank irgendwo Kaffee, schaute den Mädchen nach und erinnerte mich wehmütig an lang zurückliegende Bettgeschichten. Ausgerechnet Geli war die Letzte gewesen, mit der ich Sex gehabt hatte – ziemlich guten Sex. Ich dachte an das Muttermal unter ihren Schamhaaren. Doch in die Erinnerung an Geli drängte sich stets die Furcht, ich könne wieder ins Fadenkreuz der Polizei geraten. Schon wegen Fred, den ich mir mühelos vorstellen konnte, wie er stockbesoffen am Tresen, nach Anerkennung lechzend, von seinen Heldentaten prahlte. Alles in allem fühlte ich mich nicht sehr wohl. Aber das war ich gewohnt.

Das Abendessen bestand normalerweise aus minderwertigem Wurst- und Käseaufschnitt, suspektem Fleischsalat, Mixed Pickles und Brot. Wieder einmal schwappte der Zorn des Chefs über mich, als ich mit der Maschine die Wurst in Scheiben schnitt. »Ja, sind Sie denn des Wahnsinns, Herr Lubkowitz? Sie können doch die Wurst nicht so dick aufschneiden! Das muss Ihnen doch der gesunde Menschenverstand sagen, dass man auf diese Weise auf keinen grünen Zweig kommt! Also bitte, ja! Ich kann Ihnen doch nicht dauernd auf die Finger schauen, Sie ungeschickter Mensch!«

Auf dem graubraunen Bett in dem graubraunen Zimmer. Eine Woche zuvor hatte mein Vorgänger hier noch gelegen, bis in ihm die Wut explodiert war und er die Schmehles, wie ich von Doris erfuhr, mit Wurst- und Käsescheiben, Fleischsalat und Gulasch bombardiert hatte. Trauriger drittklassiger Koch, trauriges Leben. Mir war, als hätte sich der Geruch von allen, die in diesem Zimmer geraucht, gesoffen und trüb vor sich hingestarrt hatten, abgelagert, eine Patina, ein langsam wirkendes, Körper und Seele zersetzendes Gift.

Ich rauchte Lucky Strike ohne Filter, trank Jim Beam aus dem Zahnputzglas, starrte ins trübe Deckenlicht und wünschte mir ein vollgetanktes Auto mit Kassettenrekorder und einem Stapel geiler Kassetten. Dann gäbe es kein Halten mehr, dann würde ich, prall gefüllt mit Lebenslust, den Mittelstreifen folgen, in die Nacht hinein, um diesem, ja, wie soll ich sagen, *Heartbreak Hotel* stilvoll zu entfliehen, auf der Autobahn nach Norden, Süden oder Westen, scheißegal, nur weit, weit weg. Zwar hatte ich kein gebrochenes Herz, aber die Musik und einige Zeilen dieses Songs trafen meine Stimmung verdammt gut: »I'm feelin' so lonely, baby – I'm feelin' so lonely, baby – I'm feelin' so lonely – I could die …!« Die Musikbox in meinem Kopf.

Mit einem Mal schwebte reale Musik schwerelos aus dem Nebenzimmer zu mir herüber. Hippie-Musik. *Johnny's Garden* von Stephen Stills. Klang melancholisch, aber auch verdammt hoffnungsvoll. Womöglich war Doris Hirsekorn mit Hoffnung prall gefüllt. Eher wohl doch nicht. Wieso auch? Sie war Mitte oder gar Ende 30, wohnte in diesem Loch, und vermutlich hatte ihr schon mal irgendein Drecksack das Herz gebrochen.

Ich überlegte, ob ich einfach an die Tür des Nachbarzimmers klopfen sollte. Was machte sie gerade? Ich dachte mir, sexuell sowieso überreizt, feuchte Sachen aus, sah sie nackt auf ihrem ebenfalls graubraunen Bett liegen, an sich herumspielend, Schabernack mit ihren großen Titten treibend … Blödsinn! Von mir enttäuscht, löschte ich dieses Bild und projizierte sogleich ein anderes auf die innere Leinwand, mit Weichzeichner und einem Stich ins Rosa: Doris im Schneidersitz auf dem Bett, bekleidet mit indischen Tüchern, flankiert von Räucherstäbchen, Augen geschlossen, den Kopf zur Musik wiegend, verloren in Träumen vom Autofahren durch die europäische Nacht, von Sex auf dem Rücksitz einer Limousine, von Liebkosungen ... Verdammt, ey. Ich schreckte hoch. Was ist das denn? Krachende E-Gitarre, knallhartes Schlagzeug, wummernder Bass, rauhe Schreistimme, alles klar, 70er-Jahre-Rock'n'Roll – Nazareth, *Vancouver Shakedown*, geile Mucke, volle Kanne, doch in diesem Moment wie ein Tritt in den Arsch. Mysteriöse Doris Hirsekorn. Nach ein, zwei Minuten gelang es mir, die fremde Frau von nebenan auch in Verbindung mit Nazareth zu verklären.

Noch einen Bourbon und noch einen. Es kommt stets darauf an, wie man drauf ist. Entweder sicht man betrunken das Zimmer, die Welt, die persönliche Situation in einem wohltuenden, sanft gedämpften Licht oder das Graubraun sickert in einen hinein und verteilt sich in alle Körperzellen – voll der Blues, geile Musik, sowieso, aber zentnerweise Selbstmitleid, Verbitterung, Resignation.

Heute war es natürlich der Blues. Er trat mir voll in die Eier. Die Einsamkeit der Entwurzelten. Für mich gab es keine Verwandten mehr. Es war schon so lange her, dass ich einen von ihnen gesehen hatte, ich wusste gar nicht mehr, ob sie mir oder ich ihnen den Arsch irgendwann zugekehrt hatte – und es war mir auch schnuppe. Meine Freunde von einst waren Typen wie ich – ruhelose Outlaws, Straftäter, Vagabunden, Spieler, Trinker, Nachtschattengewächse, grundsätzlich zur Einsamkeit verdammt. Fred war mein Freund, ein leider etwas infantiler Freund. Und überhaupt, diese beschissene Welt: Ein Alfa-Romeo-Fahrer fuhr einen Igel platt und merkte es nicht einmal; der Angestellte in einer Dorf-Bankfiliale saß grinsend hinter Panzerglas, fraß während eines

Überfalls seine Käsestulle und hoffte, der Gangster würde die Geisel erschießen; Elvis, zu einem unförmigen Monster mutiert, gab still und leise den Löffel ab; Ignatz Moser entpuppte sich als Ratte; und ich hatte seit sieben Jahren keine Möse vor der Flinte. Früher, ja früher hatte zumindest Ladendiebstahl zu den einfachsten Übungen gehört. Auch vorbei. Während meiner Zeit im Knast mussten die Produzenten und Aufsteller von Video-Kameras einen unglaublichen Boom erlebt haben. Jetzt glotzten einen diese elektronischen Augen überall an, in jedem zweiten Laden, in Bahnhofshallen, öffentlichen Gebäuden. George Orwell ließ grüßen. Und nun war ich ausgerechnet in der Folterkammer von Herrn und Frau Schmehle gelandet, deren pathologischen Geiz ein Psychologe womöglich sachlich und frei von Emotionen hätte analysieren können, was mir die beiden jedoch um kein Stück sympathischer machen würde.

»Na, Sie lassen sich's aber gutgehen«, flötete Frau Schmehle bösartig, während ihre Falkenaugen über meinem Frühstücksteller kreisten. »Zwei Scheiben Wurst auf einer Brötchenhälfte. Das würde *ich* mir nicht erlauben.«

»*Ich* hab's mir erlaubt«, erlaubte ich mir zu antworten. »Die Scheiben sind so dünn, dass man durchsehen kann. Ich hab also quasi nur eine normal dicke Scheibe auf dem Brötchen.«

Frau Schmehle hatte weder Zeit für Diskussionen noch Belehrungen, denn sie war auf dem Weg in den Speisesaal, um dort einer Gruppe aufmüpfiger Gäste zu zeigen, wo der Hammer hängt. Der Kaffee sei schon wieder so dünn, dass man auf den Boden der Tasse sehen könne.

»Warum glotzen Sie denn auch in die Tasse? Als gebe es dort irgendwas Interessantes zu sehen. Beschweren Sie sich doch bei Ihrer Krankenkasse, bei der Landesversicherungsanstalt. Wir müssen mit dem auskommen, was die uns für Sie zu geben bereit sind. Nachmittags wollen Sie doch auch wieder Kaffee. Und ein Stück Kuchen dazu.«

»Ja, ja, der Kuchen vom Vortag, den Sie der Bäckerei Strube für ein paar Groschen abkaufen. Wissen wir alles. Selbst der Zucker wird hier eingeteilt. Man sollte gerichtlich gegen Sie vorgehen, Sie Blutsaugerin!«

»Viel Zucker ist gerade für Menschen in Ihrem Alter Gift. Sie sind ja schließlich zur Kur hier. Und was heißt hier Blutsaugerin? Das sind ja DDR-Parolen! Mein Mann und ich kommen aus der Ostzone! Wir sind kurz vor dem Mauerbau geflohen! Wenn Sie den Kommunismus so verehren, gehen Sie doch mal rüber und sehen sich um!«

»Also, das ist ja wohl die Höhe! Jetzt bezeichnet die Hexe uns auch noch als Kommunisten! Ich hab an der Ostfront gegen die Rote Armee gekämpft, Sie …, Sie Spinatwachtel!«

Der ohnehin laute Streit entwickelte sich zu einem Schreiwettbewerb.

Mein Gesicht wurde plötzlich beschattet – von Doris Hirsekorns Brüsten. Während ich verlangend und, wahrscheinlich mit blödem Gesichtsausdruck, darauf stierte, raunte ihre Besitzerin: »Das geht jeden Tag so.«

»Nicht gerade das ideale Betriebsklima«, vermochte ich immerhin hervorzustoßen und verschluckte mich am Kaffee. Sie klopfte mir beherzt auf den Rücken. »Es ist so was wie der Vorhof zur Hölle. Ich bin hier seit zwei Monaten.«

Wie nicht anders zu erwarten, rauschte der Chef in die Küche. »Frau Hirsekorn, ich glaube nicht, dass jetzt der geeignete Zeitpunkt für ein Schwätzchen ist – und Ihre Frühstückszeit, Herr Lubkowitz, dürfte auch vorbei sein. Ein bisschen mehr Verantwortungsbewusstsein, wenn ich bitten darf!«

»Wie wär's mit einem gemeinsamen Bier heute Abend?«, stieß ich spontan hervor. Schmehle hatte es natürlich gehört, seine Stimme fuhr wie eine Axt dazwischen: »In diesem Haus ist jede sexuelle Betätigung strikt untersagt! Ich möchte nicht, dass sich in Ihren Zimmern etwas Derartiges abspielt!«

»Sie halten gemeinsames Biertrinken für eine sexuelle Betätigung?« Doris zwinkerte mir keck zu. In Gedanken fing ich schon mal an, ihre Brüste freizulegen.

»Ich war auch mal jung«, gab Herr Schmehle freimütig zu. »Von daher weiß ich, dass das Biertrinken nur der Anfang ist.«

Nun verspürte ich ebenfalls den Drang, keck zu sein. »Sie haben damals jede Frau, mit der Sie ein Bier tranken, anschließend flachgelegt?«

Tiefroter Teint. Aber Herr Schmehle war nicht der Schlaganfall-Typ. Eher der Magengeschwür-Typ. »Herr Lubkowitz«, zischte er, »wir beide, Sie und ich, sind so verschieden wie Feuer und Wasser. Dass Sie zu den Anarchisten oder Kommunisten gehören, erkenne ich nicht nur an Ihren langen Haaren. Man hat Sie offenbar einer Gehirnwäsche unterzogen. Sie, der noch nichts erlebt hat, glaubt das Leben und die Welt zu kennen! Gewaltiger Irrtum! Aber Männer wie ich, die im Krieg und in Gefangenschaft gewesen sind, kennen das Leben.«

»Tja, ich mach mich dann mal wieder an die Arbeit«, trällerte Doris und verzog sich. Ich erhob mich vom Stuhl und fragte: »Wie sieht denn der heutige Speiseplan aus?«

Falls der Chef von unserer respektlosen Reaktion auf seine Rede enttäuscht gewesen sein sollte, so ließ er es sich nicht anmerken.

»Spargelcremesuppe, gekochter Schweinebauch mit Kartoffeln und Gurkensalat, Vanillepudding.«

»Den Schweinebauch und die Gurken scheinen Sie sehr günstig erstanden zu haben«, sagte ich, einen Hauch von Bewunderung in die Stimme mischend. »Wie viele Zentner haben Sie denn gekauft? Dann wird es diese Woche wohl noch öfter Schweinebauch mit Gurkensalat geben?«

Herr Schmehle fühlte sich sofort angepisst. Ironie schien ihm ein Greuel zu sein. »Was reden Sie denn da für einen Unsinn? Gestern gab es Rindergulasch, das mit ein paar Würfeln Schweinebauch saftig gehalten wurde, Gurkensalat ist gesund – und für sarkastische Bemerkungen, Herr Lubkowitz, werden Sie hier nicht bezahlt.«

»Spargelcremesuppe aus der Tüte, nehme ich an.«

»Ja, was glauben Sie denn? Sie unbedarfter Mensch. Die Spargelzeit ist seit zwei Monaten vorbei. Da drüben steht eine Dose mit Spargelabschnitten. In jede Suppentasse kommen zwei Stück als Einlage.«

»Das ist clever, damit nehmen Sie den Nörglern, die wahrscheinlich, um ihre Vorurteile bestätigt zu sehen, hoffen, dass in der Spargelcremesuppe keine Einlage sei, quasi mit links den Wind aus den Segeln.« Dazu lächelte ich so harmlos wie möglich. Doch mein Lächeln zerschellte an Herrn Schmehles Panzer. »Ich hoffe nicht«, sagte er mit Vorgesetztenstimme, »dass Sie zu diesen kommunistischen Wühlern gehören, zu den Maulwürfen, von denen es ja hier nur so wimmelt, die unter den Augen der Polizei und der Justiz in den Betrieben ihr Unwesen treiben, um den Mittelstand, also die Wirbelsäule der Freiheit und des Wohlstands, zu Fall zu bringen, Borkenkäfern gleich, die, unter der Rinde hausend, in unendlicher Kleinarbeit den ganzen Baum zerstören.«

Den Kopf schüttelnd, sah ich ihm offen ins Gesicht. »Nein, ach was, um Gottes willen, Chef, ich bin weder Wühler noch Maulwurf noch Mitglied in einer staatsfeindlichen Organisation.«

»Wenn Sie's wären, würden Sie mir genau dasselbe sagen.«

Mürrisch machte sich der Chef an den Schweinebauch, angewidert kochte ich die Suppe, zwinkernd gesellte sich kurz darauf Doris dazu und schälte die Kartoffeln.

Die nette Kneipe, von der Doris erzählt hatte, lag gleich um die Ecke. Nostalgie-Stil, wie er Anfang der 70er Jahre in den Szene-Kneipen der Großstädte aufgekommen war, mit alten, lederbezogenen Kneipenbänken, die Stühle, Tische, Lampen und Bilder aus ehemals guten Stuben. Die dafür typische Gästemischung aus Oberschülern, Studenten, 68ern, Künstlern und progressiven Angestellten. Musik vom Band, ein breites Spektrum von Blues und Rock und Reggae bis hin zu Jazz, Chansons und Fado. Doris trank Weißwein – Frascati. Ich hielt mich an Pils vom Fass. Doris trug T-Shirt und Jeans, ich fühlte mich ohne Fred in Freds 50er-Jahre-Outfit wieder einmal als Außenseiter. Früher hatte ich mich in meiner Außenseiterrolle ja geradezu gesuhlt, aber mittlerweile wollte ich irgendwo dazugehören.

»Das ist nicht die Kleidung, auf die ich abfahre«, sagte ich entschuldigend, »aber ich hatte keine große Wahl.«

Wie erhofft, winkte sie lässig ab, schenkte mir ein Lächeln, das vorwiegend aus Sympathie und Verständnis bestand. »Ich bin oft genug in den falschen Klamotten rumgelaufen«, sagte sie abgeklärt. »Das bedeutet gar nichts.«

Nach der ersten halben Stunde, in der wir hauptsächlich unsere Unsicherheit zu überspielen versuchten, wurden wir allmählich lockerer, stellten fest, dass jeder von uns wirklich etwas zu erzählen hatte, dass jeder von uns dem anderen aufmerksam zuhörte. Wir verschanzten uns nicht hinter Posen – und nach dem dritten Wein und dem vierten Bier sind wir uns schon ganz schön nah gekommen.

Doris war 37, also einige Jahre älter als ich, aufgewachsen in dem hübschen, aber verschlafenen Städtchen Lohr am Main, hatte die Realschule besucht und danach eine Lehre als Einzelhandelskauffrau im elterlichen Betrieb, einem Radio- und Fernsehgeräte-Geschäft, angefangen. Mit achtzehn hatte sie die Schnauze vollgehabt – von den Eltern, den Fernsehgeräten, den Freunden, die so spießig waren wie die Eltern. Sie trampte nach Paris, um die dortige Boheme, die Jazz-Clubs und den Existentialismus hautnah kennenzulernen. Am linken Seine-Ufer glaubte sie, das Paradies gefunden zu haben, doch die Polizei griff sie nach drei Monaten auf. Sie wurde abgeschoben und in Lohr von den Eltern eingehend verhört. Die Fragen aus dem freudlosen Mund des Vaters beantwortete sie, mittlerweile vom Virus der Freiheitsliebe befallen, mit einer Unbekümmertheit, die den Alten wie ein Frontalangriff auf ihre Wertvorstellungen vorkam. Ihre Tochter hatte sich offenbar drei Monate lang in einem Sündenpfuhl gewälzt, war natürlich entjungfert worden, rauchte, trank

Alkohol, hörte Negermusik, trug hautenge schwarze Rollkragenpullis, hautenge schwarze Hosen, war in der ganzen Zeit nicht einmal beim Frisör gewesen, trug einen Pony und erlaubte sich – als hätte der Teufel persönlich ihr das eingeflüstert – schwarze Wimpern, schwarze Augenlider, rote Fingernägel, fand auf einmal die CDU beschissen und war – um das Maß voll zu machen – Atheistin geworden. Abschaum, diese Tochter! Als sie einige Wochen später abermals verschwand, waren die Eltern vermutlich sogar erleichtert. Das Paradies fand sie allerdings nirgendwo, obwohl sie auf der Suche danach durch zahllose Städte und mehrere Länder streifte. Wilde, ruhelose Jahre, vollgestopft mit schönen Erlebnissen und düsteren Erfahrungen. Es gab zwar Phasen, in denen sie wochenlang oder gar monatelang nicht arbeitete, in ihrer Hippie-Zeit, aber normalerweise scheute sie keine Arbeit. Irgendwann bewarb sie sich um einen Job als Bedienung in einem Ausflugslokal. Ein Knochenjob, doch er lag ihr; sie merkte schon nach den ersten Tagen, dass sie die ihr zugewiesenen Tische souverän überblicken und bedienen konnte und die Gäste zu nehmen wusste. Das Gaststättengewerbe gefiel ihr schon deshalb, weil ein großer Teil der dort Beschäftigten aus Vagabunden bestand, die wie sie unruhig umherzogen, unfähig oder noch nicht bereit zur Sesshaftigkeit. Sie kaufte sich eine Ausgabe der *Allgemeinen Hotel- und Gaststättenzeitung*, studierte die Stellenanzeigen – und in diesem Moment wusste sie, dass ihr künftiger Weg von dieser Zeitung bestimmt werden würde: ›Zimmermädchen für Hotel auf Sylt gesucht‹, ›Serviererin für Ausflugslokal im Harz dringend gesucht‹, ›Küchenhelferin für Landgasthof im Allgäu gesucht – Kost und Logis werden gestellt‹.

»Meistens blieb ich für eine Saison, manchmal haute ich schon früher ab, aber länger als sechs Monate hielt ich es nirgendwo aus. In Bad Nauheim werde ich garantiert nicht mehr lange sein.«

»Ja«, seufzte ich theatralisch, »es ist schwer, die Schmehles zu lieben. Und dabei wollen sie doch im Grunde nur Liebe.«

»Oder ersatzweise Geld.«

Im selben Moment trafen sich unsere Blicke, und wir brachen in Lachen aus. Ich konnte durch ihre Augen hindurchsehen, wurde ernst und fragte unvermittelt: »Warst du schon mal im Knast?«

Sie zögerte, schaute mich prüfend an, kniff dabei die Augen ein wenig zusammen, sah sehr skeptisch aus. »Warum fragst du?« Sie schien in meinem Gesicht nach der Selbstgerechtigkeit zu forschen, die sich damals auf dem Gesicht ihres Vaters, auf den Gesichtern der Nachbarn, der Kunden von *Radio-Hirsekorn*, der Cousins und Cousinen und der ehemaligen Freunde ausgebreitet hatte wie Pusteln, wie Schuppen – Manifestation einer allergischen Reaktion auf Außenseiter, auf Andersdenkende. Offenbar war sie mit meinem Gesicht zufrieden – und vielleicht hatte sie auch den Hoffnungsschimmer darin entdeckt.

»Ja, okay«, sagte sie schulterzuckend und mit schiefem Lächeln, »ich war im Knast – wie jeder anständige Mensch. Scheißerfahrung – aber ...«, sie dachte kurz nach, »... eine Erfahrung, die ich, im Nachhinein besehen, nicht missen möchte. Von heute auf morgen aus der knallbunten Freiheit herausgerissen und in eine Zelle gesperrt zu werden, hinter Mauern zu verschwinden, bewacht von Uniformierten, nachts beleuchtet der Scheinwerfer – der Knastmond – bleich deine triste Unterkunft, der Tag besteht aus Monotonie, und man ist eingezwängt in einem engen

Korsett aus Regeln, das einem die Luft abschnürt, und wenn du großes Pech hast, teilst du deine Zelle mit einer frisch vom Entzug gekommenen Fixerin und einer Schnarcherin. Ja, ich war im Knast.« Sie sah mich mit einem Denk-von-mir-was-du-willst-Blick an. »Mein damaliger Freund dealte mit Shit, ich half ihm dabei – war ja in meinen Augen völlig legitim. Das war 1970. Ich war neunundzwanzig und die Älteste in der WG – sozusagen die Mutter der Kommune.« Sie kicherte mädchenhaft. »Jedenfalls eine schöne Zeit. Wir hatten immer Kohle, kauften uns eine geile Stereo-Anlage, jede Menge LPs, überall lagen Flokatis. Die Bullen stürmten die Wohnung in dem Moment, in dem mein Freund eine Disko-Kugel an der Decke befestigen wollte. Er hatte schon lange von so einer Kugel – du weißt, was ich meine? – geträumt, hatte sich vorgestellt, wie sie, sich drehend, das Licht der Kerzen auf die Wände und auf die Decke werfen, zu fließenden Mustern verwandeln würde. Na ja, sie fanden drei Kilo Shit, beste Ware, Roter Libanese, völlig rein. Schade um den geilen Stoff.«

»Du rauchst so was?«, fragte ich überflüssigerweise. »Ich hab das mal probiert. Weil meine Freundin so'n Hippie-Mädchen war, wie du wahrscheinlich. Ist nicht mein Ding. Ich steh auf Bourbon.«

Sie deutete auf mein Glas. »Verstehe. Deshalb hast du dir Bier bestellt.«

Ihre verhaltene Ironie gefiel mir. »Ist 'ne Geldfrage«, sagte ich – und dann: »Du bist 1970 eingesperrt worden? Genau wie ich. Nur dass ich schon zuvor gesessen und diesmal die große Kelle abgekriegt hatte. Sieben Jahre. Soll ich dir meine Geschichte erzählen?«

Natürlich sollte ich. Ein 31-Jähriger, der in einem Scheißzimmer wohnte und komische, zu große Klamotten im 50er-Jahre-Stil trug, dessen Habseligkeiten in einen einzigen Koffer passten, hatte garantiert was zu erzählen. Als ich anfing, lief gerade *Rock And Roll Never Forgets* von Bob Seger.

Und Doris staunte in der Tat; sie beugte sich ein wenig zu mir herüber – vielleicht, um unbedingt jedes Wort mitzukriegen, vielleicht aber auch konspirativ, ein noch vages Gemeinsamkeitsempfinden signalisierend – zwei Verlorene, die sich gefunden hatten und nun, unter der nachgemachten Tiffany-Lampe über ihren Köpfen, eine Einheit bildeten, abgeschirmt von den übrigen Gästen, deren Lebensläufe vermutlich sauber und langweilig schienen, so sauber und langweilig wie ihr Äußeres. Unsere Hände krabbelten auf der Tischplatte aufeinander zu, berührten sich jedoch nicht.

»Ich bin erst vor zwei Wochen aus dem Knast gekommen. Hab mich noch gar nicht richtig eingelebt. Alles ist irgendwie schneller geworden. Es kommt mir so vor, als hätten sich auch die Menschen in diesen sieben Jahren verändert, als hätten sie vor der Macht des Kapitalismus kapituliert, seien endgültig zu nur noch oberflächlichen und hirnlosen Konsumenten geworden. Keine Spur von Reflexion: Nachdenken könnte ja Probleme bereiten. Anfangs war ich richtig geblendet von den vielen neuen Dingen. Und dann der Straßenverkehr. Vor sieben Jahren konnte man doch noch überall einen Parkplatz finden, wenn ich das richtig im Kopf hab. Ich hatte ja den SPIEGEL abonniert, war also ganz gut informiert, aber es ist schon was anderes, in Freiheit mit all dem konfrontiert zu werden. Merkwürdig auch diese Ungereimtheiten: einerseits ein ausuferndes Warenangebot, andererseits die ansteigende Zahl der Arbeitslosen. Wer soll denn das ganze Zeug kaufen? Aber klar: Ratenzahlung, dann die Schuldenfalle.«

Sie lächelte – mit mildem Spott? –, zwinkerte mir zu und raunte: »Da bietet sich ein Bankraub als Lösung doch geradezu an.«

Ehe ich noch groß zum Nachdenken kam, brach es aus mir hervor: »Ich hab vor ein paar Tagen eine Bank überfallen.« Scheiße, dachte ich, das war ein Fehler.

Zwischen ihren Augenbrauen entstand eine Falte, sie nippte an ihrem Wein. »Etwa das Ding in Reichelsheim? Der 600-Mark-Coup?«

Was blieb mir anderes übrig, als zerknirscht zu nicken.

Sie kicherte. »Du bist vielleicht 'ne Nummer. Zu der Zeit musst du doch noch den Knastgeruch an dir gehabt haben. Auf jeden Fall weißt du jetzt hoffentlich, dass du auf andere Weise zu Geld kommen musst.«

»Du bist nicht enttäuscht?«

»Enttäuscht? Höchstens wegen der mickrigen Beute. Aber es ist oder war ja dein Geld. Gegen Banküberfälle hab ich grundsätzlich keine Einwände, sofern sie unblutig ablaufen, was man allerdings nie genau voraussehen kann. Die *Bonnie and Clyde*-Nummer find ich echt scheiße. Falls wir beide Freunde werden sollten ...«, sie hob die Augenbrauen, während ihr Blick in meinen Augen etwas zu suchen schien, »... würde ich es jedenfalls vorziehen, dass du dich nicht noch mal in dieser Branche, die dir offensichtlich nicht liegt, betätigst.«

Nun berührten sich unsere Hände, zuckten jedoch sogleich zurück, als hätten sie sich zu weit vorgewagt.

Doch unsere Blicke trafen sich und verharrten lange so, wie sich's gehört nach dem vierten Glas Wein beziehungsweise dem fünften Halben. Sollte Herr Schmehle doch Recht gehabt haben? Das Bier war ja nur der Anfang.

Den kurzen Weg nach Hause – oder besser: zu unserem Zuhause-Ersatz – legten wir schweigend zurück, schlendernd, ganz langsam, als fürchteten wir uns vor unseren tristen Zimmern. Im Flur, der unsere Zimmer und das Gemeinschaftsbad von der Küche und dem Lagerraum trennte, im graubraunen Flur also, presste sich Doris plötzlich an mich. Wir umarmten uns, immer noch wortlos. Sie war tatsächlich sehr klein. Ich konnte auf ihren Scheitel sehen. Mann, war ich plötzlich geil – mit den entsprechenden Bildern im Kopf. Ich stellte mir vor, wie sie nackt auf mir saß, ihr Becken bewegte sich, mein Schwanz steckte bis zur Wurzel in ihr ...

Doch sie wehrte mich ab. Nicht etwa unwirsch – eher sanft, aber bestimmt, fast entschuldigend, aber entschlossen.

»So schnell geht das bei mir nicht. Ich hab noch ein gebrochenes Herz von der letzten Beziehung.«

Kurz darauf hörte ich die Musik, die wie eine Botschaft durch die Wand in mein Zimmer floss. Schöner Blues: *Have You Ever Loved A Woman* von Eric Clapton, die Live-Version, Gitarrensoli zum Dahinschmelzen. Aber warum so was Trauriges? Und vor allem: Was machte sie in diesem Moment? Blätterte sie in einer belanglosen Zeitschrift? Putzte sie sich die Zähne und gurgelte? Dachte sie über den heutigen Abend nach?

Wie vermutet, wurde auch der folgende Arbeitstag souverän von Misstrauen, Hass und Beleidigungen beherrscht. Vorrevolutionäre Stimmung kam auf, als der Verdacht, Herr Schmehle habe den geschmorten Schweinebauch absichtlich versalzen, die Runde machte.

»Jetzt passen Sie mal gut auf, Herr Schmehle«, drohte Karlheinz Momberger, ein röchelnder Kettenraucher aus Darmstadt, der offenbar zum Sprecher ernannt worden war. »Wenn es noch einmal Schweinebauch gibt, werden wir Guerilla-Methoden anwenden. Obwohl ich den Kommunismus ablehne, habe ich mich in die *Mao-Bibel* vertieft und bin auf eine Menge nützlicher Methoden gestoßen. Ich warne Sie also! Lassen Sie es nicht so weit kommen!«

»So weit ist es doch längst gekommen!«, donnerte Herr Schmehle, dessen burgunderrotes Gesicht auf hohen Blutdruck schließen ließ und dessen auf der Magengegend liegende Hand den Verdacht auf Magengeschwüre zu bestätigen schien. »Das massenhaft zu Bruch gehende Geschirr, die Salzstreuer, die jeden Tag auf rätselhafte Weise geleert werden, obwohl das Essen angeblich dauernd versalzen ist, verstopfte Toiletten, sogar abgerissene Tapetenfetzen! Das ist doch die Guerilla-Taktik! Ja, mein Gott, wo sind wir denn hier? Wollen Sie sich etwa der RAF anschließen? Ist denn das ganze Land verrückt geworden? Ich sage nur: Scheiß-Demokratie!«

»Reden Sie keinen Quatsch, Mann! Glauben Sie, wir seien Idioten, die ihre eigenen Klos verstopfen und Tapeten von den Wänden reißen? Sie sind doch nicht ganz dicht! Der ganze Laden hier ist ein Saustall! Wenn Sie wüssten, was wir mit Guerilla-Methode meinen, würden Sie nicht mehr über leere Salzstreuer nachdenken, sondern sich vor Angst in die Hose scheißen!«

Frenetischer Beifall der übrigen Gäste. Doch mein Chef ließ sich keineswegs einschüchtern: »Na, da bin ich aber mal gespannt! Zu Ihrer Information, Sie Großmaul: Ich bin bewaffnet und werde rücksichtslos von der Schusswaffe …!« Erwartungsgemäß wurde er niedergeschrieen, die Stimmung tendierte zweifellos in Richtung Explosion, als Doris auf der Szene erschien, der gute Engel des Hauses, freundlich wie immer, noch dazu mit Brüsten gesegnet, die selbst einen ausgelaugten arthritischen Rentner zum Träumen brachten. »Liebe Leute«, sagte sie, wie immer verständnisvoll lächelnd, »Sie würden mir einen großen Gefallen tun, wenn die Diskussion sachlich, ein wenig leiser und ergebnisorientiert verliefe. Außerdem kann ich meiner Arbeit nicht nachgehen, wenn alle hier herumstehen. Vielen Dank für Ihr Verständnis.«

Grummelnd wurde die Revolution vertagt. Doris räumte das Geschirr ab, füllte die abermals leeren Salzstreuer wieder auf. Ich machte in der Küche klar Schiff und musste dabei die Hasstiraden meines Chefs ertragen, was allerdings ganz aufschlussreich war, denn Herr Schmehle entpuppte sich mit Sprüchen wie »Für solches Gesindel ist ein KZ der richtige Ort«, oder »Unter Hitler war nicht alles falsch«, als verdammter Nazi. Ich hielt den Mund, denn wenn ich das, was mir dazu einfiel, geäußert hätte, wäre ich fristlos gekündigt worden, was die Vertreibung aus Doris' unmittelbarer Nähe bedeutet hätte.

Abends, wieder in der Kneipe, erzählte ich Doris von meiner Kindheit in Würzburg, das ja ebenfalls am Main und nicht weit von ihrer Heimatstadt Lohr entfernt liegt, von meiner Lehrzeit in Kitzingen am Main, von den strengen Regeln in meinem Elternhaus, von den Erwartungen der Eltern an mich, denen ich entweder nicht gewachsen war oder die ich ganz einfach nicht erfüllen wollte – keine Ahnung, vermutlich hatte schon früh ein unbewusstes Aufbegehren mein Tun oder Unterlassen bestimmt. Das

Schlimmste, klagte ich Doris, sei die Verteufelung des Rock'n'Roll und des Beat gewesen. Nichts habe den Alten an mir gefallen, ständig hätten sie mir wegen der langen Haare die Hölle heiß gemacht, mich beschimpft, weil ich für kurze Zeit Sänger in einer Beat-Gruppe gewesen sei, ich sei schockiert gewesen, als mein Vater 1965 mit grimmiger Genugtuung gesagt habe, in der DDR sei jetzt die Beat-Musik verboten worden, und den dortigen Langhaarigen würden ihre Mähnen gewaltsam abgeschnitten, das sei die erste vernünftige Maßnahme der Kommunisten, aber hier, in dieser verweichlichten Demokratie, sei so was ja leider nicht möglich. »Da hab ich mich vermutlich innerlich von meinen Eltern verabschiedet. Und nicht nur von ihnen, sondern von der ganzen Spießergesellschaft, denn ich wurde ja überall – in meinem Lehrbetrieb, in Kneipen, auf der Straße – ständig wegen der langen Haare angepisst, die natürlich nicht richtig lang waren, damals noch nicht mal die Ohren ganz bedeckten. Damit will ich meine Straftaten nicht entschuldigen. So einfach mach ich mir's nicht. Aber dadurch hat sich diese Außenseiterhaltung in mir verfestigt – anfangs noch romantisch verbrämt, klar, vor allem durch die Bekanntschaft mit einem Amerikaner, der mir lauter verbotene Dinge beibrachte, den ich für eine Art James Dean hielt –, oder vielmehr für den Typ, den James Dean in *Denn sie wissen nicht, was sie tun* verkörperte. Ist übrigens eine blöde Übersetzung. Den Originaltitel, *Rebel Without A Cause*, find ich jedenfalls besser.«

Doris nickte zustimmend. Ich wusste zwar nicht, ob sie jetzt nur den Filmtitel betreffend zustimmte, oder ob sie alles, was ich zuvor gesagt hatte, richtig fand, aber alles in allem ging ich davon aus, dass wir ähnlich tickten.

»Früher«, sagte sie nachdenklich, »hat es mir nichts ausgemacht, wenig Geld zu haben. Ich bin nicht im Geringsten neidisch auf den ganzen Konsumscheiß gewesen, den sich die anderen meines Alters angeschafft haben im Glauben, man müsse sich mit dem Plunder eindecken, um zum Kreis der Glücklichen gehören zu dürfen. Alles auf Raten. Ich kann mir vorstellen, dass sie immer noch Raten abzahlen, dass viele von ihnen lebenslänglich Raten abdrücken. Dabei ist dieses perfide System doch leicht durchschaubar. Es ist die Gier, die klare Überlegungen einfach zur Seite schiebt, es ist die Vorstellung, schon morgen den modernsten Fernseher, den Schnellkochtopf, die Schrankwand im Haus zu haben, obwohl ich mir den Scheiß gar nicht leisten kann.« Doris lächelte etwas verlegen, und wir wussten ja beide, dass diese Ansicht schon vor 1968 zumindest in kritischen Kreisen zum Bewusstseinsstandard gehört hatte. Folglich verließ sie das Thema flugs, obwohl es ihr meiner Meinung nach keineswegs peinlich sein musste, war es doch tatsächlich aktueller denn je. Die 68er hatten viel erreicht, den Kampf gegen Konsumismus und Raubtierkapitalismus jedoch verloren. »Aber ich wollte eigentlich was anderes sagen.« Das Lächeln verrutschte ein wenig. »In letzter Zeit fühle ich mich in diesen lieblos eingerichteten, auf reine Zweckmäßigkeit reduzierten Personalzimmern der Hotels und Raststätten, in die es mich verschlägt, verdammt unwohl. Mein ganzer Besitz passt in zwei Koffer, wobei der eine für meine Platten, Kassetten und die Stereo-Anlage reserviert ist. Zwei *große* Koffer. Das schon. Aber gemessen an meinem Alter eher der Beweis meines, um ehrlich zu sein, Versagens.« Fahrig zündete sie sich eine weitere Zigarette an. »Früher, weißt du?, war ich stolz darauf, so beweglich zu sein, so

wenig Gepäck durchs Leben tragen zu müssen.« Sie
schaute mich mit hochgezogenen Brauen an, fragend
vielleicht, jedenfalls interessiert an meinem Gesichtsausdruck und an dem, was der verriet. Sich seufzend
einen Ruck gebend, so als sei der nächste Satz eine
hohe Hürde, konkreter gesagt, ein Bekenntnis, das
ihr Innerstes freilegen würde.»Ich geh ja jetzt stramm
auf die vierzig zu. Wenn ich ehrlich bin, muss ich bekennen, dass ich mich nach einer richtigen Wohnung
sehne, nach materieller Sicherheit, nach einem Ort,
den ich als Zuhause betrachten kann. So was wie 'ne
Familie suche ich. Nicht dieses fatalistische Anein-
anderkleben, wie es in meinem Elternhaus der Fall
war, sondern eine Wohngemeinschaft mit Leuten, die
sich und mich akzeptieren.« Sie winkte ab. »Ich weiß
nicht, ob du das verstehst.«

Lautlos lachend warf ich den Kopf nach hinten.
Ich fühlte mich unbeschreiblich erleichtert, da ich
kurz zuvor überlegt hatte, wie ich ihr exakt solche
Empfindungen mitteilen könnte, ohne von ihr gleich
als Spießer mit der Tendenz zum allabendlichen Saufen und Mampfen vorm Fernseher angesehen zu
werden, und erklärte ihr, der Erstaunten, auch gleich
meine Reaktion: »Wenn du wüsstest … Als ich neulich Freds Wohnung – du erinnerst dich? Fred? Der
Elvis-Fan, von dem ich dir …? – betrat, in der alles
so aufgeräumt war, in der jeder der unzähligen Gegenstände mit einer Selbstverständlichkeit benutzt
oder nur mit einem Blick gestreift wurde, als gehöre
er fraglos und über jede Diskussion erhaben in eine
solche Wohnung, da blitzte es in meinem Hirn. Kein
Kurzschluss, sondern die Erkenntnis, dass ich mich
seit Ewigkeiten nach einer Bleibe sehne, unter deren
Türklingel mein Name steht.« Grinsend und schulterzuckend schob ich hinterher: »Ob es in Freds

Wohnung immer noch so proper aussieht, wage ich allerdings zu bezweifeln.«

Sie grinste mit. Weil sie das witzig fand? Oder weil sie einfach froh war, dass ich das zunehmend ins Sentimentale abrutschende, Emotionen aufwirbelnde Thema mit einem unbeholfenen, aber immerhin geschickt platzierten Scherz zum Abschluss gebracht hatte?

Abermals intensives In-die-Augen-Glotzen. Wir waren nun unverkennbar mehr als nur Kollegen. Wir waren Freunde.

Später drang wieder Musik durch die Wand. Lockend? Das sowieso. Aber von Doris bewusst als Lockmittel eingesetzt? Die Frage ließ sich nicht beantworten, da ich keiner von den Männern war, die sich in einem solchen Fall sofort den Schwanz gewaschen hätten und eroberungsbereit im Nachbarzimmer aufgekreuzt wären, um die Frage zu klären. *Carey* von Joni Mitchell, wehmütig, wenn nicht gar beschwörend – die Hippie-Zeit, als alles zu schweben schien, als die Zukunft schon aufgrund der rasanten gesellschaftlichen Veränderungen in hellem Licht lag, zwar vage, unscharf, aber alles andere als beängstigend.

»Come on down to the Mermaid Café
And I will buy you a bottle of wine
And we'll laugh and toast to nothing
And smash our empty glasses down …!«

An meinem ersten freien Tag, einem Sonntag, besuchte ich Fred. Später Nachmittag – und der Rock'n'Roller sah aus, als wäre er gerade erst aus dem Bett gekrochen. Die Wohnung. Wie kann man denn eine Wohnung so schnell total verkommen lassen?, fragte ich mich beunruhigt, sieht ja aus, als hätten die Top Ten des Friedberger Abschaums die Erlaubnis gehabt, hier eine Woche lang ihre destruktiven Phantasien künstlerisch umzusetzen. So die Wiener Schule. Otto Mühl und Genossen wären begeistert oder gar neidisch gewesen.

Wortkarg kochte Fred Kaffee. Ich sagte ihm, grimmig knurrend, es sei eine erstaunliche Leistung von ihm, und es habe ihn sicherlich große Mühe gekostet, innerhalb einer Woche um einige Jahre zu altern.

Dazu schwieg er verkniffen, streifte mich nur mit einem Blick, der die gute alte, immer wieder gern genommene Fick-dich-ins-Knie-Botschaft vermitteln sollte, aber in Wahrheit Beschämung zeigte. Aus seinen Poren und dem Mund quoll Schnapsgeruch, alter Schweiß lag auf seinen Klamotten wie eine Patina. Trübe, rotgeäderte Augen. Ein Blues-Song von Elvis: *I Feel So Bad* – wie eine dramaturgisch geschickte Untermalung. Kalter Rauch hing träge und erdrückend in den ungelüfteten Räumen, hatte sich längst mit dem Gestank von verbranntem Fett, verfaulenden Essensresten und abgestandenem Bier vermischt, und damit hatte sich sozusagen von selbst ein abstoßender Gestank-Cocktail kreiert, der dem Gesamtbild die entsprechende Geruchsnote verlieh. Stapel von dreckigen Töpfen, Pfannen und Geschirr, Unmengen herumliegender Flaschen, die Teppiche, Sessel und Tischplatten besudelt mit Rotwein, Bourbon, Ketchup, zerbrochene Gläser und Teller, schiefhängende Bilder, deren Glasscheiben zersprungen waren, auf dem Fußboden wahllos verstreute Bücher, Fotografien und antike Damenunterwäsche. Alles passte perfekt zum Blues, keine Frage, wirkte aber so dermaßen *low down*, dass es mich schüttelte. Sah nach einem traurigen Nachmittag aus.

»Vor einigen Tagen war die Beerdigung«, murmelte Fred, während er in die Kaffeetasse stierte und an seiner Lucky zog. »Meine ganze Verwandtschaft und die Freundinnen meiner Mutter wollten mich auf dem Friedhof verprügeln. Stell dir das mal vor. Die Sau aus Bad Homburg hatte jeden angerufen und darüber aufgeklärt, dass ich ein Homo sei und aus der Wohnung ein Homo-Bordell machen wolle. Ich zog die Pistole. In Notwehr. Jetzt hab ich 'ne Anklage wegen illegalen Waffenbesitzes am Hals. Die Bullen fragten mich, ob ich mit der Knarre schon mal 'ne Straftat verübt hätte.« Nun grinste er trotzig und triumphierend. »Auf dem Sparbuch meiner Mutter sind 10 000 Mark. Außerdem gibt es noch Wertpapiere. Ich weiß noch nicht, wie viel das ist, aber es scheint sich um eine sechsstellige Summe zu handeln. Sieht so aus, als wäre das Thema Bankraub damit abgehakt.«

»Und was ist hier los?« Mit hilfloser Geste deutete ich auf das Chaos.

Fred winkte müde ab. »Ich hab ein paarmal nach Kneipenschluss den Rest der Gäste mitgenommen und mit ihnen hier weitergesoffen, weil ich verdammt noch mal nicht allein sein wollte.«

»Die hatten wohl ziemlich beschissene Manieren, würde ich sagen.«

»Das sind ja auch Alkoholiker.« Der aufgedunsene Mann löste seinen Blick von der Kaffeetasse, um mich tadelnd anzusehen. »Ist auch zum Teil deine Schuld, Buddy. Du hättest dir denken können, dass du mich nicht einfach alleinlassen kannst – einen unselbständigen Mann, dem die Mutter genommen wurde.«

»Du solltest dir einen Freund suchen.«

Mit wegwerfender Handbewegung antwortete er: »Kannst du vergessen. Ich war zweimal in Frankfurter Schwulen-Bars. Da geht's nur um schnellen Sex. War nicht schlecht, aber ziemlich unpersönlich.« Und dann, mit einem Hoffnungsschimmer im verkaterten Gesicht: »Wenn ich endlich an die Kohle rankomme, könntest du doch hier einziehen. Du müsstest nicht arbeiten, wir könnten in Saus und Braus leben, mit dem Buick rumkurven, Platten hören – lauter solche Sachen ...«

Ich hatte nicht vorgehabt, Doris zu erwähnen. Es fiel mir einfach so aus dem Mund: »Ich bin verliebt. Da ist so 'ne Arbeitskollegin. Sie wohnt im Zimmer nebenan.«

Angewidert erhob sich Fred, ging zum Fenster und starrte hinaus. »So 'ne Schlampe, die sich von jedem besteigen lässt? Du bist nicht verliebt. Du willst deinen Schwanz in ihre Dings stecken. Nach zwei Monaten verschwindet sie in eine andere Stadt, ins nächste Hotel, und macht dort die Beine breit.«

Ich stand ebenfalls auf. In meiner Stimme schwang Verärgerung. »Ach, was weißt du denn. Ich hab keine Lust, mit dir über Frauen zu reden.«

»Du hast ja damit angefangen. Meinetwegen brauchen wir nicht über Frauen zu reden. Obwohl ich nichts gegen Frauen habe. Was ich allerdings nicht leiden kann, ist so'n falsches Biest, das mir aus Langeweile oder Bosheit den Freund ausspannt. Ich wette, du hast ihr von uns erzählt – und schwups! hat sie dich an ihre klebrige Muschi gelassen.«

»Mach's gut, Fred.« Ich schnappte mir meine Jacke und ging.

»Hey, Mann, warte doch! Seh'n wir uns nächste Woche?«

»Räum hier erst mal auf!«, rief ich über die Schulter zurück.

Im Hotel hatte es gerade Abendbrot gegeben. Den berüchtigten Wurst- und Käseaufschnitt mit Fleischsalat, Gewürzgurken, Margarine und dünnen Brotscheiben. Frau Schmehle diskutierte mit einer aufgebrachten Abordnung der Gäste.

»Wenn wir noch einmal vergammelte Wurst vorgesetzt kriegen, ist hier aber die Kacke am Dampfen!«

»Was faseln Sie denn da für einen Blödsinn? Die Wurst ist in Ordnung! Wir essen sie doch auch, mein Mann und ich!«

»Ob Sie aus Geiz vergammelte Wurst fressen, interessiert uns nicht!«, brüllte der infarktgefährdete Herr Volkmann aus Hanau. »Wir verlangen frische Wurst! Den Schweinefraß können Sie sich in den Arsch schieben!«

»Mein Gott, sind Sie ordinär!« Frau Schmehle schüttelte sich. Und da trat ihr Mann aus der Küche, mit Schaum vor dem Mund und einer doppelläufigen Schrotflinte in den Händen.

Und zack wurde in Herrn Volkmanns Brust der Infarkt ausgelöst. Er brach stöhnend zusammen.

Außer dem Krankenwagen erschien auch die Polizei, vermutlich von Herrn Momberger verständigt, der nun den Beamten kettenrauchend die Situation erklärte und ihnen ein paar Scheiben Wurst in die Hände drückte – »fürs kriminaltechnische Labor«.

Alle Gäste außer Herrn Volkmann, der soeben abtransportiert worden war, drängten sich, eine unruhige, unberechenbare Masse, um die beiden Polizisten, schrien ihnen ihre Klagen in die Ohren und zerrten sogar an ihren Uniformen. Die beiden fühlten sich unwohl. Scheißeinsatz. Sie starrten auf die zahnlosen Münder und schienen die Befürchtung zu hegen, man wolle *sie* statt der Wurst vertilgen.

»Gehen Sie zurück! Wahren Sie Abstand!«

Doch die Masse war in Rage. Noch weiter aufgesperrte Mäuler, aus denen Laute gurgelnd und dröhnend entwichen, Augen, in denen Wut flammte. Die Beamten ließen die Wurst fallen, und einer, Wehner, zog nervös die Pistole.

Herr Momberger zündete sich eine neue Zigarette an, hustete nach dem ersten Zug den Schleim aus den Bronchien, dann sagte er, obwohl an sich die modische Tendenz zu antiautoritärer Gesinnung verdammend, mit fester Stimme: »Diese Dame da, Frau Schmehle, hat uns als Kommunisten bezeichnet! Unter den Gästen dieses Hauses befindet sich kein einziger Kommunist! Und bitte nehmen Sie die Wurst mit! Sie gehört ins Labor.«

Alle, mich eingeschlossen, waren entsetzt. Selbst das Ehepaar Schmehle schnalzte gemeinsam mit den Zungen. Über sich selbst hinauswachsend, blies Herr Momberger Rauch in die spannungsgeladene Luft und forderte die Beamten auf, das Betreiberehepaar zu verhaften.

»Warum?«, fragte der Polizist Wehner – und hinter seinem scheinbar harmlos fragenden Blick blitzte Verschlagenheit auf. »Warum soll ich die beiden verhaften? Weil Herr Schmehle, der einen Waffenschein besitzt, sich und seine Frau gegen einen Mob verteidigt hat? Soll das Gericht entschieden, ob die Drohung mit einer vorgehaltenen, geladenen Schrotflinte der Verhältnismäßigkeit entsprach?

Die beiden Beamten hatten ihre Selbstsicherheit wiedergefunden. »He, Sie da!« Der Bulle Wehner hatte mich, den einzigen anwesenden Mann mit längeren Haaren, entdeckt und winkte mich zu sich. »Was ist Ihre Rolle in dieser Sache? Sind Sie etwa ein Provokateur?«

Die Frechheit ignorierend und mich im Stillen ob meiner Sachlichkeit bewundernd sagte ich nur: »Ich

bin der Koch.« Obwohl ich trotz meiner Sympathie
– früher für die APO, die Hippies, Fritz Teufel, zur
Zeit für die Alternativen, die Kernkraftgegner, die Feministinnen, die Schwulenbewegung – für bestimmte
politische Bewegungen eher unpolitisch war, mehr so
der Zaungast, loderte plötzlich so was wie Stolz in
mir auf, der Stolz, zu einer Randgruppe zu gehören,
schon optisch sofort identifizierbar, ein wunderbar
klares Feindbild.

»Der Koch?« Arschloch Wehner schickte flink einen Frageblick zu Schmehles. Die nickten betreten.
Sie hatten die mittlerweile selbst in Bad Nauheim
überwiegend akzeptierte Langhaarfrisur, wie sie ihr
Koch trug, mit einem gewissen Ekel ertragen, aber
nicht als staatsgefährdend eingeschätzt. »Jeder Bun-
desliga-Spieler trug längere Haare als Herr Lubkowitz. Breitner zum Beispiel, Beckenbauer, Netzer.«
Schmehles wurden jetzt überaus misstrauisch. Vielleicht argwöhnten sie, dieser übereifrige Polizist
wolle ihnen eine Verbindung zur RAF andichten. Es
herrschte ja in dieser Hinsicht eine Hysterie im Land,
die völlig übertrieben war, die nicht nur von den Terroristen, sondern vor allem von den Boulevard-Gazetten am Köcheln gehalten wurde.

»Herr Lubkowitz arbeitet erst seit ein paar Tagen bei uns«, rechtfertigte sich der Chef. »Wir wissen deshalb nicht viel über ihn, aber auf keinen Fall
steckt er mit denen da …«, seine Hand vollführte eine
Halbkreisbewegung, »… mit diesen Anarchisten unter einer Decke.«

»Er legt sich immer zwei Scheiben Wurst auf eine
Brötchenhälfte«, mischte sich seine Frau ein, »und
gehört daher wohl eher zu den Egoisten als zu den
Kommunisten.« Zum Erstaunen aller wurde sie von

einem Lachanfall heimgesucht und durchgeschüttelt, was ihrem Mann so peinlich war, dass er ihr einen Ellbogen in die Rippen stieß.

Frau Schmehle quietschte erschrocken und vor Schmerz, keuchte, nach Luft ringend, ballte eine Faust, die sie ihrem Gatten in die Magengrube stieß. Das kam bei den Gästen prima an. Sie klatschten Beifall, Herr Momberger rief fröhlich: »Sie haben doch die Flinte, Herr Schmehle! Wehren Sie sich! Schießen Sie oder schlagen Sie ihr den Kolben über die Rübe!«

Aufbrandendes Gelächter. Der Polizist Wehner donnerte dazwischen: »Das ist eine Aufforderung zu einer Straftat!«

Noch lauteres Gelächter. Der Chef, mit schmerzverzerrtem Gesicht, ließ sich röchelnd auf einem Stuhl nieder. Herr Kleber aus Fulda hatte sein Akkordeon geholt, spielte darauf und sang dazu: »Muss i denn, muss i denn zum Städtele hinaus – und du mein Schatz bleibst hier …!«

Einige Paare bewegten tanzend ihre gichtigen Glieder, einige sangen mit, der stets von einer Schnapsfahne begleitete Herr Schimmelfleck stellte den unter seinem Bett gebunkerten Weinbrandvorrat zur Verfügung – und schon kam Partystimmung auf. Man sah es den Bullen an, dass sie sich gern beteiligt hätten – aber Dienst ist Dienst. Großmütig von irgendwelchen Anzeigen absehend, verabschiedeten sie sich – natürlich alle noch einmal ermahnend, wenn auch augenzwinkernd.

Das Ehepaar Schmehle verzog sich in die Küche, um sich dort gegenseitig mit Vorwürfen zu bombardieren.

»Besuchst du mich nachher in meinem Zimmer?«, fragte Doris scheinbar beiläufig, während sie aufräumte und dabei kurz in meine Nähe kam.

Sie hatte die Deckenlampe gelöscht und einige Kerzen angezündet – und siehe da, schon dank dieses einfachen Beleuchtungstricks wirkte das Zimmer erträglich. Doch das war noch nicht alles. Der Eindruck von Bewohnbarkeit wurde durch den Blumenstrauß in einem Aluminium-Sektkübel und zwei Poster an den Wänden wunderbar verstärkt. *Hotel Room* von Edward Hopper: Ein Bett, ein Sessel, Gepäckstücke, eine spärlich gekleidete Frau sitzt auf dem Bett, lesend, vermutlich einen Brief, eingehüllt in Einsamkeit. *Der Schrei* von Edvard Munch hing daneben – und beide Bilder ließen ahnen, dass Einsamkeit Doris' Grundstimmung war. Ich kannte keinen der beiden Maler, verstand aber sofort die Aussagen der Bilder, ja, gemalter Blues, fiel mir dabei ein, so intensiv, so suggestiv; für einen Moment fühlte ich mich nicht nur von ihnen an-, sondern in sie hineingezogen und beschloss spontan, mich demnächst näher mit Kunst zu beschäftigen.

Die Plattensammlung. Eine Menge Scheiben für jemand, dessen ganzer Besitz in zwei Koffer passt. Auf dem Plattenteller drehte sich gerade *Mr. Wonderful* von Fleetwood Mac – den *alten* Fleetwood Mac, wohlgemerkt, die nach Doris' Ansicht eine der besten weißen Blues-Gruppen gewesen waren. Die unverwechselbare Stimme von Jeremy Spencer – so könnte ich auch den Blues singen, dachte ich spontan. Ich hatte nie Blues gesungen, immer nur Rock'n'Roll beziehungsweise Beat, mich an die schwarzen Sachen nicht rangetraut. Ja, so muss es klingen, wenn ein Weißer den Blues singt, dachte ich entzückt. Dann der einmalige Sound von Peter Greens Gitarrenspiel. Das war richtig dreckiger Blues.

Doris hatte zwei Flaschen Bourbon gekauft – Jack Daniel's, der eigentlich nicht als Bourbon gilt, weil er in Tennessee hergestellt wird, doch aufgrund seiner

Machart und des hohen Mais-Anteils dennoch ein Bourbon ist. Sie hatte sich auch sonst nicht lumpen lassen: Erdnüsse, Käsewürfel, zusammen mit Oliven, Ananasstücken und Cocktailkirschen auf Zahnstocher gespießt, also alles ein wenig altmodisch, 50er-Jahre-Stil, aber trotzdem oder vermutlich deswegen einfach rührend. Als Tischdecke diente ein Palästinensertuch.

Das Kerzenlicht-Abenteuer, dachte ich bewegt, und meine Erwartungen, vollgesogen mit 1A-Nährstoffen, angestrahlt vom Licht der Vorfreude, blühten prächtig auf. Auch wenn es heute mit dem Sex nicht hinhauen sollte, dürfte es ein Abend werden, der schon deshalb alle Sehnsuchtsträume aus dem Knast weit in den Schatten stellt, weil er real ist.

Schon nach den ersten Käsehäppchen und dem zweiten Drink lagen wir gemeinsam im Bett, erlöst, zufrieden und ein ganzes Stück weniger einsam.

Dann fiel ein Schuss in diese wunderbare Stille, knallte brutal in unsere Harmonie hinein, hallte unheilvoll in den Ohren nach, ließ Türen auffliegen, Stimmen ertönen, Lichter aufflammen.

ORTSWECHSEL

Hatte der durchgeknallte Schmehle doch tatsächlich seine Frau erschossen. Bevor die Polizei eintraf, zahlte er Doris und mir gewissenhaft den uns zustehenden Lohn aus, machte unsere Papiere fertig und wünschte uns alles Gute. Matt winkte er den bestürzt in Schlafanzügen und Nachthemden herumstehenden Gästen zu. Wir warfen nur einen scheuen Blick auf den Saustall. Sah ziemlich gruselig aus: Frau Schmehles Gesicht war von der Schrotladung völlig zerfetzt worden, sie lag auf dem Rücken, Arme und Beine von sich gestreckt, ein erlegtes Wild.

»Glauben Sie mir, sie hat's verdient«, knurrte Herr Schmehle knorrig, während ich mich dezent in den Papierkorb erbrach.

Na ja, kurz darauf Ankunft der Staatsgewalt, ungemütliche Geschäftigkeit. Der Rest des Abends war offensichtlich im Arsch. Verständlicherweise gruselte mich der Anblick so vieler Bullen. Mir reichte gewöhnlich schon einer, um Übelkeit zu verursachen. Überall Uniformierte, die Spurensicherung, Fragen stellende Kripotypen mit Gesichtern aus Stein, ein Arzt, zwei Reporter, die offensichtlich einen guten Draht zur Polizei hatten, denn sie tauchten fast gleichzeitig mit den Bullen auf, durften sich ungehindert umsehen und fragend die Leute anbohren, interviewten den hektisch an seiner Zigarette saugenden

Herrn Momberger sowie Frau Kappus, die allerdings zu undeutlich sprach, weil sie in der Aufregung ihr Gebiss verloren hatte. Doris kochte für alle Kaffee, Herr Kleber aus Fulda schnallte sich das Akkordeon vor den Bauch, wurde jedoch ermahnt, nicht zu spielen, und da die Ermahnung nichts fruchtete, nahm man ihm das Instrument gewaltsam weg.

Als Doris und ich nach nur vier Stunden Schlaf erwachten, war es zehn Uhr morgens. Ich hatte unruhig geschlafen in dem engen Bett. Die nackte Frau an meiner Seite – ihre Haut an meiner Haut, ihr Atem in meinem Gesicht. Ich hatte fast vergessen, wie so was war. Sie roch angenehm. Alles an ihr war angenehm und schön.

»Du hast den Frühstücksdienst verschlafen«, sagte ich grinsend. »Immerhin hat uns der Chef bis einschließlich heute bezahlt.«

Wohlig reckte sie ihre Glieder. »Der Chef sitzt im Untersuchungsgefängnis und kann mich sowieso am Arsch lecken. Wie ich deutlich hören kann, ist in der Küche einiges los. Die Gäste werden sich vor ihrer Abreise noch mal ordentlich selbst bedienen. Soll ich mich auch selbst bedienen?« Sie warf mir einen schwülen Blick zu, während ihre Hand unter der Bettdecke nach meinem Schwanz tastete, der, längst hart und groß, die Decke pyramidenförmig wölbte. Sie befreite mich von dem Belag und setzte sich auf mich.

Unsere Koffer waren rasch gepackt.

»Ich trage immer noch diese zu großen 5oer-Jahre-Klamotten«, murrte ich. »Ich hab ja nichts dagegen, unzeitgemäß gekleidet zu sein, aber komisch wollte ich nie aussehen.«

Sie küsste mich auf die Nasenspitze und behauptete, ich sähe in den Klamotten süß aus. Süß! Ich hatte
mich noch nie als süß empfunden. Süße Männer – das
kam mir irgendwie schwul vor. Aber wenn Doris
mich süß fand, musste es wohl in Ordnung sein. Ja,
doch, ich konnte mich damit anfreunden. Eine zarte
Farbe auf meiner Wesenspalette. Natürlich wusste
ich längst, dass ich nicht nur aus harter, der Welt die
Stirn bietender Männlichkeit bestand – wenn auch
meine Vorstellung von Männlichkeit sehr stark, wenn
nicht sogar vollkommen, von den Kriegserzählungen
meines Vaters, von Hollywood-Filmen und ein paar
James-Dean- oder John-Wayne-Imitatoren wie zum
Beispiel dem Klischee-Halbstarken Horst Gebhard
aus unserer Nachbarschaft oder Charly Browning,
der schon früh vom Weg abgekommne Kleinkrimi-
nelle aus Kansas City, geprägt worden war. Im Knast
hatte man ohnehin keine andere Wahl, als eine vorge-
gebne Rolle zu spielen. Ich konnte mich kaum noch
daran erinnern, wie ich damals Geli und ihren Hippie-Freunden gegenüber aufgetreten war. Als cooler,
geheimnisvoller Gangster?

Im Büro, das ohne Herrn oder Frau Schmelle seltsam unschuldig wirkte, griff sich Doris das Telefon,
faltete einen Zettel mit Telefonnummern auseinander
und wählte. Ich ging aufs Klo und freute mich auf
den ersten Schiss des Tages.

Nachdem ich meinen Darm entleert und mir die
Hände gewaschen hatte – weil ich ja jetzt eine Freundin und damit nicht nur eine moralische, sondern auch
eine hygienische Verantwortung hatte –, jubelte sie
mir schon, stolz auf ihre Power, zu: »Wir haben einen
Job in Rottach-Egern am Tegernsee. Koch und Zimmermädchen, Doppelzimmer. Hotel *Großbauer*. Wir
verdienen jeder fast einen Hunderter mehr als hier!«

Erwartungsvoller Blick. Ich deutete, süß und verständnisvoll wie ich offenbar war, ihren Augenausdruck richtig und lobte sie. Doch das Lob war ehrlich gemeint. Mir gefiel ihre Power. Sie war überhaupt sehr patent – durchforstete das Büro, steckte einige Gegenstände ein und fand auch den Autoschlüssel. Wo Herr Schmehle seinen Ford Taunus 2000 geparkt hatte, wusste sie auch.

»Kein Kassettenrekorder«, murrte ich enttäuscht. Aber ich saß am Steuer, erleichtert darüber, dass sie nicht zu den Menschen gehörte, die unbedingt selbst am Steuer sitzen wollen. Mich hatte das nämlich die ganze Zeit bis zur Abfahrt beschäftigt. Ich hatte Angst vor einem Streit, einem Kampf ums Steuerrad gehabt und mir schon überlegt, ob unsere Beziehung daran zerschellen könnte. Aber, wie gesagt, alles easy, sie legte glücklicherweise keinen Wert darauf, selbst zu fahren. Der zwei Jahre alte Wagen war gepflegt und vollgetankt.

Doris sah mich erstaunt an. »Was, zum Geier, hätten denn Schmehles mit einem Kassettenrekorder anfangen sollen? Kostet Geld und macht Krach.«

Wir grinsten uns komplizenhaft an.

Lenkradschaltung. Auf der Autobahn trat ich das Gaspedal durch und freute mich, dass ich die nächsten Stunden einfach nur fahren durfte – mit einer Frau an meiner Seite. Die große Liebe? Äh, halt, stop, Moment mal, aber ja, könnte doch sein. Es gab so viele Eigenschaften, die ich an ihr mochte – ihre Fürsorglichkeit, die streichelnden Hände und die Wärme ihres Körpers. Ich hatte gar nicht gewusst, dass dieses wohlige Gefühl des Behütetseins noch in mir vorhanden war. Zu meinem Erstaunen fühlte ich mich mit ihr freier als zuvor, als ich auf mich allein gestellt gewesen war, als es keine Verpflichtungen gegeben hatte – was auch bedeutet hatte, dass ich für andere sozusagen nicht existent gewesen war. Die traurige Freiheit eines Unsichtbaren. Man muss bereit sein, ein Stück seiner Unabhängigkeit zu opfern, sagte ich mir – nein, nicht zu opfern, das ist der falsche Begriff, sondern aufzugeben wie wertlos gewordenen Ballast, den man nicht mehr benötigt, weil die Zweisamkeit eine höhere Existenzform ist. Ich lächelte versonnen vor mich hin.

»Warum lächelst du?« Wahrscheinlich hatte sie mich schon längere Zeit aus den Augenwinkeln beobachtet, vielleicht waren durch ihren Kopf sogar ähnliche Gedanken gezogen.

»Ach, nichts weiter. Ich freu mich nur, dass ich so locker mit dir in einem vernünftigen Auto nach Süden fahre.«

Leider nur beschissene Musik im Radio. Aber halt! Verstörende Nachricht: Der Arbeitgeberpräsident Hanns Martin Schleyer von Terroristen entführt, drei Sicherheitsbeamte und der Fahrer von Schleyers Wagen erschossen. In dem Bekennerschreiben der RAF wurde der Austausch der Geisel gegen elf inhaftierte RAF-Mitglieder, unter ihnen Andreas Baader, Gudrun Ensslin und Jan-Carl Raspe, angeboten. Jeder solle 100 000 Mark erhalten und ausgeflogen werden.

»Verdammt!« Aufgebracht schlug ich auf's Lenkrad. »Diese Wichser glauben doch allen Ernstes, es gebe eine Legitimation für ihren Wahnsinn! Du wirst sehen, jetzt werden wieder überall Fahrzeug- und Personenkontrollen stattfinden. Millionen Augenpaare und Nasen glotzen und schnüffeln in jeder Kneipe, in jedem Kaufhaus, an jeder Tankstelle herum. Nicht nur Bullen, von wegen – alle sogenannten anständigen Bürger werden ihre detektivischen Fähigkeiten unter

Beweis stellen wollen. Kennt man ja aus der Nazi-Zeit und aus der DDR!«

»Was regst du dich so auf?« Doris wunderte sich.

»Ich kann Schleyer nicht leiden, uns können sie nichts anhaben …«

»Wir fahren in einem gestohlenen Auto.«

Sie winkte gelassen ab. »Herr Schmehle würde sich in nächster Zeit nur dann um sein Auto sorgen, wenn es auf einem kostenpflichtigen Parkplatz gestanden hätte. Aber es befand sich an einer Stelle, wo es stehen könnte, bis der TÜV abgelaufen ist.«

Ich verzog zerquält das Gesicht. »Mein Problem ist, dass ich vor Uniformen und Bullenmarken leicht einknicke. Hat was mit meiner kriminellen Vergangenheit zu tun. So kleine Ganoven wie ich fürchten die Bullen. Wir fürchten die zum forschen Auftreten legitimierten Männer. Und manchmal, aber leider nicht immer, erkennen wir schon auf hundert Meter, wer eine Bullenmarke in der Tasche hat und eine Kanone mit sich rumträgt.«

»Hauptsache, du pinkelst dir bei einer Kontrolle nicht in die Hose«, entgegnete sie so gleichmütig, dass es mich ein wenig irritierte. Kurzer Seitenblick. War da nicht ein überhebliches Lächeln? Aber ihre Hand strich über mein Haar, sanft, beruhigend. Alles halb so schlimm, sollte das wohl heißen.

Über das Wetter gab es nichts zu meckern. Nicht der perfekte Spätsommertag, aber warm, der Himmel, anfangs stark bewölkt, zeigte zunehmend blaue Fenster, durch die hin und wieder die Sonne auf uns blickte.

Alpenpanorama. Eingebettet zwischen Bergen die glitzernde Fläche des Tegernsees. Ansichtskartenmotive, wohin ich auch blickte.

Das Hotel befand sich allerdings außerhalb von Rottach-Egern, sechs Kilometer vom See entfernt, im Südosten. Wir fuhren durch dichten Wald, in dessen Strukturen der Mensch, wie es schien, noch nicht regulierend eingegriffen hatte. Einige Meter unter uns begleitete ein wild schäumender Fluss, die Rottach, die Straße. Wildromantisches Bild, und es hätte mich nicht überrascht, wenn plötzlich ein Hirsch aufgetaucht wäre.

Vor dem Hotel *Großbauer* hatte man dieser Bilderbuch-Landschaft brutal eine hässliche Wunde in Form eines riesigen Parkplatzes zugefügt. Das Hotel, ein Neubau, der zwar oberflächlich der hiesigen traditionellen Architektur entsprach, mit weit überhängendem Dach, rundum verlaufenden Holzbalkons und Lüftl-Malerei, wirkte schon durch seine Größe unpassend. Ein klobiger Kasten mit 60 Zimmern und wenig Komfort. Wohlhabende Urlauber stiegen hier garantiert nicht ab. Im rechten Winkel dazu, ebenfalls an den Parkplatz grenzend, stand ein kleineres Gebäude, schmucklos, ohne Balkons. Das Personalhaus.

Die junge Frau von der Rezeption führte uns flott in den ersten Stock des Personalgebäudes und schloss die Tür zu unserem Zimmer auf. »So, da wären wir«, sagte sie, unverbindlich lächelnd. »Sie können sich erst mal frischmachen. Dann stelle ich Sie dem Personalchef vor.«

Sie war nett, doch sie schaute gelangweilt durch uns hindurch – hatte vermutlich schon zu viele Mitarbeiter kommen und gehen sehen.

»Unser Zuhause!« Doris strahlte mich an, und dieses Strahlen brachte gleich Farbe in das einfache Zimmer. Ein Doppelbett. Der Blick aus dem Fenster war auch nicht zu verachten: Berge, Wald, und wenn man sich aus dem Fenster lehnte, sah man das klare, kühle Wasser der Rottach – die jedoch für meinen Geschmack ein wenig zu laut dem Tegernsee entgegensprudelte. Ob ich mich an dieses rauschende, gurgelnde Tosen hinter unserem Zuhause gewöhnen würde, bezweifelte ich erst mal. Nichts gegen Natur, keineswegs – aber gleich so viel und so laut?

Der Aufenthaltsraum im Erdgeschoss war kein Ort für Träumer. Er glich eher der Wartehalle eines Provinz-Bahnhofs Anfang der 60er Jahre. Ein paar von der Brauerei zur Verfügung gestellte Tische und Stühle, ein nüchterner Tresen, dahinter ein Regal mit Gläsern, Tassen und Tellern, an einer Wand ein Fernseher, an der Wand gegenüber Automaten mit heißen und kalten Getränken, ein Zigaretten-Automat, ein Daddelkasten, ein Kondom-Automat, ein Flipper.

»Wieso Kondom-Automat?«, murmelte Doris. »Hier ist doch alles katholisch.«

»Warum keine Musikbox?«, murmelte ich.

»Der Süßigkeiten-Automat fehlt«, kicherte Doris.

»Peep-Show gibt's auch nicht«, kicherte ich. Dabei hatte ich bisher noch keine Peep-Show besucht. Vor meiner Knastzeit hatte es so was ja nicht gegeben, das war ja, so weit ich wusste, erst dieses Jahr aufgekommen.

Zwei Frauen saßen an einem Tisch, tranken Kaffee, rauchten und tratschten. Ein betrunkener junger Mann kämpfte mit dem rasselnden, klingelnden, klackenden Flipper. Wir stellten uns artig vor und erfuhren daraufhin, dass die beiden Damen als Küchenhelferinnen arbeiteten. Der junge Mann – ein Daumen wurde verächtlich auf ihn gerichtet – sei der ewig besoffene Allround-Handwerker des Hotels. Weder Doris noch ich waren traurig über das offenkundige Desinteresse der Küchenhelferinnen an uns.

Wir wollten ja nur einen Kaffee trinken und uns ein paar Minuten lang in die Augen sehen.

Danach suchten wir Herrn Bäuchle, den Personalchef, auf. Wir fanden ihn in der Küche, wo er gerade dabei war, einen Koch nach Strich und Faden zur Sau zu machen.

Herr Bäuchle war Schwabe, ein hagerer Typ mit schneidender Stimme und dem eisigen Blick eines nordkoreanischen Folterspezialisten. Sein Respekt vor seinen Untergebenen schien auch nicht größer zu sein als die Achtung, die ein Folterspezialist vor seinen Opfern an den Tag legt. Auf jeden Fall hatte er sofort bei mir verschissen. Faschist, dachte ich spontan.

Die Formalitäten wurden in seinem winzigen Büro erledigt, in dessen Enge und kärglicher Ausstattung ich einen der Gründe für Herrn Bäuchles Boshaftigkeit vermutete. Keine unnötigen Freundlichkeiten, nicht mal ein floskelhafter Willkommensgruß – und natürlich auch kein Scherz zur Auflockerung. Ein einziges Mal ließ er sich zu einem Grinsen hinreißen, und zwar als er hörte, aus welchem Grund wir unsere letzte Arbeitsstelle verloren hatten. »Eine Schrotladung mitten ins Gesicht? Heilig's Blechle! Hochdramatisch. Tja. Sie können morgen schon anfangen. Frau Hirsekorn Frühstücksdienst und danach Zimmer machen! Sie, Herr Lubkowitz, wird der Küchenchef, Herr Feldgruber, auf den Entremetier-Posten stellen. Ihr Partiechef ist der Herr Gluck.« Dann rasselte er eine endlose Liste von Verhaltensregeln, Ermahnungen und Drohungen runter, kam aber schließlich doch zum Ende und scheuchte uns wie Hühner hinaus.

Nach der ersten Stunde in der Küche war alles klar. Mir fiel ein Stein vom Herzen. Hier wurde so menschenverachtend gekocht, dass ich mühelos einsteigen konnte. Von Berufsethos, Achtung vor dem Material oder gar vor den Gästen keine Spur. Im Gegenteil. Damit wäre man nur unangenehm aufgefallen. Hauptsache, die Arbeit ging einem schnell von der Hand. Sechs Köche, zwei Lehrlinge oder Azubis, wie sie neuerdings hießen, eine Küchenhelferin, ein Spüler. Leopold Gluck, genannt Poldi, war der Chef des Entremetier-Postens, also verantwortlich für die Vorspeisen, Suppen und warmen Beilagen. Alles easy. Gemüse wie Erbsen, Karotten und Spargel kamen aus der Dose, Spinat und grüne Bohnen aus der Tiefkühltruhe, Blumenkohl und Kartoffeln wurden mir von der Küchenhelferin geputzt und geschält hingestellt. Die beiden Azubis waren für mich leider nicht verfügbar. Der eine war dem Gardemanger unterstellt, wurde also zur Zeit in die Welt der Salate und kalten Vorspeisen eingeführt, der andere diente dem Küchenchef, der am Herd schwitzend und fluchend die Pfannen und Kasserollen schwenkte, sozusagen als Sklave.

Einmal schwebte der Chef des Hauses, Herr Hahn, gespensterhaft teilnahmslos durch die Küche, reichte mir im Vorbeischweben flüchtig die Hand, ohne mich anzusehen, murmelte was von »guter Zusammenarbeit« und entfleuchte, bevor ich eine Antwort parat hatte.

Das Hotel war ausgebucht. Die meisten Gäste ähnelten, was das Alter und die soziale Stufe betraf, überwiegend denen, die ich in Bad Nauheim bekocht hatte. Sie bekamen Halbpension und schienen mit dem Fraß zufrieden zu sein.

Nachmittags fuhr ein Bus vor und kippte seine ebenfalls aus älteren Leuten bestehende Ladung aus, die sich wuselig auf der Terrasse verteilte. Die Kaffee- und Kuchenschlacht begann. Aber das ging mich sowieso nichts an. Nachmittags hatte ich frei. Ich musste erst wieder um 17 Uhr antreten. Um 22 Uhr war für mich Feierabend.

Eigentlich hatten Doris und ich schon nach den ersten Tagen die Schnauze voll. Mieses Betriebsklima. Außer uns wohnten im Personalhaus die beiden Azubis, zwei Köche, zwei Kellnerinnen, ein Kellner, ein Spüler, die junge Frau von der Rezeption, der Allround-Handwerker und eine Küchenhelferin. Die anderen Angestellten stammten aus Rottach-Egern und wohnten verständlicherweise auch dort.

Jeden Abend trafen sich die Personalhaus-Bewohner im Aufenthaltsraum, was grundsätzlich eine positive, das Gemeinschaftsgefühl fördernde Angelegenheit hätte sein können. In diesem Haus wurde jedoch kein Wert auf ein Gemeinschaftsgefühl jedweder Art gelegt. Statt dessen war die Stimmung üblicherweise von Aggressionen und exzessivem Alkoholkonsum geprägt. Von uns beiden, Maria von der Rezeption und den beiden Azubis abgesehen, handelte es sich hier um einen zusammengewürfelten Haufen von Alkoholikern aus verschiedenen Gegenden Deutschlands, aus Österreich, wie der Handwerker Franz, aus Jugoslawien, wie der Spüler Ivo, und aus Italien, wie der Kellner Adriano. Seit Jahren arbeiteten sie für eine Saison oder nur ein paar Wochen in solchen Hotels, dann zogen sie weiter. Mit ihrer Freizeit wussten sie, außer sich dem Alkohol zu widmen, nichts weiter anzufangen. Das Thema Ficken besaß zwar ebenfalls eine gewisse Bedeutung, wenn auch im Allgemeinen eher theoretischer Art, da meistens die dafür notwendige zweite Person fehlte, sich verweigerte oder einfach zu besoffen war. In der allergrößten Not wurde sogar Lore, die dicke, ältere Küchenhilfe, bestiegen, obwohl sie wirklich verdammt ramponiert aussah. Sie verfügte nur noch über zwei Zähne, in dem verlebten Gesicht zog sich eine Narbe, die wohl von einem Messer stammte, von einer Wange über die Nase bis unters Auge, die groben Hände waren rauh und rissig vom Arbeiten, das leere Dauergrinsen ließ darauf schließen, dass der weichen Masse in ihrem Kopf so wichtige Teile wie etwa das Großhirn fehlten – und wenn sie einen Satz von sich gab, was nicht immer zu vermeiden war, bestätigte sie diese Einschätzung mit wiederum bewundernswürdiger Zuverlässigkeit. Wie hoch der sexuelle Druck im Personalhaus offenbar war, konnte man daraus schließen, dass Lore mit jedem der männlichen Bewohner, die Azubis inbegriffen, sexuellen Kontakt gepflegt hatte. Die Azubis zeigten sich durchaus bereit, ihre Schwänze erneut und gern auch öfter in ihr zu versenken, doch sie kamen, laut Lores Bericht und zu Lores Leidwesen, bereits nach drei, vier Stößen zum Höhepunkt. ›Zum Höhepunkt‹ sprach sie ernsthaft und mit dem Bewusstsein, gewählt zu formulieren, aus. Aber zur Zeit befand sie sich ohnehin in festen Händen. Sie war seit nunmehr schon einer vollen Woche die Geliebte des jugoslawischen Spülers Ivo, einem gewaltigen Fleisch- und Knochenberg mit Bulldoggen-Gesicht und dem Gehirn eines Molchs. Vielleicht die große Liebe, dachte ich, wie bei Doris und mir.

Da Lore alles ausplauderte, was ihr so durchs Hirn huschte, wussten alle, dass Ivo wie ein Stier fickte, dass er zärtlich sein konnte und ihr schon Blumen gepflückt hatte – im Garten des Hotels.

Allerdings hatte sie mir gleich am ersten Abend hektisch zugezwinkert, mit diesem leeren Grinsen, und dabei die herausgestreckte Zunge flott bewegt

– offenbar eine erotisch gemeinte Botschaft, die Ivo, dem Misstrauischen, nicht entgangen war und der sich auch gleich drohend vor mir aufgebaut und »das meine Frau« geknurrt hatte. Ich hatte beschwichtigend auf Doris gedeutet und gesagt: »Das meine Frau.«

Dennoch hatte sich zwischen Ivo und mir keine richtige Freundschaft entwickelt, aber das lag vor allem daran, dass Ivo außer Lore niemanden mochte.

Die Kellnerin Heike, eine hübsche Frau aus Speyer, konnte sich nicht entscheiden. Manchmal schlief sie mit dem Kellner Adriano, manchmal mit dem Koch Robert, saß manchmal mit beiden gemeinsam am Tisch, um mit ihnen zu saufen, und ich gewann den Eindruck, sie brauchte die ständig zwischen den beiden Rivalen knisternde Spannung – um sich wichtig zu fühlen, um einfach nur der Freizeit ihre Gleichförmigkeit auszutreiben. Keine Ahnung, auf jeden Fall nervten die Streitereien, die von der schönen Heike, so bald sie abzuflauen drohten, bedenkenlos befeuert wurden.

Die andere Kellnerin, Moni, galt als unnahbar. Zwar ließ sie sich auch mal dazu herab, an einem der Tische Platz zu nehmen, doch alles an ihr signalisierte, dass sie sich zwangsläufig aufgrund einer Laune des Schicksals in der falschen Gesellschaft aufhielt, sich eindeutig zu Höherem berufen fühlte, und die Vorstellung, mit einem der Kollegen ins Bett zu gehen oder auch nur eine vertrauensvolle Verbindung zu pflegen, lächerlich fand.

Der andere Koch, Helmut, ein Rheinländer, der öfter vergaß, dass nicht das ganze Jahr über Karneval ist, war trotz oder wegen Monis Arroganz scharf wie eine Rasierklinge auf sie, bombardierte sie mit Komplimenten der plumpsten Art und trank zumindest am Monatsanfang echten Cognac, um ihr zu zeigen, dass er Qualität zu schätzen wusste.

Franz, der Handwerker aus Wien, meistens schon während der Arbeitszeit angetrunken, gab sich gewohnheitsmäßig im Aufenthaltsraum richtig die Kante und hielt sich dann bis zur Bettschwere eisern am Flipper fest.

Maria, hinter dem Rezeptionstresen durchaus selbstbewusst, fühlte sich in unserem Aufenthaltsraum unsicher wie in einer von Ratten bevölkerten Kloake; sie ertrug die Zoten, die Streitigkeiten und Lores leeres Grinsen nicht, der Kaschemmengeruch und der Rauch bereiteten ihr Kopfschmerzen, vor Besoffenen fürchtete sie sich. Deshalb huschte sie nur ab und zu auf einen Kaffee in die Lasterhöhle, bemüht unauffällig, so unattraktiv wie möglich gekleidet, um keine sexuellen Begierden aufkommen zu lassen.

Da der Getränke-Automat an Alkohol nur Dosenbier – und das zudem in äußerst begrenztem Umfang – zu bieten hatte, fuhren die Leute regelmäßig mit dem Bus oder ihren Autos nach Rottach-Egern, um sich dort im Supermarkt mit Spirituosen und billigem Rotwein einzudecken. Weinbrand, pur oder verdünnt mit Cola, war sehr beliebt. Der Handwerker Franz trank Korn, egal ob kalt oder zimmerwarm. Er brauchte auch kein Glas, sondern setzte die Flasche gleich an den Mund, mit vorgeschobener Unterlippe, und ließ den Stoff verschwenderisch in sich hineingluckern.

»Ekelhaft«, mokierte sich Moni jedesmal, schob huldvoll mit abgewandtem Gesicht ihren Cognac-Schwenker in Helmuts Richtung, der dann eilfertig und bemüht galant seine Hennessy-Flasche öffnete.

Fünf Tische mit Resopalplatten. Eine offizielle Sitzordnung existierte zwar nicht, aber es hatte sich so eingebürgert, dass üblicherweise Moni und Helmut an einem bestimmten Tisch saßen, Heike, Robert und Adriano am Nachbartisch, dahinter Ivo und Lore, der Tisch neben ihnen stand Doris und mir zur Verfügung, am letzten Tisch, etwas abseits, vergnügten oder langweilten sich die Azubis. Franz stand wie immer am Flipper. Die Kornflasche ragte aus einer Tasche seiner Latzhose, die er nur einmal im Monat wechselte und auch in seiner Freizeit trug.

Doris und ich hatten uns mittlerweile einigermaßen eingewöhnt und damit abgefunden, dass die meisten unserer männlichen und weiblichen Kollegen entweder Kotzbrocken oder Idioten waren. Das Zimmer, durch die Poster und den einmal wöchentlich gekauften Blumenstrauß notdürftig verschönert, erwies sich auch nach zwei Wochen nicht als das Zuhause, von dem wir träumten. Es war kein Ort, in dem man seine ganze Freizeit verbringen mochte. Natürlich tobten wir oft gemeinsam im Bett herum und taten dort Dinge, die ich bis dahin zwar schon des öfteren in meiner Phantasie, aber noch nie wirklich mit Frauen angestellt hatte – ein weiterer Pluspunkt für Doris –, doch die Enge des Zimmers trieb uns unbarmherzig, wenn auch meistens nur für ein, zwei Stunden, in den Aufenthaltsraum.

Ein Uhr nachts, 19. September. Die Luft war trotz geöffneter Fenster mit Rauch und üblem Geruch durchsetzt. Vor uns stand eine halb geleerte Flasche Bourbon. In den Gehirnen unserer Kollegen herrschte die alkoholbedingte Blödheit. Das war um diese Uhrzeit nicht nur üblich, sondern schien den meisten der Anwesenden eine selbst auferlegte Pflicht zu sein, ein perverser Sportsgeist oder der Wunsch, wenigstens eine Sache konsequent durchzuziehen. Heute allerdings wirkten alle erregter als üblich, irgendwie aufgeputscht. Selbst Moni, die sich sonst mit dem Trinken schon wegen der Abgrenzung zum Pöbel vornehm zurückhielt, hatte in dieser Nacht eindeutig einen in der Krone.

Der vergangene Tag, ein Sonntag, war aber auch echt verdammt stressig gewesen. Nachmittags zwei Busse mit Kaffeetrinkern und Tortenfressern der gierigsten Sorte, abends ein weiterer Bus mit vierzig Gästen im Restaurant. Echte Knochenarbeit, schweißtreibend, stundenlang keine Gelegenheit für eine Zigarette.

Kellner und Kellnerinnen waren sich heute über die Tische hinweg einig: ›Die Scheißrentner knausern mit Trinkgeld, die Scheißköche stecken wieder einmal bis zum Hals in der Scheiße, und der ohnehin miese Fraß ist eigentlich nicht zum Verzehr geeignet!‹

Mich ließ dieser Vorwurf kalt. Ich gab einen Dreck auf Berufsehre und musste überdies den Kellnern Recht geben, was mir nicht schwerfiel.

Aber jetzt auf einmal Protest von Helmut und Robert, die aus undefinierbarem Grund vor Berufsehre zu platzen schienen. Ein ganz neuer Zug an ihnen. Sie blähten sich augenblicklich zu unerwarteter Größe auf. Als hätten sie seit Stunden auf einen Grund zur Empörung gewartet. Das war nicht die weltweit übliche Service-gegen-Küche-Kabbelei. Ich spürte die Hasspartikel um mich herum. Durch den Aufenthaltsraum des Hotels *Großbauer* strich der Hass, vermischte sich mit dem Zigarettenrauch und der mit Alkohol- und Schweißmolekülen angereicherten Luft, setzte sich überall fest wie toxischer Niederschlag.

Na ja, kurz und gut: Helmut, der möglicherweise in diesem Moment die Aussichtslosigkeit seines Balzens erkannt hatte (nie wieder Hennessy!), erhob sich theatralisch und versuchte mit vorgerecktem Kinn und an die Hüfte gedrückter Faust so was ähnliches wie eine Mussolini-Pose. Rhetorisch versiert, donnerte er in den Raum: »Scheiß-Kellnerpack, plattfüßige Kriecher!«

Robert, der ebenfalls aufgestanden oder vielmehr aufgesprungen war, nickte seinem Kampfgefährten anerkennend zu und hatte leider auch eine Message, die es nach seiner Meinung wert war, in den Raum gebrüllt zu werden: »Fick dich, Adriano, fick dich, Heike, fick dich, Moni!«

Schwups sprang Adriano auf. Er war immerhin Südländer und damit der Leidenschaft unterworfen. Zu allem Überfluss stammte er auch noch aus Sizilien, war also quasi zwangsläufig gezwungen, die extrem temperamentvolle Variante zu bieten. Während er nun wild gestikulierte, die Augen rollen und Blitze schleudern ließ und die Brust vorreckte, brüllte er: »Du Sau, du, willste du mich ficke mit deine kleine *cazzo*? *Porco dio*! Du biste Dreck! Iche ficke dich in deine Scheißearsche, *stronzo*!«

Betretenes Schweigen. Die einen schwiegen, weil sie sich von dieser Eruption gleichsam überrollt fühlten, Doris und ich schwiegen aus Ekel vor dieser überzogenen, ja kitschigen Vorführung sizilianischer Unsachlichkeit.

Dann sagte einer der Azubis verunsichert, mit vibrierender Stimme, aber tapfer: »Ich glaube nicht, dass Robert gesagt hat, er wolle dich ficken. Er hat nur gesagt ›fick dich‹. Nach meiner Ansicht bedeutet das, du sollst dich selbst …«

Adriano runzelte die Stirn, versuchte nachzudenken, geriet dabei jedoch noch mehr in Rage, durchbohrte den Azubi mit Blicken und schrie: »Verdammte Scheiße, was weißte du vom Ficke? Ich bin nichte schwul, aber meine *cazzo* stehte auf Kommando! Und iche kann seine Arsche ficke! Immer! Iche kann alte Fraue ficke, alte Mann, egal, alles, *porca Madonna!*«

Unterdrücktes Kichern. Heike starrte ihn für einen Moment, zu gleichen Teilen irritiert und angewidert, an, wandte ihr Gesicht zu Robert, schmachtend, mit den Augen um Verzeihung bittend. Aber Robert war in diesem Augenblick in erster Linie ein von Kellnern beiderlei Geschlechts attackierter Koch – und somit stand Heike für ihn in den Reihen der Feinde. Heike stand aber nicht. Sie saß vielmehr zwischen Robert und Adriano, die sich über ihren Kopf hinweg anbrüllten und kampflustig ihre Unterkiefer vorgeschoben hatten.

»In Sizilien hast du wahrscheinlich alle Esel der Umgebung gefickt!«, brüllte Robert, blickte sich triumphierend um, vermutlich, weil er diesen Spruch originell fand. Daraufhin kippte ihm Adriano seinen Rotwein ins Gesicht, so schwungvoll, dass sich ein Teil über Heike ergoss, die sofort hochschnellte und den Temperamentvollen ohrfeigte. Der Sizilianer schlug zurück. Ganz klar im Affekt. Und bereute es noch in derselben Sekunde. Natürlich zu spät. Schon landete Roberts Faust in seinem Gesicht, Heikes Schuhspitze knallte gegen sein Schienbein und ließ ihn stöhnend in die Knie gehen.

Außer Doris und mir beteiligten sich jetzt alle an der Keilerei. Wir zogen es vor, diesen Ort des Grauens zu verlassen.

»Das sieht ganz übel aus«, knurrte der Personalchef am nächsten Morgen und war sich darin mit Herrn Hahn, dem Manager, einig. »Zwei Köche, ein Azubi, ein Kellner und eine Kellnerin sind arbeitsunfähig. So was habe ich noch nie erlebt. Möchte wissen, ob da Drogen mit im Spiel waren. Würde mich gar nicht wundern, wenn die Heroinwelle jetzt auch den Tegernsee erreicht hätte. Verdammtes Pack! Wir bewegen uns auf eine Katastrophe zu.«

Das sah ich auch so. Schüchtern wagte ich gegenüber dem Küchenchef die Bemerkung, es sei wohl unmöglich, den Gästen zwei Menüs zur Auswahl anzubieten. Herr Feldgruber, ein praktisch denkender Mensch, ging sogar noch weiter und sagte, es gebe in den nächsten Tagen überhaupt kein Menü, sondern einzig und allein Schweinegulasch mit Nudeln und Gewürzgurke. Im Kühlhaus befänden sich noch einige gut abgehangene Schweineschultern. Das kam mir irgendwie bekannt vor.

Nachmittags blieben die Busse aus. Das Hotel *Großbauer* stand inzwischen unter Anarchie-Verdacht. Dafür gab es fürs Personal endlich eine Alternative zum Gulasch. Aber Schwarzwälder Torte und Bienenstich zum Abendessen sorgten nur vorübergehend und auch da nur minimal für Entspannung.

Doris und ich, die zuletzt Eingestellten, waren die ersten Opfer. Wir konnten sofort gehen, wurden jedoch bis zum Monatsende bezahlt. Herr Hahn, sichtlich angeschlagen und weit entfernt von dem gepflegten Mannsbild, das er noch vor einigen Tagen gewesen war, reichte uns eine schlaffe Hand, die sich wie Teigmasse anfühlte, wünschte uns alles Gute und schenkte uns zum Abschied zwei Kugelschreiber, auf denen golden der Name des Hotels prangte.

»Das ist sehr lieb von Ihnen«, stammelte Doris gerührt – das heißt, ich hoffte sehr, dass sie nur so tat, als wäre sie gerührt, und selbst das hätte sie sich sparen können, denn meiner Meinung nach konnte Herr Hahn sich die Kulis in den Arsch schieben.

Irgendein Drecksack hatte den Wagen geklaut. Fassungslos standen wir vor dem riesigen Parkplatz, auf dem die deprimierend wenigen Autos ordentlich nebeneinander, auf den Parkplätzen 1 bis 6, abgestellt worden waren. Über uns hatten sich dunkle, unruhige Wolken zusammengeballt, die sich bald ausregnen würden.

»Mach jetzt keinen Ärger und nimm's gelassen«, mahnte Doris, die nach einem Blick in mein Gesicht mit einem kurz bevorstehenden Wutanfall rechnete. »Der liebe Gott hat uns vermutlich einen Gefallen getan, hat den von uns geklauten Wagen klauen lassen, damit wir nicht als Autodiebe belangt werden.«

»Es gibt keinen Gott – und schon mal gar keinen lieben«, behauptete ich so trotzig wie verächtlich.

Sie setzte ein von mir als herablassend interpretiertes Lächeln auf. »Woher willst du das denn wissen? Wohl bei Atheisten in die Schule gegangen?«

Ein erster, wenn auch kaum sichtbarer Riss in unserer Beziehung. Und die ersten Regentropfen zerplatzten auf meinem Kopf. Während ich Doris finster anblickte, knurrte ich beleidigt: »Du scheinst mich für doof zu halten. In meiner ganzen Schulzeit traf ich keinen Lehrer, der meine Bewunderung verdient hätte. Wenn man in das Alter kommt, in dem man anfängt, sich über die Welt Gedanken zu machen, nimmt man, im Optimalfall kritischer geworden, die Weltgeschichte und die Menschen unter die Lupe – und schon weiß man, dass nirgendwo und nie ein Gott die Hände im Spiel hat. Kein höheres, allmächtiges, allwissendes Wesen würde sich mit dem Menschen als Krone der Schöpfung zufriedengeben. Die Geschichte der Menschheit ist doch nichts weiter als eine ununterbrochene Kette des Grauens. Und dann ...«, ich redete mich, den Regen ignorierend, in Rage, »... und dann solche Dinge wie die Sintflut: Damals war Er, der Allmächtige, offenbar unzufrieden mit den von ihm erschaffenen Menschen – und was machte er? Ließ sie alle, von den unschuldigen Tieren gar nicht zu reden, kurzerhand ertrinken. Bis auf Noah mit seiner Familie, bis auf jeweils ein Paar von jeder Tiergattung – oder Art? Auf jeden Fall war die Inzucht vorprogrammiert. Und die Raubtiere waren in der Arche natürlich ganz sanft, kauten wie alle anderen auf rohem Gemüse und Körnern herum, die Löwen umsorgten das Antilopenpaar sogar ganz rührend, damit ihnen nichts passierte, weil sie sich ja später fleißig vermehren sollten, damit ihre Nachkommen den Löwen irgendwann wieder, wie sich's gehört, als Beute zur Verfügung stehen würden. Mann, was für 'ne Story. Nee, nee, ich sag dir was: Wir sind ganz allein, jeder für sich, es gibt keinen Ausweg, keine Erlösung.« Unwirsch wischte ich Regentropfen von Stirn und Nase.

Doris schaute mich eher verstört als missbilligend an. »Deshalb brauchst du dich nicht so aufzuregen.« Sie wischte mit der Hand über ihr nasses Gesicht. »Nach meiner Ansicht gibt es viele Hinweise auf die Existenz Gottes. Ich meine, es muss ja nicht haargenau dieser biblische Gott sein ...«

»Ha! Natürlich!« Es freute mich zu meiner innerlichen Beschämung ungemein, dass sie mir eine so schöne Vorlage hingelegt hatte. »Das kenne ich! Wem die Bibel zu peinlich ist, der formt sich einfach einen zeitgemäßen, allerdings ebenso wenig nachweisbaren Gott, der natürlich ...«

»Lass uns gehen. Ich hab keine Lust, mir deine Weisheiten anzuhören und dabei geduscht zu werden.« Ihr Mund war verkniffen. Eine unsichtbare Wand hatte sich zwischen uns geschoben. Doris hastete unters Vordach des Personalhauseingangs, wo unser Gepäck auf uns wartete. Grollend, schon weil sie meinen brillanten Vortrag so gnadenlos abgewürgt hatte, folgte ich ihr.

Und später im Bus starrte ich schweigend aus dem Fenster auf den Wald, in dem Nebelfetzen wie zerrissene Laken hingen. Die Erkenntnis, dass wir sehr wenig von einander wussten, dass wir wahrscheinlich im Laufe der nächsten Wochen unsere unangenehmen Eigenschaften und die bisher erfolgreich, wenn auch mühsam versteckten schlechten Angewohnheiten peu à peu hervorholen würden, bedrückte mich. Im Knast wurde, um nur ein Beispiel zu nennen, ungehemmt gefurzt. Es gab sogar Furz-Wettbewerbe. Üblicherweise nach dem Verzehr von Erbsensuppe, also samstags. Ich furzte mit Vergnügen, hatte diese für mich äußerst angenehme Betätigung schon in Freds Wohnung ganz und gar – ein Akt der Selbstkasteiung – unterdrückt, und in Doris' Gegenwart bisher nicht mal daran gedacht. Doch es war für mich undenkbar, diesem Spaß für immer zu entsagen. Meine einzige diesbezügliche Hoffnung war, dass sie ebenso gern furzte und nur darauf wartete, es endlich wieder frei und ohne Reue tun zu dürfen. Ob sie in diesem Moment ähnliche Gedanken hegte? Oder spielte sie schon mit dem Gedanken an Trennung? Hatte sie während meines brillanten Vortrags festgestellt, dass wir nicht zueinander passten? Hatten sich in ihr zumindest vage Zweifel eingenistet? Zweifel, die nicht viel an Nahrung brauchten, um zu wachsen und zu gedeihen?

Im Zug von Tegernsee nach München erster Augenkontakt. Die Gesichtszüge entspannten sich, wurden weicher. Das erste Lächeln. Na, Gott oder wem auch immer sei Dank.

»Wegen so was müssen wir uns nicht streiten«, sagte sie entschieden. Ich stimmte sofort zu – und dann knutschten wir bis München-Hauptbahnhof.

Doppelbett, schiefer Schrank, ein Tisch, zwei Stühle, ein Waschbecken, Fernseher. Das Hotelzimmer bot, vom Fernseher abgesehen, so wenig Komfort wie die Personalzimmer in Bad Nauheim und im Hotel *Großbauer*, war aber dafür mit 40 Mark pro Tag bedeutend teurer. Schäbige Absteige, nicht weit vom Hauptbahnhof entfernt, genauer gesagt in der Schillerstraße. Schäbige Gegend mit schäbigen Kneipen und den dazu passenden Individuen. Arme Schlucker vor allem. Bei Anbruch der Nacht durchpflügten Verbrecher der oberen Ränge klischeehaft die Luft in diesen Straßen, verursachten Bugwellen der Unruhe, und in dem Strudel, den sie hinter sich herzogen, wurden murmelnd Legenden über sie verbreitet. Auf beiden Seiten der Straßen kauerten, eilten, lungerten, standen, huschten, hetzten oder schlenderten: harte Typen, harte Frauen, Freier, Spanner, Bullen, Dealer, Kunden, Diebe, Hehler, Spieler, Trinker, Fixer, Penner, Wegelagerer und deren Opfer, Betrüger und Gimpel, Arme, Reiche, Schöne und Hässliche, die Hoffnungsvollen, von sich und ihrem Handeln Überzeugten, die Gebeugten, von Anfang an Geschlagenen, für die schon das Übermorgen völlig im Nebel lag; die Reifen dicker Limousinen surrten über nassen Asphalt und schufen Sprühfontänen-Ketten, Neonlicht spiegelte sich in Pfützen. So sahen alle Rotlichtviertel aus. Ich kannte das. Aber auch hier: erstaunlich viele Ausländer, sogar, wie übrigens auch in Hamburg, nicht wenige in der Tracht ihrer Heimat. »Vielleicht«, sagte ich nachdenklich zu Doris, »sind das gar keine Ausländer mehr, vielleicht sind die meisten keine Gastarbeiter, sondern Mitbürger. Ich hab schon reichlich Geschäfte und Kneipen gesehen, die von solchen Leuten geführt werden. Es sieht so aus, als habe die deutsche Gesellschaft ein paar Farbtupfer bekommen.«

Wieder einmal war Doris, wie ich ihr ansehen konnte, überrascht von meiner knastbedingten Rückständigkeit. »Mein Gott«, sagte sie – und ich dachte sofort an ein weiteres Bekenntnis zum Schöpfer, doch es war zu meiner Erleichterung nur die selbst von Atheisten gebrauchte Floskel. »Mein Gott, natürlich, klar, du warst ja ziemlich abgeschottet. Im Knast gibt's wenig Türken, Pakistanis oder Schwarze. Und hier draußen sind es mehr und mehr geworden; sie sind in die runtergekommenen, ehemals von deutschen Arbeitern bewohnten Viertel gezogen, haben dort irgendwann angefangen, Änderungsschneidereien, Gemüseläden und Imbiss-Stuben zu betreiben. Das ist in den letzten Jahren einfach passiert, sozusagen im Abseits, das sie mit den Alternativen und linken Studenten offenbar zu beiderseitiger Zufriedenheit teilen.«

»Für mich …« Ich schluckte, wollte keinesfalls als fremdenfeindlich gelten und suchte nach neutralen Worten. »Also auf mich wirkt das, ehrlich gesagt, wegen der so von mir überhaupt nicht erwarteten Wucht des Eindrucks …, also, ich hab ja davon gelesen, ich meine, im Spiegel stand ja öfter was über die vielen Türken in Berlin-Kreuzberg und in Hamburg-Wilhelmsburg, aber irgendwie, ich weiß auch nicht, finde ich's auch ein wenig, na, nicht gerade bedrohlich – oder doch, vielleicht doch.« Ich grinste entschuldigend.

Beschissene Pizza. Wir lagen auf dem Bett, hielten schlaffe Pizza-Sechstel in den Händen, tranken Jim Beam, glotzten auf den Bildschirm und verfolgten ohne großes Interesse den behäbigen Ablauf eines deutschen Fernsehkrimis, der so viel Spannung erzeugte wie der Bericht einer Allgäuer Lokalzeitung über den schönsten Vorgarten von Leutkirch.

Doris verstand, was ich meinte. »Oh ja, es gibt viele, die diese Entwicklung bedrohlich finden. Nicht nur Rechtsradikale. Sie wissen nicht, wie sie damit umgehen sollen, wissen nichts über diese dunkelhäutigen, auf unsere Ablehnung ebenfalls mit Ablehnung reagierenden Menschen, von denen die meisten ja nicht aus Übermut oder gar Bosheit zu uns gekommen sind, sondern aus legitimer Sehnsucht nach einem besseren Leben. Durch die Unwissenheit entsteht, glaube ich, das Gefühl der Bedrohung. Eine fremdartige Religion, die teilweise unverständlichen Sitten – na ja, das ist für einfach gestrickte Gemüter tatsächlich nicht leicht zu verkraften. Zumal wir uns auch auf anderen Gebieten in einer Phase des Wandels befinden.«

»Das stimmt!«, sagte, nein, schrie ich spontan. »Es ist alles so wahnsinnig verwirrend. Früher war die Welt relativ übersichtlich, selbst für mich. Es gab nur 'ne Handvoll Kategorien, und die hatten ausgereicht, um alles und jeden entsprechend einordnen zu können. Zum Beispiel die Demonstranten, ja? 1968 war alles klar: von linksliberal bis linksradikal, die üblichen Verdächtigen, großen Teilen des Bürgertums suspekt. Und heute? Demonstriert praktisch jeder. Konservative Bauern gegen AKWs, Hundehalter gegen Hundesteuer, obrigkeitshörige Durchschnittsbürger gegen die Absetzung einer Fernsehserie, Nutten, Schwule, Zwerge, Rollstuhlfahrer gegen Diskriminierung, vornehme Damen und Herren gegen geplante Bausünden in ihrem Stadtteil. Und vermutlich wissen die meisten von denen gar nicht, dass es die damals verpönten, verteufelten 68er waren, die ihnen den Weg zur Demonstration berechtigter Empörung geebnet hatten.«

Eine Salamischeibe rutschte über den Rand meines Pizza-Sechstels, seilte sich mittels eines Käsefadens ab, wurde jedoch eidechsenhaft von meiner Zunge eingefangen. Gedankensprung, kurz bevor Doris auf dieses Statement antworten konnte: »Ich brauche ein Auto. Die ganze Zeit im Knast hab ich an ein Auto gedacht.«

Für Doris, in der die Gedanken ebenso unbändig rumzuspringen schienen, hatte ein anderes Thema Priorität: »Ich hab keinen Bock mehr auf diese Arbeit. Selbst wenn wir eine Stelle in einem Hotel bekämen, das nicht kurz darauf im Chaos versinken würde … Ich weiß nicht. Das ist doch alles Scheiße. Dein Privatleben spielt sich in einem Zimmer mit Sperrmüll-Möbeln ab, zum Duschen und Kacken gehst du über einen Flur, auf dem du unsympathische Kollegen triffst, die gerade vom Duschen oder Kacken kommen, dein zwanghaft misstrauischer Chef schnüffelt heimlich in deiner Bude herum, auf der Suche nach geklautem Schinken.«

»Wahrscheinlich hat uns Gott in seiner unergründlichen Fürsorge eines seiner raffiniert verschlüsselten Zeichen gegeben«, sagte ich mampfend und grinsend und kam mir dabei witzig vor. »Denn nach der Wahrscheinlichkeitsrechnung ist es so gut wie unmöglich, dass man, arbeitswillig und einigermaßen motiviert, zweimal hintereinander in ein Hotel gerät, das kurz darauf von rebellierenden Gästen gewissermaßen vernichtet wird.«

Den ironischen Seitenhieb ignorierte Doris souverän. Vermutlich wusste sie aus Erfahrung, dass Atheisten ihren Unglauben gern mit Ironie umgeben. Mit dem Handrücken wischte sie Fett von ihrem Mund und sagte: »Keine Ahnung, wie dieses höhere Wesen tickt, aber eins ist klar: Wer tief in der Scheiße sitzt, hat nicht viele Möglichkeiten, sich daraus zu befreien und danach erst mal anständig zu duschen.«

Knackige Formulierungen dieser Art liebte ich an ihr, doch ich wollte nicht groß auf das zweifellos heikle Thema eingehen, da es zur Zeit keinen legalen Ausweg aus unserer Situation zu geben schien.

»Bald beginnt das Oktoberfest. Die suchen da bestimmt noch Leute.«

Sie lachte bitter. »Hör mir bloß damit auf. Ich hab schon auf Volksfesten gekellnert, mein lieber Hans. Danach fühlst du dich wie eine ausgepresste Zitrone, schwimmst aber keineswegs in Geld, sondern kannst gerade mal die Miete bezahlen, geliehene Kohle zurückgeben, 'ne Platte kaufen, dann musst du dich schon wieder um den nächsten Job kümmern. Ach, Mann, die ganze Arbeit auf der unteren Ebene ist wie das Laufen in einem Hamsterrad.«

»Das sehe ich auch so. Aber was schlägst du vor?«

Während unserer Unterhaltung plätscherten die Dialoge aus dem Fernseher ins Zimmer, verpufften ein paar Action-Szenen, floss der Nachspann, von schlechter Musik begleitet, über den Bildschirm.

Doris wischte ihre Hände am Bettlaken ab. Sie dehnte ihre Worte, als taste sie sich vorsichtig durch einen schlüpfrigen Sprach- und Gedankenweg: »Also, ja, nun, warum sollte ich es dir nicht endlich sagen: Vor einigen Jahren hab ich mal ein paar Wochen lang im Frankfurter Bahnhofsviertel meine Möse angeboten – die Nummer für 30 Mark. Ist'n scheißhartes Brot, wenn du keinen Beschützer hast. Ich konnte nie lange da rumstehen, weil die anderen Nutten der Ansicht waren, das sei ihr Revier. Einmal haben sie mir das Gesicht zerkratzt. Ein Loddel hat mich geohrfeigt, nicht sehr hart, aber so demonstrativ, dass ich mich gedemütigt fühlte.«

Entgeistert starrte ich sie an, als hätte sie soeben gestanden, am Buback-Mord beteiligt gewesen zu sein. »Du hast *was* gemacht? Du bist auf'n Strich gegangen? Und nun willst du mir aber nicht erzählen, dass du dich wieder an den Bordstein stellen willst – mit mir als Beschützer?« Unordnung in meinem Kopf. Eine Nachricht wie eine kalte Dusche. Es kam mir vor, als hätte sich meine Freundin eine Maske vom Gesicht gezogen – und eine völlig fremde Person säße jetzt neben mir. Eine ehemalige Nutte. Wo blieb denn da die Liebe? Und, verdammt noch mal, wie sollte das mit unserer sexuellen Beziehung in Zukunft ablaufen? Würde ich von nun an stets vermuten, ihr Stöhnen, ihre Geilheit, ihre Orgasmen – alles sei vorgetäuscht? Wie sah sie denn meinen nackten Körper? Als einen von tausend Männerkörpern?

Natürlich beobachtete sie mein Mienenspiel, in dem sich Emotionsstürme zeigten, ganz genau. »Was glotzt du mich so bescheuert an?«, fragte sie halb spöttisch, halb verärgert. »Hätte ich das für mich behalten sollen? Bin ich jetzt in deiner Achtung gesunken, Herr Bankräuber?« Hochgezogene Augenbrauen, gespitzte Lippen.

Meine Stimme klang belegt. Rauhe Kehle. Ich gönnte mir aber nicht die Zeit, etwas zu trinken. »Du hast mir noch nicht geantwortet.« Dann die in peinlichen Situationen gerne eingesetzten, zwanghaft ablaufenden Handgriffe, fahrig, hastig, aber zielbewusst: Zigarette anzünden, einen Schluck Whiskey, noch einen Schluck, gegebenenfalls großzügig nachschenken, noch nicht vorhandene Asche am Aschenbecher abklopfen.

Doris lächelte kühl, vielleicht sogar ein wenig überheblich. »Was gibt's da zu beantworten? Dass ich auf'n Strich gegangen bin, ist ja wohl rübergekommen. Und was das andere angeht – für 30 Mark stell ich mich garantiert nicht mehr an die Bordsteinkante.«

»Na, das beruhigt mich ja«, entgegnete ich grimmig.

»Jetzt halt mal die Klappe!« So hatte sie noch nie zu mir gesprochen. Doch ich war nicht beleidigt, da mich ihre Entschlossenheit faszinierte. »Wir müssen das anders aufziehen. Edler. Mit eigenem Zimmer. Gepflegt. Spitzenservice.« Sie hatte jetzt eine bisher von mir nicht an ihr wahrgenommene, von Sachlichkeit geprägte, geschäftsmäßig kühle Miene aufgesetzt.

»Hä?« Mein Mund stand so weit offen, dass man mir vermutlich bis in den Magen sehen konnte; wahrscheinlich sah ich in diesem Moment wieder mal ziemlich dämlich aus. »Wie …, wie …«, stotterte ich, während in meinem Kopf mehr oder weniger ziellos die Orientierungsmaschine ratterte, »wie meinst du *das* denn? Was …, was soll ich mir denn darunter vorstellen? So 'ne Art Ein-Frauen-Bordell? Du machst verdammt blöde Witze, echt jetzt, schon die ganze Zeit.«

Verärgert rutschte sie vom Bett, eine kleine, hübsche, nicht mehr ganz junge Frau, keine, nach der sich alle Männer wie verzaubert umdrehten, wenn sie eine Bar betrat, aber schon wegen des ausdrucksstarken Gesichts anziehend, noch immer ihre Träume pflegend und in diesem Moment vor Lebenslust sprühend. Mit zwei schnellen Schritten war sie am Fernseher und schaltete ihn aus. Es knackte und knisterte – schwarzer Bildschirm. In ihren ernsten Gesichtsausdruck mischte sich, fast schon vulgär, eine mich verblüffende Härte. »Pass auf«, sagte sie, während sie sich, offenbar Distanz suchend, breitbeinig auf einen der Stühle setzte, die Lehne vor sich, auf der sie die Unterarme ablegte. »Ich mach keine blöden Witze, mein Lieber. Ich hab mir nur, im Gegensatz zu dir, ein paar konstruktive Gedanken gemacht. Findest du unsere Situation etwa befriedigend? Du bist ein schlechter Koch, der nur in miesen Restaurants oder Kantinen Arbeit findet, zum Bankräuber taugst du auch nicht, mir hängt das Betten- und Frühstückmachen zum Hals raus. Oh ja, wir haben ein Dach überm Kopf, zwei Flaschen Whiskey, sind einigermaßen satt – und wenn uns langweilig ist, können wir immer noch ficken. Genügt dir das? Mir nicht! Prostitution ist ein ganz normaler Beruf, in dem man gut verdient, wenn man gut ist, und das ist schon mal ein fetter Pluspunkt im Vergleich zu den beschissenen Jobs, in denen ich seit einigen Jahren wie eine Beknackte arbeite. Oder hältst du Prostitution für etwas Verwerfliches? He? Ich hoffe nicht, dass du so borniert denkst, denn in diesem Fall hätte ich mich arg in dir getäuscht.«

Wie in Beton gegossen stand der letzte Satz im Raum. *Borniert, getäuscht!* – ich wollte nicht als borniert gelten, auf keinen Fall. Und dennoch. Diese Enthüllung, bei der eine fremde, nach meiner augenblicklichen Ansicht sogar dunkle Seite meiner Freundin bloßgelegt worden war, hatte sich schwer wie eine nasse Wolldecke auf mich gelegt, alte, längst überwunden geglaubte Vorurteile sowie gekränkte Eitelkeit, die ich ebenfalls als liquidiert betrachtet hatte, tummelten sich plötzlich erstaunlich vital in meinem

Hirn, um dort die Ratio zu attackieren. Dumme Gedanken – oder besser Gedankenfetzen: Bankräuber und Autoklauer positiv, weil verwegen und risikofreudig – Nutte negativ, weil ehemals reiner Frauenkörper beschmutzt durch gierige Männerhände, verschorfte Schwänze, belegte Zungen, Kontaminierung durch Ausdünstungen abstoßender Kerle, vielleicht sogar Sperma auf den Geldscheinen, der widerliche Geruch eines Rasierwassers in den Schamhaaren und lauter solche Scheiße. Aber klar, keine Frage: ein Beruf wie jeder andere. Man konnte ihm schlampig, vampirhaft oder dienstleistungsmäßig engagiert nachgehen. Ich zwang mich, das Thema sachlich zu sehen. Nach dem Job unter die Dusche, gut einseifen, abbrausen, Feierabend. Ein heller Gedanke zog kometenhaft durch meinen Kopf: Zukunftsperspektive, alles bunt, leicht verdientes Geld, das schöne Leben, nie wieder Schweinebauch und Küchendunst.

Also nickte ich zustimmend, aber dennoch dem verbliebenen Rest der Skepsis mittels kräftig gerunzelter Stirn Ausdruck gewährend, sah ihr tief in die Augen, so in der Art von *Schau mir in die Augen, Kleines*, wurde jedoch unsicher unter ihrem klaren Blick, was mich für eine Sekunde an meiner Männlichkeit zweifeln ließ. »Hat mich im ersten Moment umgehauen, muss ich ehrlich gestehen, entschuldige. Ich hab ja nichts gegen Nutten – wenn diese Bezeichnung okay ist? –, aber hab mich auch noch nie gefragt, wie es wäre, wenn ich eine Nutte zur Freundin hätte. Verstehst du? Wenn im Verlauf eines Jahres, sagen wir, tausend Schwänze, meinen nicht inbegriffen, in dich eindringen, finde ich das natürlich, hm, na ja, ein wenig, äh, na ja, kurz und gut, die Vorstellung ist mir unangenehm. Klar ist natürlich, dass man das Thema sachlich behandeln muss, auf der rationalen Ebene.

Aber ich sag dir gleich, ich hätte dich niemals zu so was gedrängt, ich bin kein Zuhältertyp, ich würde mich auch verdammt unwohl fühlen, wenn du dich später vor diesem Job ekeln solltest.«

Spöttisches Lachen, gepaart mit so einem Klugscheißer-Blick, den jeder aufsetzte, der sich anmaßte, mir das Scheißleben erklären zu wollen. Auf einmal meinte ich, in ihrem Gesicht die Abdrücke einer bewegten Vergangenheit, von der mir bisher lediglich ein paar mehr oder weniger polierte Schaustücke vorgelegt worden waren, erkennen zu können.

»Mach dir keine Sorgen um dein Seelenheil«, sagte sie schnippisch – und wirkte dabei so lebensklug, hatte offenbar alles im Griff, den perfekten Plan seit Tagen in der Tasche gehabt, ihn reifen lassen, die Details wieder und wieder durchdacht, alle Achtung! Ich kam mir dagegen so unbeholfen vor, als wär ich bis jetzt wie ein Blinder durchs Leben getappt. »Ich weiß, auf was ich mich einlasse«, sagte sie ruhig. »Knackfrisch wie 'ne Achtzehnjährige bin ich weiß Gott nicht mehr, aber es gibt 'ne Menge Freier, die auf Frauen Ende dreißig stehen, außerdem trage ich große, pralle Titten und einen großen, festen Arsch mit mir rum. Ich mach das zwei, drei Jahre; wir sparen den größten Teil der Kohle, danach eröffnen wir ein Geschäft – was weiß ich, einen Plattenladen, eine Kneipe ...« Sie schwieg für einen Moment – entweder in ihren Träumen herumspazierend, oder, verdammt noch mal, um sich kurz auf eine weitere Offenbarung vorzubereiten.

Und die ließ nicht lange auf sich warten: »Ich hab mir darüber hinaus überlegt, ich könnte sogar den Domina-Job machen. Dann würde ich noch'n paar Jahre länger arbeiten. Freier, die auf Dominas stehen, lieben Frauen über vierzig und bezahlen auch mehr als die Rammler, die nur ein bisschen mit den Titten spielen und schnell abspritzen wollen.«

Mann oh Mann, dachte ich überwältigt, sie hat sich alles schon ausgemalt, weitreichende Pläne, ein Plattenladen, spricht schon so abgebrüht wie 'ne Professionelle. Ich bin ja auch nicht gerade zimperlich und benutze gern deftige Wörter, aber das ist schon heftig, so ganz anders als ihre romantische Kerzenlicht-Tour in Bad Nauheim. Und dann auch noch Domina?

»Muss man dazu nicht einen gewissen Hang verspüren? Ich meine, die Freier merken doch gleich, dass du die Domina nur spielst.«

Wieder dieses überhebliche – nein, eher selbstbewusste Lachen. Vielleicht, dachte ich, kommt mir ihr Selbstbewusstsein nur als Überheblichkeit vor, weil ich mich dabei relativ klein fühle.

Sie setzte sich neben mich auf die Bettkante, strich sanft mit dem Handrücken über meine Wange und sah mich liebevoll an. »Für dich werde ich niemals eine Domina sein. Aber glaub mir – die Freier werden mich verehren. Ich war mal bei einer Domina in der Lehre, sechs Wochen lang. Hat mir ganz gut gefallen. Pass auf, ich sag dir jetzt, was dabei wichtig ist: Man muss wie eine Domina gekleidet sein, logisch, also schwarzes Mieder aus Leder beispielsweise, schwarze Netz- oder Seidenstrümpfe, schwarze Lackstiefel; Latex wird auch gern benutzt, und überhaupt sollte man ein üppiges Sortiment an Klamotten und Stiefeln haben. Man braucht ein entsprechend eingerichtetes Zimmer, du weißt schon, vorwiegend schwarz, eventuell schwarze Samtvorhänge, obwohl auch ein Lila oder ein dunkles, kräftiges Rot nicht schlecht wären, dann mehrere Kerzenleuchter, einige Foltergeräte – zumindest die Grundausstattung: ein Holzkreuz, an das man jemanden ketten kann, diverse Peitschen,

Handschellen, Streckbank, Käfig, Flaschenzug und natürlich einen Thron für die Domina, na ja, und so weiter. Man muss einen authentischen Befehlston und, ja ..., eine gewisse Lust am Erniedrigen und Bestrafen unartiger Männer mitbringen. Wenn das nicht voll rüberkommt, merken es die Kunden bereits nach den ersten zwei Minuten.«

»Mein Gott!« Ich zündete mir die tausendste Kippe an. Das klang ja nach einem dunklen Drogentrip, *Venus In Furs* von Velvet Underground lief, dazu passend, in meinem Kopf, der Sado-Maso-Song. Nicht, dass ich diese Sexvariante verwerflich gefunden hätte, ganz und gar nicht, warum auch, nur ziemlich bizarr, ja, das schon, bizarr und befremdend.

Aus dem Nachbarzimmer drang Geschrei, eine männliche und eine weibliche Stimme, begleitet von klatschenden Geräuschen, die unangenehme Gefühle hervorriefen, als schlüge ein Drecksack auf eine Frau ein.

»Du hast tatsächlich sadistische Neigungen? Und warum hab ich das noch nicht bemerkt? Na gut, du kratzt und beißt manchmal. Aber sonst? Peitsche, Rohrstock ...? Ich meine, das mit den Handschellen würde mich reizen.«

Sie trank aus meinem Glas, in dem ein paar Tabakkrümel schwammen und dessen Rand mit Pizzazutaten behaftet war. »Weil ich bei dir solche Empfindungen einfach nicht habe. Es sind die anderen Männer, die tagsüber perfekt funktionierenden Manager, Anwälte, Zahnärzte, Architekten, denen ich lustvoll die Stiefelsohle auf den Nacken setze ...«

Betretenes Schweigen. Wir ahnten beide, dass sie damit mehr als gewollt von sich preisgegeben hatte.

Als glaubte sie, sich rechtfertigen zu müssen, sprach sie weiter: »Es ist nicht so, dass ich damit ins-

geheim Männer bestrafen will. Es gibt kein Verge-
waltigungs-Trauma und auch nicht den unverarbei-
teten Hass auf meinen Vater. Alles Quatsch. Küchen-
Psychologie. Und eine erotische Beziehung hab ich
ganz und gar nicht dazu. Es ist ein Spiel, mehr nicht.
Ich bin die Herrin, und der Anwalt oder Makler, der
tagsüber gestresst ist und sich verstellen muss, darf
bei mir seine andersartige Sexualität ausleben. Alles
normal, völlig sauber.«

Das Geschrei und die Klatschgeräusche von nebenan waren lauter geworden, drangen provozierend
oder vielleicht auch wie eine willkommene Ablenkung
in meinen Kopf – und ich erhob mich aufgewühlt mit
einem Knurren. »Da schlägt irgend so'n Arsch eine
Frau. Ich geh da jetzt hin, verdammte Kacke.«

»Pass auf«, mahnte Doris, wohl wissend, dass sie,
natürlich ungewollt, durch ihre Enthüllungen den
harten Kerl in mir hervorgeholt hatte. »Die ziehen da
vielleicht nur die umgekehrte Variante ab, du weißt,
was ich meine – Dominus und Sklavin. Nicht unser
Bier.«

»So ein Quatsch«, knurrte ich genervt und stürmte
hinaus, hatte mich ja längst in die Wut auf das Schwein
von nebenan hineingesteigert, wusste zwar nicht, was
mich erwartete, aber der Schwung trug mich flott bis
zur Nachbartür, obwohl sich in mir erste Bedenken
meldeten. Dreimal klatschte meine Handfläche gegen
die Tür, die erstaunlich schnell aufgerissen wurde.
Ein Koloss von der Größe eines mittleren Bismarck-
Denkmals füllte den Türrahmen aus. Nichts als Mus-
kelwülste. Ach, du Scheiße, dachte ich. Lange Haare,
zu einem Pferdeschwanz zusammengebunden, Oberlippenbart, dessen Enden bis zum Kinn reichten,
über der Brust verschnürtes, kurzes Lederhemd,
enge Lederunterhose mit Reißverschluss im Schritt,

Lederstiefel, auf dem brutalen Gesicht lag, wie eine dicke Schicht Schminke, eine Mischung aus Zorn und Verachtung.

»Was willst du Kasper?«

Ich redete mir ein, ich müsse jetzt Rückgrat zeigen. Meine Stimme zitterte allerdings. »Würden Sie bitte gefälligst in Zimmerlautstärke schreien? Ein wenig Rücksicht ...«

Eine Riesenpratze schoss vor, ergriff mein linkes Ohr und behandelte es wie Knetmasse. Zynisches Grinsen. »Weißt du, wer ich bin, du Würstchen? Ich bin ein böser, mächtiger Mann.«

Die Riesenhand zog das Ohr, an dem ich hing, durchs Zimmer – am Bett vorbei, auf dem eine erstaunt blickende nackte, mit Kerzenwachs beträufelte Frau mit Klammern an den Brustwarzen, einer dicken brennenden Kerze auf dem Bauch und einer Zigarette zwischen den Fingern breitbeinig lag – bis zum Fenster, neben dem malerisch eine weitere Kerze auf einem Leuchter so was wie makabre Gemütlichkeit verbreitete.

Der Riese drückte meine Nase gegen die Fensterscheibe. »Guck raus, du Arschloch! Siehst du den roten Mercedes 450 SEL da unten? Das ist meine Karre, verstehst du? Jeder hier im Viertel kennt mich und dieses Auto. Und jeder weiß: Man darf den Knochenbrecher-Rudi auf keinen Fall verärgern, man darf sein Auto nicht anfassen und man darf ihn nicht beim Sex stören – auch nicht in so 'nem Scheißhotel wie diesem! Weil dieses Scheißhotel wem gehört? Richtig. Dem Knochenbrecher-Rudi!«

Geiles Auto, daran gab's nix zu rütteln, obwohl mir, dem Bankräuber-Hansi, vor Angst so richtig nach Kotzen zumute war. »Entschuldigen Sie, Herr Knochenbrecher-Rudi, das hab ich nicht gewusst;

es hat sich nebenan schon irgendwie komisch angehört, aber wie ich sehe, gehen Sie mit ihrer Freundin ja ganz einvernehmlich und offenbar phantasievoll einer Freizeitbeschäftigung nach, völlig normal, ja, also …«

»Rudi, ich blas jetzt die Kerze aus«, nölte die Frau, ein schmales, wenn nicht gar mageres Geschöpf, wie ich trotz meiner Angst nebenbei registrierte, schneeweißer Körper, blonde Haare, schimmernde, vermutlich eingeölte, zudem rasierte Möse. Mir war bisher noch nie eine Frau mit rasierter Möse begegnet, und unter anderen Umständen hätte ich gern genauer hingesehen.

»Siehst du!« Der Koloss schnaufte erregt. »Jetzt hast du Arsch uns total aus dem Konzept gebracht. Jetzt muss ich dich, verdammt noch mal, bestrafen. Das hast du nun davon.«

»Lass sofort sein Ohr los, du Scheiß-Godzilla!« Zu meiner Freude klang der Befehlston in Doris' Stimme sehr überzeugend. Ach, da war ja auch meine gute alte Beretta, die in Doris' Hand enorm groß wirkte. Den wirklich großen und überdies abgebrühten Rudi schien die Waffe in dieser kleinen Frauenhand nicht übermäßig zu beeindrucken. Er lachte verächtlich, gab aber immerhin mein leicht angeschwollenes Ohr frei.

»Wenn du mit dem Ding losballerst, kleine Frau, wird's erstens unheimlich laut und zweitens verdammt ungemütlich. Unten an der Rezeption langweilen sich meine Bodyguards, die nur darauf warten, endlich was für ihr Geld leisten zu dürfen. Hast du die Waffe überhaupt entsichert und durchgeladen, Mäuschen? Das ist nämlich wichtig.« Überlegenes Grinsen, der Typ gab sich ganz entspannt. Oder? Für einen Blitzlichtmoment glaubte ich, das Raubtier hafte hinter der Pose gesehen zu haben. Alles Bluff, aber gut gespielt, gehörte zum Handwerk, ganz klar, ich kannte solche Typen. Die ruhige, feste Stimme, das Spöttische, die coole Gestik – und dahinter volle Anspannung, das Abschätzen der Lage, die Vorbereitung auf den Angriff. Verzweifelt versuchte ich, meine Erregung runterzufahren, die Flut der zahllosen, ausnahmslos von Furcht beherrschten Gedankenschnipsel zu kanalisieren und vor allem endlich selbst sinnvoll aktiv zu werden. Der Kerzenständer, hüfthoch, aus Messing. Ich umfasste ihn mit beiden Händen, die Frau auf dem Bett stieß einen Warnschrei aus, zu spät – der Kerzenständer knallte wie ein Morgenstern auf Rudis Kopf. Auf dem vulgären Gesicht breitete sich ungläubiges Staunen aus. Der Knochenbrecher stürzte nicht, war aber immerhin irritiert.

»Du musst noch mal zuschlagen!«, forderte die wie so oft praktisch denkende Doris sachlich, offenbar mit vollem Durchblick. Gehorsam knallte ich den Leuchter abermals auf Rudis Schädel – und endlich fiel der Riese vornüber. Der Fußboden bebte.

»Das ist gemein«, stieß die Frau auf dem Bett empört hervor.

»Ist es nicht«, entgegnete ich trotzig, obwohl mich das Ergebnis meiner Tat erschreckte.

»Ist es doch«, sagte sie ebenso trotzig.

Doris wusste, was Sado-Maso-Paare benötigten, ließ ihren Blick fachkundig über das verstreute Werkzeug schweifen und fand auch schnell die Handschellen, zwei Paare – und Klebeband lag gleich daneben.

»Sei vernünftig, dann passiert dir nichts«, sagte sie kühl zu dem mageren Geschöpf, wedelte ausdrucksstark und offenbar überzeugend mit der Pistole.

»Ist er tot?«, hauchte die Schmale, während Doris ihre Hände an die Bettpfosten kettete.

»Nein, ist er nicht. Er gönnt sich nur eine Pause vom Alltagsstress, wird allerdings nachher über Kopfschmerzen klagen. Dann musst du ganz lieb zu ihm sein.«

Rudi schlug die Augen auf, stöhnte und seufzte, schien aber noch nichts zu kapieren.

»Wenn ihr weg seid, werde ich schreien.«

»Nein, wirst du nicht.« Ratsch, ein Stück vom Klebeband abgerissen, der Nackten auf den Mund gedrückt – und schon war Ruhe.

»Was stehst du hier herum wie eine Statue?« Doris stieß mir ungeduldig und zu meinem Befremden ganz schön autoritär ihren Zeigefinger in den Bauch. Aber klar – wir hatten es jetzt wirklich eilig. Der Autoschlüssel. Auf dem Flur begegneten wir einem Mann, den unser Anblick jedoch nicht zu beunruhigen schien. Unsere Koffer waren schnell gepackt, wir bezahlten bei dem Alten an der Rezeption, der wie ein ehemaliger Boxer aussah, für die zwei Nächte, die wir hier verbracht hatten, sowie für die jetzige, längst noch nicht beendete Nacht und hofften, er würde unsere Abreise nicht als Flucht erkennen. Keine Spur von Rudis Bodyguards. Hatten vermutlich Pause und schoben sich im Imbiss nebenan eine Bratwurst rein.

Auf der Straße empfing uns feuchtwarme Luft, die weiteren Regen versprach.

Der rote Mercedes 450 SEL, von dem angeblich jeder wusste, wem er gehörte, hob sich majestätisch von all den anderen parkenden Wagen ab. Wir checkten hastig die Lage, dann schloss Doris auf, das Gepäck landete im Fond.

»Willst du fahren, Hansi?« Das war psychologisch sehr geschickt.

»Hey, was habt ihr in dem Wagen zu suchen?« Ein junger Typ, schmal, geschmeidig, womöglich kampferprobt, näherte sich. Diesmal reagierte ich locker: »Geht dich'n Scheiß an, Alter. Kannst aber gerne Rudi fragen. Er ist oben im Hotel, Zimmer sieben, macht gerade Turnübungen mit seiner Freundin.« Ich grinste anzüglich, er zeigte, wohl noch immer skeptisch, nur die Andeutung eines Grinsens, unternahm jedoch nichts, als wir in den Wagen stiegen. Ich drehte den Zündschlüssel – und prompt sprang der Achtzylinder-Motor an. Das klang satt, klang wie Musik in meinen Ohren, ließ mich sogar den Schmerz in meiner linken angeschwollenen Ohrmuschel vergessen. Automatik-Getriebe. Unglaubliche Beschleunigung.

»Ledersitze, Edelholz, Kassettenrekorder, ich flipp gleich aus«, stöhnte ich verzückt. In einer Seitenstraße stoppte ich kurz, damit Doris ein paar Kassetten aus dem Koffer holen konnte. Sie überlegte lange, welche sie einschieben sollte, welche genau zu dieser Situation passen würde. Als sie sich entschieden hatte, fuhren wir bereits auf der Autobahn in Richtung Norden.

Boogie On Reggae Woman von Stevie Wonder schien auch mir ein guter Einstieg zu sein. In diesem Moment stellte ich wieder einmal befriedigt fest, wie prima wir zusammenpassten. Aber da war doch noch was: »Sag mal, woher wusstest du denn, dass ich 'ne Kanone hab?«

Mildes Lächeln. »Ich bin vom Leben zur Vorsicht erzogen worden. Hab mal in deinen paar Sachen gewühlt, nur so, um zu wissen, mit wem ich's zu tun habe, wenn du weißt, was ich meine.«

Ich nickte ihr zu, in meinem Grinsen lag vermutlich jede Menge Anerkennung. »Na wunderbar!« Dann, gespielt pikiert: »*Ich* habe nicht in *deinen* Sachen rumgewühlt.«

Sie lachte. »Deshalb bist du ja auch als Verbrecher gescheitert.«

Da war was dran, musste ich mir und ihr leider eingestehen. Oh ja, es war gut, dass ich eine wie sie an meiner Seite hatte.

Der Wagen lag wie ein Brett auf der Straße. Herrliches Fahrgefühl, eine weitere Erfüllung meiner Gefängniszellen-Träume. Einfach immer weiter fahren, dachte ich entrückt, tage- und nächtelang fahren ...

»Scheiße!«, rief Doris. »Da vorn ist 'ne Fahrzeugkontrolle. Wie ich diese Scheiß-RAF hasse.«

Runter vom Gas, nicht die Nerven verlieren. Meine Nerven waren höchst empfindlich, und schon das zuckende Blaulicht machte mich fertig. Und außerdem: »Kein Fahrzeugschein, such mal im Handschuhfach nach dem Fahrzeugschein, vielleicht ..., die Scheiß-Beretta, wir sind im Arsch, verdammt, es ist aus.«

»Noch nicht«, murmelte sie nicht sehr überzeugend. »Vielleicht winken sie uns durch. Sie halten nicht jeden Wagen an.«

Ich lachte bitter. »Warum sollten sie ausgerechnet einen signalroten Mercedes 450 SEL durchwinken?«

»Weil Terroristen keine auffälligen Wagen klauen.« Sie klang gereizt, war vermutlich nicht völlig von dieser Theorie überzeugt. Und da vorne standen die Bullen, mit Maschinenpistolen, garantiert nervös. Wenn sie die Beretta fänden, würden sie sich auf uns stürzen, uns zu Boden werfen, in den Dreck, und sich auf uns knien. In meinem Kopf lief schon die ganze Prozedur ab: Handschellen, Verhöre, Fotos, Fingerabdrücke, die Zelle.

Der Traum vom trauten Heim

»Oh Scheiße, ey, ich glaub es nicht, sie haben uns einfach durchgewinkt. Ja, gibt's denn so was? Gelobt sei der Herr!« Die Erleichterung ließ mich laut jubilieren. Ich atmete ganz tief durch. Noch ein Blick in den Rückspiegel: Blaulicht und leuchtende Polizeikellen blieben zurück und verschwanden schnell, kein Bullenwagen verfolgte uns, die nächtliche Autobahn wirkte so friedlich, wir fuhren in einem bequemen Schlitten, und *The End Is Not In Sight* von den Amazing Rhythm Aces blies süßliche Melancholie ins Wageninnere. Erst mal eine rauchen, den Adrenalinspiegel sacken lassen.

»Das Schöne an solchen Horror-Momenten ist, dass der Moment danach, falls alles gutgeht, einem ein unbeschreibliches Glücksgefühl beschert«, sagte Doris, die bereits weitaus entspannter als ich zu sein schien, aber ebenfalls unbedingt eine rauchen musste. Ich nickte. »Wir haben echt Schwein gehabt. Wer weiß, verdammt noch mal, was sie außer der Waffe noch alles gefunden hätten.«

»Das stimmt, verdammte Scheiße noch mal. Wir wissen ja gar nicht, wer, zur Hölle, dieses beschissene Rudi-Arschloch überhaupt ist.«

»Für eine Gottgläubige fluchst du aber verdammt oft«, tadelte ich sie nicht etwa ironisch, sondern weil ich diese Schimpfwort-Dichte in nur zwei kurzen

Sätzen als ordinär empfand. Doch ich steuerte den nächsten Rastplatz aus anderen Gründen an.

Wir wurden schnell fündig. Unter dem Boden des Kofferraums. »Ach, du heilige Scheiße«, stieß ich hervor. Was wir fanden, verursachte zumindest in mir einen Wirbelsturm aus sehr gemischten Gefühlen. Zehn in Plastikhüllen verschweißte Maschinenpistolen. Uzi – diese kleinen, handlichen israelischen Bleispritzen, die auch gern von Gangstern getragen wurden. Dazu vierzig gefüllte Magazine.

Im Licht des Kofferraumlämpchens sah das Gesicht meiner Freundin verzerrt und gespenstisch aus – und was sie düster murmelte, verstärkte mein Weltuntergangsgefühl: »Ich muss kacken. Wahrscheinlich Dünnschiss.«

So schnell ich konnte, wühlte ich die Rolle Klopapier aus dem Koffer, die wir, geradezu hellseherisch, dem Hotel entwendet hatten, warf sie ihr zu, sie verschwand blitzartig im Gebüsch. Heftiger, allerdings warmer, wohltuender Wind blies durch die Bäume und ließ die Blätter rascheln und raunen. Vor Aufregung bibbernd, verhüllte ich die Waffen wieder, klappte den Kofferraum zu und versuchte, mich ganz normal zu verhalten, als die Scheinwerfer eines LKWs, eines Sattelschleppers, Magirus-Deutz, wie ich, nicht ohne Stolz, sogleich erkannte, einen bleichen Lichtkeil in die Dunkelheit trieben. Mit selbstbewusstem 305-PS-Brummen rollte der Riese auf den Rastplatz, an mir vorbei, um nicht weit entfernt zischend und schnaubend anzuhalten und, sich kurz schüttelnd, zu verstummen.

Verflucht, wo blieb Doris nur? Aber ich kannte das. Bei Durchfall kann man sich nicht gleich nach der ersten Entleerung den Arsch abwischen und gehen. Es folgen gewöhnlich noch weitere eruptive

Entladungen. Der Trucker, ein aufgequollenes Opfer falscher Ernährung, stieg aus, winkte mir grüßend zu, ich winkte zurück und rief: »Meine Freundin hat Durchfall! Sitzt seit einer Ewigkeit da hinten im Gebüsch!«, und fragte mich verstört, warum ich das dem Fettsack verraten hatte. Auf den wirkte diese Nachricht anscheinend inspirierend: »Hast sie in den Arsch gefickt, was? Komm, gib's zu!«, rief er freundlichderb und freute sich über den verbalen Müll, den er ausgekotzt hatte.

Doris taumelte erschöpft, aber deutlich erleichtert aus dem Dickicht, brummelte was von »kannst ja auf der nächsten Raststätte jedem Scheiß-Fernfahrer erzählen, dass ich Dünnschiss hatte«, war jedoch nicht weiter sauer deswegen und wollte wie ich nur weg von hier.

Get Out Of Denver von Dave Edmunds dröhnte sauber aus den Boxen, wurde jedoch leiser gestellt, da es nun einiges zu besprechen gab. Es regnete wieder. Die Scheibenwischer verrichteten ihre Arbeit tadellos.

»Wir haben uns, glaub ich, ein paar Probleme aufgehalst«, stellte ich fest, starrte dabei in die vom Regen verwaschene Nacht, bemühte mich, nicht zu schnell zu fahren, was bei diesem Kraftprotz von Auto und der Angst in meinem Nacken gar nicht so einfach war. »Entweder ist dieser Rudi ein Waffenhändler, der sich so sicher fühlt, dass er seinen mit Waffen beladenen Wagen bedenkenlos im Rotlichtviertel parkt, um schnell mal 'ne Nummer zu schieben, oder er wollte seine Gang mit den Maschinenpistolen ausrüsten – und auch in dem Fall fühlte er sich verdammt sicher. Vielleicht ist er auch nur ein Idiot, der sich nicht mittels Schläue, sondern ausschließlich durch Brutalität in der Gangster-Hierarchie nach oben gekämpft hat. So 'ne Uzi kostet auf dem Schwarzmarkt – na, ich schätze jetzt einfach mal – anderthalb Riesen mindestens. Das könnte uns alles kaltlassen, wenn wir in dem Hotel nicht unsere richtigen Namen angegeben hätten.«

»Er wird den Wagen wohl kaum als gestohlen melden.«

»Wir wissen ja nicht, wie der tickt. Vielleicht glaubt er, die Waffen seien gut genug versteckt. Es bricht mir zwar das Herz, aber wir müssen den Wagen baldigst loswerden. Die Frage ist: Was machen wir mit den Uzis? Ich meine, die Dinger haben ja einen nicht geringen Wert.«

»Wir behalten den Krempel«, entschied Doris erstaunlich ruhig trotz der Spannung, die im Wageninneren herrschte und auch nicht durch das Öffnen der Fenster vertrieben worden wäre, aber die Fenster blieben sowieso geschlossen, denn der Regen war stärker geworden, trommelte ungemütlich aufs Dach, prasselte belästigend gegen die Scheiben, als wäre er Teil einer gegen die Insassen gerichteten Allianz des Schreckens.

»So 'ne Uzi ist zwar sehr klein, was sie ja bei Gangstern so begehrt macht, wiegt aber dennoch gut und gerne dreieinhalb Kilo«, behauptete ich, und es klang recht fachmännisch. »Mit den Magazinen sind das dann mindestens vierzig Kilo. Wenn wir einen deiner Koffer leeren und damit vollpacken, schleppen wir uns ja zu Tode.«

»Außerdem brauch ich die Sachen in meinen Koffern. Ich hab ja eh nicht viel. Wir müssen uns was ausdenken.«

»Und was?«

»Keine Ahnung. Du bist doch der Berufskriminelle.«

»Bin ich eben nicht, verdammte Scheiße.« Es stank mir gewaltig, dass sie mich so bezeichnete – nicht, weil sie damit etwa falsch gelegen hätte, sondern weil es sich in meinen Ohren respektlos, wenn nicht gar herablassend angehört hatte. »Sonst hätte ich nicht von den letzten zehn Jahren die meiste Zeit im Knast verbracht.«

Sie zuckte die Achseln, schob die Unterlippe vor, ihre Antwort kam auf so 'ne bedächtige Art, die ich an ihr nicht mochte, weil damit stets eine blöde Belehrung verbunden war: »Das ist nicht logisch. Es gibt genügend Berufskriminelle, die aufgrund ihrer Dummheit mehr Zeit im Knast als in Freiheit verbringen. Ist doch so.«

»Ich wusste gar nicht, dass du mich für einen Trottel hältst.«

»Trottel hab ich nicht gesagt.«

Von Osten schob sich allmählich das Tageslicht in die nasse Stadt. Aber kein Regen mehr. Die Kleinstadt erwachte träge, und ich vermeinte, ihr Seufzen und Gähnen zu hören. In den dämmrigen Straßen eilten schon Frühaufsteher zu ihren Arbeitsstellen, in sich gekehrt, trugen noch die Träume der Nacht mit sich herum, erflehten im Stillen, beschämt und verzweifelt, von ihrem Gott die richtigen Lotto-Zahlen oder feilten und schmirgelten bereits wie jeden Morgen an ihrem Gedankenkunstwerk mit dem Titel *Das bessere Leben, irgendwann*, so nebenher, während sie auf den Verkehr ein Auge hatten, Bekannte flüchtig grüßten und geübt die Hundescheißhaufen umgingen.

Ich klingelte Sturm. Verbissen. Schon seit zehn Minuten, die mir wie eine Ewigkeit vorkamen.

Endlich! Verzerrte Stimme, auf jeden Fall missmutig und verschlafen: »Wer zur Hölle ist denn da, goddam the hell?«

»Ich bin's, Hans! Mach auf, Mann!«, brüllte ich in die Sprechanlage und fragte mich dabei, ob meine Stimme bei Fred ebenso verzerrt ankäme.

»Hä? Was willst *du* denn hier? Du Verräter! Du Deserteur!«

Ich begegnete Doris' skeptischem Blick mit einer Wird-schon-klappen-Miene, in der vermutlich auch eine gehörige Portion Unsicherheit lag, dann näherte ich meinen Mund wieder der Sprechanlage und sagte so beherrscht wie möglich: »Mach endlich auf, Buddy! Ich kann hier nicht mit dir diskutieren! Ist verdammt wichtig!« Ich ging zu einem geheimnisvollen Flüstern über, die Lippen ganz dicht an der Sprechanlage, die ziemlich schmutzig war. »Pass auf, Freddy, wir haben ein tolles Ding vor und wollen, dass du mitmachst. Du wirst staunen. Ich hab dich nicht vergessen – und verraten schon gar nicht.«

»Ihr? Du bist nicht allein?«

»Nein, äh, meine Freundin ist …«

»Das Flittchen kommt mir nicht in die Wohnung!«

»Nun spiel hier nicht den Frauenhasser. Du bist doch scharf auf Abenteuer. Ich hab eins für dich.«

Der Türöffner summte. Ein in diesem Moment himmlischer Klang.

Und dann der Saustall – Fred inbegriffen. Dreck, Gestank und Abfall, ein Chaos wie beim letzten Mal – und der Rock'n'Roller fügte sich perfekt in dieses von Untergang, Tod und Verwesung kündende Bild des Grauens: aufgedunsen, unrasiert und fettig, verkrustete Wunden an Stirn und Kinn, lila Ringe um die Augen, zerschlissener, fleckiger Trainingsanzug, auf den Pantoffeln Reste von was weiß ich, vielleicht von Erbrochenem.

Steifes Händeschütteln. Für einen Augenblick las ich in Freds Gesicht, auf dem sich unverschlüsselt, ungefiltert, unverstellt die wohlbekannten Kater-symptome mit so widersprüchlichen Emotionen wie Scham, Triumph, Gekränktsein und Misstrauen vermischten.

»Na«, flötete er, übertrieben zickig und, ja, vermutlich ungewollt, ein wenig tuntig, »hat sich Herr Lubkowitz in einem Moment der Nachdenklichkeit meiner erinnert? Vermutlich, weil er meine Hilfe braucht.« Doris würdigte er keines Blickes.

Er räumte ungeschickt und nachlässig, vor allem widerwillig, den Küchentisch frei. Jede Bewegung schien ihm schwerzufallen, als wäre er auf einem Planeten mit weitaus geringerer Schwerkraft aufgewachsen. Ich half ihm wortlos, setzte Kaffeewasser auf, spülte Tassen und Löffel, suchte die Zuckerschale und fand sie im Kühlschrank, dessen Inneres mich an einen Alptraum erinnerte, in dem die Schimmelpilze die Welt erobert hatten. Unsicher und zögernd hatte sich Doris auf einem Stuhl niedergelassen, sich eine Zigarette angesteckt, und ich sah ihr an, dass sie sich unbehaglich fühlte. Fred grummelte, unsere Blicke meidend, vor sich hin: »Die Dame ist sich wohl zu fein zum Mitarbeiten, möchte gern bedient werden?«

»Lass den Scheiß«, knurrte ich, wohl wissend, dass ich mich auf einem verdammt schmalen Grat bewegte, denn ich brauchte Doris ebenso wie Fred. »Sie weiß doch gar nicht, wie das hier abläuft. Soll sie uns im Weg stehen? Außerdem hast du sie verunsichert.«

Endlich stand der Kaffee auf dem Tisch. Wir tranken ihn aus Porzellantassen, die, wie Fred, mittlerweile ein wenig umgänglicher, Doris zuraunte, früher nur sonntags benutzt werden durften. »Jetzt wichse ich manchmal in sie hinein«, sagte er schelmisch, auf ein pikiertes Gesicht hoffend, zu Doris, die spöttisch bewundernd den Daumen hob.

Fever, natürlich die Elvis-Version, wehte in die Küche, draußen war heller Tag, Flecken von Himmelsblau zwischen zerreißenden Wolken. Ich öffnete das Fenster, Frischluft strich ihre Alles-wird-gut-Botschaft sanft um unsere Köpfe, von irgendwoher flog der Ton eines Martinshorns mahnend, drohend bis zu uns, die wir uns hölzern einander anzunähern versuchten. Vorwürfe wurden abgefeuert, von Fred auf mich, na klar, denen Erklärungsversuche folgten, von mir genauso wie von Fred, der ja auch 'ne Menge zu erklären hatte, was selbst Doris, die sich da eigentlich hatte raushalten wollen, mit einem vielsagenden Blick auf den Saustall erwähnte.

Dann folgten die Freundschaftsbeteuerungen, die nach meiner Ansicht zum Teil ganz schön schwülstig, wie in den 5oer-Jahre-Western, abliefen – der Prozess der Entspannung, auch der Gesichtszüge, mit ersten Versuchen zu lächeln und mit ähnlichen freundlich gemeinten Signalen, war in Gang gekommen. Endlich riskierte der Hausherr einen Blick in Doris' Augen und sagte zu ihr, nun doch wieder fies: »Ich hätte nicht gedacht, dass Hans auf so viel Busen steht. Da wird ja jede Molkerei neidisch.«

Mit so was konnte Doris umgehen. Sie lächelte kühl, als sie antwortete: »Ich bin so wenig eine Milchkuh wie du Elvis Presley bist.«

Fred beugte sich ein wenig vor, sah ihr dabei, ein fieses Grinsen aufsetzend, in die Augen: »Ich will dir ein Geheimnis anvertrauen: Meine Mutter hat mich nie gestillt. Ich weiß gar nicht, wie sich eine Frauenbrust anfühlt. Wahrscheinlich eklig. Wie Hirnmasse. Oder wie Brei. Bis zu meinem sechsten Lebensjahr bin ich mit widerwärtigem Brei gefüttert worden. Ich hasse Brei.«

Doris und ich quälten uns ein müdes Grinsen ab. »Wir müssen jetzt schnellstens aktiv werden«, drängte ich, obwohl ich vorgehabt hatte, über den Saustall und Freds Verkommenheit zu meckern. »Draußen steht ein knallroter gestohlener Mercedes, in dem zehn Maschinenpistolen liegen.«

Spöttisch hob Fred die Augenbrauen. »Ach was? Eine Leiche und zwei Kilo Heroin liegen sicher auch noch in dem Schlitten. Vermutlich ein 450er, den ihr einem Gangster abgenommen habt, der jetzt hinter euch her ist.«

Doris wehrte sich nur halbherzig gegen das in ihr aufsteigende Lachen. Besonders komisch fand sie die Situation wohl nicht, obwohl es komisch hätte sein können, wenn sie nur Zaungast gewesen wäre. Sie beugte sich ihm entgegen, zeigte ihm, dass sie auch fies grinsen konnte, und sagte mit der ihr eigentümlichen Ruhe, die sie oft in Momenten der Anspannung hervorzaubern: »Das ist kein beschissener Witz, mein Lieber. Find ich zwar komisch, dass du mit dem 450er richtig getippt hast, und leider ist auch das mit dem Gangster zutreffend. Leichen und Heroin können wir nicht bieten, aber zehn Maschinenpistolen sind ja kein Pappenstiel. Hans hat übrigens vergessen zu sagen, dass genug Munition für einen kleinen Krieg dabei ist. Was sollte man auch mit einer Uzi ohne Patronen anfangen, nicht wahr?«

»Uzi?« Nun schien Fred doch irritiert zu sein, irritiert und elektrisiert. »Jetzt mal langsam …«

»Nein!«, schrie ich hocherregt. »Auf keinen Fall langsam!«

Fred Fink, dem in den vergangenen Wochen offenbar jegliche Eitelkeit abhanden gekommen war, trug noch immer den Trainingsanzug, als er seinen Buick aus der Garage fuhr. Ich ließ den 450er in der Garage verschwinden, Fred setzte den Ami-Schlitten rückwärts vors Heck des Mercedes, im Kofferraum wurde die heiße Ware verstaut.

Der gute Fred hatte Mund und Augen aufgerissen. Ein geklauter, mit Waffen beladener Mercedes, der einem Gangster gehörte. War das nicht ein Abenteuer nach seinem Geschmack? Vielleicht ein bisschen zu viel auf einmal, vielleicht ein Schritt zu weit in den Sumpf des Verbrechens, aber unglaublich spannend. Jedenfalls verhielt er sich ungewohnt einsilbig – wohl weil ihm spontan ein Dutzend dazu passender Sequenzen aus amerikanischen und französischen Gansterfilmen einfielen.

»Also«, sagte Doris, »ich fahr jetzt nach Frankfurt, stell den Mercedes am Westbahnhof ab, leere den Aschenbecher, wische das Wageninnere gründlich aus und nehme dann den nächsten Zug nach Friedberg.« Und zu Fred gewandt: »Ein schönes Auto hast du da.«

Fred verzog nur angeödet das Gesicht. Er war momentan nicht scharf auf Komplimente.

Kurz darauf, am Küchentisch, die Aussprache. Wie es sich unter Freunden gehörte. Erst mal Vorwürfe, logisch, kübelweise! Ich verteidigte mich ganz ordentlich und konnte schon deshalb besser argumentieren, weil ich keinen Kater hatte. Aber es gab dann doch ein paar hohe Erregungswellen, zum Beispiel weil ich »das Flittchen« ihm vorgezogen hätte.

Schließlich die Aussöhnung, erleichtertes Lachen, gerührtes Schluchzen, Umarmung und so weiter, das ganze Programm. Und schon loderte die Begeisterung in Fred, seine zuvor noch trüben Augen flackerten, auf dem aufgedunsenen, unrasierten Gesicht erschien endlich wieder der Ausdruck jugendlicher Abenteuerlust. Keck stieß er den Kopf vor, mit breitem Grinsen, erwartungsvoll. Da war er wieder, der Rock'n'Roll-Outlaw. Und wie ein Wasserfall quasseln konnte er ebenfalls wieder. Ich nahm's in Kauf. »Das ist der Hammer, Buddy, zehn gottverdammte Maschinenpistolen. An welchem irren Ding wollt ihr mich beteiligen? Komm, spuck's aus! Ich bin zu allem bereit. Weißt du, was hier in den letzten Tagen los war? Scheiße. Nur verdammte Scheiße. Ich war jede Nacht besoffen. Zweimal hatte ich mir'n Stricher in die Bude geholt. Der eine wollte mich ficken, dachte, ich sei eine Tunte, der Esel. Der andere hat mich beklaut. An das Geld meiner Mutter komm ich noch immer nicht ran, muss mir wohl einen Anwalt nehmen. Auf Arbeit hab ich keinen Bock. Ich weiß ja auch gar nicht, wie das geht. Hab schon mit dem Gedanken gespielt, den Buick zu verkaufen. Dass dein Chef in Bad Nauheim seine Frau erschossen hat, ist natürlich 'ne knallharte Nummer, Mann oh Mann, seit deiner Entlassung aus dem Knast hast du ja so viel erlebt, das würde manch einem fürs ganze Leben reichen. Ich hab ja auch'ne Menge erlebt seit dem Tag, an dem wir uns kennenlernten. Mit dir nur Positives – und ohne dich nur Scheiße. Und du musstest dir die Sauerei ansehen, das ganze Blut, das zerschossene Gesicht? Ob du's glaubst oder nicht, ich hätt meiner Mutter am liebsten auch ins Gesicht geschossen. Hört sich nach Verrohung an, weiß ich, aber so empfand ich nun mal. Mensch, Hansi, old Boy, ich bin verdammt froh, dass du wieder da bist. Obwohl die Milchkuh ein wenig stört.«

Ich verzog das Gesicht. »Na, na, lass das mal mit der Milchkuh. Sie heißt Doris und ist schwer in Ordnung. Wirst schon sehen. Voll der Rock'n'Roll-Typ. Wir dachten, die Waffen zu verkaufen und einen Teil der Kohle zu investieren.«

»In den Coup? Dafür müssen wir doch mindestens eine Uzi für uns behalten. Hast du schon mal mit 'ner MPi geballert?«

Ich zögerte kurz, drückte die Zigarette aus, nahm noch einen Schluck Kaffee, dann rückte ich mit dem Plan heraus: »Kein Coup, Alter, ganz seriös. Wir haben vor, ein Geschäft aufzumachen – und zwar hier in deiner Wohnung. Ein Domina-Studio. Glotz nicht so entgeistert. Ich dachte, wir richten das ehemalige Büro deiner Mutter entsprechend ein. Doris kennt sich aus. Sie war mal bei 'ner Domina in der Lehre – kein Scheiß. Sie weiß, wie man die Freier behandelt. Von 50 Mark aufwärts, Spezialbehandlung 100 Mark. Wenn pro Tag vier bis fünf Kunden kommen, sind wir fein raus.«

»Hä?« Der Inhalt meiner Worte schien zäh wie Sirup in Freds Bewusstsein zu tropfen. »Ein Bordell? Das wäre ja Wasser auf die Mühle der Schnepfe in Bad Homburg. Die Sado-Maso-Variante?« Plötzlich, als hätte der Funke gezündet, strahlte und funkelte sein Gesicht wie eine Neon-Reklame in Las Vegas. »Goddam, Buddy, geil ausgedacht, da mach ich mit. Ich biete mich auch an. Jetzt glotzt *du* entgeistert, hehe, jawohl, ich lass mich ficken. In meinem Elvis-Zimmer. Ich kauf mir solche Klamotten wie sie der King in Las Vegas getragen hat, du weißt, was ich meine?, der schon etwas füllige Elvis. Bin ja auch ein wenig korpulent. Es gibt einen Markt für dickliche, nicht mehr ganz junge Elvis-Imitatoren, die sich ficken lassen. Da paart sich Fleischeslust mit Elvis-Verehrung. Genial, Alter, oh Mann, ey!« Er war völlig aufgedreht. In seiner Begeisterung schlug er vor, im Frankfurter Bahnhofsviertel Handzettel zu verteilen, Taxifahrern, die Kunden anschleppen würden, Provisionen zu versprechen, in eins der Fenster zur Straße hin eine rote Lampe zu stellen – und einen Slogan hatte er auch schon parat: *Rammeln mit Experten.*

Sanft, aber bestimmt wies ich ihn darauf hin, dass mit einer Domina nicht gerammelt wird. Ansonsten verspürte ich keine Lust, ihn zu zügeln. »Kennst du Leute, die zehn Uzis kaufen würden?«

»Neun. Eine behalten wir. Man kann nie wissen.« In Fred war wieder der Gangster erwacht. Der wahrgewordene Traum. Spannung, Halbwelt, Laster, verbotene Geschäfte, Feuerwaffen, alles untermalt von geiler Musik. »Und was ist deine Rolle in dem Spiel?«

Ich setzte eine hoheitsvolle Miene auf. »Ich bin der Koch, der Kellner, der Kassierer, der Beschützer.«

Das gefiel ihm. Er klatschte in die Hände und brüllte – und versprühte dabei Speichel – und vibrierte. »Du sitzt am Eingang hinter einem Tisch, nimmst das Geld in Empfang, und in der Tischschublade liegt die Uzi. Die Friedberger Halb- und Unterwelt wird vor uns den Hut ziehen – weil wir erfolgreich sind und weil uns eine Aura des Mysteriösen umgibt.«

Mein skeptischer Blick holte ihn in wenig runter, wenn auch nicht ganz auf den Boden. Er sagte, um mir einen Gefallen zu tun, natürlich, und deshalb erkennbar unehrlich: »Na ja, ich meine, was geht uns die Friedberger Unterwelt an, nicht wahr, obwohl ich da ja viele kenne – übrigens auch den Waffenhändler, wie du weißt.«

Aber ich meinte etwas anderes: »Dir ist bekannt, dass unser Geschäft illegal wäre? Eine Wohnung darf nun mal nicht als Bordell – wie heißt das noch? – zweckentfremdet werden. Also können wir unser Gewerbe nicht anmelden, müssen diskret sein und unsere Kunden durch Flüsterpropaganda gewinnen. Es kann dauern, bis wir richtig im Geschäft sind.

Handzettel und so was sind, wie ich das sehe, keine gute Idee.«

Gegen Mittag traf Doris ein, müde und nervös. Mit leichtem Unbehagen registrierte sie, wie einträchtig ich mit Fred am Küchentisch saß, wie entspannt und vertraulich unser Umgangston war, doch es erleichterte sie, dass der verwahrloste Schwule freundliche Blicke und Worte für sie übrig hatte. Sie rümpfte, erneut vom Gestank angefallen, die Nase; ihr Blick schweifte unruhig über Dreck, Müll und Unordnung, und vielleicht fragte sie sich, ob ich mich mittlerweile in dem Saustall wohlfühlte. In ein paar Tagen, dachte ich, wird es hier wieder wohnlich sein.

»Ich hab den Wagen am Mainufer abgestellt.« Sie nahm auf einem Stuhl Platz, nahm, mit einem kurzen Nicken des Danks, von Fred die schon angezündete Zigarette entgegen. »Fast schon in Höchst. Industriegebiet. Hab alles abgewischt, und wenn ich sage *alles*, dann meine ich wirklich *alles*. Wir hatten den Wagen ja ziemlich gründlich durchsucht und vermutlich einige Hundert Fingerabdrücke hinterlassen. Dann bin ich ein ganzes Stück gelaufen, hab ein Taxi zum Hauptbahnhof genommen – und dabei ist mir was Schreckliches passiert.«

»Was heißt das, Herrgott?« Vier aufgerissene Augen starrten sie an.

Sie schien die Spannung zu genießen.

»Ich hab im Taxi laut furzen müssen. Aber der Fahrer hat locker reagiert und gesagt, ich wäre nicht der erste Fahrgast, der heute einen solchen Schuss abgefeuert hätte, und seiner Meinung nach läge es an der angespannten innenpolitischen Lage, die bei vielen Menschen Magen- und Darmprobleme verursache. Er hat dann diskret ein Fenster geöffnet.«

Befreites Gelächter.

»Möchtest du frischen Kaffee und Spiegeleier auf Toast, mein Täubchen?«, flötete Fred, der offenbar von der Milchkuh entzückt war und sie nun mit anderen Augen sah.

Doris nahm das Angebot dankbar an. Doch nachdem sie gefrühstückt und Reste von Eigelb aus den Mundwinkeln gewischt hatte, mischte sich Strenge in ihren Ton. »Sobald du dich geduscht und rasiert hast, lieber Fred, beginnen wir mit dem Aufräumen und Putzen. Ich versteh nicht, dass du es so weit hast kommen lassen. Du bist doch 'n großer Junge.«

Fred wirkte auf einmal niedergeschlagen. »Seit Hans mich verlassen hat, fehlt einfach die ordnende Hand.«

Verständnisvoll und trotz der Pomade und anderer ekliger Substanzen in seinen Haaren streichelte Doris seinen Kopf. Ihre Stimme klang warm: »Nun ist die ordnende Hand wieder Teil deines Lebens.«

»Danke, Herrin«, sagte ich, um ein Abdriften in Sentimentalität zu verhindern, dann lachten wir alle, dankbar dafür, dass es wieder was zu lachen gab.

Menjou-Bärtchen, Seidenjackett, Lackschuhe, dazu der Schlafzimmerblick, das ölige Lächeln: der gute alte Horsti. Stand am Tresen, winkte jovial herüber. Fred und ich bahnten uns einen Weg durch den Lärm und den Wald von eifrig gestikulierenden, fluchenden, lachenden Gestalten, durch Parfümwolken, Alkoholdunst und Zigarettenqualm, vorbei an Eiseskälte verströmenden Verbrechern, die jeden Hereinkommenden nach seiner Verwertbarkeit einschätzten, vorbei an Wärme ausstrahlenden Frauen, die noch immer die große Liebe suchten.

Horsti reichte uns die Hand, um sie danach über die pomadisierten pechschwarzen, nach hinten gebürsteten Haare zu streichen. Vielleicht ein abergläubisches Ritual, möglicherweise nur ein Reflex. Das ölige Lächeln.

»Wie geht's, Freddy, alter Rock'n'Roller? Hab dich seit Tagen nicht gesehen. Na, wenigstens hast du dich äußerlich einigermaßen renoviert. Hast ja wie ausgekotzt ausgesehen. Du bist doch nicht etwa seriös geworden?« Sein starker hessischer Akzent harmonierte auf seltsame Weise ausgezeichnet mit seinem Äußeren – obwohl der Durchschnittshesse, so weit mir bekannt war, keineswegs pomadisiert und mit Menjou-Bärtchen, Seidenjackett und Lackschuhen durch seine Heimat läuft.

Fred hatte beim Betreten der Kneipe sofort die ganz harte Miene aufgesetzt, eine noch härtere Miene als früher. Kein Wunder mit zehn Maschinenpistolen und reichlich Munition im Angebot. Er bestellte zwei Bourbon auf Eis, und wie es manchmal im Leben passiert, lief dazu wie bestellt die passende Musik, nämlich *Whiskey And Wimmen* von John Lee Hooker mit Canned Heat, was mich echt verblüffte. Ich meine, die Musik in diesem Laden war überhaupt ganz okay, aber Canned Heat und John Lee Hooker hatte ich hier nun doch nicht erwartet.

Fred schob seinen Mund an Horstis Ohr: »Ich bin immer noch der Alte, keine Sorge. Hab nur mal wissen wollen, wie sich Verwahrlosung anfühlt.« Kurzes Lachen und Augenzwinkern der beiden so unterschiedlichen Typen. »Ich hab vielleicht was für dich, dachte mir, es könne dich interessieren.« Abgedroschene Sätze aus steinalten Filmen, aber egal, Horstis Ohr schien Freds Mund entgegenzuwachsen. »Ich bin ganz Ohr«, sagte Horsti sanft.

Seine Ohren sind so groß, dass der Kopf dazwischen klein wirkt, wie ein Handball mit Flügeln, stellte ich im Stillen fest.

Fred wartete, bis sich die Bardame, die uns soeben die Drinks hinstellte, entfernte, dann rückte er seinen Mund noch näher an Horstis Ohr, was der wiederum als zu nah zu empfinden schien, denn er zog seinen Kopf ein wenig zurück, was ich ihm nicht verdenken konnte, weil Fred, wenn er aufgeregt war, beim Sprechen Speichel versprühte, und wer lässt sich schon gern ins Ohr spucken? Also bitte.

»Interesse an Maschinenpistolen?«

»Hä?«

»Neun Uzis. Mit 36 Magazinen.«

Ungläubig lächelnd warf Horsti einen Seitenblick auf Fred. »Scherzkeks. Willst du'n alten Mann verarschen?«

Freds Mund rückte wieder näher an das Ohr, worauf der Ölige den Kopf um ein weiteres Stück zurückzog, was recht komisch aussah, als wolle er einem Kuss ausweichen.

»Ich verarsch dich nicht. Du kennst mich. Ich hab großen Respekt vor dir.«

Das schien wie Balsam in Horstis Ohr zu tropfen. »Wieviel?«

»Für alles 15 000.«

Geziertes Lachen, das in ein Hüsteln überging. »Du hast keine Ahnung. Mit 5 000 bist du gut bedient. Heutzutage hat doch jeder RAF-Sympathisant 'ne Uzi unterm Bett. Nach jeder Demo findet man die Dinger am Straßenrand.«

»Bewundernswert, dass dir so schnell ein witziger Spruch eingefallen ist.« Fred war jetzt kaum noch von James Cagney zu unterscheiden. »Aber jetzt ohne Scheiß: Wir wissen beide, dass die Uzi und die tschechische Dings, äh ...«

»Die Skorpion.«

»Genau ..., zu den begehrtesten MPis gehören, weil sie so handlich sind, weil man sie unter einem Mantel oder einer langen Jacke tragen kann. Aber gut, ich komm dir schon aus Respekt entgegen und geh runter auf 12 000.«

Misstrauen blitzte im Gesicht des Waffenhändlers auf. Abwehrhaltung, die Augen verengten sich zu Schlitzen. »Sag mal, Freddy, ham dich die Bullen ...?, trägst du ein Mikro? Hast doch nichts dagegen, dass ich dir mal kurz an die Wäsche gehe?«

Gekränkt unterwarf sich Fred der Prozedur, ließ sich mit Schmollmund von flinken Fingern befummeln, murmelte anschließend pikiert: »Und? Schämst du dich nun wenigstens ein bisschen?«

Horstis Hand strich lässig über seinen Rücken. »Nimm's leicht. Ist ein hartes Geschäft. Man muss mit allem rechnen.« Dann, mit amüsierter, sogar Sympathie ausdrückender Miene: »Dir ist klar, dass ich die Dinger nicht selbst benutzen, sondern weiterverkaufen und daran verdienen will? Wer heutzutage, bei dieser Terroristen-Hysterie, Maschinenpistolen verkauft, begibt sich auf ganz, ganz dünnes Eis. Also gut, acht Riesen, weil du's bist. Mehr geht nicht.«

»Abgemacht«, sagte Fred, nach meinem Gefühl viel zu schnell, streckte seine Hand aus, Horsti schlug ein – und strich danach mit der Hand übers Fetthaar, sehr merkwürdig, aber ich verkniff mir jegliche spöttische Bemerkung. Freds rechte Hand war jetzt jedenfalls pomadisiert, und ich riet ihm später, sie gründlich zu waschen.

Kurz nach Mitternacht rollte der Buick auf die Autobahn-Raststätte Wetterau, fuhr langsam durch die

Parkzone. Ganz am Ende wartete schon der Waffenhändler – verärgert, wie man sehen und gleich darauf
hören konnte. »Verdammt, Freddy, musste es unbedingt der Buick sein? Warum nicht was noch Auffäl-
ligeres? Rolls Royce aus den 30er Jahren, Postkut-
sche aus der Biedermeier-Zeit, damit dir jeder Depp
hinterherglotzt.«

»Klasse Spruch, Horsti«, sagte Fred anerkennend.

»Das war kein klasse Spruch, du Hannebambel,
das war'n Anschiss. Du kennst die Regeln nicht.«
Und zu mir gewandt: »Aber du müsstest doch wissen, wie wichtig Unauffälligkeit ist, wenn man sich
außerhalb des Gesetzes bewegt.«

Ich winkte ab. »Kein Aas rechnet damit, dass in
einem Oldtimer Maschinenpistolen rumliegen.«

Horsti verdrehte die Augen. »Jetzt weiß ich, warum
du sieben Jahre im Knast warst – wegen Doofheit.«

»Hey, hey«, sagte ich aufgebracht. »Wenn du hier
bist, um uns zu beleidigen ...«

Öliges Lächeln, ruhige Stimme: »Falsche Sichtweise. Ihr habt euch regelwidrig verhalten und seid deswegen von mir gerügt worden, Ende! Also mach jetzt
keinen Zwergenaufstand. Schwamm drüber. Für die
Beleidigung entschuldige ich mich natürlich. Aber
um es noch mal zu sagen: In meiner Branche muss
man jedes Detail beachten.«

Um diese Uhrzeit war auf der Raststätte nicht viel
los, die wenigen Fahrzeuge parkten weit entfernt von
uns. Fred öffnete den Kofferraum, klappte den Koffer auf, Horsti pfiff begeistert durch die Zähne, befreite eine Uzi aus ihrer Plastikhülle, fummelte fachmännisch daran herum, zog ein Bündel Banknoten
aus der Tasche und murmelte: »Dann wollen wir die
Prachtstücke mal umladen.«

Nebenan stand sein cremefarbener Jaguar XJ 6.
Auch nicht schlecht. Und nach der Arbeit gab uns

Horsti die Hand, die er anschließend wieder über seinen Fettkopf strich, und säuselte zufrieden: »War locker mit euch, hat Spaß gemacht. Und jetzt sagt mir doch mal, ganz im Vertrauen, wo ihr die Dinger herhabt.«

Ich antwortete supercool und mit einem, wie ich annahm, maliziösen Lächeln: »Du kennst doch die Regeln, Horsti. Wenn man nichts weiß, kann man sich auch nicht verplappern.«

Es freute mich, dass alle verhalten lachten.

Dann fuhr Horsti flott davon.

Fred war völlig fasziniert – von der Szene, von sich, dem harten Burschen, vom Leben überhaupt. Auf dem Heimweg hörten wir die Beatles-Version von *Money* und kamen uns ganz schön abgebrüht vor.

Innerhalb von zwei Wochen wurde der Saustall nicht nur aufgeräumt und auf Hochglanz gebracht, sondern überdies in ein Schmuckstück verwandelt. Vor allem Doris, die handwerklich begabter war als Fred und ich zusammen, hatte Erstaunliches geleistet. Da sie mit mir Frau Finks ehemaliges Schlafzimmer bewohnte, wurde dort zuallererst die Blümchentapete satt mit gelber Farbe verdeckt und Doris' Poster darauf angebracht, den Flur hatte sie mit Rauhfaser tapeziert und rot gestrichen. Frau Finks ehemaliges Büro war komplett ausgeräumt worden, die Wände waren jetzt schwarz, Tür- und Fensterrahmen in sattem Rot, eine Wand war mit rotem Samt verkleidet worden, in zwei Ecken standen Phönix-Palmen in Messingkübeln, an einer Wand war ein mit Hand- und Fußfesseln versehenes Andreas-Kreuz befestigt worden, an einer anderen Wand befand sich ein Käfig mit Eisengitter, an der dritten Wand hing ein Flaschenzug, dann gab es natürlich die obligatorische Streckbank – und in der Mitte des Raums, erhöht auf einem Podest, stand der Thron der Domina, ein günstig erworbener Gynäkologenstuhl aus den 50er Jahren, nun mit schwarzem Samt bezogen, mit Chromleisten verkleidet und beschirmt von künstlichen Straußenfedern.

»Was man alles kaufen kann«, staunte Fred.

In einem einschlägigen Frankfurter Laden hatte Doris ihre Berufskleidung zusammengekauft: Leder- und Latexsachen, eine SS-Uniform, schwarze, bis zu den Ellbogen reichende Handschuhe, schwarze Mieder, blutrote Mieder, schwarze hochhackige Stiefel, Nylons, Netzstrümpfe, Perücken – und selbstverständlich das ganze Handwerkszeug: Peitschen aller Art, Handschellen, Kerzen, Klammern, Stricke, das Klebeband, die Nadeln und so weiter. Außerdem gab es für Kunden ohne eigenes Outfit Gummi- und Lederanzüge und aus demselben Material Masken, die den ganzen Kopf einschlossen, mit nur drei runden Öffnungen für die Augen und den Mund und einem Lederhalsband mit Karabinerhaken zum Befestigen einer Kette oder wahlweise einer Hundeleine.

Fred und ich fanden Doris bezaubernd – sowohl in der SS-Uniform als auch im Lederkorsett, mit Stulpenstiefeln, Nylons und Stahlhelm. Sie errötete ganz niedlich nach jeder Vorführung und dem darauf folgenden Applaus.

Fred hatte sich einen weißen und einen schwarzen Elvis-Anzug schneidern lassen, die Las Vegas-Variante, klar, was sonst, sah darin verwegen aus, schon wegen des aufknöpfbaren Hosenbodens. Nach meiner Ansicht waren die Sachen Fred zu eng, er ähnelte darin einer Wurst in einer glitzernden Pelle, aber er sagte, das sei okay, er fühle sich darin wohl, und seine zukünftigen Freier seien ja genau die Typen, die mollige Enddreißiger in zu engen Elvis-Anzügen geil fänden.

Doris, immer clever, hatte in dem Domina-Zubehör-Geschäft einige Visitenkarten verteilt und abgelegt und zudem in Zeitungen Anzeigen mit den üblichen Code-Wörtern aufgegeben. Fred, geradezu gespenstisch umtriebig, war nächtelang Handzettel verteilend durch die Frankfurter Schwulen-Bars, die Klappen und die Parks gezogen und schien tatsächlich, falls seine Schilderung der Wahrheit entsprochen hatte, nicht nur bei älteren Elvis-Fans, sondern auch bei Liebhabern des Bizarren ein gewisses Interesse geweckt zu haben. Ein bisschen Werbung, auch wenn's riskant war, musste sein.

»Eine professionelle Domina hat keinen Geschlechtsverkehr mit ihrem Sklaven. Der kriechende Wurm darf eventuell ihre Möse lecken, daran schnuppern, ihren Arsch und ihre Stiefel küssen, und wenn er streng bestraft worden ist, darf er auch mal an der Brust lecken und saugen. Das Penetrieren ist ihm untersagt.« Damit hatte Doris mich einigermaßen beruhigt. Aber ich fragte mich, ob ich es verkraften würde, sie mit einem Zweigstellenleiter der Iduna-Versicherung oder gar mit einem namhaften CDU-Politiker in diesem Raum zu wissen, ihren Kommandoton, das männliche Jammern, Stöhnen und Winseln, das Klatschen der Peitschen, wenn auch gedämpft, mit anhören zu müssen.

Sie fügte hinzu: »Ich nehm auch Stiefelfetischisten, die meine Stiefel ablecken und ihr Sperma drauf verteilen.«

Das beruhigte mich ungemein, und ich wünschte, es kämen massenhaft Stiefel-Fetischisten, um ihr Sperma auf die Stiefel meiner Freundin zu spritzen.

Aber wie auch immer – wir waren zu einem innig miteinander verbundenen Team geworden. Doris und Fred verstanden sich von Tag zu Tag besser, wir sprachen schon manchmal, wenn auch ein wenig verschämt, von unserer kleinen Familie.

Dann war es so weit. Keine großen Einweihungsfeier, nur wir drei, eine Flasche Champagner und was zum Knabbern. Geschäftszeit war täglich, außer sonntags, von 18 bis 22 Uhr.

Am ersten Tag nicht ein einziger Kunde. Betretene Gesichter, klar, Zweifel an dem ganzen Unternehmen, Selbstkritik, Verunsicherung, das ganze Zeug. Nach einigen Drinks kehrte der Optimismus zurück.

Und siehe da, am nächsten Abend – nicht gerade volles Haus, aber zwei Kunden für Doris, einer für Fred. Sie wurden super bedient, verabschiedeten sich mit zufriedenen Mienen und versprachen, bald wiederzukommen.

»Na also«, sagte Doris aufatmend, »es geht doch.« Weil der zweite Kunde sie in der SS-Uniform hatte sehen wollen, saß sie nun, nach Feierabend, in diesem Horror-Outfit im Wohnzimmer, und es dauerte eine Weile, bis sie kapierte, dass ihr Erscheinungsbild Beklemmungen verursachte, zumal sie auch noch eine Reitgerte in der Hand hielt, mit der sie ständig, fast beschwingt, gegen ihre Stiefel schlug. Verständlich, die Aufregung, aber irgendwie nervig.

»Okay, hab's kapiert, ich zieh mich um.«

Dann kam sie wieder, in ihren alten Jeans und einem weiten T-Shirt, und Fred bemerkte unsensibel, in ihrer Arbeitskleidung sehe sie interessanter aus.

»Und? Wie war's?«, fragte ich nach dem ersten Whiskey on the Rocks und versuchte, meiner Stimme einen geschäftsmäßigen, sachlichen Klang zu verleihen.

»Och, mir hat's Spaß gemacht«, gab Doris unumwunden zu. »Ich muss allerdings noch strenger werden und darf mich nicht hinreißen lassen, dem Sklaven gegenüber Nachsicht zu zeigen.«

»Ich fand's klasse.« Fred strahlte wie der Chrom an seinem Buick. »Nachdem er mich gevögelt hat, was ziemlich schnell gegangen ist, hat er mir unbedingt einen blasen wollen. Nun, ich hab mich nicht groß dagegen gewehrt.« Er lachte versonnen. »Das lass ich mir gefallen.«

In dieser Nacht tranken wir gewaltige Mengen, was ganz in meinem Interesse lag. Wer besoffen ist, fickt nicht, dachte ich, denn ich hatte an diesem Tag keine Lust auf Sex mit Doris.

Doch ich gewöhnte mich bald an die merkwürdigen Geräusche aus dem Domina-Zimmer. Nach einiger Zeit lief das Geschäft richtig gut. Mundpropaganda schien die beste Werbung zu sein. Wer einmal von Doris gequält und erniedrigt worden war, wurde Stammkunde, schwärmte von ihr, erzählte Gleichgesinnten von der kühlen, strengen und phantasievollen Herrin, aus Bad Nauheim kamen wohlhabende Kurgäste, die es begrüßten, nicht mehr nach Frankfurt fahren zu müssen.

Außerhalb unserer Idylle war auf einmal die Hölle los: Arabische Terroristen entführten eine Lufthansa-Maschine, die in Mogadischu von einer Bundesgrenzschutz-Sondereinheit gestürmt wurde. Daraufhin brachten sich die RAF-Mitglieder Baader, Ensslin und Raspe in ihren Gefängniszellen um, der entführte Arbeitgeberpräsident Schleyer wurde ermordet, die ganze Bundesrepublik brummte und summte wie ein Bienenstock. Überall Polizei. Für die braven Bürger beruhigend, für Leute wie uns zum Kotzen. Wer Dreck am Stecken hatte, verkroch sich erst mal oder verhielt sich ganz, ganz vorsichtig.

Fred hegte die Befürchtung, die »Schnepfe aus Bad Homburg« könnte in ihrer Bosheit den Bullen erzählen, dass seine Wohnung ein Nest der RAF sei. Es wurden ja tatsächlich in diesen Tagen überall Wohnungen gestürmt. Die Bullen waren extrem nervös – wegen des Drucks von oben, aber hauptsächlich weil sie selbst Schiss hatten.

In der Friedberger Halb- und Unterwelt wusste man inzwischen, was in der Ludwigstraße vor sich ging. Unser kleines mittelständisches Unternehmen wurde jedoch zu unser aller Erleichterung nicht als Konkurrenz empfunden, sondern wohlwollend akzeptiert. Und mehr noch – von denen, die Fred schon lange kannten, waren die meisten froh, dass er endlich was Gescheites aus seinem Leben machte.

Und wir drei Unternehmer? Waren erstens stolz auf den Erfolg, verstanden uns zweitens prächtig und fühlten uns drittens sauwohl in unserem Heim. Außerhalb der Geschäftszeiten herrschte pure Harmonie. Jeder von uns hatte den Traum von einem Zuhause seit Jahren mit sich herumgetragen, von einer Familie, die sich wesentlich von den Familien, in denen wir aufgewachsen waren, abheben sollte. Gegenseitiger Respekt, Rücksichtnahme, Freundlichkeit, ein offenes Ohr für die Sorgen der Mitbewohner – also nichts anderes als die Grundsätze vieler 60er-Jahre-Kommunen. Wir waren allerdings nicht politisch aktiv. Nicht etwa weil wir der Ansicht gewesen wären, die Forderungen von damals seien größtenteils erfüllt worden, oder die 68er seien gar gescheitert, nein, wir interessierten uns schon für Politik, fuhren aber momentan voll auf der Hedonismus-Schiene – was unsere ganze Kraft erforderte. Geld floss ja reichlich und wurde fleißig wieder ausgegeben – für einen neuen Fernseher, eine Stereo-Anlage, für Platten, den größten Kühlschrank, der zu kriegen war, mit geräumigem Gefrierfach, weil wir ja massenhaft Eiswürfel für unsere Whiskeys brauchten. Fred kochte übrigens das Wasser vorher ab, damit die Eiswürfel nicht milchig, sondern transparent aussahen, doch das hielten Doris und ich für Snobismus. Ich hatte in Frankfurt einen Haufen Kohle für Klamotten ausgegeben und besaß nun mehrere Jeans, T-Shirts, Stiefel, Lederjacken und sogar feine Anzüge, in denen ich nicht seriöser, nein, eher wie ein Gangster der oberen Liga, aussah. Aber wahrscheinlich war das Einbildung. Doris lachte jedenfalls, als ich ihr das sagte.

Einmal klingelte Frau Kannegießer, die »Schnepfe aus Bad Homburg«, scheinbar um Freds Wohl besorgt, an der Tür, süßlich säuselnd, doch mit Krähenblick und witternd, wollte wie selbstverständlich die Wohnung betreten, doch Fred sagte ihr gleich, sie solle sich verpissen, sie sei eine im Frankfurter Bahnhofsviertel wegen ihrer Schweißfüße berüchtigte Nutte, das habe er aus verlässlicher Quelle erfahren.

»Musstest du denn so dick auftragen?«, fragte Doris später teils befremdet, teils amüsiert.

»Es war mir ein Vergnügen – ganz abgesehen davon, dass ich nicht mit ihr diskutieren wollte. Gleich kommt ja der Scheich.«

Kurz darauf traf der »Scheich« ein. Er war zwar kein Scheich, aber immerhin der vierundzwanzigste Sohn eines steinreichen Stammesfürsten aus einem der Emirate, weilte momentan zur Kur in Bad Nauheim und hatte sich zwei Tage zuvor ankündigen lassen. Am

Nachmittag waren zwei wortkarge Männer mit Falkengesichtern aufgekreuzt, um akribisch Wohnung und Umgebung abzuchecken. Geheimnisvolle Welt, die wir nicht kannten, ich kam mir vor wie in einem Film. Wir waren angespannt bis zum Äußersten. Doris fühlte sich unsicher. Sie befürchtete, dem VIP-Kunden gegenüber nicht streng genug auftreten zu können.

»Mach dir keine Gedanken«, beruhigte ich sie. »Er will es so.«

Und nun drängten sich mehrere Leibwächter in den Flur; ihre rechten Hände steckten bedeutungsschwer hinter den Revers ihrer Anzugjacken. Harte dunkelhäutige Männer mit Killerblicken schwebten leichtfüßig durch alle Räume und verschafften Fred eine Erektion, die sowohl von mir als auch von den Bodyguards mit Befriedigung registriert wurde.

Dann betrat der Fürstensohn, leider nicht in der Tracht seiner Heimat, sondern in einem Seidenanzug, geführt von einem Sekretär und gefolgt von zwei weiteren Bodyguards, die Wohnung. Ein hübscher, schlanker Mensch Anfang dreißig, jedoch von Überdruss und Arroganz gezeichnet.

Der Sekretär, nicht minder arrogant, warf einen kühlen Blick auf mich und fragte: »Sind 2 000 Mark für das Vergnügen angemessen?«

Ich nickte – und schon lagen zwei Riesen vor mir.

Doris, in schwarzem Mieder, Netzstrümpfen und Stiefeln, bewegte sich hoheitsvoll auf den Orientalen zu.

Der wirkte schwerstens irritiert, wenn nicht gar verängstigt, ging sogleich in Abwehrstellung, wedelte hektisch mit den Händen und zischte unwirsch: »Not the woman! Elvis!«

Große Überraschung unsererseits. Aber eigentlich kein Problem. Fred, momentan unbeschäftigt und nun freudig erregt, trat mutig vor und stand bereit. Der große, weiche Elvis-Imitator wurde vom Fürstensohn mit Kennerblick gemustert und zu aller Erleichterung als *top quality* bezeichnet. Nach dem allgemeinen Aufatmen wurde der Wüstensohn lockerer, stieg sozusagen ein paar Stufen zu uns herab, dem niederen Gewürm, und gab eine Kostprobe seiner menschlichen Seite: »I always adored Elvis, you know, not the young one, no, just skin and bones, not my cup of tea. I loved the fat one. Since I saw him in Las Vegas I wanted to penetrate him.«

Gute zwei Stunden vergnügten die beiden sich bei lauter Elvis-Musik im Elvis-Zimmer, während ich mit den Bodyguards und dem ebenfalls aufgetauten Sekretär im Wohnzimmer bei leiser Elvis-Musik Kaffee trank und mir von Falkenjagd, Kamelwettrennen und Picknick in der Wüste erzählen ließ. Doris empfing einen Stammkunden, der sich über die Ansammlung dunkelhäutiger Kunden wunderte, aber keine Gefahr in ihnen sah.

Als Fred und sein Gast wieder auftauchten, wirkten beide ein wenig zerzaust, aber durchaus glücklich.

»He fucked me four times«, verkündete Fred bewundernd. Der Araber wehrte unerwartet bescheiden ab. »I just gave my best.«

Großer Applaus. Selbst Doris' Kunde, der bereits vorbildlich bedient worden war und sich noch zu einem Kaffee hatte überreden lassen, klatschte gerührt.

Kurz darauf wurde es wieder förmlich. Die Bodyguards nahmen Haltung an, der Sekretär wandte sich, wieder voll und ganz das arrogante Arschloch, an mich und teilte mir so unpersönlich wie möglich mit, der Fürstensohn weile noch eine gute Woche in Bad Nauheim und habe die Absicht, Herrn Elvis noch zweimal zu besuchen. Selbstverständlich spiele Geld keine Rolle.

Die Termine wurden abgesprochen, die Bodyguards wurden nebenbei streng ermahnt, nicht so gierig auf Doris zu starren. Ich verstand die Jungs. Frauen in Mieder und Netzstrümpfen sah man am Persischen Golf, wie ich annahm, nicht allzu häufig.

Sonntags backte Doris immer einen Marmorkuchen. Nachmittags war dann Kaffeekränzchen. Fast schon Gartenlaubenkitsch, aber uns gefiel's. Nach Feierabend hockten wir gern im Wohnzimmer oder in einer Kneipe zusammen, um uns Erlebnisse aus unserer Kindheit und natürlich aus dem Knast zu erzählen. Manchmal fuhren wir, mit einem Picknickkorb versehen, im Buick übers Land, horten Musik, gingen ins Kino – von der Zukunft wurde kaum gesprochen, da wir uns in der Gegenwart so wohlfühlten wie nie zuvor.

Als ich zum ersten Mal seit Jahren laut sang, einfach so, in einer der berauschenden Whiskey-Nächte, bester Stimmung und frei genug, es aus mir rauszulassen, horchten die anderen erstaunt auf. Ich sang natürlich *Runaway*, den Hit von Del Shannon, da meine Stimme der seinen ja angeblich ähnelte, hatte eigentlich nicht mit Applaus gerechnet, aber Doris und Fred klatschten ehrlich begeistert. Das sei klasse, sagte Fred, mit der Stimme könne ich garantiert auch Elvis-Songs hinkriegen.

Eines Tages legte Doris ein Stück Haschisch auf den Wohnzimmertisch und stellte eine Wasserpfeife dazu, schaute uns erwartungsvoll an, aber wir reagierten anders, als sie erhofft hatte, nämlich steinhart ablehnend.

»Elvis hat nie gekifft«, murrte Fred.

Aufbrausend schnauzte sie ihn an: »Na und? Was soll das? Elvis hat sich auch nie in den Arsch ficken lassen! Und außerdem wäre er vielleicht noch am Leben, wenn er, statt zentnerweise Psychopharmaka zu fressen, öfter mal einen Joint geraucht hätte!«

»Ich hab so was schon mal mit dieser Geli geraucht, die ständig einen Joint in der Hand hatte«, sagte ich, beide Hände abwehrend erhoben. »Danach ging es mir so dreckig, dass mich schon der Gedanke an eine Wiederholung zum Kotzen bringen würde.«

Sie warf mir einen verächtlichen Blick zu. »Manchmal redest du wirklich nur Blech. Wie oft ist dir schon vom Alkohol so übel gewesen, dass du am liebsten gestorben wärst? Na ja, scheiß drauf, dann rauch ich das Zeug eben alleine. Ich kenn mich damit aus. Schließlich war ich deshalb im Knast.«

Misstrauisch beobachtete ich, wie sie Wasser in den Bauch der Pfeife goss, wie sie eine Ecke des Haschischbrockens erhitzte und ein Stück davon zerkrümelte, mit Tabak vermischte und den Pfeifenkopf damit stopfte, wie sie die Pfeife anzündete und am Mundstück des Schlauchs saugte. Für mich sah das ganze wie eine Kulthandlung aus, und das diffuse Gefühl von Bedrohung geisterte in mir herum. Ich hatte früher zwar öfter mal Speed geschluckt, als erfrischende Stabilisierung beim Saufen. Aber die Drogenszene war mir stets suspekt gewesen, und diese Abneigung war nach der Begegnung mit Geli im August, auch wenn ich es nicht bewusst wahrgenommen hatte, noch verstärkt worden. Ich hatte sofort vermutet, dass sie sowie ihre beiden Rocker mit harten Drogen bestens vertraut waren. Und überhaupt, Einstiegsdroge, dann Heroin. Die Heroin-Schwemme. Man las ja zur Zeit beinahe täglich von Junkies, die tot aufgefunden wurden, in Bahnhofstoiletten, auf Parkbänken, in schäbigen Absteigen und verwahrlosten Wohnungen. Dazu die – wie hieß das noch? – Beschaffungskriminalität. Ich war informiert, hatte das alles im SPIEGEL gelesen. Das sagte ich Doris, mit einem Anflug von Stolz auf meinen hohen Wissensstand. Prompt blaffte sie mich an, wobei Unmengen Rauch aus ihrem Mund strömte: »Es nervt mich seit Jahren tierisch, wenn Leute, die von der Materie null Ahnung haben, haargenau diese vorgekauten Standardsätze wiederkäuen. Im Gegensatz zu dir, lieber Hans, bin ich mit beidem vertraut. Mit Haschisch und Heroin. Jeder, der von Shit zu Horse wechselt, macht das, weil er die volle Dröhnung sucht und sein krankes Hirn vernebeln will.«

Fred, jetzt doch höchst interessiert, nahm jedes Detail des Schauspiels in sich auf. Blubbernde Wasserpfeife, Rauchsäulen wuchsen aus dem Pfeifenkopf, der bei jedem Zug hell aufglühte, Rauchwolken, exotisch riechend und das Zimmer füllend, aus Doris' Mund, dann Doris stoned, der etwas trübe Blick und das schiefe Grinsen signalisierten, dass das THC im Denk- und Schaltzentrum angekommen war.

Sie zwinkerte uns kess zu, ihr Grinsen wurde spöttisch. »Geiler Stoff, Jungs. Heute müsst ihr ohne mich saufen. – Das heißt, äh, na ja«, sie kicherte kindisch, offenbar über sich selbst belustigt, »ein Glas oder so werd ich wohl doch zur Brust nehmen – und dann vielleicht mit einem von euch in die Kiste steigen. Wahrscheinlich mit Hans ...« Die Intensität des Kicherns verstärkte sich, aus welchem Grund auch immer. »Und wenn keiner von euch Bock hat, kann ich immer noch masturbieren.« Sie prustete los, schlug sich auf die Schenkel. Fred starrte sie fasziniert an. Auf seinem Gesicht war zu lesen, dass er gerade einen

Ansturm von Fragen zu bewältigen hatte – und offenbar tief von Erkenntnisblitzen beeindruckt worden war. »Musik!«, rief Doris. Als sie eine ihrer Kassetten einlegte und dann mit geschlossenen Augen geradezu verzückt lauschte, schien sich in Fred allmählich der Man-kann's-ja-mal-versuchen-Gedanke durchzusetzen.

Find It von den wiedervereinigten Small Faces.

»Ist da noch was drin in der Pfeife?«

»Reichlich. Ich hab ja nur'n paar Züge ...«

Schon hing Fred am Schlauch, zündete die Pfeife an und inhalierte wie ein Opiumsüchtiger, musste, wie ich damals, husten, bis ihm die Tränen kamen, doch er gab nicht auf.

Fünf Minuten später zerflossen seine Gesichtszüge, die Augen wurden zu Schlitzen, von schweren Lidern eingerahmt. »Mann oh Mann«, stieß er staunend hervor. Er benötigte etwa eine halbe Stunde, um sich zu sammeln und einen weiteren Kommentar abzugeben: »Mein lieber Scholli.«

Die Musik drang in ihn, er nickte verstehend – und fing an zu labern: »Die Musik der 70er Jahre. Verdammt gut. Wer ist das jetzt? Eagles, was? Aber die kenn ich sowieso. Ich hab ja einiges aus den 70ern auf Kassetten. Durch dich, Doris, hab ich in den letzten Wochen 'ne Menge neuer Sachen kennengelernt. Obwohl ich immer noch den Rock'n'Roll der 50er Jahre liebe – so ist das nicht. Rock'n'Roll ist der Sinn des Lebens. Guter Spruch, hehe. Komisch, dass ich jetzt alles so unglaublich intensiv mitkriege – die einzelnen Instrumente, die Stimme, die Message. Total verrückt – im positiven Sinn. Und, wisst ihr, es ist ein gottverdammter Widerspruch in sich, dass ich einerseits die Gras rauchenden Schriftsteller der Beat-Generation verehre und andererseits Marihuana und Haschisch ablehne, weil Elvis, der Pillen-Freak, strikt dagegen war. Also nichts gegen Elvis, das ist schon mal klar, aber diese Einstellung war – na, ich will nicht unbedingt das Wort Blödsinn benutzen –, war auf jeden Fall ..., äh, wo war ich stehengeblieben? Scheiße, Mann.« Er kicherte kindisch vor sich hin.

Scheiße, dachte ich in diesem Moment und an den ganzen nächsten Abenden missmutig, denn die beiden rauchten von nun an regelmäßig. Doris brachte ihm, geradezu missionarisch eifernd, Roxy Music, Bob Seger und Joni Mitchell nahe, er analysierte mit ihr die Elvis-Songs, wies sie auf das Gitarrenspiel von Scotty Moore und auf den Drummer D.J. Fontana hin, und offenbar verstanden sie sich prächtig.

Mir blieb, immer cool, nichts anderes übrig, als ab und zu milde zu lächeln und so zu tun, als tolerierte ich seufzend die Spinnereien der beiden. Tatsächlich fühlte ich mich in diesen Stunden ausgeschlossen. Sie lachten so beschissen einvernehmlich über Dinge, an denen nichts komisch war. Es ging mir allmählich verdammt auf die Eier. Als wir uns einen völlig ernstgemeinten Krimi ansahen, den ich gebannt verfolgte, bepissten sich beide fast vor Lachen – wegen des Films sowieso und vermutlich auch meinetwegen, weil ich so gebannt auf den Bildschirm starrte und vor allem, weil ich sie irgendwann todernst als Idioten bezeichnete.

Aber sonst lief alles locker. In unseren Stammkneipen kannte uns jeder. Selbst die harten Hunde nickten uns wohlwollend zu. Ich lernte die Altstadtoriginale kennen – zum Beispiel Claque Claque, der für die Nutten einkaufen ging und stets top gekleidet war, weil er die abgelegten Klamotten der Loddels tragen durfte, und Gitarren-Albert, ein Penner, der mit seiner Gitarre durch die Kneipen zog und jeden fragte: »Haste ma e rostisch Mack?« Man gab uns Drinks aus, wir schmissen auch mal 'ne Lokalrunde, manchmal, wenn so'n Scheiß wie *Heimweh* von Freddy Quinn gespielt wurde und wir den nötigen Besoffenheitsgrad erreicht hatten, sangen oder grölten wir gemeinsam mit all den anderen besoffenen Gästen: »Brennend heißer Wüstensand – fern, so fern dem Heimatland …!« Dabei verspürte ich öfter zu meiner Verwunderung eine mir eigentlich fremde, sentimentale Gerührtheit, ein Gefühl des wohligen Verschmelzens mit den ganzen Dumpfbacken um mich herum, mit der ganzen Kneipe, dem ganzen Städtchen – und wenn nicht mit der ganzen Welt, so immerhin mit der ganzen Wetterau. Das muss man sich mal vorstellen! Wo mich die Wetterau doch eigentlich einen Scheiß interessierte und ich, obwohl ständig von Apfelwein-Trinkern umgeben, bekennender Apfelwein-Hasser war. Aber logisch: Es war nur das Bedürfnis, irgendwo dazuzugehören. Warum nicht Friedberg in der Wetterau? Wir wurden hier, zumindest in bestimmten Kreisen, akzeptiert – und genau das hatte ich ersehnt. Es gefiel mir. Doch ab und zu fragte ich mich, ob wir möglicherweise einen wichtigen Punkt übersehen haben könnten, irgendeine Schwachstelle, mit der ich, als gereifter Pessimist, ohnehin stets rechnete, ob wir eventuell die Statik unseres Traumgebäudes falsch berechnet haben könnten und alles demnächst einstürzen würde.

Horsti also, der Ölige. Er war die beschissene Schwachstelle – betrat eines Abends, entschuldigend, aber keineswegs geknickt grinsend und in Begleitung eines Riesen und zweier Gorillas die Bar.

»Knochenbrecher-Rudi«, stammelte ich entsetzt, nachdem mein Gehirn das von den Sehnerven empfangene Bild begriffen hatte.

Doris, ziemlich stoned, wie neuerdings leider immer um diese Zeit, murmelte rätselnd: »Spinne ich jetzt, sag mal, oder steht da wirklich dieser Dings, dieser Knochenbrecher-Rudi?«

Ich beugte mich konspirativ zu Fred und raunte ihm mit belegter Stimme ins Ohr: »Der Koloss bei Horsti, weißt du, wer das ist? Knochenbrecher-Rudi.«

Mein Freund, ebenfalls stoned, ließ die Tunte raushängen: »Ach Gottchen, sag mir das doch nicht so brutal ins Gesicht. Mir wird ja sofort speiübel.«

»Ich hab's dir ins Ohr und nicht ins Gesicht gesagt«, zischte ich – und wusste sofort, dass diese Antwort überflüssig war und nichts an der Situation ändern würde. Fahriger, nach Beistand und einem Schlupfloch suchender Rundblick, mein Herz hämmerte einen verdammt schnellen Beat. Hier war keiner, der sich für uns in die Bresche werfen würde. Aber jeder im Raum spürte spontan, dass Ärger in der Luft lag.

Die vier Arschgesichter standen wie eine Betonwand vor unserem Tisch – das heißt, Horsti gehörte natürlich nicht zur Betonwand, sondern beugte sich elastisch und lakonisch lächelnd zu uns herunter: »Tut mir wirklich leid, Freunde, ich hab nicht das Geringste gegen euch, aber Rudi und ich sind in derselben Branche, und wenn einem Kollegen zehn Uzis geklaut werden, ist Solidarität oberstes Gebot. Verdammt sensibles Gewerbe, wisst ihr. Man tauscht sich aus, hört sich um. Solche Eingriffe schaffen böses Blut, Verwirrung. Das wollen wir nicht.« Obwohl er uns nicht die Hand gegeben hatte, strich er sich über den Schädel.

Rudi grinste natürlich nicht. Er war, selbst in der Position des Stärkeren, nicht der Typ des Grinsers, stand, angestrengt um Ausdruckslosigkeit bemüht, mit vor der Brust verschränkten Armen vor uns. Schon der Klang seiner Stimme versprach nichts weniger als Untergang: »Keine Angst, ich mach hier im Laden keinen Ärger, aber ich weiß, wo euer beschissener Puff ist. Und dort werd ich demnächst auftauchen und allen Wichsern beweisen, dass mein Spitzname immer noch berechtigt ist.«

Hatte er zum Schluss etwa doch einen Ansatz von Grinsen gezeigt? Wohl eher nicht.

Es wird verdammt kalt

Nach etwa einer Stunde verpissten sie sich. Rudi, der sich so locker und selbstsicher inszeniert hatte, als wäre er hier zu Hause, winkte uns zum Abschied zu und zog den Daumennagel über seine Kehle. Alles klar, du Arschloch, Botschaft verstanden, dachte ich.

Wir wären ja liebend gern schon vorher abgehauen, hatten aber befürchtet, dann sofort die Gorillas im Nacken zu haben, und fühlten uns im Trubel der Kaschemme relativ sicher.

Nun wagten wir uns allerdings auch nicht nach draußen, da wir uns mühelos vorstellen konnten, dass diese Drecksäcke irgendwo in der Dunkelheit auf uns warteten. Also tranken wir noch einen. Wir mussten ja Gott sei Dank nicht frühmorgens aus den Federn.

Käthe, die bucklige Blumenfrau, die in den Kneipen Rosen verkaufte, tauchte irgendwann auf und raunte uns zu: »Die sitzen jetzt in der *Oase*. Ich glaub, die Luft ist rein.«

Gerührt kaufte Fred ihr das ganze Bündel halbverwelkter Blumen ab.

Die Furcht blieb uns freilich treu, rumorte in uns wie ein überaus wirksames Nervengift. Der so vertraute Heimweg schien an mindestens zwanzig Stellen ideal für einen Überfall zu sein. Wortlos, immer im Schatten, dicht an den Häuserwänden, bewegten wir uns, mal schleichend, mal hastend, vorwärts.

Das Licht im Treppenhaus funktionierte nicht. Ich nahm an, dass den beiden anderen ein ebenso großer Eisklumpen im Magen lag wie mir. »Sie erwarten uns«, flüsterte Fred. »Fragt sich nur, auf welcher Etage.«

»Zumindest«, flüsterte Doris zurück, »sind sie nicht in der Wohnung, sonst hätten sie sich das mit der Treppenhauslichtsicherung erspart.«

Auf allen Vieren huschte ich zur Kellertreppe, neben der, das wusste ich, der Sicherungskasten hing. Vielleicht, dachte ich, auf alles gefasst, stehen sie genau davor. Unendlich langsam erhob ich mich, hielt die Luft an. Hier schien sonst niemand zu sein. Ich ließ mein Feuerzeug aufflammen. Die Sicherung war nicht herausgedreht worden, sondern hatte einfach ihren Geist aufgegeben. Doris stand jetzt neben mir. Ihre mit einem äußerst praktisch denkenden Gehirn verbundenen Augen erspähten sogleich die Schachtel mit den Ersatzsicherungen und zack, zack, schon war das Treppenhaus erleuchtet.

»Sie könnten doch in der Wohnung sein«, murmelte Fred. Er sah beschissen aus, sein Gesicht war so weiß, dass ich unwillkürlich an *A Whiter Shade Of Pale* von Procol Harum dachte und dabei leise vor mich hinlachte.

»Warum lachst du denn, verdammt noch mal?« Nun verzerrte sich das schon ganz schön verlebte Gesicht, und mir fiel dabei, zu meinem eigenen Erstaunen, der traurige Clown in *Death Of A Clown* von Dave Davies ein:

»My make-up is dry and it cracks on my chin
I'm drowning my sorrows in whiskey and gin …!«,
was mein Lachen noch verstärkte – ein bitteres, von Schicksalsergebenheit geprägtes Lachen wohlgemerkt, das beim Rest der Wohngemeinschaft nicht gut ankam. Ich wurde mittels bedächtig geschüttelter

Köpfe und strenger Blicke gerügt, hoffte natürlich, dazu auch noch einen Song auftreiben zu können, aber die Quelle war versiegt. Dafür überflutete mich wieder das Unbehagen.

Doch die Wohnung empfing uns unbenutzt und unbeschmutzt von fiesen Typen. Wir verbarrikadierten die Wohnungstür mit einer schweren Eichenholzkommode, einem der letzten verbliebenen Möbelstücke aus Frau Finks ehemaligem Schlafzimmer, und stellten noch, in Ermangelung einer Alarmanlage, eine Batterie leerer Flaschen darauf.

»Heute kommen sie nicht«, behauptete ich, als wir nach dieser Arbeit ein paar Beruhigungsdrinks kippten.

»Aha«, sagte Doris sowohl spöttisch wie auch grimmig, auf jeden Fall genauso angespannt wie ich, »der Experte hat das Wort.«

Ich reagierte aufgebracht: »Wenn du einfach mal nachdenken würdest, wär dir klar, dass sie sich Zeit nehmen, um uns genüsslich in unserer Angst schmoren zu lassen. Sie haben's nicht eilig. Vielleicht stürmen sie während der Geschäftszeit hier rein, um den ganzen Laden aufzumischen. Auf jeden Fall stecken wir tief in der Scheiße – schon weil uns die Angst allmählich zersetzt.«

Fred, mit verdüsterter Miene, starrte ins Nirgendwo. »Wir sollten den Buick vollpacken und verduften, irgendwo was Neues aufziehen. Irgendwann in den nächsten Wochen werde ich endlich an das Vermögen meiner Mutter rankommen. Wir könnten nach Sylt. Ach nein, jetzt ist Herbst, vielleicht nach Oberammergau. Südtirol soll auch einen gewissen Charme besitzen …«

Doris' Aufschrei unterbrach ihn. Sie klatschte dazu überflüssigerweise eine Hand auf die Tischplatte, worauf die Wasserpfeife umfiel und ihren bräunlichen Inhalt auf den Teppich ergoss.

»Das musste ja nicht sein, verdammt«, fuhr ich, von jähem Zorn gepackt und den nur mühsam beherrschend, meine Freundin an. Doch die, total betrunken, wie mir jetzt erst auffiel, schrie, in einem See aus Trotz und Pathos badend: »Wir hauen nicht ab, ihr Defätisten! Dies ist unser Zuhause, ihr Arschlöcher! Wir werden unser Heim verteidigen – und wenn wir dabei untergehen! Auf meinem Grabstein soll dann stehen: *Ich hab's versucht*! Mein Gott, Jungs, so schlecht steht die Sache gar nicht! Wir haben eine Beretta und eine Uzi, haufenweise Handschellen, Peitschen, Brustwarzenklammern, Ketten, Klebeband, eine Streckbank, einen Käfig …!«

»Wahrscheinlich werden sie dein Domina-Spielzeug an uns ausprobieren«, warf Fred erregt ein, und ich fand diesen Einwurf verdammt plausibel, äußerte mich allerdings nicht dazu, da ich nicht noch tiefer in Doris' Achtung sinken wollte. Ob ich tatsächlich von ihr überzeugt worden war oder mir und ihr einfach nur zeigen wollte, dass zu meinen Charaktereigenschaften auch eine Portion Mut zählte, konnte ich nicht eruieren, war mir auch wurscht; ich richtete mich jedenfalls auf, hocherhobenen Hauptes. »Doris hat Recht. Wir bleiben hier!«

Uns alle durchlief ein Schauer. Regen prasselte gegen die Fensterscheiben, schlug die letzten Blätter von den Bäumen und trommelte rhythmisch ein trostloses Lied.

Während die anderen schliefen, hielt ich, mit der Uzi auf dem Schoß, Wache. Mir war das Absurde an meiner Situation wohl bewusst. Ein mehrfach vorbestrafter Verbrecher, der in einem gutbürgerlichen

Mietshaus mit einer Maschinenpistole auf Menschen schießt, dachte ich, wo gehört der normalerweise hin? Ins Gefängnis. Selbst wenn er statt in einem gutbürgerlichen Mietshaus im Wald oder auf der Wiese auf Menschen schießt, wirkt sich das nicht unbedingt strafmindernd aus.

Aber was noch schlimmer war: Vermutlich würde ich gar nicht wagen zu schießen. Ich hatte ja bei dem Banküberfall auch nicht vorgehabt, tatsächlich zu schießen. Zur Belohnung für meine Skrupel würde ich dann auf der Streckbank landen. Fred würden sie ans Andreaskreuz ketten und auspeitschen, Doris würde auf dem Gynäkologenstuhl vergewaltigt und so weiter …

Als der Tag anbrach, hatte ich längst bereut, dem Tapferkeits-Appell meiner Freundin so männlich zugestimmt zu haben.

Der Vormittag verlief so ruhig wie alle Vormittage der letzten Wochen, obwohl die Luft in der Wohnung natürlich vor Spannung knisterte, und ich fühlte mich aufgrund der Übermüdung, der Folgen des nächtlichen Alkoholkonsums und des permanent hohen Erregungslevels wie gerädert.

Immer wieder Blicke aus den Fenstern – ein meiner Ansicht nach überflüssiges, nur der Nervosität geschuldetes Unterfangen, da die Drecksäcke ihren Wagen wohl kaum in unserem Blickfeld parken würden.

Da unten schoben Straßenkehrer das nasse Laub zu Haufen zusammen und schaufelten es dann auf die Ladefläche eines Unimog.

Fred starrte nach draußen. »Die Zugvögel sind alle weg.«

»Was du nicht sagst.« Ich wollte nicht grob sein, doch im Moment gingen mir solche Äußerungen voll auf den Sack. »Wir haben in einigen Tagen November, und ein Zugvogel, der jetzt noch hier rumhängt, ist entweder ein Penner oder geistig verwirrt.«

Doris fauchte mich an: »Mann, du nervst mit deiner Scheißlaune!«

Wie eine Alarmanlage schrillte das Telefon. Wir erstarrten, unsere Blicke trafen sich und verkündeten Furcht. Doch bevor sich die Panik auf uns stürzen konnte, nahm Fred den Hörer ab. Ich beobachtete ihn – und sah, wie sich ein Leuchten auf seinem Gesicht ausbreitete, und fragte mich erstaunt, wer in dieser Lage Freds Stimmung so gewaltig aufhellen könnte. Die Person am anderen Ende schien sehr gesprächig zu sein, Fred gab nur hin und wieder, offenbar hocherfreut, ein paar Worte von sich, sagte schließlich: »Dann bis heute abend um acht. Ja, danke, ich mich auch.«

Dann legte er auf, abgeklärt grinsend, erst mal schweigend, unsere fragenden, bohrenden Blicke sichtlich genießend, berauscht von seiner Wichtigkeit oder so ähnlich. Ich knurrte ihn ungnädig an: »Herrgott noch mal, mach schon das Maul auf, Mann! Jetzt wirst du dich ja wohl an unseren blöden Fressen genug geweidet haben.«

»Ja, also …« Er zündete sich lässig eine Zigarette an, Doris und ich zündeten uns nervös eine Zigarette an. »Das war Herr Rahman, der Sekretär des *Scheichs*. Sein Herr sei extra meinetwegen wieder in Bad Nauheim, er wolle mich heute noch besuchen. Seit über einer Woche habe sich sein Herr jeglichen Samenerguss untersagt und alles für das Treffen mit mir aufgehoben. Herr Rahman sagt, sein Gebieter habe entschieden, dass wir drei ihn Abdullah nennen dürfen. Das sei eine große Ehre und ein Zeichen äußerster Zuneigung.«

Pünktlich wie ein preußischer Beamter traf Abdullah, von fünf Bodyguards und Herrn Rahman begleitet, in der ihm schon sehr vertrauten Wohnung ein. Große Wiedersehensfreude, alle Männer umarmten sich. Doris hatte sich damit abgefunden, von den sittenstrengen Wüstensöhnen nicht umarmt zu werden, die es dennoch gern getan hätten, wenn der noch sittenstrengere Herr Rahman es ihnen nicht verboten hätte, aber sie wurde mit Blicken umarmt und mit Komplimenten überschüttet. Die SS-Uniform, in der sie wegen eines erwarteten Kunden steckte, faszinierte die Männer, zumal sie statt der Uniformhose einen Lederslip und Netzstrümpfe trug.

Herrlich entspannte Atmosphäre. Nach einigem Geplauder und ein paar Scherzen begab sich Fred mit Abdullah ins Elvis-Zimmer. Es klingelte zweimal, und Doris' Gast, ein distinguierter Geschäftsmann mit grauen Schläfen und Nadelstreifenanzug, schlüpfte herein und verschwand nach flüchtiger Begrüßung gleich im Domina-Studio. Es könnte alles so schön sein, dachte ich melancholisch, während ich im Wohnzimmer mit den Bodyguards und Herrn Rahman Kaffee trank, Kekse knabberte und den Schmusesongs von Elvis lauschte. *Love Me Tender*, *Don't* und *Are You Lonesome Tonight*. Nicht ganz meine Richtung, aber im Moment sehr beruhigend, wenn auch ein starkes Einschläferungspotential in sich bergend – so kam es mir vor, denn ich hatte ja kaum geschlafen, meine Augen brannten schon, und es wäre nicht nur nach den Regeln des Orients verletzend gewesen, wenn ich im Kreise meiner Gäste eingenickt wäre, dabei möglicherweise Geräusche von mir gegeben hätte ...

Krachend flog die Wohnungstür auf, und schon war ich wieder hellwach. In der Öffnung erschien, einem Dämon gleich, der Knochenbrecher, groß und breit, gefolgt von seinen Bodyguards.

Entsetzt war ich aufgesprungen, fand mich plötzlich im Flur wieder und machte mich im Stillen zur Schnecke, weil ich keinen kühlen Kopf bewahrt hatte und deshalb jetzt unbewaffnet Rudi gegenüberstand, der sich langsam, überlegen und ausnahmsweise grinsend, nicht etwa amüsiert, sondern teuflisch, wie denn sonst?, auf mich zu bewegte. Er war das Raubtier, ich die Beute. Für ihn schien alles klar zu sein.

Aber nur für Sekunden, genau gesagt, bis zu dem Zeitpunkt, in dem fünf dunkelhäutige Männer mit harten Gesichtern aus einem Zimmer spritzten und ihre Pistolen auf ihn richteten, während aus einem anderen Zimmer, mit vorgehaltener Uzi, eine Frau in SS-Uniform und Netzstrümpfen schritt.

»Was ist denn hier los?«, fragte Rudi verstört. Weder er noch seine Begleiter wagten es, ihre Waffen zu ziehen.

Aus einem weiteren Zimmer traten jetzt Fred, im Elvis-Kostüm, und sein Gast, nur mit Unterhose bekleidet. Abdullah schien schnelle Entschlüsse zu mögen. Kurzer Überblick, dann: »Shoot them down!«

Die Leibwächter, echte Profis, die ihren Beruf über alles liebten, gingen unglaublich präzis zur Sache.

»No, stop it!«, schrie ich verzweifelt ins Krachen der Schüsse hinein – aber natürlich zu spät, weil die Jungs blitzschnell reagierten, was ja von ihnen verlangt wurde, nicht nur ihres Jobs wegen, sondern auch wegen Ehre und ähnlichem nicht unbedingt rationalen Zeug.

Dann Totenstille. Eben noch kaum zu ertragende Knallerei, jetzt, zumindest in diesem Augenblick, eine Stille, in der nicht mal Atemgeräusche zu hören waren. Feiner, metallisch riechender Rauch schwebte durch den Flur, außerdem roch es irgendwie angebrannt, auf dem Fußboden lagen drei tote Männer mit hässlichen Löchern zwischen den Augen und sonstwo.

Was Doris, Fred, den distinguierten Geschäftsmann und mich betraf: Wir waren vor Entsetzen erstarrt. Ich hätte mich gern erbrochen, um dadurch die Übelkeit loszuwerden. War ich etwa der einzige mit dem Bedürfnis, sich zu erbrechen? Von Doris wusste ich, dass sie einen robusten Magen besaß. Und Fred? Der saugte nur hektisch an seiner Zigarette. Die Araber wirkten eher ungerührt, fingen auch kurz darauf in ihrer Sprache aufeinander einzureden und kommentierten offenbar wie auf dem Schießstand ihre Treffer.

Gemessenen Schritts trat der Sekretär aus dem Wohnzimmer. Ausdrucksloses Gesicht, keine Spur von Aufregung, jede Bewegung unter Kontrolle. Er checkte die Situation mit einem Blick. Widerwillig bewunderte ich ihn. Er nahm, mit einem Taschentuch in der Hand, Doris die Uzi ab, wischte daran herum und drückte sie in Rudis Hände, zog den anderen Toten die Pistolen aus den Halftern und drapierte sie gekonnt in deren Händen. Zu dem Geschäftsmann sagte er auf Englisch, obwohl seine Deutschkenntnisse exzellent waren: »Unfortunately you are a witness, I must kill you. I'm really sorry for that, because I like you, but you know, we all have to do our duty.«

»Wie bitte?« Der Geschäftsmann, der sich gerade das Hemd in die Hose steckte, wurde aschfahl bis grün im Gesicht.

»Hey, hey!«, protestierte Doris empört – dann lachten alle Araber ausgiebig, und Herr Rahman sagte mit spitzbübischem Lächeln: »That was a joke.«

Sehr komisch. Wir Deutschen, die im Ausland bekanntermaßen nicht unbedingt mit Humor in Verbindung gebracht werden, machten unserem Ruf auch in diesem Fall alle Ehre, da wir durch die Bank momentan nicht den geringsten Anflug von Heiterkeit verspürten.

Wie zu erwarten war, rumorte es nun im Treppenhaus. Füße trappelten auf den Stufen, Stimmengewirr näherte sich und wurde lauter. Die Nachbarn hatten sich aus ihren Wohnungen getraut, und gleich würden ihre Gesichter vor der offenen Tür erscheinen, ihre Blicke auf die Toten fallen.

Jetzt kam der Geschäftsmann, vom Sklaven zum Rechtsanwalt, als der er sich zu erkennen gab, gewandelt, sehr kühl, sehr überlegt und zielgerichtet in Fahrt. Er hatte – oh Wunder – innerhalb eines Augenblicks einen Plan entworfen, den er uns knapp und klar, ohne auch nur ein einziges überflüssiges Wort einzuflechten, erläuterte: Er sei in die Wohnung bestellt worden, um mit Doris über die offizielle Anmeldung des Domina-Studios als Gewerberaum zu reden, und nun, nach dem Überfall der Verbrecher, die offenbar Schutzgeld hatten einfordern ... oder besser: den Fürstensohn hatten entführen wollen, vertrete er die hier Wohnenden als Anwalt.

Das klang plausibel.

Herr Rahman bat seinen Herrn, sich anzukleiden, denn obwohl er mit der geballten Unterstützung der Botschaft des Emirats rechnen könne, sei es nicht ratsam, halbnackt der Polizei gegenüberzutreten. Ich nickte zustimmend, wurde aber nicht beachtet, und es war mir auch scheißegal.

Kaum war Abdullah im Elvis-Zimmer verschwunden, tauchte die Vorhut der Nachbarn auf, die Mutigsten also. Sie warfen Blicke in den Flur und zwangsläufig auf die Leichen, prallten verständlicherweise erst mal zurück, stießen die in solchen

Fällen üblichen Entsetzens- und Abscheu-Laute aus, und kaum hatten sie kapiert, dass keiner der Anwesenden die Absicht hegte, auch sie zu erschießen, fingen sie an zu zetern – aus Respekt vor den Orientalen zwar in erträglicher Lautstärke, mit verhaltener Gestik und ohne den Einsatz von Kraftausdrücken, aber jetzt sprudelten die wochenlang zurückgehaltenen, durchweg negativen Ansichten über das Treiben in unserer Wohnung ungehemmt, teils roh und ungeschliffen, teils rhetorisch raffiniert, als ginge es um einen Beschimpfungs-Wettbewerb, aus ihren Mäulern. Sie hätten die ganze Zeit mit dem Schlimmsten gerechnet, behaupteten sie, aber dies habe ja ihre schrecklichsten Vorstellungen weit, weit übertroffen, man hätte diese Lasterhöhle gleich zu Anfang mit eisernem Besen auskehren müssen, nun sei es zu spät, und ab morgen werde dieses Haus in der ganzen Wetterau als das *Verbrecherhaus in der Friedberger Ludwigstraße* verschrieen sein. Deutschland sei vermutlich sowieso dem Untergang geweiht, und Schuld daran seien die Umstürzler von 1968, jawohl, und der Sittenverfall werde zudem noch beschleunigt durch die sprunghaft ansteigende Zahl der Ausländer, ja man habe allmählich den Eindruck, dass Deutschland, also das deutsche Volk, der deutsche Geist, dem Untergang geweiht sei. Weitere Köpfe reckten sich in den Flur, und auf den Gesichtern breitete sich sofort ein Ausdruck – ungelogen! – wohligen Gruselns aus.

Blaulichtgeflacker und Sirenen aller Art. Die Ankunft der Polizei nahm ich mit Erleichterung zur Kenntnis, denn dadurch wurde das Stimmengewirr zwar nicht abgeschaltet, aber umgeleitet, die hasserfüllten Gesichter wandten sich von uns ab, den Bullen zu, die, wegen RAF, militanten Feministinnen, Atomkraft-Gegnern und Heroin-Schwemme und immer mehr Ausländern und all dem anderen Scheiß, bis an die Zähne bewaffnet die Treppe hochstürmten – und dann erst mal blass wurden, unangenehm berührt schluckten und hüstelten. So was in Friedberg! Drei Leichen, ein dicklicher Elvis-Imitator, dessen Hosenboden, warum auch immer, aufknöpfbar war, eine Frau in SS-Uniform, ein orientalischer Fürst, womöglich mit Diplomaten-Status, eine Folterkammer, eine Wasserpfeife, massenhaft schwerbewaffnete Araber mit feurigen Augen. Komplizierter Fall. Der leitende Kripo-Beamte nickte einsichtig, als ihn der Anwalt, Herr Tiefenthal, diskret auf eventuelle außenpolitische Verwicklungen aufmerksam machte, und dankte ihm ebenso diskret für den Hinweis. Aber Frau Hirsekorn müsse wegen des Tragens einer SS-Uniform angezeigt werden. Das sei bekanntlich verboten.

Der Anwalt konterte sofort und eiskalt, seine Stimme sägte dem Beamten rücksichtslos das Wort ab. In ihren Privaträumen könne Frau Hirsekorn jedes Kleidungsstück anziehen, das ihr gefalle, und sei es die von Heydrich persönlich getragene Uniform.

»Aber muss es denn unbedingt eine Nazi-Kluft sein?«, murmelte der Beamte verunsichert. »Wenn Sie mit der Dame was besprechen wollten, wäre doch normale Zivilkleidung ausreichend gewesen, und überhaupt, ich meine, gibt es hier in Friedberg tatsächlich Perverse, die auf so was abfahren? Die Domina-Sachen, ja, okay, ich bin ja nicht erst seit gestern bei der Kripo, aber Nazi-Klamotten-Fetischismus – also ich weiß nicht.«

Damit war er für Herrn Tiefenthal natürlich erledigt. Ich konnte sehen, wie es in dem Anwalt brodelte, und hoffte, die ungewollte Kränkung würde ihn nicht aus dem Konzept bringen. Der Freizeit-Sklave reagierte zu meiner Zufriedenheit weiter höchst professionell: »Ihre persönlichen Wertmaßstäbe sollten Sie während der Arbeitszeit lieber in Ihrem Spind lassen!«

So viele Menschen trieben sich indiskret schnüffelnd in unserer Wohnung herum. Ein Déjà vu, auf das ich gern verzichtet hätte, alles erinnerte mich an Bad Nauheim, nur dass es da ganz banal um den Höhepunkt einer Ehekrise gegangen war.

Spurensicherung, Journalisten, Abtransport der Leichen, erste Befragungen, Einsammeln aller Schusswaffen. Die Bodyguards machten Ärger, wollten sich nicht von ihren Pistolen trennen und rückten sie erst nach einem Machtwort ihres Herrn heraus, allerdings murrend, wenn nicht gar fluchend. Ich hätte zu gern die Bedeutung der offensichtlich von orientalischer Theatralik bestimmten und entsprechend verächtlich ausgespuckten Wörter erfahren.

Die Zimmer wurden durchsucht, wobei dem Domina-Studio nicht nur aus beruflichen Gründen die größte Aufmerksamkeit galt.

»Ich hab schon so was läuten hören«, sagte einer der Schnüffler. »Illegales Dienstleistungsgewerbe in der Ludwigstraße, Zweckentfremdung von Wohnraum.«

»Was reden Sie denn da?«, blaffte Doris ihn an. »Das ist mein Freizeitraum. Oder kennen Sie jemand, der mich für irgendwelche *Domina-Dienste* bezahlt hätte? Mein Freund...«, sie deutete auf mich und ließ mich erröten, »... und ich vergnügen uns auf dem Streckbett und am Flaschenzug, und manchmal ist auch Fred Fink dabei und assistiert mir. Allerdings hab ich mir in der Tat überlegt, das gewerblich zu betreiben. Deshalb ist Herr Tiefenthal ja hier«

Die Wasserpfeife war am Vormittag gründlich gereinigt worden, wie ich aufatmend feststellte. Sie stand dekorativ und vermeintlich unschuldig auf der Fensterbank.

Auf dem Revier folgte die Prozedur der Verhöre. Darin kannte ich mich ganz gut aus, und auch der Typ des bärbeißigen älteren Vernehmungsbeamten, dem ich gegenübersaß, war mir vertraut. Er rauchte einen süßlich riechenden Tabak aus einer Pfeife, die so abgegriffen aussah, als hätte sie ihm schon im Schützengraben vor Moskau Momente der Besinnlichkeit geschenkt. Aus seinem Misstrauen machte er kein Geheimnis. »Mein lieber Mann, Sie haben ja schon einige Jahre Knast hinter sich. Das klebt natürlich an einem. Und dass nach Ihrem letzten Gefängnisaufenthalt Ihr Arbeitgeber gleich seine Frau erschießt, kann man Ihnen wirklich nicht zur Last legen. Aber ein Bordell, Herr Lubkowitz! Jetzt mal ganz offen: Sind Sie der Zuhälter der beiden? Und die machen für Sie die Drecksarbeit?«

»Was heißt hier Drecksarbeit?« Meine Empörung war echt. »Berufsethos ist für uns kein leeres Wort. Außerdem hatten wir ja vor, unser Gewerbe anzumelden, weswegen der Anwalt bei uns war – und ich bin kein Zuhälter, sondern der Koch, Kellner, Chauffeur und Vorleser dieser beiden hart arbeitenden Menschen.«

Der Bulle räumte ein, dass Herrn Tiefenthals Ruf als Familienvater wie als Anwalt makellos sei, aber dann winkte er ungeduldig ab. »Interessiert mich alles nicht, ist nicht meine Baustelle, das hier ist die Mordkommission, und ich will von Ihnen wissen, was genau abgelaufen ist. Denken Sie im Ernst, ich glaube, dass die Araber zufällig anwesend waren, als die Herren aus München – übrigens alle drei als Gewaltverbrecher bekannt – in Ihre Wohnung eindrangen, hm, denken Sie das?«

»Hab ich das gesagt?« Ich wurde bockig.

»Nein, aber das denken Sie.«

»Wollen Sie mir etwa einreden, Sie könnten meine Gedanken lesen? Sie haben keine Ahnung von meinen Gedanken.«

»Scheiß auf Ihre Gedanken. Das interessiert mich nicht.«

»Warum unterstellen Sie mir dann irgendwelche wirren Gedanken?«

»Ich unterstelle Ihnen keine wirren Gedanken.«

»Tun Sie doch.«

»Tu ich nicht.«

»Doch, tun Sie.«

Er starrte mich stählern an, als wolle er seinen Blick durch meine Augen hindurch in mein Gehirn bohren, aber ich ließ mich auf dieses Spielchen nicht ein und schaute zur Decke, die gar nicht mal uninteressant war, da der Tabakrauch im Laufe der Jahre ockerfarbene Muster darauf hinterlassen hatte, die mir wie Blumen auf einem Gemälde vorkamen.

Als er wieder sprach, dominierte ein bemüht neutraler Ton seine Stimme. »Herr Lubkowitz, jetzt mal im Ernst. Drei Schwerverbrecher aus München kommen, warum auch immer, nach Friedberg und hören zufällig, von wem auch immer, dass der Sohn eines stinkreichen Scheichs zu einer bestimmten Uhrzeit in der Wohnung des Alfred Fink sein wird. Sie gehen dahin in der Absicht, ihn zu entführen, rechnen, obwohl seit Jahren Berufsverbrecher, keineswegs mit der Anwesenheit irgendwelcher Leibwächter, treten die Tür ein, ziehen ihre Waffen und werden, ohne selbst einen Schuss abzugeben, durchsiebt. Halten

Sie das für realistisch?« Fragender Blick mit leicht spöttischem Hintergrund.

Ich verkniff mir einen ebenso spöttischen Ausdruck, zuckte nur die Achseln und sagte, inzwischen auf einer deutlich niedrigeren Erregungsstufe angelangt: »Realistisch ist das, was tatsächlich passiert. Oder glauben Sie, ich hätte es für möglich gehalten, dass ich meine erste Arbeitsstelle in Freiheit nach kurzer Zeit verlieren würde, weil mein Chef das Gesicht seiner Frau zersiebt? Und würde ich Ihnen erzählen, warum ich die zweite Arbeitsstelle verloren hab, würden Sie mir das garantiert nicht glauben, obwohl man sich so was überhaupt nicht ausdenken kann, weil es vollkommen krank ist. Nein, also, tut mir leid, ich hab die Typen noch nie zuvor gesehen, und was sich in deren Köpfen abgespielt hat – keine Ahnung. Ich kann nur wiederholen, dass ich mit den Begleitern des Fürstensohns im Wohnzimmer saß und mit ihnen Kaffee trank und Kekse knabberte, als plötzlich die Wohnungstür krachend aufflog, worauf die dunkelhäutigen Herren in den dunklen Anzügen sofort mit gezogenen Pistolen in den Flur sprangen. Dann wurde geschossen, es knallte fürchterlich ...«

»Wie oft knallte es?«

»Kann ich nicht genau sagen, vielleicht zehnmal? Auf jeden Fall war alles nach, was weiß ich, etwa zehn oder auch zwanzig Sekunden vorbei, ich streckte den Kopf in den Flur und sah drei Tote.«

»Woher wussten Sie, dass die tot waren? Sind Sie darin Experte?«

Solche scheinbar cleveren Zwischenfragen hatten mich schon immer angeödet. Ich zog ein entsprechendes Gesicht und sagte aufreizend blasiert: »Ich bin darin kein Experte, aber wenn ich jemanden auf dem Boden liegen sehe, der ausdruckslos ins Nichts starrt, nicht mehr atmet, aus mehreren Wunden blutet und außerdem ein Loch mitten in der Stirn hat, erlaube ich mir davon auszugehen, dass er von uns gegangen ist – wohin auch immer.«

Bevor der Bulle etwas sagen konnte, sprach ich weiter, er hörte auch geduldig zu, vielleicht weil ihn die Erfahrung gelehrt hatte, dass Plaudertaschen unbewusst und oft zwangsläufig zu Wegweisern werden. Außerdem war er sowieso nicht der Rottweiler-Typ. »Also ich würde sagen, die Jungs aus dem Morgenland haben ihren Job verdammt gut gemacht und Ihnen eine Menge Kopfzerbrechen erspart, weil die Entführung eines arabischen Fürstensohns nicht gerade das ist, was die Polizei in Friedberg, die Kurverwaltung in Bad Nauheim, das BKA und die Politiker in Bonn zur Zeit ersehnen. Riecht nach Terrorismus, nach Nahost-Konflikt, nach zunehmender Bandenkriminalität, dann kommt noch unsere Abhängigkeit vom Erdöl ins Spiel, also bloß keine Differenzen mit den Emiraten, und die in Bad Nauheim so heiß begehrten arabischen Kurgäste sollen ja keinesfalls abgeschreckt werden.«

Listiger und, wenn ich mich nicht täuschte, anerkennender Blick über die aufgeräumte Schreibtischplatte hinweg. »Na, Sie hören sich ja fast wie Politiker an. Hätte ich Ihnen gar nicht zugetraut. Ist auch alles eine Überlegung wert. Aber es ist äußerst ungewöhnlich, dass jemand, der vor kurzem Zeuge eines Gemetzels war, so emotionslos über die eventuellen außenpolitischen Turbulenzen eines von der Friedberger Polizei ein wenig unsensibel bearbeiteten Zwischenfalls in einem hiesigen Bordell referiert.«

Ich winkte theatralisch ab. »Wie Sie wissen, hab ich vor einigen Wochen das zerschossene Gesicht meiner damaligen Chefin gesehen. Ein Anblick, der mir heute noch Alpträume bereitet. Und dann kommen drei Gangster daher, die mich und meine Freunde ermorden wollen ...«

»Wie kommen Sie darauf?«

»Weil sie nicht maskiert waren. Oder glauben Sie, die hätten uns auch entführt?«

»Und die Leibwächter?«

»Sie haben wohl tatsächlich nicht mit Bodyguards gerechnet – oder zumindest nicht mit so qualifizierten Bodyguards.«

Ich konnte buchstäblich sehen, wie angestrengt der Beamte überlegte, wie er die Fakten hin- und herschob, miteinander verknüpfte und den möglichen Tathergang den politischen Dimensionen anzupassen versuchte, während er seine Pfeife mächtig qualmen ließ. Es kam mir vor, als stünde auf seiner Stirn geschrieben ›Hier wird nachgedacht!‹

»Hm, hm, ja«, murmelte er schließlich gedehnt, »sieht wohl im Moment nach einer Notwehrsituation aus. Ob die arabischen Leibwächter befugt sind, in der Bundesrepublik Pistolen zu tragen, muss ich noch klären. Auf jeden Fall ist das jetzt schon eine politische Angelegenheit. Der Vater dieses Abdullah ibn Dingsbums ist bestens vernetzt mit allen wichtigen Personen des Emirats, und weil die Industrieländer ja bekanntlich vom Öl abhängig sind, wird der braune Scheißer vermutlich in den nächsten Tagen unbehelligt ausreisen können. Und mit ihm sein ganzes Gesocks.« Er hob den verwitterten Kriminalbeamtenkopf, um mich von einer leicht erhöhten Position aus anzustarren, quasi aufzubohren. »Aber ich werde an der Sache dranbleiben; still und emsig wie ein Borkenkäfer werde ich meine Gänge graben.«

»Eine schöne Metapher«, sagte ich ergriffen, während mir einfiel, dass auch Herr Schmehle von Borkenkäfern geredet hatte. Überdies schätzte ich mittlerweile die Aussicht auf einen baldigen Drink als realistisch ein.

Abermals flog ein listiger Blick über den Schreibtisch. »Noch eine Frage, Herr Lubkowitz: Wenn Sie alle so harmlos sind und lediglich illegale sexuelle Dienstleistungen anbieten – was hat dann eine Beretta, Kaliber 7,65, in der Eichenkommode verloren?«

Mein Magen krampfte sich zusammen, als hätte ich Essig gesoffen, die Mundhöhle trocknete schlagartig aus. Verdammte Scheiße, total vergessen. Jetzt hieß es improvisieren. »Davon weiß ich nichts. In dieser Kommode liegt doch nur Zeug der verstorbenen Frau Fink – gruselige Büstenhalter und so'n Kram. Dann wird das ihre Kanone gewesen sein.«

»Das ist doch Quatsch!« Vehement wedelte mein Gegenüber mit der Hand. »Frau Fink hat sonntags in der Heilig-Geist-Kirche immer am lautesten gesungen, sie war so fromm, dass einem schlecht werden konnte. Was sollte die denn wohl mit einer Schusswaffe wollen?«

Ich verzog den Mund und gab mich locker. »Da bin ich überfragt. Aber ich kann Ihnen sagen, dass Fred Fink mir einiges über die Abgründe in seiner Mutter erzählt hat – Gewaltphantasien, Verfolgungswahn, solche Sachen.«

Locker fühlte ich mich ganz und gar nicht, denn ich hatte keinen Schimmer von dem, was meinen Freunden auf die Schnelle zur Beretta eingefallen war. Ich wäre, wie so oft, gern locker gewesen, hatte ja stets, wenn auch widerstrebend, die wirklich harten Typen bewundert, die in brenzligen Situationen den Überblick behielten, so was wie Panik wahrscheinlich noch nicht mal als Kinder gespürt hatten und wie Felsbrocken auf Vernehmungsstühlen saßen und derlei Verhöre nahezu gelangweilt über sich ergehen ließen. Nein, so einer war ich leider nicht und würde es wohl auch nie werden.

Die Nacht war längst gewichen, als wir alle endlich gehen durften. Wir fühlten uns ausgelaugt, aber ziemlich befreit. Wenn man drei Leichen und 'ne Menge Blut in seiner Wohnung hat, rechnet man instinktiv mit einem längeren Verweilen in der Obhut der Bullen, des Staatsanwalts, sogar mit Untersuchungshaft. Und nun auf einmal frei, nach einer Nacht voller Zweifel und Befürchtungen, im Licht der hinter den Dächern aufsteigenden Sonne, bereit, den neuen Tag zu feiern, vor allem weil wir feststellten, dass Freds und Doris' Erklärungen zur Beretta nicht im Widerspruch zu meiner Aussage standen. Sie hatten beide instinktiv und glaubhaft angewidert behauptet, nie in der Grusel-Kommode gestöbert zu haben.

»Wo sollen wir denn nun hin?«, fragte Fred nach dem kurzen Moment der Wiedersehensfreude ratlos und ernüchtert. »Unsere Wohnung ist ja noch nicht freigegeben worden. Tatort. Das kann sich ewig hinziehen.«

»You come to my house«, entschied Abdullah, der offensichtlich bester Laune war. Seine Bodyguards – man sah es ihnen an – fühlten sich ohne ihre Waffen unvollständig, als habe man sie eines Körperteils beraubt, freuten sich jedoch über die versprochene Belohnung für die Präzisionsarbeit.

Abdullah sagte schmunzelnd: »I bet, they can't sleep without their guns.«

Höfliches Lachen rundum.

Er residierte in einer Villa in Bad Nauheim, schön gelegen, am Waldrand, von Singvögeln aller Art umzwitschert, mit allen Schikanen ausgestattet. Ich fragte Abdullah, was er pro Tag für die Hütte abdrücken müsse und erbleichte, als ich die Summe hörte. Aber das Vogelgezwitscher sei gratis, fügte er listig grinsend hinzu, als hätte er diese Zugabe dem Vermieter, orientalisch-gewieft, in zäher Verhandlung aus dem Kreuz geleiert. »In my country«, sagte er, »are not so many different birds in one place. We use to shoot them when we are bored or sad – and even when we are happy.«

»Indeed? Everybody in your country kills birds just for fun?«

Er zuckte die Achseln und grinste. »I don't know what other people do – and I don't care. I'm just talking about my nasty habits, and I killed almost every bird in my garden. And I tell you man, my garden is as big as the *Kurpark* of Bad Nauheim.«

Diese Auskunft schockierte mich schon wegen der Schießerei, deren Zeuge ich ja leider gewesen war, ich sah plötzlich einen mit toten Vögeln übersäten Schlosspark vor mir, zwang mich jedoch zu einem Grinsen, das, wie ich hoffte, einigermaßen positiv aufgefasst werden konnte, zumindest mit etwas gutem Willen. Und daran mangelte es heute bei Abdullah wirklich nicht. Die Männer und Frauen des Personals stammten aus Indien und Pakistan, wurden vom Sekretär sogleich – und zu meiner Verärgerung schroff – mit Befehlen überhäuft.

Dann wurde ein wahrhaft fürstliches Frühstück aufgetischt; meine Augen sowie die Nase und die sofort aktivierten Geschmacksnerven schickten ihre Eindrücke umgehend ins Gehirn, entfachten dort das angenehme Gefühl der Vorfreude, was die Speichelproduktion anregte – na gut, aber dadurch verdrängte ich meinen Groll gegen die unzeitgemäßen Ansichten des Gastgebers, der nie aus der Kindheitsphase herausgekommen war, oh ja, verdammt, ich war bestechlich, hätte mich zu gern im Stillen mit mir auseinandergesetzt, aber schon saß ich am Tisch, häufte Kaviar, geräucherte Forellenfilets, Lammwürstchen, Datteln, geschmorte Hammelhoden, Hühnerbrust und Rührei auf meinen Teller, trank abwechselnd Kaffee und Orangensaft und fühlte mich erstaunlich wohl. Doris sprach wenig, was unter anderem daran lag, dass ihre Anwesenheit die Araber ein wenig irritierte, obwohl man ihr gegenüber äußerste Höflichkeit walten ließ.

Der Hausherr allerdings sprühte vor Begeisterung. Er krähte aufgekratzt, die letzte Nacht habe er sehr genossen, das sei ein herrliches Abenteuer gewesen, eine brillante Story, die in allen Zeitungen seines Landes auf der ersten Seite landen werde. Er sei nun ein Held, und sein Vater hätte allen Grund, stolz auf ihn zu sein. Sein Gesicht strahlte, er lachte laut, und wir, seine Gäste, lachten aus Höflichkeit mit, und dabei sah ich wieder die Toten vor mir und fragte mich, wieso Abdullah, der lediglich halbnackt dabeigestanden und den Schießbefehl erteilt hatte, sich als Held sah.

Aber war mir eigentlich schnuppe. Mit dem Ergebnis konnten wir, so glaubte ich, ganz gut leben: Die Angst vor Rudi hatte sich buchstäblich in Rauch aufgelöst, auch wenn der stark nach Kordit gerochen hatte. Selbst vor den Bullen waren wir vorerst sicher, Herr Rahman hatte Fred vorhin 10 000 Mark zugesteckt, ein fettes Päckchen Banknoten, liebevoll mit Seidenpapier umhüllt und mit Seidenband und einer Schleife verschnürt.

Auf der anderen Seite sah die Zukunft erneut düster aus, der Blick nach vorn endete wieder einmal vor einer grauen Nebelwand. Nichts Neues für mich,

schon klar, meine alte, mir bestens vertraute Beglei-
terin, die Trübseligkeit, hatte mich wiedergefunden,
obwohl ich ohne sie ganz gut klargekommen war.
Wir hatten ein eigenes Geschäft gehabt, mein Gott,
unsere Träume waren in Erfüllung gegangen, harte
Arbeit, ja, aber gut bezahlt und zudem alles andere als
eintönig – und nun vorbei. Fred würde die Wohnung
verlieren, wenn auch nicht sofort. Mindestens sechs
Monate Kündigungsfrist. Dann war da noch Horsti.
Der Schmierlappen wusste zu viel, würde sich aber
vermutlich hüten, sein Wissen herauszuposaunen,
würde sich erst mal drüber freuen, den Knochenbrecher nicht begleitet zu haben. Doch wenn die Bullen
ihn zum Schwitzen brächten, oder überhaupt, grundsätzlich, mal angenommen, er sähe für sich im Petzen
einen Vorteil – was dann?
   Scheißgefühl, von nun an täglich unsere Aufmerksamkeit dem Waffenhändler widmen zu müssen. Am
Rande meines Bewusstseins flackerte kurz und gemein der Gedanke an Horstis Beseitigung auf.

Drei Tage später, am 1. November, reiste Abdullah
ab – zum Teil widerstrebend, aber dem Vater gehorchend, zum Teil begierig die Bewunderung seiner
Landsleute erwartend. Rührende Abschiedsszene,
selbst Herr Rahman und die Bodyguards hatten
feuchte Augen. Wir drei winkten erst dem Konvoi
hinterher, dann der Villa zu, die wir nun verlassen
mussten und die jetzt, nach unserem Auszug und von
außen betrachtet, protzig wirkte, kalt und abweisend,
als wüsste sie, dass solche wie wir nur durch Zufall
und dank der Launen schwerreicher Spinner über
ihre Schwelle stolpern.
   Immerhin war die Wohnung freigegeben worden. Das Blut hatte, wie erwartet, keiner aufge-

wischt. Kein schöner Anblick. Doch das war nicht das Schlimmste. Von nun an strich ständig ein Hauch von Kälte durch die Räume, obwohl die Heizkörper tadellos funktionierten, ein gespenstischer Luftzug, rational nicht erklärbar, ließ uns frösteln und verstärkte die Ratlosigkeit. Das Domina-Studio, vor Tagen noch ein Tempel der Lust, wirkte nun, seiner Funktion beraubt, nur noch grotesk, nicht einmal obszön oder abgründig, nein, einfach nur trist.

Draußen war es noch ungemütlicher. Typisch Herbst, typisch November: grau, feucht, kalt, das nasse Laub, vermischt mit Hundescheiße, klebte an den Sohlen, wurde in die Wohnung getragen, vereinigte sich dort mit dem Blues und wirkte somit nicht mal wie etwas, das besser draußen bleiben sollte.

Zur Zeit keine Elvis-Songs. Nicht, dass wir Fred die Daumenschrauben angelegt, ihm Liebesentzug oder so was angedroht hätten, ach, keineswegs, er war selbst der Meinung, dass es momentan keine Alternative zu Doris' Blues-Platten gäbe. Traurige Songs von John Lee Hooker, Jimmy Witherspoon, aber auch von Led Zeppelin und Van Morrison, schwebten düster durch die Wohnung, ihr Echo troff wie Kleister von den Wänden. *TB Sheets* von Van Morrison etwa kroch in mich hinein wie ein Parasit, der mich langsam von innen auffraß.

Dennoch war gegen diese Stimmungsverstärker, vom ästhetischen Standpunkt betrachtet, nichts einzuwenden, da sie sich mühelos mit den anderen Faktoren – dem erhöhten Haschisch- und Whiskey-Verbrauch, dem Scheißwetter, der trüben Stimmung und unserer Ratlosigkeit – vereinten.

In den Kneipen galten wir, wie erwartet, als Attraktion. Kaum einer der hiesigen Unterweltler konnte sich rühmen, jemals etwas Ähnliches erlebt zu haben. Heini Schmuck war die Ausnahme. Er hatte achtzig Lenze auf dem Buckel, von denen er dreißig im Knast verbrachte, und erzählte seit Jahren von den Bandenkriegen im Frankfurt der 20er Jahre. Seinen Ruf als ernstzunehmender Zeitzeuge hatte er allerdings längst verspielt, da er seine Geschichten jedesmal anders erzählte und sogar schon behauptet hatte, Al Capone persönlich wäre 1929 bei ihm aufgetaucht und hätte ihm angeboten, einen üblen Bezirk in Chicago zu übernehmen, um »den Saustall auszumisten«.

Horsti verwandelte sich in unserer Anwesenheit, ein Lächeln andeutend, zu einem Schatten im Hintergrund. Geradezu elegant verschmolz er bei unserer Ankunft mit der Wand und den um ihn Herumstehenden. Nicht aus Furcht – nur taktisch geschickt und sehr glatt. Von Angst oder gar Reue keine Spur. Er war, wie ich vermutet hatte, trotz seines schmierigen Aussehens und Gehabes ein knallharter Typ, auf rührende Weise heimatverbunden, Anhänger des VfB Friedberg, sentimental wenn's angebracht war, gab zu später Stunde und nach einem guten Geschäft auch mal 'ne Lokalrunde aus, aber im Grunde schien er von Menschen nicht viel zu halten. Einmal näherte er sich schattenhaft unserem Tisch, raunte nur kurz zwischen uns hindurch, von seiner Seite drohe uns keine Gefahr, er habe den Kollegen Rudi nur pflichtgemäß informiert, damit sei die Sache für ihn erledigt gewesen, und er hoffe, das werde von uns genauso sachlich gesehen.

»Wir müssen den Sack beseitigen«, murmelte ich, von der Monstrosität dieser Überlegung geschüttelt – und in diesem bedeutungsschweren Augenblick sang ausgerechnet Peter Kraus, der Rock'n'Roller für Unbedarfte, sein grauenhaftes *Sugar Baby* und nahm somit brutal meinem bedeutungsschweren Satz seine Größe.

Doris antwortete sofort in einem Ton, dessen Schroffheit, wie ich hoffte, für Peter Kraus bestimmt war, aber mich voll traf. Das sei der größte Schwachsinn, den sie in den letzten Jahren vernommen habe, sagte sie, und es bereite ihr körperliche Schmerzen, solchen Blödsinn aus dem Mund ihres Freundes hören zu müssen.

Als hätte Doris einen Stopfen gezogen, schäumte Wut in mir hoch. Giftige Blicke abschießend, zischte ich sie an: »Das Haschischrauchen scheint deinem Hirn nicht zu bekommen, verdammt noch mal. So lange dieser schmierige Waffenhändler in der Lage ist, uns zu schaden, werden wir keine ruhige Minute haben. Kapierst du das nicht? Ein Typ wie der versucht aus allem was rauszuschlagen.«

Fred beugte sich über die Tischplatte und verspritzte wieder einmal Speichel, als er mir aufgeregt beipflichtete. Das sei gar nicht abwegig, denn die Polizei wisse ja, dass der mehrfach vorbestrafte Horsti mit Waffen zu tun habe, und herauszufinden, dass er mit dem polizeibekannten Waffenhändler Rudi am Vorabend des Gemetzels durch die Kneipen gezogen sei, dürfe selbst der Friedberger Kripo nicht schwerfallen, zumal vermutlich auch das LKA in den Fall eingestiegen sei.

Der gute Fred, der sich zwar schon seit Jahrzehnten in den berüchtigten Kneipen betrank, aber früher meist belächelt oder gönnerhaft getätschelt worden war, fühlte sich mittlerweile mit anderen Augen betrachtet – Geschäftsmann, drei tote Berufsverbrecher in der Wohnung, fette Schlagzeilen in der Lokalpresse, und einige machten sich jetzt Gedanken über ihn, er nahm einen größeren Raum in ihren Köpfen ein. Das hatte sein Selbstwertgefühl um mehrere Drehungen nach oben geschraubt; geradezu lustvoll suhlte er sich an Kneipentischen und -tresen in seiner neuen Rolle – obwohl das mit dem Geschäftsmann ja wieder gestrichen worden war.

Das gewachsene Selbstvertrauen befeuerte jedoch in ihm die Hybris, die in dem Blutbad keineswegs ertrunken war. Im Gegenteil: Weil er keine traumatischen Folgen feststellte und weiterhin nachts problemlos schlafen konnte, hielt er sich nun fatalerweise für 'ne richtig harte Sau.

»Ich könnte euch beide ohrfeigen«, grummelte Doris. »Wollt ihr ihm nachts in einer dunklen Straße ein Küchenmesser in den Rücken rammen?«

»Er hat sein Auto, einen Range Rover, immer in der Nähe geparkt«, wusste Fred. »Meistens bei der Liebfrauenkirche. Wir könnten zum Beispiel die Bremsschläuche durchschneiden.«

Nun musste Doris doch grinsen. Natürlich herablassend. Was sein Selbstbewusstsein, wie von ihr erwartet, umgehend eine Stufe runterschraubte. »Du legst dich also mitten in der Stadt unter sein Auto, versuchst, die Bremsschläuche zu ertasten, und falls du sie wider Erwarten finden solltest, schneidest du sie durch, und Horsti baut dann in der Stadt einen vermutlich harmlosen Unfall. Aha, sagt sich dann selbst der dümmste Bulle, durchgeschnittene Bremsschläuche, also Attentat, riecht verdammt streng nach einer Verbindung zum Knochenbrecher. Sehr clever, Freddy.«

Doch der hatte sich schon wieder gefangen und sich offenbar entschlossen, den Sarkasmus zu ignorieren, da er, ungewohnt kreativ, bereits einen anderen Plan hervorzauberte: »Er wohnt in Bauernheim – vielleicht wisst ihr ... –, ein Kaff in der Nähe, etwa vier Kilometer entfernt. Wenn er, wie üblich, nachts um eins nach Hause fährt, könnten wir ihn mit einem Laster, den wir zuvor klauen müssten, einfach rammen.«

Auflachend drehte Doris den Kopf zur Seite. Dabei geriet Horsti in ihr Blickfeld. Der Ölige stand, gekonnt mit den anderen Gästen verschmelzend, am Ende des Tresens, mit einem Bierglas in der Hand, uns scheinbar gelangweilt beobachtend und Doris ein maliziöses Lächeln schenkend.

Ihr Lachen brach ab. Sie beugte sich vor. »Woher willst du den Laster nehmen?«, fragte sie mit einer Stimme, die genervt klingen sollte, aber schon erkennen ließ, dass ihre Abwehr bröckelte. »Der Stinker beobachtet uns«, schob sie nuschelnd hinterher.

»Ist doch klar«, sagte ich, den Abgebrühten in mir von der Leine lassend. »Der Wichser wird uns immer im Fadenkreuz haben.« Ich gab mir einen Ruck. »Den Laster klaue ich. Ich hab schon LKWs und sogar Planierraupen gefahren. Kein Problem, sind alle leicht zu knacken. Mit so 'nem richtig fetten Panzer machen wir ihn platt.« Mein aufblühender Enthusiasmus schien Fred zu verzaubern. Er lächelte versonnen. Selbst Doris zeigte sich interessiert. Zwar fand sie die Idee »ziemlich plump«, schien sich aber grundsätzlich mit dem Gedanken angefreundet zu haben. »Beim Anblick dieses Drecksacks stellen sich meine Nackenhaare auf«, murmelte sie, verschwörerisch den Kopf vorbeugend. Ein Zeichen ihrer Zustimmung? Fred und ich sahen es so, unsere Blicke trafen sich für eine Sekunde und sagten ›alles klar‹.

»Ich hab schon lange keinen Laster mehr gefahren«, fieberte ich vor mich hin. »Es muss ein richtig fetter Kasten sein, damit ich nichts abkriege.«

Die Blumenfrau watschelte schnaufend heran, ließ sich ächzend an unserem Tisch nieder und zog schniefend den Rotz hoch. Heute schien ihr Buckel ausgeprägter als sonst zu sein. Faltiges, von Entbehrung und Auswegslosigkeit erzählendes Gesicht, liebe Augen, die nicht viel gelesen, aber die dunklen Seiten des Lebens und der Menschen gesehen hatten. Käthe spürte instinktiv, wer in ihrem schlichten Wertesystem zu den Guten und wer zu den Bösen zählte. Wir drei gehörten, schon weil Fred ihr immer den Rest der Blumen abkaufte und Doris ihr häufig ein Bier spendierte, zu den Guten. Natürlich kauften ihr auch die Bösen öfter mal Rosen ab oder ließen ihr ein Bier hinstellen, doch stets mit einer Geste der Herablassung, immer lautstark verkündet, mit einem Scherz auf ihre Kosten garniert. Käthe hatte früh gelernt sich dümmer zu stellen, als sie wirklich war, hatte es irgendwann hingenommen, dass Narren ihren Buckel streichelten, weil das Glück bringen solle; sie lebte mit ihren drei Katzen in einem winzigen Verschlag, ihre Träume waren schon immer bescheiden gewesen. Aber sie besaß ein überaus leistungsfähiges Gehör, fing selbst Gemurmeltes auf, merkte sich wichtige Gesprächsfetzen und reimte sich so mancherlei zusammen.

»Uh, das war ein Scheißabend«, stöhnte sie. Ich winkte dem Aushilfskellner Schorschi zu, der wie eine Flipperkugel zwischen den Tischreihen hindurch und an den herumstehenden Gästen vorbei an meine Seite schnellte, und bestellte bei ihm ein Bier und Würstchen mit Kartoffelsalat für Käthe, die mir dafür ihre rissigen Lippen auf die Wange drückte. »Passt auf«, raunte sie, nachdem Fred ihr den Rest der zügig welkenden Rosen abgekauft und an Schorschi weitergereicht hatte, der sie vermutlich im Abfalleimer beerdigen würde. »Passt gut auf, Kinder, der Horsti ...«, ein Schauer durchrieselte sie, »... hat Kontakte nach München geknüpft. Der Rudi war wohl nur ein kleines Rad in einem Getriebe, das von einem ganz großen Boss beherrscht wird. Ihr wisst, was ich damit sagen will?« Ihre Knopfaugen huschten hin und her und forderten ein Zeichen des Verstehens, das auch umgehend folgte. Sie ließ ihren Blick über unsere vom Schock gezeichneten Gesichter wandern und fuhr fort: »Es darf nicht sein, dass Friedberg zum Tummelplatz für Schwerverbrecher wird.«

Das Bier, die Würstchen, der Kartoffelsalat. Sie schwieg, bis Schorschi wie immer flott, fast hektisch zurück zur Theke flitzte. Jetzt war ihr Raunen noch leiser und zudem sehr undeutlich, verwaschen: »Min Hossi mu wa schen.«

»Wie bitte?« Aus drei Mündern unisono.

»Mit – dem – Hors – ti – muss – was – ge – sche – hen.«

Das war jetzt deutlich – und natürlich Wasser auf unsere Mühlen.

Am nächsten Abend, Fred und ich im Buick, wir fuhren langsam, betont entspannt, hatten eine Doris-Kassette eingelegt und uns auf eine längere Zeit des Suchens eingestellt. Gerade lief *Life's A Gas* von T. Rex, und wir sahen uns schmunzelnd an und riefen gleichzeitig: »Yeah, life's a gas!« und freuten uns über die Gleichzeitigkeit.

Wir mussten nicht lange suchen. Zur Zeit wurde das Gewerbegebiet am Südrand der Stadt erweitert. Mehrere Großbaustellen boten das übliche Bild: Plätze mit ordentlich gestapeltem und geschichtetem Baumaterial, halbfertige Gebäude, von Raupen und Reifen zerwühlte Erde, Bauwagen, transportable Toiletten, Kräne, Plakatwände, Bagger, Planierraupen, Lastwagen aller Art – und unter ihnen, gewaltig und scheinbar unzerstörbar, ein Faun-Muldenkipper. Die breite Vorderseite war mit einer eisernen Stoßstange bewehrt. Auch sonst viel Eisen, wenig Blech. In das Führerhaus gelangte man über eine eiserne Leiter. »Satte 400 PS«, krächzte ich heiser, von Ehrfurcht ergriffen. Der Koloss ließ sich mühelos knacken. Schon sprang der Motor an, ließ das Fahrzeug vibrieren, zu einem Metall-Tier werden, einem emotionslosen Arbeitselefanten, und bullerte einsatzbereit vor sich hin. Weil das Führerhaus – oder besser: die Führerkanzel – nur einer Person Platz gewährte, musste ich, zu Freds Enttäuschung, die Tat allein vollbringen. »Schade, dass hier kein Kassettenrekorder ist!«, rief ich nach unten. »Und blöd, dass du Handschuhe anhaben musst!«, rief er zu mir hoch, winkte noch mal lässig und stolzierte cool zu seinem Buick. Ich ließ mein gehorsames Tier den lächerlichen Drahtzaun niederwalzen, was mir sogar ein gewisses Vergnügen bereitete, dann lenkte ich den Panzer auf den Asphalt der Straße. Es schien ihm zu gefallen. Prima Aussicht von hier oben. Die entgegenkommenden Fahrzeuge wirkten so klein und ungeschützt.

Um ein Uhr, in Bauernheim, startete ich den Motor erneut. Wurde auch Zeit. Ich war erstens völlig durchgefroren und hatte zweitens gar nicht bedacht, wie zäh die Zeit vergeht, wenn man warten muss. Ganz gemächlich fuhr ich in Richtung Friedberg. Alle Bauernheimer schliefen – außer Horsti, der jetzt am Steuer seines Wagens sitzen musste. Die Landstraße lag einsam vor mir, Teile des Asphaltbands wurden vom Licht der Scheinwerfer aus der Dunkelheit gezerrt. Als der schwere Kipper über das Flüsschen Wetter rumpelte, näherte sich ein Fahrzeug. Fernlicht, grell, blendend, rücksichtslos. Typisch für das Arschloch, dachte ich empört, wohl wissend, dass die Empörung mir die Tat erleichtern würde, ja ich redete mir sogar ein, spätestens jetzt, wegen Fernlicht und so, zu Horstis Bestrafung berechtigt zu sein. Aber warum fuhr der Sack so verdammt langsam? Besoffen bis zur Halskrause, nahm ich an, und beschleunigte den Laster. Das Scheiß-Fernlicht behinderte meine Sicht ungemein, aber ich wollte den Unfall ja gar nicht vermeiden, es sollte ja krachen, und zwar ganz gewaltig.

Schon war der andere neben mir, ich riss das Steuer nach links, der Kipper traf das Ziel in Höhe der Vorderräder, ich riss das Steuer wieder herum, hatte den Aufprall kaum gespürt, aber in diesem Moment gesehen, dass der gerammte Wagen kein Range Rover war. Ich stoppte, reckte den Kopf nach draußen, sah, wie das Auto in den Graben schlitterte und dort ganz langsam auf die Seite kippte – ein 59er Mercedes 180, ein Oldtimer. Das ist jedenfalls nicht Horsti, stellte ich erschüttert fest, und wenn es Horsti gewesen wäre, verdammt noch mal, wäre ihm nicht mal was passiert – das ist nur ein besoffener Bauer aus Bauernheim, aber scheiß drauf, der hat die Strafe genauso verdient, der verdammte Hooligan mit seinem Scheiß-Fernlicht. In flottem Tempo näherte sich ein weiteres Fahrzeug. Ein Nachteil des riesigen Muldenkippers: Er reagierte verdammt träge. Dennoch erwischte ich den vorbeiziehenden Wagen am Heck. Ein dumpfer Knall. Das gerammte Fahrzeug drehte sich um 360 Grad, rutschte in den Graben und kam vor dem Oldtimer zum Stehen. Ein Opel Rekord. Abermals war ich schwer erschüttert. Ein weiteres unschuldiges Opfer. Schon dachte ich daran auszusteigen und nachzusehen, doch da krochen die beiden schon aus ihren Fahrzeugen, schwangen die Fäuste und brüllten Beleidigungen in meine Richtung. Sehen konnten sie mich nicht. So schnell es ging, entfernte ich mich vom Ort des Verbrechens und Versagens.

Kurz vor der Stadt warteten Fred und Doris im Buick auf mich. Doris rutschte in die Mitte, um mir Platz zu machen. Nachdem ich die Gummihandschuhe abgestreift und mir eine Lucky ins Gesicht gesteckt hatte, starrte ich düsteren Blicks aus dem Seitenfenster in die Dunkelheit. »Was ist los, warum bist du schon hier?«, fragte Doris vorsichtig. »Horsti ist doch noch gar nicht vorbeigekommen.«

»Ich hab statt dessen zwei andere Autos gerammt. Hat echt Spaß gemacht.« Das sagte ich natürlich in höhnischem Ton, wobei ich noch hoffte, nicht zu explodieren. Aber schon brüllte ich los: »Verfluchte Scheiße, ich glaub es nicht, dass ich mich an so einem idiotischen Plan beteiligt habe!«

»Da kommt Horsti!«, rief Fred aufgeregt – und schon brauste der Range Rover an uns vorbei.

»Und wir sitzen hier im beleuchteten Buick, hinter uns parkt ein gestohlener Muldenkipper!« Ich zappelte aufgewühlt, als würde ich von Stromschlägen gepeinigt, meine Stimme überschlug sich, alles an mir, das wusste ich, war außer Kontrolle. »Am Arsch, ey! Wie blöd wollen wir uns denn noch anstellen? Nun weiß Horsti, dass wir komplette Stümper sind. Ich bin der Amokfahrer. So wird es morgen, nein, übermorgen in den Zeitungen stehen: *Amokfahrer rammt mit gestohlenem Muldenkipper zwei Autos. Was steckt dahinter? Terrorismus?* Oh Mann, mir wird übel!«

»Wir müssen uns was anderes ausdenken«, murmelte Fred. »Wir müssen vor allem schnellstens von hier verschwinden«, fauchte Doris. »Welche Musik wollt ihr hören? Was wäre jetzt passend?« fragte Fred, während er den Zündschlüssel drehte. »Wehe, du spielst jetzt Musik«, knurrte ich. Es klang, wie ich hoffte, bedrohlich.

»Ich hab seine Adresse.« Mit wichtiger Miene betrat Fred die Wohnung. Der abgebrühte, gut vernetzte Unterweltler hatte wieder mal seine Kontakte aktiviert und war, wie's schien, erfolgreich gewesen. Selbstzufriedenes Grinsen. »Er bewohnt ein kleines 50er-Jahre-Haus. Die Straße heißt Hinter der Eller. Er lebt allein, hat sich vor einem Jahr von seiner Frau getrennt. Baufälliges Haus, Billigkonstruktion.«

»Na und?« Mürrisch sah ich ihn an. »Sollen wir die Bude etwa sprengen?«

»Nein, Quatsch, wir haben ja gar keinen Sprengstoff.« Ungehalten schüttelte Fred den Kopf. »Du klaust einen Laster, so'n richtig fettes Teil mit viel Eisen und so und fährst ihn rückwärts gegen die Hauswand. Dabei stürzt garantiert das ganze Gebäude ein. Ich war vorhin dort. Es gibt einen kleinen Vorgarten. Den überrollst du einfach. Sein Rover parkt an der Seite. In einem *car port*, wie die Amis sagen.«

Mein Gott, ich sah ihm an, dass er sich am liebsten selbst auf die Schulter geklopft hätte und nun darauf wartete, dass ich es tat. Aber trotz meiner Verstimmung ließ ich, die Augen zu Schlitzen verengend, intensiv an der Kippe saugend, den Vorschlag auf mich einwirken. Obwohl mir in all den Wochen keineswegs entgangen war, dass den Plänen des Elvis-Fans im allgemeinen der letzte Schliff fehlte, gab ich nach etwa drei Minuten – so lange musste es, schon um die Spannung zu erhöhen, dauern – und weil mir auch nichts besseres einfiel, mein Okay. »Aber Doris bleibt diesmal außen vor. Kein Wort zu ihr, verstehst du? Sie würde wieder den Wunsch verspüren, uns zu ohrfeigen oder in ihrer Folterkammer auf fiese Weise zu quälen.« Fred lachte verständig. Es gefiel ihm, mit seinem Freund ein Geheimnis zu teilen. Doris war nach Frankfurt gefahren, um Schallplatten zu kaufen. Sie würde erst gegen Abend zurück sein und dann den Zettel finden, die kurze, sachliche Mitteilung lesen: ›Werden voraussichtlich spät in der Nacht zurück sein, etwa um zwei. Alles wird gut. Deine Jungs.‹ »Wir brauchen was richtig Massives«, sagte ich, während wir durch ein anderes Gewerbegebiet fuhren und dabei aufmerksam die Umgebung nach Streifenwagen absuchten, obwohl wir davon ausgingen, dass die Bullen die Amokfahrt des Muldenkipperfahrers als Einzelfall bewerteten. Keine Musik. Ich hatte Fred erklärt, dass mich Musik bei solchen Aktionen irritieren würde.

Und schon wurden wir fündig. Neben einer Baustelle wartete ein schwerer MAN mit Betonmischer auf uns, den ich ruckzuck knackte und kurzschloss. »Also, bis später!«, rief ich meinem Komplizen zu, dann fuhr ich mit dem LKW auf die Autobahn und zur Raststätte Wetterau, trank dort Unmengen Kaffee, rauchte zu viele Zigaretten, las lustlos im SPIEGEL, aß eine kalte Frikadelle mit Kartoffelsalat, konnte mich aber auf nichts konzentrieren und hatte sowohl das Gelesene als auch das Verzehrte gleich wieder vergessen. Kaltes Licht, traurige Pflanzen in hässlichen Kübeln. Am Nebentisch unterhielten sich Fernfahrer lautstark über Politik und Nutten. Die Zeit verging so zäh, als wäre ihr Räderwerk beschädigt. Wenig los in der Raststätte. Ein paar müde Gesichter, über Kaffeetassen, Biergläser, Teller gebeugt, ins Nichts starrend, während hinter ihren Stirnen die gefahrene Strecke noch einmal vorbeirollte und der vor ihnen liegende Rest des Wegs zumindest in Gedanken tapfer bewältigt wurde. Zwei Tramps tranken Bier aus der Flasche und teilten sich den Erbseneintopf. Jetzt sehnte ich Musik – die richtige Musik, was denn sonst? – herbei, was Bittersüßes wie *Dirty Old Town*, egal ob von Esther Ofarim oder Rod Steward gesungen – das wäre der ideale Kokon für mich in dieser nüchternen Cafeteria. Zu Hause, beschloss ich, nach dem Zuhause fiebernd, werde ich die Doris-Kassette mit der Esther-Ofarim-Version einschieben. »... hear the sirens from the docks – a train sets the night on fire ...!«

Scheiß-Gummihandschuhe. Gegen Mitternacht kletterte ich ins Führerhaus. Kalter Sitzbezug aus Plastik, eisiges Metall. Die Abfahrt Ober-Mörlen, über Bad Nauheim nach Bauernheim. Ich parkte den MAN in der Hauptstraße, rauchte bei offenem Fenster eine Lucky und sagte mir dabei ständig – und kam mir dabei wie ein Idiot vor: »Kippe nicht in den Aschenbecher, sondern weit vom Fahrzeug wegschnipsen. Natürlich – das hatte ich vorausgeahnt – erschienen nach und nach auch solche nervenden Überlegungen, die sich mit meinem Geisteszustand befassten, mit der Frage, ob diese brachiale Art der Konfliktbewältigung tatsächlich die Ultima Ratio sei, ob es nicht doch einen besseren Weg aus der Scheiße gäbe, auf den wir nach gründlichem Nachdenken garantiert stoßen würden – na ja, lauter solche Sachen, alles sehr anstrengend, und vielleicht hätte ich sogar die eine oder andere Antwort gefunden, wenn nicht gerade der Rover im Außenspiegel erschienen wäre. Zügig fuhr Horsti an mir vorbei. Ich hatte mich kleingemacht, aber er hätte mich ohnehin nicht sehen können. Der MAN stand unverdächtig im Dunkeln. Zweihundert Meter vor mir betätigte Horsti vorschriftsmäßig, wenn auch zu dieser Tageszeit sinnlos, den linken Blinker und bog ab, war jetzt nur noch wenige Sekunden von seinem Haus entfernt.

Noch eine Zigarette. Kurzes inneres Referat über die Unerträglichkeit des Wartens in Situationen höchster Anspannung. Ich versuchte ohne Hoffnung auf Erfolg, und schon deshalb vergeblich, mir die Ruhe eines Sadhus anzueignen, schnipste schließlich die Kippe aus dem Fenster und fuhr los.

Die erste Straße links. 50er-Jahre-Einfamilienhäuser.

Da stand der Rover. Im *car port*. Ein Fenster des Hauses war erleuchtet.

Was macht er jetzt?, fragte ich mich. Sitzt er vielleicht auf dem Klo? Über der dampfenden Kacke? Berauscht nicht nur vom Alkohol, sondern zusätzlich vom Gestank seiner Scheiße? Das wäre zu schön.

Ich legte den Rückwärtsgang ein, trat aufs Gaspedal, der Motor brüllte, die mächtigen Reifen walzten den Gartenzaun nieder, durchpflügten das Blumenbeet, das eiserne Heck des Lasters und der Betonmischer rammten die Hauswand. Erster Gang, vorwärts, mit Vollgas erneut zurück und sofort wieder nach vorn, gerade noch rechtzeitig, denn die Hauswand gab nach, mit dumpfem Grollen fiel ein Teil davon zusammen und riss das Dach mit sich.

Nun aber nichts wie weg. Mein Herz trommelte einen beängstigenden Takt, in den Fenstern der Nachbarhäuser flammte Licht auf, Vorhänge wurden zur Seite geschoben. Ich jagte den LKW über die Landstraße. Viel zu langsam. Mir fiel plötzlich ein, dass ein paar beherzte Männer in ihre Autos springen und mich verfolgen könnten. Nun war ich ein Tier auf der Flucht, eine Maus, nur von Angst beherrscht, instinktiv handelnd, ohne Überblick, vielleicht von Fallen umstellt, bereits im Sprungbereich der Katze, im Visier des Kammerjägers. »Was hast du Idiot mit deiner Freiheit gemacht?«, würde ich mich auf der

Polizeiwache fragen. »Nach sieben Jahren Knast ein paar lausige Wochen – na gut, ein paar Monate – in Freiheit und nur Scheiße gebaut.«

Man müsste so souverän wie die Burschen in den Filmen sein, dachte ich, während mein Blick nervös vom Rückspiegel zu den Seitenspiegeln, wieder auf die Fahrbahn und zurück zu den Spiegeln huschte, Männer ohne Nerven, wie der von Alain Delon gespielte Gangster in *Der eiskalte Engel*, wie Jean Paul Belmondo in *Borsalino*. Wieso fallen mir nur Franzosen ein?, dachte ich und wunderte mich über die Eskapaden meines Gehirns.

Links und rechts in der Dunkelheit Felder und Wiesen. So ruhig, so angenehm menschenleer. Am Himmel wild waberndes Gewölk.

Da vorne der Buick – wie eine Erinnerung an eine aufgeräumte, mit klaren Regeln gepflasterte Zeit.

»Na, wie war's?«, fragte Fred, als wir uns Friedberg näherten.

»Hat Spaß gemacht.« Ungeduldig zerrte ich an den Handschuhen. Sie klebten an der Haut. Ich wischte die Schweißhände an der Hose ab.

»... but I got wise – you're the devil in disguise – oh yes, you are ...!« Schon wieder Elvis.

»Stell das Ding ab!«, forderte ich ungewollt schroff.

»Was ist denn los, ey?« Fred drehte erschrocken sein Gesicht zu mir. »Ich dachte, Elvis würde dir jetzt guttun, nach dem Stress.«

»Scheiß auf Elvis.«

»Hey, hey, Buddy, jetzt gehst du aber verdammt zu weit!«

»Mann, Alter, ich hab vor zehn Minuten ein Wohnhaus zerstört, nicht das ganze Haus, nur die Vorderseite – und das Dach ist zur Hälfte runtergekommen!

Glaubst du, ich sei jetzt in Partystimmung?« Ich senkte die Stimme zu einem Murmeln. »Ich will jetzt keine Musik hören.«

»Aber für das *Scheiß auf Elvis* solltest du dich entschuldigen. Das hat mir nämlich wehgetan.«

Für einen Moment schloss ich die Augen, hätte sie am liebsten mit Leim verklebt, hätte auch gern die Ohren und den Mund verklebt, um den Rest meines Lebens in vollkommener Einsamkeit zu verbringen. Dieser Fred! Betrachtete immer noch alles aus der naivromantischen Sicht, das große Abenteuer, der Traum seiner Kindheit, hatte ihn gefunden. Diese Erkenntnis stimmte mich traurig, da ich fürchtete, unsere Freundschaft könne daran zerbrechen.

Doris verhielt sich erwartungsgemäß. Oder vielmehr: Sie reagierte um einiges schroffer als erwartet. Anfangs noch mehr oder weniger meinen Vorstellungen durchaus entsprechend: Mit offenem Mund nahm sie die Nachricht auf, ließ sie durchs Großhirn wandern und gönnte sich nebenbei einen guten Schluck Bourbon – dann knallte sie das Glas auf den Küchentisch, ihre Miene verzerrte sich von einem Moment auf den anderen.

»Ihr seid vollkommen übergeschnappt!«, schrie sie. »Ihr Armleuchter! Ich würde euch am liebsten auf die Streckbank schnallen oder ans Kreuz ketten und auspeitschen! Auf jeden Fall kommt ihr für zwei Tage in den Käfig! Nackt. Und eure Notdurft müsst ihr in einem der Kochtöpfe verrichten!«

»Na, na«, warf ich mahnend ein. Fred nickte mir beipflichtend zu. Ihn schauderte es ebenso bei dieser Vorstellung.

Aufgebracht erhob sich Doris, um ruhelos durch die Wohnung zu wandern. Sie streckte ab und zu den

Kopf in die Küche, stieß einige Beleidigungen aus, und zwischendurch sagte sie mit Weltuntergangsmiene, die hiesigen Bullen seien ja möglicherweise verschlafen, aber beileibe keine Trottel. »Ihr seid die verdammten Trottel!«, keifte sie. Da war nix, absolut nix mit dem von mir erhofften verstohlenen Schmunzeln, das in etwa *Ach ja, meine niedlichen, ungezogenen Jungs, ich kann ihnen einfach nicht böse sein* ausgedrückt hätte. Es kochte in ihr. Heiße Wut. Energiebündel, volle Power, Starkstrom. Aber das faszinierte mich ja an ihr.

Nach einiger Zeit ließ das Brodeln nach. Sie kühlte merklich ab, die pragmatische Seite kam zum Vorschein. Nicht nur weil Doris lieber in Gesellschaft trank. Sie konnte es außerdem kaum erwarten, uns ihre beiden neuen LPs vorzustellen: *Troubadour* von J. J. Cale und *Hotel California* von den Eagles. Aber trotz des Joints, den er mit Doris rauchte, war Fred nicht in der Lage, sich richtig dafür zu begeistern. Er wollte unbedingt die, wie Doris sagte und ich insgeheim bestätigte, »beschissene Scheibe« *Kissin' Cousins*, natürlich von Elvis, auf den Plattenteller legen. Kampf um den Plattenspieler. Das Wortgefecht ging zu meinem Entsetzen nahtlos über in ein Handgemenge. Galt Haschischrauchen nicht geradezu als Symbol für Friedfertigkeit? War ein Joint nicht gleichbedeutend mit weißer Taube und Peace-Zeichen? Hatte ich da was falsch verstanden? Fluchend trennte ich die beiden, redete anschließend beschwörend auf sie ein, bot mich als DJ an, aber die Lust auf Musik hatte sich längst verabschiedet.

Miese Stimmung. Hielt sich hartnäckig in der Luft wie der Geruch aus den Aschenbechern. Und auf allem hockte zentnerschwer die Last des Verbrechens.

In der Zeitung stand am nächsten Morgen verständlicherweise noch nichts. Wir verbrachten den Tag in einer Stimmung, die man ohne weiteres als grauenvoll bezeichnen konnte, gingen am späten Abend, froh, der Wohnung entfliehen zu können, in eine der Kneipen – und da stand Horsti, unbeschädigt und ölig wie immer, am Tresen, lächelte uns huldvoll zu und erzählte gerade einer Riege gespannt lauschender Zuhörer, ein Lastwagen mit Betonmischer hätte letzte Nacht das Nachbarhaus gerammt, eindeutig mit Absicht, zweimal sei der Koloss gegen die Wand gedonnert, die Witwe Pfaff sei nur deshalb unverletzt, weil sie sich kurz zuvor aufs Klo begeben hätte.

»Das Nachbarhaus«, zischte Doris. »Ihr beschissenen Stümper ...«

»Ich war nicht dabei«, sagte Fred und deutete auf mich. »Er ...«

Doris kniff ihn ins Ohr. »Halt's Maul! Zu Hause werd ich euch mit dem Rohrstock ...« Ihre Augen feuerten Blitze ab. Mich beschäftigte im Stillen der wundersame Zufall, dass Witwe Pfaff zur Tatzeit ihr Klo aufgesucht hatte.

Am folgenden Tag kaufte ich außer den Brötchen einen ganzen Stapel Zeitungen. In der Lokalpresse wurde der Fall exzessiv ausgewalzt, war aber auch den großen Blättern einige Zeilen wert, und die Boulevard-Gazetten hatten sich darauf niedergelassen wie Geier auf einem Kadaver: *Der Irre hat wieder zugeschlagen! – Welches Geheimnis verbirgt sich in Bauernheim? – Ganz Bauernheim in Angst und Schrecken! – Rätselhafte Anschlagserie auf Bauernheimer Bürger! Friedberger Polizei tappt völlig im Dunkeln!*

Am Abend in der *Hessenschau* die Bilder vom zerstörten Haus. Ein Feuerwehrmann sagte ins hingehaltene Mikrofon, das Gebäude sei nicht mehr zu retten. Bilder vom Muldenkipper und vom MAN. Verwirrte Bauernheimer stammelten Blödsinn wie RAF-Terror, zu viele Ausländer, Untergang des Abendlandes und Strafe Gottes in zwanzig Mikrofone, der Polizeichef baute sich, den Clint-Eastwood-Blick stümperhaft imitierend, vor den Kameras auf und tremolierte, an den oder die Täter gerichtet: »Wir werden euch finden, wo immer ihr euch auch versteckt!« Allerdings musste er kleinlaut gestehen, dass es noch keine brauchbaren Spuren gab.

Nach diesem Eingeständnis atmeten wir gemeinsam auf. Zumindest diese Gemeinsamkeit gab es noch zwischen uns. Die Witwe Pfaff tat mir unendlich leid. Ich schämte mich vor mir selbst, etwas derart Monströses getan zu haben. Das war weder mit Gefängnistrauma noch mit verkorkster Kindheit zu entschuldigen.

Scheißkälte. Der erste Schnee hatte sich auf Haus- und Autodächern niedergelassen, um jedoch gleich wieder zu schmelzen, die Welt war grau, kalt und nass. Weihnachtsdekor umrahmte scheinbar bedeutungsschwer die Konsumartikel in den Schaufenstern, Kinder standen großäugig davor, mussten von den Eltern gewaltsam weggezerrt werden und forderten schreiend, vom Virus der Revolution befallen, die Vorverlegung des Heiligen Abends. In den Geschäften an der Kaiserstraße hoffte man auf fette Umsätze.

Kühle Atmosphäre in unserer Wohnung. Jeder beschäftigte sich mit sich selbst. Vorbei die Zeiten der innigen, wärmenden Freundschaft, vorbei das Gemeinschaftsgefühl, verweht die Zukunftspläne.

Sex war sowieso gestrichen, logisch, denn es gab ja keine Berührungspunkte mehr. So viele stille Fragen – und dann der neuerdings andere, kritische Blick auf die Freunde, auf ihr Verhalten, ihre Mängel. Jeder von uns hatte sich in einer eisernen Rüstung verkrochen. Jeder von uns war mit sich allein.

Ein paar Tage später verkündete Fred scheinbar locker, mit aufgesetzt fröhlicher Miene, er werde Deutschland umgehend verlassen. Abdullah hätte ihn eingeladen, bei ihm zu wohnen, in einem eigenen Haus mit Swimmingpool. Hier sei es ihm entschieden zu kalt – in jeder Hinsicht.

»Aber du kannst doch nicht einfach ...«, sagte ich erschrocken. Doch schon während ich das sagte, war mir klar, dass er das natürlich konnte.

Frostige Zeit, gemischt mit Blues

Wenigstens ein Pluspunkt: Der Heizkörper strahlte massenhaft Hitze aus. Na ja, und ein eigenes, wenn auch von Schimmelpilzen bewohntes und entsprechend modrig riechendes Badezimmer. Ein kleiner Flur, in dem, flankiert von Kleiderhaken, ein fleckiger Spiegel hing. Das Bad, ein Zimmer. Fast schon eine Wohnung. Sonst gab es leider nichts Positives über die Masarde zu berichten – es sei denn, der Blick aus dem Gaubenfenster auf den Schlachthof würde dem Betrachter, aus welchem beschissenen Grund auch immer, gefallen.

Mich jedenfalls machte der Anblick verängstigter Tiere und hartgesottener Schlachter mit blutbefleckten Schürzen, der Geruch von Kot, Urin und Blut, das Brüllen der Rinder, das Quieken der Schweine traurig. Aber traurig war ich ja ohnehin – und außerdem passte ja doch alles irgendwie zusammen: schäbiges Mansardenzimmer mit Blick auf den Schlachthof, heruntergekommenes Viertel, Schneematsch mit Hundescheiße, wüste Kaschemmen, aus der Wohnung unter mir türkische Musik und der Geruch von Kreuzkümmel, Hammelfleisch und Knoblauch, Blues aus meinem Kassettenrekorder, dazu Whiskey und Lucky Strike. Überdies natürlich zentnerweise dunkle Gedanken und Gefühle – ein undurchdringliches Dickicht aus Einsamkeit, Ratlosigkeit, Angst, zielloser Wut und Trauer. Eigentlich war ich nichts weiter als ein trauriger Trinker, einer aus dem Millionenheer der traurigen Trinker, die vor allem traurig waren, weil sie in ihrem Selbstmitleid badeten.

Im Knast hatte ich mich eine Zeitlang in der Illusion verkrochen, es gäbe in der Freiheit reichlich Möglichkeiten, die mit negativen Gefühlen gefüllten Löcher zu umgehen, wie man etwa Schlaglöcher umfährt, man müsse sich nur bemühen. Oh ja, zu solchen Illusionen war ich fähig gewesen, denn in diesen Momenten hatte ich Kind sein dürfen, hatte ich das Harte, Abgebrühte kurz verdrängen können. In der Freiheit angekommen, hatte ich mich tatsächlich mit aller Kraft bemüht, aber offenbar alles falsch gemacht – vielleicht weil ich keine konkrete Vorstellung hatte von dem, was falsch und richtig ist. Oder vielleicht glaubte ich einfach nicht, dass es, objektiv gesehen, eine strikte, eindeutige Trennung zwischen Gut und Böse gibt.

Da ich kurz zuvor leichtsinnigerweise den behaarten Teil meines Kopfes einem Friseur zwecks Verschönerung anvertraut hatte – mein Vertrauen war natürlich missbraucht worden, aber das hätte ich mir denken können – und recht bürgerlich gekleidet war, hatte der Makler keine Bedenken gehabt, mir auch Zimmer in besseren Gegenden anzubieten, aber nach einem Rundgang durchs Schanzenviertel im Norden von St. Pauli war mir klar gewesen, dass ich hier wohnen wollte. Warum, hätte ich nicht mal zu sagen vermocht. Vielleicht zur abermaligen Anreicherung meines Selbstmitleids. Vielleicht hatte es an der Mischung aus Resignation und Aufbruchstimmung in den schmuddeligen Straßen und Häusern gelegen, an dem Gegensatz von muffigen, im Gestern hängengebliebenen Läden und Lokalen für die deutsche Urbevölkerung und den wie Pilze aus dem Boden schießenden neuen Läden und Kneipen der zugewanderten Türken und Alternativen. Unglaublich viele Ausländer. Nicht nur Türken. Auch Griechen, Jugoslawen, Pakistanis, sogar Schwarze. Vor sieben Jahren sei das hier noch ein deutsches Arbeiterviertel gewesen, hatte mir ein verbitterter deutscher Arbeiter am Tresen einer der letzten deutschen Arbeiterkneipen erzählt. Und zudem strömten immer mehr von diesen Hippies, diesen Alternativen, hierher, hatte er angewidert geklagt, die seien scharf auf die billigen Wohnungen und Läden, eröffneten Second-Hand-Läden, Plattenläden, Geschäfte mit komischen Klamotten, mit Wasserpfeifen, bescheuerten Büchern und so weiter und diese »beknackten Traumtänzer«, wie er sie nannte, laberten nächtelang in Griechenkneipen über die Abschaffung des kapitalistischen Systems. Er hatte allerdings, weil stockbesoffen, »des kapilissischen Stems« gesagt, aber ich hatte ihn dennoch verstanden. Ich hatte auch sehr schnell mitgekriegt, dass die Mehrheit in dieser Kneipe aus alkoholabhängigen Deutschen bestand, die beschissene Jobs hatten, Rentner oder arbeitslos waren oder es geschafft hatten, schon in relativ jungen Jahren Frührentner zu werden. Zwei der Stammgäste waren, das muss man der Fairness halber erwähnen, Ausländer: ein grauhaariger Däne, der sich rühmte, Mitglied der Waffen-SS gewesen zu sein, und ein alkoholkranker Inder, der zum Gaudium der Germanen den Idioten spielte, Scherze auf seine Kosten grinsend wegsteckte und dafür mit Korn und Bier belohnt wurde.

Ich hatte ein Scheißgefühl in dem Dreckloch, ekelte mich vor dem Geruch und den Augen dieser Leute, aus allen Körperöffnungen quoll der Gestank von Unwissenheit, Verlorenheit, Hass und Lethargie. Warum ich diese und ähnliche Kaschemmen dennoch hier und da besuchte, konnte ich mir überhaupt nicht erklären. Mit dem Masochismus hatte ich noch nie kokettiert. Um mir in solchen Kloaken ein vielleicht lebensnotwendiges Überlegenheitsgefühl quasi injizieren zu können? Die rettende Dosis Selbstachtung angesichts dieser im Alkohol und in ihrer Perspektivlosigkeit Ertrinkenden?

Ich besaß zwei prallgefüllte Koffer, einige Tausend Mark und einen 58er Buick Limited Riviera, der in diesem Viertel enorm misstrauisch beäugt wurde, für den es in nächster Nähe keinen Parkplatz gab, und hatte den Ort, der mein Zuhause gewesen war, verloren.

Doris, seit der Bauernheim-Aktion ohnehin wortkarg, hatte kurz nach Freds Abreise still ihre Sachen gepackt, aber mir immerhin ihre neue Adresse aufgeschrieben, ein Hotel in Bad Harzburg.

»Also wieder Zimmermädchen oder so was?«, hatte ich, Enttäuschung und vielleicht auch Häme in die Stimme mischend, gefragt.

Achselzuckend und ohne mich anzusehen hatte sie geantwortet, vor allen Dingen müsse sie mit sich alleine sein, die Art der Arbeit, die Bezahlung, der Ort, all das sei momentan unwichtig.

Die Sache mit Fred war uns unter die Haut gegangen – tief unter die Haut, bis ins Knochenmark. Es hatte – ich hätt's mir denken können! – keine Einladung in die Emirate gegeben. Er hätte auch gar nicht dahin reisen können, da er nur einen Personalausweis besessen hatte. Nein, verdammt noch mal, er hatte sich umgebracht, war auf den Adolfturm der Friedberger Burg gestiegen, hatte sein Gepäck einfach unten abgestellt, war hochgestiegen und dann gesprungen.

»So viel Mut hatte ich ihm gar nicht zugetraut«, hatte ich, unbeholfen und erschüttert, einige Male gestammelt. »Er kann doch nicht einfach so gehen.«

»Wie einsam muss er sich gefühlt haben«, hatte Doris, quasi durch mich hindurchsehend, gesagt.

Als sie abgereist war, hatte ich, ratlos und verloren, mit dem Gedanken gespielt, ihr nachzureisen, mir auch in Bad Harzburg einen Job zu suchen, nicht gerade im selben Hotel, denn das wäre ihr sicher sehr unangenehm gewesen, das war mir klar. Alles Quatsch, hatte dann schnell die andere Stimme in mir gerufen. Nie mehr in einer Küche stehen und schlechtes Essen kochen – hatte ich mir das nicht geschworen? Doch, hatte ich; und die Aussicht, Doris öfter über den Weg zu laufen und dabei gegen ihren Panzer zu prallen, war mir alles andere als verlockend erschienen. Diese Begegnungen hätte ich nicht ertragen.

Nun stellte sich allerdings für mich die Frage, ob ich den Winter in diesem Mansardenzimmer ertragen würde. Nun ja, ich könnte singen, meine Stimme trainieren, Blues natürlich, den *Schlachthof Blues,* den *Beschissener Winter Blues* oder den *Weltuntergangs Blues*, warum nicht, nur reichte das bei weitem nicht zum Überwintern in diesem tristen Turm.

Warum ich mir Hamburg als vorläufiges Ziel ausgesucht hatte, war mir selbst ein Rätsel. Auf der Bewusstseinsebene fand ich nicht den geringsten Hinweis für den Grund meiner offenbar rein gefühlsmäßig erfolgten Wahl. Hamburg, na gut, nicht schlechter und nicht besser als jede andere Großstadt. Überall dieselbe Tristesse. Mit Geli, die sich mein Vermögen unter den Nagel gerissen hatte – anfangs womöglich zögernd, von Gewissensbissen geplagt, was weiß ich, war ja eh scheißegal –, also mit Geli hatte das jedenfalls nichts zu tun. Vielleicht hatten diese Rocker-Typen den Stein ins Rollen gebracht, waren wohl in dreckiges Lachen ausgebrochen, als sie erfahren hatten, dass diese Frau die Beute eines zu sieben Jahren Knast verurteilten Bankräubers für den Arsch aufbewahren wollte, hatten sie weichgekocht, das Gift ihrer verkommenen, vulgären Philosophie in Gelis Hirn geträufelt … Aber wie auch immer: Ich lag auf dem Bett und holte mir einen runter, dachte dabei sowohl an Geli als auch an Doris, sah beide nackt vor mir, die schmale, fast knabenhafte Geli, die kleine Doris mit dem breiten Becken und den großen Titten, erinnerte mich sogar an ihre unterschiedlichen Arten des Stöhnens, Keuchens, Kommens – und als es mir kam, war es, als hätte ich mit beiden gleichzeitig Sex gehabt, schnellen Sex, ohne Zärtlichkeit, ohne Musik, ach ja – und verdammt, warum lief währenddessen der Kassettenrekorder nicht? Warum hatte ich nicht wenigstens dabei gesungen? Wahrscheinlich weil man normalerweise beim Wichsen nicht singt.

Das hässliche Grau der Wintertage drang in mich hinein und schien mein Gehirn peu à peu zu zersetzen. Ich sehnte jeden Tag die Nacht herbei. Als wäre die Nacht eine schützende Höhle, in der ich mich verkriechen könnte.

An diesem Abend duschte ich verschwenderisch lange, föhnte die Haare, zog Jeans, Sweatshirt, Boots und Lederjacke an, musterte mich in dem fleckigen Spiegel und fand mich ganz akzeptabel. Haare zu kurz, keine Frage. In diesem Viertel trugen nur die Türken, die Afrikaner und die übriggebliebenen deutschen Proletarier kurze Haare. Das heißt, neuerdings tauchten vermehrt skurrile Gestalten auf, die es supergeil fanden, in zerrissenen Klamotten rumzulaufen, Sicherheitsnadeln durch ihre Ohrläppchen und Lippen zu stechen, sich mit Ketten zu beschweren, sich die Köpfe zum Teil kahl zu scheren und nur ein paar aufwendig mittels Bier oder Leim oder was weiß ich aufgerichtete, knallrot oder grün gefärbte Haarbüschel stehen zu lassen. Punker. Zu den optischen Erkennungsmerkmalen, die trotz ihrer aufwändigen Hässlichkeit eine kindliche Ernsthaftigkeit ausstrahlten, gesellte sich, und das war wohl Pflicht, eine Form von Rüpelhaftigkeit, die mich schon deshalb anwiderte, weil sie so theatralisch dargeboten wurde. Vom dürftigen philosophischen Fundament ganz zu schweigen. *Null Bock.* Na schön, meinetwegen. *No Future.* Ansichtssache. *Fuck Jesus.* Wenn's hinhaut. Aber alles ziemlich platt. Die Musik: eine barbarische Ferkelei. Dieses wüste Geschrammel passte natürlich zum derben Habitus. Nur keine Feinheiten, Kunst war eh scheiße. Alles war scheiße. Eine Weltanschauung, die auf eine intellektuelle Sichtweise buchstäblich kotzte, stieß mich von jeher ab. Scheiß auf die Punker, dachte ich überheblich, obwohl ihr Erscheinen das Straßenbild zweifellos bereicherte.

Und nun Frost. Der Schneematsch war gefroren, überall stolperte man über die hartgewordenen schmutziggrauen oder kackbraunen Hügel. Eisiger Wind, wohl von der Elbe her.

Ich schlug den Kragen hoch, huschte gebeugt, als würde diese Haltung der Kälte einen Teil ihrer Wirkung nehmen, an den Hauswänden entlang und war dennoch dem Wind ausgesetzt, hatte es allerdings auch nicht weit. In der Susannenstraße, die so grau war wie alle Straßen im Viertel, betrat ich eine dieser Kneipen der aussterbenden Art.

Hier hatte noch nie ein Innenarchitekt sein Können beweisen dürfen. Das übliche Kneipenmobiliar, so verwittert und abgenutzt wie der Wirt und die Gäste, der Wandschmuck bestand aus unzähligen vom Tabakrauch gebräunten Teddybären, aus verstaubten Lebkuchenherzen mit den üblichen Sprüchen aus Zuckerguss, über dem Tresen hing eine Tafel mit der trotzigen oder gar drohenden Aufschrift ›Hier wird noch DEUTSCH gekocht!‹, die Musikbox, ein amerikanisches Fabrikat, barg ausnahmslos deutsche Schlager der schrecklichsten Sorte.

Meiner Ansicht nach waren Zigarettenqualm und Biergeruch nicht etwa lästige, sondern unverzichtbare Bestandteile der Kneipenluft und gehörten für mich seit der Kindheit ganz automatisch zu Gaststätten jeglicher Art. Dennoch fand ich den Anblick, der sich mir hier bot, auf groteske Weise extrem: Jeder der Anwesenden, inklusive Wirt und Wirtin, hielt eine Zigarette in der einen und ein Bier- oder Schnapsglas in der anderen Hand. Es hatte etwas von einem religiösen Ritual an sich – und dazu passte das Lied, das gerade aus der Musikbox dröhnte, perfekt: *Ich weine in mein Bier*, ein mir sogar bekanntes Stück von einem Belgier namens Bobbejaan.

Als ich mich in den Raum schob, starrten alle, teils mehr, teils weniger aufnahmefähig, auf mich, den Fremden – zuerst vielleicht in der Hoffnung auf einen weiteren Angehörigen ihrer aussterbenden Art, dann sichtlich enttäuscht und echsenhaft misstrauisch, schließlich – so kam es mir vor – mit dem Interesse von Sezierern, die emotionslos das Verhalten eines Fremdkörpers in einem intakten Organismus studieren.

Ich grüßte laut, was schon mal positiv bewertet wurde, und wagte es dann, mich umzusehen. Ein

Ort des Grauens, eine Ansammlung verlorener Seelen. Na ja, ich hatte zwar so was Ähnliches erwartet, aber mit einer solchen Verdichtung von Dumpfheit hatte ich nicht gerechnet. Hier wurde offenbar Abend für Abend der Weltuntergang erwartet und vielleicht sogar, weil man aus Ekel vor sich selbst der ganzen Scheiße überdrüssig war, ersehnt. Auf allen Stühlen und Hockern verblödete Säufer, denen die Unwissenheit ordinär aus den Augen grellte. Das Durchschnittsalter in diesem obszönen, säuerlich riechenden Gruselkabinett schätzte ich auf um die fünfzig, aber nur weil ein paar richtig junge Menschen beiderlei Geschlechts, die nicht minder abgefuckt waren und somit eindeutig dazugehörten, die Zahl stark nach unten drückten. Befremdet sah ich mich umzingelt von hektischer, zwanghafter Heiterkeit, die nur vom Alkohol und einer selbstauferlegten Pflicht zur Heiterkeit getragen wurde, und tatsächlich nichts weiter als ein hilfloser Ausdruck der Verzweiflung war. Einige schunkelten zur Musik und sangen oder brüllten den Text gewohnheitsmäßig mit, einer schob pausenlos Groschen in den Daddelkasten, am Tresen diskutierten fette Männer mittleren Alters gleichzeitig über die politische Lage und die momentane Situation des HSV.

»Dass der HSV im September gegen Sankt Pauli verloren hat«, regte sich einer auf, »muss doch Konsequenzen haben, verdammte Kacke. Aber keiner aus dem Scheißvorstand nimmt seinen Hut. Alle an die Wand stellen, sag ich, den gesamten HSV-Vorstand – und die Terroristen sowieso, scheiß auf die Humanitätsduselei oder wie das heißt. Irgendwann ist das Maß voll! An die Wand, Maschinenpistole, ratatata, fertig! Wir können uns doch von denen nicht verarschen lassen!«

»Da hassu verdammt noch mal Recht«, lallte sein Nachbar und stieß im Rhythmus der Silben den Zeigefinger bedeutungsschwer in die verqualmte Luft. »Und genau deswegen bin ich für die Todesstrafe für Terroristen, verdammte Scheiße.«

»Und für Taxifahrermörder und Mitschnacker«, brummte jemand, vermutlich ein Taxifahrer, grimmigen Blicks. Einhellige Zustimmung, und gleich darauf wurden noch ein paar andere Delikte in die Todesstrafen-Liste aufgenommen.

»Was darf's sein, Cowboy?« Der Wirt, dienstbeflissen, hatte den Kopf schräg geneigt und ein wenig vorgeschoben; in seinen trüben Augen glomm schwach die Hoffnung auf eine Bestellung, die sein Herz höher schlagen lassen würde, auf die ersehnte Trinkt-was-ihr-wollt-Lokalrunde oder die Sekt-für-alle-Order.

»Ein Bier vom Fass.«

»Holsten-Edel oder Moravia-Pils?« In seiner Stimme schwebte tatsächlich, es war keine Täuschung, der Klang verhaltenen Stolzes auf diese breite Angebotspalette – zweierlei Bier vom Fass, aber hallo! – und nahm dadurch der an sich korrekten Frage schleimig ihre Sachlichkeit.

Mein Magen geriet in Aufruhr, wollte eindeutig seinen Inhalt loswerden, doch ich brachte ihn unter Kontrolle. Obwohl mir in diesem Moment des Würgens und Schluckens das Sprechen schwerfiel, redete die innere Stimme beruhigend auf mich ein. ›Es ist nur eine Silbe‹, raunte sie ermutigend. Okay, alles klar, sagte ich mir beziehungsweise der Stimme in mir, nur eine Silbe, das krieg ich hin. »Pils.« Na bitte, war doch ganz einfach.

Ich rutschte aalglatt und routiniert auf einen Barhocker, der, wie ich kurz darauf erleichtert registrierte, meinem Arsch sehr gut gefiel. Die Symbiose von Barhocker und Gesäß zählte für mich zu den wichtigsten Voraussetzungen für einen angenehmen Aufenthalt am Tresen. Ich trank mein Bier, rauchte, kratzte mir, um Männlichkeit bemüht, den Sack, ausländerfeindliche Sprüche umwehten mich und rochen faulig. Jugoslawen kamen etwas besser weg, galten als gute Arbeiter. Griechen, na ja, Türken und Afrikaner das Letzte.

»Und nun auch noch Hippies, Kommunisten, Rauschgiftsüchtige, Schwule. Das ist 'ne schöne Demokratie, ist das, da scheiß ich drauf.«

»Das ganze Viertel geht den Bach runter.«

»Das ganze Viertel? *Alles* geht den Bach runter, alles! Wenn der Staat nicht so schlapp wäre, gäb's auch keine Terroristen! Die tanzen uns doch auf der Nase rum! Und dann die bekloppten Kernkraftgegner, Mann, die würden blöd kucken, würden die, wenn sie auf einmal keinen Strom mehr für ihre Stereo-Anlagen hätten, die Penner, Mann!«

»Und die Türken fühlen sich hier mittlerweile so stark, als gehörte ihnen schon das Viertel. Nachts geh ich nicht mehr allein durch die Sternstraße oder die Lagerstraße, obwohl ich nie ein Feigling war. Ich war an der Ostfront, im Scheißwinter 1941. Das sagt ja wohl alles.«

»Auf jeden Fall.«

Um dem Grauen die Krone aufzusetzen, sang Udo Jürgens *Aber bitte mit Sahne*, und an den Tischen grölten alle mit, als wollten sie sich dadurch vergewissern, dass sie noch am Leben waren.

Seit ich in diesem Viertel wohnte, stieß ich beunruhigend häufig auf solche Verlierertypen, deren Ausländerfeindlichkeit unverrückbar auf dem Irrtum basierte, an ihrer beschissenen Lage und trostlosen

Stimmung seien vor allem die Türken und all die anderen undeutsch aussehenden Eindringlinge schuld.

Abgesehen von meinen Kontakten mit Amerikanern, damals, in meiner Jugend, hatte ich mit Ausländern praktisch nie was zu tun gehabt. Sie waren Ende der 50er, Anfang der 60er Jahre aus Italien, Spanien, Griechenland und der Türkei herangekarrt worden, sogenannte Gastarbeiter, überwiegend Männer, schwarze Haare, braune Haut; anfangs in Wohnheimen kaserniert, hatten sie einen beachtlichen Beitrag zum Wirtschaftswunder geleistet. Das war mir bekannt gewesen, und ich hatte ihren Wunsch und ihre Berechtigung, hier zu leben, nie in Frage gestellt. Allerdings waren sie mir früher kaum aufgefallen – unsichtbare, schattenhafte Wesen, die still ihre Arbeit machten und unauffällig in menschenunwürdigen Unterkünften hausten, was ich wie Millionen andere Deutsche durchaus akzeptabel fand, da wir, gut gefüllt mit Vorurteilen, glaubten, es sei für diese Menschen normal, so beschissen zu wohnen. Sie waren von mir schlicht und einfach nicht wahrgenommen worden. Nach meiner Entlassung aus dem Knast, als ich mitbekam, wie viele von ihnen inzwischen hier dauerhaft lebten, nicht mehr als sogenannte Gastarbeiter, sondern als Immigranten, die Zug um Zug ihren Anhang nachkommen ließen und somit mehr Wohnraum benötigten, war mir klar, dass die Gesellschaft generell, also nicht nur irritierte Ureinwohner bestimmter, von Türken bevorzugter Viertel, in dieser Hinsicht eine harte Nuss zu knacken hatten. Ich war ja selbst irritiert und ein wenig beunruhigt. In dem Haus, in dem ich wohnte, befanden sich die Deutschen eindeutig in der Minderzahl. Außer mir gab es noch eine Wohngemeinschaft im ersten Stock. Drei Männer und eine Frau, allesamt Fixer, voll auf Heroin, total im Arsch, mit Grabsteinen in den Augen, hatten sich bei mir schon mehrfach alles Mögliche ausgeliehen – nichts von großem Wert, nur Kleinigkeiten wie Eier, Kaffee, unbespielte Kassetten, Kerzen, auch mal fünf Mark. Alles halb so wild, geschenkt. Dass sie mir diese Sachen jemals ersetzen oder zurückbringen würden, hatte ich nie in Betracht gezogen. Zuerst hatte ich angesichts dieser bettelnden Trauergestalten tatsächlich Mitleid verspürt, Ansatz eines Helfersyndroms. Bis ich begriff, dass meine Hilfsbereitschaft für sie so einladend war wie ein offenes Fenster für einen Einbrecher. Sie klingelten immer öfter bei mir, ihr Grinsen hing schief im Gesicht, und meistens lag schale Wehleidigkeit mit einem frech fordernden Unterton in den Stimmen. Ich schien für sie so was wie ein nützlicher Depp zu sein, der Kaffee-Verschenker, der Eier und Esslöffel-Verteiler, der gute Mensch aus der Mansarde. Als ich einmal in ihrer verwahrlosten Bude gewesen war, hatte mich weniger der Dreck als vielmehr ihr rüder Umgangston angewidert. Von Freundschaft keine Spur! Nur eine Notgemeinschaft süchtiger, missmutiger und von Horrorerlebnissen gezeichneter Loser.

Die türkischen Frauen im Haus, die ich stets höflich grüßte, sprachen nicht mit mir. Durften sie wahrscheinlich nicht – waren eingeschnürt in ein enges Korsett aus religiösen Regeln und archaischen Ehrbegriffen. Die Männer hingegen zeigten sich mir gegenüber freundlich, sprachen aber überwiegend ein sehr eigenwilliges Deutsch. Na gut, ich meine, war verständlich, klar, die Leute kamen aus Anatolien und hatten mit Deutschen kaum Kontakt. Aber hier, sehr witzig, in dieser Scheißkneipe, sprachen diese abgefuckten deutschen Gäste, deren Primitivität mich seltsamerweise faszinierte, spätestens ab Mitternacht ebenfalls ein sehr eigenwilliges Deutsch, und vor allem streiften sie nicht etwa peu à peu, sondern zügig alle Hemmungen, jedes Schamgefühl und auch den Rest ihres Verstandes von sich ab. Emotionen brodelten, hier und da flammte Streit auf, an einem Tisch kämpften zwei ausgemergelte Säufer, anfangs verbal, dann allmählich ihre Hände und Füße einsetzend, um die Gunst einer blondierten Teigmasse, die sich, nach den Flecken auf ihrem Busen zu urteilen, heute schon mindestens einmal erbrochen hatte. Kurzzeitiges Knurren, Brüllen, Stühlerücken, blindes Boxen, Gläser zersplitterten, ein, zwei Schreie, aber ruckzuck war der Wirt zur Stelle, teilte ein paar Ohrfeigen aus, und damit war das Thema durch. In der Musikbox senkte sich der Tonarm auf die nächste Platte, *Ganz in Weiß* von Roy Black, ziemlich eklig, klang irgendwie bedrohlich, und die Gäste, wie in Trance, fingen wieder an zu singen, irgendwie rührend. Eine süßliche Stimme in meinem Kopf forderte mich zum Mitsingen auf, und um ein Haar wäre ich, fast so betrunken wie die anderen und zumindest mit dem Refrain vertraut, dieser Aufforderung gefolgt, hätte nicht der Magen, wie immer mein sensibelstes Organ, vernehmlich gegen eine solche Entwürdigung protestiert und Konvulsionen mit den entsprechenden Folgen angedroht. Schon gut, okay, verstanden, murmelte ich beschwichtigend und überdies ernüchtert meinem Magen zu, bezahlte und stürzte ins Freie, in die nasskalte Winterluft, taumelte aus dem Lichthof der Holsten-Edel-Werbung in Richtung Dunkelheit, keine Sekunde zu früh, denn schon platschte mein Mageninhalt aufs Pflaster. Erst das unangenehme Würgen, dann die Erleichterung. Guter alter Magen, hast alles richtig gemacht, mich gereinigt und befreit.

Doch dieses bis ins Mark dringende Frösteln war nicht nur die logische Auswirkung wintergemäßer Außentemperatur; es kam mir vor, als gäbe es in meinem Inneren, grob gesagt, zwischen Magen und Herz ein Eisfach. Nichts gegen Eisfächer, Gott bewahre, schon wegen der Eiswürfel nicht, aber auf der metaphorischen Ebene war das ziemlich bedrückend und mündete unweigerlich in die Freudlose-kalte-Welt-Perspektive. Fröstelnd erschauerte ich, sah natürlich Doris vor mir, sie war wieder einmal nackt, ihre Haut duftete nach der Seife, die sie meistens benutzte. Palmolive. Nichts Besonderes, aber in Verbindung mit ihrem Doris-Körpergeruch einmalig.

Sie wird längst Feierabend haben, dachte ich und stellte mir vor, wie sie mit ihrem neuen Lover Haschisch rauchte, wie die beiden dann mit geschlossenen Augen der Musik lauschten, irgendwas von Pink Floyd, *Shine On You Crazy Diamond* oder so was, und allmählich geil wurden und …, ach, scheiß drauf. Ein Gedanke flog durch meinen Kopf: Beretta 7,65, die hätte ich gern wieder – oder auch ein größeres Kaliber. Aus dem Nichts war dieser Wunsch erschienen, einfach so. Völlig absurd. Wozu hätte mir denn die Waffe dienen sollen? Fühlte ich mich so schwach und schutzlos? Oder wollte ich jemanden bestrafen? Geli und ihre Rocker? Keimte in mir etwa wieder der Plan für einen Überfall, war bloß noch nicht in mein Bewusstsein vorgedrungen? Nein, wohl kaum. Mein Verstand sträubte sich neuerdings vehement gegen jegliche kriminelle Vorhaben. Also streichen, erledigt. Obwohl der Verstand bei meinen Entscheidungen oftmals auf der Strecke blieb. Ficken wäre jetzt super. Oh Scheiße, Mann, ja klar, natürlich, Pistole und Schwanz. Es war alles so abgefuckt – und vor allem so banal. Der Mensch, das Gehirntier, zähmt andere Tiere und benutzt sie, rodet Wälder, baut Städte, erobert und erfindet, glaubt an Erlösung, säuft und hurt, lügt und klaut, fliegt zum Mond und erschlägt aus Gier oder Eifersucht seinen Nachbarn, seinen Freund oder einen völlig Unbekannten.

In solche Überlegungen vertieft, war ich ohne ein bestimmtes Ziel vor Augen durch die Nacht gelaufen. Ich hätte nicht mal sagen können, was mich dazu veranlasst hatte, in diese oder jene Straße einzubiegen, andere hingegen zu meiden, auf jeden Fall fand ich mich in der Karolinenstraße wieder. Da vorn das Griechen-Lokal *Rigas Ferreos*. Die Deutschen fahren seit einiger Zeit total auf griechische Lokale ab, dachte ich, wieder mal darüber erstaunt, es gibt mittlerweile in jedem Hamburger Stadtteil mindestens einen Griechen, und hier, in dieser Gegend, bietet jedes zweite Lokal derbes Giros und zähes Souflaki an. Einige dieser Kneipen hatten zur Zeit der griechischen Militär-Diktatur bei den Linken einen gewissen Kultstatus erlangt, weil Abend für Abend die Lieder von Mikis Theodorakis und Nana Mouskouri abgespielt wurden, die Junta verflucht und massenhaft Ouzo gesoffen wurde. Das *Rigas Ferreos* gehörte dazu, eine Kellerkneipe. Fenster aus Glasbausteinen, na ja.

Als ich den Raum betrat, fand ich mich umtost von Leben. Der Laden war prall gefüllt mit Menschen, die alle lachten, tranken, rauchten, aßen, knutschten – und das offenbar alles auf einmal. Eine Kneipe der Alternativen, wie ich unschwer erkennen konnte. Mit solchen Leuten hatte ich bisher kaum was zu tun gehabt. Okay, damals mit Geli und ihren Hippie-Freunden, und Doris war ja auch so was wie ein Hippie. Aber dennoch eine fremde Welt für mich. Die meisten Männer trugen Matte und Wollpullover, die sie vermutlich selbst gestrickt hatten – zumindest die

Vollbärtigen unter ihnen wirkten auf mich wie Männer, die beim Stricken meditierten. Die Frauen in lila Latzhosen verzichteten auf jede Art von Schminke und auf BHs sowieso – was mir nur recht war, besonders wenn sie ihre Brüste unbefangen hüpfen ließen.

Einige Frauen sowie ein paar Männer bevorzugten schwarze Klamotten, Nachtschattengewächse, bleich, mit schwarzen Lederjacken, schwarzen T-Shirts, schwarzen Jeans, die Augen mit Kajal umrahmt. Nervöse, an sich und der Welt verzweifelnde Geschöpfe. Ich war plötzlich geil auf eine dieser Frauen, eine schmale Elfe, die aus purer Sinnlichkeit zu bestehen schien, jede Geste, jede Bewegung. Schöne Kontraste: nordfriesisch-blondes Haar, im blassen Gesicht Kajal, feuerwehrroter Mund, auf dem Rücken der schwarzen Lederjacke in Silberschrift *Anarchie ist machbar, Herr Nachbar*. Aha, dachte ich, ein schlichtes Gemüt, aber doch irgendwie süß. Lüstern stellte ich mir vor, wie ich sie aus ihren schwarzen Klamotten schälte, und ich fragte mich, ob ich auf blonde oder rote Schamhaare stoßen würde. Aus dieser Frage sozusagen geboren, tauchte ein Gedanke auf, der sich sogleich breitmachte, ganz sachlich daherkam und somit meine sexuelle Erregung bis zur Belanglosigkeit reduzierte, kein großer Gedanke, nur die Feststellung, dass ich, die weiblichen Schamhaare betreffend, in all den Jahren keine Vorliebe für eine bestimmte Farbe entwickelt hatte. War aber sowieso egal, weil die Elfe in diesem Moment ihre Möse am Bein ihres ebenfalls schwarzgewandeten und überdies auffallend pickligen Freundes rieb und ihm ihre Zunge ins Maul schob. Ekelhaft. An einem Tisch wurde ein Stuhl frei. Und schon saß ich zwischen total bekifften Typen, die von Dingen schwärmten, die mich nicht mal im Vollrausch begeistern würden. Der eine stellte sich ein Leben als Schäfer in der Heide vor, fand die Vorstellung geil, die Schafe eigenhändig zu scheren und ihre Wolle selbst zu verarbeiten, fühlte sich magisch zur Natur hingezogen, sagte allen Ernstes, sein einziges Streben sei, sich mit Mutter Erde zu verbinden. Sein Freund hingegen, Verehrer von Stanislaw Lem und Isaac Asimov, strebte dem Weltall zu, suchte überall und zu jeder Zeit den Kontakt mit Außerirdischen und war davon überzeugt, dass ihn eines Tages ein extraterrestrischer Raumschiff-Kommandant zu einer Reise durch die Galaxis einladen werde. Die einzige Frau am Tisch, sehr korpulent, aber dank niedlicher Grübchen in den Wangen, erotischer Lippen und der gigantischen Brüste unter einem elastischen T-Shirt, für mich, den Betrunkenen, in diesem Moment eine Sex-Priesterin – ach was, viel mehr, eine Göttin, die Venus, die meine sexuellen, teilweise abgründigen Wünsche auf übersinnliche Weise erfüllen würde, sprach auch erfrischend locker vom Ficken, von klitoralem und vaginalem Orgasmus und überhaupt von sexueller Befreiung und so, dass ich, innerlich stöhnend, vor Geilheit erschauernd, ihre Worte, den Klang ihrer Stimme gierig in mich aufsaugte – bis sie, satt lächelnd, verkündete, sie sei momentan so dermaßen stark, also volles Rohr, in einen Typen verknallt, dass sie komischerweise null Bock auf andere Männer hätte. Ja, super, hätte sie auch gleich sagen können. Ich fand's volles Rohr scheiße, bedachte sie im Stillen mit ein paar ultraharten Beleidigungen, hatte mich aber selbstredend damit abzufinden, was mir relativ leicht fiel, da kurz darauf mein Tischnachbar, der mich, eindeutig mit einer Prise Wahnsinn im Blick, angeglotzt hatte, schließlich anfing, mich auszufragen – nicht etwa fordernd, misstrauisch, indiskret oder so, ganz und gar nicht, einfach nur interessiert, wenn auch mit diesem unangenehmen Glotzen, also glasig, mit hervorquellenden Augen, starr, wahrscheinlich harmlos, vollgesogen mit Alkohol und anderen Giften. Ich hatte nichts Besseres vor und befand mich ohnehin in der Stimmung, aller Welt mitzuteilen, wer ich eigentlich war. Die Musik fand ich ätzend, als Background für meine Erzählung nahezu beleidigend, Sirtaki, Gott bewahre, war aber nicht zu ändern und wurde von mir demütig hingenommen, da mich die Leute hier offenbar akzeptierten. Ich redete mich also laut und deutlich in eine Art von Ekstase, kippte mein ganzes Leben auf den Tisch, den Rock'n'Roll, das Autoknacken, den Banküberfall, die Jahre im Knast, die verlorene Beute, flocht, nicht etwa kühl berechnend eingesetzt, sondern momentan hochemotional und daran glaubend, systemkritische Sätze ein, vermied jedoch solche abgenagten Begriffe wie *Schweinesystem* oder *Fascho-Bullen*. Anschließend labte ich mich am positiven Feedback. Als die Korpulente, eine Hand auf meinem Knie ablegend, meine Untaten scharfsinnig als eine *radikale Version der Auflehnung* bezeichnete, hätte ich sie auf der Stelle besteigen können. Lüstern hoffte ich, ihre Hand würde sich, das Knie, den Schenkel streichelnd, weiter in Richtung – na ja – Penis bewegen. Zart zuerst, dann zunehmend kräftig werdend, glomm und bald schon flammte in mir die Hoffnung, dieses dralle, ziemlich betrunkene, in irgendein langweiliges Arschloch verliebte, doch grundsätzlich der freien Liebe zugeneigte Objekt meiner Begierde würde mich nicht nur interessant, sondern auch und vor allem erotisch finden.

»Das Dreckstück hat dich um 60 000 Mark gelinkt?«, schrie der Glotzaugen-Typ fassungslos. Er vereitelte dadurch vorerst meine Annäherung an das

Ziel meiner Geilheit – ich hätte ihm gern eine rein-
gehauen –, doch daraufhin loderte seine Empörung
hell auf, griff, einem Buschfeuer gleich, auf die anderen Tische über, erfüllte bald den ganzen Raum, und
schon war ich umzingelt von Besoffenen, Bekifften
und, wie ich annahm, Manisch-Depressiven, die sich
gerade in der manischen Phase befanden, auf jeden
Fall freuten sich alle, in Hans Lubkowitz, dem Opfer staatlicher Terrorjustiz, einen Märtyrer gefunden
zu haben. Auch der Mann hinterm Tresen gab sich
entrüstet, nuschelte was von *faschistischen Strukturen* und gab Unmengen an Ouzo aus. Obwohl die
Mehrheit der Gäste aus Deutschen bestand, war man
sich einig, dass Deutschland kalt und grau und scheiße sei.

Mir war das zu pauschal, zu flach. Kalt und grau
– okay, Scheißwinter. Andererseits herrschte in dieser Kneipe eine Bullenhitze, grau war es hier auch
nicht, und überhaupt gab es in diesem Land wie fast
überall auf der Welt Farbe und Wärme. Man musste nur danach suchen. Das fiel mir so nebenbei ein.
Vor allem verwunderte mich die Wirkung des Ou-
zos. Das Anis-Gesöff schien in etlichen Hirnen eine
politische Radikalisierung zu bewirken. Anfangs hatte ich's genossen, der Mittelpunkt zu sein, von mir
selbst begeistert, den Banküberfall in epischer Breite zu schildern und dabei, oh ja, die Bewunderung
in einigen Augen wahrzunehmen, aber nach einiger
Zeit ging mir die mit Romantik verkleisterte Sichtweise meiner Zuhörer schwer auf den Sack. Revolu-
tionäre, unter ihnen RAF-Bewunderer, dankbar für
jeden Ratschlag, bedrängten mich, fassten mich an,
durchlöcherten mich mit Fragen. Natürlich befanden
sich unter den Leuten nicht wenige mit vernünftigen
Ansichten, aber sie lebten in einer anderen Welt und

verstanden mich schon deshalb nicht. Wo war die Frau, verdammte Scheiße?

»Greta? Ist vorhin von ihrem Freund abgeholt worden.«

Greta hieß sie also. Noch zwei Ouzo, dann floh ich nach draußen.

Den Heimweg ganz easy gefunden, Alter, Alter, wie ein Pfadfinder. Ich stand vor dem Haus, in dem ich wohnte und lobte mich, mit mir zufrieden. Vier Uhr morgens. Einige Meter entfernt flammte zuckend die Außenbeleuchtung der *Schlachterbörse* auf. Eine Frühgaststätte, in der sich gleich blutbeschmierte Schlachter, ausgelaugte Gastwirte und müde Taxifahrer mit riesigen Fleischportionen beschäftigen würden. Ich hatte dort schon mal gegessen – ein fußballgroßes Eisbein. Für einen Moment reizte mich jetzt der Gedanke, mir hemmungslos die Wampe vollzuschlagen, doch ich erinnerte mich, dass ich, so vollgefressen, beschissen schlafen würde.

Während ich die steile Treppe zu meinem Nest hochstieg, freute ich mich darauf, ein paar Scheiben von meiner luftgetrockneten Salami abzusäbeln, genüsslich zu zerkauen und dazu noch einen kleinen Drink zu nehmen. Doch dann: Moment mal! Im Kopf sprang die Alarmsirene an. Die Tür nur angelehnt und nicht verschlossen? Ich sah genauer hin und stellte fest, dass man sie aufgebrochen hatte.

Jetzt aber ganz, ganz leise, sagte ich mir. Mein Herzschlag erschien mir verräterisch laut. Ich durchquerte den Flur auf Zehenspitzen, obwohl besoffen fast geräuschlos, schob vorsichtig den Kopf ins Zimmer – und sah erstarrend, wie ein Mann mit langen, fettigen Haaren dabei war, den Stecker des Kassettenrekorder-Kabels aus der Steckdose zu ziehen.

Den Rekorder hatte er sich bereits unter den Arm geklemmt. Auf dem Rücken seiner Lederjacke stand *Fuck the Beatles*. Ich kannte den Wichser. Ricky, Mitglied der Fixer-WG im ersten Stock.

»Stell das sofort wieder hin!«, befahl ich so ruhig wie möglich. Der Schmutzfink hatte schon allein wegen der Beatles-Beleidigung was auf die Fresse verdient. Er zuckte zusammen, drehte sich um, stellte schief grinsend das Gerät ab und gab die dümmste Antwort des Jahres: »Ey, Alter, nix für ungut, ich wollte mir das Ding nur mal ausleihen, ehrlich.«

Jetzt musst du handeln, sagte der verrohte Kerl in mir, den ich an sich nicht mochte, aber ab und zu brauchte. Ich schlug sofort zu. Der erste Schlag traf seine Nase, der zweite warf ihn zu Boden; rasend vor Wut trat und zerrte ich ihn aus dem Zimmer, durch den Flur und ins Treppenhaus, mit der Absicht, ihn die Treppe hinunterzustoßen, beherrschte mich jedoch zu meinem und seinem Glück, verpasste ihm noch eine Ohrfeige und zischte ihm heiß ins Genick: »Wag dich nie wieder hier hoch, du Ratte!«

Anschließend sank ich schweratmend aufs Bett. Die Luft im Zimmer war mit Schwermut gefüllt, und alle Gegenstände wirkten beschmutzt und entwürdigt. Ich hätte der Ratte den Arm brechen sollen, überlegte ich. Der Kerl war in mein Nest eingedrungen, hatte meine Sachen durchwühlt. Nicht mal im Knast hatte es einer, abgesehen von den Schließern, gewagt, im Spind eines anderen rumzuschnüffeln. Das Geld war noch da, am dümmsten Aufbewahrungsort der Welt – unter der Matratze. Ricky hatte mich wohl für raffinierter gehalten.

Unruhig erhob ich mich. Noch was in der Flasche? Ich goss den Rest des Whiskeys in ein Glas, zündete eine Lucky an, setzte mich wieder, inhalierte tief, stand wieder auf, um den Rekorder anzuschließen und eine Kassette, irgendeine wahllos herausgegriffene, einzuschieben.

Oh Gott! Voll der Blues: *Lonesome Room Blues* von Muddy Waters. Eine der Kassetten, die Doris für mich aufgenommen hatte. Es kam mir jetzt so vor, als hätte sie damals bereits gewusst, dass ich bald darauf einsam und verloren in einem schäbigen Mansardenzimmer vor mich hinvegetieren würde.

Neonröhren, eine davon müde flackernd, tauchten den Schlachthof in bleiches Licht. Unten auf der Straße verfluchte eine Frau die Männer. Jemand warf Flaschen gegen eine Wand. Der Himmel über der Stadt war schwarz wie Tusche.

Morgen als erstes die Tür reparieren, dachte ich. Muss irgendwie zu Geld kommen, dachte ich. Muss mir was überlegen. Nicht nur die Junkies, die ganze Welt hatte sich gegen mich verschworen. Ich hatte im Paradies Lokalverbot. Vor dem prächtigen Eingang wachte ein Türsteher, der mich nicht für würdig befand, der mich, verächtlich mit der Hand wedelnd, aufforderte, mich zu verpissen.

Kopfschmerzen, weiche Knie. Der Tag fing schon beschissen an. Aber das war noch gar nichts. Irgendein Schwein hatte den Buick abgefackelt. Vielleicht die Junkies? Die wussten ja, dass die auffällige Karre mir gehörte.

Die Beileidsbekundung des Polizisten war zweifellos echt, so emotional, dass sie mich peinlich berührte. Der Mann liebte Oldtimer mehr als seine Frau, wie er sagte. Einer Freveltat solchen Ausmaßes sei er in seiner ganzen Dienstzeit nicht begegnet.

Was mich doch sehr verwunderte. Es war nur ein Auto. Ein schönes Auto, klar, und eine Erinnerung an Fred. Aber die Aufmerksamkeit, die der Wagen überall erregt hatte, war mir längst lästig geworden. Mich faszinierten die neuen Autos. Gegen die wirkte jeder Oldtimer steinzeitlich. Außer den technischen Raffinessen hatten moderne Autos zudem den unschätzbaren Vorteil, in jede normale Parklücke zu passen.

Allerdings besaß ich jetzt weder ein altes noch ein neues Fahrzeug. Ich schien vom Schicksal geschlagen zu sein. Und wenn das Schicksal mich gerade mal nicht piesackte, war ich immer noch in der Lage, mir selbst ein Bein zu stellen. Am vorigen Abend zum Beispiel, die Scheiße im *Rigas Ferreos*. Welcher Teufel mich da wohl geritten hatte. Der Bankräuber! Schön und gut, für eine Stunde oder zwei der geheimnisvolle Outlaw, der neue John Dillinger, Clyde ohne Bonnie, dazu Ouzo ohne Ende, lockere Stimmung, hatte Spaß gemacht, keine Frage. Aber nun war ich in dieser Kneipe abgestempelt. Ich hatte mir ja sozusagen selbst den Stempel auf die Stirn gedrückt. *Autoknacker, Bankräuber, alles in allem zehn Jahre Knast!* Auf meine kriminelle Laufbahn war ich nie stolz gewesen. Wozu auch? Kein großer Coup, kein pfiffiges Bubenstück – nur die simple Art: Autos klauen und windigen Händlern für ein Butterbrot verkaufen. Den Banküberfall in Reichelsheim hätte ich liebend gern aus meinem Gedächtnis getilgt – obwohl 600 Mark für mich auch nicht gerade Peanuts waren, ich meine, für 600 Mark hätte ich in einem korrekten Puff zwölfmal ficken können, ohne Kondom und mit allen Schikanen … Für die Kohle hätten wir drei geile Kopfhörer Marke Sennheiser bekommen, etwa fünfundzwanzig Flaschen Jack Daniel's – ach, genug jetzt, Schluss mit dem Quatsch. Ich musste mir wieder einmal eingestehen, dass die von mir selbst aufgestellte Messlatte für mich schon immer zu hoch gewesen war. Als Sänger, dachte ich manchmal, mit einer guten Band, hätte ich meine Ansprüche möglicherweise sogar übertroffen. Nichts als Ausreden, klar, nur die Wirklichkeit zählte – und die gefiel mir zur Zeit überhaupt nicht. Sie war weder flauschig noch farbenfroh, gab sich grimmig, hart und kalt, was natürlich auch am Wetter lag – zum Teil jedenfalls, denn der eisige Wind trieb jedem Tränen in die Augen. Eine Ahnung, schon vor Wochen aufgetaucht und anfangs vage, schälte sich aus dem Nebel, die Konturen wurden ganz allmählich deutlich, und nun erkannte ich die Botschaft: Wer so lange im Gefängnis gesessen und in der Monotonie des Knastalltags sozusagen verwaltet worden war, das Eingesperrtsein quasi entmündigt ertragen hatte, dem musste die Freiheit, in der man täglich Entscheidungen zu treffen hatte, grimmig, kalt und hart vorkommen. Nichts wurde einem geschenkt, wenig wurde einem gegönnt. Man durfte sich frei bewegen, in jede Straße, jeden Pfad einbiegen, doch man wusste nicht, wo man enden würde. Ich befürchtete mit einem Mal, den Anforderungen der Freiheit nicht gewachsen zu sein. Wie die Junkies in meinem Haus.

Auf dem Weg zu meinem Zimmer klingelte ich bei ihnen. Vier abweisende Gesichter, entstellt vom Heroin und dem die Sucht begleitenden moralischen Verfall. Vier Vampir-Gesichter. Die dürre Frau zeigte den Männern, wie man mit Wichsern umgeht und kippte eine Auswahl ihrer Lieblingsschimpfwörter über mich.

Ich ignorierte den Wortmüll und sagte nur, diesmal verdammt gut den Lässigen mimend: »Ihr wisst nicht, wer ich bin, ihr habt keine Ahnung. Aber ihr werdet mich noch kennenlernen.«

Oben in meinem Zimmer schüttelte ich über mich den Kopf. Wer war ich denn? Was hatte ich dem Pack denn damit sagen wollen? Dass ich sie bestrafen würde? Wofür? Das mit dem Buick ging jedenfalls nicht auf ihr Konto. Das war mir nach dem ersten Blick in ihre Gesichter klargeworden. Zwar hatte ich darin jede Menge Schuld, Verschlagenheit und Angst gesehen, aber keinerlei Hinweis auf diese konkrete Tat.

Der plötzlich auftauchende Wunsch nach einem Telefon lenkte mich auf eine andere Schiene. Ausgerechnet ein Telefon. In diesem Zimmer gab es noch nicht mal einen Anschluss. Das konnte Wochen dauern. Und wofür eigentlich? Wer sollte mich anrufen? Ich würde allenfalls das Hotel in Bad Harzburg anrufen und Doris Hirsekorn verlangen. Aber warum? Um fünf Minuten mit ihr zu sprechen, von ihr zugleich bedauert und abgelehnt zu werden und dann so traurig wie zuvor den Hörer aufzulegen oder gar an der Tischkante zu zertrümmern? Oder so: Telefon als Verbindung zur Außenwelt. In den sieben Jahren hatte sich das Telefon bis in den letzten Winkel verbreitet. Selbst Landkommunen und Eremiten mit selbst auferlegtem Schweigegelöbnis waren jetzt telefonisch erreichbar, es gab Telefone in Autos und vergoldete Nostalgie-Telefone.

Leute kennenlernen, brauchbare, akzeptable Connections, Telefonnummern sammeln, ein Verbindungsnetz knüpfen – und der Scheißapparat würde Tag und Nacht klingeln, mich nur belästigen und schon bald von mir zerschmettert werden. Falls ich jedoch vielleicht, womöglich, man weiß ja nie, demnächst ein Rock'n'Roll-Sänger werden sollte, und nur dann, wäre das ständige Klingeln des Telefons ein angenehmer Sound, ein Zeugnis des Erfolgs – Manager und Veranstalter, Plattenfirmen und Journalisten, Autogrammjäger, Groupies und Fernsehleute würden sich die Finger wund wählen, um mich zu erreichen.

Vorläufig jedoch würde ein Telefon zu meinem Untergang beitragen, weil ich im Suff und selbst am Nachmittag im *Alsterpavillon* meine Telefonnummer zahllosen Menschen beiderlei Geschlechts und vorzugsweise Psychopathen regelrecht aufdrängen würde – und schon hätte ich wieder eine Menge Stress.

Aber trotzdem, sagte ich mir, musst du Leute kennenlernen. Du musst deine Zelle verlassen. Man braucht Bekannte, es müssen ja nicht unbedingt Freunde sein.

Plötzlich saß Fred vor mir. Der gute alte Freddy. Schon wieder. Er besuchte mich ab und zu, konnte zwar nicht sprechen, doch sein Blick – die liebe, unverstellte Variante – ruhte nachdenklich auf mir. Nicht etwa vorwurfsvoll, nein, eher träumerisch, mit einem Stich ins Abgeklärte. Und jedes Mal, wenn mir Fred erschien, fühlte ich mich echt beschissen, denn ich wusste ja, dass ich ihn hätte aufhalten können, dass ich ihn einfach hatte gehen lassen.

Ich ignorierte ihn, peinlich berührt, und verkroch mich geschwind in meinem Bett.

Die Strecke vom nördlichen Rand St. Paulis bis zu den Neonlichtern der Reeperbahn schafft man zu Fuß und nüchtern in etwa zwanzig Minuten.

Ich blieb schon in der Wohlwillstraße hängen. Hier gab es eine stattliche Anzahl an Kneipen, obwohl das eigentliche Amüsierviertel noch ein gutes Stück entfernt war. Die Straße gefiel mir, da ihr das grell Aufgeputzte und damit auch das Touristische fehlte. Bars für Schwule, Bars für Spieler, Bars für harte Typen, Kneipen für Kriminelle und solche, die es werden wollten, für Kellner, Köche, Koberer und Nutten, die sich hier nach Feierabend zu Hause fühlten, Lokale, in denen unermüdlich Lieder von Hans Albers und Freddy Quinn gespielt wurden und in denen man Ärger bekam, wenn man so leichtsinnig war, über diese Musik zu lästern, denn hier verkehrten nicht wenige eingeborene St. Paulianer, die ja, wie ich wusste, gar nicht anders konnten, als die Hans-Albers- und Freddy-Quinn-Schnulzen aggressiv zu verteidigen, was mich wieder mal in meiner Ablehnung jeglicher Ideologie bestätigte.

Zu gern hätte ich herausgefunden, wer für die Ausstattung der *Tiffany Bar* verantwortlich gewesen war. Geschmacklosigkeit, wohin der Blick auch schweifte, eine ziellose Mischung aus Barock, aus Jugendstil und Art Deco, maßloser Einsatz von Goldfarbe, Messing, Tiffany-Lampen, Brokat und Edelholz, an einer Wand eine riesige Kopie des Rubens-Gemäldes *Angelika und der Einsiedler,* eine üppige Nackte, schlafend, neben ihr lüstern der Einsiedler, der ihr offenbar gerade das dünne Tuch vom Leib gezogen – und nun was im Sinne hatte? Ich versuchte, mir den Besitzer dieser Bar vorzustellen, und vor meinem inneren Auge erschien ein untersetzter hässlicher grauhaariger Mann mit maßgeschneidertem grauweiß gestreiften Anzug, blauweiß gestreiftem Hemd, silberner Krawatte, Siegelring und fetter Uhr, die Schuhe schwarz gelackt, zwischen den Fingern eine meterlange Havanna.

Gedämpftes Licht. Ein paar großzügig dekolletierte Animierdamen auf gepolsterten Barhockern. Eine von ihnen erhob sich kurz und bückte sich, um einen altersschwachen oder betrunkenen, jedenfalls schwankenden Hund zu streicheln – und mir wurde schwindlig, als sich ihr göttliches Gesäß, von einem Minirock nur knapp bedeckt, in meine Richtung reckte. Dann setzte sie sich wieder, und zum ersten Mal in meinem Leben wünschte ich, ein Barhocker zu sein. *Ihr* Barhocker, klar, nicht der des Dicken neben ihr, dessen Arsch es an Größe mit einem Bierfass aufnehmen konnte.

Wenig Betrieb. Nur der Dicke am Tresen und vier weitere Männer an einem runden, weiß und golden lackierten Tisch. Jede ihrer Gesten demonstrierte, dass sie hier zu Hause waren, Wölfe in ihrem Revier. Sie schienen ein wichtiges Gespräch zu führen und waren, wie's aussah, für Animierdamen nicht erreichbar. Unterweltgesichter. Das fiel mir gleich auf. Teure, wenn auch viel zu grelle Klamotten, geföhntes Haar und Koteletten, Gold und Brillanten, die obligatorische Rolex.

Ich ließ mich drei Hocker entfernt von dem Dicken nieder, schon schwebte eine der Damen hinter den Tresen, beugte sich zu mir rüber. Noch ein Stück weiter, und die Titten würden zwangsläufig aus ihrer ohnehin knappen Hülle purzeln, zu meinem Entzücken und allgemeiner Erheiterung. Sie schickte mir überdies ein laszives Lächeln zu und gurrte: »Was darf's denn sein, schöner Fremder?«

Ganz jung war sie nicht mehr. Schon einige Falten im Gesicht, kunstvoll zugespachtelt, in den Augen bereits Bitterkeit, die vorläufige Endsumme einer Addition der Enttäuschungen. Aber ging mich nichts an, ich wollte nur einen Drink, bestellte einen Bourbon auf Eis und gab ihr auch was aus, um dann meine Ruhe zu haben, was ich gleich klarstellte. Ich versuchte, so hart auszusehen wie die Typen am Tisch, gab mich aber keinen Illusionen hin.

Scheißmusik – das schmierige Zeug von Frank Sinatra und Dean Martin. Passte aber, wie ich zugeben musste, perfekt in dieses Etablissement.

Wohlerzogene Damen – sie respektierten meinen Wunsch, eine kümmerte sich sowieso um den Dicken, die anderen rauchten lange Zigaretten und unterhielten sich schläfrig über Hunderassen, Autos und neue Kacheln im Badezimmer.

Nach dem dritten Drink füllte sich der Laden. Hauptsächlich Stammgäste – wie der fröhliche Porno-Regisseur, der in Begleitung der männlichen und weiblichen Hauptdarsteller seines neuen Films mit dem Titel *Tiefe Löcher, harte Bohrer*, hereintänzelte, laut und egozentrisch, oder dem fetten Perser, der in jedem Arm ein Mädchen besitzergreifend fast erdrückte, dem ich sofort ansah, dass er von schmutzigen Geschäften lebte. Ein paar um Unauffälligkeit bemühte Typen drückten sich schattenhaft herein, Typen wie ich, zum Kriminellen neigend, aber nicht hart und nicht glatt genug, um die Füße aus dem Schlamm zu kriegen.

Hin und wieder taumelten, Nachtfaltern gleich, einsame Männer aus den Vororten und der Provinz in den mittlerweile heftig pulsierenden Schuppen, und sogleich klebten die Animierdamen, ihrer Beute gewiss, mit Honigmund und zäh wie Leim an ihnen.

»Der Laden ist klasse, wenn man reichlich Asche hat und nicht jedem Schein, den man auf'n Tresen legt, hinterherweinen muss«, raunte mir ein schmaler, großer Beau ins Ohr.

Ich ließ einen schnellen Abtastblick über den lässig neben mir Stehenden huschen. Disco-Tänzer, nahm ich an, sah aus wie dieser John Travolta, der einem momentan aus jeder Zeitschrift entgegengrinste. Kommt gut bei Frauen an, dachte ich und beschloss aus strategischen Gründen – Leute kennenlernen, Netzwerk aufbauen, Verbindungen etc. –, in ein vermutlich saublödes Gespräch einzusteigen, wegen Terrain-Sondierung und so. Ich brauchte noch einen coolen Spruch, nicht erst in zehn Minuten, sondern jetzt. Okay, mal sehen: »Das ist so wahr wie das Scheiß-Amen in der Scheiß-Kirche, Alter.« Da hatte ich wohl zu dick aufgetragen, war mir schon beim Sprechen aufgefallen, doch ich ließ mich nicht von mir beirren. »Spaß gibt's hier nur, wenn du 'ne volle Brieftasche hast.«

»Das Geld liegt auf der Straße«, raunte mir der Schöne zu. »Man muss es nur aufzuheben wissen.«

Sprüche dieser Art, verbaler Dünnschiss gedanken- oder gewissenloser Labersäcke, kotzten mich normalerweise an, aber logisch, ich musste Zugeständnisse machen, wegen der Kontakte und so, um demnächst in dieser Bar kein Unbekannter mehr zu sein. In meiner Antwort, so locker sie sich auch anhörte, lag nach meiner Ansicht die zentnerschwere Weisheit eines Mannes, den das Schicksal oft genug gebeutelt hatte. Zumindest gemessen an diesem hohlen Das-Geld-liegt-auf-der-Straße-Scheiß klang es nicht übel: »Und wenn das Geld mal gerade nicht auf der Straße liegt, wo es eigentlich hingehört, dann muss man es woanders suchen.«

»Hey!« Der Disco-Tänzer war begeistert. »Das ist voll, ey, absolut, ich meine, klasse! Du hast den Durchblick, find ich geil, ey, du bist genauso hungrig wie ich! Was machst du denn so?«

Ich gab mich bescheiden, ließ das Eis in meinem Glas ein wenig klimpern und nuschelte: »Im Moment? Jeden Morgen, nach dem ersten Kaffee und der ersten Zigarette, muss ich scheißen, dann sehe ich mir den Haufen an und stelle fest, dass es schon wieder kein Goldklumpen ist, dann spüle ich den Scheiß in die Kanalisation und frage mich dabei, ob ich zu voreilig gewesen bin, ob ich dem Haufen vielleicht mehr Zeit zum Reifen hätte lassen sollen, was weiß ich.«

Der schwarzhaarige Pseudo-Travolta war zweifellos hingerissen. Wie in einem Flipper blinkte und funkelte es in seinem ekelhaft optimistischen Gesicht. »Hey, das hat Klasse, Alter, wow! Und was hast du davor gemacht? Ich meine, du bist doch'n Typ, der schon einiges hinter sich hat. Weißt du, ich erkenn das auf den ersten Blick.«

Zu gleichen Teilen amüsiert und geschmeichelt, erzählte ich möglichst lapidar, auf Understatement bedacht, von dem Bordell in Hessen, von meinen dortigen »Angestellten«, dem guten Umsatz bis zu der Schießerei zwischen fünf Arabern und drei süddeutschen Gangstern.

»Das war in *deinem* Laden? Leck mich am Arsch, ey, alle Achtung!« In den Augen meines neuen Bekannten lag purer Respekt. »Geile Nummer, Alter, war hier tagelang Top-Thema, saugeil, Mann, musst du mir demnächst mal detailliert erzählen. Ich kann's kaum fassen. Du bist doch kurz zuvor erst aus dem Knast gekommen.« Er überlegte, die Augen zusammenkneifend, dann schnellte sein Finger gegen meine Brust. »Sieben Jahre! Stimmt's? Wegen Bankraub. Alter, Alter. Moment mal, ich bin gleich wieder da. Mein Name ist übrigens Leo.« Er ging, nein, er flog zu dem runden Tisch, schob hektisch den Kopf in die Runde, die vollen Lippen bewegten sich gummiartig. Wie von mir erwartet, drehten die vier Männer ihre Köpfe – natürlich langsam, scheinbar bis zum Überdruss gelangweilt – in meine Richtung, kühle Augen musterten mich kurz.

Und schon stand Leo wieder neben mir, heftig atmend, mit sich zufrieden. »Wir dürfen uns zu ihnen setzen. Ich hab das arrangiert. Alles hochkarätige

Burschen, schwör ich dir. Wenn die dich akzeptieren, spielst du gleich in 'ner höheren Liga.«

Scheinbar cool wie Steve McQueen in *Thomas Crown ist nicht zu fassen* folgte ich dem aufgedrehten Ersatz-Travolta, der, wie ich zugeben musste, in der schwarzen, hautengen Hose mit dem hohen Bund, der schwarzen, mit Strass bestickten kurzen Jacke und dem weißen Hemd mit Schillerkragen eine gute Figur machte. Wir zogen uns jeder einen freien Stuhl heran und rückten in die Runde. Ich versuchte den harten Blick. Als ich mich vorstellte, ließen mich die vier eisigen Augenpaare frösteln – aber nur innerlich, nach meiner Ansicht gut verborgen. Ärgerlich, dass mein Glas, an dem ich mich hätte festhalten können, unerreichbar auf dem Tresen stand. Zigarette, auch was zum Festhalten, schoss es mir durch den Kopf, war aber'n saubloder Einfall und völlig unmöglich. Jeder der Gangster wartete nur auf ein Zeichen von Unsicherheit, auf eine undichte Stelle.

Erst mal nur Gebrumme und Gegrunze. Endlich bequemte sich ein breit gebauter Älterer, der sein gewelltes Silberhaar noch auf die altmodische Art mit Pomade verkleisterte, zu einer Antwort, leicht von oben herab, was mich nicht störte, gehörte ja zur Imagepflege, denn der Pomadisierte schien hier der King zu sein. Seine Stimme war rauh und ein wenig gurgelnd, so 'ne Schnaps- und Tabakstimme. »Du hast also den Knochenbrecher ausgeknipst?«

Bedauernd schüttelte ich, die Unterlippe vorschiebend, den Kopf. Das Bedauern war in diesem Moment echt. Oh ja, in diesem Augenblick wünschte ich, der Knochenbrecher wäre von mir persönlich ausgeknipst worden, mit einem sauberen Schuss zwischen die Augen. Das hätte zwar meine Alpträume noch intensiver gestaltet, würde mir aber jetzt das

Rückgrat enorm stärken. Bloß keine Scheiße labern, sagte ich mir, dann bist du unten durch. »Das waren die Bodyguards eincs arabischen Bordell-Besuchers. Allerdings muss ich gestehen, dass ich das Timing organisiert habe. Der Knochenbrecher wollte uns plattmachen, weil ich ihm in München einen Kerzenleuchter übergezogen und ihm dann zehn Maschinenpistolen abgenommen habe. Uzi. Und da dachte ich, es könne von Vorteil sein, ein paar Profis im Rücken zu haben. Eigentlich hatte ich mit Rudi ganz in Ruhe reden wollen, aber der Penner hat volle Kanne die Tür eingetreten. Bei arabischen Bodyguards ist da bekanntlich gleich die Ehre im Spiel. Die haben's ja so mit der Ehre, die braungebrannten Jungs.«

Ob ich den Eindruck, das Thema sei mir nicht allzu wichtig, erweckt hatte, konnte ich leider nicht erkennen, weil die Burschen ja Profis waren und deshalb ihre Empfindungen immer gut gesichert in eines der vielen Verliese in ihren Köpfen sperrten. Immerhin schien mein Bericht keine üblen Gefühle entfacht zu haben, denn erst mal schmunzelten alle – unverbindlich, logo, um keinen Fehler zu machen –, bis ein Lachanfall den Alten zucken und nicken ließ, zur Erleichterung der anderen, die eindeutig mehr als nur schmunzeln wollten und nun ungehemmt mitlachen durften.

Kaum hatte der Grauhaarige seine Hand in die Kneipenluft gestreckt, stand schon eine der Damen vor ihm.

»Heidi-Schatz, gib dem jungen Mann was zu trinken, sei so nett!«

Jack Daniel's, alles klar, und nun die Zigarette – immer wieder ein Erlebnis. Der Alte neigte sein Ohr zu mir, ohne mich dabei anzusehen und meinte natürlich mich, als er wie zu sich selbst sprechend murmelte: »Hast'n Puff gehabt, hörte ich. Bankraub, hm? Sieben Jahre? Auch andere Sachen? Ich spreche nicht von Ladendiebstahl oder Kindern ihre Bonbons wegnehmen.«

»Klar, ich meine, na ja, nix Dolles.« Über meinen Status in dieser Runde machte ich mir keine Illusionen. Leo, na gut, aber dass er noch eine Stufe unter mir angesiedelt war und dort vermutlich den Rest seines Lebens verbringen würde, änderte nichts an meiner Position. »Früher hab ich Nobelschlitten auf Bestellung geklaut, Mercedes, Porsche, Jaguar und so«, antwortete ich, da mir nichts Besseres einfiel. Die erste Lüge. Ich musste vorsichtig sein.

»Verstehe. Und warum hast du den Puff dichtgemacht?«

»Nach der Schießerei haben meine beiden Angestellten gekündigt.«

»Hä? Du hast sie einfach gehen lassen?«

»Ich bin ein freundlicher Mensch.«

»Natürlich. Mit Freundlichkeit kommt man weit im Leben.« Ungeniert zwinkerte der Alte in feixende Gesichter. »Ein freundlicher Mensch also. Da bist du an unserem Tisch in bester Gesellschaft. Was machst du in Hamburg außer freundlich sein?«

»Zur Zeit liege ich meistens auf dem Bett und beobachte den täglich größer werdenden Feuchtigkeitsfleck an der Zimmerdecke.«

»Aber deswegen bist du nicht nach Hamburg gekommen.«

Mein Blick huschte über die Gesichter. Es kam mir vor, als hätte ich sie alle schon im Knast getroffen. War natürlich nicht so, aber jeder aus dieser Runde verkörperte einen bestimmten Typus, dem man in jedem größeren Knast begegnete. Der freundliche Typ war allerdings nicht darunter. Nun, ich verzog den

Mund zu einem lakonischen Grinsen, dann erzählte ich ihnen von Geli, von den 60 000 Mark, die ich mir wiederholen wolle.

Die Erwähnung einer konkreten fünfstelligen Geldsumme rief bei solchen Leuten Reflexe hervor, die zwar nicht so extrem ausfielen wie die des Pawlow'schen Hundes, doch eine gewisse Unkontrolliertheit war zu erkennen: Zungen strichen über Lippen, Schluckbewegungen, Flackern in den Augen.

Ein Schwarzhaariger, dessen fein gestutzter Oberlippenbart sich an beiden Seiten bis zum Kinn hinunterzog, fragte scheinbar gelangweilt: »Glaubst du denn, davon sei noch was vorhanden?«

»Keine Ahnung. Ich weiß auch gar nicht, ob ich mich wirklich mit den beiden Rockern anlegen möchte.«

»Das wäre kein Problem«, sagte der Schwarzhaarige mit einer Bestimmtheit, die für einen Moment Hoffnung in mir weckte. Doch erst mal wurde das Thema beiseite geschoben, denn der Silberhaarige ergriff souverän das Wort, wobei er mich nachdenklich ansah. »Vielleicht hab ich'n Job für dich. Machst ja'n ganz passablen Eindruck. Morgen um die gleiche Zeit kann ich dir sagen, ob's hinhaut.«

»Hört sich gut an. Würde mich freuen, wenn's klappen sollte.« Von dem Alten blickte ich kurz auf die anderen. Nach ihren Mienen zu urteilen, schienen sie von meiner Reaktion ein wenig enttäuscht zu sein. Hatten wohl mit einer stärkeren Dankbarkeitsbezeugung gerechnet. Wahrscheinlich war es eine Ehre, fast schon eine Auszeichnung, von der Silbertolle einen Job in Aussicht gestellt zu kriegen. Kam natürlich auf den Job an. Erst mal scheißegal, ich hatte jetzt einen Fuß in der Tür, vielleicht auch bald einen Spitznamen, was in dieser Szene einem Adelsprädikat entsprach. Ein paar spontane Vorschläge flogen durch mein Hirn, etwa *Knochenbrecher-Brecher, Zwei-Personen-Puff-Hans, Araber-Hansi* oder gar *Todesengel*, aber darauf hätte ich ohnehin keinen Einfluss und würde mich auch nicht wundern, wenn sie sich beispielsweise auf *Bockmist-Hansi* einigen sollten.

Es wurde noch richtig gemütlich. Der Silberrücken ließ sich nicht lumpen und gab mehrere Runden aus, die Porno-Schauspieler schaufelten sich Kokain in die Nase und ließen sich mühelos zu einer Kostprobe ihrer Kunst überreden, ein 1956 aus Ungarn geflüchteter Csárdás-Geiger, der nach frustrierendem Tingeln durch circa zwanzig Lokale sein Feierabend-Bier trinken wollte, wurde aufgefordert, das Instrument noch einmal auszupacken, was er ohne Umschweife tat. Den Bogen mit Hingabe über die Saiten streichend, ließ er csárdásmäßig die Geige schluchzen, trieb damit auch prompt die eine oder andere Träne in so manches Auge und wurde danach mit Geld, na ja, nicht gerade zugeschüttet, aber doch recht ordentlich beworfen.

Hein und Antje – er mit Schifferklavier, sie mit zittriger Singstimme irgendwo zwischen Alt und Sopran – hatten ebenfalls ihre Tour durch die Kneipen beendet und gaben hier noch mal alles. Ich beteiligte mich höflicherweise am Applaus, obwohl Seemannslieder normalerweise den Fluchtreflex in mir aktivierten.

Der Alte hieß übrigens Berti Drossel. »Der Name passt überhaupt nicht zu dir«, lallte ich ihm, inzwischen dank Whiskey und anderer, zum Teil unbekannter Getränke, recht entspannt ins Ohr. »Das klingt so drollig, weißt du.«

In Bertis Gesicht erkannte ich trotz meiner Betrunkenheit das ganze Spektrum seines Wesens, die latente

Rücksichtslosigkeit, Brutalität und Gier, Paranoia, gepaart mit Einsamkeit, Verschlagenheit und Egoismus – sowie eine in diesem Moment auf mich bezogene Nachsichtigkeit, na Gott sei Dank, denn schon während ich das Wort *drollig* ausgesprochen hatte, war mir unwohl gewesen. Er tätschelte so gutmütig wie dominant meinen Nacken. Sein Grinsen ähnelte dem eines Krokodils. »Du glaubst also, ich sei, im Gegensatz zu meinem drolligen Namen, alles andere als drollig? Ich kann verdammt drollig sein. Aber nur, wenn ich mit mir allein bin, zum Beispiel auf dem Scheißhaus. Grundsätzlich möchte ich das Wort *drollig*, so weit es mich betrifft, nicht hören, weil einer in meiner Position niemals in den Verdacht geraten darf, drollig zu sein. Hast du das verstanden, Junge?«

Ist der Typ genauso besoffen wie ich?, rätselte ich, nickte aber klugerweise, kramte hektisch in meinem Wortschatz und fischte ein paar verwendungsfähige Wörter heraus, die ich jetzt nur noch irgendwie sinnvoll miteinander verknüpfen musste. Das dauerte eine Weile, deshalb nickte ich erneut, den Denkprozess dadurch geschickt verschleiernd, aber diesmal, wie ich hoffte, nachdenklich und tonnenschwer. Dann stieß ich die grob zusammengezimmerten Sätze aus, und sie kamen mir sofort wie Dünnschiss vor, war mir aber scheißegal, weil ich einfach zu viel gesoffen hatte. »Voll verstanden«, lallte ich. »Geht klar. Drollig nur allein, auf'm Scheißhaus oder so. Ich bin nie drollig, wenn ich allein bin. Komisch, was? Aber scheiß drauf. Wenn ich eine Bank überfalle, kann ich sehr drollig sein. Im Ernst. Vor einigen Monaten hab ich so 'ne lausige Scheißbank in einem verschissenen Kaff bei Friedberg überfallen. Kein Scheiß, is wahr. Ich sag dir, das war drollig. Der Arsch hinter der Panzerglasscheibe hat sein Frühstück ausgepackt und

gesagt, ich soll die Geisel erschießen. Ich hatte nämlich eine Geisel, weißt du. Die widerlichste Geisel,
die man sich nur vorstellen kann, der Alptraum jedes
Geiselnehmers. War ja klar, dass ausgerechnet ich den
Drecksack als Geisel sozusagen zugewiesen bekam,
von wem auch immer. Ich bin ja nicht religiös. Wenn
du eine Geisel hast, Berti, eine marxistisch inspirierte
Geisel, die von dir aus politischen Gründen erschossen werden will, dann hast du, metaphorisch gesprochen, verdammt schlechte Karten. Ich sag dir, ich hätte den Wichser gern umgelegt, schon weil er mir das
Ding vermasselt hat, aber ich bin einfach zu freundlich.« Ein Lachanfall schüttelte mich, ich schlug mir
auf die Schenkel, Bertis erstaunt-belustigten Blick
ignorierte ich. Erst als sich sein Schmunzelgesicht
wohlmeinend meinem Suffgesicht näherte, nahm ich
meine Umwelt wieder einigermaßen wahr.

Ich sah Bertis brutal-sinnlichen Mund vor mir und
konnte sogar die daraus quellenden Laute als mensch-
liche Äußerungen identifizieren. »Mit dir hab ich anscheinend einen ganz besonderen Fang gemacht.«

Das gefiel mir, das gehörte nach meiner Meinung
schon in die Abteilung Kuscheln, Liebeserklärung
und so. Begeistert klatschte ich meine Hand auf
Bertis Rücken, lachte gerührt und krähte: »Darauf
kannst du einen lassen, du drollige Drossel, auch
wenn du hier nicht drollig sein willst, ich meine, hier,
in der Öffentlichkeit, der verschissenen.«

Berti nahm's mir nicht krumm.

Dieses Sägewerk im Kopf. Baumstamm um Baumstamm, zum Glück schon entrindet, wurde von gottverdammten Zwergen hinter meinen Schläfen zersägt,
offenbar ohne Pause, Akkordarbeiter, knüppelhart
und verbissen, rastlos bis zum Ende. Und diese Säger,

die in einem menschlichen Körper – denn es ging ja beileibe nicht nur um den Kopf – dermaßen ranklotzten, waren natürlich obendrein mit einer überdurchschnittlichen Portion Sadismus ausgestattet, denn anders konnten, meiner Meinung nach, selbst perspektivlos in menschlichen Körpern hausende Zwerge dieses Pensum nicht bewältigen.

So besoffen war ich lange nicht mehr gewesen. Mein Gedächtnis streikte. Dabei hätte ich zu gern gewusst, wie ich nach Hause gekommen war.

Da war doch was gewesen. Irgendwas mächtig Unangenehmes.

Plötzlich Erinnerungsfetzen, sekundenschnelle Bildsequenzen. Die Junkies. Irgendwas war mit den Junkies gewesen. Dreckpack, verdammtes – ach ja, genau, sie hatten mir die Fresse polieren wollen. Und dann? Oh, schön, das Bild wurde klarer, wie bei einem Fernseher, dessen Antenne in die richtige Lage gedreht worden war. Der junge Türke, Bülent, der hier im Haus wohnte, war gerade von einer Geburtstagsfeier gekommen, als guter Moslem natürlich stocknüchtern, mein Retter. Ich erinnerte mich an die blitzschnellen, trockenen Schläge, mit denen er die Wegelagerer von den Füßen gewischt hatte. Karate oder so was. Der gute alte Bülent. Na, was heißt alt, höchstens achtzehn schätzte ich. »Die Typen hasse ich«, hatte er gesagt, nicht sehr laut, aber es war mir vorgekommen, als hätten die Wörter im Treppenhaus ein Echo erzeugt. »Sie wohnen auf unserer Etage, haben sich tausend Sachen von uns geliehen, haben uns nie etwas zurückgegeben, und damit meine ich nicht einmal das geliehene Zeug, nein, sie sind nicht in der Lage, überhaupt etwas zu geben. Nur wenn sie etwas von dir wollen, sind sie freundlich, aber es ist keine echte Freundlichkeit, verstehst du?«

Ich erinnerte mich, dass ich, erschöpft auf der Treppe sitzend, mit Bülent eine Zigarette rauchend, zu ihm gesagt hatte, ich hätte mich vor einigen Stunden bei einem Gangsterboss als freundlicher Mensch bezeichnet und das sei ein verdammter Fehler gewesen, weil die meisten Gangster freundliche Menschen für Idioten hielten, sozusagen als geistig Behinderte einstuften. Und das Wort *drollig* sei absolut tabu. Ein Gangsterboss, den man als drollig bezeichne, fühle sich schwerstens beleidigt.

»Du bist betrunken«, hatte Bülent gesagt, mit Besorgnis und Mitleid in der Stimme, was mich verärgert hatte, aber nur ein wenig, nicht genug, um mich groß aufzuregen, außerdem war ich ohnehin zu erledigt, um mich noch groß über irgendwas echauffieren zu können.

»Weißt du nicht, dass Alkohol eine Waffe des Teufels ist? Du musst unbedingt davon loskommen. Es würde mich freuen, wenn dir das gelingen würde. Du bist ein netter Mensch, das weiß ich, schon weil du mich und meine Familie immer freundlich und mit Respekt grüßt.«

Was hatte ich darauf geantwortet? Mir fiel wieder ein, welchen Unrat ich von mir gegeben hatte: »Bülent, mein Lieber, ich darf gar nicht freundlich sein, weil freundliche Bankräuber drollig sind, was wiederum ihrem Ruf schadet, und außerdem muss ich trinken. Und weißt du, warum? Nein, weißt du nicht. Woher denn auch. So gut kennen wir uns ja nicht. Ich sag's dir im Vertrauen. Vor meinen Augen sind drei Menschen erschossen worden, mein Freund hat sich von einem Turm gestürzt, mein früherer Arbeitgeber hat seiner Frau mit einer Schrotflinte das Gesicht weggeblasen, außerdem hat mich der Kassierer der Bank, die ich ausrauben wollte, aufgefordert, die Geisel zu erschießen. Ich hatte nämlich eine Geisel, weißt du, die beknackteste Geisel, die man sich denken kann; die Geisel wollte von mir erschossen werden. Und dann meine Freundin. Hat einfach ihr Domina-Studio und mich verlassen. So sieht's nämlich aus, Bülent, und deshalb bin ich froh, dass es überall guten Bourbon zu kaufen gibt.« Dann hatte ich, so viel ich weiß, wie ein Irrer gelacht, das Treppenhaus saugemütlich gefunden und meinen Retter ermuntert, mir alles über die Türkei, die Türken und den aktuellen Stand der Ausgrabungen in Troja zu erzählen. Bülent hatte jedoch so demonstrativ gegähnt, dass sogar ich diesen Hinweis verstanden hatte. Herzliches Händeschütteln, dann war er, vermutlich ganz schön irritiert, in der überbelegten Türkenwohnung verschwunden.

Unter der Dusche fühlte ich mich gleich besser, wenn auch noch längst nicht entgiftet. Unmengen Kaffee, Zigaretten und Aspirin. Die Kopfschmerzen blieben zwar, doch in meinem Gehirn hatte bereits das große Aufräumen angefangen, die Gedanken konnten geordnet werden.

Also Drossel, Berti Drossel. Die wichtigste Bekanntschaft der letzten Nacht. Ein unangenehmer Zeitgenosse mit viel Kohle, mit Beziehungen, hatte Jobs zu vergeben, zahlte gut, wie mir Leo versichert hatte. Ich brauchte einen Job, der mehr einbrachte als die Arbeit in einer miesen Küche. Momentan wünschte ich mir allerdings nur, dass die Zeit die nächsten zehn Stunden in zehn oder meinetwegen auch zwanzig Minuten zurücklegen würde, damit ich erstens den Kater hinter mir hätte und zweitens dann schon wüsste, um welchen Job es ging. Irgendwas mit Autos, vermutete ich, wohl kaum ein Bankraub. Selbstironisch grinste ich vor mich hin. Ein Banküberfall kam für mich zwar nicht mehr in Frage, aber die Groteske in Reichelsheim hätte ich Berti trotzdem nicht erzählen sollen. Wie der mich wohl einschätzte? Angelogen hatte ich ihn ja eigentlich nicht, von ein paar Kleinigkeiten abgesehen, nein, das war nicht das Problem. Ich hatte ihm viel zu viele Wahrheiten mitgeteilt, hatte gequasselt wie der Aal-Verkäufer auf dem Fischmarkt. Sozusagen Sprech-Durchfall. Nicht alle Gangster waren so wortkarg wie der von Alain Delon in *Der eiskalte Engel* gespielte Killer, na klar, der war ja total stilisiert, aber Sprech-Durchfall gehörte keinesfalls zu ihren Eigenschaften. Wahrscheinlich soll ich irgendwas mit dem Auto transportieren, dachte ich, oder sein Auto waschen. Mein Kichern driftete in Richtung Selbstironie, wehte jedoch darüber hinweg und zersplitterte an der Wand der Verzweiflung.

Schwerfällig stieg ich die Treppe hinunter und drückte den Klingelknopf, über dem der Name Gürsel stand. Zwei Riegel – oder gar drei? – wurden zurückgeschoben, und ich fragte mich, welche Erfahrungen die Bewohner zum Anbringen mehrerer Riegel bewogen hatten. Ein älterer Mann, der mich stets freundlich grüßte, erschien – Bülents Vater. Ich fragte nach seinem Sohn und dass ich mich bei ihm bedanken wolle. Während ich wortreich die Szene im Treppenhaus schilderte, stellte ich zu meinem Bedauern fest, dass der deutsche Wortschatz meines Zuhörers sehr bescheiden, um nicht zu sagen, beschissen war. Jeder halbwegs ausgeschlafene Papagei hätte die paar Wörter in drei, vier Wochen draufgehabt. Ich wurde, offen gesagt, leicht melancholisch, als mir auffiel, dass der Türke dem Wort *Arbeit* einen so hohen Stellenwert zumaß. »Bülent Arbeit. Arbeit gut. Muss Arbeit. Nix Arbeit, nix Geld. Arbeit in Deutscheland gut. In Türkei wenig Arbeit. Du und Bülent Freund?«

Nach kurzem Zögern nickte ich und sagte: »Ja, Bülent mein Freund.«

»Dann Tee. Komm rein.«

Wir tranken Tee, den uns eine Frau lächelnd, aber stumm servierte, aus bauchigen Gläsern, pusteten auf das heiße Getränk, schlürften, grinsten uns verklemmt an, jeder Gesprächsversuch zerschellte zwangsläufig schnell an der berüchtigten Sprachbarriere. Dennoch gefiel mir diese Begegnung. Ich sah in ein offenes Gesicht, der Ausdruck in den Augen des Türken unterschied sich so diametral von den immerzu wachsamen, berechnenden, zynischen Blicken meiner neuen Freunde, dass mich Rührung überflutete. Ich hätte den Mann am liebsten umarmt, ihm segnend eine Hand auf die fettigen Haare gelegt und so was Unüberlegtes und sowieso Falsches wie ›alles wird gut‹ gemurmelt, nahm aber, dank der Verklemmtheit und dank meines saumäßigen körperlichen Zustands, Abstand von emotionalen Exzessen jeglicher Art. Da mir nichts Besseres einfiel, lobte ich den Wandteppich, auf dem die türkische Variante des röhrenden Hirschs zu sehen war, das Kamel mit Palme. Daraufhin erhob sich Herr Gürsel augenblicklich, wollte das Kunstwerk abhängen und mir schenken. Ich konnte es nur mit Mühe verhindern. Nach dem dritten Tee rebellierte mein Magen und ich verabschiedete mich ein wenig überhastet, doch immer noch im Rahmen des Anstands.

Nette Leute, dachte ich, nachdem mein dürftiger Mageninhalt in mein modriges Klo geplätschert war. Es erstaunte mich nicht einmal. Früher wäre es mir nicht so leicht gefallen, Leute aus einem so fremden

Kulturkreis auf Anhieb nett zu finden. Vorurteile hegte ich zwar immer noch – das fiel mir hin und wieder auf –, doch in den letzten Wochen war diese scheinbar schützende Mauer morsch geworden, Risse waren entstanden und hatten sich schnell verbreitet. Zum Beispiel das plumpe *Knoblauchfresser*-Argument, früher eine meiner schärfsten Waffen gegen Fremde, hatte sich in Luft aufgelöst, seitdem ich bei den Griechen im Viertel ständig Unmengen an Knoblauch vertilgte und den Geruch vermutlich ausdünstete, was absolut undeutsch war. Sie hausen in verdreckten Löchern, weil sie in Anatolien wegen der Armut und des Wassermangels nichts anderes kannten, hatte ich, nicht einmal abfällig, sondern lakonisch, mit einem gewissen Verständnis, gedacht. War natürlich derselbe Blödsinn. Die Gürsel-Wohnung: tiptop. Das ganze Haus ansonsten: ein Dreckstall. Weil der deutsche Hausbesitzer das Gebäude verkommen ließ. Sprechen unsere Sprache nicht. Das traf im Fall des Ehepaars Gürsel allerdings zu. Dafür sprach Bülent ein besseres Deutsch als die auf ihr Deutschsein so stolzen deutschen Gäste in der deutschen Kneipe von neulich, deren deutsche Küche noch beschissener war als die Küchen, in denen selbst Köche wie ich geduldet wurden.

Auf jeden Fall nahm ich mir vor, mich von der Millionen zählenden Masse der xenophoben Deutschen zu lösen. Einer der vier Gangster von gestern war ja auch ein Ausländer, ein sehr selbstbewusster Kolumbianer, der im Gegensatz zu seinen Kumpels nicht nur teuer, sondern überdies dezent gekleidet war und über perfekte Manieren verfügte. Es gelang ihm nicht immer, die Primitivität seiner deutschen Freunde zu ignorieren, doch sein Spott schwebte so fein dosiert über der Runde, dass er kaum erkennbar war. Manuel.

Hatte gestern reichlich Kokain verstreut, das heißt, zu Linien geformt – und dann demonstriert, wie man eine solche Linie durch einen zusammengerollten Geldschein in die Nase saugt. Alle möglichen Leute hatten sich den weißen, kristallin glitzernden Stoff in die Nase ziehen dürfen – allerdings, schon wegen der Hygiene, mit ihren eigenen Scheinen. Leo, völlig abgebrannt, hatte mich verstohlen beiseite genommen und verschämt um einen Zehner gebeten; er hatte gemurmelt, man sei schnell als Verlierer gebrandmarkt, selbst wenn man ausnahmsweise sein Geld zu Hause vergessen habe. Zu diesem Zeitpunkt hatte ich bereits gewusst, dass Leo sozusagen der Prototyp des Verlierers war und dass die anderen das auch längst wussten.

Kokain, hatte Manuel im Stil eines Handelsvertreters gesäuselt, sei das Geschäft der Zukunft, in Amerika würden damit seit einigen Jahren enorme Gewinne erzielt. Die Droge der Erfolgreichen, der Kreativen, ein angesagtes Produkt mit einem im Gegensatz zur Loser-Droge Heroin äußerst positiven Image, relativ teuer und deshalb nicht für jeden Hans und Franz erschwinglich. Zunehmend führten Angehörige der Schickeria ihr Kokain in teuren Behältern wie etwa silbernen, oft auch mit Diamanten verzierten Röhrchen mit sich, um auf Partys, beim Brainstorming oder in den Clubs zu zeigen, dass man voll im Trend sei. In Discos gehöre es mittlerweile zum guten Ton, auf den Klodeckeln Linien zu legen.

Zu diesem Zeitpunkt noch relativ nüchtern, hatte ich, von Manuels Rhetorik fasziniert, jedes seiner Worte in mich eindringen lassen wie die überzeugende Botschaft eines Predigers. Der Koks-Vertreter war sich seiner Sache absolut sicher gewesen. Angenehme, einlullende Stimme, gepflegte Manieren –

und diese Stimme hatte im kleinen Kreis am runden Tisch von so viel Geld gesprochen, dass die Augen der Zuhörer feucht geworden waren.

Berti Drossel, von Geburt an misstrauisch, hatte seine Skepsis nicht verborgen. Abgesehen davon, dass er andere Geschäfte machte, schwang in seinen Ansichten stets ein Hintergrundton, der mir altmodisch oder, besser gesagt, reaktionär vorkam. Er war eigentlich ein Fossil, nicht mehr zeitgemäß – und würde, da war ich mir sicher, schon bald von einem Jüngeren weggebissen werden. Er hatte sich selbstverständlich geweigert, vom Koks zu naschen. Sein Rauschgift war der Alkohol – und früher mal, wie er gestanden hatte, in den 50er und 60er Jahren, Aufputschmittel wie Preludin und Captagon, was damals alle auf dem Kiez genommen hätten. Der Kolumbianer dagegen: unersättlich, mindestens vier, fünf Linien. Leo, der natürlich die Trends in New Yorker Discos kannte, hatte sich mit dem geliehenen Zehner im Nasenloch ebenfalls mehrmals über das weiße Pulver gebeugt und es erstaunlich sachkundig eingesaugt. Da ich mich auch enthalten hatte, war ich von Berti mit einem anerkennenden Klaps bedacht worden. Er hatte sogar für Sekunden den Arm um mich gelegt.

Nach meiner Ansicht passten Drogen exakt in mein düsteres Bild von der Welt. Elvis Presley und Fred Fink gestorben, der Kalte Krieg, Atomkraftwerke, Terrorismus, Heroinschwemme, primitiver Punk-Rock, bescheuerte Disco-Musik, Arbeitslosigkeit, Umweltverschmutzung, Terror der Roten Khmer in Kambodscha, Unterdrückung in Chile, Südafrika, Uganda und zahllosen anderen Ländern, Bürgerkrieg im Libanon, dazu die vielen Kleinigkeiten wie Bierpreiserhöhung, Fernseh-Programme für Unbedarfte, kurzsichtige Politiker, Panzerglas in jeder Bank, Scheißwetter. Das Gesamtbild glich einer Heartfield-Collage, jedoch ohne satirisches Element – und eigentlich wäre das Leben unter solchen Aspekten ein permanenter Alptraum, wenn es da nicht doch ein paar positive, das Herz erfreuende Einsprengsel gäbe: geile Autos, geile Rock-Musik, Jack Daniel's, die Kombination von geiler Rock-Musik und Jack Daniel's in einem geilen Auto auf einer geilen Autobahn, egal, ob bei geilem oder beschissenem Wetter. Mein Verhältnis zu Autos hatte sich seit meiner Kindheit nicht wesentlich verändert, ich war ja nie über die infantile Faszination hinausgekommen, den rationalen Blick auf Fahrzeuge mit Verbrennungsmotor hatte ich niemals angestrebt, denn die Vorstellung von der Reduzierung des Autos auf reine Zweckmäßigkeit war mir immer verhasst gewesen. Quietsche-Ente, Puff-Puff-Eisenbahn aus Holz, die Ritterburg, der Cowboyhut nebst Bakelit-Revolver, Fahrrad mit 3-Gang-Schaltung, Moped, dann die echten Autos, meistens aufgebrochen, kurzgeschlossen und geklaut. Nicht das Klauen hatte mir den Kick verschafft, sondern das Fahren. Sobald ich hinterm Lenkrad saß, erstrahlte augenblicklich in mir – bunt und eine wunderbare Zeit versprechend – die Illusion von Freiheit, Grenzenlosigkeit und Stärke, all die Jahre unvermindert, trotz gegensätzlicher Lebenserfahrung. Na ja, dachte ich, die Mädchen spielen mit Puppen, und wenn sie eines Tages Kinder kriegen, sind ihre Puppen aus Fleisch und Blut, optimale Zuwendungsobjekte, und die zu Frauen gewordenen Mädchen werden durch die von ihnen geborenen Puppen aus Fleisch und Blut erwachsen. Nicht alle, klar, aber das ist die Regel, das haben sie den Jungs voraus. Wenn Typen wie ich die Spielzeugrevolver gegen echte Knarren tauschen und Autos knacken, um echte Autofahrer zu werden, liegt das womöglich an einer vollkommen unterschiedlichen Weltsicht. Schon das Spiel mit Puppen bedeutet Schützen, Pflegen, Kümmern. Wir Jungs hatten kein Problem damit, im Laufe eines Nachmittags mit unseren imaginären Maschinengewehren ein ganzes Bataillon von Drecksäcken umzunieten. In jedem Mann ein potentieller Killer? Auf jeden Fall. Die meisten Männer beherrschen sich glücklicherweise, gehen bedrückt ihrer Arbeit nach, verkriechen sich achselzuckend in albernen Hobbys und pflegen verbissen ihre Neurosen. Die anderen, gierig und, einer Feuerwerksrakete gleich, zum kurzzeitigen Leuchten bestimmt, haben ihre Skrupel beizeiten über Bord geworfen und die ganze Welt zur Wildnis erklärt, in der nur der Harte bestehen und sich durchsetzen kann. Dann sind da noch die labilen Typen, solche wie ich, die sich von den Knallharten angezogen fühlen, ihren Zynismus verschämt bewundern und ihre Anerkennung als Ritterschlag missverstehen.

Verdammt, ja, so war es. Wohlige Schauer, als Berti Drossel seinen Arm auf meine Schultern legte, blubbernde Emotionen, ein Gemisch aus befriedigtem Bedürfnis nach Anerkennung, spontaner Selbstverliebtheit und plötzlicher Zuneigung zu allen Anwesenden.

Der primitive Berti Drossel, dachte ich im Nachhinein, hat alles, was einer wie ich ersehnt: Ansehen, Macht, Mietshäuser in Altona, Villa in Großhansdorf, Finca auf Mallorca, fährt einen Jaguar und überlegt, ob er sich einen Bentley mit Chauffeur zulegen soll. Zudem durch und durch Familienmensch. Seit über dreißig Jahren mit derselben Frau verheiratet, zwei erwachsene Töchter, drei Enkelkinder, keine Geliebte. Natürlich schiebt er ab und zu seinen Schwanz in eine Nutte, damit jeder weiß, dass er ihn noch hoch-kriegt, doch darüber hinaus läuft gar nichts.

Das hatte Atze, der Schwarzhaarige mit dem dün-nen, bis zum Kinn reichenden Oberlippenbärtchen, ganz vertraulich erzählt. Atze war so 'ne Art Sub-unternehmer für Berti, kriegte von ihm Aufträge, arbeitete auf eigene Rechnung und drückte an Berti die vorher ausgemachte Summe ab. Berti sei groß-zügig, hatte Atze mir zugeraunt, man komme stets auf seine Kosten, aber alles habe perfekt zu funktio-nieren. Keine Ausreden. Die Kohle müsse termin-gerecht abgeliefert werden, egal, ob die Sache geklappt habe oder nicht. Das Risiko des Subunternehmers. Atze sah nicht so aus, als hätte er mit den Aufträgen Schwierigkeiten.

»Was für Aufträge?«, hatte ich, die treudoofe Art vortäuschend, gefragt. Hinter Atzes amüsierter Mie-ne hatte Granit geschimmert. »Solche Fragen be-antworte ich nicht mal meiner Lieblingsfotze. Und die weiß verdammt viel über mich.« Selbstverliebtes Grinsen, doch nicht fett genug, denn ich hatte hin-durchsehen können, durch die Schminke des nar-zisstischen Grinsens hindurch, und in den Abgrund seiner vulgären und im Grunde leeren Welt geblickt.

Sie saßen bereits an ihrem runden Tisch. Unsicherheit ließ sich, klebrig wie ein Spinnennetz, auf mir nieder. Im Stillen verfluchte ich mich, weil ich am Vorabend so unkontrolliert gesoffen und vermutlich einen Hau-fen Scheiße gelabert hatte; keine Ahnung, was ich an Sprachmüll abgesondert hatte, auf jeden Fall hätte es mich nicht überrascht, wenn mich die anderen seitdem für einen Trottel hielten. Ich kannte mich ja ein wenig – und mir gefiel weiß Gott nicht alles an mir. In be-soffenem Zustand neigte ich zum Zerfließen, wie ein reifer Camembert in einem überheizten Zimmer oder so ähnlich, und kaum wurde ich in geselliger Runde weich, erblühte ein schwammiges Harmoniebedürfnis, und kurz darauf kamen mir auch die Arschlöcher um mich herum flauschig-weich vor, alles war wohlig angenehm, und schon drückte mir die wiedererweckte Sehnsucht nach Verständnis und vielleicht sogar Erlösung oder wenigstens Rettung aus einer üblicherweise beschissenen Lage einen Schwall von Silben, Wörtern, Sätzen aus dem Maul, persönliche Scheiße, Offenbarungen, oft genug auf die weinerliche Art – und diese Ausbrüche, ohnehin peinlich genug, wurden nicht selten von Phasen der Albernheit unterbrochen oder abgelöst, und dann fand ich es leider zum Brüllen komisch, in meinen Drink zu rotzen und den Schleimklumpen zu schlürfen und beifallheischend als »Auster des kleinen Mannes« zu bezeichnen. Sehr witzig. Zu allem Überfluss beherrschte mich anschließend oftmals der Drang, alle erreichbaren Leute zu kitzeln, meine Scheiß-Finger flink über fremde Rippen und Taillen krabbeln zu lassen.

Habe ich Berti Drossel gekitzelt?, fragte ich mich nun, und diese Unsicherheit machte mich angreifbar. Bange Überlegungen: Kann ich mich ohne weiteres, kumpelhaft grinsend und grüßend, dazusetzen? Sollte ich lieber am Tresen warten, bis oder ob ich gerufen werde?

Die Animierdamen erkannten mich und grüßten vertraulich. Gutes Zeichen, nahm ich an. Am Tresen stand Leo, diesmal in weißem Disco-Anzug und schwarzem Hemd. Als er mich sah, strahlte sein unwirklich schönes, wenn auch leeres Schaufensterpuppen-Gesicht; schon stand er neben mir, reichte mir seine schlaffe Flosse und murmelte gar nicht cool, sondern aufgeregt in mein Ohr: »Hallo, Alter, alles klar? War doch geil gestern, was? Hör mal, äh, wenn du bei denen einsteigen kannst, wäre es geil, wenn ich irgendwie mit dir zusammen ..., verstehst du? Ich hab dich ja mit denen bekanntgemacht, also nicht, dass du mir was schuldig ..., nein, so mein ich das nicht, aber ich brauch unbedingt einen Job, um über die Runden zu kommen. Ich bin zwar – kein Scheiß – ein begnadeter Frauenaufreißer, hab aber noch keine mit richtig dicker Patte aufgerissen.« Sein breites Gigolo-Lachen legte die – oh ja, alle Achtung – makellosen Zähne frei.

Swing. Irgendeine Big Band, vielleicht Benny Goodman. Ich stellte fest, dass ich immer noch Leos Hand wie einen Lappen hielt und befreite mich davon. Da ich viel zu nervös war, um das Gemurmel ertragen zu können, warf ich ihm einen Knochen zum Abnagen hin, die erstbeste Leerformel, die mir einfiel, so was wie ›mal sehen, was sich machen lässt‹, ohne den Gigolo anzusehen. War mir völlig wurscht, ob dem die Antwort schmeckte. Dann gab ich mir einen Ruck und steuerte den runden Tisch an.

»Nimm dir einen Stuhl und setz dich zu uns.« Berti, jovial, ließ seine Hand einladend flattern, um sie gleich darauf hochzurecken. Sofort trippelte eine der Damen heran. Heidi-Schatz. »Jack Daniel's auf Eis?« Sie wusste es noch, und ich fühlte mich geschmeichelt. Doch es kam noch viel besser. Atze warf grinsend und überaus lässig ein Bündel Banknoten auf den Tisch. »Der Rest von deiner Beute, 2 000 Dollar. Es waren tatsächlich 4 000, aber ich hab die Hälfte als Bearbeitungsgebühr behalten. Ist doch okay für dich, oder?«

Verblüfft starrte ich abwechselnd auf die Scheine und auf Atze, durch meinen Kopf flatterte, aufgeschreckten Vögeln gleich, ein Schwarm unfertiger Gedanken. »Mein Geld?«

»Deine Knete.« Atze weidete sich an meinem Gesichtsausdruck. »Steck's lieber gleich ein, ehe sich's einer der Gangster hier krallt.«

Allgemeines Schmunzeln.

»Wieso Dollars? Kann mich nicht erinnern, Dollars geraubt zu haben.«

»Ist doch scheißegal. Was anderes hatten sie nicht im Haus. Entweder haben sie deine Asche schon verpulvert – dann stammen die Dollars aus 'ner anderen, wahrscheinlich ebenso trüben Quelle –, oder sie haben Kohle umgetauscht, um, was weiß ich, nach Goa oder Gomera abzuhauen.«

Abermals allgemeines Schmunzeln.

Während ich das Geld in meiner Jacke verstaute, bemühte ich mich, die in mir wabernde Erregung so gut wie möglich zu bemänteln und meine Bewegungen nicht fahrig, sondern lässig aussehen zu lassen; ein Schwall von Gedanken drängelte vor meinem Sprachzentrum in der Hoffnung, ausgesprochen zu werden, doch ich beschränkte mich vorerst auf ein gestammeltes Dankeschön, dann schob ich ein »Atze, das find ich verdammt korrekt von dir« hinterher.

Die anderen rissen einige Witze in der Art von »Atze ist zu gut für diese Welt« und »Atze braucht dringend ein paar gute Taten für später, fürs Jüngste Gericht«, und Berti Drossel lächelte kühl, hob sein Glas und sagte: »Bevor hier noch weiter rumgesülzt wird, lasst uns anstoßen. Das ist wieder einer dieser angenehmen Tage. Ich spreche natürlich nicht vom Wetter. Das wird die nächsten Wochen beschissen bleiben.«

Begeisterte Zustimmung. Berti hatte wieder einmal den Nagel auf den Kopf getroffen.

»Wie ist das abgelaufen?« Ich schob Atze meinen Kopf entgegen. Der winkte gelangweilt ab. »Kein

Thema. In fünf Minuten war alles gelaufen. Die Fotze war sofort einsichtig, aber die beiden Rocker hatten uns offenbar nicht richtig eingeschätzt. Ich weiß auch nicht, für wen sie uns hielten – für Gerichtsvollzieher oder Staubsaugervertreter, keine Ahnung. Jedenfalls werden sie sich in den nächsten Tagen nur unter Schmerzen bewegen können. Der Schlampe hab ich übrigens in deinem Namen einen Arm gebrochen.«

Entsetzen durchsprudelte mich. »Was hast du?«

Atzes Lachen klang souverän und frei. »Das war ein Scherz, Hansi. So'n Scheiß mach ich doch nicht. Ich hab sie nur gefickt. Hab ihr nicht wehgetan, ich schwör's dir.«

War das jetzt auch ein Scherz?, fragte ich mich, verzog aber vorsichtshalber den Mund zu einem wahrscheinlich nicht sehr überzeugenden Grinsen. Dass in dieser Runde Brutalität zu den Tugenden zählte, hatte ich bereits mitbekommen. Solchen Männern war ich oft genug begegnet, und eigentlich – das hatte ich schon früh begriffen – gehörte ich nicht zu ihnen. Die Frage nach meiner Position in dieser Runde verbannte ich, weil im Moment nicht zu beantworten und außerdem störend, in eine dunkle Ecke des Bewusstseins. Diesen Abend wollte ich unbedingt genießen. Ich freute mich über das Geld und über die Aussicht, in zwei, drei Stunden betrunken mit dem ganzen Raum und meinen neuen Kumpels zu verschmelzen. Scheiß auf Atzes Schwanz in Gelis Möse. Selbst wenn er ihr den Arm gebrochen hätte – na und? Sie hatte das Böse als Prinzip für sich ja längst akzeptiert. Oder wie? Na klar. Aber hallo.

»Kann ich hier mit Dollars bezahlen?«

Bedauerndes Kopfschütteln, spöttisches Grinsen. Bertis Stimme floss rauh, aber durchaus harmonisch zu mir herüber: »Nee, kannst du nicht. Sei froh. Die würden dir hier eiskalt den Dollar eins zu eins berechnen, verstehst du?, einen Dollar für eine D-Mark.« Zustimmendes Grinsen rundum.

»Wie steht denn der Scheißdollar zur Zeit?«, fragte Atze, den Kolumbianer anblickend, als sei der ein Experte auf diesem Gebiet.

»Heute morgen waren es 2,32 für einen Dollar«, entgegnete Manuel prompt. War wohl doch ein Experte auf diesem Gebiet, interessanter Typ, ein Mann von Welt, weitgereist – und nicht etwa in die Touristenghettos von Thailand, Kenia oder Barbados. Ein kühler, den anderen an diesem Tisch in jeder Hinsicht überlegener Geschäftsmann.

Ich gab eine Runde aus und wurde von den anderen scherzhaft, mit einer Spur von gutmütiger Herablassung, ermahnt, nicht gar so übermütig zu sein. Man riet mir auch vertraulich, mit dem Umtausch des Geldes ein paar Tage zu warten, da sich der Wechselkurs in nächster Zeit beträchtlich zugunsten des Dollars verändern werde. Dufte Stimmung. Zwischen Leuten zu sitzen, denen man mit Respekt begegnete, erweckte in mir ein Gefühl von Sicherheit und die Illusion, selbst bedeutend zu sein. Sogar die beiden hier allseits bekannten Zivilfahnder, die ich allerdings auch als solche wahrgenommen hätte, wenn sie mir in irgendeinem anderen Laden begegnet wären, verhielten sich unserer Runde gegenüber auffallend respektvoll. Die typischen Plattfüße. Die Burschen erkannte ich auf Anhieb. Den meisten von ihnen sah man sofort den Zivilbullen an. Sie benahmen sich so, rochen so, waren vermutlich auch nackt in der Sauna als Bullen zu erkennen, und manche von ihnen, zum Beispiel diese beiden, hatten sich irgendwann kaufen lassen.

Ab und zu näherten sich Ganoven zweiter, dritter oder vierter Klasse teils berechnend devot, teils ungeschickt im Focus der Raubtierblicke die coole Sau mimend, unserem Tisch, näherten ihren Mund einem geneigten Ohr, meistens Bertis Ohr, und zunehmend drängte sich mir der Eindruck auf, dass Berti hier allen Ernstes den Don Corleone spielte. Ich hatte *Der Pate* gemeinsam mit Doris im Kino gesehen, in Bad Nauheim, und so intensiv in mich reingezogen, dass ich nun, gleichzeitig verwundert und amüsiert, verfolgte, wie Berti nach und nach zum Paten wurde, eine gedankenschwere Miene aufsetzte, dem Gemurmel des Bittstellers oder Zuträgers stirnrunzelnd lauschte, den Mund tiefgründig schürzte, wobei aus verhangenen Augen die Last der Verantwortung dampfte. Oft nickte er zustimmend, stets mit bedeutungsvollem Blick, hob quasi segnend die Hand, manchmal wedelte er einen dieser Schmierlappen verärgert und/oder angeekelt mit der anderen Hand aus seiner Nähe oder gar bis vor die Tür. Wir Tischgenossen – ja, ich zählte mich schon dazu – verfolgten vor allem die Erniedrigungsszenen mit der Selbstzufriedenheit und Häme derer, die sich auf der richtigen Seite wähnten. Obwohl Berti Drossel, wenn überhaupt, nur als Mini-Pate bezeichnet werden konnte. Es gab mehrere seines Kalibers. Er hatte, wie alle anderen auf St. Pauli, dem mächtigen Wilfrid »Frieda« Schulz Respekt bezeugt und nicht die geringsten Ambitionen, sich mit dem echten Paten zu messen oder gar anzulegen.

Sven, der vierte Mann des Gangster-Quartetts, ein rotblonder Wikinger-Typ, groß wie ein Bär, wortkarg und mürrisch, kam mir anfangs ein wenig träge vor, da er sich sehr bedächtig, einem Faultier ähnlich, bewegte. An diesem Abend zeigte er flott und gelenkig, wozu er fähig war. Zwei Männer, richtige Brocken, massig, kantig, mit Gesichtern aus Stein, betraten das Lokal, verschafften sich kühl und mit der Selbstsicherheit erprobter Schläger einen Überblick, nickten sich einvernehmlich zu, bestellten im Befehlston Cognac und fingen gleich darauf an, systematisch die Gäste am Tresen und die Mädchen zu provozieren. Anfangs durch Beleidigungen, dann mittels Drohungen und indem sie die Asche ihrer Zigaretten in fremde Getränke schnipsten. Na ja, ich kannte mich aus mit dem Scheiß: die üblichen Weichenstellungen hin zu richtigem Ärger. Aber wer waren die ihrer Sache offenbar völlig sicheren Brecher? Einfach nur Hooligans, die eine Schlägerei von der sportlichen Seite sahen und in der falschen Kneipe gelandet waren? Oder waren sie im Auftrag der Perser Gang unterwegs, die seit einiger Zeit versuchte, in Lokalen Schutzgeld zu kassieren? Bertis Leibwächter, ein dumpfer, unbeholfener Kleiderschrank, der den Abend üblicherweise am Tresen verbrachte, saß schon seit einer Ewigkeit auf dem Scheißhaus und schien dort eingenickt zu sein. Die Bardame Lili, ansonsten supercool, war total angespannt, schickte stumme Signale zum runden Tisch.

Berti, der Familienmensch, der Kumpel-Typ, der die *Tiffany Bar* sozusagen als zweites Wohnzimmer sah, war eiskalt geworden, hatte im Kopf garantiert schon längst alle möglichen Abläufe durchgespielt, seinen Bodyguard verflucht, aber ohnehin keine Gefahr, nur so was Unangenehmes wie Hausfriedensbruch, eine vorübergehende Beeinträchtigung der Atmosphäre festgestellt.

»Machst du das klar?« Bertis mit Ekel und Weltschmerz gefüllter Blick fiel auf Sven, der wortlos aufstand, sich vor den spöttisch grinsenden Kraftpaketen aufbaute und ein paar Worte mit ihnen wechselte. Entweder passte ihm ihre Antwort nicht, oder er fand ihr Grinsen scheiße, vielleicht störte ihn einfach alles an den beiden, aber wie auch immer, er schlug aus dem Stand und ohne Vorwarnung zu, holte nicht einmal aus, die Schläge zischten kurz und trocken, vor allem unglaublich schnell durch die verqualmte Luft, trafen präzis wie aus dem Boxer-Lehrbuch. Es sah gar nicht nach einem wilden Kampf aus. Auf mich wirkte der Wikinger wie ein Gärtner, der das Beet vom Unkraut befreite. Keine Gefühlsregung, kein Schnaufen und Keuchen, einfach nur eine Arbeit, die getan werden musste. Der ganze Spaß war in nicht einmal zwei Minuten vorbei. Alles nicht der Rede wert, nichts weiter als die Beendigung einer lästigen Unterbrechung des netten Abends, als hätte Sven lediglich eine Glühbirne ausgewechselt. Ein paar zerbrochene Gläser, ein paar Pfützen auf dem Tresen, umgestürzte Barhocker, Rotweinflecken auf Lilis Bluse.

Mit erheblicher Verspätung und somit zu spät warf sich Bertis Bodyguard in die Szene, verwirrt die Lage checkend, nichts begreifend, verschämt zu Berti blickend. Vor ihm lagen die Wichser, verdattert und zerschlagen, auf dem Teppichboden, so kleinlaut wie wohl seit Jahren nicht mehr.

»Schaff den Dreck hier raus!«, knurrte Sven, einen ungnädigen Blick auf den Bodyguard feuernd.

Blut auf dem Teppichboden. Louis Armstrong sang *What A Wonderful World,* und mischte damit einen Schuss Ironie in die Szene, was wiederum den Stimmungspegel emporsteigen ließ. Die Animierdamen lächelten professionell und versteckten die Gefühle hinter glatten Gesichtern, die Mehrzahl der Gäste befreite sich trinkend, rauchend, fluchend und scherzend von ihrem Unwohlsein, so wie sie sich jeden verdammten Tag trinkend, rauchend, fluchend und scherzend über die Runden schleppte.

Meine neuen Freunde, ganz entspannt, hatten die Prügelei – oder besser: Svens Show-Einlage – mit Kennermiene verfolgt, sozusagen als Zuschauer einer Sportveranstaltung.

»Sven ist Geldeintreiber«, erklärte mir Atze, den der Wikinger sichtlich beeindruckt hatte. »Arbeitet für Berti, aber auch für andere. Er ist der Beste. Ein sehr gefragter und sehr gefürchteter Mann.«

Manuel meinte nur bewundernswert unbeeindruckt, er sei froh, dass seine Krawatte kein Blut abbekommen habe. Blut auf der neuen Krawatte hätte ihm den Abend verdorben.

Heuchlerisch nickte ich und sagte, das könne ich gut verstehen.

»Kannst du nicht.« Manuels Stimme war mit Überheblichkeit getränkt. »Diese Krawatte kostet mit Sicherheit mehr als alles, was du in deinem Kleiderschrank hängen hast.« Sein Blick und der verächtlich verzogene Mund ließen mich an Beton denken, ich sah die Mauer zwischen ihm und mir, antwortete aber, tapfer um Haltung bemüht: »Ich hab gar keinen Kleiderschrank, Manuel, und ich brauch auch keinen.«

Leicht grinsend und scheinbar neutral hörten die anderen zu. Natürlich erkannten sie, dass ich meine Klamotten bei C&A oder Karstadt kaufte, doch andererseits, das war mir nicht entgangen, hatten auch sie hin und wieder die Arroganz des Kolumbianers zu spüren bekommen und diese Nadelstiche keineswegs vergessen.

Als ich zur Toilette ging, heftete sich Leo an meine Fersen, stellte sich neben mich, als ich pissen wollte, riss erwartungsvoll die Augen auf. »Und? Ist was für mich drin?«

Am liebsten hätte ich ihm eine reingezimmert, um die Spannung aus mir rauszujagen. Aber ich schlug natürlich nicht zu, weil Leo für mich so wenig ein Gegner war wie ich für die anderen. Es lag mir nicht, Schwächere zu demütigen. Also knurrte ich nur: »Verzieh dich, Mann! Ich kann nicht pissen, wenn mir einer dabei zuguckt.«

»Ich will doch nur wissen …«

»Mann, du nervst echt. Wir haben noch gar nicht über Geschäfte gesprochen.«

»Habt ihr doch. Ich hab gesehen, wie du die Scheine eingesteckt hast. Dollars. Wahrscheinlich Vorschuss. Die schieben dir doch nicht aus Langeweile ein paar Riesen in die Tasche. Das waren ein paar Riesen, stimmt's?«

Ich konnte nicht pissen und fühlte mich generell genervt, zu meinem Unbehagen wuchs die Gewaltbereitschaft in mir. Lag wohl an der Atmosphäre. »Wenn du nicht sofort den Abflug machst, schlag ich dir die Vorderzähne aus.« Mann, dachte ich, von mir selbst überrascht, das war ja'n echt fieser Spruch. Begütigend entschärfte ich meinen Ton: »Wenn für dich was drin ist, werde ich's dir sofort sagen. Okay?« Mein Schwanz schien irgendwie geschrumpft zu sein, kam mir verdammt mickrig vor, keine Ahnung, ob das was mit dem gutaussehenden Penner neben mir zu tun hatte, dessen Schwanz und Eier gewaltig und selbstbewusst die elastische Disco-Hose ausbeulten.

»Kannst du Berti fragen, ob ich mich zu euch setzen darf?«

»Nee! Du musst ihn schon selbst fragen. Und beruf dich dabei nicht auf mich, verstehst du. Ich kenn die Typen erst seit ein paar Stunden.«

»Weißt du …«, der Esel schob sich immer näher an mich ran, »… gleich kommt eine Torte, die ich flachlegen will. Ich hab ihr erzählt, dass ich mit Gangstern verkehre und so. Deshalb wär's ganz gut, wenn ich bei euch sitzen könnte, bis sie kommt. Ich meine, wenn das nicht geht, okay, dann werd ich ihr sagen, ich hätte kurz was Geschäftliches zu bereden, dann komme ich zu dir, wir reden irgendwas, scheißegal, was, tun dabei aber so, als wäre es ganz, ganz wichtig und geheim. Okay?«

Der Typ nervt entsetzlich, dachte ich, und gleich wird er mich beim Pinkeln unterstützen, indem er den Wasserhahn aufdreht oder mir gut zuredet, aber letzten Endes hab ich ihm die 2 000 Dollar zu verdanken. »Okay«, sagte ich, »abgemacht, aber nun lass mich endlich mit meinem Schwanz allein.«

»Morgen«, raunte mir Berti, die Wichtigkeit jedes Berti-Geraunes gewohnheitsmäßig voraussetzend, ins Ohr, »werde ich dich auf die Probe stellen.« Er war mir jetzt ganz nah, mir blieb keine andere Wahl, als mich ihm zuzuwenden. Wie durch eine Lupe starrte ich auf seine Gesichtshaut, die makellos Pattaya-gebräunt war, aber dennoch ungesund aussah – nicht wegen der tausend feinen Falten, die das Gesicht wie die Risse in einem alten Ölgemälde, zwar verwittert, aber mit Geschichte und Geschichten behaftet, erscheinen ließen, nein, das nicht, etwas anderes: Aus allen Poren dampfte außer den Geruchsmolekülen eines vermutlich teuren, aber viel zu üppig aufgetragenen Rasierwassers eine irritierende Mischung aus Misstrauen, Angst, vulgärer Sinnlichkeit, Brutalität und Lebensekel. Es kam mir zumindest so vor, war aber womöglich nichts weiter als eine sehr subjektive, aus meinem eigenen Emotionensumpf aufgestiegene Wahrnehmungsblase.

»Pass auf«, sagte er. »Du wirst einem Geschäftsfreund von mir 100 000 Dollar übergeben.« Fast beiläufig, scheinwerferartig über mich streifend, suchte sein Blick nach einem Ausdruck des Eindrucks, den die genannte Summe in mir hervorgerufen haben könnte. Ich weiß nicht, was er in meinen Augen entdeckte, auf jeden Fall sprach er weiter: »Im Gegenzug bekommst du von ihm einen Schlüssel, so'n Scheiß-Schließfachschlüssel, verstehst du, für ein Schließfach im ZOB. Du verstehst, ja? Zentral-Omnibus-Bahnhof. Hinterm Hauptbahnhof.«

Plötzlich stand Leo hinter mir, heilige Scheiße, murmelte mir ins Ohr, die Frau sei da, nun müsse ich ganz wichtig und möglichst grimmig aussehen.

»Bist du auf irgendeiner beschissenen Droge?«, zischte Berti ihn drohend an. Er wirkte so angewidert, als würde Rotz aus Leos Nase auf die Tischplatte tropfen. »Stellst dich einfach zu uns Erwachsenen und quatschst dazwischen. Soll ich dir den Aschenbecher in die Fresse drücken? Verpiss dich!«

»Entschuldigung, ich wollte doch nur …«

»Du bist ja immer noch da!«

Sven knurrte und ließ die Gelenke knacken, schon flatterte Leo davon. Ich hätte gern die Reaktion der Frau gesehen, aber ich musste mich selbstredend Berti widmen, meinem neuen Auftraggeber.

»In dem Schließfach steht ein Koffer, ein verdammt schwerer Koffer. Du solltest also so nah wie möglich parken.«

Scheiße, Mann, er ging davon aus, dass ich einen Wagen hätte. Notfalls würde ich einen klauen müssen, an sich kein Problem, obwohl ich den Scheiß eigentlich nicht mehr machen wollte, na gut, noch einmal, irgendeine alte, unauffällige Karre, Opel Kadett oder so was.

»Dann lieferst du den Koffer in meinem Büro ab. Keine sehr schwierige Aufgabe, oder? Jetzt stellt sich die Frage: Glaubst du, dieser Aufgabe gewachsen zu sein, ich meine, ohne dass du schwach wirst und dir die Kohle greifst, in der Hoffnung, damit in Acapulco oder weiß der Geier wo untertauchen zu können?« Durchdringender, in meinen Augen nach einer Schwachstelle forschender Blick.

»Selbstverständlich, Berti.« Ich legte jede Menge Ernsthaftigkeit in meine Miene. »Ich bin ja nicht blöd, ich möchte dich doch nicht zum Feind haben – erstens weil ich dich schätze, zweitens weil ich natürlich weiß, dass ich dabei verdammt schlechte Karten hätte.«

»Na, das freut mich, dann haben wir uns verstanden.« Durch das Eis in seinen Augen schimmerte, wie mir schien, der Abglanz vager Rührung. »Du wirst dafür nicht bezahlt, verstehst du, weil es ein Test ist, trägst aber hundert Riesen mit dir herum, viel Geld, das manch einen schwach werden ließe. Kannst dich drauf verlassen, dass du danach zu uns gehören wirst, verstehst du, das ist die Aufnahmeprüfung.«

»Genau, ganz klar, hab voll verstanden.« Ich nickte brav, alle brummten zufrieden, stießen mit den Gläsern an und fühlten sich sauwohl.

Leo stand allein und traurig am Tresen, starrte sehnsüchtig zu uns herüber, die Seelenpein ließ seine Augen brennen.

Frost. Das Eis auf den Pfützen knackte und knisterte, wenn man den Fuß darauf setzte. Ich musste mich allmählich um Winterkleidung kümmern.

Der Tabakladen um die Ecke gehörte einem älteren Perser und roch angenehm nach Tee und Zimt, Granatäpfeln, Pistazien und Pfeifentabak.

Ich verlangte eine Stange Lucky Strike ohne Filter, eine *Frankfurter Rundschau* und eine Handvoll Lakritzschnecken und fragte: »Nehmen Sie Dollars zu einem korrekten Kurs?«

Er schloss kurz die Augen und nickte. »Zwei Mark für einen Dollar.« Er nahm die Hundert-Dollar-

Note, strich mit den Fingerspitzen darüber, hielt sie gegen das Licht der Marlboro-Neonreklame überm Tresen, schaukelte orientalisch-bedächtig den Kopf. »Das ist Falschgeld. Weißt du das, mein Freund?«

»Hä?« Plötzlicher Blutandrang in meinem Kopf.

»Wieso das denn? Das kann gar nicht sein.« Plötzliches Misstrauen dem Perser, dem Fremden gegenüber, noch immer drin in mir, im Ozean des Unbewussten treibend, diese Vorbehalte gegen Dunkelhäutige. »Glaubst du, ich will dich bescheißen?«

Mildes Lächeln, das auf reiche Lebenserfahrung schließen ließ. »Ich glaube eher, du bist beschissen worden, mein Freund. Pass auf, ich zeig dir einen echten Hundert-Dollar-Schein.« Er schob sich gewandt ins Hinterzimmer, kam, geziert mit einem Hunderter wedelnd, zurück und hielt beide Banknoten nebeneinander ins Neonlicht. »Gutes Papier, keine Frage, vielleicht sogar die richtige Zusammensetzung aus 75 Prozent Baumwolle und 25 Prozent Leinen, kann sein, aber siehst du die Farben? Sie stimmen nicht überein. Und hier, siehst du?, der Strich, ist im Original nicht durchgezogen, aber die Fälscher wollten wohl perfekt sein und haben ihn durchgezogen.«

Ich liebte den weichen Klang, den die Stimme des Persers der deutschen Sprache verlieh, aber diese Aussage klatschte wie eine Torte in mein Gesicht. Nun zog ich zwei andere Hunderter aus dem Bündel. »Und was ist damit?«

Kurzer, professioneller Blick. »Man hat dir Blüten angedreht, mein Freund. Sie sind gar nicht so schlecht. Es gibt noch ein paar Stellen, die einem Experten auffallen würden. Siehst du? Hier und hier.« Der freundliche Mann zeigte mir zwei winzige Unregelmäßigkeiten.«Im Supermarkt oder in einem dämmrigen Restaurant würde es wohl nicht auffallen. Aber in Deutschland bezahlt man gewöhnlich mit D-Mark, und in der Bank könntest du schon Probleme bekommen. Wenn du mir nicht glaubst, kannst du natürlich zur Bank gehen. Dort wird man die Blüten allerdings ersatzlos einbehalten.«

»Kennst du dich mit Falschgeld aus?«

Ein geheimnisvolles Lächeln huschte über sein Gesicht. »Bekannte von mir handeln manchmal nebenbei mit Blüten, vorwiegend mit amerikanischen und kanadischen Dollars. In letzter Zeit ist einiges an Hundert-Dollar-Noten im Umlauf, vor allem im Frankfurter Raum. Diese hier ...«, er wedelte mit meinen Scheinen, »... scheinen aus derselben Quelle zu stammen. Man sagt, sie würden in Osteuropa hergestellt, in Bulgarien oder Polen, vielleicht sogar im Auftrag der dortigen Regierung. Beweisen kann man's nicht. Wäre auch übel, wenn sich herausstellen würde, dass die Regierung dahintersteckt.« Er lachte grimmig. »Wäre jedoch keineswegs verwunderlich. Im Kalten Krieg greifen ja bekanntlich beide Seiten zu unerlaubten Mitteln.«

Atze hatte Geli also nicht besucht. Funkensprühend zischte die Erkenntnis durch mein Bewusstsein. Und hinter dem Funkenregen formierte sich flimmernd die Frage ›Was wird hier eigentlich gespielt‹? Verdammte Scheiße, dachte ich ernüchtert, alles wieder so unklar wie zuvor.

Der Perser sah die Sache kaufmännisch: »Gib mir für die Ware zwei der falschen Hunderter. So hat jeder etwas von den Blüten.«

»Zwei Hunderter für Ware im Wert von 21 Mark 80? Ich gebe dir einen.«

»Dann gib mir lieber einen echten Fünfziger.«

Ich sah ihn verwundert an. »Fünfzig Mark für Ware im Wert von 21 Mark 80? Was soll das denn?«

»Nun, dafür behältst du immerhin die zwei Hunderter.«

Wir lachten beide laut, ich trennte mich von den beiden Blüten, bekam noch einen Plastikbeutel geschenkt, in dem ich die Ware verstaute, wir reichten uns die Hand, dann trat ich auf die Straße. Eiswind grub sich in mein Gesicht.

Der Türke und die Katze

Die Katze war wieder da. Ein schwarzweißer Kater mit dicken Eiern und einem breiten Kopf. Augenscheinlich ein robustes Tier, ein Kämpfer-Typ, doch abgemagert, die Schwanzspitze fehlte, ein Ohr war eingerissen, und nun humpelte er auch noch. Schweres Handicap für eine Katze. Er miaute mich kläglich an, hatte garantiert Kohldampf. Ich beugte mich zu ihm hinunter, schob langsam meine Hand vor, ließ ihn daran schnuppern und streichelte ihn vorsichtig, wusste ja nicht, wie der verzweifelte Straßenkater, der vermutlich eine Menge unangenehmer Erfahrungen gespeichert hatte, reagieren würde.

Aber der struppige Einzelkämpfer schnurrte sofort wie eine Nähmaschine. Ich sah die Wunde am Hinterbein, auf der sich bereits eine Kruste gebildet hatte, was mich vermuten ließ, dass sie nicht entzündet war.

»Na, komm mit hoch.« Einladend öffnete ich die Tür. Er strich vertrauensselig an mir vorbei ins Haus, schnupperte, ließ wachsam den Blick über schmutzige Kacheln, zerbeulte Briefkästen und geparkte Kinderwagen streifen, schien die Lage okay zu finden, sah mich erwartungsvoll an, dann stieg er neben mir die Treppe hoch. Bülent kam uns entgegen. Auch er sah irgendwie beschissen aus. Nicht etwa ramponiert und abgerissen wie der Kater, nein, natürlich nicht. Es war das Gesicht, in dem sich ein Ausdruck von Kummer oder, was weiß ich, von Schmerz, Verzweiflung eingenistet hatte. Bei meinem Anblick hellte ein Lächeln seine Miene etwas auf. »Du warst bei meinem Vater. Er spricht kaum Deutsch, hat aber immerhin kapiert, dass du was von mir wolltest.«

Wir standen uns auf einer Treppenstufe gegenüber, ich ans Geländer, er an die Wand gelehnt, beide ein wenig steif, gehemmt. Der Kater verharrte mit typischer Katzengeduld auf dem oberen Treppenabsatz und nutzte die Zeit, um mit der Zunge seinen Anus picobello zu säubern.

»Ich wollte dir einfach nur danken, du weißt schon, wegen letztens. Ich bin nüchtern übrigens völlig anders – also nicht, dass du denkst, der Typ hat 'ne Vollklatsche. Dein Vater hat mich sofort zum Tee eingeladen. Fand ich sehr nett, sehr gastfreundlich. Du, äh, arbeitest heute nicht?« Oh Gott, da ist es wieder, dachte ich entsetzt, das Vorurteil, löst sich schon wieder aus dem Schatten, kommt diesmal mit der Faule-Südländer-Variante, einem der beliebtesten Klischees, das selbst bei stinkfaulen Deutschen zur Grundausstattung ihres ausländerfeindlichen Weltbilds gehört. Ich war stinksauer auf mich. Allmählich misstraute ich mir selbst. Bülent schien die Frage nicht diskriminierend zu finden, was ich zwar erleichtert registrierte, für mich aber keineswegs als strafmildernd bewertete. Zur Strafe erwog ich sekundenlang, mir heute keinen Whiskey zu erlauben, ließ den Vorsatz aber gleich wieder fallen – wegen unangemessener Härte. Er antwortete unbeschwert, er habe heute frei, weil er die letzten fünf Wochen auch samstags gearbeitet habe.

»Wir könnten bei mir einen Kaffee trinken«, sagte ich und überlegte dabei, ob diese Einladung wirklich aus Interesse an dem Fremden oder doch nur wegen des schlechten Gewissens aus meinem Mund flog. Es war mir gar nicht klar, ob ich das wirklich wollte. Fremdartige Kultur, kaum Berührungspunkte und so, wahrscheinlich extrem unterschiedliche Standpunkte, vom Koffein beflügelte Emotionen, die beiderseitige Erkenntnis, einem Arschloch gegenüberzusitzen, erste Beleidigungen, schließlich Hass mit allen möglichen Folgen – und war es nicht so, dass alle Südländer stets ein Messer mit sich führten? Oh Gott, auch das noch. Nun musste ich doch innerlich grinsen.

Bülent zögerte kurz – womöglich ähnliche Bedenken wälzend – und nickte dann lächelnd. Das etwas schiefe Elvis-Lächeln. War mir vorhin schon aufgefallen, der Mund, und überhaupt, das Gesicht erinnerte stark an das des jungen Elvis, was nur wegen Bülents Kurzhaarschnitt und dem dünnen Oberlippenbärtchen nicht sofort auffiel.

Mein Turm empfing uns nicht nur warm, wenn nicht gar überheizt, sondern aufgeräumt und oberflächlich sauber. Knastgewohnheit, logisch, das Ergebnis jahrelanger dumpfer, automatenhafter Verrichtung, wusste ich ja, aber jetzt, in diesem Augenblick, mit einem Gast an meiner Seite, auf naive Weise befriedigend, sogar mit einer Prise Stolz gewürzt. Laken, Decke, Kopfkissen, stramm gespannt, perfekt gelegt, verbreiteten quasi-militärischen oder Justizvollzugsanstalts-Charme, sozusagen 1A, Geschirr gespült, Kloschüssel frei von peinlichen Flecken, Klamotten tiptop gefaltet, Aschenbecher ausgeleert und ausgewischt.

Bülent sah sich dezent um. Er hatte, wie ich später erfahren sollte, bisher nur wenige deutsche Wohnungen von innen gesehen. In diesen Wohnungen hatte er aber Unmengen von dem Zeug gesehen, das in Kaufhäusern glänzte, auf Werbeplakaten glitzerte und ein paradiesisches Leben versprach: Geschirr-spülmaschinen, Entsafter, E-Herde mit vier Koch-flächen, Teppichböden, fette Couch-Garnituren, Schrankwände, Zimmerpalmen oder Gummibäume.

Mein Zimmer sah eher nach Gastarbeiter- oder Verliererbude aus. Nicht mal ein Fernseher. Bülent ließ sich, ob aus Höflichkeit oder weil es ihm tatsäch-lich schnuppe war, nichts anmerken. Ich fühlte mich dennoch gehemmt – nicht wegen der kargen Innen-einrichtung, Gott bewahre, sondern wegen des Frem-den – meine Bewegungen kamen mir unbeholfen vor, als ich den Wasserkessel füllte und auf eine Kochplatte setzte. »Ich muss erst mal das Tier füttern«, sagte ich entschuldigend, öffnete eine Dose Ölsardinen, ließ das Öl in den Abfluss laufen, kippte die Sardinen auf ei-nen Unterteller und stellte die Mahlzeit auf den Fuß-boden. Der Kater – ich weiß nicht, ob er so was wie Dankbarkeit verspürte – schrie jedenfalls begeistert auf und machte sich schmatzend an die Arbeit.

»Ist das deine Katze?«

»Dann wär sie garantiert nicht so abgemagert.« Ich stellte verärgert fest, dass in meinem Ton Entrüstung mitschwang, als hätte die harmlos gemeinte Frage meine Ehre verletzt. Ich stellte den Kassettenrekor-der an. Beatles. Ihre frühen Songs von den Scheiben *With The Beatles* und *Beatles For Sale.*

»Beatles finde ich gut«, sagte Bülent. »Aber mehr so die langsamen Stücke. Elvis finde ich noch besser. Seine langsamen Songs. Wegen Elvis hab ich Englisch gelernt. Ich kann singen wie Elvis. Kein Scheiß.«

Oh Mann, dachte ich genervt, schon wieder Elvis.

Ein wenig später, während sich das Tier zufrie-den putzte, goss ich die dunkelbraune, dampfende

Flüssigkeit in zwei Becher, der Geruch verteilte sich wohltuend im Zimmer. Ich hatte ein paar Kekse auf einen Teller geschüttet, aber wir rauchten lieber zum Kaffee – erst mal schweigend. Dann stieß der Türke hervor: »Ich muss in die Türkei, zum Militär. Stinkt mir total. In der türkischen Armee ist ein Rekrut so gut wie rechtlos, und wenn man Pech hat, gerät man an Vorgesetzte, die mit Hingabe Leute schikanieren. Hab ich keinen Bock drauf, ehrlich.«

»Ja, Mann, das ist wirklich scheiße. Ich bin kein Freund von Drill. Ein sensibler Mensch kann daran zerbrechen. Genauso wie im Knast. Ich hab da meine Erfahrungen.«

Meine Offenheit schien dem Türken zu gefallen. Er entspannte sich. Vielleicht sah er nun nicht mehr in erster Linie den Deutschen in mir. »Neulich hast du so komische Sachen gesagt. Da ging es um mehrere Tote, um Gangster, Bankraub. War das ernst? Ich meine, stimmt das alles?«

»Ich weiß nicht mehr genau, was ich im Suff alles von mir gegeben habe, aber vermutlich war's die Wahrheit.« Mit beiden Händen strich ich mir über die Augen und Wangen, als wolle ich mich symbolisch reinigen. Seit meiner Entlassung aus dem Knast hatte ich so viele Erlebnisse sowohl skurriler als auch tragischer, beängstigender Art verkraften müssen, dass ich manchmal glaubte, die Masse der Eindrücke werde demnächst alles andere aus meinem Kopf verdrängen – die positiven Gefühle, die freundlichen Gedanken, überhaupt alles, was einen Menschen sympathisch macht. Vielleicht, dachte ich oft, ist im Knast alles Sympathische an mir verdorrt, womöglich schon während der ersten Gefängniszeit in den 60er Jahren.

Dann erzählte ich Bülent – den ich kaum kannte, der mit der einen Hälfte seiner Seele in einer mir fremden Kultur zu Hause und mit der anderen Hälfte in Deutschland noch nicht angekommen war – die ganze Story.

Der Vormittag trieb dahin, wir tranken Unmengen Kaffee, der Aschenbecher quoll schon über, und schließlich waren auch die Kekse an der Reihe.

»Mann, ey«, stieß Bülent aus. Im Verlauf meines Redeflusses waren seine Augen immer größer geworden, ein paarmal hatte er den Mund sperrangelweit geöffnet, ich sah ihm an, wie fasziniert er war, doch auch gelegentlicher Abscheu, auch Entsetzen zeigte sich in seiner Miene. Er blickte verstört in eine Welt, die er so ähnlich nur aus Filmen kannte. Gangsterfilme fand er gut. Vor allem die knallbunten, lauten Maschinenpistolen-Filme. Üblicherweise siegte das Gute, und alles war sowieso nur Kulisse, Ketchup, Stunts. Von dem, was er aus meinem Mund vernahm, kollidierte fast alles mit seinen Moralvorstellungen. Ein Mann erschießt seine Frau – okay, ist beschissen, kommt aber vor. Drei Gangster stürmen eine Wohnung und werden dabei erschossen – damit muss man rechnen, wenn man eine fremde Wohnung stürmt. Aber das andere: Freundin mit Domina-Studio, ein dicker Elvis-Imitator, der für Geld seinen Arsch hinhält, der Diebstahl von Baufahrzeugen, die Zerstörung eines Hauses, Banküberfall, Maschinenpistolen – und nun in Hamburg schon wieder Kontakt mit dem Verbrechen beziehungsweise mit Verbrechern, die diesen an sich netten, aber total verrückten Mann aus Würzburg vor ihren verfluchten Karren spannen wollen. Bülent sagte, es käme ihm vor, als hätte ich einen Mülleimer vor ihm ausgekippt. Schöner Vergleich, gefiel mir, ich hatte ja tatsächlich, um bei der Metapher zu bleiben, in meinem Leben einen gewaltigen Müllberg angesammelt. Er runzelte die Stirn, sah mich beschwörend an. »Das ist der falsche Weg, Mann, den darfst du nicht weitergehen.« Und während er das sagte, formte sich sein Mund zu einem schiefen Grinsen, in dem so was wie eine Entschuldigung lag, als hätte er sogleich das Naive in seiner Ermahnung erkannt.

Ich grinste ebenfalls. Nicht etwa entschuldigend, wieso auch?, nein, bedauernd. »Ich muss leider bald los, um die 100 000 Dollar abzuholen, das Falschgeld. Berti hat offenbar vor, jemanden, der ihm was verkaufen will, zu linken. Ich weiß bloß nicht, warum er mich dazu braucht.«

»Woher hat er das Falschgeld denn?« Auf einmal, sehr sonderbar, beteiligte Bülent sich erregt am Rätselraten. Als wäre dieses Abenteuer der jeden Tag ersehnte Ausweg aus dem bisherigen ereignislosen Leben in einer tristen Gegend am Rande der deutschen Gesellschaft. Mit sechs Jahren war er aus Anatolien nach Hamburg gekommen, acht Jahre Schule, seitdem beschissen bezahlte Arbeit in einem türkischen Lebensmittelladen in der Paul-Roosen-Straße, nur türkische Freunde, natürlich keine Freundin, strenge Regeln, alles war tabu. Manche Wochenenden zogen sich so zäh dahin, dass er befürchtete, irgendwann die Kontrolle über sich zu verlieren und völlig auszurasten.

Er sprach weiter, engagiert, voll bei der Sache: »So, wie du diesen Berti beschreibst, ist der kein Falschmünzer. Er hat wahrscheinlich eine größere Menge Falschgeld günstig aufgekauft und will es jetzt hier in Hamburg absetzen. Die Ostblock-Connection, wie der Perser sagte. Das heißt also, deine 2 000 Dollar hat er auch nicht selbst gedruckt, er musste sie bezahlen und hat demnach Geld in dich investiert.« Zufrieden mit seiner Überlegung, lehnte er sich zurück, lachte spöttisch, auf einmal die coole Sau rauslassend. »Vielleicht liebt er dich ja wirklich, vielleicht hat sich die ganze Runde in dich verliebt. Aber da ich das nicht glaube, gehe ich eher davon aus, dass man dir in diesem Spiel die Deppen-Rolle zugewiesen hat.«

So weit war ich in meiner Überlegung natürlich auch schon gekommen. »Ich möchte zu gern wissen, wie die Deppen-Rolle aussieht«, murmelte ich, an ihm vorbei durch das Fenster starrend, auf vereiste Dächer, auf das stahlgraue Wolkendach. Die Vorstellung, gleich, wie hypnotisiert, die Blüten abzuholen und in einer Villa in Winterhude gegen den Schlüssel einzutauschen, ohne auch nur ansatzweise in den Coup eingeweiht zu sein, verunsicherte mich so sehr, dass mich Unruhe wie ein Raubtier überfiel und mir riet, sofort zu packen und von hier zu verschwinden.

»Ey, was ist los, Mann?« Bülent blickte mich forschend an, hatte wohl in meinem Gesicht gelesen, und ahnte nichts Gutes.

Der Kater sprang auf meinen Schoß, um sich dort bedenkenlos breitzumachen, stieß auffordernd mit dem Kopf gegen meinen Bauch. Alles klar, schon verstanden. Ich streichelte ihn, sein struppiges Fell, sah mir die Wunde an und prüfte möglichst unauffällig, ob das Tier von Flöhen bewohnt war.

»Er hat keine Flöhe«, behauptete Bülent mit der festen Stimme des Kenners. »Er hat sich noch kein einziges Mal gekratzt.«

Nachdenklich, während ich den Kater streichelte, sah ich mir sein breites, grobes Straßenkater-Gesicht näher an. Jetzt war es völlig entspannt, die Augen waren geschlossen, der kleine, ruhig atmende Körper vibrierte schnurrend.

»Ich werde ihm eine Wanne mit Katzenstreu hinstellen. Er kann den Winter über hier wohnen.«

Bülent hob erstaunt den Kopf. »Na gut, du bist Tierfreund, find ich okay, aber was soll aus deiner Blüten-Story werden?« Er wirkte ungeduldig, schien sich mit mir verbunden zu fühlen. Skeptisch sah ich ihn von der Seite an. Was geht in dem Jungen vor?, überlegte ich, jeder halbwegs vernünftige Zeitgenosse würde sich möglichst weit von mir und der Katze entfernen. Ich hab mich mit Gangstern eingelassen, die Katze hat zwar keine Flöhe, aber garantiert irgendwas anderes, das auch eklig ist – Würmer, eine Seuche oder so. Nun gut, der Junge ist 18, okay, hat das Abenteuer gewittert, den Kick, kenn ich ja, weiß ja, wie das ist. Vielleicht erregt es ihn, ein Geheimnis mit mir zu teilen, mein Kampfgefährte zu sein und somit eine Aufgabe und ein Ziel vor Augen zu haben. Nur welches Ziel? Vernichtung des Bösen oder Untergang mit wehenden Fahnen?

»Hör zu, Bülent«, sagte ich und versuchte, meiner Stimme und meiner Miene den Ausdruck geballter Lebenserfahrung zu verleihen. »Es ehrt mich, dass du mir helfen willst, ehrlich, ich bin dir sehr dankbar. Aber ich kann es nicht zulassen, dass du in diese Scheiße hineinrutschst. Das ist kein Ort für anständige Menschen. Glaub mir, ich hab schon einigen Leuten Unglück gebracht. Guten Leuten.«

Seine Reaktion überraschte mich. Keine Spur von Einsicht, und sogar sein anerzogener, in der türkischen Kultur noch immer selbstverständliche Respekt den Älteren gegenüber hatte momentan Pause: »Was laberst du da für eine Scheiße, Mann? Du hast keinen Freund in dieser Stadt, du kennst dich hier nicht aus, dir geht es so beschissen, dass du dich einem Fremden anvertraust, weil der dir einmal beigestanden hat. Glaubst du wirklich, du brauchst keinen Freund?« Große, braune Augen, blitzend und geradezu schmerzhaft aufrichtig. Ich hoffte, von der aufsteigenden Rührung nicht überwältigt zu werden. Das hätte mir noch gefehlt – vom harten Hund mit Gangster-Image zum schluchzenden Pudding zu werden. Aber ich fühlte mich auf einmal in diesem Mansardenzimmer wohl, wenn nicht gar geborgen – mit dem Schnurrekater auf dem Schoß und dem Moslem an meinem Tisch. Es sah ganz so aus, als wären die beiden – der Türke und die Katze – genau zur rechten Zeit in mein Leben getreten.

»Doch, ich brauche einen Freund«, sagte ich leise. »Man braucht immer einen Freund. Selbst solche Einzelkämpfer wie der Kater brauchen einen Freund, wenn sie nicht elend an einer Wunde oder Würmern verrecken wollen. In den nächsten Tagen werde ich ihn von einem Tierarzt untersuchen lassen.«

Der Türke lachte verwundert. »Aber heute brauchst du keinen Tierarzt, sondern eine Waffe.«

»Hör bloß auf. Von Waffen hab ich die Schnauze voll.«

»Die anderen haben garantiert Waffen.« Bülent schob entschlossen das Kinn vor. »Ich hab auch eine. Eigentlich gehört sie meinem Vater, der sie aber niemals benutzen würde. Er zeigt sie nur gerne anderen türkischen Männern, von denen einige selbst eine Pistole haben, die sie gern anderen türkischen Männern zeigen. Ehre, Männlichkeit, na ja, du weißt schon, diese anatolischen Sachen. Hier bei euch steht das Heldentum seit dem letzten Krieg ja nicht mehr so hoch im Kurs.«

»Warum sagst du ›hier bei euch‹, wenn du das Land meinst, in dem du aufgewachsen bist? Fühlst du dich immer noch so fremd hier?« Im selben Moment fiel mir auf, dass diese Frage unbedacht war, denn ich selbst hatte ihn ja bis vor kurzem noch als Fremden angesehen, ihn und seine Familie, all die anderen Türken, Inder, Afrikaner – und seine Antwort war mir schon peinlich, ehe er sie ausgesprochen hatte.

Er lächelte müde. »Ach, weißt du, ich verstehe bis heute nicht, warum mir die Deutschen so fremd geblieben sind. Es ist ja nicht nur die Ablehnung, die ich, das kannst du mir glauben, oft genug erfahren habe. So vieles an ihnen ist einfach anders, also nicht im negativen Sinn, das meine ich nicht, nein, einfach unverständlich für mich. Wahrscheinlich hätte ich mich nicht ausschließlich in meiner türkischen Nische einnisten dürfen.«

In der Tat sah Bülent schon von weitem aus wie ein Türke, der sich ausschließlich mit Türken abgibt. Den zweckmäßigen Kurzhaarschnitt hatte ihm garantiert ein türkischer Friseur verpasst, das dünne Bärtchen auf der Oberlippe, das karierte Hemd, die schlecht geschnittene Hose, die nur die Andeutung einer Jeans war – einfach alles an ihm zeigte überdeutlich, woher er kam und wie er lebte.

Nach einer kurzen Pause sprach er weiter: »Ich hatte – das verstehst du wohl nicht – immer Angst, außerhalb der türkischen Gemeinschaft nicht erwünscht zu sein, ich konnte mir gar nicht vorstellen, dass ein Deutscher mich als Freund akzeptieren würde.« Kopfschüttelnd grinsend, als wäre ihm ein großer Fehler unterlaufen, brach er ab, räusperte sich und wechselte das Thema, wurde auffallend härter oder wollte zumindest so gesehen werden: »Wissen die Schwanzlutscher, wo du wohnst? Ist, glaub ich, 'ne berechtigte Frage.«

Mich irritierten die positiven Gefühle, in denen ich wie in einer Thermalquelle wohlig planschte, obwohl der Zeitpunkt denkbar ungeeignet war. Am liebsten hätte ich mit Bülent stundenlang weitergequatscht, Erfahrungen ausgetauscht, über alles Mögliche diskutiert, noch mehr Kaffee getrunken, den Rest der Kekse gefuttert – obwohl mir bewusst war, dass ich jetzt vor allem einen klaren Kopf haben musste, frei von Sentimentalität, klare Sicht, unbehindert vom Dampf der Emotionen. Und schon machten sich die drückenden Gefühle wieder breit, mit der Unruhe und dem körperlichen Unwohlsein im Schlepptau. Das ist es doch, was diese Bertis und Atzes stark macht, dachte ich, diese Eiseskälte, die Rücksichtslosigkeit, die Fähigkeit, kühl zu planen und eine Sache rigoros durchzuziehen. Dagegen bin ich wohl eher ein aufgeregt flatterndes, ziellos durch die Gegend rennendes Huhn.

Bülents Frage erreichte dennoch mein Gehirn. Ich kniff die Augenlider für einen Moment fest zusammen, warf den Kopf nach hinten, schnaufte kurz, war wieder voll dabei. »Berti hat mich mal, zu beiläufig, um wirklich beiläufig zu wirken, nach meiner Adresse gefragt. Aber da bin ich noch halbwegs nüchtern und deshalb voll auf Draht gewesen. Ich hab gesagt, ich wohne im Karolinenviertel, in der Karolinenstraße. Ist mir gerade so eingefallen, weil ich kurz zuvor stockbesoffen durch diese Straße gewankt war.« Kaum hatte ich das gesagt, streichelte mich ein dumpfer Stolz wegen dieser Meisterleistung auf dem Gebiet der Irreführung. Ich wischte die Streichelhand sofort hinweg und widmete mich dem aufblinkenden Gedanken im Hinterkopf. Die Waffe!

»Du willst deinem Vater die Pistole klauen?«

»Ich will sie mir ausleihen.«

»Und mir leihen?«

»Ich werde dich begleiten.«

Abermals kniff ich kurz die Augenlider zusammen, blies geräuschvoll Atemluft aus beiden Nasenlöchern; ich war dankbar und traurig zugleich. »Das geht auf keinen Fall, Bülent. Du kannst mich nicht begleiten. Hörst du? Wenn dir etwas zustoßen sollte, wär ich für den Rest meines Lebens unglücklich.«

Der Kater schnarchte, zuckte ab und zu mit einem Ohr, einem Bein, schien zu träumen und sich auf meinem Schoß, in meinem Zimmer ausgesprochen wohl und sicher zu fühlen. Meine Hand lag auf seinem Pelz, beschützend und wie ein Versprechen. Ich hätte mich auch liebend gern auf einem Schoß befunden, schläfrig, beschützt, nicht unbedingt schnurrend oder schnarchend, aber mit einer warmen Hand auf mir, einer möglichst nicht allzu verschwitzten Hand, weil ich ja nun mal keinen Pelz trug und außerdem selbst reichlich Schweiß absonderte.

Bülent war hellwach. Keine Spur von Schläfrigkeit. In seinem Kopf schien sich innerhalb kürzester Zeit ein Umbruch vollzogen zu haben, vielleicht von mir entfacht, schon möglich, auf jeden Fall durch mich beeinflusst, eine Revolution im Mikrokosmos seines Hirns, nun in seinen Augen erkennbar, in seiner Körperhaltung, der Ausdruck von Zielstrebigkeit und Wagemut. »Was soll das denn wieder?«, raunzte er mich an. »Du bist sowieso unglücklich. Das riecht man selbst mit verstopfter Nase, Mann. Du dünstest Angst und Einsamkeit aus. Weißt du das nicht? Aber mach dir keine Gedanken. Ich begleite dich nur, um den Ärschen zu zeigen, dass du nicht allein bist.«

»Kannst du denn mit so was umgehen?« Meine an sich vernünftige, von Reife zeugende Ablehnungshaltung gegen Bülents Angebot löste sich schneller auf als ein Eiswürfel zwischen Doris' Brüsten.

Bülents Stimme, gewollt rauh, sein aufgesetztes, von dieser mir nur zu gut bekannten Mischung aus jugendlicher Unsicherheit und Selbstüberschätzung geprägtes Lachen, riss mich weg von Doris und der Sehnsucht nach ihren Titten und dem Geschmack ihrer Haut. »Mit was umgehen? Mit einer Pistole? Ich hab schon oft geschossen, Mann, auf Bäume, im Wald, bei Aumühle; mein Onkel Kerim hat mir alles gezeigt – Schlitten zurückziehen, Magazin füllen, einschieben, durchladen, zielen, ruhig abziehen, peng. Mein Vater nicht. Der hat nicht dabeisein wollen, vielleicht aus Angst, erwischt zu werden, hat aber diese Art von Initiationsritus nicht nur geduldet, sondern akzeptiert.«

Sein Versuch, ein abgebrühtes Marlon-Brando-Grinsen hinzukriegen, misslang natürlich, logisch, weil man zu einem Marlon-Brando-Grinsen geboren sein muss, aber das war mir schnurz, denn ich staunte nicht schlecht über die souveräne Lässigkeit, mit der er das Wort *Initiationsritus* eingebaut hatte. Und das Übrige hörte sich auch ganz vernünftig an.

Also nickte ich, intensiv, aber wortlos, innerlich irgendwie zustimmend, wenn auch im Vagen bleibend, während ich den fremden Freund ansah und dabei hoffte, dass er die Dankbarkeit in meinem Blick erkennen würde.

Er beugte sich mir entgegen, sein Blick suchte etwas in meinen Augen, Wahrhaftigkeit möglicherweise; er wollte mir so gern vertrauen. »Hör zu«, sagte er. »Im Sommer hab ich mal die Waffe gegriffen, einfach so, nur, um einmal mit einer Knarre durch Hamburg zu laufen, um zu erfahren, ob man sich mit einer Pistole sicherer fühlt. Mit der S-Bahn bin ich bis Klein-Flottbek gefahren, lief dort herum und kam schließlich in eine Gegend mit Reihenhäusern der besseren

Sorte. Eine Gruppe Jugendlicher hing dort herum, offenbar gelangweilt, drei, vier Mädchen, sechs oder sieben Jungs – und als sie mich sahen, sprachen sie aufgeregt miteinander, dann kamen sie mir entgegen. Sie meinten tatsächlich mich, wie ich gleich erkannte. Sie waren unverhüllt feindselig und quatschten mich auf eine rüde Weise an, von wegen in dieser Gegend sei in der letzten Zeit häufig eingebrochen worden, Typen wie ich hätten hier nichts verloren, ich sei garantiert unterwegs, um ein Objekt auszukundschaften. Jedenfalls stachelten sie sich gegenseitig auf, und es dauerte auch gar nicht lange, bis sie vereinbarten mich sozusagen prophylaktisch zu verprügeln. Dass ich meine Lage als beängstigend empfand, kannst du dir sicher denken. Einer fasste mich an. Ich knallte ihm meine Faust ins Gesicht und rannte. Sie hetzten mich geradezu, die Mädchen genauso wie die Jungs. Und plötzlich befand ich mich in einer Sackgasse. Ja, Mensch, ich stand mit dem Rücken zur Wand und hatte nicht nur Angst vor meinen Jägern, sondern auch vor den Bewohnern dieser Reihenhäuser, die, wie ich glaubte, sogleich auf die Straße stürzen würden, um …, ja, um was zu tun? Lynchen? Ich zog die Pistole. Das Entsichern und Durchladen lief so flüssig ab, dass die Pisser regelrecht erstarrten. Nun glotzten sie, starr vor Angst, und wünschten, sie könnten die Zeit zurückdrehen bis zu dem Moment, in dem ich in ihr Blickfeld geraten war, in dem sie noch die Möglichkeit gehabt hatten mich einfach zu ignorieren. ›Neun-Schuss-Magazin‹, sagte ich kühl, ›das werde ich jetzt verballern. Und dann zähle ich die Toten.‹ Ja, ich weiß, hört sich geschmacklos an, wie aus einem schlechten Film. Aber, Hans, auf einmal war ich der Chef. Vom Griff der Pistole und von dem kühlen Metall floss ungeahnte Kraft in meine

Hand, in den ganzen Körper, um sich in meinem Kopf zu sammeln. Vor mir standen entsetzte Kinder, die plötzlich verstanden, wie schnell der herbeigesehnte Nachmittags-Kick zu einer verdammt hässlichen Angelegenheit werden konnte. In diesem Moment, Hans, ganz ehrlich, fand ich es toll, der böse Türke zu sein.«

Ich grinste verstehend. »Na, dann haben wir ja zumindest beide schon mal eine Waffe auf Menschen gerichtet.«

Kurz vor der U-Bahn-Station Landungsbrücken verließ der Zug die Unterwelt und stieß ins Tageslicht. Beeindruckendes Elbe-Hafen-Panorama. Aber keine Zeit, im Moment leider nix mit *Time Is On My Side*. Wir eilten geschäftig die Treppe hinunter, bogen nach links, stürmten mit festen Schritten vorwärts, und jeder einzelne unserer Schritte hinterließ eine Spur aus feuchtem Dreck und Energie. Wir stürmten, um ehrlich zu sein, hauptsächlich wegen der Kälte so ungestüm drauflos, vorbei an Kneipen, Läden für Seemannsbekleidung und Schiffsbedarf, an Büros von Schiffsmaklern, kleinen Reedereien, vorbei an Seemannskirchen, Speditionen. Die Gegend kannte ich nur aus dem U-Bahn-Fenster. Von den Landungsbrücken bis zum Rödingsmarkt verläuft die U-Bahn-Strecke oberirdisch, auf einem Viadukt, und im Fahrpreis ist die phantastische Aussicht einbegriffen.

Das Bürogebäude. Auf einer Messingplatte ein Dutzend Namen. Aha, Berthold Drossel, Zeitarbeits-Vermittlung für Hafen- und Lagerarbeiten.

Ich klingelte, vertraute dem Mikrofon meinen Namen an und dachte derweil, gottverdammt, ey, du kannst noch immer umdrehen und dich verpissen.

Der Türöffner summte, ich stieß die Tür auf und betrat das Haus.

Zweiter Stock. Die Vorzimmerdame, von meinem Anblick sichtlich angewidert, wedelte richtungsweisend mit der Hand, ich grinste verunsichert und öffnete, etwas stockend, die angewedelte Tür.

Blick auf den Hafen, nicht schlecht, noch imposanter als aus dem U-Bahn-Fenster, aber momentan alles grau in grau. Regen war angekündigt worden. Protzige Einrichtung, Schreibtisch mit den Ausmaßen einer Tischtennisplatte, natürlich aus feinstem Holz.

Berti bei Tageslicht: teils grau, teils vergilbt, die Zigarre in seinem Mund vermutlich von bester Qualität, aber erkaltet und nur ein weiteres Statussymbol. Das geflötete »Hallo, mein Lieber!« kam mir eine Spur zu überschwänglich vor. »Was trinken? Käffchen, Teechen, Bierchen?«

»Im Moment nicht, danke.«

»Später gibt's nix mehr.« Kurzes Lachen. »Aber hast recht, bist einer, der sein Ding durchzieht und erst nach Feierabend die Sau rauslässt. Gefällt mir. Du kannst bei mir was werden.« Er zog eine Umhängetasche aus Plastik hervor, auf der *Air France* stand. Die Tasche war prall gefüllt, und ich war beeindruckt von dem Volumen, das eintausend Hunderter, egal ob gefälscht oder echt, ausfüllten, und fragte mich, ob die Riemen mir in die Schulter schneiden würden.

»Kannst die Kohle mit der Tasche übergeben. Verstehst du? Die Tasche gibt's umsonst dazu. Wie auf dem Fischmarkt. Wenn du zehn Kilo Bananen kaufst, kriegst du die Plastiktüte gratis dazu.« Er freute sich über den Scherz, ich lachte gezwungenermaßen mit.

»Die Adresse kennst du? Agnesstraße, Winterhude, schöne Villa in 'ner schönen Gegend. Danach zum ZOB und dann gleich mit dem Koffer zu mir. Welchen Wagen fährst du?«

»Opel Rekord«, log ich. »Nicht mehr ganz frisch, aber intakt und unauffällig.«

Berti wurde tiefsinnig. »Ja, ja, die Autos. Soll ich dir mal was sagen? Sie sind die Meilensteine an der Straße unseres Lebens. Wenn man später Erfolg hat und einen dicken Schlitten fährt und das irgendwann für selbstverständlich hält, erinnert man sich mit Wehmut an die erste eigene Karre und fragt sich, ob das einfache Leben damals nicht doch die schönste Zeit war. Weißt du, was mein erster Wagen war? Ein Vorkriegs-DKW. Hat gehustet und gerotzt wie so'n halbtoter Spätheimkehrer, ist aber immer brav angesprungen.« Sein Zeigefinger stach in meine Richtung. »Ich sag dir was, auch wenn du vielleicht denkst, der gute alte Berti wird jetzt beschissen sentimental: Für diesen DKW würd ich ein Vermögen auf den Tisch blättern, wenn ich ihn wiederhaben könnte. Aber geht natürlich nicht. Hab ihn ja damals eigenhändig plattgemacht. Erst mit 'nem Vorschlaghammer, dann hab ich einem Baggerfahrer zehn Mark gegeben, und das war damals viel Geld, damit er die Baggerschaufel zehnmal richtig voll auf die Karre draufknallen lässt. Weil der Wagen irgendwann doch nicht mehr so brav seiner Arbeit nachging. Ist wie mit der Ehefrau. Irgendwann wird sie aufmüpfig, testet, wie weit sie gehen kann. Da nimmst du als zivilisierter Mensch natürlich keinen Vorschlaghammer oder gar einen Bagger.« Er grinste schelmisch. »Natürliche Autorität und ab und zu ein Klaps mit der flachen Hand genügen. Ich bin seit zweiunddreißig Jahren mit derselben Frau verheiratet. Für mich kommt Scheidung nicht in Frage. Da bin ich ganz altmodisch. Meine Olle ist 'ne ganz Liebe. Hat Diabetes. Was willst du machen? Der liebe Gott hat für jeden von uns einen Plan. Wir sind alle nur für 'ne kurze Zeit Gast auf dieser Erde. Hab ich recht oder was? Das ist meine Philosophie, mein Lieber.«

»Sehr weise, Berti, einfache Worte, die jedoch nachdenklich stimmen«, sagte ich zwar ohne jede Spur von Ironie, aber mit dem Gefühl, schon wieder maßlos übertrieben zu haben. Berti schien der Schmus gefallen zu haben. Er grinste, mit sich und mir zufrieden.

Als ich endlich mit der *Air France*-Tasche auf der Straße stand, atmete ich tief durch und schüttelte den Widerwillen von mir ab. Schnelle Blicke in alle Richtungen, nur pro forma, war mir schon klar, denn einen Berufsbeschatter hätte ich so ohne Weiteres wohl kaum entlarvt. Aber trotzdem, weil's dazugehörte: im Gangster-Stil, mit schnellen Schritten Richtung U-Bahn Baumwall, mehrfach die Straßenseite wechselnd, kurzer Blick nach hinten, dann kehrt und zurück, ganz schön clever oder einfach nur beknackt. Jedenfalls folgte mir keiner.

»Kellinghusenstraße müssen wir aussteigen«, murmelte Bülent. Obwohl sich außer uns nur zwei schlafende Penner und drei besoffen vor sich hinlallende Schweden im Waggon befanden, saßen wir uns, dem Gangsterfilm-Schema verpflichtet, wie zwei Fremde gegenüber, blickten in verschiedene Richtungen, setzten die typischen, Abschottung signalisierenden U-Bahn-Fahrer-Mienen auf, waren aber vermutlich schon unseres Gemurmels wegen auffällig, was in den Zeiten der Terrorismus-Angst üble Folgen haben konnte. Ich war froh, dass sich in unserem Wagen nur besoffene Schweden und schlafende Penner befanden.

347

»Ich sage dir«, raunte Bülent aus einem Mundwinkel zu mir herüber, »da ist was faul. Du bist ausgesucht worden, weil sie einen Doofen brauchen.«

»Vielen Dank. Ein offenes Wort wirkt oft erfrischend.«

»Na komm, du weißt schon, wie ich das meine. Da du ja nicht doof bist und außerdem weißt, dass du Falschgeld mit dir rumträgst, kannst du ihre Pläne immer noch durchkreuzen.« Er beugte sich verschwörerisch vor, die Pistole in der Innentasche seiner Jacke wurde zu meinem Entsetzen sichtbar, ich zischte ihn aufgeregt an: »Verdammt, die Kanone, ich kann sie sehen, Mann, jeder kann sie sehen.«

Beiläufig knöpfte er die Jacke zu und lehnte sich zurück, die Glut in seinen Augen erinnerte mich an die Glut, die ich in seinem Alter Tag und Nacht in meinen Augen gesehen, geliebt und gefürchtet hatte. »Den Perser kenne ich auch«, sagte er. »Ein korrekter Typ. Er wird dir zehn Prozent geben. Zehn Riesen sind nicht zu verachten. Ist kein Diebstahl, ist dein Recht.«

Der Junge war mit seinen Überlegungen weiter als ich. Das gefiel mir, denn meine Gedanken krochen alles andere als souverän durch ein Labyrinth. »Aber dann wird es nicht nur auf Sankt Pauli, sondern in ganz Hamburg verdammt eng für uns – zumindest für mich«, murmelte ich nicht gerade tiefsinnig, aber überzeugend.

»Das ist klar.«

»Dann müssen wir schon an der Sternschanze aussteigen.«

»Genau.«

»Der Chef ist grade mal weg, kommt aber in etwa zehn Minuten wieder.« Unverbindliches Lächeln, das mit der oberen Gesichtshälfte keine Verbindung zu haben schien. Der junge Mann hinterm Tresen war dem Perser, wie man so sagt, wie aus dem Gesicht geschnitten, eine verjüngte Kopie, eindeutig der Sohn. »Ihr könnt hier warten, ich koch grade Tee.« Er holte zwei Hocker aus dem hinteren Kabuff, das, wie ich vage durch den Plastikstreifen-Vorhang erkennen konnte, als Lagerraum, Büro und Esszimmer diente.

In dem dämmrigen Tabak- und Zeitschriftenladen roch es so angenehm wie letztens – und noch intensiver, süßlicher, fremdartiger, noch, ja, wie denn?, noch orientalischer.

»Opium«, murmelte mir Bülent ins Ohr, als der junge Perser im Hinterzimmer Tee aufbrühte. »Hier wird Opium geraucht. Nicht in diesem Moment.« Er schnupperte herum. »Aber der Geruch liegt in der Luft, klebt an den Wänden, an der Decke, am Plastikstreifen-Vorhang. Der Geruch ist mir so vertraut wie der von Schafskäse, Holzkohle-Feuer und Helva. Ich komme ja aus 'ner Opium-Gegend, aus einem Kaff bei Bingöl. Du weißt natürlich nicht, wo das liegt, weil euch Anatolien noch weniger interessiert als Sibirien, aber ist auch egal. Auf jeden Fall hab ich diesen Geruch seit meiner Geburt in der Nase.«

»Schon wieder so'n blöder Seitenhieb«, murrte ich. »Als ob jeder Deutsche nur die Landkarte von Europa kennen würde. Du hast dir 'ne ganze Menge Vorurteile aufgeladen, mein Lieber. Bist auch nicht viel besser als die Deutschen.«

Er starrte mich grimmig grinsend an. »Dann nenn mir doch mal 'ne Stadt in Anatolien, aber keine von den Touristenorten an der Küste, denn Antalya und Alanya kennt ja inzwischen jeder.

»Ankara«, sagte ich cool – und, das in mir sprudelnde Triumphgefühl genießend: »Erzurum, Konya, Bursa, Adana, Afyon, Bingöl.«

Bülent staunte erwartungsgemäß, wurde nachdenklich, nickte mir anerkennend zu, konnte natürlich nicht wissen, dass ich zwei Gefängnis-Jahre mit einem zwar gutmütigen, aber dumpf-rassistischen Zellengenossen verbracht hatte, der für eine deutsche Firma in Erzurum, Konya, Bursa, Adana und Afyon tätig gewesen war und mir in diesen zwei Jahren täglich, dabei ständig über die Blödheit der Anatolier herziehend, davon erzählt hatte – ganz genau, so war's gewesen, dieses Arschloch hatte zwei Jahre lang Tag für Tag die Städtenamen Erzurum, Konya, Bursa, Adana und Afyon in mein Ohr gehämmert, und ich hätte niemals angenommen, dass mir das jemals irgendwie zunutze sein würde. Und jetzt auf einmal, peng, eine Belohnung für die Erzurum-Konya-Bursa-Adana-Afyon-Folter: Hochachtung und Scham in Bülents Blick.

Der junge Perser, mit nebligen Opium-Augen und wahrscheinlich des Opiums wegen wortkarg, brachte uns Tee in Gläsern, stark gesüßten Tee, den wir schweigsam schlürften, mit unseren Gedanken beschäftigt, jedenfalls was mich betraf.

Ich sollte mich von dem Jungen nicht in diesen Dschungel begleiten lassen, sagte ich mir. Ich wusste ja noch ganz genau, wie ich vor etwa dreizehn Jahren gedacht und empfunden hatte: kein Überblick, aber Kämpferherz und eine Million verrückte Ideen. Mit achtzehn ist man risikofreudig und ahnungslos und landet schnell im Knast, wenn man glaubt, gegen das Gesetz zu verstoßen sei Teil des Abenteuers. Ich lachte bitter in mich hinein. Mit einunddreißig landet man auch schnell im Knast, trotz des mit Erfahrungen prall gefüllten Tornisters auf dem Buckel, wenn man so wenig daraus gelernt hat wie ich, wenn man wie ich entschlossen

und karrierebewusst in den Dschungel der Unterwelt marschiert, aber weder einen Kompass besitzt,
noch an den Ariadne-Faden gedacht hat. Und schon
befinde ich mich tief im Dickicht, weit entfernt von
den scheinbar so klaren Konturen der Zivilisation,
mit den Gesetzen dieses Dschungels nur unzurei-
chend vertraut. Ich weiß trotz meiner zahlreichen
Begegnungen mit den Bullen kaum etwas über ihre
Arbeitsweise und nur wenig über ihre sich ständig
erweiternden technischen Möglichkeiten; wie dicht
das Beziehungsgeflecht der oberen Gangster-Liga
sein kann, hab ich ja in Friedberg auf schockierende
Weise erlebt, aber auch da nur von außen. Ich gehöre
nicht richtig dazu, spiele nur am Rande mit, kenne
keinen einzigen jener zum Überleben so wichtigen
Informanten und habe dennoch einem nicht gerade
unbedeutenden Gangsterboss den Kampf angesagt.
Aus Notwehr – na und? Ich wollte ja unbedingt in
dieser Szene mitmischen. Als Autoknacker bewegte
ich mich am einigermaßen überschaubaren Rand des
Dschungels. Einfache Strukturen. Ich kam niemandem in die Quere, mein Werkzeug war von der einfachsten Art, die Sache ging jedesmal ruckzuck über
die Bühne …

»Nun sitzen wir hier schon seit fast einer Stunde«,
murrte Bülent nach einem Blick auf seine Armbanduhr, und ich ertappte mich umgehend bei einem weiteren Vorurteil. Nanu, so ungeduldig? Als Orientale?
Den Orientalen bedeutet doch eine Stunde gar nichts,
sie haben doch den Ruf, unpünktlich zu sein, weil
ihr Zeitempfinden nach westlichen Gesichtspunkten
aus der Zeit vor der Erfindung mechanischer Uhren
stammt. Verdammt noch mal, *ich* war berechtigt,
ungeduldig zu sein, denn in *meinem* Kulturkreis
diente die tägliche Zeiteinteilung bis hinunter zum

Sekundentakt als das enge Korsett, in das man sich seufzend, aber einsichtig, der allgemeinen Disziplin zuliebe, zwängte. Wir, die energischen westlichen Macher, beherrschten die Zeit.

Unangenehm berührt, schon weil ich mich keinesfalls zu den westlichen Machern zählte, wischte ich diesen Unsinn samt dem Bild des stundenlang im Teehaus Wasserpfeife rauchenden Orientalen hinweg, doch dieser fast schon rituelle, wenn auch nur im Kopf geschehene Akt der Vorurteilsbeseitigung minderte meine Ungeduld keineswegs.

Misstrauisch wurde jeder Kunde von uns beäugt. Aber keine Gefahr. Leute aus dem Viertel. Alkoholiker zählten Münze für Münze ihr schmutziges Kleingeld auf den Tresen, für Flachmänner oder Schnaps in Miniaturflaschen, deren Verschluss sofort von schmutzigen, rissigen Fingern geöffnet wurde, deren Inhalt sofort wie Medizin in den Rachen geschüttet wurde, Langhaarige deckten sich mit Tabak und Blättchen für ihre Joints ein, ältere Frauen, Gesichter zerfurcht von Arbeit, Sorgen und Resignation, kauften die Blätter der Regenbogen-Presse und schämten sich nicht einmal, klebrige Kinder befreiten klebrige Groschen aus ihren klebrigen Händen und bekamen klebrige Bonbons dafür. Draußen machte sich Dunkelheit breit, Licht flammte hinter Fenstern und Reklameschildern auf. Spätestens jetzt, überlegte ich, wird Berti unruhig werden, wenn er es nicht schon längst geworden ist.

Der Ladeninhaber, endlich – und sogleich die kultivierte orientalische Höflichkeit mit wohlgesetzten Worten demonstrierend. Dabei ruhte sein Blick fragend auf uns, während sein Sohn etwas auf Farsi zu ihm sagte.

Keine Kunden im Laden.

»Was kann ich für euch tun?«

Ich zog zwei Hunderter aus der Tasche. »Was hältst du davon?«

Die Finger des Persers, schmal und lang, streichelten das Papier und hielten die Scheine ins Neonlicht überm Tresen.

»Was soll damit sein? Ziemlich neu und garantiert keine Blüten. Aus welchem Grund wollt ihr mich testen?« Unmutsfalte zwischen den Augenbrauen, nicht mehr ganz so höflicher Ton.

Es dauerte einen Moment, bis ich kapierte. Nebenbei hörte ich Bülents erregtes Schnauben. Ich musste reagieren, zwang mich zu einem verzerrten Grinsen und nahm die Scheine so gelassen wie möglich wieder an mich. »Dann bin ich ja beruhigt. Wegen der letzten Scheine, du weißt schon, bin ich verunsichert, trau mich gar nicht zur Bank zu gehen, aus Angst, die könnten die Lappen einbehalten. Na ja, und dann Polizei und so, keinen Bock drauf.«

»Hast du denn noch welche von den anderen Scheinen, mein Freund?« Der Perser wirkte wieder vollkommen ruhig, sozusagen in sich ruhend, ein gleichmütiger Weiser in einem dämmrigen, orientalisch riechenden Tabakladen. In seinen Augen sah ich jedoch die Wachsamkeit, ich sah, wie sie funkelte und wie hinter dem Funkeln der überaus konzentrierte Geschäftssinn Schritt für Schritt und dennoch flott die Lage checkte.

»Hm, ja«, sagte ich zögernd. »Ich könnte dir ein paar davon überlassen. Du hast mir ja sehr geholfen.«

»Das wäre sehr nobel, mein Freund.«

»Die beiden echten Hunderter kannst du ebenfalls haben, ich meine, was soll der Geiz.«

Graziös und vielleicht, ich war mir nicht sicher, ein wenig spöttisch hob der Perser die Augenbrauen.

»Du verstehst es, Notleidenden Freude zu bereiten, mein lieber Freund.«

Erst mal einen Kaffee. Oder schon einen Bourbon?
»Trinkst du Whiskey?«
»Ich bin Moslem.«
»Weiß ich. Aber ich dachte, ihr dürft aus medizinischen Gründen ... Und in dieser Situation ...«
»Mir geht es gut.«
Also Kaffee. Obwohl wir beide so aufgeregt waren, als hätten wir uns Koffein intravenös reingepfiffen. Aber trotzdem. Schon wegen des beruhigenden Geruchs – und wegen des schönen Zusammenspiels von Zigarettenrauchen und Reden.

Der clevere Kater hatte ins Spülbecken gepisst und geschissen. Feste Würstchen. Keine Spur von Würmern. Der Dreck ließ sich mühelos entfernen. Noch mal kräftig ausgespült, fertig. Na klar, sagte ich mir, eine Hauskatze bedeutet Verantwortung. Hat dich ja keiner gezwungen ...

»Ich muss gleich noch mal los und Katzenstreu und ein paar Dosen kaufen«, sagte ich. War mir scheißegal, was der Türke in diesem Augenblick von mir dachte, ob er mich womöglich für bescheuert hielt. Irgendein Hippie, der in Istanbul gewesen war, hatte mir mal erzählt, die Türken würden Katzen und Hunde ziemlich mies behandeln.

Doch der Türke zuckte nur mit den Achseln. »Ist wohl unvermeidlich, wenn du das Vieh behalten willst. Ich frage mich nur, ob du hier noch lange wohnen wirst. Und dann stellt sich die Frage, ob du die Katze, ihre Toilette und die Whiskas-Dosen auf der Flucht dabeihaben willst. Ich mein ja nur.«

Während ich den Inhalt der letzten Ölsardinen-Dose an das Tier verfütterte und dem keineswegs gierigen, eher behaglich klingenden Schmatzen des Katers lauschte, murmelte ich, und es hörte sich wie eine wichtige Entscheidung an: »Ich werde ihn Elvis nennen.«

»Den Kater?«

»Wen denn sonst? Etwa meinen Schwanz? Der heißt seit einer viertägigen Dauererektion im Sommer 1969, als ich wie ein Wahnsinniger Mädchen flachlegte – etwa ein Dutzend, eher mehr – und so was von fertigmachte, Dschingis Khan.«

Ich hätte mir denken können, dass er mit Scherzen aus der Abteilung *abartig, schräg, bekloppt* nicht viel anfangen konnte. Aber er glotzte mich nur für Sekunden irritiert an, kurvte gedanklich verständlicherweise durch eine ganz andere Galaxie, seine Zigarette brannte ab wie eine Zündschnur, so saugte er daran, Glut auch in den Augen, mehr als Glut, es war ein Feuer. »Sag mal, weißt du eigentlich, was hier los ist?« Sein Blick versengte mich fast. »In dieser Tasche sind – oh Scheiße, ey – fast 100 000 Dollar, also über 200 000 Mark. Keine Blüten, alles echt. Mann, ey, ich flipp aus, ey, eine Tasche, vollgestopft mit Kohle, märchenhaft. Du bist jetzt ein reicher Mann.«

So ganz teilte ich seine Gefühle nicht. Vor allem fand ich das Wort *märchenhaft* unangebracht. Okay, ich wusste ja, dass es in vielen Märchen verdammt brutal zuging, aber meistens folgte schon bald das für die psychische Gesundheit der Kinder so wichtige Happy End, das ich mir für unsere Geschichte momentan noch nicht vorstellen konnte. Und dann war da noch die andere Sache: »Wie es aussieht, hat mir Berti tatsächlich vertraut. Ich hab noch nie jemanden abgelinkt. Das ist ein echtes Problem für mich. Wahrscheinlich ist da jetzt schon die Kacke am Dampfen. Mann oh Mann, mir wird gleich schlecht. Von nun an muss ich in jeder Straße, durch die ich gehe, in jeder Kneipe, in jeder U-Bahn-Station auf der Hut sein.«

Mit offenem Mund starrte mich Bülent an. »Hä? Was redest du da? Glaubst du, die Situation sähe für dich besser aus, wenn es Falschgeld wäre? Der Typ wollte dich auf jeden Fall benutzen, ist doch klar. Wer weiß, was dich in Winterhude erwartet hätte – oder was du da hättest transportieren sollen. Und dafür hättest du keine müde Mark bekommen. Sollte ja angeblich so 'ne Art Test sein. Aber ist sowieso scheißegal. Es führt kein Weg zurück. Zumal du dem Perser großzügig zwei Hunderter geschenkt hast. Für mich ..., Moment, lass mich ausreden, ... führt nämlich auch kein Weg zurück. Ich werde meinen Militärdienst nicht antreten. Ich will frei sein, so frei wie du.«

»Dein Vater sucht vielleicht schon seine Pistole«, sagte ich, weil mir nichts Besseres einfiel.

Verächtlich winkte Bülent ab. »Der kramt die Waffe nur hervor, wenn Besuch da ist, und dann nehmen die Männer das Ding fachmännisch auseinander und setzen es wieder zusammen. Hab ich dir doch schon gesagt.« Doch er wurde nachdenklich. »Ich muss aber gleich mal runtergehen und mich blicken lassen. Ich bin seit dem Vormittag weg. Das kennen die nicht von mir.«

Der Typ erstaunte mich mehr und mehr. Einerseits das Verharren im türkischen Umfeld mit seinen türkischen Gesetzen, andererseits die beachtliche Auffassungsgabe, das tadellose Deutsch, die Fähigkeit, das Bedürfnis, über den Tellerrand hinaus zu blicken. Meine Sympathie wuchs kontinuierlich.

»Was wirst du denn mit deinem Anteil machen?«

»Anteil?« Sein Gesicht zuckte vor Erregung und Verlegenheit. »Wie hoch ist denn mein Anteil?«

Ich hob die Schultern. »Nun ja, ich dachte, wir teilen gerecht, jeder die Hälfte.«

Zwei, drei Tränen tropften aus seinen Augenwinkeln, er beugte sich vor und küsste meine Stirn. »Du bist ein richtiger Freund.«

Der Kater Elvis, offenbar satt und auch sonst zufrieden, rieb sich an allen erreichbaren Menschenbeinen.

Walk On The Wild Side von Lou Reed. »Jackie is just speeding away – Thought she was James Dean for a day ...!« Dazu passte Whiskey einfach besser als Kaffee.

Draußen fühlte ich mich so ungeschützt wie schon lange nicht mehr. Es lag nicht an der Kälte. Ich mied das Licht, so weit es möglich war, wusste natürlich, dass auch die von Berti auf mich angesetzten Bluthunde die Dunkelheit bevorzugten. Vermutlich schnüffelten zudem zahllose Denunzianten durch die Straßen. Was sich hier an suspekten Gestalten herumtrieb! Der kleine Junge da vorn, der mich so schamlos anglotzte – ein Denunziant? Für eine Handvoll Gummibärchen? Was wusste ich denn über diese Gegend? Die Alternativen, die vermehrt in dieses Viertel zogen und ihm allmählich Farbe gaben, gehörten vermutlich nicht zum Netzwerk von St. Pauli-Gangstern. Aber die Junkies, die es hier ebenfalls reichlich gab, empfand ich als potentiell gefährlich. Viele von denen würden sich nicht gerade für Gummibärchen, aber schon für eine Handvoll Silberlinge auf jeglichen Scheiß einlassen. Denen bedeutete ich nicht mehr als die Fliegen auf ihren verpissten Matratzen. An käuflichen Alkoholikern mangelte es auch nicht. Jugendliche türkischer, arabischer, pakistanischer Abstammung, die von Deutschen nicht viel hielten und obendrein immer knapp bei Kasse waren, hätten bestimmt nichts gegen ein paar leicht verdiente Scheine. Ach, Scheiße, Mann, schon wieder diese Vorurteile.

Der Perser staunte nicht schlecht, als ich ihm zehn falsche Hunderter in die Hand drückte. »Hast du Wort gehalten«, sagte er fast zärtlich. Was er mit den Blüten machen würde, interessierte mich nicht. Ich hatte acht der falschen Scheine behalten, ohne genau zu wissen, was ich damit anfangen sollte. Ein unbewusstes Hamsterverhalten, vermutete ich.

Mit einem Einkaufswagen raste ich durch einen Supermarkt, schnappte mir eine Plastikwanne, in die ich einen Sack Katzenstreu, Dosenfraß für mich, Dosenfutter für die Katze, Kaffee, Jim Beam, Vollkornbrot und eine Salami warf. Gedränge vor den Kassen. Schlechte Stimmung, weil alle nach Hause wollten. Weihnachten stand vor der Tür, und alle wussten, dass Weihnachten eher eine saumäßig teure denn eine besinnliche Zeit ist.

Aufatmend schloss ich die Wohnungstür von innen und freute mich, dass Elvis mich maunzend begrüßte. Die Plastikwanne, das Katzenstreu – Elvis der Kater verstand sofort, stieg ins Elvis-Klo, pisste ausgiebig, schaufelte Sand auf die feuchte Stelle und schaute mich anschließend beifallheischend an. Ich lobte ihn natürlich.

Am diesem Samstagmorgen war die Luft so klar, dass mir der Blick aus dem Gaubenfenster zum ersten Mal gefiel. Sattblauer Himmel, ein paar strahlend weiße Wölkchen – und die Konturen der Stadt so scharf, die Farben so kräftig. Aus dem Kassettenrekorder schwebte die Stimme von Joni Mitchell: *Carey*. Ein Sommer-Song – »Come on down to the mermaid cafe and I will buy you a bottle of wine – And we'll laugh and toast to nothing and smash our empty glasses down ...!« Die Türklingel, blechern schrillend, vermutlich vor Jahrzehnten installiert und als Erschreckungsinstrument konzipiert, verursachte sekundenlang eine Überforderung meines Nervensystems, das einem überlasteten elektrischen Schaltkreis glich, der gleich zischend und funkensprühend verschmoren würde. Ich hielt den Atem an.

»Ich bin's, Bülent.« Die Stimme schien sich mühevoll durchs Schlüsselloch zu zwängen. Okay, alles klar. Geräuschvoll zog ich Luft durch meine Nase und fühlte, wie sie sich beruhigend in den Lungen ausbreitete.

»Hast du Hunger?«, fragte ich, während ich die verkratzte Pfanne auswischte. Aber er hatte schon gefrühstückt. Lieblos schlug ich drei Eier in die Pfanne, würzte sie und schaufelte sie auf eine Scheibe Vollkornbrot. Und während ich das Zeug lustlos vertilgte, sahen mir Bülent und Elvis dabei zu, wie Wissenschaftler, die das erste gefangene Exemplar einer kürzlich erst entdeckten und schon vom Aussterben bedrohten Spezies bei der Nahrungsaufnahme beobachteten. Sie schwiegen, speicherten aber vermutlich ihre Eindrücke akribisch im Gehirn.

Eigelb floss von meinen Lippen, Fett tropfte auf mein Kinn. Ich wischte mit dem Handrücken über Lippen und Kinn, fühlte mich unsicher unter diesen Blicken und wusste nicht warum, ich meine, ich konnte ganz gut mit Messer und Gabel umgehen, schmatzte nicht, ließ nichts fallen und ähnelte auch äußerlich keineswegs einem Neandertaler. War wohl die allgemeine Verunsicherung, die mich befallen hatte wie ein Krankheitskeim. Bülent hingegen wirkte neuerdings reifer, gar nicht mehr wie ein Teenager. Der Kater schien seit dem Genuss der ersten Ölsardinen in Richtung Gourmet zu tendieren – ein abgeklärter Streuner, der es von der Gosse mehrere Etagen hoch bis in dieses Mansardenzimmer geschafft hatte. Wenig Auslauf, keine Weiber, aber dafür keine Kämpfe mehr mit brutalen Rivalen, keine Angst mehr vor Hunden und anderen Katzenfeinden, voll aufgedrehte Heizung, Spitzenküche, Streicheleinheiten satt.

Bülent hatte, schon sehr vertraut mit mir und dem Zimmer, Kaffee gekocht, Tassen gespült und abgetrocknet, duftenden Kaffee eingeschenkt – alles wirkte auf einmal so friedlich.

Fast wie eine Familie, dachte ich, vom Geruch des Kaffees in sentimentale Stimmung versetzt. Was schenke ich Bülent und Elvis zu Weihnachten?, dachte ich gleichzeitig, in freundlichen Gedanken badend. Doch gleich darauf war alles weg, geplatzt, und wie ein Stromschlag durchzuckte es mich. Ich riss die Augen auf und wusste, dass ich jetzt auf die beiden in höchstem Maße beunruhigend wirkte. »Sie kennen ja meinen vollen Namen«, stieß ich hervor. »Ich hab mich hier in Hamburg ordnungsgemäß angemeldet. Jetzt ist erst mal Wochenende. Da hat das Einwohnermeldeamt geschlossen. Aber schon am Montag könnten sie meine Adresse haben.« Statt zu weinen saugte ich an der Zigarette. »Ich sehe schon vor mir, wie sie die Tür aufbrechen, die morsche Scheißtür, mit einem Tritt, ähnlich wie in Friedberg, mit dem Unterschied, dass sie hier nicht von Bodyguards umgenietet werden!« Da ich sehr wohl bemerkte, wie meine Stimme von Wort zu Wort schriller wurde und aus meinem Mund Speichel floss, brach ich den Vortrag ab. Geile Musik. Sie drang erst jetzt in mein Bewusstsein, Thin Lizzy, *Whisky In The Jar*, doch der Text erschien mir momentan unpassend. »... for

about six or maybe seven, in walked Captain Farrell –
I jumped up, fired off my pistols and I shot him with
both barrels …!« Aber auch egal – oder doch nicht
egal, vielleicht ein Omen?

»Verdammte Scheiße!«, fluchte Bülent, der selten
fluchte, und das bedeutete, dass er begriffen hatte, wie
kompliziert die Lage wirklich war. Es ging nicht um
Bullen, die geschmeidig aus dem Schatten schlüpfen,
sachlich ihre Marke zeigen und ›Herr Lubkowitz?
Sie sind verhaftet‹ nuscheln würden, sondern um Abschaum, um Schläger oder gar Killer, deren Dienst-
anweisung vermutlich sehr knapp gehalten war, und
vor allem, so fürchtete ich, im schroffen Gegensatz
zur christlichen Botschaft stand, irgendwas Brutales,
dazu noch vulgär formuliert, so was Prägnantes wie
›reißt dem Schwein die Eier ab und steckt sie ihm ins
Maul‹!

Aufgewühlt ging ich auf und ab, auf der Suche
nach einem klaren Gedanken, starrte aus dem Fenster, natürlich zuerst auf den Schlachthof, dann auf
Baumskelette, auf Dächer, die in der Sonne glänzten,
auf Rauchgewölk, das aus den Schornsteinen quoll
und in der Winterluft verwehte. Ein Krähenschwarm
flog mit heiserem Krächzen vorbei.

»Ich will hier nicht weg«, sagte ich leise. »Ich will
euch beide nicht verlieren.« Und empfand meine Offenheit sofort als peinlich.

Bewegt sprang der Türke vom Stuhl, stürzte sich
auf mich und umarmte mich so stürmisch, dass mir
angst und bange wurde. Der Kater, *positive vibrations* spürend, strich mit erhobenem Schwanz und
schnurrend um die Menschenbeine.

Auch das noch, dachte ich, überwältigt von so viel
Zuneigung, drückte Bülent aber dennoch mit Vergnügen an mich, und das Gefühl der Dankbarkeit

durchdrang mich so intensiv, dass ich fürchtete, davon zersetzt zu werden wie von einer scharfen Säure. Nun also der Abschied. Jetzt bloß nicht sentimental werden: »Ich brauch ein Auto und einen Katzenkorb«, sagte ich forsch, »schade, dass wir nicht die Chance hatten, uns besser kennenzulernen.«

Mit eckigen Bewegungen befreite ich mich aus der Umarmung, zog hinter dem Bett eine Einkaufstüte hervor, drückte sie Bülent samt Inhalt in die Hand, wieder mit eckigen Bewegungen, sehr verkrampft, ist halt so meine Art, wenn Rührung mich beherrscht. »Dein Anteil, Alter, Fünfzig Riesen, mach was draus! Aber nicht alles ins Eros-Center tragen.« Verklemmter Scherz, verklemmtes Grinsen, das sofort verschwand, während unsere Gesichter, selbst das des Katers, vereisten, als die Türklingel schrillte.

Beschissene Weihnachten allseits

»Wer ist da?« Leider keine Spur von Forschheit in meiner Stimme.

Bülent hatte die Pistole nicht wieder zurückgelegt, wie ich feststellen musste, zog sie hastig aus seiner Jacke, lud sie, zweifellos um mir zu imponieren, betont lässig durch, ich überlegte kurz, ob ich mich darüber freuen oder davor fürchten sollte und bedeutete ihm mittels hektischer Handzeichen, ruhig Blut zu bewahren.

»Mach auf, ich muss mit dir reden! Ich bin's, Leo.«

Bülent sah mich fragend an, ich verzog verächtlich das Gesicht. »Bist du allein?«, fragte ich durchs Schlüsselloch.

»Logo, Alter, mach schon!«

»Wenn er nicht allein ist«, flüsterte ich dem Türken ins Ohr, »musst du womöglich schießen. Oder soll ich die Waffe nehmen?«

»Geht schon in Ordnung.« Bülent wirkte entschlossen wie der Spartanerkönig Leonidas am Thermopylen-Pass.

So geräuschlos wie möglich drehte ich den Schlüssel um, einen großen Schlüssel in einem steinalten Schloss – und riss die Tür weit auf.

Leos ohnehin blasser Teint wurde kalkig, die Augen traten hervor und stierten verunsichert auf die Mündung der Waffe.

»Komm rein. Willst du einen Kaffee?«

Diese Frage, gepaart mit der Feststellung, nicht sogleich umgelegt worden zu sein, schien ihn extrem zu erleichtern. »Kaffee wär super, oh ja, Mann, danke.« Er war unrasiert, die Haare hatte er achtlos nach hinten geklatscht und auch sonst sah er ungepflegt aus: Flecken auf dem weißen Hemd, der Kragen war fettig. Dreck unter den Fingernägeln. Vielleicht macht er sich nur abends fein, dachte ich kurz und empfand den Gedanken sofort als in dieser Situation völlig überflüssig, und dabei fiel mir auf, dass auch die Bewertung dieses Gedankens zur Zeit unpassend war, denn ich befand mich ja im Krieg, was meine ganze Konzentration erforderte.

Wir setzten uns an den Tisch, über dem Rauchschlieren und Staubpartikel im Sonnenlicht schwebten. Bülent legte die Waffe neben sich, in seinen auf Leo gerichteten Augen lag genau der Ausdruck, den ich hundertmal vorm Spiegel geprobt und nie richtig hingekriegt hatte, diese ausgewogene, Herablassung, Härte und Wahnsinn suggerierende Mischung, echt klasse, ein Naturtalent, ich war beeindruckt.

Auf ein Blick-Duell ließ sich Leo natürlich nicht ein, so was lag ihm nicht. Er sagte: »Ganz nette Bude hier.«

»Woher weißt du, wo ich wohne?«

Er zuckte grinsend, doch unter der Angespanntheit verbarg sich, nachlässig getarnt, Triumph oder einfach nur Verschlagenheit, auf jeden Fall die Gewissheit, gute Karten zu haben. »Ich bin dir neulich gefolgt, als du völlig breit nach Hause getorkelt bist, einfach so, aus Neugier, ohne Hintergedanken, ehrlich. Davon hab ich natürlich keinem was gesagt. Wieso auch?« Er beugte sich vertraulich vor. »Ich bin kein Freund von Berti. Weißt ja, wie der mich behandelt. Macht einen auf Pate und so'n Scheiß, der große Berti. Ist in Wirklichkeit ein Furz gegen Leute wie Wilfrid Schulz, ihr wisst schon, Frieda, der echte Pate, der vor kurzem acht Wochen in U-Haft saß. Und jetzt glauben einige Wadenbeißer wie Berti und Co., Frieda sei auf dem absteigenden Ast. Noch halten sie sich zurück, aber sie scharren schon mit den Hufen und blähen sich auf. Und dann kommt so was.« Leo kicherte uns, sein Publikum, bewundernd an. »Jemand linkt ihn um 100 000 Dollar und lässt ihn dadurch ziemlich alt aussehen. Auf einmal ist er schwer angeschlagen, denn die Story ist in einem Affentempo auf dem ganzen Kiez verbreitet worden, keine Ahnung von wem, kann sich ja nur um einen aus seiner engsten Umgebung handeln.« Er lachte so kurz, dass es wie ein Rülpser klang. Dann, ganz ernst und wichtig: »Berti hat vor Wut gekocht, hat ein paar richtig derbe Typen auf dich angesetzt, unter anderem auch Sven, du weißt ja, den Wikinger, und verspricht jedem, der dich ausfindig macht, einen Tausender. Mir hat er auch einen Tausender angeboten. Ein Riese ist 'ne Menge Holz für mich. Versteh mich nicht falsch, aber …«

»Erpressen willst du mich aber nicht?« Ich grinste und hoffte, dabei teuflisch auszusehen, reckte den Kopf herausfordernd vor und starrte ihn aus zusammengekniffenen Augen an.

»Darum geht's doch nicht. Das ist ein fairer Deal. Ich will ja keine zehn Prozent von der Summe. Wenn du mir zwei Tausender gibst, bin ich voll zufrieden.«

»Und danach lässt du dir noch den Tausender von Berti geben«, mischte sich Bülent ein. In seinen Augen lag offene Feindseligkeit.

»Wer bist du überhaupt? Das ist 'ne Sache zwischen mir und Hans.« Leo probierte die überhebliche Weise.

»Das ist mein Partner«, sagte ich. »Und ich glaube, sein Einwand ist gar nicht so blöd.«

Es war nicht genau zu erkennen, ob die zunehmende Röte in Leos Gesicht der Empörung oder der Unsicherheit entsprang, zumindest gab er sich beleidigt. »Für dich mag ich ja ein Arsch sein, meinetwegen auch ein Versager – aber ich bin nicht link. Solchen Scheiß mach ich nicht. Du wirst auf dem ganzen Kiez keinen finden, der behaupten würde, ich hätte schon mal einen gelinkt.«

Längeres Schweigen. Bülent und ich sahen uns an, verstanden uns ohne Worte und nickten uns gleichzeitig zu.

»Okay, Leo«, sagte ich dann. »Wir werden uns darauf einlassen, dir also vertrauen. Geh mal kurz pissen.«

»Wieso soll ich pissen?«

»Kannst auch wichsen oder dir im Arsch pulen. Du sollst nur nicht alles sehen, Mann, kann doch nicht so schwer zu verstehen sein.«

»Ach so, ja, kapiert.«

Als Leo auf dem Klo mit irgendwas beschäftigt war, holte ich die Blüten und legte noch zwei echte Hunderter dazu.

»Du willst ihn bescheißen?«, flüsterte Bülent. Er sah aus, als fände er das gar nicht gut.

»Er wird uns auch bescheißen. Vielleicht noch nicht heute. Aber spätestens wenn er die Hälfte der Kohle verbraten hat.

»Wenn man ihm nicht schon vorher ganz übel die Fresse poliert, weil die Bardame oder einer, dem er Kohle schuldet, feststellt, dass es Blüten sind.«

Wir flüsterten zwar, warfen aber ständig Blicke auf die Klotür. Ich schüttelte den Kopf. »Keine Sau sieht sich jeden Hunderter an, der durch ihre Hände wandert, und wer kennt sich schon so gut mit Dollar-Scheinen aus? Die sind ja ganz gut gemacht. Der Perser musste sie ins Licht halten, um die Fehler zu entdecken.«

Beide Hände hebend sagte Bülent, er sei, im Gegensatz zu mir, mit diesem Milieu nicht vertraut, außerdem sei ich bedeutend älter als er.

Beinahe hätte ich ›mach dir keine Sorgen‹ gesagt, konnte mich aber rechtzeitig bremsen. Es gab eine Reihe von Gründen, die zur Besorgnis geradezu einluden – nicht zuletzt die politische Lage, der forcierte Bau von Atomkraftwerken, die zunehmende Verbreitung der Punk-Musik, aber vor allem natürlich Berti, der seine Bluthunde auf mich angesetzt hatte und jeden Abend mit seinen Kumpels in einer Bar verbrachte, die lediglich, sagen wir, 800 Meter von meiner Wohnung entfernt war.

Nachdem Leo mit dem Geld, einem glücklichen Gesichtsausdruck und einem geträllerten »Kannst dich auf mich verlassen, Alter«, dem üblichen Gesülze also, abgezogen war, saßen wir, oralfixiert an Zigaretten saugend und immer noch von der Sonne beschienen, am Tisch, vor uns hinstarrend, ganz nah zusammen, doch gedanklich weit von einander entfernt. Diese Stille. Mir fiel jetzt erst auf, dass die Kassette zu Ende war. Umdrehen? Anderes Band? Scheiß auf Musik. Auf einmal hielt ich es für krankhaft, für geradezu neurotisch, jede noch so beschissene Lebenslage mit der dazu passenden Musik untermalen zu wollen.

Ich sollte ein paar Poster an die Wände hängen, überlegte ich und hätte über diesen Gedanken fast gelacht. Wie absurd. Und dennoch schwebten einige Motive durch meinen Kopf: Bilder von Dali, von Magritte, das Woodstock-Poster, Jugendstil-Bilder

von Beardsley. Das Zeug hing in fast allen Wohngemeinschaften, klar, aber ich kannte die Bilder nur aus
Zeitschriften, die ich während meiner sieben Jahre in
die Finger bekommen hatte. Damals waren sie immerhin wesentliche Details in meinem Traum von
einem perfekten Zuhause gewesen.

»Wir müssen schnellstens von hier verschwinden!«
Bülents Stimme zerriss die Stille wie eine Alarmsirene.

»Wir?« Ich lehnte mich, um Distanz bemüht, zurück, sah ihn mit schmalen Augen an. »Was heißt
wir?« Natürlich ahnte ich, was gemeint war.

Bülent lehnte sich ebenfalls zurück – nicht um wie
ich Distanz zu schaffen, sondern, wie ich annahm,
wegen der souveräneren Position. »Ich werde mit
dir verschwinden. Hab ich mir schon genau überlegt.
Erstens, weil das Arschloch, dieser Leo, mich jetzt
kennt, zweitens, weil mein Vater, noch immer und bis
zu seinem Tod gehorsamer türkischer Staatsbürger,
von mir verlangt, dass ich in der Türkei den Scheiß-
Militärdienst abreiße, drittens kotzt mich die Arbeit
in dem Scheiß-Gemüseladen so dermaßen an, das
kannst du dir gar nicht vorstellen.«

Von einem bitteren Lächeln begleitet, murmelte
ich: »Du weißt nicht, was es bedeutet mit mir herum-
zureisen. Du hast keine Ahnung. Den Menschen, die
mir nahestanden, hab ich nur Unglück gebracht.« In
diesem Moment bedauerte ich mich schon wieder
mal selbst.

Bülent, der meine Unglücksthese ja schon kannte, sprach ohnehin unbeeindruckt einfach weiter:
»Gleich werd ich die Pistole zurückbringen und den
größten Teil des Geldes verstecken. Wenn ich weg
bin, schreib ich meinem Vater in einem Brief, wo das
Geld ist und dass es ihm gehören soll.«

»Wie ich ihn einschätze, wird er es ablehnen. Unredlich erworbenes Geld …«

Bülents breites Grinsen sagte mir, dass ich so gut wie nichts von den Leuten aus Ostanatolien wusste. Er klang auch dementsprechend belustigt: »Na klar, mein Vater ist ein anständiger Mensch, betet fünfmal am Tag, ist aber kein religiöser Fanatiker, schlägt seine Frau nicht, obwohl er nach dem Koran das Recht dazu hätte, wie er gern betont, stiehlt und betrügt nicht, hat allerdings von manchen Dingen eine Auffassung, die mit der deutschen Rechtsauffassung nicht vereinbar ist. In seiner Jugend hat er öfter kiloweise Opium von Bingöl nach Istanbul transportiert. In einem Koffer. Im Bus. Verdammt gefährlich. Viele sind dabei erwischt worden. Ich werde ihm sagen, ich hätte eine fette Ladung Haschisch aus dem Freihafen rausgeholt und wäre dafur gut bezahlt worden. Vielleicht ist er dann, wenn auch nur still für sich, ein wenig stolz auf mich. Außerdem hilft ihm die Kohle, aus der Scheiße rauszukommen. Demnächst heiratet meine Schwester, sein Bruder in Bingöl braucht Geld für den Arzt, der Fernseher ist aus der Steinzeit, das Sofa durchgesessen, na ja, lauter solche Sachen – und es wurmt ihn, dass an allen Ecken das Geld fehlt, was wiederum tiefe Kratzer an seinem Stolz hinterlässt. Meinem Vater ist es schon peinlich, dass er Frührentner ist. Findet er irgendwie unmännlich. Hat nur noch einen Lungenflügel. Jahrelang mit Asbest gearbeitet. In Deutschland.«

Auf traurige Geschichten war ich momentan nicht gerade scharf. Erinnerung an den Knast. Da wird man mit traurigen Geschichten regelrecht zugeschissen. Und draußen, in der sogenannten Freiheit, laufen ja auch Millionen mit traurigen Geschichten rum. An jedem Tresen lauert einer, der nur darauf wartet, einem mit seiner traurigen Geschichte den Abend zu versauen. Ich war in jener Zeit kein allzu sozialer Typ. Nur die Geschichten von Doris und Fred hatten mich wirklich interessiert. Als Vorbild taugte ich ganz und gar nicht.

Ich sagte kühl, fast geschäftsmäßig: »Am Montagmorgen, noch vor Tagesanbruch, fahren wir. Am liebsten würd ich mich heute schon verpissen, aber ich muss noch einen Reisekorb für Elvis und natürlich ein Auto besorgen.«

»Du willst die Katze mitnehmen? Ehrlich?«

»Soll ich sie etwa in die Kälte jagen?« Mein Ton klang wohl ein wenig genervt, denn Bülent hob beschwichtigend beide Hände. »Schon gut, meinetwegen, ich dachte ja nur, wegen der Umstände. Wo fahren wir überhaupt hin?«

»Nach Bad Harzburg.«

»Ach, du Scheiße. Nicht gerade die große weite Welt. Aber egal. Ich kenn sowieso kaum was von Deutschland.«

Bei Anbruch der Dunkelheit wagte ich mich aus dem Haus, trotz des mulmigen Gefühls, das mich auf Schritt und Tritt begleitete. Ich huschte zur nur einen Steinwurf entfernten U-Bahn-Station Feldstraße. In meiner Situation bedeutete schon die Fahrt mit der U-Bahn allerhöchste Konzentration, obwohl ich an der nächsten Station wieder ausstieg. Sankt Pauli. Es kam mir vor, als klebte mein Steckbrief an jeder Hauswand.

Nur ein paar Schritte zum Porno-Kino am Millerntor. Mein erster Besuch eines Porno-Kinos. Vor meiner Knastzeit hatte es so was noch nicht gegeben. Damals waren in den Bahnhofs-Kinos die spießigen Sex-Filmchen vorgeführt worden, geradezu züchtig und trotz der nackten, Geschlechtsverkehr simulierenden Darsteller verklemmt, was schon an den Titeln abzulesen war: *Hausfrauen-Report, Schulmädchen-Report, Auf der Alm, da wird gejodelt* und so'n Scheiß. Ich hatte im SPIEGEL und in den Tageszeitungen von den Porno-Kinos gelesen und es unglaublich gefunden. *Deep Throat* und solche Sachen. Hatte mir vorgestellt, nach meiner Entlassung Porno-Star zu werden, mir schon Künstlernamen ausgedacht, zum Beispiel ›Superschwanz‹ oder ›Fickmaschine‹. Aber vermutlich war ich erstens schon zu alt, zweitens besaß ich einfach diese Ausdauer nicht. Also nicht, dass ich im Bett eine Niete wäre, überhaupt nicht, nur, na ja, ich war einfach nicht der Deckhengst-Typ.

Fünf oder sechs einsame Männer saßen dort, distanzbewusst im Saal verstreut, mit hochgestellten Krägen, in der Dunkelheit mit ihren Schwänzen spielend. Auf der Leinwand großformatig Titten, Mösen, Schwänze, Ärsche. Es wurde in allen nur denkbaren Positionen geleckt, geblasen und gerammelt, das Stöhnen und die Lustschreie aus den Lautsprechern übertönten das Hecheln der Wichser.

Ich hatte eine ganze Sitzreihe für mich allein und wagte es, meinen Schwanz auszupacken. Mordsständer. Analverkehr-Szene. Prächtiger Arsch. Während ich mir verstohlen einen runterholte, war ich wieder der vierzehnjährige Hans, der mit angehaltenem Atem und der Angst entdeckt zu werden auf der Schultoilette wichste.

Plötzlich, sehr lästig, die Stimme in mir: Willst du einer von diesen traurigen Männern sein? Seufzend verstaute ich meinen Schwanz in der engen Jeans und verließ den dämmrigen Ort und die einsamen Männer.

Auf dem Bahnsteig ging ich unruhig auf und ab – unbefriedigt sowieso, naturgemäß, nicht unbedingt verärgert, eher …, was wohl?, wahrscheinlich mit Blues beladen. Was Männer alles auf sich nehmen, dachte ich nicht zum ersten Mal, wenn sie eine Woche lang nicht abgespritzt haben.

Der Zug. Und der Typ in der braunen Samtjacke, der mich mehrmals von der Seite angeglotzt hatte, stieg mit mir in denselben Wagen. Viel zu hell hier drin. Der Affe tat so, als blickte er geistesabwesend oder gelangweilt an mir vorbei, über mich hinweg. Er glotzte dennoch in meine Richtung.

Einfach zu ihm hingehen und ihm die Faust in die Zähne rammen, rief eine Stimme in mir, doch die Stimme der Vernunft riet mir vehement davon ab. Typisches Verhalten eines U-Bahn-Paranoikers, sagte die Stimme, in allen U-Bahn-Zügen der Welt gibt es massenhaft Psychopathen, überwiegend unerkannt und relativ unauffällig, aber hin und wieder, nicht nur in New York City und Paris, gewalttätig und gefährlich. Ich bedankte mich bei der Stimme der Vernunft, hielt aber die Augen offen. Nur im Film besaßen die Helden den großen Durchblick.

U-Bahn-Station Feldstraße. Außer mir stieg keiner aus. Und nun, immer schön im Dunkeln, nicht zu hastig, keinesfalls zu langsam die Straßen entlang. Na bitte, alles halb so wild.

Der Gestank in meinem malerischen Mansardenzimmer erinnerte mich an einen von Mülleimern und läufigen Katern beherrschten Hinterhof. Elvis miaute mich freudig an. Ich streichelte ihn pflichtgemäß und brummte streng: »Du alter Stinker. Legst du's darauf an, kastriert zu werden?«

Mit höchster Aufmerksamkeit lauschte er meiner Stimme und sah dabei aus wie ein wissbegieriger

Schüler. Ich wusste jedoch, dass ihm der größte Teil meiner Worte piepegal war und dass er nur auf die üblichen Laute wartete, die in enger Verbindung mit dem anschließenden Öffnen einer Katzenfutterdose standen.

»Hast du etwa schon wieder Hunger?«

Genau das war's, das gehauchte H, das dunkle U und am Ende das helle E mit dem eher belanglosen R. Das Tier miaute begeistert – und schlug sich kurz darauf die Wampe voll.

Später, auf dem Bett liegend und immer noch oder schon wieder sexuell erregt, sah ich Doris' nackten Körper vor mir, rief die typischen Laute ab, die sie von sich gab, wenn ich in sie eindrang, mein Schwanz wurde groß und hart, wartete auf die verlässliche Hand, die ihn so oft umfasst und bearbeitet hatte – doch diesmal vergebens, da ich in der einen Hand das Glas mit Whiskey, in der anderen die Zigarette hielt und jetzt liebend gern eine dritte Hand gehabt hätte, denn ich brauchte das Whiskey-Glas in der einen und die Lucky Strike in der anderen Hand, um meine Angst zu zähmen. Das war im Moment das Scheiß-Dilemma.

Sonntagmorgen. Immer noch blauer Himmel, klare Sicht, scharfe Konturen, die zu Allegorien einluden, aber durch das zum Lüften geöffnete Fenster drang Eiseskälte.

Nachdem ich mit dem Kater gefrühstückt hatte, schepperte die unerträgliche Türklingel.

»Bülent?«

»Ja.«

Kaum hatte ich den Schlüssel umgedreht und die Klinke gedrückt, wurde die Tür wuchtig aufgestoßen, ich taumelte zurück. Zwei Gestalten schoben sich herein: Leo, natürlich, wie erwartet, wenn auch nicht so bald, und ein breitschultriger Cowboy mit vollbärtigem Affengesicht und Motorrad-Lederjacke.

»Bist du total bescheuert?!«, schrie ich schmerzgepeinigt, denn die Türkante hatte mich voll an der Stirn erwischt.

Leos Entschuldigungsgrinsen schien stark mit Allmachtsgefühlen, mit Triumph und Selbstzufriedenheit durchmischt zu sein. »Mach dir keine Sorgen, Hans, ich hab Berti nichts erzählt. Hab ich dir ja versprochen. Ich hab mir aber überlegt, dass ich mich gestern wie ein Amateur benommen habe. Vielleicht bin ich einfach zu gutmütig, um ein richtiger Gangster zu sein, keine Ahnung. Auf jeden Fall hat mir mein Freund hier gesagt, dass es nicht unverschämt sei, zehn Prozent zu verlangen.« Sein Grinsen verzerrte sich und wurde maskenhaft. »Mein Freund hat mich begleitet, weil ihm Gutmütigkeit fremd ist und weil er genau weiß, wie man sich schnell und gründlich durchsetzt. Du verstehst mich doch?«

Langsam, schildkrötenmäßig, bewegte ich mich rückwärts ins Zimmer, langsam und bedrohlich folgten mir die Wichser.

»Was willst du? Etwa 8 000 Mark?«

»Und zwei Riesen für mich«, brummte der harte Hund.

»Du hast ja'n fetten Stundenlohn«, hörte ich mich sagen, während mein Herzschlag bis in den Kopf wummerte. Ich stand jetzt neben der Kochplatte, legte meine Hand daneben, scheinbar um mich abzustützen. Ich fühlte den Messergriff, erkannte sofort, es war das schwere Schlagmesser mit der breiten, fünfzig Zentimeter langen Klinge. Ich fasste zu – und schon sah alles bedeutend positiver aus. Abweisend hielt ich den beiden das Messer entgegen, meine linke Hand suchte und fand das kleine, kompakte Ausbeinmesser. Mit diesen Werkzeugen war ich seit Jahren vertraut, ihre Griffe schmiegten sich wie von selbst in meine Hände.

»Und jetzt raus hier!«, knurrte ich die Verdutzten an.

Leo wurde, wie letztens, kalkweiß, doch der Bärtige lachte nur überlegen, zog beinahe spielerisch ein Stilett aus der Jackentasche und brummte, nicht unbedingt gutmütig, weil ihm ja Gutmütigkeit, wie schon erwähnt, fremd war, doch immerhin ohne den stählernen Grundton: »So was hab ich auch, Kleiner.«

»Nee, hast du nicht. Das ist Spielzeug.« In meinem Rücken spürte ich die Kante der Anrichte, es gab nur noch den Weg nach vorn. »Stell dich hinter deinen Freund, sonst kriegst du auch was ab«, riet ich Leo, dem das sofort einleuchtete. Gewandt huschte er hinter den Großen mit dem Affengesicht.

Schneller Takt meines Herzschlags, klang nach einem Solo von Ginger Baker; meine Knie zitterten harmonisch mit. Ich bewunderte mich wegen meines Mutes und verfluchte mich gleichzeitig. Jetzt stand ich dem Starken direkt gegenüber, blickte ihm ins Grinsegesicht, die Stimme in mir sagte: jetzt! Und ich schlug zu, keineswegs halbherzig, widerwillig und nur symbolhaft und förmlich den Verteidigungsauftrag vermittelnd, sondern rücksichtslos. Die Klinge des Schlagmessers, wuchtig geführt, glänzte ganz kurz, den martialischen Aspekt ästhetisch betonend, im hereinfallenden Sonnenlicht, schlitzte die Lederjacke von oben bis unten auf, haute dem Großen – schöner Nebeneffekt – dabei das zur Abwehr seitlich hingehaltene Stilett aus der Hand, und ich wünschte, ich hätte gleich die ganze Pfote mit abgehackt, aber man kann ja nicht alles haben, nicht wahr, und stach mit dem Ausbeinmesser wuchtig zu, traf den rechten Oberarm, und der berühmte »Ah!«-Schrei flog aus dem Mund des Harten, der das alles gar nicht fassen konnte, wie seinem Blick zu entnehmen war. Auf jeden Fall: erst mal eins zu null für mich. Mit einem Tritt stieß ich das Stilett in eine Ecke. Ich keuchte. Verdammt, das Outlaw-Leben ging mir gehörig auf den Sack.

»Lass uns abhauen«, drängte Leo, der es nun sehr eilig hatte, und zerrte an der Jacke des Kumpanen, den mittlerweile, zu meiner Erleichterung, der Respekt vor mir und meinen Messern beherrschte, was mich nicht verwunderte, denn sein Gesicht war schmerzverzerrt, er presste eine Hand auf die Wunde, ich hatte ihm offenbar richtig wehgetan.

»Das wirst du bereuen«, drohte er. So was musste er natürlich noch zum Abschied von sich geben. Besser so was, als etwas wirklich Ekelhaftes, wie zum Beispiel seinen Mageninhalt oder zwei Liter Blut.

Ich folgte ihnen bis zur Tür. Von unten kam ihnen Bülent entgegen.

»Das ist der andere«, sagte Leo. »Pass auf, der hat 'ne Kanone.«

Sie quetschten sich an ihm vorbei und polterten die Treppe hinunter.

Grinsend deutete Bülent auf die Messer, hatte sofort begriffen und sagte teils spöttisch, teils bewundernd: »Du gehst ja flott zur Sache. Wie's aussieht, weiß ich noch immer sehr wenig von dir.«

Ich versuchte gar nicht erst, meine Erregung zu tarnen und schilderte knapp, noch immer schnaufend, was soeben vorgefallen war. Dankbar nahm ich den von Bülent nebenher gekochten Kaffee, wir rauchten dazu, ich sagte: »Der Drecksack wird ga-

rantiert umgehend bei Berti petzen, was ganz klar bedeutet, dass ich noch heute weg muss.« Angewidert
doch professionell reinigte ich die Messerklingen, bedauerte für zwei Sekunden, dass Leos Blut nicht daran klebte, war aber selbstverständlich heilfroh, dass
diesmal die Menge vergossenen Blutes, im Vergleich
zum Friedberg-Gemetzel, mit einem Schulterzucken
abgetan werden konnte.

Grübelnd schaute Bülent dem Kater zu, der sich
das Fell so intensiv leckte, als hätte er vor, heute auszugehen. Bülent gehörte zweifellos nicht zu den Leuten, die in Tieren nichts weiter als mobile Pflanzen
sahen und ihnen deshalb keine ernstzunehmenden
Gefühle zugestanden. Ein um Verständnis bemühtes,
irgendwie forschendes Interesse an Kater Elvis hatte
ich allerdings auch noch nicht an ihm festgestellt.

Und nun sagte er zu meinem Erstaunen: »Für das
Tier hätte ich was. In unserer Wohnung steht ein
Weidenkorb mit verschließbarer Klappe.« Er hatte
sich also doch Gedanken gemacht, wenn auch vielleicht oder wahrscheinlich nur, um mir einen Gefallen zu tun. Ich belohnte ihn mit einem Grinsen der
Erleichterung.

Endlich war es dunkel geworden. Doch ich musste
mich noch zwei weitere Stunden gedulden, bis es
auf den Straßen ruhig war, bis die Menschen in ihren
warmen Stuben beim Abendbrot oder vor der Glotze
saßen.

Draußen wurde ich zu einem Schatten, ein Schat-
tenmensch mit hochgeschlagenem Kragen, dicht an
den Hauswänden und geduckt um die Ecken streichend, kakerlakenhaft das Licht scheuend, immer angespannt. Solche gibt es in jeder Großstadt – und in
jeder Großstadt gibt es jene, die nach ihnen suchen.

Ich suchte im Moment eine stille Seitenstraße, möglichst schlecht beleuchtet. In der Lippmannstraße schien ich richtig zu sein. Aus einigen Fenstern flackerte bunt das Licht der Fernseher.

Ford Granada mit Kassettenrekorder, nicht das neuste Modell, leicht zu knacken, geräumig und kräftig. Ich schob den Metallstreifen routiniert zwischen Gummidichtung und Seitenscheibe ins Innere der Tür, fand schnell den Öffnungsmechanismus und ruckzuck, schon saß ich auf dem Fahrersitz und bückte mich hinunter. Die beiden Kabel, das Übliche, kennt ja jeder, der Motor sprang an, klang satt und gesund; indem ich das Steuer mit aller Kraft nach rechts und links riss, knackte ich das Lenkradschloss. Schön, dass einiges noch wie in alten Zeiten war.

Morgendämmerung. Ein Parkplatz fast vor der Haustür. Schon lag das Gepäck im Kofferraum. Elvis in seinem Weidenkorb maunzte fragend und verunsichert, ich redete auf ihn ein, in diesem Alles-wird-gut-Ton, den man gewöhnlich Kindern zukommen lässt, der aber auch bei ihm zu wirken schien.

Fehlte nur noch Bülent. Ich hätte verstanden, wenn er nicht imstande gewesen wäre, das warme, enge, doch Schutz versprechende Umfeld zu verlassen. Doch da kam er, hochgradig aufgeregt, scheu um sich schauend, nicht ganz frei von Pathos, stahl sich aus dem Elternhaus wie alle jungen Leute, die sich frühmorgens mit hämmerndem Herz auf die Straße zum großen Erlebnis begeben. Seine Reisetasche war zwar prall gefüllt, aber nicht sehr groß. Ja, ja, mein lieber Hans, dachte ich wehmütig, in dem Alter hat auch dir eine solche Reisetasche genügt. Als Bülent sich in den Beifahrersitz fallen ließ, stieß er geräuschvoll die

Luft aus seinen Lungen und blickte mich, unsicher grinsend, an.

Ich zuckte die Achseln. »Du hast 'ne Entscheidung getroffen, mein Lieber. Mit Konsequenzen! «

Den klugen Spruch fand er hilfreich. Dankbar nickte er mir zu.

Sobald wir losfuhren, ließ er den coolen Macker raushängen, es war echt zum Piepen, ließ lässige Sprüche los, öffnete das Fenster, legte den Arm darauf ab, zog den Arm wieder zurück, wegen der Kälte, klar, wir hatten ja Frost, er schloss das Fenster, steckte sich 'ne Zigarette in den Mund und nuschelte: »Gib Gummi, Alter, oder bist du eingeschlafen?«

Auf der Autobahn wurden wir lockerer.

»Schöne Musik«, lobte Bülent, der Mink de Ville zwar nicht kannte, aber mit der Musik offenbar etwas anzufangen wusste. *Spanish Stroll, Cadillac Walk* und *Venus Of Avenue D* ließen ihn erst überrascht, dann allmählich verstehend lächeln. »Ich hab schon vorher, in deinem Zimmer, beim Kaffeetrinken und so, ab und zu auf die Musik geachtet und dabei gemerkt, dass ich das alles nicht kenne. Obwohl ich Musik liebe. Ich kann auch verdammt gut singen. Meine Musik ist hauptsächlich türkischer Pop. Die Disco-Musik gefällt mir auch ganz gut … und, ja, und dann noch das Zeug von Elvis Presley, die langsamen Stücke, weißt du, mit viel Gefühl und so, *In The Ghetto* zum Beispiel, oder *It's Now Or Never.*«

Jetzt kam er schon wieder mit Elvis. Echt merkwürdig. Ich hatte kaum noch an den King gedacht, obwohl er zu den wichtigsten Personen meiner Kindheit gehört hatte. Dann gab er den Löffel ab, ich traf auf Fred Fink und seitdem überall auf das Thema Elvis. Kein Wunder, dass selbst mein Kater Elvis hieß.

Bülent lachte verlegen. »Ich bin eigentlich nur auf Elvis gekommen, weil mir mal jemand gesagt hat, dass ihn mein Lächeln an Elvis erinnert. Wegen Elvis hab ich mich, ob du's glaubst oder nicht, in die englische Sprache reingekniet. Ich hab auch 'ne Menge Filme mit ihm gesehen und kann ihn ganz gut nachmachen. Vielleicht hab ich die Rock'n'Roll-Sachen einfach noch nicht drauf, weil ich nun mal nicht mit dieser westlichen Rock'n'Roll-Kultur aufgewachsen bin. Aber macht ja auch nichts.« Er strahlte mich aufgekratzt an. »Ich bin, obwohl Türke, enorm lernfähig.« Spöttisches Zwinkern. »Und außerdem glaube ich, das Gefühl dafür bereits in mir zu haben. Ich freu mich schon darauf, diese Rock'n'Roll-Welt kennenzulernen.«

Und zu meiner Freude erfuhr er jetzt, in einem gestohlenen Ford Granada, in dieser scheißkalten, aber klaren Winternacht und zudem auf der Flucht vor seinem Vater und dem türkischen Militär, dass es wundersame Musik gab, die möglicherweise eigens für nächtliche Fahrten auf der Autobahn, möglichst mit einem geklauten Wagen und einer stubenreinen Katze, erschaffen worden war und im Kontext der Begleitumstände, von den Komponisten und den Musikern genau so vorausgesehen, zum wesentlichen Teil eines Gesamtkunstwerks wurde. Das Leben, nicht nur auf der Autobahn, in einem schnellen Wagen, logisch, auch sonst, eigentlich überall und zu jeder Zeit, jedenfalls immer von Musik untermalt. Große Kunst. Doch was hieß das schon? Bülent war bisher von Kunst so weit entfernt wie Franz Josef Strauß von der Schwulenbewegung, aber in ihm blühten Gedanken und Emotionen und bohrende Neugier, die nach den Botschaften hinter den Tonfolgen forschte. Das ist doch Kunst, dachte ich, von meinen Gedanken beeindruckt: Von der gewählten Ausdrucksform wird die Aussage transportiert. Und wenn Form und Aussage im Kopf des Empfängers eine so intensive und erhellende Wirkung erzeugen, dann bewegt sich der so Berührte, vielleicht Erweckte, auf jeden Fall dafür Empfängliche in Richtung Kunstverständnis.

Zu dieser Musik und dem damit verbundenen Lebensgefühl gehörten natürlich Zigaretten. Und, meiner Meinung nach, auch Bourbon. Die angebrochene Flasche Jim Beam lag im Handschuhfach. Bülent sah das anders. Er hatte noch nie Alkohol getrunken, nicht einmal daran genippt. Er drehte sich einen Joint und zündete ihn an. So einer war das also! Ein Minuspunkt.

»Mir wird ganz schwindlig«, sagte ich ungehalten und wedelte demonstrativ den Rauch von mir weg. »Meine letzte Freundin hat das Zeug auch geraucht. Und was ist aus ihr geworden? Ein Zimmermädchen in einem miesen Hotel. Oder meine frühere Freundin Geli. Hat auch Haschisch geraucht. Und mir 60 000 Mark geklaut. Im Knast kannte ich einen, der hatte im Haschischrausch Geld von seinem Sparbuch abgehoben, und weil da nur noch 20 Mark draufgewesen waren, hatte er seine Kanone gezogen und die Bank beraubt. Wurde natürlich gleich gefasst, der Simpel, weil sein Name ...«

»Alles klar, hab schon verstanden«, kicherte mein Beifahrer kindisch. »Musst mir nicht erklären, warum er gleich geschnappt wurde. Aber der baute den Scheiß ja nicht, weil er einen Joint geraucht hatte, sondern weil er von Haus aus beknackt war.«

Mir blieb nichts anderes übrig, als ihm recht zu geben, was mich ein wenig wurmte, da ich eigentlich der Ansicht war, ich, mit drogenfreiem Kopf, müsse dem Bekifften von Haus aus mental überlegen sein. War aber nicht so wichtig.

»Hab ich dir eigentlich schon erzählt, dass ich mal in einer Band gesungen habe?«, fragte ich nebenbei, um ein anderes Thema bemüht.

»Nein, hast du nicht. Find ich aber sehr interessant. Ich würde auch gern richtig singen – also auf 'ner Bühne, vor 200 Leuten, nicht nur für meine Freunde.«

Und als die Kassette zu Ende war, legte Bülent los, mit *Lonely Man*, einer bei mir zwar nicht hoch im Kurs stehenden Elvis-Schnulze, aber egal, wie auch immer, der Türke sang das Lied nicht nur völlig sicher, im richtigen Tempo und selbstverständlich im richtigen Ton, sondern überdies mit dem offenbar doch nicht einmaligen Elvis-Schmelz und mit einer Stimme, die verdammt nach Elvis klang. Gewaltiges Stimmvolumen.

Es haute mich glatt von den Socken. Ich war überwältigt und fragte mich, wie er *Hard Headed Woman* bringen würde, sobald er so frei, so unerschrocken und begierig wäre, alles aus sich rauszulassen.

»Das war echt spitzenmäßig, Bülent, und es klang, verdammt noch mal, fast wie vom King persönlich gesungen!«, rief ich aus und schob noch eine Reihe lobender Worte nach. Er grinste, zwar erfreut, schon weil ihm meine Meinung, wie ich annahm, viel bedeutete, doch außerdem mit einem Ausdruck, der besagte, dass er dieses Lob erwartet hatte, da er sehr wohl wusste wie gottverdammt gut er war.

Mit Reif überzogene Baumskelette, Schnee auf den Feldern und Wiesen. Da draußen hatte der Frost, wie es aussah, die Erde unbewohnbar werden lassen, alles schien vom eisigen, ungebrochen über das flache Land wehenden Wind erstarrt zu sein. Gemütlichstickige Luft im Ford Granada. Die Heizung funktionierte einwandfrei. Ich kam mir vor wie ein Astronaut in einem Raumschiff, Lichtjahre von der Erde entfernt, auf der Suche nach einem komfortablen Planeten, der möglichst nicht von Lebewesen, die den Briten ähnelten, bewohnt war, da mir der Linksverkehr ebenso zuwider war wie die Kneipen-Sperrstunde um 23 Uhr und der nach Torf und verbranntem Holz schmeckende Scotch. Es gab noch eine Reihe anderer Völker, deren Gewohnheiten auf meinem idealen Planeten nicht erwünscht waren, wie zum Beispiel ... Ich ging alle – zumindest alle, die mir einfielen – durch, und kam dann ernüchtert zu dem Schluss, dass nur ich, Doris und Bülent das Recht hatten, auf diesem Planeten zu leben.

In Bad Harzburg nahmen wir zwei nebeneinander liegende Doppelzimmer in einem einfachen Hotel in der Nähe des Bahnhofs. Wegen der Katze drückte die ältere Frau an der Rezeption ein Auge zu. Ich füllte sofort die Plastikwanne mit Katzenstreu, und Elvis, der brav ausgehalten hatte, setzte sich auch gleich erleichtert hinein.

Noch nie zuvor hatte Bülent in einem deutschen Hotel logiert. Wenn er mit den Eltern, den beiden Brüdern, der Schwester und dem Onkel im überladenen Ford Transit in die Türkei gefahren war, hatte der Onkel, der als einziger einen Führerschein besaß, stets den Ehrgeiz gehabt, die 2 000 Kilometer schneller als all die anderen Türken mit ihren überladenen Fords zu bewältigen. Bülent hatte auch noch nie zuvor ein so großes Zimmer für sich allein gehabt. Ein kleines Zimmer hatte er allerdings auch noch nie für sich allein gehabt. »Ich teile ein kleines Zimmer mit meinen beiden Brüdern«, sagte er, deutlich überwältigt von so viel Platz. »Obwohl ich meine Eltern und meine Geschwister liebe, habe ich immer unter der Enge gelitten. Ich beneidete die deutschen Mitschüler, von denen ich wusste, dass in ihren Elternhäusern viel mehr Platz für sie war. Für mich ist die Enge oftmals unerträglich gewesen, aber ich hab meine Situation natürlich hingenommen. Was hätte ich auch anderes machen sollen? In den anderen türkischen Wohnungen sah es ja genauso aus. Es ist schön, eine große Familie zu haben, aber ich habe mir immer ein abschließbares Zimmer für mich allein gewünscht. Vielleicht empfinden ja viele Türken so wie ich, keine Ahnung, auf jeden Fall sagen sie's nicht, wahrscheinlich aus Angst, dann ausgestoßen zu werden, wegen der Unvereinbarkeit dieses Wunsches mit der türkischen Mentalität, was weiß ich. Es gibt ja tatsächlich so eine gewisse Abschottungs-Mentalität bei vielen türkischen Einwanderern, nicht nur bei den Religiösen, auch bei vielen jungen Leuten, die sich von den Deutschen nicht akzeptiert fühlen und deshalb nicht wagen, aus ihrem Türken-Gefängnis auszubrechen.«

Erstaunt lauschte ich seinem Redefluss. Das fand ich alles ziemlich gut überlegt und klüger als das, was ich zu diesem Thema zu sagen hatte, und ich fragte mich, ob meine Ansichten, die ich bisher für tolerant und verständnisvoll gehalten hatte, nicht doch eher gutmütig-herablassende Meinungen eines sich, wenn auch unbewusst, für überlegen haltenden Ignoranten waren. Ich wusste ja so gut wie nichts über diese Einwanderer. Diese Einwanderer? Deutschland ein Einwanderungsland?

Mit 15 000 Dollar in der Tasche, in diesem großen Zimmer mit Bad, schien Bülent ein völlig neues Gefühl für seinen Körper zu entwickeln. Er reckte sich wohlig, schritt auf und ab wie ein Siedler, der sein Land absteckte, und mit jedem Schritt, das sah man, wuchs sein Selbstbewusstsein. Merkwürdig: Irgendwie war ich stolz auf ihn. Dabei wusste ich genau, dass es ein übertragener Stolz war, denn ich war ja vor allem und ziemlich schlecht getarnt stolz auf mich, den Förderer und Erwecker des jungen, intelligenten Einwanderers. Aus dem konnte noch was werden, wenn ich am Ball blieb.

Bülent lag auf dem Doppelbett, mit dem Kopf auf den verschränkten Händen, hungrig wie der Kater und ich, aber offenbar sehr zufrieden und vor allem extrem mitteilungsbedürftig. Mit einem Mal, sagte er, habe sich sein Blick auf dieses Land, in dem er großgeworden sei, verändert. Er habe, selbst in der Schule, umgeben von deutschen Mitschülern, Deutschland nur aus der Sicht des Fremden betrachtet. Außer Hamburg kannte er eigentlich nur die Autobahn Richtung Süden und die überfüllten Raststätten, wenn er in den Sommerferien mit der Familie im rostigen Ford Transit in die Türkei gefahren war, in die »Heimat«, wie seine Eltern gesagt hatten, in eine Heimat, die ihm immer völlig fremd gewesen war, noch fremder als Hamburg, schon weil dort die Regeln noch strenger waren als in der Hamburger Türken-Gemeinde und weil es nicht wenige Einheimische gab, die mit Neid auf die deutschen Türken blickten. »Kannst du verstehen, in welcher Lage ich mich befinde?«, fragte er mich, nahezu flehend.

Mein zustimmendes Nicken war nicht ganz ehrlich, sondern entsprang in erster Linie meinem momentanen Harmoniebedürfnis und zudem der Beunruhigung, die mich befallen hatte, als mir klargeworden war, dass ich mich schon zu sehr auf den Jungen eingelassen hatte und bereits mehr von ihm wusste, als ich hatte wissen wollen. Ich hatte zu spät gemerkt, dass diese Nähe unweigerlich zu Verpflichtungen führen würde.

»Weißt du was, Hans?«, sagte er, sich aufrichtend und mich anstarrend. »Ich habe mir vorgenommen, im Land der Deutschen, das auch mein Land ist, nicht mehr als Fremdkörper herumzulaufen.«

Ich grinste vor mich hin.

»Warum grinst du so?«

»Nun, ich werde hier und überall vermutlich immer ein Fremdkörper sein.«

»Auch du kannst es schaffen, Hans, glaub es mir!« Sein tröstend-missionarischer Ton störte mich etwas, aber sonst fand ich's witzig.

Am nächsten Morgen, gleich nach dem Frühstück, stellte ich den Wagen in Goslar ab, wischte pedantisch mit einem Lappen die Spuren weg, leerte den Aschenbecher aus und fuhr per Bahn zurück nach Bad Harzburg. Jetzt ins Hotel? Etwas in mir trieb mich ins Kurviertel, das nur zehn Minuten entfernt lag. Kurhotels, Cafés, Eisdielen, Restaurants, Ramschläden und edle Boutiquen.

In der Herzog-Wilhelm-Straße promenierten die Kurgäste, überwiegend alte Leute, mit militärischer Entschlossenheit. Die jüngeren Urlauber machten sich mit geschulterten Skiern auf den Weg in die höheren Lagen, in den Schnee.

Keine Sonne. Es war nasskalt und verdammt ungemütlich.

Scheiß auf Doris, sagte ich mir schon wieder, wird ja sowieso nix mehr, du könntest jetzt schon jenseits der Alpen sein. Und danach immer weiter – Rom, Neapel, Sizilien, die Fähre nach Tunesien.

Aha, das Hotel *Sonnenschein*. Ein hässlicher Neubau. Ich wusste aus Erfahrung, dass in Hotels, die so aussahen, beschissen gekocht wurde und dass ich in dieser Küchenbrigade nicht unangenehm auffallen würde. Das war ja genau meine Liga. Allerdings wusste ich nicht, wie ich reagieren würde, wenn Doris in diesem Moment aus diesem hässlichen Neubau kommen würde, eventuell, oh Graus, gar Hand in Hand mit ihrem neuen Freund, einem Koch oder gar einem Kellner. Ach was, Unsinn, sie hatte noch nie was mit einem Kellner gehabt.

Morgen werde ich es wagen, sagte ich mir, einfach ganz locker reingehen und nach Doris Hirsekorn fragen. Wenn wir uns treffen, nehme ich sie in den Arm, so ganz selbstverständlich, ohne Besitzansprüche, Ehrensache, einfach nur ungezwungen, mit breitem Lachen, das einerseits Zuneigung und andererseits Unverbindlichkeit signalisiert.

Halb hinter einem Baum verborgen, beobachtete ich noch einige Minuten den Hoteleingang, ließ auch ab und an den Blick schweifen, denn sie hätte ja frei haben und jeden Moment hinter mir auftauchen können. Verdammte Kälte. Für einen Moment versuchte ich mir vorzustellen, in einem heißen Land zu sein und den Hoteleingang hinter einer Palme verborgen, nur mit einer Badehose bekleidet und dennoch schwitzend, zu belauern. Glücklicherweise bereitete nasskalter Wind diesem Anflug von Eskapismus ein rasches Ende.

Was soll das eigentlich?, fragte ich mich, dieses dämliche Hinter-dem-Baum-stehen-und-glotzen?, und verließ den Beobachtungsposten, ging aufrecht, schlendernd, ohne Angst vor Verfolgern, durch die Straßen, wurde mir dessen erst nach einiger Zeit bewusst und fühlte mich dabei so geborgen und wohl, als wäre ich einem Kriegsgebiet entronnen. Alles so friedlich. Hier war mir niemand auf den Fersen. Und dann das viele Geld. Noch etwa 4 000 Mark aus Friedberg, ein Haufen Dollars, insgesamt weitaus mehr als die Beute meines damaligen Bankraubs – und im Nachhinein kam es mir vor, als hätte ich die Kohle fast im Vorübergehen aufgesammelt oder als wäre sie mir in den Schoß gefallen, wie in einem unrealistischen Film, in dem das Fehlen der Logik durch kitschige Farben bemäntelt wurde. War mir die Glücksfee – oder wer, verdammt, auch immer – letzten Endes doch gewogen? Seit meiner frühesten Kindheit hatte ich Tagträume zum Überleben gebraucht, alle möglichen Träume, und diese, fast ohne mein Zutun, im Laufe der Jahre immer bunter und prächtiger werden lassen. Und nun, unglaublich, aber wahr, lag es in meiner Hand, sie zu verwirklichen. Doch die Vorstellung, in einem dicken Schlitten nach Süden zu fahren, wirkte mit einem Mal seltsam blass und undeutlich, wie ein unausgereiftes Projekt, für eine fernere Zukunft gedacht. In meinem Kopf hatte sich nämlich ein brandneuer Traum eingenistet: Doris, Bülent, Elvis und ich in einer geräumigen Wohnung. Die Familie. Dazu das eigene Geschäft. Eine Kneipe, so trendmäßig, Nostalgie-Stil, geile Musik. Oder ein Imbiss. Vielleicht mit Döner-Spieß und so. Gab's ja bisher nur in den Türken-Vierteln der Großstädte. Aber Bülent, der so was schon mal angedeutet hatte, war sicher, dass man damit auch Deutsche in der Provinz glücklich machen könne. Ich war mir da nicht so sicher, denn Bülent fand jedes türkische Gericht einfach klasse, kannte die deutsche Küche so gut wie gar nicht, schon weil er diesbezüglich mit Vorurteilen mehr als gesättigt war und selbst dem deutschen Rindfleisch unterstellte, Schweinefleisch zu sein, hatte aber nicht bedacht, dass die Menschen in Aurich, Andernach oder Kempten womöglich genauso borniert sein könnten.

Mir stach ein Plakat ins Auge:

Weihnachtsfeier mit dem bekannten Elvis-Imitator Siegfried Rupf!

Am Mittwoch, dem 21. Dezember 1977.

Tolle Stimmung, Tombola, Tanz!

Im Saal der Gaststätte DEUTSCHE EICHE!!!

Der Mann auf dem Foto sah beschissen aus – ein weiterer Elvis-Imitator im weißen Las-Vegas-Outfit und entsprechend alt, verlebt und fett, dessen traurig-komisches Aussehen, meine ohnehin gute Laune mit einer fetten Dosis Häme anreichernd, irgendwie entspannend auf mich wirkte. Zur Zeit versuchten sich überall beleibte Herren im sogenannten besten Alter als Imitatoren des späten Elvis. Es gab sogar Frauen, die wie der King aussehen wollten. Sie alle werden, dachte ich belustigt, die westliche Welt überschwemmen und späteren Generationen ein verzerrtes Elvis-Bild vermitteln.

Fred hatte übrigens weitaus besser ausgesehen als Siegfried Rupf.

Eine Gruppe älterer Damen mit prähistorischen Dauerwellen-Frisuren verließ gerade das Café, vor dem ich stand, und durch die geöffnete Tür strömte der Duft von Kaffee und frischem Kuchen, betörend, die Sinne verwirrend. Für einen Moment roch es wie an einem Sonntag in meiner Kindheit. Ich dachte an eine Tasse Kaffee und ein Stück Marmorkuchen und betrat, getrieben von kindlicher Vorfreude und wohlig-erregt, dem vertrauten Geruch blindlings folgend, den Raum.

Da saß ja der Typ, Siegfried Rupf, genau, nicht gerade der ideale Name für einen Rock'n'Roller. Im

Kostüm saß er da. Das ist doch lächerlich, dachte ich pikiert, um die Mittagszeit im Elvis-Kostüm herumzulaufen, das hätte Fred nie getan. Er hatte diese Kluft als reine Arbeitskleidung angesehen, der gute Fred. Und die Frau neben diesem Mehlsack, dachte ich erschüttert, kennst du doch von irgendwo her …

Oh Gott, es war Doris! Moment mal. Was lief denn hier ab? Jetzt küsste sie ihn, den fetten Elvis-Imitator, und meine Stimmung stürzte aus beachtlicher Höhe ab, aufs Parkett, es tat verflucht weh. Ich drehte mich ruckartig um. Schon wieder getrieben, doch diesmal von Panik und dem drängenden Bedürfnis, diesem Kaffee-und-Kuchen-Geruch zu entkommen, hastete ich, abermals blindlings, nach draußen.

Kalte Luft. Sie kam mir ausnahmsweise sehr gelegen, denn sie kühlte meinen erhitzten Kopf und verhinderte somit das Verbrutzeln wichtiger Hirnregionen. Und dennoch formierte sich hinter der Stirn, in dem zum Glück nicht verbrutzelten Hirn, kein einziger klarer Gedanke. Auch keine anderen Gedanken, die derlei Prädikat verdient hätten. Nichts als Emotions-Eruptionen, unkontrolliert, qualmend, ein Vulkan in mir.

Nach einer Ewigkeit, die mindestens zehn Minuten, wenn nicht länger, gedauert hatte, kehrte in meinem Kopf wieder Ordnung ein. Mein erster einigermaßen sachlicher Gedanke war: Scheiß auf Bad Harzburg! Ich gratulierte mir zu dieser psychischen Meisterleistung. Scheiß auf Bad Harzburg. In diesem bewusst knappgehaltenen, geschickt und rhetorisch rücksichtslos aufs Wesentliche reduzierten Satz steckte, wie ich erschauernd erkannte, das komplette Fundament meiner Weltanschauung. Und nicht nur meiner: Der gesamte Schopenhauer steckte da drin, purer Pessimismus, extrem verdichtet.

Auf dem Weg zum Hotel überdachte ich die Lage noch mal ganz sachlich. Warum nicht um Doris kämpfen? Siegfried Rupf, scheiß auf ihn, kleines Würstchen, kein Gegner für mich. Übermorgen ist die Weihnachtsfeier. Da geh ich hin und mach den Dicken fertig. Ich werde ihn ausbuhen, auslachen, werde laut mein Eintrittsgeld zurückverlangen. Falls Doris auch dabei ist, werde ich mich zurückhalten. Oder: Ich bring ihn eiskalt um. In den letzten Monaten hab ich so viele Tote gesehen – da kommt es auf eine Leiche mehr nicht an.

Wie ein Roboter, zielstrebig, wenn auch ferngesteuert, betrat ich die nächste Kneipe, ging mit sicherem Schritt zum Tresen, mein Blick bestrich wie ein Suchscheinwerfer das Flaschenregal, blieb am Jim Beam kleben, alles paletti, ich bestellte ganz automatisch einen doppelten Bourbon auf Eis.

Vertrauter Geruch, vertrauter Geschmack. Dazu die obligatorische Lucky Strike. Wenn jetzt Fred hier wäre.

Der einzige Gast außer mir fütterte einen Geldspielautomaten mit Groschen. Mich nervten die idiotischen Töne, die der Daddelkasten von sich gab.

»Haben Sie was von Elvis in der Musikbox?«

»Nee, nur deutsche Musik.«

»Ach? Eine ganze Musikbox nur mit deutschen Schlagern?«

»Ich hab nix gegen Amis«, knurrte der Wirt mit der steinernen Selbstgewissheit des unbelesenen Trinkers. »Ohne die wär ganz Berlin kommunistisch. Ich kann nur ihre Musik nicht leiden. Da könnt ich kotzen, bei dem Geschrei.«

Gewaltige Wut breitete sich urplötzlich in mir aus. Ich umklammerte mein Glas, kippte den Inhalt aber doch nicht, wie sekundenlang erwogen, ins feiste

Antlitz meines Gegenübers, sondern in mich hinein und spuckte danach einen Satz übern Tresen: »Ich kotz dir gleich auf die Musikbox, verdammter Faschist!«

Der Wirt, groß und breitschultrig, schlurfte müde um den Tresen herum, gab mir 'ne Ohrfeige und brummte gelassen: »Wenn du deinen Arsch ganz schnell hier rausbringst, tu ich dir nicht weiter weh. Wahrscheinlich hast du Stress mit deiner Alten. Ich kenn das. Aber hier dulde ich keinen Stunk.«

Für einen Moment wandte der Zocker seinen Blick von den rotierenden Walzen und grinste mich dümmlich an.

Der Flur des Hotels roch unangenehm scharf nach einem Reinigungsmittel. Ich betrat mein Zimmer – und prallte gegen eine Wand aus Gestank. »Du Mistvieh«, zischte ich den Kater an. »Du kannst hier nicht deine Duftmarken hinterlassen. Das ist nicht dein Revier. Du bist hier nur geduldet. Igitt, jetzt muss ich überall herumkriechen und diese Sauerei abwaschen.«

Elvis blickte mich aufmerksam an, mit gespitzten Ohren, auf die spezielle Lautfolge wartend, auf gehauchtes H am Anfang und dann zweimal dunkles U.

»Hast du Hunger?« Da war es. Er miaute sowohl zustimmend als auch erleichtert – und erfreut sowieso. Elvis kannte die Whiskas-Dosen, er schien das leise ratschende Geräusch des sich durch das Blech pflügenden Dosenöffners zu lieben. Schnurrend strich er um meine Beine – und vergaß mich sofort, als der Inhalt auf seinem Teller lag und vor ihm stand.

Ich riss die Fenster auf. Mit der kalten Luft wehte Verkehrslärm herein. Während ich die Duftmarken mit einem feuchten Handtuch und Seife zu entfernen versuchte, fiel mir ein, dass ich schon lange keine Gelegenheit zur Vorfreude auf einen Fick gehabt hatte. Das machte mich wehmütig. Und geil. Doch bevor ich die Erinnerung an einen besonders raffinierten Koitus mit, beispielsweise, Doris richtig scharfstellen konnte, klopfte es.

Bülent. Er rümpfte die Nase. »Nervt dich das Vieh nicht allmählich?«

Achselzuckend und für meine Verhältnisse erstaunlich abgeklärt, sagte ich: »Er hat seine Macken, ich hab meine.«

»Wie war's in Goslar? Du warst ja lange weg. Ich hab mir schon Sorgen …«

Abermaliges Achselzucken. »Hab nicht viel von der Stadt gesehen. Den Wagen hab ich abgestellt und ausgewischt.« Kein Blickkontakt.

»Ey, was ist los, Alter? Irgendwas stimmt nicht. Das merk ich ganz deutlich.«

An sich war ich nicht scharf darauf, den ganzen vorhin erlebten Horror breitzuwalzen. Alles noch so frisch und unverdaut, lag bleischwer in mir – wie echte Scheiße, Unmengen von Kot, zu fest, um sich mühelos ausscheißen zu lassen. Das gute alte Verstopfungsproblem. In diesem Fall ging's natürlich um die nicht minder bedenkliche seelische Verstopfung. Besser Sprechdurchfall als Sprachverstopfung, sagte ich mir, schloss die Fenster, goss Whiskey ins Zahnputzglas, steckte mir 'ne Lucky zwischen die Lippen, nahm einen Schluck, saugte an der Zigarette – alles unter Bülents fragendem und, wegen des Whiskeys zu dieser frühen Tageszeit, missbilligendem Blick – und fing endlich an, meine Erlebnisse und die damit verbundenen Psycho-Qualen vor ihm auszubreiten, zuerst stockend, dann, in Fahrt gekommen, sprudelnd, das Zimmer quasi überflutend und offenbar auf sehr melodramatische Weise, denn Bülent wirkte von Satz zu Satz bedrückter, war schließlich den Tränen nahe, seine Finger führten merkwürdige Tänze auf und wühlten sich, nur um etwas zu tun, durch seine Haare.

»So eine Scheiße, Alter«, stöhnte er, und es hörte sich an, als hätte er echte körperliche, kaum auszuhaltende Schmerzen. »So ein Scheiß. Dabei hat alles so gut angefangen. Wir müssen diesem Möchtegern-Elvis eine satte Lektion erteilen, ihn verprügeln und verstümmeln – oder zumindest so markieren, dass er sein Leben lang daran erinnert wird, die Pfoten von Frauen anderer Männer zu lassen! Das Schwein! Er darf Doris nie wieder anfassen!«

Damit schaffte er es immerhin, mir den Ansatz eines Lächelns zu entlocken. Meine Antwort hörte sich sicherlich unangenehm belehrend an, so in der Tradition Deutscher-Missionar-bringt-unwissendem-aber-aufnahmefähigem-Wilden-die-Frohe-Botschaft, doch das ließ sich nicht vermeiden, war dieses Thema doch eines der typischen Beispiele für die kulturellen Gegensätze nicht nur zwischen mir, dem Deutschen, und Bülent, dem Türken, sondern auch zwischen mir und Millionen Deutschen, die noch immer in den Macker-Kategorien der Prä-68er-Zeit dachten. »So geht das nicht, mein Lieber«, sagte ich, den Kopf langsam und bedeutungsschwer hin- und herbewegend. »In unserer Gesellschaft werden Frauen seit einiger Zeit nicht mehr nur als unmündige Gebärmaschinen und Dienerinnen angesehen, sondern als mündige Gleichberechtigte. Doris hat sich für diesen Clown aus freien Stücken entschieden. Verstehst du? Meine Wut auf den Typen entspringt lediglich meiner Eifersucht. Ich kann doch Siegfried Rupf nicht dafür bestrafen, dass sie mit ihm was angefangen hat.«

Verächtlich verzogener Mund. »Das ist doch Scheiße. Wo bleibt denn da deine Ehre? Emanzipation in Maßen, ja, okay, meinetwegen, so weit bin ich auch schon. Es stimmt ja, dass Frauen oft mies behandelt werden. Das muss man abstellen. Ich bin auch nicht der Ansicht, dass die Frau hinter dem Mann zu gehen hat und das Haus nur mit Kopftuch verlassen darf. So rückständig bin ich nicht, weißt du, ich steh ja auf Kemal Atatürk, der sich sehr für die Frauen eingesetzt hat, was du vermutlich nicht weißt. Aber die Frauen hier in Deutschland wollen was ganz anderes, nämlich euch Männern die Eier abschneiden. Und solche Softies wie du reichen ihnen auch noch das Messer dazu und laden die Angebetete zum Eierabschneiden ein: ›Hier, bitte, bedien dich. Sind ja nur zwei Eier. Aber wirf sie bitte nicht weg, sondern konservier sie.‹ Bei uns Türken läuft das natürlich nicht, niemals. Schon weil im Koran geschrieben steht, dass der Mann der Boss ist. Und wenn's im Koran steht, hat das einen guten Grund.«

Die in mir hochsteigende Verärgerung hatte ich zwar registriert, aber eher als Schubkraft, zur Steigerung der rhetorischen Schärfe meiner Antwort missverstanden. Obwohl in Hamburg aufgewachsen, hatte Bülent, gefangen in seinem türkischen Milieu, die gesellschaftspolitischen Umwälzungen nur vage und wie durch eine Glasscheibe wahrgenommen, hielt Frauen in lila Latzhosen für Lesben und die vor einigen Monaten gegründete Frauenzeitschrift *Emma* für ein Kampfblatt zur Unterdrückung der Männer. Ich wusste auch, dass Atomkraftgegner für ihn realitätsfremde, von Ostberlin oder Moskau gesteuerte Spinner waren, geradezu schmerzhaft erinnerte ich mich an seine Sprüche über »perverse Schweinefleischfresser«. Eine Menge Schrott, wie ich fand.

Und alles zusammen vereinigte sich nun zu dem idealen Beschleunigungsmittel für meine Verärgerung, die inzwischen so weit hochgestiegen war, dass ich sie nicht mehr kontrollieren konnte.

»Ach, Bülent. Was soll der Quatsch? Du hörst dich an wie mein Vater vor zwanzig Jahren. Wie er heute denkt, weiß ich nicht, weil ich seit Ewigkeiten keinen Kontakt mehr zu ihm habe. Aber vermutlich hat er seine Ansichten beibehalten und ist wohl noch stolz darauf, ein Mann von vorgestern zu sein. Im Westen setzt sich nach und nach die Erkenntnis durch, dass Frauen die gleichen Rechte zustehen wie den Männern!« Ich war aufgestanden, laut geworden, nicht gerade zornbebend, aber aufgebracht, ich beobachtete mich selbst, als stünde ich außerhalb von mir, wunderte mich über meinen Auftritt als Kämpfer für die Gleichberechtigung der Frauen, doch es gefiel mir, dem überraschten jungen Mann, in der Pose eines Danton einen Vortrag über Freiheit und Menschenrechte und gleichzeitig über Intoleranz und Borniertheit zu halten, und im Hinterkopf kauerte dunkel, doch von mir sehr wohl bemerkt, der Wunsch, in Doris' Sinn zu handeln. »Die Frauen haben sich seit Jahrtausenden einreden lassen, sie seien dümmer als Männer, besäßen nicht deren handwerkliches Geschick, deren planerische und intellektuelle Fähigkeiten und so weiter. Alles Blödsinn! Man hat ihnen nie erlaubt, sich zu beweisen! Man hat es ihnen ganz einfach verboten, verdammt noch mal! Seit Jahrtausenden konnte sich jeder lebensuntüchtige Schwachkopf, der selbst zum Nasenbohren zu blöd war, zumindest als über den Frauen stehend betrachten. Theoretisch. Denn es gab immer Frauen, die der Männerwelt Paroli boten. Darunter ganz großartige Gestalten: Cleopatra, natürlich, Lady Godiva, Theophano, die für ihren minderjährigen Sohn Otto III. regierte und großen Einfluss auf die Politik hatte, die Pompadour, übrigens auch Kemal Atatürks Frau Latife, dann Bertha Suttner, Marie Curie, Rosa Luxemburg und viele andere. Und ich sage dir, in zwanzig Jahren wird das Frauenbild zumindest im Westen ein völlig anderes sein! Ich will jedenfalls keine Lebensgefährtin, die mich als ihren Boss ansieht!«

Mein einziger Zuhörer fühlte sich, kalt geduscht von soviel Zorn und Belehrung, äußerst unwohl. Ob er sich verschämt eingestand, das Thema *so* noch nie betrachtet zu haben, ob es einfach nur meine auf ihn niederprasselnde Ungnädigkeit war, die ihn so bedrückt aussehen ließ, blieb mir verborgen, doch es war erkennbar, dass ihm auffiel, wie wenig er über dieses Land und seine Bewohner wusste und wie uninformiert er generell war. Ich ging davon aus, dass ihm die meisten der gerade aus mir herausgesprudelten Namen nichts sagten, von Cleopatra und Latife abgesehen, Marie Curie vielleicht noch. Aber natürlich, das fiel mir jetzt auf, lauter Namen, die zum Kanon der abendländischen Kultur gehörten und in Erzurum, Kalkutta oder Abidjan nicht unbedingt die gleiche Wichtigkeit besaßen. Andererseits, sagte ich mir, lebt er ja nicht in Erzurum oder Kalkutta, sondern hier.

Das ging ihm, wie ich ja wusste, seit geraumer Zeit im Kopf herum, er bemühte sich, was mir auch bekannt war, um eine andere Sichtweise, ohne seine anatolischen Wurzeln kappen zu müssen, und meine sehr modernen, selbst von den Deutschen beiderlei Geschlechts mehrheitlich keineswegs akzeptierten Ansichten über die Gleichstellung der Frauen schienen ihn beeindruckt zu haben. Zum Teil jedenfalls. Er lenkte ab und sagte: »Aber der Wirt, der dich geschlagen hat, muss dafür büßen. Jedenfalls hab ich die Pistole mitgenommen.«

Falls er jetzt ein Lob erwartet haben sollte, wurde er enttäuscht. Aus mir drang lediglich ein Seufzen. »Ich will niemanden umlegen, Bülent. Und einen Gastwirt schon mal überhaupt nicht. Gastwirte sind für mich nicht gerade Heilige, aber auf jeden Fall so was wie Tempeldiener, wenn nicht gar Priester oder zumindest Könige in ihrem kleinen, raucherfüllten Reich.«

Verständnislos schüttelte der Türke den Kopf, bohrte seinen Blick in die Zimmerdecke. Eine Zeitlang schwiegen wir, den Blickkontakt meidend, vor uns hin. Keine Musik. Ich hätte jetzt gern Musik gehört, so was wie *Sundown* von Gordon Lightfoot, war jedoch zu erregt und zu fahrig, um mich dem Rekorder und den Kassetten widmen zu können. Also nahm ich das Whiskeyglas in die Hand, untersagte mir aber einen anständigen Schluck und nippte nur, um Bülents Sorgenfalten nicht noch tiefer werden zu lassen. So weit war es also schon gekommen.

»Was machen wir nun?« Er schaute mich wieder an. »Willst du trotzdem in dieser Stadt bleiben?«

Eine berechtigte Frage. Ich antwortete langsam, als formten sich die entsprechenden Gedanken erst während des Sprechens: »Mal sehen. Keine Ahnung, ehrlich gesagt. Morgen werde ich versuchen, mit Doris zu reden. Ich möchte ja trotzdem ein Freund für sie sein. Vielleicht sollten wir über Weihnachten hierbleiben, also noch ein paar Tage, was weiß ich? Ich kann im Moment nicht klar denken. Was meinst du denn?«

Offenbar freute es ihn, dass mir seine Meinung etwas bedeutete. Seinem Gesicht war abzulesen, wie es in ihm arbeitete, wie er an einer möglichst klugen

Antwort bastelte. »Na ja, weißt du, Weihnachten im Harz stell ich mir ziemlich geil vor. Obwohl ich mit Weihnachten ja eigentlich nichts zu tun habe. Aber das mit dem geschmückten Tannenbaum, den Kerzen und der Weihnachtsbeleuchtung in den Straßen, dazu noch Schnee, das gefällt mir ganz gut. Es soll ja jetzt schneien, hab ich gehört. Also meinetwegen. Aber was kommt danach?«

Ich leerte mein Glas mit einem Zug und wurde prompt gerügt. »Find ich scheiße, dass du schon mittags mit dem Zeug anfängst.«

Den Vorwurf ignorierte ich ganz cool. Wenn es dem kleinen Scheißer nicht passt, dachte ich, kann er sich ja verpissen; das fehlte noch, dass ich mir von einem Achtzehnjährigen Vorschriften machen lasse. »Danach kauf ich mir ein Auto und fahre nach Süden, und wenn du willst, kannst du mitfahren, aber ohne Genörgel und so.«

Wie von mir erwartet, leuchteten Bülents Augen auf und erinnerten mich an das Leuchten in den Kinderaugen an Heiligabend. Ich fühlte mich plötzlich so weihnachtlich. Aus Bülent sprudelte es heraus: So habe er sich das vorgestellt, sagte er bewegt und sprach jetzt schneller, ließ die Wörter aus sich hinausfluten, als hätte er in sich eine Schleuse geöffnet: Unterwegs zu sein, im Auto zu rauchen, Musik zu hören, kluge Gespräche zu führen, also kurz gesagt, die Welt endlich kennenzulernen, aus diesem Grund sei er doch mit mir gefahren – er habe ein fettes Stück Haschisch dabei, und vielleicht oder ganz sicher werde er mich eines Tages zum Mitrauchen bewegen können, was zwangsläufig dazu führe, dass ich mich angewidert vom Alkohol abwenden würde, womöglich auch irgendwann vom Schweinefleisch, und dann stünde einer Beschneidung und dem Studium des Korans eigentlich nichts mehr im Weg. Und das mit den Frauen, mit der Gleichberechtigung und so, na ja, es sei gut möglich, dass er sich mit diesem Thema noch gar nicht richtig beschäftigt habe. In der Bibel stehe ja auch, so viel ihm bekannt sei, dass die Frau dem Manne untertan zu sein habe, genau wie im Koran, und dennoch scheine sich zumindest die evangelische Kirche mit der Gleichheitstheorie allmählich anzufreunden, was ihn zu der Überlegung gebracht habe, dass irgendwann auch im Islam solche Vorstellungen nicht mehr kategorisch abgelehnt würden. »Freie Frauen!«, rief er, plötzlich frauenbewegt und pathetisch, in den Raum. »Warum denn nicht?« Seine Mutter, die weder lesen noch schreiben könne und in all den Jahren kaum was von Hamburg gesehen habe, sei zwar in der Wohnung alles andere als verhuscht oder gar unterwürfig, doch sobald sie mit ihrem Kopftuch und in ihrem hässlichen staubgrauen Mantel durch die enge Welt ihres Viertels gehe – vorbei an einer Million Buchstaben, Wörtern, Sätzen auf Reklameschildern, Plakaten, an Hauswänden, auf den Transparenten irgendwelcher Demonstranten, überall diese aus Buchstaben zusammengesetzten Zeichen, die ihr nicht das Geringste sagten –, bewege sie sich stets unsicher, nie souverän, immer wie auf gefährlichem Terrain. Er, Bülent, habe an jedem der letzten Tage neue Erkenntnisse gewonnen, geradezu umwerfende sogenannte Aha-Erlebnisse gehabt. Ihm sei mit greller Deutlichkeit aufgefallen, dass er, der in der Schule weitaus besser als der Durchschnitt der deutschen und türkischen Mitschüler gewesen sei, den Sprung in die Real- oder Oberschule nicht gewagt habe, weil ihn niemand in seinem türkischen Umfeld dazu ermutigte. Sobald wie möglich Geld verdienen, habe es geheißen. In einem türkischen

Lebensmittelladen. Sein Vater, die Mutter und alle anderen hätten nur ans Hier und Jetzt gedacht und ihm dadurch nicht nur die Zukunft, sondern auch die Brücke zu den Deutschen verbaut. Das habe er seinen Eltern leider vorzuwerfen.

»Ich guck mir jetzt die Stadt an«, sagte er, und es klang so bedeutungsschwer, als hätte er verkündet, die Sahara zu Fuß durchqueren zu wollen.

»Aber lass die Pistole hier«, scherzte ich. Wir grinsten beide und waren froh, uns wieder nah zu sein.

Die Weihnachtsfeier im Saal der Gaststätte *Deutsche Eiche* war recht gut besucht. Fünf Mark Eintritt inklusive Verzehrbon für ein Getränk. Die abstoßende Weihnachtsdekoration schockte mich keineswegs, da ich nichts anderes erwartet hatte. Ein DJ, der aussah, als hätte er schon den Ersten Weltkrieg bewusst erlebt, verwöhnte die Gäste, die mehrheitlich den Zweiten Weltkrieg bewusst erlebt hatten, mit Schlagern, die so großartige Titel hatten wie *Beiß nicht gleich in jeden Apfel, Sauerkraut-Polka* oder *Heiß ist die Liebe* und die Emotionen des Publikums befeuerten, was umgehend zu kollektiver Enthemmung und Schunkellaune führte.

Bülent war zum ersten Mal auf einer Weihnachtsfeier und entsprechend verwirrt. Solche Lieder kannte er nicht. Er hegte die Befürchtung, durch sein türkisches Aussehen sofort als Nichtchrist erkannt und des Saales verwiesen zu werden. Ich beruhigte ihn. Die Stimmung hier sei so religiös wie auf einem Schützenfest, die meisten der Anwesenden würden demnächst garantiert stockbesoffen sein. Dann könne es allerdings, nicht zwangsläufig, aber möglicherweise, zu ausländerfeindlichen Ausfällen kommen. In dem Fall spiele es aber keine Rolle, ob das Ziel der

Beleidigungen oder gar Tätlichkeiten Moslem, Hindu, Jude oder Animist sei.

»Was sind Animisten?«

»Ach, äh, Anhänger von Naturreligionen, die an die Beseelung aller Dinge glauben, die davon überzeugt sind, dass Pflanzen, alle Tiere und selbst die Erde eine Seele besitzen.« Ich war abgelenkt. An einem der vorderen Tische, in der Nähe der Bühne, saß Doris mit einer anderen Frau, vielleicht einer Kollegin. Zwischen den vorderen Tischen und der Bühne befand sich die Tanzfläche, auf der bereits einige grauhaarige Paare die Sau rausließen, als hätte man ihnen zur Begrüßung Speed verabreicht.

»Hallo Doris.«

Sie drehte den Kopf zu mir, überrascht, aber keineswegs peinlich berührt. Ganz im Gegenteil. Ein Freudenschrei, sie sprang auf und fiel mir um den Hals. Schon mal ein guter Auftakt. »Na, das ist ja 'ne Überraschung«, stieß sie aufgeregt hervor.

»Wollte mal sehen, wie's dir geht«, sagte ich nicht so cool wie geplant, sondern eher hölzern, mit belegter Stimme. »Das ist übrigens mein Freund Bülent. Wir wohnen im Hotel *Hanke* am Bahnhof.«

Bülents Gesicht wirkte starr, sehr distanziert; das war aber nur die Maske, die er glaubte aufsetzen zu müssen, weil er vorher Haschisch geraucht hatte und nun im Hexenkessel einer deutschen Weihnachtsfeier und angesichts der legendären Doris fürchtete, den Überblick zu verlieren. Doris' ausgestreckte Hand ergriff er so vorsichtig, als hätte man ihm eine Vase aus hauchdünnem Porzellan anvertraut. Er ließ die Hand auch gleich wieder los und gab ihr die Gelegenheit zu einer einladenden Geste.

»Setzt euch doch zu uns.« Die Hand glitt weich durch die Luft und verharrte kurz, auf die andere

Frau deutend. »Das ist Juana, eine Kollegin von mir.«

Juana kam mir spanisch vor – im positiven Sinn. Hübsches, volles Gesicht, so was wie Babyspeck an den Wangen, Armen, Fingern und vermutlich auch an den nicht sichtbaren Körperteilen, jedenfalls alles sehr reizvoll, besonders die Augen, die dunkel glänzten, nicht gerade geheimnisvoll, aber Interesse weckend und Freundlichkeit ausstrahlend. Ich schätzte Juana auf höchstens zwanzig und wettete im Stillen mit mir, dass ihr Arsch ein Prachtstück sei.

»Ein Bier und eine Cola.« Die Kellnerin, wie das ganze Personal der *Deutschen Eiche* mit einer blöden Weihnachtsmann-Mütze auf dem Kopf, nahm weihnachtlich grinsend meine Bestellung entgegen.

»Die Cola bitte mit Whisky«, stieß Bülent zu meinem und wohl auch zu seinem Erstaunen hervor.

»Was ist denn mit dir los?«, raunte ich in sein Ohr.

»Wieso? Muss ich dich erst um Erlaubnis fragen?«, raunte er zurück.

»Du hast keine Ahnung, auf was du dich einlässt«, knurrte ich unterdrückt.

»Du hast von mir keine Ahnung«, zischte Bülent.

»Aber vom Alkohol, du Unwissender«, murmelte ich mit schiefem Mund.

Aufgekratzt unterbrach Doris das Zwiegespräch: »Mann, ist ja'n Ding, dass ich dich hier in Bad Harzburg wiedersehe. Sag bloß, du arbeitest hier. Du hast mir bestimmt 'ne Menge zu erzählen. Aber wie kommt's, dass du ausgerechnet hier bist, ich meine, auf einer typischen Weihnachtsfeier für Spießer, ich meine, einen trostloseren Ort kann man sich doch gar nicht vorstellen. Oder hast du einfach nur Lust, dich mal wieder richtig zu ärgern?« In ihrem Lachen lag Verwunderung.

Mein Grinsen enthielt eine deftige Portion Bitterkeit. Eigentlich hatte ich diese Frage ganz locker beantworten wollen. Inhaltlich war es auch der eingeübte Spruch. Aber die Form! Oh Gott. Zitternde Stimme, Geräusper, vermutlich bebende Lippen, flatternde Augenlider. »Ich wollte deinen neuen Geliebten live erleben.«

»Meinen neuen Geliebten?« Sie musterte mich irritiert. »Ich weiß ja nicht, wie du drauf kommst, dass ich mich mit einem neuen Geliebten in einem so beschissenen Saal vergnügen würde, aber ich habe keinen neuen Freund. Deine Eifersucht kannst du also erst mal wieder einpacken. Wegen Siegfried Rupf bin ich hier, weil er mich gebeten hat zu kommen. Der Elvis-Imitator. Ich kenne ihn seit einigen Wochen. Wir treffen uns manchmal in einer Kneipe. Er ist einfach nur ein netter Kerl, mit dem man sich gut unterhalten kann, so lange es nicht um allzu anspruchsvolle Dinge geht. Er wohnt hier in Bad Harzburg und hat öfter Auftritte in den Harz-Städtchen, in Goslar, Hildesheim, singt aber nur die langsamen Elvis-Songs gut – *Are You Lonesome Tonight, Don't, Love Me Tender*, die ganzen Schnulzen, die ich scheiße finde.«

»Na gut«, sagte ich, ein bemühtes Grinsen aufsetzend, aber schon einen Zipfel von Hoffnung verspürend, »jetzt hast du mir ja den größten Teil der Rupf-Vita erzählt. Ich schätze, viel mehr wird da auch nicht zu berichten sein. Im Harz aufgewachsen, im Harz geblieben, im Harz wird er sterben.«

Ihren tadelnden Blick hatte ich eigentlich nicht hervorrufen wollen. Um abzulenken, verbreiterte ich mein Grinsen und schob, scheinbar locker, neckisch nach: »Dass er dich in einem Café geküsst hat, ist wohl nur aus Dankbarkeit geschehen, oder? Weil du für ihn mitbezahlt hast.«

Sie starrte mich mit schmalen Augen an, aufgebracht, enttäuscht. Juana und Bülent starrten mich ebenfalls an, verwundert und beunruhigt. »Spionierst du hinter mir her?« Wenn Doris die Wörter so dehnte, das wusste ich, lag Ärger in der Luft. »Das find ich überhaupt nicht witzig. Du sprichst von gestern? Als ich mich zu ihm beugte? Ich hab ihn nicht geküsst, du Ochse, ich hab ihm was ins Ohr geflüstert.«

Mein Gewissen war, zumindest in dieser Hinsicht, makellos rein. »Ich bin dir nicht nachgeschlichen. Das war Zufall. Ich betrat das Café, weil mich der typische Cafégeruch angelockt hatte. Plötzlich sah ich dich – und den Dicken, dann rannte ich verstört ins Freie. Was hast du ihm denn ins Ohr geflüstert? Schmutzige Wörter?«

Ihr schallendes Lachen signalisierte Entwarnung. Die beiden anderen wirkten so erleichtert wie ich. »Soll ich dir ein paar schmutzige Wörter ins Öhrchen flüstern?«, fragte ich, nun wieder ganz obenauf.

In diesem Moment verstummte die Musik, der Ansager, ein fülliger Mann in einem zu engen Anzug, sprang, nicht ganz so leichtfüßig wie vermutlich geplant, auf die Bühne, der kümmerliche Rest seiner Haare lag wie angeleimt auf der Glatze. Wenn er dem Mikrofon zu nahe kam, stießen die Lautsprecher ein schmerzhaftes Fiepen aus. Nach der öligen Begrüßung und der gewagten Behauptung, an diesen Abend würden die Gäste noch Jahre später mit Wehmut denken, ratterte er eine Reihe angefaulter, zum Teil schon verwester Witze herunter, war sichtlich dankbar für jeden Lacher, hatte aber offenbar die Leidensfähigkeit des Publikums überschätzt, denn bald waren erste Unmutsäußerungen und Drohungen zu vernehmen, er wurde von Witz zu Witz unsicherer und stammelte schließlich nur noch wirres Zeug.

Bülent schien die Whisky-Cola-Mischung zu genießen – was mich schon wegen des Whiskys irritierte, den sie ihm in die Cola kippten: VAT 69. Vor ihm stand schon der dritte Longdrink. Da er noch nie zuvor betrunken gewesen war, ging ich davon aus, dass er noch Jahre später an diesen Abend denken würde – nicht mit Wehmut, nein, mit Grausen.

Die ersten Auswirkungen des Alkohols schien Bülent gar nicht als solche wahrzunehmen. Er wurde immer kecker. Was er seiner ohnehin guten Stimmung zuschrieb. Während ich Doris von meiner öden Zeit in Hamburg erzählte, bemerkte ich, wie er Juana kess zuzwinkerte und sie freundlich und harmlos ebenfalls zwinkerte. Mir gefiel das gar nicht. Mulmiges Gefühl. Verdammt, dachte ich, jetzt hält er sie garantiert für ein Flittchen. Als er den vierten Longdrink bestellte, schien er ein äußerst angenehmes, lockeres Körpergefühl zu verspüren, als wären die Glieder aus Gummi – ich kannte das. Er schob seinen Arsch bis zur Sitzkante vor, lag jetzt fast auf dem Stuhl, streckte entspannt die Beine von sich und schaute sich neugierig, an allem interessiert, um.

In einer Ecke der Bühne hatte man die Tombola-Preise aufgebaut: Toaster, Rührstäbe, Fondue-Sets, Blutdruck-Messgeräte, Rheuma-Decken, Reisewecker, Teflon-Pfannen, Weinbrand, Korn, Schnapsgläser, Harzer Käse mit Holzbrettchen und Käsemesser, Marzipan-Brote, Christstollen, signierte und gerahmte Fotos von Siegfried Rupf, sowie ein Set mit sechs Eierbechern und einem Salzstreuer und, oh Wunder, sogar ein Buch, irgendein Machwerk von Konsalik.

»Du solltest beim nächsten Drink den Whisky weglassen«, mahnte ich besorgt, also keinesfalls missmutig oder gar mit autoritärem Unterton. Aber wie auch immer – es war zu spät.

»Bissu mein Vater, hä?«

»Nein, natür…«

»Dann halt die Klappe!« Er lachte ungläubig, als er merkte, dass die Bewegungen seiner Glieder nicht mehr so koordiniert abliefen, wie er es von ihnen gewöhnt war. Das schien ihn jedoch nicht zu beunruhigen – eher zu amüsieren. »Gutes Gefühl«, sagte er entspannt grinsend und dabei die Asche von seiner Zigarette lässig in sein Glas schnipsend, »irgendwie schön. Und auch lustig. Ich komme mir vor wie aus Gummi.« Er prustete vor sich hin, trank seinen Teufelstrank mitsamt der Asche und einigen anderen unappetitlichen Einlagen, die versehentlich da reingeraten waren, saugte genüsslich an der Kippe, wurde nachdenklich und sagte, die Stirn gedankenschwer gerunzelt: »Is ja komisch, dass Allah was gegen so'n geiles Feeling hat. Aber er hat ja auch was gegen Haschisch und Miniröcke und noch'n paar andere Sachen. Was soll's. Ist ja 'ne Ausnahme. Man muss das Teufelszeug ja zumindest kennenlernen, nicht war?, um überhaupt mitreden zu können. Ich kenne einige fromme Moslems, die schon mal getrunken haben und davon überzeugt sind, dass Allah so einen Ausrutscher nicht schlimm findet. Ist ja schließlich kein Schweinefleisch.« Kichernd klatschte er seine Hand auf meinen Rücken. Mein sorgenvoller Blick amüsierte ihn köstlich.

Aber Achtung! Nun wurde das Licht geschickt gedimmt, ein bläulicher Lichtstrahl suchte seinen Weg zur Bühne, in deren Hintergrund sich ein älterer Herr hinters Schlagzeug setzte und zwei junge Männer mit langen Haaren sich E-Gitarre und Bass umschnallten. Trommelwirbel. Ein gelbes Spotlight erfasste den strahlend lachenden, beide Arme ausbreitenden Siegfried Rupf, der mit Grandezza zum

Mikrofon schwebte, ein Bühnen-Recke, dem das Rampenlicht die nötige Energie verlieh.

Lustloser Beifall. Auch Doris und Juana, die bis zur Grenze ihrer Leistungsfähigkeit klatschten, kreischten und pfiffen, ließen den Applauspegel nur unwesentlich ansteigen, ja, sie bewirkten sogar ein verhaltenes, jedoch unüberhörbares Murren in ihrer näheren Umgebung: ›Scheiß-Groupies‹ und ›besoffene Weiber.‹

Anfangs, ich kann es nicht leugnen, freute ich mich klammheimlich über den kühlen Empfang, den man dem dicklichen Elvis-Verschnitt bereitet hatte, doch bald klingelte die Alarmanlage meines Gewissens, und ich verstand sofort: Schon wegen Doris hatte ich nicht das Recht, Siegfried Rupf ein Waterloo zu wünschen, außerdem hatte mir dieser wenn auch ziemlich lächerlich wirkende Typ da oben auf der Bühne überhaupt nichts getan. Er war mir zufällig ins Visier geraten, ein Bär auf einer Lichtung, arglos – und ich sollte der mordlüstige Jäger sein?

Doris hielt es nicht mehr auf ihrem Stuhl. Sie sprintete über die Tanzfläche zur Bühne und raunte dem Elvis-Vergewaltiger etwas ins Ohr, dem Drecksack, jawohl, dem Drecksack, ich hatte mich in diesem Moment gegen ihn entschieden, und Rupf, die Sau, beugte sich schmierig zu ihr herunter, mit Kussmund, warf einen kurzen Blick zu unserem Tisch, schickte uns ein Grinsen rüber und reckte einen Daumen in die Höhe. Dann flitzte Doris mit gerötetem Gesicht zurück zum Tisch und warf sich aufgeregt auf ihren Stuhl.

Gern hätte ich sie jetzt einiges gefragt, aber Rupf fing schon an zu reden, so locker wie Heinrich Lübke – nach meiner nicht unbedingt objektiven Ansicht. Mit ein paar aufmunternden Sätzen und einem ernstgemeinten Appell ans Vergnügungspflichtbewusstsein des hochverehrten Publikums versuchte er die Leute zu motivieren. Leider vergebens. Aber unbeirrt, tapfer sowieso – und vermutlich mit einem dicken Fell gesegnet – fing er dennoch an zu singen. Die langsamen Sachen. Mit tremolierender Stimme, lustlos begleitet von den Band-Mitgliedern, deren Verhältnis zu ihren Instrumenten und zur Musik offenbar frei von lästigen Emotionen war. Mieser Sound. Siegfried Rupf war für mich nur ein trauriger Narr, unfreiwillig komisch, und ich fragte mich, was den Mann dazu bewogen haben mochte, sich in seinem abgewetzten, schlappernden Elvis-Kostüm immer wieder unverdrossen auf niedersächsische Provinz-Bühnen zu wagen.

In dem Moment, in dem endlich was Rockiges kam – *Stuck On You* –, als der Gitarrist endlich loslegen durfte, als Rupf »Hide in the kitchen, hide in the hall – Ain't gonna do you no good at all …!« ins Mikrofon röhrte, das Publikum immerhin mitklatschte und Doris verzückt quietschte, verlor Bülent die Beherrschung, leerte bebend den fünften Drink in einem Zug, knallte das Glas auf den Tisch, sprang auf und brüllte: »Ich bin zehnmal besser als du! Du Niete! Außerdem hau ich dir auf die Fresse, weil du die Freundin meines Freundes angefasst hast! Mit deinen Schweinefingern!«

Die Show ging weiter, als wären die Musiker Zwischenrufe dieser Art gewöhnt. Wie ferngesteuert näherten sich zwei kräftige Burschen unserem Tisch, bauten sich, grimmig blickend, vor Bülent auf und sprachen ihn an. Ich konnte nicht jedes Wort verstehen, aber es war klar, dass sie keinen Spaß verstanden.

Der Türke, leider stockbesoffen, hatte sich im Wunderland des Whisky-Rauschs verlaufen, fühlte sich darin aber sichtlich wohl. Er wirkte verspielt und schien sogar seine Aggressivität zu genießen. Töricht grinsend warf er sein Glas auf die Bühne und brüllte: »Du Eunuch da oben! Du hast keine Eier! Komm sofort da runter! Ich bin der wahre Elvis!«

Die beiden Saalordner fassten ihn an, er stutzte kurz – und schlug um sich. Nicht ganz so präzis wie in nüchternem Zustand, aber dennoch gekonnt. Karate-Sportler. Und zack, zack, peng knallten die Körper der Gegner hart auf den Boden. Wie zwei abgeworfene Sandsäcke lagen sie da, auf der Tanzfläche, mit schmerzverzerrten Gesichtern. Ein Raunen schwappte durch die Menge. Die Musik brach ab, die Dimmer wurden hochgedreht, ich schloss für zwei Sekunden die Augen. Länger brauchte ich nicht, um alle möglichen Folgen dieser Situation in Form von blitzartig ablaufenden Trailern sehen zu können. Dann sprang ich auf, wollte Bülent unterhaken und nach draußen zerren. Zu spät. Es war nicht die erste Saalschlacht in meinem Leben. Schon gar nicht die härteste. Aber diese betrunkenen fünfzig- bis siebzigjährigen Männer hatten alle den Krieg als Soldaten erlebt und wähnten sich plötzlich erneut in einer Schlacht, vielleicht ihrer letzten Schlacht, und sie schienen den Kick zu genießen, erschauernd den alten Kampfgeist zu spüren, dem Rausch der Siegesgewissheit verfallen zu sein. Zuerst stürzten sich alle, soweit sie konnten, auf den Türken, wutschnaubend und aggressiv, und sichtlich froh, ihren ganzen angestauten Scheiß auf diese rohe Weise rauslassen zu können, kamen sich aber, steif geworden, angetrunken und mangels eindeutiger Befehle, gegenseitig in die Quere und verklumpten, während Bülent, sich auf dem Boden schlängelnd, geschmeidig und flink durch den Wald aus Beinen sauste und den Saal verließ. Siegfried Rupf schrie verzweifelt ins Mikrofon: »Liebe Leute, bitte, das ist doch Wahnsinn! Hört auf! Das ist eine Weihnachtsfeier! Die christliche …!« In Ermangelung eines Sündenbocks wurde er kurzerhand von der Bühne gezerrt, krümmte sich, umringt von aufgeputschten Greisen, auf der Tanzfläche und erwartete sein Ende. Doch seine Jungs von der Band stürzten sich, klug ihre Chancen ausrechnend, natürlich nicht ins Getümmel, sondern bombardierten den Mob mit den Tombola-Preisen – mit Toastern, Blutdruck-Messgeräten, Teflonpfannen, Harzer Käse, Reiseweckern, Marzipanbroten, Schnapsgläsern und Christstollen, signierten und gerahmten Fotos von Siegfried Rupf – und gaben damit der zur Massenschlägerei ausgearteten Auseinandersetzung den optimalen Kick, denn jetzt wurde verbissen um all die begehrten Konsumartikel gekämpft, auch die Frauen zeigten ihre Krallen, Weihnachtsdekoration flog durch die Luft, Tische und Stühle stürzten um, Gläser, Tassen und Flaschen zersplitterten, Menschen schrieen, brüllten, fluchten, stöhnten, weinten, keuchten, eine furchterregende Lärmkulisse. Als hätte man den Tobenden eine bösartige Droge in ihre Getränke geschmuggelt. Bülents bleiches Antlitz schob sich noch mal für Sekunden in das Licht des Ausgangs. Er glotzte fragend und verständnislos, sein Mund stand offen. Der Junge schien schockiert zu sein. Ich hatte gleich zu Anfang Doris und Juana aus dem Epizentrum des Bebens gedrängt, legte schützend meine Arme um sie und dirigierte sie, immer an der Wand entlang, ins Freie. Die kalte, klare Winterluft umhüllte uns und legte sich kühlend auf unsere heißen Gesichter.

Da stand ja Bülent, hatte sich mit beiden Hände an der Hauswand abgestützt, schwankte dennoch und kotzte sich stöhnend aus.

»Na, du Arschloch«, sagte ich zu ihm. Es klang aber gar nicht so hart. Eher liebevoll.

»Ich sterbe«, keuchte Bülent zwischen zwei Eruptionen, ohne dabei den Kopf zu heben. »Wo, zum Teufel, bin ich eigentlich?«

»Auf der Straße. Das müsste dir schon die Scheißkälte sagen. Wir müssen uns jetzt ganz flott vom Acker machen. Gleich werden die ersten rauskommen.«

»Besoffenes Arschloch«, sagte Doris ganz und gar nicht liebevoll.

»Was hast *du* denn zu melden?« Bülent hob den Kopf, der Versuch einer rotzigen Antwort auf die Beleidigung scheiterte schon im Ansatz. Er sah scheiße aus – so ähnlich wie Kinski in *Nosferatu*, doch ohne den Schimmer des Bösen, eher verwirrt und leidend.

Wir nahmen ihn in die Mitte und schleppten ihn so weit wie möglich aus der Gefahrenzone. Kalter Schweiß lag auf seiner Stirn. »Ich muss nicht sterben?«, fragte er, während er seine Beinbewegungen zu koordinieren versuchte.

»Wir müssen alle sterben«, knurrte Doris, »aber hoffentlich heute noch nicht. Auf jeden Fall muss ich gleich noch mal in diesen Scheißladen, um zu sehen, ob von Siegfried noch was übriggeblieben ist.«

»Das tust du nicht oder nur über meine Leiche«, lallte Bülent. »Du darfst diesen Mann nicht wiedersehen.«

»Was redet der Typ dauernd für eine Scheiße, Mann? Das nervt mich tierisch.« Doris war von Weihnachtsstimmung weit entfernt.

»Diese türkischen Ehrbegriffe«, raunte ich ihr zu. Mir war das Thema so peinlich wie der ganze bisherige Abend. »Er glaubt, dieser Elvis-Verschnitt habe dich mir sozusagen geraubt.«

»Geraubt, ganz genau.« Aus Bülents Mund tropfte Speichel. »Ich mach ihn fertig, den dicken Clown.«

»Im Moment bist *du* aber fertig«, sagte Juana, die bisher stumm hinter uns hergetrottet war und schon im Saal nicht verstanden hatte, wieso es plötzlich zu einer Massenschlägerei gekommen war.

Mehrere Polizeisirenen näherten sich von verschiedenen Seiten, in mir sofort den Alarm-Effekt auslösend: Personalausweis dabei?, verräterische Gegenstände dabei – und wenn ja, wohin damit?, welche Fluchtwege sind noch offen?, könnte ich im Fahndungsbuch stehen?

Der Weg zum Hotel schien zwischenzeitlich auf mysteriöse Weise um ein Vielfaches länger geworden zu sein. Ich stellte mir vor, wir wären die einzigen Überlebenden einer Schlacht, abgerissene, ausgelaugte Gestalten, mit einem Schwerverletzten in unserer Mitte, auf der Flucht vor den Siegern.

Das Hotel, die Trutzburg, da vorne. In Sicherheit.

An der Rezeption gab es keine Schwierigkeiten.

»Es ist sein erster Vollrausch«, erklärte ich der gutmütigen Alkoholikerin, die uns bereitwillig und verständnisvoll die Schlüssel aushändigte.

»Eigentlich dürfen Hotelgäste nach 22 Uhr keine Besucher mehr empfangen.« Sie zuckte mit den speckigen Achseln. »Aber was soll's, ist ja Weihnachten.«

»Beschissene Weihnachten allerseits«, lallte Bülent. Die Alkoholikerin und ich schmunzelten uns verständnisvoll an.

Endlich lag Bülent auf seinem Bett, in Embryo-Stellung, brabbelte irgendwas vor sich hin, dann schnarchte er.

Der Geruch in meinem Zimmer war erträglich. Keine weiteren Duft-Markierungen. Erfreut, wenn auch mit einer vorwurfsvollen Miene, trippelte mir der Kater entgegen, den Schwanz hoch in die Luft gereckt.

»Das ist Elvis.«

»Oh Gott, noch ein Elvis«, stöhnte Doris, fand das Tier aber gleich sympathisch.

»Er ist mir zugelaufen, ein Streuner, wie ich.«

Da ich merkte, dass die beiden Frauen mich beobachteten, während ich für Elvis eine Dose öffnete, ihn nebenbei streichelte, mit ihm sprach und ihm liebevoll den gefüllten Teller hinstellte, übertrieb ich die Fürsorge-Nummer ein wenig, natürlich eiskalt berechnend, in der Hoffnung, die Damen mit meiner so intensiv demonstrierten Tierliebe positiv zu beindrucken. Und, wie erhofft, wärmten mich sanfte Blicke.

Dann setzte ich mich aufs Bett, Doris ließ sich in den Sessel sinken, für Juana blieb der Stuhl. Wir tranken Whiskey. Doris und Juana aus den beiden Zahnputzgläsern, ich aus der Flasche.

»Nun bringst du schon wieder Unordnung in mein Leben.« Doris schaute dabei in ihr Glas. »Ich sollte jetzt aufstehen und Siegfried suchen. Wer weiß, was die mit ihm angestellt haben.«

»Ihm wird schon nichts passiert sein«, brummte ich enttäuscht. Als meine frühere Freundin in den Sessel gesunken war, die Arme auf den Lehnen abgelegt und die gespreizten Beine ausgestreckt hatte, war die sexuelle Begierde in mir aufgestiegen wie kochende Milch. Ich kannte die Schenkel unter dem straff gespannten Jeans-Stoff und die großen Brüste unter dem Pullover. Und dass Juana, ebenso klein wie Doris, ein traumhaftes Gesäß mit sich herumtrug, hatte ich auch schon bemerkt. Sie trug eine hautenge lila Samthose, deren weicher Stoff den Pobacken dennoch Bewegungsfreiheit gewährte, und deshalb wäre es mir lieber gewesen, sie hätte sich nicht hingesetzt, sondern wäre ständig auf und ab gegangen.

Flotter Dreier, dachte ich erregt, sie bedrängen mich, anfangs spielerisch, eher neckend, dann zunehmend fordernder, und wir drei fallen schließlich übereinander her, ungehemmt, inzwischen nackt und …

»Was heißt, ihm wird schon nichts passiert sein?« Doris fauchte mich an, war offenbar nicht scharf, sondern wieder mal sauer auf mich. »Das sagst du doch nur aus Bequemlichkeit, weil wir dann ohne Bedenken weitersaufen, labern oder ins Bett steigen können. Mann, ey.«

Ins Bett! Sie hatte es ausgesprochen, vielleicht anders gemeint, aber immerhin den Weg dahin geebnet. Ich nahm allen Mut zusammen, räusperte mich und sagte: »Ich möchte mit euch beiden in dieses Bett steigen und euch darin verwöhnen.«

Juana piepste erschrocken, Doris lachte schrill und gemein und sagte in einem unangenehm vulgären Ton: »Nichts gegen einen Dreier, das kenn ich ganz gut, bringt mir aber nur was, wenn zwei der Beteiligten Schwänze haben.«

Juana erhob sich. Ihre Wangen glühten, was mich wiederum erregte, während ich mich fragte, ob sie glühten, weil ihr das Thema peinlich war, oder weil es – der Optimalfall, oh Gott – sexuelle Phantasien in ihr blühen ließ, und da ich es nicht wusste, stellte ich mir praktischerweise eine gelungene Mischung aus beidem vor.

»Ich werd mal nach Bülent sehen«, sagte sie ein wenig fahrig.

Das Klopfen an der Tür klang vermutlich nicht annähernd so laut und hart, wie es mir vorkam. Und wenn ich allein gewesen wäre, hätte ich gar nicht geöffnet. Die Blicke der Frauen schoben mich zur Tür. Na gut, dachte ich, bin mal gespannt, welchem Arschloch ich jetzt in die dämliche Fresse starren werde.

Es war der völlig lädierte Siegfried Rupf, das Arschloch. In seiner dämlichen Fresse konnte ich lesen wie in einem offenen Buch: Traurigkeit, klar, sowieso, Entsetzen, logisch, Enttäuschung, Schmerz – und vor allem Wut.

Ich wurde ein wenig blass, da ich fürchtete, diese Wut könne in ihm so was wie eine Kernschmelze auslösen. Nicht, dass ich allzu viel über Kernkraftwerke oder gar Kernschmelze gewusst hätte. Aber das Thema war ja sehr aktuell, wegen der ganzen geplanten Atomkraftwerke, und Siegfried Rupf sah im Moment verdammt gefährlich aus.

Elvis setzt die Krallen ein

»Komm rein«, sagte ich überflüssigerweise, denn Siegfried Rupf hatte sich bereits erlaubt, an mir vorbei ins Zimmer zu stürzen. Mein Gott, er sah aus, als hätte man mit ihm den Saal ausgewischt. Völlig verdreckt sowieso, zerrissenes Kostüm, das ehemals kunstvoll gelegte Haar hing teilweise strähnig herunter, stand zum Teil, von Pomade und Essensresten verklebt, stachelig ab, und überhaupt ähnelte Rupf einem etwas zu alten Punker. Die Platz- und Striemenwunden im Gesicht verstärkten das Loserimage. *No future?* Auf ihn schien es zuzutreffen.

»Mein Gott, Siegfried!«, rief Doris erschüttert aus. Juanas Teint wurde so weiß wie das Elvis-Kostüm vor einigen Stunden gewesen war. »Ich geh dann mal rüber«, flüsterte sie und entfernte sich vorsichtig, als würde eine unbedachte Bewegung Siegfrieds Wunden wieder bluten lassen.

Der Blessierte ließ wild die Augen rollen. »Wo ist der Türke? Ich bringe den Drecksack um!« Seine Hände schienen einer imaginären Person gerade den Hals umzudrehen.

Den Gelassenen spielend, goss ich Whiskey in Juanas Glas, das ich, Abstand wahrend, der Elvis-Ruine reichte. »Bleib mal auf dem Teppich«, sagte ich so cool, dass ich mich selbst bewunderte. Und weiter: »Wie hast du uns denn gefunden?«

Doris meldete sich pflichtbewusst: »Ich hab ihm gesagt, wo ihr wohnt. Aber nun setz dich erst mal, Siegfried, ich wasch dir die Wunden aus.«

»Und wie hast du das Zimmer gefunden?«

»Die besoffene Frau an der Rezeption hat mir die Zimmernummer verraten.« Ein Leuchten lag flüchtig auf seinem Gesicht. »Sie hat mich sofort erkannt, hat gesagt, sie sei ein Fan von mir.« Achtlos, als wäre es Wasser, goss er den Schnaps in sich hinein, und stumm, doch mit deutlicher Geste, verlangte er mehr davon.

Diesen Wunsch, selbst wenn er höflicher geäußert worden wäre, erfüllte ich mit Widerwillen. Wir hatten ja nur diese eine Flasche, und außerdem drängte sich mir die Befürchtung auf, noch mehr Alkohol könne womöglich in Siegfrieds geschundene Psyche wie eine Bombe einschlagen.

Ich zündete zwei Zigaretten an, reichte eine davon dem Lädierten und sagte souverän, von der positiven Wirkung meiner Worte überzeugt, im Alles-unter-Kontrolle-Tonfall: »Ist scheiße gelaufen, Siegfried, klar, aber auf jeden Scheißtag folgt irgendwann ein guter Tag. Lass es uns einfach von *der* Seite sehen.«

Wirkung: so was von negativ, geradezu kontraproduktiv. Mit theatralischer Gebrochenheit setzte sich der zerrupfte Elvis-Imitator auf den Stuhl, schaute Doris mit Augen an, in denen das Leiden aller Elvis-Imitatoren dieser Welt zu sehen war, dann bohrte er seinen Blick, in dem nichts als Verachtung lag, in meine Augen und – spuckte mich an. Einen richtig fetten Spuckeklumpen hatte er glücklicherweise nicht auf Lager, er brachte nur einen nicht weit genug reichenden Sprühregen zustande, doch das fand ich auch schon unmöglich.

Er schob noch 'ne Ladung behämmerter Sätze nach: »Schieb dir deine Kalendersprüche ins Arschloch, du Würstchen. Wer bist du überhaupt, du Quatschkopf? Wieso ist meine Freundin um Mitternacht in deinem Hotelzimmer, hä? Verdammt noch mal, wer bin ich denn, dass ich mir auch noch diese Schmach gefallen lasse?«

Bevor in meinem Gehirn der Entschluss, diesem Arsch meinen Drink in die Fresse zu schütten, bis zur Vollendung reifen konnte, griff Doris ein und rettete meinen Whiskey.

»Ey, Moment, stop, halt!« Sie richtete sich auf, wäre fast aus dem Sessel gesprungen, ließ sich aber wieder, als hätte sie blitzschnell darüber nachgedacht, zurück in die einigermaßen bequemen Polster sinken, reckte jedoch den Kopf energisch vor. »Anscheinend muss ich hier einiges klarstellen, Jungs ...« – ich schmunzelte anerkennend in mich hinein, denn ich hatte ihre Klarheit ja fürchten und lieben gelernt –, »also, um keine Missverständnisse aufkommen zu lassen, lieber Siegfried, wir haben mal 'ne Nacht zusammen verbracht, okay, war auch schön, aber wir sind nicht zusammen. Ich mag dich, bin aber nicht in dich verliebt und hab dir das zu verstehen gegeben. Um ehrlich zu sein ...« – jetzt würde der Hammer kommen, das wusste ich und ich freute mich darauf –, »um ehrlich zu sein, ich könnte mich niemals in einen Mann verlieben, der Elvis Presley so imitiert wie du – ohne die geringste Spur von Ironie, von distanzierter Lockerheit und eigener Persönlichkeit. Was du veranstaltest, ist alles nur unsagbar traurig.«

Das klang sehr gut, das war Balsam in meinen Ohren. Rupf hingegen sah aus, als hätte sie ihn mit diesen Worten vernichtet. Er starrte ins Leere, das Glas an sich gepresst, müde an der Zigarette saugend, der massige Körper schien zu zerfließen. »Mach dir keine Sorgen«, hauchte er, »ich gebe dich frei. Außerdem werde ich sowieso nie mehr als Elvis auftreten. Heute habe ich den Hass in den Augen meines Publikums gesehen. Ich bin von der Bühne gezerrt, geschlagen und aus dem Saal geworfen worden. Kann es was Schlimmeres geben? Wohl kaum. Der Abend wäre auch ohne das Zutun des Türken ein Desaster geworden. Das hatte mich nicht mal überrascht, ob du's glaubst oder nicht. Mir war nämlich heute Nachmittag klargeworden, dass ich ein ganz anderer Typ bin – eher der Sammy-Davis-Junior-Typ, der ölige Crooner. Vielleicht sollte ich …«

»Du willst Sammy Davis Junior imitieren?« Fassungslos riss Doris die Augen auf. »Der Typ ist nicht nur schwarz, sondern auch schmal wie ein Handtuch, fast filigran und ziemlich gelenkig, seine Songs sind zum Kotzen schmalzig.« Sie lachte hysterisch. Dieses Lachen hatte ich nie zuvor von ihr gehört, ein beunruhigendes Lachen. Natürlich blieb mir nicht die Zeit, groß darüber nachzudenken, denn nun schnellte Siegfried Rupf vom Stuhl, seine vor Empörung bebende Stimme füllte das Zimmer, und was er von sich gab, war, wie von mir erhofft und erwartet, nichts, was Doris' Bewunderung erregte. Man müsse nicht schwarz und schlank sein, um die Songs eines schlanken Schwarzen zu interpretieren, sagte er, dabei die Brust vorwölbend, und außerdem sei er ständig von stinkenden Provinzlern umgeben, die ihn seit Anbeginn an seiner Entfaltung gehindert hätten, die wahre Musik, das echte Feeling sei ohnehin nur in den dampfenden, stickigen Großstadt-Clubs zu Hause. Alles andere sei doch nur Dreck.

Ich war nicht ganz bei der Sache, weil ich mir überlegte, wie ich den Rest des Whiskeys für später retten könnte, ohne gleich als geizig oder Alkoholiker zu gelten.

Rupf sank schnaufend auf den Stuhl, stieß den Kater, der sich vertrauensvoll auf seinem Schoß niederlassen wollte, von sich und war damit endgültig für mich erledigt. Auch Doris – ich sah es ihr an und triumphierte klammheimlich – war dieser katzenfeindliche Ausfall nicht entgangen. Sie zeigte sich pikiert. Wir sahen uns an, der Kater und ich, wissend wie alte Kumpels, die sich wortlos verstehen.

Doris antwortete irgendwas auf das Gelaber, mit genervtem Tonfall; der Inhalt erreichte mich aber nicht, denn mit einem Mal schwebte und tanzte auf meiner Gedankenleinwand, einer Daunenfeder gleich, diese geniale Idee: Ortswechsel, nicht nur, aber auch der Lautstärke wegen. Also schlug ich vor, in der Gaststube des Hotels noch ein, zwei Drinks zu nehmen.

Während Doris im Bad das Gesicht des Verwundeten reinigte, warf ich einen kurzen Blick ins Nachbarzimmer – und, hallo, rieb mir Augen, Ohren und Nase. Juana und Bülent nackt, Juana auf Bülent reitend, beide keuchend und stöhnend, Juanas Po glänzte wie ein polierter Apfel, es roch nach Alkohol, Zigaretten- und Haschischrauch. Die beiden bemerkten mich nicht.

Hier fehlt Musik, dachte ich spontan, glotzte auf das schöne Gesäß, und prompt wuchs mein Schwanz. Meine linke Hand, in der Hosentasche verborgen, spielte mit ihm, vielleicht hechelte ich sogar, war plötzlich zum Voyeur geworden, schämte mich ein wenig und zog sanft die Tür ins Schloss.

Die Gaststube war natürlich verrammelt, hinter den Scheiben der Tür herrschte Dunkelheit. Doch die

Frau an der Rezeption erwachte, hob den traumbeladenen, vom Alkohol beschwerten Kopf vom Tresen, benebelt. In ihrem Mienenspiel konnte man den Ablauf der Orientierungssuche genau verfolgen. Als sie im Hier und Jetzt angekommen war, zeigte sich Erleichterung auf ihrem Gesicht. Und dann das Leuchten in den Augen, als sie uns erkannte. Das Leuchten galt allerdings ganz allein dem gescheiterten Elvis-Imitator. »Ach, Herr Rupf! Ich bin ein Fan von Ihnen. Hab drei Ihrer Auftritte gesehen. In Goslar, Clausthal-Zellerfeld und Schladen. Ganz große Klasse! Wie Sie *Wooden Heart* singen – da hätte der echte Elvis aber blöd geguckt. Vor allem die deutschen Strophen singen Sie ja bedeutend deutscher, nicht wahr?« Sie kicherte, aufgeregt wie eine Vierzehnjährige, war offenbar und zu meiner Verwunderung von Rupfs Persönlichkeit derart geblendet, dass ihr sein ramponiertes Äußeres gar nicht aufzufallen schien.

Der eben noch Geknickte, am Boden Zerstörte wurde zuerst ganz weich – ich befürchtete schon, er werde vor unseren Augen zerfließen –, und dann reckte sich sein Körper, der Kopf stieß kühn nach vorn, mit einem Ausdruck von Genugtuung und Rührung. Er bedankte sich wortreich – nach meiner Ansicht zu schleimig – für das Lob, konnte seine Rede jedoch nicht beenden, denn Doris schnitt ihm ungeduldig das Wort ab, mischte sich knallhart in das Gesülze ein und fragte, ob es in der Nähe noch eine geöffnete Kneipe gebe.

Hinter der Stirn der Rezeptions-Dame begann es wieder zu arbeiten. Folglich brauchte sie eine Weile, bis dieser Denkprozess abgeschlossen war. Dann sagte sie, sich ihrer momentanen Schlüsselstellung wohl bewusst: »Sie haben Durst, so, so. Ach, wissen Sie was? Ich schließe jetzt das Hotel ab. Kommt sowieso keiner mehr. Und die Gaststube schließe ich auf. Da war der Umsatz heute ziemlich mau. Ein paar Mark mehr in der Kasse können ja nicht schaden, oder? Außerdem hab ich auch einen elenden Durst.« Kichernd und verschmitzt glotzte sie Rupf an, stutzte auf einmal, stellte die Augen schärfer. »Was ist denn mit Ihnen passiert, Herr Rupf? Sie sehen ja so zerzaust aus!«

Was blieb ihm anderes übrig, als die Geschichte zu erzählen? Lustlos und knapp schilderte er das schreckliche Erlebnis, bestrebt, nach vier, fünf Sätzen damit durch zu sein, doch schon die ersten Worte lösten in der Zuhörerin totale Anteilnahme aus, und als aus den feuchten Augen ein, zwei Tränen schlüpften, beschloss der Sänger – ich sah es ihm an und mich schauderte –, seinen Bericht auszudehnen, mit Details und Pathos vollzustopfen, ohne Rücksicht auf den in mir und Doris hoch und höher wallenden Ekel.

Die Frau war ihm spätestens jetzt verfallen. War mir zwar unverständlich, aber nicht unlieb, weil dadurch die Aussicht bestand, bis zum frühen Morgen zechen zu können. So gehemmt wie begierig strich sie mit der Hand über seine zerzausten, fettigen Haare.

Der Gastraum empfing uns arschkalt. Flink torkelte die Frau von Heizkörper zu Heizkörper, um die Regler aufzudrehen. »Wird gleich warm sein.« Dann nahm sie die Bestellungen entgegen. Endlich. Obwohl ich den Moment der Vorfreude durchaus schätzte, wollte ich doch endlich was Akzeptables in mich reinschütten. Meine Mundhöhle kam mir richtig staubig vor. Trotz ihres betrunkenen Zustandes arbeitete die Frau routiniert hinter der Theke, trug das volle Tablett relativ sicher zum Tisch und setzte sich zutraulich zu uns. Sie badete unübersehbar genussvoll im warmen Teich der Vorfreude und versprach sich wahrscheinlich noch unermesslich viel von dieser Nacht. Was den Alkohol betraf, so schien sie nichts von halben Sachen zu halten. In ihren geräumigen Cognac-Schwenker hatte sie eine halbe Flasche Weinbrand gekippt, vor Doris und mir standen Longdrink-Gläser, bis obenhin gefüllt mit Bourbon und je zwei schnell schmelzenden Eiswürfelchen. Dagegen war nichts zu sagen, auch wenn der Bourbon – Pennypacker – nicht auf meiner Bestenliste stand. Der an Leib und Seele verletzte und nun allmählich dank der Fürsorge eines Fans Genesende hatte einen Wodka bestellt und die ganze Flasche bekommen, von neckischem Augenzwinkern begleitet.

»Prost!«, rief die mollige Frau, die ich auf Anfang vierzig schätzte. »Ich heiße übrigens Lore, falls es jemanden interessiert.« Sie lachte unsicher, fast entschuldigend, als hätte sie schon zu oft erlebt, dass sich keine Sau für sie und ihren Namen interessierte. »Eure Namen kenn ich ja von den Anmeldezetteln«, sagte sie, nach einem guten Schluck vertraulicher werdend, »und ich würde sagen, wir duzen uns.«

Es gab keine Einwände, und schon stand das Tor zur Kommunikation weit auf. Aber es ging, dank Lore, nur um den Stümper Siegfried Rupf, der sich wohlig von seinem fetten Fan verbal gewissermaßen einen runterholen ließ. Unerträglich, diese durch nichts begründete Eloge: der schöne Siegfried, der talentierte, charmante, kluge Siegfried, der Bär, der Rocker, das Sex-Symbol.

Mich kotzte das Geschwafel verständlicherweise an. Bei den ersten Sätzen zollte ich Lore aus Dankbarkeit für den strammen Drink und die Gelegenheit, hier sitzen und saufen zu dürfen, den entsprechenden Tribut, wenn auch nur in Form eines steifen Grinsens. Dann war ich endlich besoffen genug, um auf Feinheiten dieser Art scheißen zu können. Als Lore sich dazu verstieg, Siegfried Rupf als Erneuerer des Rock'n'Roll zu preisen, erhob ich mich, von Lore völlig unbeachtet, und steuerte die Jukebox an.

Hauptsächlich deutsche Schlager, der übliche ungenießbare Brei. Ach, aber da, na also: *Lyin' Eyes* von den Eagles. Die Rückseite, *James Dean,* fand ich auch nicht schlecht. Dann noch *Do It Again* von Steely Dan, mit *Fire In The Hole* auf der B-Seite. Von Elvis gab's *In The Ghetto* und *Any Day Now.* Ich drückte alle sechs Stücke, obwohl ich befürchtete, mir mit den Elvis-Songs keinen Gefallen getan zu haben. Zur Zeit war ich auf alles, was mit Elvis zu tun hatte, nicht gut zu sprechen und überlegte schon, ob ich den Kater umtaufen sollte, zum Beispiel in Chuck oder Eddie.

Mit dem Schmachtfetzen *Lyin' Eyes* in den Ohren setzte ich mich wieder an den Tisch und widmete mich Doris, die sich von der Unterhaltung abgekoppelt hatte beziehungsweise ausgeschlossen worden war, weil Siegfried und Lore sich tief in die Augen sahen, um darin die Glut der Liebe, die Wahrhaftigkeit oder einfach nur einen Hinweis auf sexuelle Sonderwünsche zu suchen, wobei ihre Hände auf der Tischplatte wie zwei große Spinnen aufeinander zu krabbelten, sich schließlich trafen und miteinander fingerten.

Ich neigte den Kopf zu Doris, sie sah mich erwartungsvoll an, weil ich womöglich den Eindruck erweckte, irgendwas von Bedeutung sagen zu wollen. »Juana vögelt mit Bülent«, sagte ich und ärgerte mich über den Ton in meiner Stimme, der ungewollt vorwurfsvoll klang. »Und sie haben Haschisch geraucht.« Oh Gott, dachte ich, musst du das auch noch erwähnen, und wieder im Ton eines gottverdammten Herbergsvaters.

Demgemäß formte Doris ihr Grinsen. »Na und? Was stört dich daran?«

»Nichts, um Gottes willen, gar nichts. Es ist nur so verwirrend. Ein verwirrender Abend. Findest du nicht?«

»Ich hab mit dir schon verwirrendere Abende erlebt.« Mildes Lächeln, vertraulicher Augenausdruck, in dem ich die Quintessenz unserer gemeinsam erlebten verwirrenden Abende zu sehen glaubte, dann, mit erwachtem Spezialinteresse: »So, so, dieser Bülent hat Shit? Sehr erfreulich. Hoffentlich einen fetten Brocken. In Bad Harzburg gibt's nämlich nichts.«

Mir war nach einem ganz anderen Thema zumute. Obwohl ich sehr leise war, spuckte ich's quasi aus: »Ich hab reichlich Kohle, Doris, einen Haufen Dollars. Der Dollar steht momentan nicht besonders günstig, knapp über zwei Mark, aber scheißegal, das sind, mit dem Rest aus der Friedberger Zeit, fast hundert Riesen, in D-Mark.« Befreit und zugleich mich befreiend strömte die Botschaft aus mir heraus. »Ich möchte, dass du deinen Scheiß-Job hinschmeißt und mit mir kommst. Wir können uns damit eine Existenz aufbauen. Was du willst. Die Wahl überlasse ich dir. Perfektes Domina-Studio, eine Kneipe, ein Ton-Studio, ein Plattenladen. Unsere Träume von damals, Doris – jetzt können sie tatsächlich umgesetzt werden.«

In ihren Augen flackerte ein rätselhaftes Licht, ein Ausdruck des Erstaunens erschien auf ihrem Gesicht, wurde umgehend von dem der Verärgerung abgelöst, der wiederum in Sekundenschnelle dem Ausdruck – ja, man könnte sagen – mütterlich-bekümmerter Zuneigung wich. Sie senkte die Stimme, obwohl Siegfried und Lore, die gerade anfingen, ihre Zungen miteinander spielen zu lassen und dabei tierisch schnauften, vermutlich außerhalb ihres alkoholgetränkten, sexuell aufgeladenen, eng begrenzten Spielfelds nichts mehr mitbekamen. »Heißt das, deine ehemalige Freundin – wie heißt sie noch gleich? Ach ja, Geli, stimmt's? – hat dir das Geld doch wiedergegeben?«

»Nein, leider nicht!« Wahrscheinlich sah ich sie jetzt mit einem Hundeblick an, in dem außer einer Prise Unterwürfigkeit vor allem eine Mischung aus Spieltrieb, Schläue und Verträumtheit lag. »Ich musste mir die Kohle woanders besorgen. Keine Sorge, ich hab keine Bank überfallen, Ehrenwort! Ich hab ein richtig mieses Arschloch gelinkt.« Wieder der Hundeblick, vermutlich, ich sah mich ja nicht, ging aber davon aus, dass mein Blick den kindlichen Wunsch nach Belohnung und möglichst auch nach Bewunderung wiedergab, ja ich lechzte nach Streicheleinheiten, war natürlich nicht scharf auf einen Knochen oder Naschwerk in Form von Hundekuchen, aber ein Kuss, nicht ganz so nass wie das Geschlabber neben uns, hätte mir gefallen.

Nichts dergleichen. Vielmehr ein strenger, fast schon sezierender Blick, vertiefte Sorgenfalten im schönen Doris-Gesicht. »Wer ist *diesmal* hinter dir her?«

»Wieso? Niemand. Das heißt, in Hamburg suchen vermutlich, wäre zumindest vorstellbar, ein paar Wichser nach mir. Es gibt für sie aber keine Verbindung zu Bad Harzburg.«

Sie nahm die Sache sehr ernst. Abermals senkte sie die Stimme. »Nun erzähl mir mal genau, was du in den letzten Wochen in Hamburg getrieben hast.«

Ich fasste mich kurz, blieb erstaunlich sachlich, und dennoch kapierte Doris sehr bald, dass vom

Blues die Rede war: Mansardenzimmer mit Aussicht auf den Schlachthof, einsame Nächte mit der Musik auf den Doris-Tapes, zu viel Whiskey und zu viele Zigaretten, dann Berti, Leo und all die anderen Wichser, glücklicherweise die Freundschaft mit einem jungen Türken, der besser als jeder verdammte Elvis-Imitator, wenn nicht gar besser als der echte King singen könne. Ich lobte Bülent in den höchsten Tönen und fing sogleich an, mich dafür zu rechtfertigen, dass ich ihm die Hälfte des Geldes überlassen hatte. Sie unterbrach mich gleich, indem sie beide Hände hob, und für einen Moment konnte ich sehen, dass die Innenflächen dieser Hände rauh und rissig waren.

»Das ist doch in Ordnung«, sagte sie, und ich hätte's mir eigentlich denken können. »Wenn du meinst, dass Bülent und seine Familie das Geld verdient haben, wird es wohl so sein.«

Endlich erfolgte die Streicheleinheit, wenn auch knapp bemessen. Ein Küsschen gab's auch – auf die Stirn, aber immerhin.

»Ich schlafe schlecht«, murmelte sie trübsinnig, »weil ich fast jede Nacht dieses Blutbad gestochen scharf vor mir sehe, die Schüsse höre, gebannt auf die Einschusslöcher glotze und so weiter. So hartgesotten wie ich einst dachte, bin ich nämlich bei weitem nicht.«

Ich nickte verständnisvoll. *Do It Again* von Steely Dan pumpte einen cool treibenden Beat in den Raum, Rauchschwaden überall, die Heizkörper kochten, ich trank den Whiskey wie Wasser, lauschte mit einem Ohr dem Text – »In the morning you go gunnin' – For the man who stole your water – And you fire till he is done in – But they catch you at the border …!« –, riskierte einen Blick auf die beiden Turteltauben, und was ich sah, erregte mich. Siegfrieds rechte Hand hatte inzwischen den Weg zu Lores Möse gefunden, und einer seiner Finger schien darin herumzustochern, Ekstase loderte in Lores Gesicht, ihre Finger wühlten ziellos in Siegfrieds pomadisierten Haaren. Und neben mir Doris, auf eine Antwort wartend. Wie hartgesotten bin denn ich? »Na, hör mal, ist doch klar, dass man so was nicht locker wegsteckt. Aber das waren Typen, die vor dem Leben anderer keine Achtung hatten, es war Notwehr. Und solche Erlebnisse verursachen nun mal die Narben, die man sich im Laufe eines Lebens einfängt. Und, mal ehrlich, es gibt Leute, denen viel schlimmere Sachen widerfahren sind, und die damit zurechtkommen mussten, denk an die Überlebenden der KZs …«

Wild winkte Doris ab, verzerrte das Gesicht, als hätte sie Schmerzen. »Bloß nicht die KZ-Nummer, Mann, ich hab dir doch gesagt, dass ich schlecht schlafe.« Sie beruhigte sich wieder, sah mir tief in die Augen – es war offenbar modern, dem Gegenüber tief in die Augen zu sehen –, und ich fürchtete, sie könne bis in mein Hirn sehen, die darin herumflatternden Gedanken lesen, das ganze Chaos erblicken und womöglich entsetzt sein. Was wollte sie eigentlich?

»Hans, es war falsch, die Maschinenpistolen zu verkaufen. Neun MPis, die vermutlich nicht in die Hände von Ästheten gelangt sind, die sie zu Hause in eine Vitrine legen, zwischen Fabergé-Eier und antike Uhren.«

Sie hatte recht, das wusste ich natürlich, und solche Überlegungen waren mir keineswegs fremd. Ganz im Gegenteil. Ich hatte sie nur immer vorzeitig abgebrochen – wahrscheinlich, weil ich regelmäßig in Situationen gelangte, die mir keine Wahl ließen, als die Welt, das Dasein aus der Perspektive des Kriminellen zu sehen.

»Das ist doch was anderes«, entgegnete ich lahm und nicht sehr überzeugend.

Doris winkte ab. »Ist schon gut«, sagte sie müde. »Wir sind hier ja nicht in einer Gerichtsverhandlung. Ich bin ja genauso schuldig.«

Na, Gott sei Dank, sie saß nicht mehr auf dem erhöhten Richterstuhl, wir waren auf gleicher Augenhöhe, tranken, rauchten, lächelten uns an, unsere Hände fanden wie selbstverständlich zueinander. Die Musikbox verstummte.

Bevor Siegfried die Brüste seiner Gespielin völlig entblößte, sagte sie mit zittriger Stimme: »Ein Zimmer ist noch frei.«

»Dann sollten wir es belegen«, keuchte der Sänger.

»Zuerst muss ich aber noch abkassieren. Nützt ja nix.« Lore richtete sich auf, knöpfte die Bluse zu, strich den Rock glatt und wurde sachlich. »Von dir krieg ich fünfundzwanzig Mark für die Flasche Wodka, von euch beiden krieg ich je fünf Mark für den Whisky.«

Anstandslos legte ich einen Zehner und ein Zwei-Mark-Stück auf den Tisch und sagte: »Stimmt so.«

Rupf sah so verdattert aus, als wäre er gegen eine Glastür gelaufen. »Du verlangst Geld von mir? Was läuft denn hier ab? Ist das ein beschissener Witz? Oder was?«

Verwundert starrte Lore ihn an. Ein Ausdruck grenzenloser Enttäuschung legte sich auf ihr Gesicht, und ihre Stimme war belegt. »Das ist doch nicht mein Laden hier. Was glaubst du wohl, was ich in diesem Scheißloch verdiene? Wer bin ich denn, dass ich Lokalrunden schmeißen könnte? Und du, was bist du denn für'n komischer Kavalier?«

Siegfried brummte unzufrieden: »Ich hab noch nie eine Frau fürs Vögeln bezahlt, Kavalier hin oder her.«

»Arschloch«, zischte Doris. Ich hielt mich da raus, war aber im Stillen ihrer Meinung. Von Lore hatte sich jegliche Fleischeslust flott verabschiedet. »Mein Gott, bist du schäbig«, sagte sie. Ihre Wangen glühten. Obwohl enorm besoffen, wusste sie genau, was zu tun war. Sie schloss die Tür zur Straße auf, deutete mit dem Kopf nach draußen und sagte mit bebender Stimme, um Würde bemüht, nur ein Wort: »Raus!«

Beistand heischend suchte Rupf in Doris' Augen nach Verständnis oder einer Spur von Mitleid – natürlich ohne Chance. Wortlos schlurfte er in die Kälte, gebrochen und verwirrt.

»Jetzt brauch ich erst mal einen Wodka«, schnaufte die mollige Frau.

»Die Flasche Wodka geht auf mich«, beruhigte ich sie. Es tat mir wohl, den Generösen spielen zu dürfen. »Und wenn es gestattet ist, hätten wir gerne noch zwei Pennypacker.«

Es war gestattet. Lore wollte nicht alleine sein.

Noch mal dieselben Songs gedrückt, und nun bohrte sich *Lyin' Eyes*, wie es sich für einen richtigen Ohrwurm gehört, mühelos durch die Gehörgänge in die dafür zuständigen Hirnregionen. Wir seufzten gerührt, Lore schluchzte sogar, und tranken zügiger.

Mein sexueller Appetit wuchs zusehends und wurde von mir mit Wohlwollen registriert, obwohl ich nicht wusste, ob ich in meinem betrunkenen Zustand einen hochkriegen würde. Doris, dachte ich lüstern, will ich ficken, bis es qualmt. Aber auch Lore kam mir mit einem Mal überaus anziehend vor. Ich hatte ja vorhin das Vergnügen gehabt, ihren halbentblößten Busen und die freigelegten Schenkel zu bewundern – alles makellos weiß, von bläulichen Adern durchzogen, vermutlich sehr weich, appetitliche Speckröllchen, feuchte, saugende Möse. Wir sind alle betrunken genug, dachte ich, um uns von den Fesseln lustfeindlicher Bedenken zu befreien – also was hindert uns an einem flotten oder raffiniert ausgedehnten Dreier?

Diese Vorstellung ließ alles andere belanglos werden. Das sexgeile Tier in mir rüttelte begierig an den Gitterstäben seines Käfigs. Meiner ehemaligen und hoffentlich erneuten Freundin, die erneut ihre blutigen Träume beklagte, hörte ich pflichtvergessen nur mit einem Ohr zu. Lore, die mit gebrochener Stimme Siegfried Rupf verfluchte, hörte ich gar nicht zu. Ich glotzte nur wie gebannt von einem großkalibrigen Tittenpaar auf das andere, meine Hand strich sanft auf dem Hosenstoff herum, da wo er sich über meinem harten Glied spannte. Ich wollte sie beide haben. Oh Gott, dachte ich, vier gewaltige Titten zu meiner Verfügung, und natürlich alles andere auch, das ganze Spektrum. Herrliche Vorstellung, Mann oh Mann. Ich hätte fast gehechelt.

»Ich möchte mit euch beiden schlafen.« Jetzt hatte ich's gesagt – und sofort bedauert, dass ich es nicht schärfer formuliert hatte, weil *schlafen* immer so verklemmt klang, um nicht zu sagen asexuell.

»Ich bin dabei«, rief Lore überdreht fröhlich aus. Als hätte sie darauf gewartet – entweder darauf oder auf irgendeinen anderen Höhepunkt dieser Nacht, der die miesen Facetten des Abends ganz einfach hinwegspülen würde. Vielleicht, dachte ich skeptisch wie ich nun einmal war, hätte sie auch zugestimmt, wenn ich eine Skat-Runde vorgeschlagen hätte oder Sackhüpfen. Ach, Quatsch, scheißegal, ich hatte meinem Trieb nachgegeben und den einzig richtigen Vorschlag gemacht. Und Lore hatte sofort zugesagt. Sie wollte mich.

Vielleicht, dachte ich, gibt es doch so ein höheres Wesen, nicht diesen Gott der Bibel, ganz klar, sondern eins, das die Umsetzung der von ihm mit Bedacht weit gestreuten sexuellen Möglichkeiten, soweit sie von allen daran Beteiligten akzeptiert werden, nicht nur gnädig erlaubt, sondern sogar plant. Ach, das wäre schön, dachte ich seufzend, ein lässiger, hedonistischer und gewaltfreier Gott. Aber dieser Gott, wenn es ihn gäbe, hat leider längst den Überblick verloren, hat vielleicht längst resigniert, ein resignierter Gott, der einen Dreck auf die Zukunft unseres winzigen Planeten gibt. Was soll der Scheiß, dachte ich unwirsch, gleich geht die Post ab.

Ich hatte jedoch vergessen, dass Doris' Antwort noch ausstand. Jetzt kam sie: »Mann, du nervst mich. Hab ich dir nicht schon vorhin gesagt, dass ich darauf keinen Bock hab?«

Das hatte ich auch vergessen. Auf einmal war ich ein Kind, dem man die Weihnachtsgeschenke abgenommen hatte. Ein mürrisches Brummen war meine Reaktion. Lore trug's mit Fassung, fand auch gleich ein anderes Ziel: die Katze. Ob sie zumindest die Katze streicheln dürfe? Ihrer Ansicht nach seien Tiere besser als Menschen, anständiger, frei von Gemeinheit und Zynismus.

Das Wort *Zynismus* kriegte sie nicht auf Anhieb sauber hin, doch bei der dritten Wiederholung klappte es.

Na gut, dachte ich, inzwischen arg fatalistisch gestimmt, lassen wir eben den Abend mit Streicheln ausklingen.

Wir sprachen noch ein wenig über dies und das, ich gab mich so zivilisiert wie möglich, obwohl immer noch erfüllt von dumpfer Geilheit, warf pausenlos schlüpfrige Andeutungen ein, grinste anzüglich und lachte männlich, doch nicht ganz so locker, wie ich gern gewesen wäre. Nützte aber alles nichts. Das Thema Sex schien bei den Frauen im Moment nur Gähnen auszulösen. Wichtig war nur der Kater Elvis.

Wir nahmen noch eine Flasche Bourbon und Gläser mit und stiegen die Treppe hinauf, ich als Letzter, um die Arschbacken der beiden Objekte meiner Lust in Bewegung zu sehen. Es lohnte sich.

Oben schloss ich die Tür auf, knipste das Licht an und bat die Damen mit, wie ich hoffte, eleganter Geste einzutreten.

»Ach, die süße Katze!«, rief Lore entzückt, wankte beunruhigend schräg ins Zimmer und walzte furchterregend auf Elvis zu, der sich, sauber und zivilisiert, just in diesem Moment zum Pinkeln ins Katzenklo setzte, was Lore offenbar entging. Sie hob ihn jauchzend hoch. Katzenpisse in ihrem Gesicht, und Elvis, der sich ohnehin nicht gern hochheben ließ, wand sich verzweifelt und fauchend in ihren Händen, sie wollte ihn fallen lassen, doch schon hatte er seine Krallen in ihrer Brust verankert, sie zerrte an ihm, schrie, er schlug fauchend und ebenfalls schreiend zu, wieder und wieder, unglaublich schnell, riss Furchen in ihre Wange, ihren Hals, gemeinsam schreiend stürzten sie zu Boden, der Kater, befreit, huschte knurrend und völlig verstört unters Bett.

Schon wieder ein verdammtes Blutbad. Zerschrammt, zerkratzt und verwirrt hockte Lore auf dem Boden. Breitbeinig, hilflos, blutüberströmt. »Was war das denn?«, fragte sie verständnislos, schaute an sich herunter, auf das Blut. »Irgendwie komisch, oder? Ich will mit einer Katze schmusen und werde von ihr angepisst und aufgeschlitzt. Verdammt, tut das weh! Die Pisse brennt wie Säure in den Wunden.

Wie ich jetzt aussehe, will ich gar nicht wissen.« Sie schloss die Augen, ihr Mund zuckte. »Wenn ich das Vieh zu fassen kriege, steche ich's ab.«

Blöde Sau, dachte ich, der stimmungsmäßig ebenfalls dem Nullpunkt nahe war. Hast den Abend versaut, doofe Lore, verdammt noch mal, überall Blut, wie damals in Friedberg und Bad Nauheim. Dazu der Uringestank. Und wehe, du krümmst Elvis auch nur ein Haar!

Doris flitzte ins Bad, kam mit einem angefeuchteten Handtuch wieder, mit jenem Scheiß-Handtuch, das Stunden zuvor auf Siegfrieds Blessuren getupft worden war, tupfte es nun auf die Kratzer in Lores Gesicht. Elvis hat ganze Arbeit geleistet, dachte ich, hin- und hergerissen zwischen dem irrationalen Stolz auf meinen Kater und dem Ekel vor dem Blut. Überflüssigerweise, wenn auch sachlich korrekt, sagte ich: »Man soll Katzen nicht hochheben, wenn sie gerade pinkeln. Was sagst du, Lore? Würdest du es gut finden, während des Pinkelns von zwei riesigen, Alkohol ausdünstenden Händen von der Kloschüssel gehoben zu werden? Würdest du dich nicht auch zur Wehr setzen?«

Ach, Scheiße, nun weinte Lore auch noch, wurde von Schluchzern geschüttelt, die Brüste bebten dabei, und in einer anderen Situation hätte ich liebend gern zugefasst. Sie öffnete tatsächlich ihre Bluse, legte den Busen frei, zwei große, weiße, von bläulichen Äderchen marmorierte und nun völlig zerkratzte, blutende Melonen. Sie schob ihre Hände darunter, um sie anzuheben, mir anklagend hinzuhalten. »Da, schau dir das an! Das Vieh ist gemeingefährlich und sollte eingeschläfert werden.«

Ich versuchte die Brüste, an denen Doris nun herumtupfte, zu übersehen. »Vorher wirst *du* eingeschläfert«, knurrte ich, an Höflichkeit momentan nicht die Bohne interessiert.

»Ich soll *was*? Eingeschläfert werden? Das ist ja wohl das Letzte, das ich mir von einem Kerl sagen lassen muss!« Lores Stimme wurde schrill, und ich fragte mich schon die ganze Zeit, ob die anderen Gäste des Hotels alle Schlaftabletten intus hatten oder zu ängstlich waren, um sich zu beschweren. Sie knöpfte die Bluse zu, erhob sich schwerfällig, dann fiel ihr etwas ein. Ihr Finger zeigte auf Doris. »Du kannst hier nur schlafen, wenn der volle Doppelzimmerpreis bezahlt wird.«

Verächtlich den Mund verziehend, nickte ich. »Wird gemacht. Wenn du jetzt bitte gehen würdest.«

Mit vorgerecktem Kinn rauschte Lore hinaus. Ich grinste gemein und drehte sofort den Türschlüssel um. »Sie hat den Bourbon stehenlassen«, kicherte ich, goss die Zahnputzgläser voll und deponierte sie im Bad. Es klopfte. Natürlich Lore. »Ihr glaubt wohl, ich hätte den Whisky vergessen.« Schnappte sich die Flasche und torkelte davon.

Die plötzliche Ruhe kam mir zu meinem Erstaunen keineswegs wohltuend, sondern beschissen bedrückend vor. Angst vor der Stille. Spontane Erinnerung an die Wochen der Einzelhaft. Doch es gab ja den Kassettenrekorder. Ich drückte die Starttaste, hatte keine Ahnung, welche Kassette drin steckte, hoffte nur inständig, sie würde die Lage mit Würde anreichern, dann setzte ich mich auf die Bettkante, Doris saß breitbeinig, mit der Lehne vor ihrer Brust, auf dem Stuhl. Wir waren beide erschöpft, tranken und rauchten, als hätten diese scheinbar notwendigen Tätigkeiten eine ebenso wichtige Funktion wie das Atmen.

»Kommst du morgen mit mir?« Ich schaute sie gar nicht an, aus Angst, sie könne ein schlechtes Zeichen in meinen Augen entdecken.

»Wohin?«

»Du hast die Wahl.«

Nachsichtig lächelnd schüttelte sie den Kopf. »So schnell geht das nicht. Du weißt doch, wie das ist. Ich kann Juana nicht hängen lassen. Die andere Kollegin ist fort, kommt erst in drei Tagen wieder.«

»Na gut«, brummte ich enttäuscht, wenn auch berauscht von der Vorstellung mit abzuhauen. »Kommst du denn nach den drei Tagen mit?«

Ihr Lächeln veränderte sich nur ganz leicht, aber das genügte, um den Ausdruck von Abgeklärtheit anzunehmen. Vielleicht war es auch nur das sinnlose Lächeln einer Betrunkenen.

Doch sie sprach flüssig und deutlich: »Ja, okay, dann komme ich mit.«

Oh Mann, affengeil! Genau das, was ich hatte hören wollen. Ich hätte schreien können. Alles war gut, oh Gott. Ja, eigentlich war die ganze verdammte Welt gut – von ein paar Arschlöchern, die auf Härte standen und besoffenen Frauen, die sich mit Straßenkatern anlegten, einmal abgesehen. Schönes Leben, schöne Welt. Psychisch offenbar unverletzt, kam der Killer-Kater unter dem Bett hervor, gähnte cool und streckte sich.

»Say the word – and you'll be free …!«, sangen die Beatles netterweise in diesem Moment, und alles passte zusammen, »say the word – and be like me – say the word – I'm thinking of – have you heard – the word is love …!«

Ach ja, die Liebe, dachte ich, von einem bittersüßen Gefühl durchdrungen. Früher Morgen, tristes Zimmer, Schneeflocken trieben gegen die Fensterscheiben und schmolzen sofort. Ich war fasziniert von der Weisheit hinter dem schlichten Text, die mir jetzt erst auffiel. Die Beatles als Philosophen. So hatte ich sie noch nie zuvor gesehen. Natürlich die Liebe, was sonst? Und nicht nur die Liebe zwischen Doris und mir, sondern die alles umfassende Liebe. Aber möglicherweise war ich auch einfach nur stockbesoffen und hätte zu dieser Stunde sogar Ronald Reagan, dem reaktionären Gouverneur von Kalifornien, philosophische Tiefe zugestanden. Oder Elvis, dem Killer-Kater. Aber kack drauf – was wirklich zählte, war die Übereinstimmung zwischen Doris und mir.

Wir sahen uns an und wussten erneut, dass wir zusammengehörten.

Tock, tock, tock! Nicht das normale, respektvolle Klopfen, sondern schmerzhaft laut. Die Tür vibrierte.

»Welches gottverdammte Arschloch …?« Vier, fünf Varianten strichen durch mein Hirn. Die Polizei-Variante stand natürlich immer ganz oben auf meiner Ekel-Liste, die Berti-Drossel-Variante kam mir unwahrscheinlich vor, dann gab es noch Lore, seelisch an der Grenze zum Wahnsinn angelangt, den verzweifelten Siegfried Rupf und – ja, wen noch? Bülent. Na klar, fast vergessen. Wie spät? Verpennt und stinksauer wälzte ich mich aus dem Bett, nackt und verklebt, strich auf dem Weg zur Tür mit den Händen über meine wirren Haare.

Bülent, na klar. Er sah alles andere als erholt aus. Eher wie einer, der von Vampiren ausgesaugt und vergewaltigt worden war. Meine Nacktheit schien ihn zu irritieren. Er riss den Mund auf.

»Sag mal, spinnst du?«, fuhr ich ihn an.

»Habt ihr Juana gesehen?« Seine Augen fuhren suchend, unruhig flackernd hin und her, jagten Blicke in jeden Winkel.

»Was soll die bescheuerte Frage, Mann? Du hast uns aufgeweckt! Bis du versucht hast, die Tür einzuschlagen, haben wir fest gepennt!« Rüder Tonfall, war mir klar, aber drauf geschissen. Wo waren denn meine Klamotten? Ach da, zusammengeknüllt und vermischt mit Doris' Sachen in einer Ecke. Auf der Suche nach meiner Hose rupfte ich die Wäschestücke auseinander.

Doris, blinzelnd, hob den Kopf vom Kissen. Sie sah auch nicht gerade taufrisch aus, war sich dessen wohl auch bewusst, aber ohnehin nicht allzu schamhaft zeigte sie gern, was an ihr dran war und lag da, von der Decke nur zum Teil verhüllt. »Wassen hier los, hä?«

»Juana! Sie ist weg, verdammt, die Nutte hat mein ganzes Geld geklaut. Oh Mann, ey, Scheiße, ey. Dabei geht's mir sowieso so dreckig wie noch nie zuvor in meinem Leben. Ich bin todkrank. Alkohol ist das reinste Gift.«

Was ich in Bülents Augen sah, gefiel mir ganz und gar nicht. Doris, noch halb in Morpheus' Armen kuschelnd, murmelte verständnislos: »Juana? Wie bitte? Ey, Moment mal! Wieso das denn?«

»Komm rein«, sagte ich widerstrebend und mich auf einmal wegen meiner Nacktheit unwohl fühlend. Aha, ganz unten, Hose, Unterhose, was nur heißen konnte, dass ich mich schneller entkleidet hatte als Doris.

Trotz des Feuers der Erregung, das in ihm loderte und ihn antrieb, schob sich Bülent eher zaghaft in die übel riechende, verbrauchte Luft des Zimmers und somit näher an das Bett, in dem eine kaum bedeckte, nackte Frau lag, die vom Alter her seine Mutter hätte sein können, aber immer noch verdammt attraktiv aussah, näher an die frei herumliegenden Brüste, diese schönen Brüste, deren Besitzerin seltsamerweise gar nicht daran dachte, sie zu verbergen und damit den Blicken des Eindringlings zu entziehen.

Bülent räusperte sich demonstrativ, lenkte den Blick mit aller Kraft zur Seite, auf die belanglose und zudem vergilbte Tapete, summte verzweifelt und hoffnungslos ein anatolisches Volkslied, fühlte sich jedenfalls unbehaglich und ließ den Blick wieder wandern. Dann sah er das Blut, deutete irritiert darauf und fragte heiser: »Was, was ist …, wie kommt das Blut …?«

Ich erklärte ihm mit knappen Sätzen den Kampf zwischen Elvis und Lore. Das tat ich nur ungern, da ich annahm, es würde Bülent noch mehr irritieren und seine Vorbehalte gegen Deutsche wieder aufleben lassen – wenn dazu nicht schon die Weihnachtsfeier beigetragen hatte. Ob Vorbehalte oder nicht – auf jeden Fall weitere Verwirrung. Und die wurde zu allem Überfluss durch Doris noch befeuert:

Meine Freundin schälte sich unbeholfen aus dem Bett, stand auf, nackt, nackt, nackt, völlig nackt, so was von nackt, tapste unsicher ins Bad, ihre Pobacken bewegten sich auf eine erotische Weise, die den Zuschauer schwindlig machte, das kannte ich, und aus den Augenwinkeln verfolgte ich, nun ja, zugegeben, genüsslich Bülents Reaktion. Er hatte total die Kontrolle verloren, war nicht in der Lage, den Blick von ihr zu wenden. Ein Stöhnen, oder vielmehr ein Knurren drang aus den Tiefen seiner Brust.

Doris pinkelte, verschlafen auf den Boden starrend, und wie gewöhnlich bei offener Tür und ließ, Bülents Verunsicherung bis zur Schmerzgrenze steigernd,

Unmengen aufgestauten Urins in die Kloschüssel plätschern. Schließlich erhob sie sich, wischte mit lässig abgerissenem Klopapier ihre Möse ab und betätigte die Spülung. Bülent, keuchend, setzte sich auf den Stuhl, beugte sich vor und drückte die Unterarme krampfhaft auf die Erektion in seiner Hose. Er hatte schon aufgewühlt unser Zimmer betreten, es ging ihm ohnehin dreckig, das sah man sofort, aber jetzt schien er den Verstand zu verlieren. Schweißperlen auf seiner Stirn. Es konnte am Katzenjammer liegen. Konnte aber ebenso gut am Wahnsinn liegen. Ich machte mir ernsthafte Sorgen um ihn.

»Juana hat mich beklaut«, stöhnte er. »Meine ganze Kohle ist weg. Oder fast alles, genau 14 000 Dollar. Jetzt hab ich nur noch das Geld in meiner Hosentasche, lumpige 400 Mark. Ich bin gescheitert. Ich hab verloren.«

GANZ AUF RISIKO

Laszivträge, doch ohne sich dessen bewusst zu sein, stieg Doris in ihre Klamotten. Ihr Achselzucken verstörte mich, denn es wirkte so teilnahmslos. Sie schien die Angelegenheit recht gelassen zu sehen. »Na ja«, sagte sie in neutralem Tonfall, »ich meine, Juana hat's verdammt schwer. Hat einen querschnittsgelähmten Mann und zwei Kinder in Spanien. Sie arbeitet sich hier den Arsch ab, um Kohle nach Hause schicken zu können. Wahrscheinlich hat sie nur an ihre Familie gedacht. Kann ich irgendwie verstehen.«

Ich sah sie missbilligend an. »Heißt das etwa, du würdest uns zum Wohl deiner Familie genauso beklauen?«

Sanftes Lächeln. »Ihr seid doch meine Familie. Mit anderen Leuten hab ich nichts zu tun. Außerdem weiß ich auch gar nicht, wie ich an Juanas Stelle gehandelt hätte.« Und mit schiefem Grinsen: »Abgesehen von ein paar Maschinenpistolen hab ich ja noch nicht groß was geklaut. Zumindest in den lezten Jahren nicht.«

»Sie ist verheiratet und hat zwei Kinder?« Bülent sah aus, als hätte er soeben erfahren, dass sein richtiger Vater ein Rabbi aus Haifa sei. »Warum, verdammt noch mal, hat sie mir das nicht gesagt?«

Müder Augenaufschlag – und auch sonst wirkte Doris noch immer oder schon wieder müde. »Hatte wohl keine Lust, es dir zu sagen, was weiß ich. Man muss doch dem Typ, mit dem man ins Bett geht, nicht vorher sein ganzes Leben erzählen. Mein Gott, wo leben wir denn?«

Diese Frage schien sich der junge Mann auch zu stellen. Er wirkte schwer angeschlagen und hatte sich gestern eine derart brutale Lektion zum Thema *Leben in freier Wildbahn* garantiert nicht vorgestellt. »Das ist zu hart, Mann«, stöhnte er. »Ich dachte, ich sei härter. Diese Zusammenballung hat mich umgehauen. Zum ersten Mal mit einer Frau im Bett. War klasse. Zum ersten Mal besoffen. War anfangs ganz witzig. Ich verliebe mich volle Kanne in die Frau, wegen erstes Mal und so. Frau verpisst sich einfach, nimmt die Kohle mit, Freundin des Freundes läuft nackt vor meinen Augen herum, pisst in meiner Gegenwart, Freund und dessen Freundin sehen zwangsläufig die Erektion in meiner Hose und tun so, als sei es das Selbstverständlichste auf der Welt, überall und jederzeit einen, hm, hm, na ja, einen … Ständer zu haben. Das scheint ein wichtiger kultureller Gegensatz zur Moral der Türken zu sein. Doch das Schlimmste, sage ich euch, das Übelste, Gemeinste ist der sogenannte Kater. Nicht Elvis – der Kater in mir, in meinem Kopf und überall. Jetzt weiß ich immerhin, wie's einem geht, der einen Kater hat. Man soll ja möglichst viele Erfahrungen machen, um die ganze Bandbreite des Lebens kennenzulernen, nicht wahr? Auch meine Meinung. An sich. Aber diese Erfahrung hätt ich mir gern erspart. So krank war ich noch nie. Kopfschmerzen im Takt des Pulsschlags, wie Hammerschläge, klopfen das gesamte Innere meines Körpers weich, zertrümmern alles in mir. Ich bin über Nacht ein alter Mann geworden.« Er schloss für einen Moment die Augen, um das Selbstmitleid intensiv zu erleben. »Verfluchter Alkohol«, murmelte er erschöpft, streichelte beiläufig den Killer-Kater, hatte ja die Zerstörungskraft der kleinen Bestie nicht erlebt.

»Juana hat mir den Glauben an die Frauen genommen«, sagte er allen Ernstes. Ich wusste natürlich, dass er Unsinn redete, da ein so primitiver, pauschaler, unreflektierter Glaube an die Frauen, also an über fünfzig Prozent der Menschen, eine sehr schwammige, wenn nicht gar dämliche Einstellung voraussetzte, klinkte mich aber taktisch geschickt ein und trumpfte auf: »Siehst du, Doris, so ist das mit der Kollegialität. Juana hat dich bedenkenlos im Stich gelassen. Feine Freundin, kann ich da nur sagen.«

»Ja, ja, schon gut. Juana kann ja nicht einfach 14 000 Dollar klauen und dann zur Arbeit erscheinen, als wäre nichts geschehen. Ich muss trotzdem noch drei Tage bleiben. Es geht einfach nicht, dass ich von heute auf morgen alles hinschmeiße, tut mir leid, liegt vielleicht an meinem genetisch bedingten Verantwortungsbewusstsein.«

Ich verzog genervt den Mund. »Was soll denn der Scheiß? Genetisch bedingtes Verantwortungsbewusstsein. Meines Wissens haben sich deine Alten dir gegenüber nicht sehr verantwortungsbewusst verhalten. Stimmt doch, oder? Hast du mir ja erzählt.«

Nun war es an ihr, genervt den Mund zu verziehen – und nicht nur den Mund, das ganze Gesicht. In beißendem, scheinbar endlos geduldigem, aber tatsächlich sarkastisch gemeintem Ton faltete sie mich säuselnd zusammen: »Schatzi, schau mal – und vor allem, denk mal nach, auch wenn's um diese Tageszeit und nach so 'ner Nacht schwerfällt: Verantwortungsbewusstsein ist ein hohes Gut, ist aber nicht an eine bestimmte Weltanschauung gebunden und lässt sich ebenso missbrauchen wie alle anderen sogenannten Tugenden. Meine Eltern waren ja in ihrer Borniertheit davon überzeugt, verantwortungsbewusst zu handeln. Es war ihnen bestimmt nicht leichtgefallen, mich quasi zu verstoßen. Das ist so ähnlich wie mit Abraham, der vom offenbar schwer gestörten Gott den Auftrag bekommen hatte, seinen Sohn Isaak zu ermorden und das auch bedingungslos ausgeführt hätte, wenn Gott ihn nicht kurz davor zurückgepfiffen hätte. Er wäre schweren Herzens zum Mörder geworden, hätte es aber als seine Pflicht angesehen. Verstehst du das? Sag bitte ja, bevor wir zusammen von hier verschwinden. Gib mir ein Zeichen. Ich kann mit einem begriffsstutzigen Freund nämlich wenig anfangen.«

Schöner, sinnlicher Mund. Doch ihr Grinsen störte mich – weil ich mich unwohl fühlte und es schon deshalb nicht richtig entschlüsseln konnte. War es verächtlich gemeint, siegessicher oder einfach nur versöhnlich?

Nun mischte sich Bülent ein: »Ey, Moment mal, hab ich das richtig verstanden?« Er löste die Hände von seinem Schoß und hob sie theatralisch. Nanu? Ganz schön locker. Ach so, alles klar, Schwanz wieder klein, zu einer unscheinbaren, weichen Harnröhrenverkleidung geschrumpft und nun, vertraulich an die Eier geschmiegt, am üblichen Platz zwischen Schenkel und Hosenstoff ruhend. Gut so, war in Ordnung, bedeutete weniger Stress. Und was wollte Bülent? Er war ja nicht blöd, hatte schnell kapiert, dass ich mit Doris von hier verschwinden wollte. Ich fühlte mich nicht nur unwohl, weil mich ebenfalls Kopfschmerzen quälten, was schon für sich allein ein triftiger Grund zum Unwohlsein gewesen wäre, sondern vor allem, weil ich einerseits die nächste Zeit nur mit Doris verbringen wollte, aber andererseits fürchtete, einen Freund zu verlieren.

»Ihr wollt gemeinsam von hier abhauen?«, fragte er, sah irgendwie verzweifelt aus, nicht nur wegen der alkoholvergiftungsbedingten Verwüstungen in seinem Kopf und seinem Körper, nein, das spielte wohl nur eine Nebenrolle. »Und, äh, kann ich mit euch kommen?« Es hörte sich ängstlich an, keineswegs hoffnungsvoll. Mir fiel es verdammt schwer, passende Worte für die Ablehnung zu finden.

Doris, ganz locker, kam mir zuvor. Sie sagte, das sei doch selbstverständlich, er sei ja mein Freund.

So, so, selbstverständlich?, dachte ich überrascht und dezent von internem Stöhnen begleitet, denn hier wurde wieder mal dreist die Verantwortungs-Frage ins Spiel gebracht. Ich würde weiterhin für den jugendlichen Träumer verantwortlich sein. Verantwortung für Doris: ja. Darüber hinaus fühlte ich mich eigentlich, was Verantwortung betraf, überfordert. Aber gleich darauf freute es mich, den Freund nicht zu verlieren. Zwei widersprüchliche Gefühle. Für mich jeoch nichts Neues.

»Wir haben reichlich Kohle. Das reicht auch für dich«, behauptete Doris leichten Herzens. Typisch Doris. Widersprüchliche Gefühle waren auch ihre Lebensbegleiter.

Für mich war die Sache okay. Ich hatte Doris wieder. Das allein zählte.

Bülent war so ergriffen, dass er anfing aus tiefstem Herzen zu singen. Einen Elvis-Song: *Mystery Train*. »Train arrives – sixteen coaches long …!«

Doris schrie auf – Bülent verstummte verstört. »Nein, nein!«, schrie Doris, wild mit den Händen wedelnd. »Sing bitte, bitte weiter! Das ist großartig, das ist phantastisch! Oh Scheiße, Mann, ich bin von den Socken!«

Als er das Lied beendet hatte, sagte er: »Aber was du über Abraham, der bei uns Ibrahim heißt, gesagt hast, finde ich nicht okay. Für uns Moslems ist er ein ganz, ganz wichtiger Mann, der Allah immer gehorcht hat.«

Doris winkte kühl ab. »Meinetwegen. Auf jeden Fall wäre er heutzutage, wenn er seinen Sohn ermordet hätte, zu einer lebenslänglichen Gefängnisstrafe verurteilt worden, und das zu Recht.«

»Und Gott, wegen Anstiftung zum Mord, ebenfalls«, fügte ich feixend hinzu.

Der Opel Admiral, Baujahr 1971, kostete 7 000 Mark, die Roststellen waren im Preis inbegriffen, und er hatte fast 100 000 Kilometer auf dem Buckel. Großes, breites Schiff, sechs Zylinder, Kassettenrekorder. Er wurde auf Doris' Namen angemeldet, da sie in Bad Harzburg wohnte.

Bülent, Elvis und das Katzenklo befanden sich im Fond. Ich fuhr den Wagen, wer sonst? Die nicht enden wollende Euphorie, die sich meiner bemächtigt hatte, empfand ich, wie man sich denken kann, grundsätzlich als ungemein wohltuend, schon weil ich in letzter Zeit nicht sehr oft in diesen Genuss gekommen war – sie beunruhigte mich aber auch irgendwann wegen ihrer Beharrlichkeit. Auf keinen Fall wollte ich das Schicksal eines ehemaligen Mithäftlings erleiden, den die Euphorie nach einem gewonnenen Dame-Spiel erfasst, nicht mehr verlassen und geradezu aufgefressen, in einen ständig bescheuert grinsenden Wirrkopf verwandelt hatte. Aber trotzdem, logisch, alles erste Sahne, denn neben mir saß Doris, der Wagen

lag sicher und fett in der Spur, die weißen durchbro-
chenen Linien schienen uns entgegenzufließen auf
dem breiten Band der Autobahn, voller Tank, doch
die Karre war verdammt durstig, was uns aber glatt
am Arsch vorbeiging. *Jesus Just Left Chicago* von ZZ
Top haute in diesem Moment voll rein – satte Gitarre,
rauhe Stimme, dreckiger Sound, alles vom Feinsten
–, und wir alle, Kater Elvis womöglich inbegriffen,
verstanden sofort, dass dieser Song speziell für uns
und diese Fahrt gemacht zu sein schien. Ein Gemein-
schaftserlebnis, das uns, von Elvis vermutlich abgesehen, den guten alten Gänsehaut-Effekt bescherte,
was meine Euphorie bedenklich steigerte.

»Wie weit ist es noch bis Hamburg?« Schon wieder diese Frage von Bülent. Jede Viertelstunde. Ich
ignorierte die Kinderfrage. Schien ihn einen Scheiß
zu stören – vielleicht, weil er ohnehin checkte, dass
diese Fragerei der Aufregung geschuldet war, und
zudem schien ihn die vorbeigleitende Landschaft zu
beschäftigen. Unentwegt starrte er aus dem Seitenfenster, fühlte sich vielleicht zum ersten Mal, nun ja,
nicht unbedingt mit diesem Land verbunden, aber
ihm doch nahe und dazu bereit, es mit ihm und den
darin Wohnenden zu versuchen. Ob's wirklich so
war, wusste ich selbstredend nicht. Aber wenn doch,
dachte ich, immer noch euphorisch, dann herzlichen
Glückwunsch, Hans, sauberes Integrations-Parade-
beispiel, nachahmenswert. Schon musste ich grinsen,
weil mir die Kanone einfiel. Die Pistole in Bülents
Reisetasche, dachte ich, halbwegs ernüchtert, doch
trotzig den Integrations-Gedanken verteidigend,
wirft einen unübersehbaren Schatten auf das positive
Bild, vollkommen klar, und wiederum sehr kompliziert, da bewaffnete Ostanatolier in unserer freiheit-
lich-demokratischen Gesellschaft ein beschissenes

Image haben, vielleicht zu Recht, keine Ahnung, ich sag mal, wahrscheinlich zu Recht, weil sie die Regeln der traurigen anatolischen Bergdörfer, aus denen sie kommen, verinnerlicht und im Hinterkopf gelagert haben, und dort – Vorurteil hin oder her – schläft das archaische Selbstjustiz-Monster unruhig und ist leicht zu wecken, oder es wartet ständig lauernd auf den richtigen Zeitpunkt. Na gut, dachte ich, wird doch noch 'ne Weile dauern mit der Integration, obwohl, weiß ja jeder, auch zahllose Deutsche, schon aus Tradition, zu den Waffen-Fans zählen und spätestens abends am Tresen die Selbstjustiz-Scheiße vehement vertreten. Tagsüber unscheinbare, graue Gestalten kippen abends den Giftmüll aus ihren Köpfen auf solche Tresen. Nicht nur die Selbstjustiz-Scheiße, die Forderung nach der Todesstrafe, die Wut auf Schmarotzer aller Art kommt da zur Sprache, sondern fast jeder bekennt sich, völlig frei von Scham und sogar stolz, zum Bescheißen des Staates. Schwarzarbeit, gefälschte Kassenbücher, schwarz gekaufte Ware. Aber natürlich dürfen nur echte Deutsche den Staat bescheißen. Schwarzarbeiter und andere Steuersünder türkischer Herkunft sollte man – einhellige Meinung an solchen Tresen – sofort abschieben, rücksichtslos.

Ich war mit meinen Überlegungen recht zufrieden. Nicht der große Wurf, okay, nur ein paar Gedanken hinterm Steuer, aber durchweg im Einklang mit dem Grundgesetz und selbst mit dem Strafgesetzbuch. Innerlich musste ich lachen. Denn obwohl ich mir ernsthaft geschworen hatte, den kriminellen Weg zu verlassen, war ich meiner Psyche gegenüber sehr skeptisch. Wer wird schon von heute auf morgen vom *bad boy* zum *good guy*?

Aber vielleicht wanderten auch ganz andere Gedanken durch Bülents Kopf, vielleicht nahm er die

Norddeutsche Tiefebene nur als vorübergleitende graue Winterlandschaft wahr, während es in ihm brodelte, während er in Gedanken ganz oben, weit über uns und der Landschaft, schwebte. Was ich nur zu gut verstanden hätte, denn schließlich spielte er eine wichtige, oder besser gesagt, die entscheidende Rolle in unserem Plan, der, um genau zu sein, von Doris stammte. Als sie Bülent singen gehört habe, sei ihr blitzartig klargeworden, dass der Junge ein gewaltiges Talent besäße, das nur darauf warte, entwickelt und gefördert zu werden. Dazu das Gesicht. Die Ähnlichkeit mit dem jungen Elvis Presley sei verblüffend. Natürlich müssten die Haare noch etwas länger werden, damit sich daraus die Elvis-Tolle formen lasse, das alberne Oberlippenbärtchen sei am besten sofort zu entfernen. Dann hatte sie aufgeregt in ihrem umfangreichen Adressbuch geblättert und war fündig geworden: Eddy Tietgen, ehemaliger Freund von ihr, der vor drei Jahren in Timmerhorn, einem Dorf bei Hamburg, einen Bauernhof erworben und die Scheune zu einem Tonstudio umgebaut hatte. Überdies kannte er in der Hamburger Musikszene Gott und die Welt. Doris war gleich zur nächsten Telefonzelle sozusagen gesprintet und nach fünf Minuten abgehetzt, doch, Wellen des Triumphs ausstrahlend, wieder aufgetaucht. »Alles bestens!«, hatte sie gejubelt. »Er freut sich, und wir können dort 'ne Weile wohnen!«

Es wurde schon dunkel. Die Raststätte Brunautal. Ich fuhr sie an – und mitten hinein in eine Personen- und Fahrzeugkontrolle. Massenhaft Bullenwagen und Bullen mit Maschinenpistolen. Die Polizei hatte zur Zeit 'ne Menge Arbeit, nicht nur wegen der Terroristen. Es gab noch andere Ärgernisse. Militante Kernkraftgegner beispielsweise, radikale Feministinnen, denen manche alles zutrauten, illegale Einwanderer, nicht zuletzt die lawinenartige Verbreitung harter Drogen.

Ein sechs Jahre alter Opel Admiral galt keineswegs als bevorzugtes Gefährt der Terroristen oder der radikalen Feministinnen, würde aber vielleicht einen Bullen, der *French Connection* gesehen hatte, auf dumme Gedanken bringen. Weil der Admiral schon verdammt amerikanisch aussah und einen riesigen Kofferraum hatte. Hundertmal, wenn nicht noch öfter, war ich schon von Bullen angehalten, überprüft und mit Blicken seziert worden, doch ich hatte es nie vermocht, die Prozedur gelassen zu ertragen. Jedes Mal war wie das erste Mal. Enorme Anspannung, fast immer eine Leiche im Keller – und die jetzige Leiche im Keller war Bülents Kanone im Kofferraum. Vor meinem inneren Auge liefen bereits einige Untergangs-Szenarien ab. Und außerdem musste ich dringend pissen.

Selbstverständlich waren wir für die Jungs in Uniform interessant. Ausweiskontrolle, alles paletti, dann die üblichen bohrenden Blicke in unsere Gesichter, ins Wageninnere. Gangster mit Katze und Katzenklo? Ungewöhnlich, aber vielleicht nur Tarnung, wegen des Niedlichkeitsfaktors.

»Würden Sie mal den Kofferraum öffnen?«

Herrgott, jetzt wurde es kritisch. Selbstkontrolle war in hohem Maße angesagt. Auf der Suche nach so was wie einer genialen Idee trieb ich hektisch, viel zu fahrig, ein Gedanken-Rudel vor mir her.

»Öffnen Sie bitte das Gepäck!«

»Wonach suchen Sie denn eigentlich, verdammt noch mal? Sehen wir aus wie Terroristen?« Doris' Unmutsäußerung prallte wirkungslos an den Uniformen ab, obwohl, na klar, auch die Bullen angespannt waren. Seit Monaten enorm angespannt, weil sich einige von ihnen Kugeln eingefangen hatten – und wer lässt sich schon gern von einer Kugel durchlöchern. Diese hier verhielten sich cool, strahlten Autorität aus und ließen sich nicht provozieren, verrichteten ihren Job allerdings zu nachlässig. »*Wir* stellen hier die Fragen«, antwortete einer von ihnen streng, aber keineswegs herrisch. Ein kurzer Blick auf die geöffneten Koffer und die Reisetasche.

»Danke, das war's, gute Weiterfahrt.«

Jetzt aber ganz, ganz schnell. Ich parkte vor dem Rasthaus, warf mich aus dem Wagen und rannte zum Klo.

Statt auf der Autobahn östlich an Hamburg vorbeizufahren, erlaubten wir uns einen Umweg durch die City. War schon ein komisches Gefühl, wieder hier zu sein – den Feinden so nah –, aber auch ein verdammt mulmiges Gefühl. Doch das war nun mal nicht zu ändern. In Doris' Adressbuch tummelten sich zwar reichlich Musiker, von denen sie die meisten in ihrer Hippie-Zeit kennengelernt hatte, doch Typen mit Bauernhof, Tonstudio und Verbindungen zur Musikszene gab es keineswegs wie Sand am Meer, und von daher war es ein Glücksfall, dass wenigstens einer von ihnen zu den Freunden meiner Freundin zählte. Ich hätte ja, ehrlich gesagt, lieber eine Kneipe aufgemacht, irgendwo in der Provinz, weitab von allen, die mit uns noch ein Hühnchen zu rupfen hatten. Aber da ich mich Doris' Entscheidung im Überschwang der Gefühle unterworfen hatte, würde ich wohl demnächst nicht in einer eigenen Kneipe hinterm Zapfhahn stehen, sondern eifrig an Bülents Karriere arbeiten.

Hamburg im Winter – na ja. Die übliche uninspirierte Weihnachts-Dekoration deutscher Städte. Zu

Stern- und Weihnachtsbaum-Symbolen geordnete Glühbirnenmassen hingen scheinheilig über den Einkaufsstraßen, in den Schaufenstern ballten sich, von Tannenzweigen, falschen Kerzen, Krippenfiguren und Neon-Kometen umgeben, die angesagten Konsumartikel. Taschenrechner, Telespiele, Videokameras und dynamisch geformte Turnschuhe schienen in diesem Jahr die Renner zu sein. Wie in all den Jahren zuvor bestimmte der kommerzielle Aspekt, ganz ordinär und schlecht verkleidet, das Bild von Weihnachten.

Wir rollten gerade über den Jungfernstieg.

»Weihnachten«, dozierte ich streng, »ist nichts weiter als eine Konsumorgie riesigen Ausmaßes. Selbst das Datum ist völlig willkürlich gesetzt worden. Es gibt keinen Beleg darüber, dass dieser Jesus am 24. Dezember geboren wurde. Und selbst wenn, na und?, es geht um nichts anderes als Kohle.« Ich stieß ein verächtliches Lachen aus, geschickt plaziert wie ich fand, zur Unterstreichung, prüfte im Rückspiegel die Qualität meines arroganten Grinsens und sprach weiter: »Wetten, dass die Konsumindustrie nach und nach das gesamte *Neue Testament* zwecks kommerzieller Verwertbarkeit durchforsten lässt? Da ist garantiert noch viel mehr rauszuholen als nur Weihnachten, Ostern und Pfingsten.«

»Na, jetzt wirst du aber ganz schön renitent«, schmunzelte Doris. »Du wirst doch nicht das einzige Band, das diese Gesellschaft zusammenhält, den Glauben an ein Gott gewolltes endloses Wirtschaftswachstum, zerschneiden wollen?«

Bülent beugte sich interessiert vor. Diesen Jesus, der im Islam Isa heißt und als einer unter vielen Propheten gilt, sehen die verrückten Christen als Gottes Sohn. So viel war Bülent bekannt. Er wusste nicht viel übers *Neue Testament,* nur so viel, dass es angeblich das Fundament des christlichen Abendlands sei. Und ich wusste, dass er von Anfang an fasziniert war von unseren lockeren, seiner Meinung nach profunden gesellschaftspolitischen Diskussionen. Zuerst hatte er ja, immer noch verklebt mit den Vorstellungen seiner ostanatolischen Verwandten und Bekannten und zu einem skeptischen Blick auf die Religion und die türkische Gesellschaftsstruktur noch nicht fähig, mit Befriedigung registriert, dass im Christentum der Wurm steckt. »Eine Religion, die sich so verbiegen lässt«, hatte er selbstgefällig gesagt, »ein Glaube, der von seinen Anhängern so zerrissen und zurechtgehobelt wird, ist einfach schwach. Das gibt's im Islam schon deshalb nicht, weil der Islam die einzig wahre Religion ist und im Koran alles ganz genau festgelegt wurde.«

Nicht nur philosophisch gesehen waren diese Sätze der reinste Blödsinn. Doch ich gebe zu, dass mein anschließendes Lächeln eine Spur zu herablassend gewesen war. Ich hatte sofort gewusst, was aus diesem Lächeln sprach – und es dennoch geschehen lassen, wofür ich mich gleich darauf schämte, vor mir selbst. Auf einmal erkannte ich, unangenehm berührt, den negativen Aspekt meiner scheinbar festgefügten, gewöhnlich auch selbstgewiss vorgetragenen Weltsicht, ja, gottverdammt, ich sah mich erschauernd als Klugscheißer, über den anderen thronend, hoch über allen anderen sowieso und noch weitaus höher über ungebildeten Anatoliern, Afrikanern und, was weiß ich, Tibetern, Papuas, Tuaregs thronend und leider nicht in der Lage, für einen Moment mit den Augen der anderen zu sehen. Okay, sagte ich mir, Lektion gelernt. Von da an begegnete ich Bülent und selbst seinen Äußerungen zur Religion mit größerem Respekt.

Es irritierte mich aber schon, dass ich, der zu jeder Gelegenheit – meistens am Tresen, im Knast sowieso – jede Religion niedermachte, das Thema mit einem Mal, zumindest Bülent gegenüber, als heikel empfand und möglichst umging. Das war wohl der Preis für die Freundschaft mit einem, der von einer anderen Kultur geprägt worden war. Davon mal abgesehen verspürte ich keinerlei missionarisches Bedürfnis, ihn zum Atheismus zu bekehren – weil ich Atheismus selbstverständlich nie als Ideologie gesehen hatte, weil ich Ideologien und ihren Dogmen grundsätzlich misstraute. War mir vollkommen wurscht, an was einer glaubte, so lange ich nicht mit Fanatismus, Intoleranz oder gar Hass konfrontiert wurde.

Jetzt aber schwieg ich erst mal, da der dichte Abendverkehr meine ganze Aufmerksamkeit erforderte. Bülent wurde unruhig, schien das Schanzenviertel zu riechen, die Heimat, nicht weit entfernt die Eltern, Geschwister, die Straßen, auf denen er zahllose Fußspuren hinterlassen hatte. Sein Vorschlag, die Gegend auf unserer Sightseeing-Tour zumindest zu streifen, kam für mich nicht unerwartet, stieß jedoch bei mir, dem Fahrer, auf Ablehnung. Feindesland, unnötiges Risiko, basta! In solchen Dingen gab es so gut wie nie Streit. Für Bülent war es – noch – selbstverständlich, dass ich als der deutlich Ältere das Sagen hatte.

Der Bauernhof befand sich, grob geschätzt, zweihundert Meter hinter dem Ortsende, etwas abseits der Straße, und war trotz der Dunkelheit leicht zu finden.

Als wir den Hof erreichten, stand Eddy Tietgen vor der Haustür, im Licht der Lampe über seinem Kopf, mit verschränkten Armen, flankiert von einem großen ockerfarbenen Hund auf der einen, und einer großen ockerfarbenen Katze auf der anderen Seite, ein hochgewachsener, breitschultriger Mann mit schulterlangem ockerfarbenem Haar, in der Pose eines in sich ruhenden Bauern, der mit seinem Hof, seiner Scholle, seinem Vieh verwachsen war. Obwohl er vermutlich von Ackerbau und Viehzucht nicht mehr Ahnung hatte als ich. Zumindest deutete nichts auf einen landwirtschaftlichen Betrieb hin.

Einladend ausgebreitete Arme, herzliche Begrüßung. Natürlich ging der größte Teil der Herzlichkeit an Doris, ja sie wurde darin regelrecht ertränkt. War auch verständlich, klar, aber dann dauerte mir das Umarmungsritual der beiden doch zu lange. Sie musste die Arme hochrecken und sich auf die Zehenspitzen stellen, um ihn zu umarmen. Das musste sie zwar auch bei mir, aber nicht so sehr wie bei diesem Baum. Ich sah ganz genau hin, sah aus den Augenwinkeln, dass Bülent auch genau hinsah. Sie grinsten sich endlos an, meine Freundin und ihr Ex-Lover, tätschelten sich gegenseitig, wenn auch nur an unverfänglichen Körperstellen, er drehte sich sogar zweimal mit ihr im Kreis. Mein Gott, dachte ich beunruhigt, ist das schon die Vorbereitung zur Paarung? Plötzlich zogen Filmsequenzen durch mein Hirn, ich sah die beiden nackt, ineinander verschlungen, verschwitzt und glitschig, vor Leidenschaft glühend, und er, der Hüne, selbstbewusst und zielstrebig, bestimmte den Ablauf wie ein Zeremonienmeister. Ich stoppte den Film. Eifersucht, sagte ich mahnend zu mir, ist hier nicht angesagt und überhaupt ein gefährliches Gift. Also ließ ich das Grinsen geduldig in meiner Fresse hängen, ein starres Grinsen, das schon, okay, doch kein verzerrtes, das deutlich auf seelische Qual hätte hinweisen können.

Bülent grinste nicht. Seine Körpersprache drückte zunehmend Unmut aus. Er beobachtete die ausgedehnte Umarmung so intensiv, als warte er nur auf den Moment zum Eingreifen. Wie ich annahm, wurde in ihm soeben ein saugefährlicher ostanatolischer Gefühlscocktail gemixt. Ich stieß ihn an. »Alles okay«, raunte ich, »die beiden kennen sich schon lange.«

»Tatsächlich? Gut, dass du mir das sagst.«

Die Sarkasmus-Nummer kannte ich gar nicht von ihm. Ich tätschelte beruhigend seinen Rücken. Und dann war das Thema auch gegessen, denn Eddy umarmte uns nun ebenfalls, und nicht zu knapp, fast schon bedrohlich, aber mit unentwegt strahlendem, offenen Gesicht, und führte uns, auf alle erreichbaren Schultern klopfend, ins Haus. Er gehörte eindeutig zur Spezies der gutmütigen Schulterklopfer, war vermutlich ganz harmlos, aber ich wusste aus Erfahrung, dass mir ständiges Schulterklopfen, wie gutmütig auch immer gemeint, nach einer Weile gehörig auf die Eier ging.

»Was ist mit Elvis?«, fragte ich. »Wo können wir den unterbringen?«

Eddy kapierte erst nicht und dachte, Bülent hätte sich schon in Elvis umbenannt. Doris zeigte ihm unser viertes Team-Mitglied, das allmählich vom Autofahren die Schnauze voll hatte. »Vielleicht«, gab ich zu bedenken, »ist es ratsam, den Kater vorerst von den beiden anderen Tieren fernzuhalten, weil es sonst ziemlich blutig werden könnte.«

Entspannt winkte Eddy ab. Seine Viecher, behauptete er, seien die friedlichsten Tiere der Welt. Er habe öfter Besuch von Leuten mit Katzen, Hunden und sogar Meerschweinchen. Es sei vielleicht merkwürdig, aber der Hund Ringo und die Katze Janis würden fremde Tiere offenbar nicht als unerwünschte Eindringlinge ansehen, was auf eine gewisse Hippie-Mentalität schließen lasse.

»Na ja«, sagte ich, »das mag sein, aber wie Elvis auf andere Pelztiere reagiert, weiß ich nicht. Er war ja ein Streuner. Und letztens hat er eine Zwei-Zentner-Frau fast massakriert.«

»Zwei Zentner?« Doris sah mich tadelnd an. »Jetzt wirst du fies. Wenn ich mich rech erinnere, wolltest du diese Frau ficken.«

»Hä?«, riefen Bülent und Eddy unisono. Ich winkte beruhigend ab. »Es kam ja nicht dazu.«

Wir sperrten den Killer-Kater erst mal in das mir und Doris zugedachte Zimmer.

Schöne Wohnung. Klasse renoviert, behaglich eingerichtet, mit Bauernmöbeln im Esszimmer und in der Küche, rostigen Eisen-Skulpturen aus Teilen landwirtschaftlicher Geräte in der Diele und behaglichen Sesseln und Sofas im Wohnzimmer, dessen Wärme einem vermutlich steinalten Kachelofen zu verdanken war. Das Wohnhaus, erklärte Eddy, sei eine ehemalige Räucherkate aus dem 18. Jahrhundert, mit Eichenfachwerk. Das Wirtschaftsgebäude mit Tenne, Stall und Heuboden habe man in den 50er Jahren angebaut, und er habe daraus ein Tonstudio und einen Partyraum gemacht.

Dann nahm er einen Topf mit Irish Stew vom Herd und stellte ihn auf den Tisch. »Ist mit Lammfleisch«, sagte er beruhigend zu Bülent, der den Eintopf mit äußerster Skepsis beäugte, aber nach einer Probe als essbar akzeptierte.

Zu trinken gab es Mineralwasser und Rotwein, einen nach meiner Ansicht viel zu leichten, ja geradezu substanzlosen badischen Trollinger. Ich war zwar in einer Weingegend aufgewachsen, klar, Würzburg, überall Spitzenlagen, Würzburger Stein und so, hatte aber nie eine Beziehung zu dieser Version konsumierbaren Alkohols entwickeln können. Substanzloser Trollinger, dachte ich belustigt, das klingt verdammt professionell. Aber der etwas zu liebliche Wein war mir dennoch recht, denn Eddy hatte zuvor nebenbei erwähnt, dass er davon noch mindestens 15 Kisten hätte.

»Lebst du hier alleine?«, fragte Bülent misstrauisch, vermutlich aus Sorge um meine Ehre. »Hast du keine Frau?«

Eddy, der den Hintergrund der Fragen womöglich erahnt hatte, lächelte verstehend und sagte, er habe sich vor einiger Zeit von seiner Freundin getrennt und momentan nicht das geringste Bedürfnis nach einer engen Beziehung. »Die Trennung von einer Frau, die dir viel bedeutet hat ...«, erklärte er langsam, mit sonorer Stimme, Bülent ein transzendentes Lächeln schenkend, »... ist jedesmal wie eine schwere Krankheit. Man erholt sich nicht so schnell davon, es bleiben tiefe Narben, und dennoch oder gerade deshalb blüht in solchen Stunden die Kreativität.«

In der ersten Stunde wurde, wie von mir befürchtet, gnadenlos in Erinnerungen gewühlt, später kamen die Jahre nach der Trennung an die Reihe, und Bülent und ich waren nicht mehr als Statisten, auch wenn Eddy und Doris, der Höflichkeit halber, hin und wieder auf uns schauten, was erklärten und so taten, als würden sie uns einbeziehen. Na ja, sagte ich mir schicksalsergeben, kann ja nicht schaden, einiges über diesen Mann zu erfahren. Er wirkte ungemein selbstsicher, gab sich entspannt, sehr freundlich und unverstellt, war drei Jahre älter als ich, Rock'n'Roller bis ins Mark, stammte aus Hamburg und hatte Anfang der 60er Jahre eine Band gegründet, die Tramps.

Sie waren sogar im *Star-Club* aufgetreten, bei einem Beat-Band-Wettbewerb, hatten jedoch einen schlechten Tag gehabt, weil der Schlagzeuger völlig besoffen gewesen war. Danach waren sie jahrelang durch Süddeutschland getingelt und vor allem in Clubs aufgetreten, deren Gäste überwiegend aus GIs bestanden hatten. Sie hatten damals bei den Amis einen guten Ruf gehabt, weil sie, wie Eddy, stolz und sympathisch errötend, erwähnte, die einzige deutsche Band gewesen sei, die den Rock'n'Roll *verstanden* hätte. Dann, in der Hippie-Zeit, als auch musikalisch die Sau rausgelassen worden war und sich zahllose Richtungen entwickelt hatten, war die Band zerbrochen, da jedes Mitglied in eine andere Richtung hatte gehen wollen – vom fetten Canned-Heat-Blues über indische Meditationsmusik und die Velvet-Underground-Schiene bis – allen Ernstes – hin zu Amon Düül. Eddy hatte sich in München niedergelassen und dort als Konzert-Veranstalter ziemlich gut verdient. Auf einem Blues-Festival bei Nürnberg, auf dem sich deutsche Blues-Bands wacker gegen einige schwarze Blues-Legenden wie Champion Jack Dupree und Buddy Guy zu behaupten versucht hatten, 1973, um genau zu sein, war er Doris begegnet, die dort hinter einer der Theken gestanden und Getränke verkauft hatte. Alles andere als Liebe auf den ersten Blick, doch auf Anhieb – Überraschung – große Übereinstimmung, gleiche Wellenlänge, danach alles locker, easy, nicht nur sexuell, obwohl der Sex, wie sie beide jetzt, und dabei wissend grinsend, eingestanden, der Dreh- und Angelpunkt gewesen war. Wegen des beiderseitigen Interesses am Kamasutra. Sehr interessant, ohne Frage, hätte aber meiner Meinung nach nicht unbedingt erwähnt werden müssen, zumal sich Bülent deswegen lebensbedrohlich verschluckte. Nach vier

Monaten – oder fünf, wie Doris behauptete – hatten sie sich, wenn auch mit Hilfe von Speed, Haschisch und Bacardi, was einen Puristen vermutlich erzürnt haben würde, aber sowieso scheißegal gewesen wäre, durch alle Kamasutra-Lektionen gefickt und sich anschließend, sexuell gesättigt und völlig fertig, um grandiose Erfahrungen reicher und trotz der weiterhin gegenseitig tiefen Zuneigung getrennt, ohne jedoch den Kontakt abzubrechen. Kurz darauf hatte Eddy den Bauernhof gekauft und Doris zwei Fotos davon und seine neue Telefonnummer geschickt. Vor zwei Jahren hatten sie zum letzten Mal miteinander telefoniert.

»Wir verstanden uns damals auf spirituelle Weise«, säuselte Arschloch Eddy zum Kotzen geschmeidig, und es klang für mich wie der Hinweis auf ein früheres Anrecht, »aber jeder von uns suchte eigentlich etwas anderes.«

Arschloch, dachte ich, allmählich angepisst, interessiert keine Sau, was du vor einer Ewigkeit mit Doris hattest. Jetzt ist sie mit mir zusammen, und wenn du gleich anfangen solltest, die von euch vollzogenen Kamasutra-Liebesstellungen im Detail zu erläutern, gibt's voll was auf die Fresse, scheißegal, wie groß und breit du bist.

Bülent schien ähnlich zu empfinden. Abscheu lag unverhüllt auf seinem Gesicht. Es passte ihm nicht, dass der Typ so schamlos Intimitäten aus dem Leben meiner Freundin zum Besten gab.

Aber irgendwann erreichten wir dann doch, schon leicht erschöpft, das Hier und Jetzt. Eddy widmete sich, den Oberkörper vorbeugend, Bülent und mir. »So, so«, sagte er schmunzelnd, »ein weiterer Elvis also. Das Jahr der wundersamen Elvis-Vermehrung, wie's scheint. Überall laufen jetzt Elvis-Imitatoren rum. Allerdings durch die Bank solche dicken, älteren Typen im Las-Vegas-Outfit. In Wandsbek soll es sogar eine Toilettenfrau geben, die sich auf Elvis trimmt, und wie ich hörte, ähnelt sie dem King mehr als alle männlichen Konkurrenten.« Er lachte schallend, aber nur kurz, um dann fortzufahren: »Von daher bin ich erfreut, auf jemanden zu treffen, der dem jungen Elvis ähnelt – und hoffentlich auch glaubhaft den Rock'n'Roll rüberbringt?« Mit fragendem Blick schob er den Unterkiefer vor.

Bülent schnitt eine Grimasse, ich sprang ihm zur Seite und sagte, mein Freund habe die Elvis-Stimme, das Elvis-Feeling, sich aber bis jetzt nur um die langsamen Songs gekümmert, er habe, kulturell bedingt, vom Rock'n'Roll wenig Ahnung, sei jedoch ungemein aufnahmefähig, zu hundert Prozent bei der Sache, und ich würde ihn in einem Intensivkurs einweihen in die Welt des Rock'n'Roll, mit ihm vorstoßen bis ins Herz des Rock'n'Roll.

Nachdenklich blickte Eddy zur Decke, dann auf uns. »Es gibt, trotz der Dominanz des Prog-Rock, der Disco-Scheiße und des Heavy Metal, eine lebendige Rock'n'Roll-Szene. Hier in Hamburg sowieso. Hier räumen Bands wie Franny and the Fireballs und Rudolf Rock und die Schocker richtig ab, und in England bringt ein Rocker namens Shakin' Stevens zigtausend Teenager zum Kreischen. Und wenn es stimmt, dass du die tierische Stimme hast, kann man da bestimmt einsteigen – vorausgesetzt, du hast eine gute Bühnen-Präsenz und lässt nicht den Türken raushängen.« Er grinste entschuldigend. »Ist nicht etwa türkenfeindlich gemeint, du verstehst?, aber die meisten Besucher deiner Auftritte werden Deutsche sein. Und bei denen musst du ankommen.« Dann stellte er noch eine Menge Fragen und sagte zwischendurch lachend – keine Ahnung, ob zu Bülents Erleichterung oder Enttäuschung –, der neue Elvis müsse nicht gleich mit dem Vorsingen anfangen, dazu habe er morgen im Studio reichlich Zeit.

Mir ging die Sache mit dem Scheiß-Kamasutra-Sex nicht aus dem Kopf. Ungewöhnliche Stellungen, das wusste ich, zum Teil mit akrobatischen Verrenkungen, mit Atemübungen, anfangs extreme Zurückhaltung, also Körperkontrolle, penible Anleitungen zur Hygiene der Geschlechtsorgane, zum stundenlangen – tage-, wochenlangen? – Hinauszögern des Höhepunkts, und bei genauer Befolgung aller Anweisungen angeblich Orgasmen allererster Sahne. Von dieser Erfahrung hatte Doris mir nie auch nur ein Sterbenswörtchen gesagt. Warum wohl? Vielleicht, dachte ich, ist Doris in sexueller Hinsicht von mir alles andere als begeistert, nimmt meine uninspirierte Performance im Bett aber schicksalsergeben in Kauf, weil sie mich liebt, anderer Qualitäten wegen. Schön und gut, wenn's so gewesen wäre, tröstete mich aber nicht die Bohne, weil ich nämlich auch als verdammt guter Ficker gesehen werden wollte. Vor allem von Doris, klar, aber auch sonst, überhaupt, von allen Frauen, mit denen ich jemals das Vergnügen gehabt hatte – mal von den ganz frühen Rammeleien abgesehen. Auf alle Fälle nagte dank der breit, ausführlich und von Eddy obendrein genüsslich ausgewalzten Kamasutra-Scheiße die Unsicherheit rattenhaft an meinem Selbstwertgefühl, und ich fragte mich, das Nagen in mir spürend, ob ich jemals wieder einen hochkriegen würde.

»Aber jetzt erzählt ihr doch mal'n bisschen aus eurem Leben«, forderte Eddy Bülent und mich gönnerhaft auf. Na gut, konnte er haben. Bülent kam mit wenigen Sätzen aus und war daher schnell fertig. Ihm schien sein bisheriger Lebenslauf peinlich zu sein. Bestimmt ging ihm jetzt wieder alles durch den Kopf: die Ereignislosigkeit seines Alltags, die Begrenztheit des Viertels, der Verdacht, im Gegensatz zu den Deutschen seines Alters verdammt wenig mitbekommen zu haben.

Was mich betraf, so sprach ich geradezu mit Hingabe von mir, vielleicht insgeheim hoffend, dem Kerl ein paar Gruselschauer über den Rücken jagen zu können. Klappte aber nicht. Er lauschte gespannt, ja es sah in der Tat so aus, als wäre er fasziniert. Das ging für mich auch in Ordnung. »Mann, Alter!«, rief er am Ende bewundernd – als hätte ich ihm imponiert. »Das ist ja voll abgefahren! Der ganz fette Blues! Mit so 'ner Biographie auf dem Buckel geht man entweder irgendwann unter, oder man macht was draus. Intelligente Typen wie du sollten fähig sein, irgendwie Kapital daraus zu schlagen.«

Was war das jetzt?, dachte ich misstrauisch, wie hat der Sack das nun gemeint? Als Lob? Sarkastisch? Schleimig? Belehrend? Dennoch gefiel mir das Gesülze – und fast hätte ich auch einen Zug von dem kreisenden Joint genommen, unterließ es aber aus Angst, danach auf die anderen wie ein Narr zu wirken, zum idealen Opfer ihres perversen Belustigungsbedürfnisses erniedrigt zu werden. Nicht mit mir. Ich kannte die Abläufe, hatte ja oft genug mit Bekifften zusammengesessen, mit kichernden Arschlöchern, die sich mit ihren rotgeäderten Glupschaugen unter dicken Lidern zuzwinkerten, scheinbar telepathisch miteinander verbunden, und sich ohne Worte oder – noch gemeiner – konspirativ tuschelnd über den nicht kiffenden Deppen in ihrer Runde lustig machten. Und einer, der noch nie oder erst ein-, zweimal gekifft hat und, um kein

Spielverderber zu sein, diesmal doch einiges davon in seine Lunge saugt, wird kurz darauf vom THC paralysiert – zur Gaudi der Gewohnheitshascher. So oder so wäre ich ins Abseits geraten. Ich wählte also, schon wieder falsch beraten, die Märtyrer-Pose, und die dazu passende Leidensmiene fiel mir nicht schwer. Nach einiger Zeit, leider viel zu spät, erreichte mich die Stimme der Vernunft, blies lauter vernünftige Sachen in mein Ohr, überzeugte und ermahnte mich und war so frei, mich als Arschloch zu bezeichnen. Mir blieb nichts anderes übrig, als mich dieser Meinung anzuschließen. War ja nicht die Meinung irgendeines Schwanzlutschers, sondern meine Meinung.

Später, allein mit Doris und Elvis in unserem Zimmer, ließ ich mich, unbeherrscht wie ich war, zu einer sie nervenden Eifersuchtsszene hinreißen mit sarkastischen Anspielungen aufs Kamasutra, auf den stattlichen, jedoch zur Verfettung neigenden Eddy und so weiter. Doris schwieg dazu, allerdings sehr beredt, mit entsprechender Grimasse, mit dem Zeigefinger an ihre Stirn tippend, und legte sich schlafen. Dabei hätte ich liebend gern mit ihr über den Abend geredet. Ich hatte es vergeigt.

Am nächsten Morgen, gleich nach dem Frühstück, wurde eine äußerst wichtige Angelegenheit rasch und entscheidend geklärt, auf brutale Weise, das schon, mit Wahnsinns-Action, emotional enorm aufwühlend, unter Geschrei, zudem, oh ja, mit Blut besudelt. Doch danach kehrte gleich wieder Ruhe ein. In jeder Hinsicht, auch die Emotionen betreffend. Ich war ungemein erleichtert. Und außerdem – das musste ich mir eingestehen – ganz schön stolz, so auf die infantile Weise; ich kam mir vor wie der mexikanische Besitzer eines unbesiegten Kampfhahns.

Folgendes war abgelaufen: Ein kurzer Moment der Unachtsamkeit beim Verlassen des Zimmers, schon huschte Elvis hinaus und die Treppe runter, durch die offene Haustür, hielt erst mal verdattert inne, beäugte prüfend den ockerfarbenen Hund und die ockerfarbene Katze, die ihm ebenso verdattert gegenüber standen, blitzschnell sprang er die Katze an, machte sie ruckzuck fertig, und das dabei entstehende Geschrei und Gefauche und die Wolke von ausgerissenen, aus der Haut gekratzten Haaren beeindruckte den Hund gewaltig. Er kam gleich danach an die Reihe, jaulte nach einem Krallenangriff auf die empfindliche Nase hell auf und floh ins Haus.

»Verdammt, Elvis, spinnst du?«, herrschte ich den Kater an, doch Eddy sah die Situation gelassen. »Alles okay«, meinte er. »Nun ist die Machtfrage geklärt.«

Bülent grinste verstohlen, war wohl auch ein wenig stolz auf den Rocker aus dem Schanzenviertel.

Das Tonstudio schien bestens ausgestattet zu sein. Als ehemaliger Sänger in einer Freizeit-Band hatte ich von dem ganzen technischen Schnickschnack wenig Ahnung. Mich faszinierten die beiden riesigen Tonbandgeräte. An Musikinstrumenten war praktisch alles, was Rang und Namen hatte, vertreten: Fender-Bass, die Crème der E-Gitarren, beispielsweise Fender Stratocaster und Gibson Les Paul, das Ludwig-Schlagzeug, die Hammond-Orgel, der Bechstein-Flügel, darüber hinaus standen und hingen ein Alt- und ein Tenorsaxophon, eine Trompete, Klarinette, diverse Flöten und Bongos und Kongas und was weiß ich noch alles herum.

Und, Herrgott noch mal, der Typ, dieser Eddy, konnte tatsächlich auf jedem einzelnen Instrument spielen – und zwar erste Sahne. Er fummelte wie nebenbei an einem davon herum, entlockte ihm spielerisch ein Solo, legte es weg, nahm was anderes in die Hand, ein anderes Solo, setzte sich kurz ans Klavier, hinter die Drums, an die Hammond-Orgel, in die er ein Solo drückte, das verdammt stark an Vanilla Fudge erinnerte. Eddys Eitelkeitspegel lag im Normalbereich, und dass er von sich überzeugt war, hielt ich inzwischen für sein gutes Recht. Der Mann beherrschte seinen Job. Singen konnte er auch ganz gut, sehr hell, klang ein wenig nach Tim Buckley.

Aber nun hielt es Bülent nicht mehr aus. Er drängelte sich ans Mikrofon, Eddy regelrecht beiseite schiebend. Er war von sich nicht minder überzeugt, schien nicht nervös zu sein, zeigte keinerlei Stress-Symptome, atmete ruhig und tief, obwohl er, von Gesangseinlagen bei Geburtstagsfeiern und anderen Familienfesten abgesehen, noch nie vor Publikum gesungen hatte, und er wusste sehr wohl um die Bedeutung seines ersten Auftritts vor Eddy Tietgens geschulten Augen und Ohren, schon weil ihm Doris verklickert hatte, dass Eddy bereits nach dem ersten Auftritt sein Urteil fällte. Natürlich war es nicht so, dass der König des Tonstudios gleich von Anfang an professionelle Stilsicherheit und Souveränität erwartete, nein, er hatte ganz einfach den richtigen Riecher, sah und hörte ganz genau hin, Fehler, die auf Nervosität und laienhafte Vorbereitung zurückgingen, waren ihm scheißegal. Er suchte den Kern, das Potential in den Leuten, das in ihnen schlummernde oder längst erwachte, unruhig seine Entfaltung ersehnende Talent. Ein eins zu eins von Hendrix kopiertes *Purple Haze*-Gitarrensolo ließ ihn ebenso kalt wie das dreistimmig makellos nachgesungene *Helplessly Hoping* von Crosby, Stills & Nash, wenn er, nur an der Substanz unter der glatten, glänzenden Schale interessiert, das Eigenständige, Authentische, Explosive darin nicht finden konnte. »Okay, Alter, du willst es wissen?« Eddy saß jetzt locker, gleichsam mit ihm verschmelzend, auf seinem ergonomischen, drehbaren, garantiert schweineteuren Chefsessel vor einer bedienungsfreundlich gebogenen Arbeitsplatte, die, offenbar voll auf dem neuesten technischen Stand, mit allen Extras, mit Telefon und Eisfach, allen erdenklichen Aufnahmemöglichkeiten, Mischpult und einem Dutzend äußerst mysteriöser Geräte bestückt war. Sah irgendwie futuristisch aus – und bedrohlich. Zumindest für einen, der Orwells *1984* gelesen und die darin beschriebenen technologischen Möglichkeiten als ganz schön rückständig belächelt hatte. »Das Computer-Wesen, also die elektronische Datenverarbeitung«, sagte Eddy im Brustton der Überzeugung, »wird von Jahr zu Jahr raffinierter, die Datenübermittlung immer schneller, und in nicht allzu ferner Zeit wird der Computer das gesamte Weltgeschehen bestimmen.«

Ich stimmte ihm einfach gefühlsmäßig zu, klar, schon wegen bedrohlich und so, weil es sich klug anhörte und weil ich diesen Scheiß-Eddy jetzt gar nicht mehr so übel fand. Vom Computer-Wesen, von elektronischer Datenverarbeitung und so weiter hatte ich allerdings keinen blassen Schimmer. Ich war ja schon froh, wenn in den Autos, die ich knackte, keine Scheiß-Alarmanlage losheulte.

»Was, mein Schatz, wirst du uns zuerst vorsingen?«

»Was heißt hier *Schatz*, Alter? Glaubst du, ich bin schwul oder was, 'ne beschissene Schwuchtel?«

Bülents Stimme hallte unheilschwanger aus den Boxen, seine Augen, halb bedeckt von gerunzelten schwarzen Brauen, sprühten Funken.

Ach, du Scheiße, dachte ich, augenblicklich vom Stress-Flush durchrieselt, das Schwulen-Thema, na super, jetzt also diese Nummer, die Männlichkeits-Kacke und überhaupt – unüberwindbar? – der beschissene Graben zwischen den Kulturen.

Doch Eddy, echt souverän, alle Achtung, winkte lächelnd lässig ab, nicht etwa überheblich oder auch nur ansatzweise spöttisch lächelnd, nein, nur einfach freundlich, auf der Beruhigungsschiene, fast wie ein erfahrener Sozialarbeiter. »Mach dir nichts draus, Alter, ich nenne jeden, der mir was zeigen will, Schatz. Du kannst dir gar nicht vorstellen, wie scheißegal mir das ist, ob einer schwul oder stinknormal ist. «

Bülent, oft bis zur Schmerzgrenze impulsiv, besaß andererseits die intellektuelle Wahrhaftigkeit, Fragen und Probleme bis zum bitteren Ende durchzukauen. Das konnte 'ne Weile dauern, ich kannte das, aber diesmal kapierte er, volles Rohr intuitiv, gar vom Blitz der Erkenntnis getroffen, sehr schnell, was Eddy sagen wollte. Er grinste dem Tonstudio-König so was wie 'ne Entschuldigung zu, räusperte sich und sagte: »Ich dachte an *Fever*. «

»*Fever*? Nicht unbedingt die leichteste Aufgabe. Das muss verdammt lasziv und verschwitzt rüberkommen, verstehst du. Auf jeden Fall eine gute Wahl für einen, der erst mal ohne Instrumental-Begleitung vorsingt. Bei diesem Stück ist Fingerschnipsen Pflicht – was die Elvis-Version ja deutlich rüberbringt. Geiler Song, keine Frage. Und wenn du den ausgewählt hast, weil die schwüle, sexbeladene Botschaft bei dir angekommen ist, und du davon überzeugt bist, sie uns so vermitteln zu können, okay, leg los.«

Bülent bewegte sich zu eckig, was jedem und wohl auch ihm nicht entging. Es kam mir vor, als wolle sein Bewusstsein die Bewegungen des Körpers, der Arme, Beine, Füße lenken, koordinieren, kontrollieren, im streng militärischen Stil – was selbstredend zum Scheitern verurteilt war, weil es ja, wie schon erwähnt, um Laszivität, um Sex gehen sollte. Das Fingerschnipsen passte zwar genau zum Takt, sah aber ziemlich steif aus. Seine Stimme schien mit all dem nichts zu tun zu haben, schien gar nicht mit dem hölzern wirkenden Körper verbunden zu sein. Sie kam vom ersten Ton an sicher, punktgenau und lieferte exakt die richtige Message, das volle, schwere Paket. Wir tauchten hinein, gaben uns dieser Stimme hin – und dem scheinbar schleppenden, doch in Wahrheit von mühsam gezügelter Wildheit zeugenden Rhythmus. Keine Ahnung, woher der kleine Scheißer dieses Feeling hatte. Mir blieb die Spucke weg. Schon war das Stück zu Ende, viel zu früh. Es wäre mir recht gewesen, wenn Bülent den Song auf fünf, acht oder zehn Minuten ausgedeht hätte.

Und Eddy war auch erst mal sprachlos. Er sah aus, als hätte er irgendeine verdammt starke Droge genommen, die genau zu diesem Zeitpunkt dabei war, sein Gehirn zu verwüsten. Dann, endlich – Bülent überlegte sich wohl schon, ob ihn der Alt-Hippie kränken wolle – sprang er auf, stürzte auf den Sänger zu, umarmte und drückte und küsste ihn und stammelte: »Das war, das ist, ganz ohne Scheiß jetzt ..., Alter, Alter ..., so was hab ich noch nie zuvor erlebt. Ganz große Klasse! Du bist vollgestopft mit Talent. Ein Naturtalent. Ich habe, keine Ahnung wie viele genau, jedenfalls einige hundert Sänger anhören und beurteilen müssen, Anfänger, schon länger singende Amateure, Profis, darunter Leute mit Gesangsausbildung, Leute, die sich überschätzten, andere, die sich unterschätzten ...,« – Mein Gott, flehte ich im Stillen, nun komm zur Sache – »... und, ob du's glaubst oder nicht, kein einziger war darunter, der dieses geballte Potential an Ausdruckskraft, dieses schwarze Swing-Gefühl, gepaart mit weißem Rockabilly, ein so instinktives Verständnis für diese Musik besaß. Von der Stimme ganz zu schweigen. Perfekte Mischung aus Elvis, Paul McCartney und, ja, Moment, soll ich sagen, Sam Cooke? Schön angerauht, viel Volumen, ein bisschen dreckig, sehr variabel, mit Soul unterfüttert.«

Eine so hohe Dosis an *positive vibrations* war für Bülent kaum zu verkraften. Es irritierte ihn, dass die Gefühle – Stolz und Verlegenheit in diesem Fall, was sonst? – so frei, für jeden sichtbar, aus all seinen Poren und überhaupt aus sämtlichen Körperöffnungen dampften und damit bewiesen, dass es in ihm köchelte. Also schlüpfte er flink in die kugelsichere Weste des coolen Mackers: »Hört sich unterm Strich wie'n beschissenes Lob an. Hab auch nix anderes erwartet.«

Natürlich, er war ja nicht behämmert, hatte er Ironie in den Spruch gestreut, wenn auch, logisch, nur gering dosiert, doch immerhin. Deshalb vermochte er mühelos in unser Lachen einzusteigen – und nicht etwa pflichtschuldigst, dem Wunsch nach Einigkeit gehorchend, sondern erlöst, womöglich glücklich. Er war eindeutig nicht mehr ausschließlich der misstrauische, bis zur Düsternis ernste, stets mit Herablassung rechnende Einzelkämpfer, hatte es mittlerweile geschafft, sich selbst zu mögen, seit Tagen dachte er, wohl von Doris und mir inspiriert, über Ironie im Allgemeinen und Selbstironie im Besonderen nach, war vielleicht von der Anwendung und der Wirkung dieser Mittel überrascht, speziell wenn sie feinmechanisch, mit Fingerspitzengefühl, eingesetzt wurden, und fest entschlossen, sie seine Gedankenwelt zu integrieren.

»Ich bin hundertprozentig von dir überzeugt«, sagte Eddy später, nachdem wir uns die Aufnahme mehrmals angehört hatten. Ganz entspannt lümmelten wir uns in Sesseln und Sofas, tranken Kaffee, rauchten fleißig, freuten uns ausgiebig über Bülents Mega-Auftritt, als hätte er damit bereits sein Gesellenstück abgeliefert, ließen in unseren Köpfen vor Optimismus strotzende Filme ablaufen, alles knallbunt, sowieso, und saugeil, wie die Zukunft glitzerte, funkelte, strahlte – verklebt mit diesem Disney-Land-Zuckerguss, leider, zu viel des Guten, der nackte Kitsch, wie ich argwöhnisch dachte, aber was soll's, dachte ich außerdem, scheiß der Hund drauf, wir fühlen uns alle sauwohl, was ja keineswegs alltäglich ist.

Dass Eddy Tietgen der relative Wohlstand nicht in den Schoß gefallen war, zeigte sich, als er die Emotionen von der Weide in den Stall trieb, um den geschäftlichen Teil der Unterhaltung einzuläuten, schlagartig sachlich, irritiernd kühl. Doch es befriedigte mich und tat dem Türken sichtlich wohl, wie ernsthaft und respektvoll Eddy mit seinem neuen Partner verkehrte. »Ich hab mir das so vorgestellt, Bülent: Wir machen erst einen Vertrag, wenn alles in trockenen Tüchern ist. Bis dahin übernehme ich alle Kosten. Deine Aufgabe ist es, täglich fünf, sechs Stunden alleine, mit mir oder auch mal mit Musikern – Freunden von mir, die sich die Annehmlichkeiten meines Studios mit Vergnügen reinziehen – konzentriert zu üben. Doris und Hans werden dir überdies die Geschichte des Blues, des Rock'n'Roll, des Soul und so weiter einpauken. Es ist amerikanische Musik. Die britischen Bands, angeführt von den Beatles, haben in den Sixties zwar unverkennbar eigene, weiterführende Akzente gesetzt, sind aber alle von den Amerikanern beeinflusst worden. Na ja, und so weiter. Das werden dir die beiden schon verklickern. Und dann das andere – deine Performance, die Bühnen-Präsenz, die Bewegungen. Du weißt wohl selbst, dass daran noch gearbeitet werden muss. Eine weitere Sache ist, ob du voll auf Elvis setzen sollst, ob du so'n Allround-Rock'n'Roller wie Shakin' Stevens sein solltest, oder ob du eventuell in nicht allzu ferner Zeit was völlig Eigenständiges machen könntest. Aber das müssen wir jetzt nicht entscheiden.« Ein Lächeln, entspannt und offen, legte sich wie Samt auf sein Gesicht, das eben noch vom Ausdruck kühler Sachlichkeit beherrscht gewesen war, er strahlte eine Ruhe aus, die manches über ihn erzählte, zum Beispiel über sein Selbstvertrauen und die traumhafte Sicherheit, mit der er ans Werk ging, über sein Gespür für Talente und nicht zuletzt über seine Begabung, aus dem Stand weitreichende Pläne zu entwickeln. Und diese Ruhe umschmeichelte uns, seine neuen Mitarbeiter, wie die warme Abendluft eines herrlichen Sommertages, obwohl es draußen saukalt war.

Einerseits fühlte ich mich von nun an natürlich enorm erleichtert und genoss das Gefühl, meinen jungen Freund in den besten Händen zu wissen, doch andererseits – offenbar gibt es immer ein *einerseits, andererseits* – musste ich wieder einmal mit mir hadern, weil ich dem zweifellos bis auf die Knochen korrekten, wenn auch zur Übergewicht neigenden Eddy anfangs so unbegründet, beschissen, auf dumpfe Art feindselig begegnet war. Ich konnte mein Scheiß-Verhalten noch nicht mal mit Knast-Erfahrung, Gefängniszellen-Trauma, strafvollzugsbedingter Deformation oder ähnlichen, regelmäßig meiner Verteidigung dienenden Standardformeln erklären – und das schmerzte mich ganz besonders. Ich hatte mich einfach nur scheißnormal verhalten, wie ein hundsgewöhnlicher zähnefletschender und sich dabei auf die Brust trommelnder Primat männlichen Geschlechts. Mag ja sein, dass die primitive Form des zähnefletschenden, drohend auf seine Brust trommelnden Mannes im Knast besonders häufig vertreten ist, doch man begegnet ihm leider überall, ist er doch, ob insgeheim oder nicht, der Archetyp des Mannes, das Muster, das man uns eingebrannt hat. Und das Raubgesindel in den oberen Etagen der Wirtschaft, der Politik, sogar der Kunst – natürlich, was glaubt ihr denn? – unterscheidet sich von den doofen, ihren inneren Gorilla gern vorführenden Mackern nicht nur, doch hauptsächlich, aufgrund der in diesen Kreisen zur Tugend erhobenen Fähigkeit, die ebenso primitiven Machtansprüche, die nicht minder aggressiven Drohgebärden auf subtile Weise, mit dem jeweiligen Stand der Zivilisierung scheinbar im Einklang, wie ein Musikinstrument klingen zu lassen, den unvermeidlichen VIP-Zynismus in wohltönende Melodien zu tauchen. Aber was, zum Teufel, gingen mich diese ganzen Wichser an? Aggressivität war selbstredend auch mir nicht fremd, aber ich zählte sie schon längst nicht mehr zu den Tugenden eines Mannes. Ich wollte kein primitiv trommelnder Idiot, kein subtil drohender Barbar im Nadelstreifenanzug sein – trotz der Narben auf meiner Seele.

Und prompt, wie auf Kommando, die sonnigen Zukunftsaussichten ignorierend, erwachte, nicht einmal unerwartet, eine sanfte Melancholie in mir, treue Weggefährtin, Schatten werfend, dunkelgrau bis schwarz, doch zudem bittersüß und somit zu ertragen, aber ja doch, auf abgründige Weise konsumierbar – einem Jack Daniel's ähnlich, dessen vordergründige Schärfe durchaus zum vollen Geschmack im Gaumen passt.

Guter alter Jack Daniel's, dachte ich gerührt und hätte mir am liebsten auf der Stelle einen Drink genehmigt. Aber völlig klar, zu früh, das ging nicht. Wegen Disziplin und so. Kurz vor dem Mittagessen. Alle hätten mich verwundert angeglotzt – Eddy vermutlich peinlich berührt, Bülent wahrscheinlich besorgt, Doris garantiert stinksauer. Typische Stress-Situation für einen sensiblen Menschen, der vor dem Mittagessen mit einem Glas Whiskey in der Hand automatisch zum Mittelpunkt des allgemeinen Interesses wird. Nein, nein, so süchtig, dass ich das fatalistisch in Kauf genommen hätte, war ich nun doch nicht. Abgesehen davon, dass meine Freundin mir jeden verdammten Schluck – na ja, in Gegenwart der anderen wohl nicht mit bissigen Kommentaren, aber garantiert mit Feuerblicken – bis zur Ungenießbarkeit vergällen würde. Selbst hier also Gruppenzwang. Schon diese Tatsache wäre normalerweise Anlass für'n strammen Schluck gewesen. Soziale Kontrolle, was?, dachte ich fröstelnd, und gleichzeitig flatterten unzählige Begriffe in meinem Kopf herum, allesamt mit beschissenem Image, so viele eiskalt, metallisch und schneidend, vorneweg stählern die Denunziation, eine nicht nur von Tyrannen geschätzte, oft nach Schwefel und Buttersäure stinkende Informationsquelle, gefolgt von den spießigen Gespenstern aus meiner Kindheit, und letztendlich ließ sich der ganze Dreck mühelos komprimieren: *Überwachung, Kontrolle, Abweichung, Misstrauen, Machtgier, Bestrafung, Anpassung.* Das schoss mir, wie gesagt, spontan durch die Birne. Dann folgte der nachdenkliche Teil:

Eigentlich gar nicht so übel, Menschen um sich zu haben, mit denen man sich so verbunden fühlt, dass man ihretwegen Dinge unterlässt. Ich sehnte mich ja nach Harmonie. Besonders jetzt. Vermutlich wegen Weihnachten. Scheiß-Weihnachten, wie ich immer zu sagen pflegte, obwohl die Kindheitserlebnisse unterm Weihnachtsbaum nicht nur in meinem Unterbewusstsein fest verankert waren.

Freundschaft ist das A und O

In den folgenden zwei Wochen verließen wir den Hof nicht ein einziges Mal. Das heißt, Eddy fuhr ab und zu in seiner fetten Jaguar-Limousine zum Einkaufen. Geile Karre. Ich hätte mich liebend gern selbst hinters Steuer des Wagens geklemmt, stellte mir vor, wie meine Hände das glatte Edelholz streichelten – aber zur Zeit keine Chance. Bülent, der türkische Familienmensch, litt unter der Trennung von seinen Angehörigen, ich kam mir vor wie auf einer einsamen Insel. Doch wir fügten uns, da wir die positiven Seiten der Abgeschiedenheit von Anfang an erkannten. Wir waren aufeinander angewiesen, zogen stramm Eddys Arbeitsplan durch, und wenn es mal Streit gab, wurde die Sache abends eingehend besprochen, weil keiner flüchten konnte. Solche offenen Aussprachen waren für Eddy und Doris nichts Neues, das hatten sie früher, in Kommunen und Wohngemeinschaften, bis zum Exzess durchgezogen; ich hatte so was im Knast erlebt, in freiwilligen Therapie-Runden, an denen die meisten nur teilgenommen hatten, um wieder mal aus der Zelle rauszukommen; für Bülent hingegen war's anfangs 'ne Qual. Es fiel ihm sehr schwer, sich vor anderen, dazu noch vor einer Frau, bedingungslos zu öffnen. In seinem früheren Umfeld, sagte er, sei das unvorstellbar gewesen, da wäre sofort die Ehre ins Spiel gekommen, da hätte kein Mann es gewagt, ein

Fehlverhalten, eine Dummheit, einen Irrtum zuzugeben, wie aus Stein habe ein Mann zu sein, was einer Lösung des Konflikts nicht eben dienlich sei. Eine Autoritätsperson oder, in komplizierten Angelegenheiten, eine Art Ältestenrat sorge für Ruhe, doch, wie man sich ja denken könne, beuge sich zwar die Verlierer-Partei, wenn auch zähneknirschend, dem Urteil, ohne jedoch tatsächlich zur Einsicht zu kommen. Das liege, so Bülent, eindeutig an den erstarrten, von Ritualen bestimmten Abläufen, der Unfähigkeit zur Offenheit, und überdies sei die Autoritätsperson, der Ältestenrat, nicht automatisch mit Weisheit gesegnet. Nach kurzer Zeit wagte es Bülent, sich darauf einzulassen, er öffnete sich – und spürte Erleichterung. Diese Art, die Probleme zu lösen, beeindruckte ihn – vor allem, weil wir uns dadurch noch näher kamen. Als Fremdkörper fühlte er sich ja längst nicht mehr. Sein ohnehin recht beachtlicher Wortschatz wuchs in erstaunlichem Tempo. Das lag auch daran, dass er sich verbissen durch Eddys Bücher bohrte, was wiederum seiner unfreiwilligen sexuellen Enthaltsamkeit zu verdanken war. Für Doris und mich war jede Nacht Sex angesagt. Sie wollte mich ständig, und ich, auch nicht faul, das Kamasutra im Nacken, entwickelte Ausdauer und Phantasie im Bett oder wo auch immer, und siehe da, am zweiten Weihnachtstag gelang es mir, das Kamasutra-Trauma von mir abzuschütteln.

Jeder von uns begriff das Zusammenleben auf diesem schön renovierten Hof als Bereicherung. Es gab ein gemeinsames Ziel, und wie ein Nachhall von Woodstock schwebte der Geist der Freundschaft durch jeden Winkel des Areals. Zu unser aller Entzücken wurden die *good vibrations* auch mühelos von den Tieren aufgenommen. Kater Elvis war zwar der Chef, keine Frage, gefiel sich natürlich in dieser Rolle, hob aber deswegen nicht ab, sondern warb um die Freundschaft mit Janis und Ringo. Nachdem er's mit Janis getrieben hatte, gab er sich eh ganz entspannt, hatte mal wieder einen weggesteckt, geile Nummer – und Ringo, der Katze ausschließlich platonisch zugetan, als Rivale somit nicht in Frage kommend, war ohnehin stets um Harmonie bemüht. Oft sah ich die Dankbarkeit in den Augen des Katers, oh ja, keine Einbildung, Elvis war sehr wohl in der Lage, sein Glück zu begreifen. Schmerzlich erkannte ich, dass wir beide uns demnächst trennen würden, denn eins war klar: Er hatte hier sein Zuhause gefunden.

»Du bist also Koch, gelernter Koch?«, fragte Eddy unvermittelt. Ich stutzte, witterte Unheil, mochte die Frage überhaupt nicht, doch mir blieb nichts anderes übrig, als sie zu bejahen – mit mulmigem Gefühl. Und wie befürchtet wurde mir die zweifelhafte Ehre zu teil, am ersten Weihnachtsabend zu kochen. Ein klassisches Weihnachtsessen. Die Gans, ein unbestreitbar prächtiges Tier vom Hof des Bauern Knut Wille in Kleinhansdorf, gleich um die Ecke sozusagen, geriet mir leider zu zäh, was mich keineswegs überraschte, da ich fast immer als Entremetier gearbeitet hatte und somit für Beilagen und warme Vorspeisen zuständig gewesen war – für Klöße zum Beispiel, die ich an jenem Abend rücksichtslos servierte, wissend, dass man mit ihnen hätte Tennis spielen können. Der verkochte Rotkohl fiel da kaum noch ins Gewicht. Scheiße, Scheiße, dachte ich bedrückt, da kann ja Eddy besser kochen. Seine Fischsuppe neulich, alle Achtung. Ich hab ihn ja eindringlich vor mir gewarnt. Das hat er wohl als Bescheidenheit missverstanden. Eigene Schuld!

Die Opfer der kulinarischen Katastrophe gaben sich locker, zerkauten geduldig die Gänsefasern, schlürften tapfer den Rotkohl, zersäbelten mühsam die Klöße, spendierten mir mehrmals ein falsches Lächeln – ich grinste verkrampft zurück. Zu meiner Erleichterung kam keinerlei Lob, aber auch kein Wort des Tadels – schon wegen Weihnachten. Gerührt und zugleich amüsiert nahm ich ihre Bemühungen, alles total normal erscheinen zu lassen, zur Kenntnis. Vergebliche Liebesmüh, dachte ich, innerlich seufzend, ich hatte schon alles gesehen, in ihren Gesichtern und Gesten die Anstrengung abendfüllender Heuchelei. Ihre Stimmen, ungewollt befremdend, in höheren, Friede, Freude, Eierkuchen beschwörenden Tonlagen, quasi flötend, nervös vibrierend, vermochten das allgemeine Entsetzen nicht einmal ansatzweise zu bemänteln. Aber klar, ich verstand, jetzt bloß keine Misstöne aufkommen lassen, nicht nur wegen Weihnachten. Das Projekt stand auf dem Spiel, die große Sache – die keinesfalls an einer zähen Gans zerschellen durfte. Und dann gab es noch die, verkitscht gesagt, zarten, sich mehr und mehr öffnenden Knospen unserer Freundschaft.

In dieser Nacht verweigerte ich mich dem vehement von Doris verlangten Geschlechtsakt. Mir lag jetzt statt des Kamasutra-Traumas die zähe Gans mitsamt den Beilagen bleischwer im Magen – und nicht nur da, schön wär's gewesen, nein, sie hatte mein Gehirn besetzt, ich sah sie dauernd vor mir, spielte in Gedanken mit den Klößen Tennis. Nie mehr Koch sein, dachte ich, und Gruselschauer überrollten mich.

Fasziniert, erregt wie die Fans eines peu à peu seine Leistung steigernden Sportlers, verfolgten wir Bülents Entwicklung. Rock'n'Roll ist eine Sache des Verstehens, der Bereitschaft sich zu öffnen und der Fähigkeit zur Hingabe. In diesem Fall kein Problem.

In Bülent war alles bereits vorhanden. Mit berechtigtem Stolz nahmen Doris und ich schon nach den ersten Stunden wahr, dass er das Tor zum Wunderland des Rock'n'Roll durchschritten hatte. Klassiker wie *Long Tall Sally, Tutti Frutti, Peggy Sue, Let's Have A Party* und so weiter saugte er auf wie ein Schwamm, lernte mühelos die Namen und Eigenheiten der verschiedenen Sänger und Bands, sang die Stücke auf Anhieb so, wie sie von Elvis, Buddy Holly, Little Richard und Gene Vincent gedacht waren, und seine Bewegungen wurden fließend. Selbst die Bewegungen der Beine und Hüften im Elvis-Stil kamen locker rüber. »Erinnert mich irgendwie, keine Ahnung, warum, an einen verfickten, feuchten, hundertprozentig reinen Acid-Trip«, stöhnte Doris in mein Ohr. »Es liegt daran, dass er keine Angst hat«, sagte Eddy, der mittlerweile dieses Fieber spürte, wie er sagte, diese ganz bestimmte Art von Fieber, die ihn packte, wenn er völlig überzeugt und hingerissen war von Künstlern, die er förderte. Das ersehnte, willkommene, dummerweise sehr seltene Fieber. Um genau zu sein, hatte er es zuletzt vor gut zwei Jahren gespürt, als er eine göttliche Blues-Sängerin unter den Fittichen hatte, die eine Sensation geworden wäre, hätte sie sich nicht vom Heroin besiegen lassen.

Es gab mehrere Termine mit Typen aus Hamburg, die seit Jahren die gängige Vorstellung vom saufenden, kiffenden, egozentrischen Rock-Musiker voll bedienten und sich sauwohl dabei fühlten. Selbstverständlich Matte bis zum Arsch, jetzt erst recht, schon als optisches Zeichen des Widerstands gegen Punk, gegen Disco-Scheiße und Haarausfall. Die abgewichsten, exzellenten Studio-Musiker, die Eddy einen Gefallen schuldig waren, verhielten sich zuerst distanziert, aber konzentriert, professionell, erkennbar bemüht, das Ding mit Druck, vor allem flott und ohne Zeitverschwendung durchzuziehen. In ihren Gesichtern war deutlich das Desinteresse zu sehen, sie wirkten auf mich wie Klempner, die einen straffen Stundenplan vor Augen hatten. Abgewichst stimmten sie ihre Instrumente, ließen zwanghaft ein paar rauhe Insiderscherze fallen, schmunzelten, grinsten sich an, immer locker. Mit Bülent gingen sie freundlich um, weil sie ja keine Arschgesichter, sondern nur egozentrische Musiker waren, doch man merkte die Überheblichkeit, die natürlich frei von Rassismus war, die sich nur auf die Arbeit bezog. Ein Türke, der die Elvis-Nummer abzog? Sehr suspekt. Bülent hatte sich zwar von seinem Bärtchen getrennt und zeigte mit der Tolle und dem schiefen Lächeln deutlich, wer sein Vorbild war. Doch das beeindruckte die Typen nicht die Bohne. Dafür hatten sie wohl schon zu viele Stunden angeödet mit Elvis-Imitatoren verplempert. Ihre Skepsis verstand ich durchaus, völlig klar, schaler Nachgeschmack mieser Erfahrungen.

Wartet nur, gleich werdet ihr Jungs euch wundern, dachte ich, breit in mich hineingrinsend – dann sagte Eddy, auf seinem Thron vor den ganzen Reglern, Tasten und Schaltern sitzend: »Okay, Cowboys, here we go: one, two, three, four!« Und ab ging die Post. *Ready Teddy*, ein knallharter Song, der sofort auf den Punkt kommt und das hohe Tempo voll durchzieht, erfordert, als Einstieg gewählt, nicht nur von einem Debütanten einiges an Selbstvertrauen. Bülent stieg mit Power ein, hatte die Stimme voll unter Kontrolle, wusste genau, was er tat – und Mick, dem abgebrühten Fummler an der Leadgitarre, klappte prompt die Kinnlade runter, er stieß ein lustvolles Stöhnen aus, rief uns, zufrieden grinsend, »Das gute alte Gänsehaut-Feeling!« zu, dann ließ er's auf seiner Axt richtig krachen. Glücksgefühle auch bei den anderen Musikern. Da war nichts mehr mit Scheiß-Routine, ihr Plan, nach dem Job im *Café Adler* einen durchzuziehen und zu saufen, wurde spontan gestrichen, sie legten sich so intensiv ins Zeug wie schon lange nicht mehr – der Leadgitarrist demonstrierte, wie fleißig er Scotty Moore studiert hatte, der Bassgitarrist brachte sein Instrument zum Brodeln, der Drummer explodierte förmlich, und der anfangs saucoole Pianospieler geriet in Ekstase und ließ den Jerry Lee Lewis aus sich raus. Mit allen Mitteln der Gestik und Mimik wandten sich die Jungs dem Sänger zu, zeigten ihm ihre Hochachtung, suchten, versiert, die Tür zum direkten Kontakt mit ihm, und schon sprang der Funke über, denn Bülent, ein hundertprozentiges Rock'n'Roll-Animal, hatte, egal ob bewusst oder nicht, auf dieses Einheitsgefühl gewartet und zog sein Ding mit traumhafter Sicherheit durch.

Eddy, aufgewühlt vor den Knöpfen, Tasten und Reglern sitzend, sah aus, als wäre er kurz davor aufzuspringen, sich ein Instrument zu schnappen, zum Beispiel die Rhythmusgitarre, sie einzustöpseln und einzusteigen.

Doris und ich waren längst aufgestanden – was heißt hier *aufgestanden*?, Quatsch, von den modischen Regie-Klappstühlen hochgeschnellt –, rhythmisch zuckende Opfer des Rock'n'Roll, Getriebene, die gar nicht anders konnten, als jedes Glied, den ganzen Körper zu schütteln, die Finger schnipsen zu lassen, hingerissen, keuchend und seufzend, bereit zum Abflug ins All, um in den Tiefen des Universums zu verwehen, der Erlösung so nah wie selten zuvor. »So muss es im Rock'n'Roll-Himmel sein!«, schrie ich Doris ins Ohr. Unsere Blicke verbanden sich nahtlos und glatt zu einer direkten Leitung von

Hirn zu Hirn. Wohltuende Einigkeit. Ein phantastischer Tag.

An sich hatte Eddy geplant, nach dem ersten Song kurz die eventuellen Fehler anzusprechen, dann zwei, drei weitere Stücke aufzunehmen und am Ende das Ganze zu diskutieren. Aber so einfach war die Arbeit mit Künstlern nun mal nicht. Alle stürzten sich erst mal auf Bülent, schreiend, lachend, vor Rührung weinend, umarmten ihn, tätschelten, knufften, küssten ihn, zerzausten, ganz aus dem Häuschen, seine Tolle. Und er, der Held des Tages, versuchte gar nicht erst den coolen Macker zu spielen, sondern dankte erst einmal Allah, wie es sich gehörte, dann dankte er mit stockender, belegter Stimme allen Anwesenden, sein Blick suchte den Kater Elvis, den er mittlerweile auch zu seinen Freunden zählte, doch der glänzte durch Abwesenheit. Erstens wohl wegen des Lärms, zweitens jedoch wegen Stress – Scheiß-Beziehungsstress – mit der schönen Janis.

»Sag mal, was ist *das* denn?« Mick warf, nachdem sich alle ein wenig gefangen hatten, einen strengen Blick auf Eddy, die Stimme trug schwer an der Last des tonnenschweren Tadels, den sie transportierte. »Wieso hast du uns nicht vorgewarnt? Du kannst doch nicht zulassen, dass wir völlig ahnungslos auf den King stoßen. Wolltest du uns etwa voll gegen die Wand fahren lassen? Hab ich dir irgendwas getan?«

Alle lachten. In dieser Stimmung fiel das Lachen so leicht wie das Atmen. Das nächste Lachen war schon startbereit, bedrängt von den nachrückenden Lachern, ungeduldig dem Einsatz entgegenfiebernd. So lief es zumindest in mir ab, oh edle Gedanken, mit Philosophie vergoldet, oh Scheiße, so intensiv, 'ne Weile her, dass ich mich mit den Menschen um mich herum so verbunden fühlte, als Glied einer kostbaren Kette, oh ja, ich fand's berauschend schön, mal wieder über einen Lach-Vorrat, dieses kostbare Luxus-Geschenk, zu verfügen, den ich mit Freuden verschwenden würde.

»Und er *ist* der King, verdammt noch mal!« Aus Mick schrie die Leidenschaft. »Der kleine Drecksack ist der echte Elvis Presley aus der Zeit von 1956 bis 1960, Leute. Das ich das noch mal erleben darf … Und schon dafür, Bülent, alter Stinker, liebe ich dich!«

Früher hätte Bülent ihm zugedachte Bezeichnungen aus der *Drecksack-* und *Stinker-*Abteilung automatisch als Kampfansage aufgefasst und wäre – zack, peng, boing – zu einem Wüterich auf Hulk-Niveau mutiert. Mittlerweile hatte er sich mit seinem jetzigen, ganz und gar nicht typisch deutschen, doch größtenteils von germanischen Freaks dominierten Umfeld recht vertraut gemacht, kam sich manchmal vor wie ein Völkerkundler inmitten eines bizarr-exotischen Stammes und hatte von daher längst begriffen, dass derbe Worte nicht unbedingt böse gemeint waren, dass sie, wie in diesem Fall, sogar von Liebe zeugten. Geschmeidig flog er zurück zum Mikrofon, unverschämt selbstsicher, gnadenlos sympathisch: »Ist gebongt, alter Scheißer.« Er lachte vergnügt, zwinkernd, beide Daumen hochreckend. »Du hast wie Scotty Moore gespielt. Hab ich gleich erkannt. Du hast es echt drauf, Mann, oh Scheiße, ihr alle habt es! Was ihr mir heute gegeben habt, hätte ich vor einigen Wochen noch nicht mal zu wünschen gewagt. Und warum? Weil mich diese Wünsche geängstigt hätten, weil ich, der Unwissende, Suchende, wenn auch hellwach Zweifelnde, immer noch den alten Regeln unterworfen war, dem Zwang zur Selbstzensur im Kopf und all dem Scheiß. Doch in letzter Zeit habe ich, inspiriert von Hans, Eddy und Doris, mein dämmriges Unterbewusstsein mit deutscher Gewissenhaftigkeit, wenn auch meist völlig stoned, durchforstet. Ich hab auch einiges gefunden. Positive Eigenschaften ebenso wie Abgründiges, Resultate der Verletzungen, die mir im Laufe der Jahre zugefügt wurden, auf die ich jetzt nicht weiter eingehen möchte. Mein Horizont hat sich jedenfalls enorm erweitert, ich habe mich sowie meine Umwelt besser kennengelernt und finde mich mittlerweile ganz okay, wenn ihr versteht, was ich meine. Dieses Rauschen, Pochen, Dröhnen in mir, das mich früher ängstigte, weil ich dahinter nackte Gier vermutete – jetzt kann ich's verkraften. Was heißt *verkraften?*, ganz falsch, denn ich meine natürlich, jetzt kann ich's lieben, es ist ja der Motor in mir, der mich antreibt, der jeden Künstler vorwärtsdrängen lässt, der den Hunger nach dem intensiven Leben und die Leidenschaft, es einzusaugen, zu verarbeiten und zu beschreiben, entfacht! Heute bin ich der glücklichste Mensch auf der Welt! Kein Scheiß, ist die Wahrheit! Ich brauch übrigens zufällig noch 'ne Band. Habt ihr Lust, ihr geilen Wichser?«

Unser Lachen, vereint mit kräftigem Applaus, war von Hochachtung bestimmt. Ich saß da, überrumpelt, mit offenem Mund, und dachte verwundert, mein Gott, was war das denn?, der kleine Scheißer hat offenbar ein Rhetorik-Lehrbuch in der Hand gehabt, meine Fresse, ich kenne diesen Burschen, wie's aussieht, so gut wie gar nicht.

Der rundliche Drummer, den alle Welt, im Einklang mit Bülents Bild vom bizarr-exotischen Stamm, Knackwurst nannte, sagte gerührt, also keineswegs in seinem üblichen rotzigen Rocker-Ton: »Alter, Alter, ich muss dir sagen, wir haben schon ewig lange nicht mehr so viel Spaß gehabt. Ich weiß nicht, wie's im

Terminkalender meiner Kumpels aussieht, aber wenn alles so sauber hinhaut wie heute, könnte ich mir tatsächlich vorstellen, dass wir demnächst gemeinsam die Säle und Hallen im Umkreis von 100 Kilometern zum Kochen bringen.« Abermals stürmischer Beifall – bis Eddy, das Arbeitstier, ungeduldig die Gemütlichkeit für beendet erklärte.

Mit den folgenden Songs – *Rip It Up, Blue Suede Shoes, Jailhouse Rock* und *Hound Dog* – entfachten sie einen Sturm, der uns fast von den Stühlen fegte, das lang ersehnte Rock'n'Roll-Gewitter, die offenbar überfällige Rock'n'Roll-Katharsis. Sie standen voll unter Strom, die Jungs, grinsten sich an, nickend und augenzwinkernd, auf einer gemeinsamen Welle, inzwischen ganz locker, und alles war makellos. Wann, um alles in der Welt?, fragte ich mich erschauernd, hab ich zuletzt eine Rock'n'Roll-Band *live* erlebt, die so dreckig, so echt, so rauh und dennoch filigran, zum Schluchzen schön, zur Sache kam? Da ich Spiritualität jeder Art zum Kotzen fand, war ich Gott sei Dank selbst zu dieser Stunde gefeit vor jedweden religiösen Anfechtungen. Doris hingegen, da war ich mir sicher, wurde mal wieder spirituell überflutet. Da ich ja ebenfalls elektrisiert und verzaubert war, verkniff ich mir Spott und Hohn.

Anschließend strömte, statt Frischluft, pure Zuversicht durch den verqualmten Raum, die Atmosphäre, aufgepumpt mit Lebenslust, schien spielerisch das Licht, die Farben, Stimmen, selbst den Nachhall der Musik in Samt und Seide einzuhüllen, in unseren Augen glühte der Glaube an den neuen Elvis.

In der zweiten Januar-Hälfte galt Bülents Lehrzeit als abgeschlossen. Sein erster Auftritt auf der Bühne des Party-Saals in der Scheune fand vor etwa 40 Leuten statt, die Eddy eingeladen hatte. Voller Erfolg, saugeile Party, gewissermaßen das Gesellenstück. Eddy, als gewiefter Manager mit gutem Ruf, hatte zu diesem Zeitpunkt schon Verträge für sieben Auftritte in der Tasche. Provinz- und Stadtrand-Klitschen, nicht gerade die große Welt – noch nicht, vielleicht noch lange nicht, aber Tingeln gehört nun mal zum Geschäft, und immerhin hatte Eddy Kontakt zu Lokalzeitungen und zum *Hamburger Abendblatt*. Der erste Gig, die Feuertaufe sozusagen, sollte im *Cheyenne Club* in Sasel sein. Typische Vorstadt-Disco. Im Grunde hässlich, zum Kotzen geschmacklos, wie in allen traurigen Stadtteilen und öden Provinznestern Zufluchtsort für Jugendliche, die allesamt Blue Jeans, Turnschuhe, Sweat-Shirts und Jeansjacken trugen und üblicherweise Astra-Export aus der Flasche tranken. Doch der Laden, der locker 300 Gäste aufnehmen konnte, war am Wochenende stets gerammelt voll, und bei Live-Auftritten wurde es oftmals gefährlich eng. Man wusste allerdings auch, dass es Ärger geben könnte, wenn das Publikum unzufrieden sein sollte.

Auf jeden Fall: erst mal alles in trockenen Tüchern. Und endlich, erschöpft, doch siegesgewiss, war Eddy bereit uns Ausgang zu gewähren. Musste auch sein, denn wir gingen uns allmählich ganz schön auf die Eier, hatten uns mehrmals, jeder gegen jeden, wegen Nichtigkeiten angegiftet, die Gesprächsrunden liefen, der Aggressionen wegen, allmählich aus dem Ruder. In den letzten Tagen waren wir uns wie in einem Internierungslager vorgekommen, in einem komfortablen zwar, keine Frage, und selbstverständlich ein Paradies im Vergleich mit echten Gefängnissen, aber da draußen, rund um den Hof, wähnten wir mittlerweile, schon leicht meschugge, massenhaft

Stolperdrähte, mit Alarm- und Selbstschuss-Anlagen verbunden, Tretminen, Fallgruben und so weiter.

Von der Berti-Drossel-Sache hatten wir Eddy natürlich erzählt. »Eigentlich darf ich mich westlich der Alster gar nicht blicken lassen«, hatte ich gesagt. Der gute Eddy Tietgen war kurzzeitig blass geworden, hatte aber cool reagiert: »Ist nicht gut fürs Geschäft, lässt sich jedoch nicht ändern.«

Er kam zwar nicht mit, doch ich durfte den Jaguar fahren. Geiles Gefühl, das kühle Holz des Lenkrads streicheln zu dürfen, der Motor brummte satt und kräftig. Mittwoch, 18. Januar 1978, früher Nachmittag, grauer Himmel, graue Landschaft, Scheißkälte sowieso, nahe am Gefrierpunkt. Aber scheiß drauf, wir waren in Fahrt. Hamburger Stadtgebiet, der Rand dünn besiedelt, anfangs zu beiden Seiten der Straße die Kette gesichtsloser Einfamilien-Häuser mit rücksichtslos getrimmten Vorgärten, und da vorn, auf der linken Seite, der *Cheyenne Club*, dann Tankstellen, Baumärkte, Autohändler, Möbel-Geschäfte, Handwerksbetriebe, schmucklose Mehrfamilienhäuser aus den 50er Jahren – ab Bramfeld wurden die Gebäude größer, höher, rückten zusammen, drängten sich aneinander, nach einigen Kilometern, schon in Barmbek, floss die mittlerweile breitgewordene Straße durch Häuserschluchten immer tiefer hinein ins Häusergebirge, umbrandet vom Strom der Limousinen, Busse, LKWs. Und nicht zum ersten Mal überwältigte mich die herbe Schönheit dieser Großstadtlandschaft aus Stein, Beton und Stahl und Glas, das Netzwerk der Schluchten, die Verbindung der engen, fast lichtlosen Gassen mit Geschäfts- und Zufahrtsstraßen, die auf Plätze stoßen, Gewerbeviertel kühn durchschneiden oder in mächtig breite Hauptverkehrsschneisen münden, von denen Alleen abzweigen, die zu Parks, Boulevards, zu Cafés, zu Palästen und Friedhöfen führen. Hoch oben, auf Stahlkonstruktionen, donnern die U- und S-Bahn-Züge vorbei, mit ihrem ganz speziellen Sound, um gleich darauf in dunklen und geheimnisvollen Schluchten und Röhren zu verschwinden – oh ja, gottverdammt, echt geil. Obwohl ich die letzten Wochen und Monate pausenlos mit enormer Intensität verlebt hatte, wie ein Höhlenforscher, der sich mit seiner Lampe durch ein geheimnisvolles Höhlensystem bewegt, erlebte ich diesen Moment, in dem ich mich mit meinen Freunden von einem Jaguar ins Herz der City rollen ließ, während wir alle unserer Verschmelzung mit der Großstadt entgegenfieberten, so intensiv, dass mir Schauer der Wonne über den Rücken krochen. Doris, auch in dieser Hinsicht ganz auf meiner Welle, hatte mit traumhafter Sicherheit die richtige Kassette eingeschoben. *Juke Box Mama* von Link Wray kam gut, aber ebenso *Stray Cat Blues* von den Rolling Stones oder *Nighthawkin'* von Tim Buckley. Aufgeputscht, dem Abenteuer dicht auf den Fersen, schnippten wir mit den Fingern, glotzten ausgehungert durch die Scheiben, blickten uns ab und zu lächelnd an, vertrauensvoll – und glücklich, weil die Botschaft unserer Blicke *Freundschaft* hieß.

Am Hauptbahnhof fanden wir sogar einen Parkplatz. Dann ließen wir uns ziellos durch die City treiben. Zehn Minuten lang. Vom scharfen Wind gepeitscht zu werden grenzte schon an Folter, wäre aber zähneknirschend von uns hingenommen worden, als Preis der Freiheit, des Streunens und Schauens, denn nichts ist umsonst, wie wir ja oft genug erfahren hatten. Dass die Scheißstadt uns zur Begrüßung mit Schneeregen duschen würde, hatten wir allerdings nicht erwartet. Girlanden, Fahnen, roten Teppich und so'n Zeug natürlich auch nicht – aber dass uns nun mit einem Schlag der ganze Trip vermasselt werden sollte, war nicht leicht zu verkraften.

»Na«, sagte ich boshaft, »wenn das nicht wieder ein Hinweis auf die Existenz Gottes ist – und auf seine Liebe.«

Wir standen fröstelnd, mit hochgezogenen Schultern, unterm Vordach des Alsterhauses. Von unseren Haaren tropfte Wasser. Ich kniff die Augen zusammen und wartete streitlustig auf die Antwort. Wenn ich so was äußerte, folgte die Antwort normalerweise umgehend, von beiden, in erregter Form von Bülent, mit Ekel gefüllt von Doris. Doch diesmal herrschte Stille. Sieh an, sieh an, dachte ich triumphierend, sie werden allmählich mürbe, dank meiner zähen Überzeugungsarbeit Oder haben die Penner gar nicht zugehört? Ich wiederholte den Satz, das Höhnische stärker betonend.

»Ja, ja, mein Gott, wir haben's schon beim ersten Mal kapiert«, fauchte Doris genervt. »Du willst damit sagen, ein höheres Wesen sei in der Lage, das ganze Jahr über für angenehme Temperaturen zu sorgen.«

»Was heißt *höheres Wesen*, ey«, ereiferte sich Bülent. »Es gibt nur den einen Gott, Allah – und Mohammed ist sein Prophet.«

»Da bin ich, ehrlich gesagt, skeptisch«, sagte Doris, den Kopf bedächtig schüttelnd, worauf Bülent gequält aufschrie, und ich begriff, dass sich nichts geändert hatte.

Im Alsterpavillon empfing uns warme Spießigkeit. Ältere, von Frauen-Power unberührte Damen mit perfekten Dauerwellen, auf denen putzige Hütchen schaukelten, benetzten die Kehlen dezent mit Tee, Kaffee oder Alkohol und schoben, flink wie Vögelchen, mit der Kuchengabel quasi verwachsen, Unmengen an Sahnetorten-Schnitten hinterher. Sie waren vertraut mit den Kellnern und sonnten sich ungeniert im Wissen um ihre Relevanz im Konzept der Alsterpavillon-Betreiber. Im sehr begrenzten Gäste-Spektrum gab es noch die nicht minder langweiligen älteren Herren im marineblauen Blazer mit Goldknöpfen, die typischen Geschäftsleute in dunklen Anzügen und die unvermeidliche Herde ehrfürchtig um sich blickender Touristen.

An freien Tischen herrschte kein Mangel. Wenigstens *eine* angenehme Seite des Schneeregens. Wir suchten uns einen Tisch in Palmen-Nähe aus. Der Anblick von Palmen weckt angenehme Empfindungen – Sonne und Wärme, biblische Bilder, magisches Licht an den Ufern des Nils.

»Was darf's denn sein?« Mit allen Wassern gewaschener Kellner, voll auf Distanz, aber höflich.

»Drei Kännchen Kaffee.«

Flotter Service, gutes Teamwork. Wir nickten uns wortlos zu, Doris und ich, Experten, die automatisch in jedem Lokal zu Kritikern wurden und alles, vom ausgewischten Aschenbecher bis zur Mimik des Kellners, genau registrierten. Ruckzuck wurde aufgedeckt – Tassen, Untertassen, Milch und Zucker –, zack standen die Kännchen vor uns. Ungemein spießige Atmosphäre, okay, völlig klar, aber irgendwie saugemütlich. Der Kaffeeduft war's ja nicht allein. Der zog mir auch bei Eddy in die Nase. Es war, ich musste es mir eingestehen, die Verbindung des Kaffees mit all den anderen Geruchspartikeln – den Resten verschiedener Polituren, von alten Damen ausgesandten Rosen- und Lavendel-Molekülen, Tabakrauch und Schokolade. Und alles zusammen ergab, wie mir schien, ein mit Trotz gefülltes, von süßlicher Melancholie umrahmtes Bekenntnis zu einer vergangenen Zeit.

»Darf ich mich zu euch setzen?« Angenehme Stimme mit spanischem Akzent.

Ich hob den Kopf – und blickte auf einen makellos gekleideten Mann, der so sauber wirkte, dass ich ihn für keimfrei hielt. Es war Manuel, der Kolumbianer, Kurier des Bösen, wie immer traumhaft stilbewusst, mit hauchfein aufgetragenem Parfüm.

Wie jedes gottverdammte Mal bei fiesen Überraschungen kollabierte augenblicklich mein gesamtes Denksystem – zerdellte Gedanken, rauchende Satz-Ruinen, dazu die bekannten Begleiterscheinungen wie leichte Übelkeit, trockener Mund und feuchte Achselhöhlen. Ich hoffte zumindest meine Gesichtszüge kontrollieren zu können. »Bitte«, sagte ich, mit einladender Geste auf den freien Stuhl weisend.

Bülent, das Unheil ahnend, verengte die Augen zu Schlitzen. Ich hatte ihm ja lang und breit von Bertis Kumpanen erzählt. Außerdem hatte er meine Erstarrung vermutlich auf Anhieb wahrgenommen.

Manuel lächelte unverbindlich. Keine Spur von Feindschaft. Aber was hieß das schon bei einem Mann, der sich total unter Kontrolle hatte und vermutlich keimfrei war? Kleine Beruhigungspastille: In diesem Lokal schien uns keine akute Gefahr zu drohen. Doch ich musste mir eingestehen, keinen Dunst von den Vorgängen im Gehirn eines kolumbianischen Verbrechers zu haben. Immerhin funktionierte mein Hirn wieder so weit, dass ich zu klaren, formal verständlichen Sätzen fähig war, deren Inhalt aber sehr zu wünschen übrig ließ: »Schön, dich zu sehen, Manuel. Siehst blendend aus. Aber weißt du ja selbst. Haben uns ja 'ne Ewigkeit nicht … Was heißt Ewigkeit? Ein großes Wort, so leicht dahingesagt. Wir kleinen Kreaturen mit unserer lächerlich kurzen Lebenszeit, Sklaven unserer Begierden – ach ja, so traurig, das alles. Wie spät ist es eigentlich? Ist auch egal. Wir wollen jedenfalls keinen Ärger, Manuel, verstehst du mich?«

Bülent und Doris blickten mich ungnädig an. Verständlicherweise. Mein Geschwätz konnte ja nur als verblümt angedeutete Unterwerfungsbereitschaft aufgefasst werden. Wie ein Blitz durchzuckte mich die Ahnung, rettungslos mit diesen dunklen Kreisen verwoben zu sein. Vor mir saß der kultivierte, perfekt gekleidete, tadellos frisierte, manikürte und rasierte Abgesandte des Teufels. Kein Haar stach störend aus den Nasenlöchern, auf dem Revers nicht die Spur von Schuppen.

Manuel ließ sich einen Cognac bringen, roch genießerisch daran und trank ein Schlückchen. Obwohl ich mir jegliche Bewunderung für Typen dieser Art streng verboten hatte, konnte ich mich nicht dagegen wehren. Kultiviert, cool, ohne Schuppen auf dem Kragen, mit sorgsam gestutzten Nasenhaaren, und wenn's drauf ankam hart wie Stahl – meine Idealvorstellung in träumerischen Momenten. Seine Augen, geschult und, ganz nebenbei erwähnt, dunkel und schön, sagten nicht viel über ihn – weder Gutes noch Böses –, dennoch strahlten sie etwas aus, kraftvoll und intensiv, und zwar einen Ausdruck innerer Ruhe, die mir fremd war, die ich für erstrebenswert hielt, aber rätselhaft fand.

Inzwischen hing ein Zigarillo locker zwischen seinen Lippen. Schweineteures Feuerzeug. Das sah ich sofort. Er paffte dreimal, bis der Zigarillo brannte, nahm einen Zug, blies, den Kopf hebend, einen Rauch-Jet in Richtung Decke, lehnte sich entspannt zurück, eindeutig mit sich zufrieden, zeigte lächelnd seine kokainweißen Zähne und sagte, beruhigend beide Hände hebend: »Mach dir keine Sorgen, Hans. Alles ist gut.«

»Was soll das heißen?« Fast hätte ich mich ruckartig vorgebeugt und so meine Erregung vor aller Welt offengelegt, doch ich lehnte mich ebenfalls zurück, ein wenig steif, alles andere als entspannt.

»Nun, also ich habe ohnehin nichts gegen dich.« Manuel war sich der Wirkung seines angenehmen Tonfalls wohl bewusst. Wir hingen tatsächlich gebannt an seinen Lippen. »Und was Berti betrifft: Entwarnung. Der Silberrücken ist von uns gegangen. Kein großer Verlust, erlaube ich mir zu sagen. Mal abgesehen davon, dass ich mit ihm nicht ins Geschäft kam, weil ihm, dem Dummkopf, Kokain suspekt war, befand er sich längst auf dem Weg nach unten. Er besaß eine Lagerhalle in Rothenburgsort. Dort wurden schon seit ewigen Jahren irgendwelche Sachen zwischengelagert, mit denen er nebenbei Geld verdiente – geklaute Ware und so, alles Kleinkram. Er hielt sich gern dort auf. Das mit Glasscheiben von der Halle abgetrennte Büro mit der steinalten Couch-Garnitur mochte er lieber als das eigentliche Büro, in dem du ja mal warst. Nostalgie, vermute ich. Aber egal. Kurz nachdem du abgehauen warst, trafen wir uns dort, Berti, Atze, Sven, der schmierige Willi und ich. Bertis Leibwächter war auch dabei, aber, wie so oft, auf dem Scheißhaus. Ich hatte eigentlich keinen wirklichen Grund, mich in dieser Scheißgegend rumzutreiben und war nur mitgekommen, weil Atze mir eine leerstehende Fabrikhalle zeigen wollte, die günstig zu haben sei. Ich suchte ja so was, wenn auch nicht dringend. Zu meiner Überraschung erwies sich der Straßenköter Atze als Jazz-Fan. Ohne Berti um Erlaubnis zu fragen, schob er eine Kassette mit Stücken von der LP *Jazz Samba* in den Rekorder, ihr wisst schon – oder? –, Stan Getz am Tenorsaxophon, Charlie Byrd an der

Gitarre, phantastische Mischung aus Latin Jazz und Cool Jazz.

Ist das Jazz?, fragte Berti angewidert und sichtlich verunsichert wegen Atzes Dreistigkeit und Svens starrem Blick.

Du bist fertig, Berti, sagte Atze lakonisch, als *Desafinado* den Raum mit Wehmut füllte. Sehr schönes Stück. Dann wurde die Situation nach meinem Geschmack ein wenig zu heiß. Aber dennoch passte das Saxophon perfekt zur Szene. Selbst als Atze den Lauf seiner 38er Smith & Wesson in Bertis Mund schob, empfand ich die Musik keineswegs als störend, sondern als raffinierten Begleitsound der Inszenierung. Allerdings hätte ein Schuss die Stimmung erheblich gestört. Zu meiner Erleichterung stülpte der schmierige Willi eine Plastiktüte über Bertis Kopf und erstickte seinen Chef bewundernswert professionell. Es fielen dann leider doch zwei Schüsse. Der Leibwächter kam vom Klo, stiefelte durch die Halle, war noch damit beschäftigt, den Hosenstall zu schließen, Atze kam ihm entgegen und schoss ihm wortlos zuerst in die Brust, dann in den Kopf. Ich fand's, ehrlich gesagt, unappetitlich. Jetzt war also Atze der Boss. Na ja, schön und gut, neues Spiel, neue Karten; der Scheißer hatte das Ding ganz bewusst vor meinen Augen abgezogen – um mich zu beeindrucken, um mich mit ihm zu verketten, vielleicht, um meine Reaktion zu sehen. Jedenfalls ahnte ich, dass er sich mir als Geschäftspartner anbieten würde, denn meine Referate zum Thema *Dem Kokain-Handel gehört die Zukunft* hatten ihn scharfgemacht wie einen Bluthund, der eine Fährte erschnüffelt hat. Er fiel auch gleich mit der Tür ins Haus, faselte was von *gigantischen Investitionen*, wollte mit mir in den nächsten Tagen alles unter Dach und Fach bringen und so weiter. Ich ließ mich zum Schein darauf ein, wohl bedenkend, dass ich unbewaffnet war und drei mit ihren Kanonen spielenden Idioten gegenübersaß, die zu blöd waren, um zu begreifen, dass Mord im Allgemeinen Turbulenzen verursacht. Wir waren ja schließlich nicht im Kino.«

Bei uns, den Zuhörern, Zuschauern – Manuel gestikulierte auch fein und geschmeidig – kam nicht die geringste Ermüdung auf. Ganz im Gegenteil, oh ja, ich gebe es zu, wir waren angetan, sogar berauscht von seiner angenehmen Stimme und fanden Gefallen an dem grundsätzlich amoralischen Tenor der Geschichte, weil die Botschaft nun mal eine ungemein positive war, speziell für mich.

Er fuhr gelassen fort: »Selbstverständlich verachtete ich diese Köter. Wer mich mit Absicht in eine solche Situation bringt, ist für mich erledigt. Ich opferte 250 Gramm Kokain, das ich Atze, Sven und Willi zum Testen gab, dann gab ich den Bullen einen Tip. Jetzt sitzen die Jungs, schwer angeschlagen, im UG am Holstenglacis. Sie werden, da Kokain irrtümlich als harte Droge gilt, mit drei, vier Jahren rechnen müssen.«

Unser Lächeln war echt, aber keinesfalls locker, da wir völlig im Dunkeln tappten und uns fragten, warum dieser Typ alles haarklein vor uns ausgebreitet hatte und was er von uns wollte.

»Sieht so aus, als hätte ich ein Problem weniger«, sagte ich zögernd. Manuel nippte am Cognac, zog am Zigarillo, sah mich lächelnd und mit verschleierten Augen an. »Warum hast du Berti gelinkt? Der Alte mochte dich. Er hatte vor, dich voll zu integrieren. Auf einmal stand er da wie ein Trottel mit runtergelassener Hose. Auf so was hatten einige Leute nur gewartet. Zum Beispiel Atze. Indirekt hast du eine

Mitschuld an Bertis Tod – könnte man sagen. Aber ich verstehe natürlich, dass 100 000 Dollar eine große Versuchung darstellten.«

Schon fühlte ich mich wieder beschissen mies. »Aber ich dachte, Berti hätte irgendeinen Scheiß mit mir vorgehabt, verstehst du?, wegen der falschen Dollars, die mir Atze gegeben hatte. Ich nahm an, dass die 100 000 auch falsch wären, dass ich den Kopf hätte hinhalten sollen, falls der Empfänger die Scheine als Blüten erkannt hätte. Als ich merkte, dass ich's mit echtem Geld zu tun hatte, war es zu spät, um den Termin einhalten zu können, und Berti wollte ich nicht als Versager unter die Augen treten. Na gut, dachte ich, dann hat es wohl so und nicht anders sein sollen.«

Der Kolumbianer lachte leise, sah sich kurz um, schraubte den Deckel von einem zierlichen silbernen Röhrchen, kippte ein Häuflein Koks auf einen in Silber gefassten kleinen Spiegel, zerdrückte die Kokain-Kristalle mit dem Boden seines Feuerzeugs, formte geübt eine weiße Linie, rollte einen Geldschein zu einem Röhrchen, bückte sich flink darüber und zog sich den Stoff in die Nase. Er schniefte kurz, nickte befriedigt, verstaute die Sachen wieder, sah jetzt seltsam aufgemuntert aus. »Ja, ja«, sagte er, »wie das Schicksal so seine Spielchen mit uns treibt. Atze wusste ja gar nicht, dass die Scheine, die er dem dämlichen Rocker aus dem Kreuz geleiert hatte, Blüten waren. Weiß der Teufel, wie dieser an die Blüten gekommen war – jedenfalls fiel Atze schwer auf die Fresse, als er die Scheine auf der Bank umtauschen wollte.« Er stutzte. »Ach so, fast vergessen, nicht eben das, was man gutes Benehmen nennt. Entschuldigung. Ihr seid natürlich eingeladen, was von dem weißen Pulver in eure Nasen zu ziehen. Aber nicht hier. Besser auf der Toilette. Die Klodeckel sind dafür wie geschaffen.«

Ruckartig fuhr ich hoch und nahm eine kerzengerade Haltung ein. In meinem Kopf herrschte abermals das nackte Chaos. Während Bülent und Doris beschwingt zur Toilette schwebten, kollidierten in mir unzählige Emotionen und Gedanken. Berti hatte an mich geglaubt. Kaum zu fassen. Der sonst so misstrauische Gangster hatte bei mir ein gutes Gefühl gehabt. Und Atze? War also wirklich in Gelis Wohnung eingedrungen, hatte die Rocker verprügelt und statt meiner Beute, die wohl schon längst verbraten worden war, immerhin 4 000 Dollar abgreifen können. Dann hatte er Geli tatsächlich vergewaltigt? Im Beisein der Rocker? Er müsste die Typen zuvor gefesselt haben, damit sie ihn nicht stören konnten. Welch ein Aufwand. Ich stellte mir vor, wie er, sexuell erregt, mit steifem Schwanz, vielleicht schon nackt, mit der Pistole in der Hand nach Material zum Fesseln sucht … Verdammte Scheiße, was sollten denn jetzt diese unsinnigen Überlegungen? Ich blickte auf und sah, dass Manuel mich beobachtete. Er lächelte mich an. Kein Hinweis auf teuflische Motive. Wohlwollen lag auf dem glatten Gesicht, doch ich war nicht sicher, ob ich es mir nur einbildete, weil ich womöglich so was in der Art, gelenkt von meinem Hunger nach Erlösung, hatte sehen wollen. Der Ausdruck des Wohlwollens blieb, in Manuels Augen funkelte außer Kokain in der Tat so was wie Sympathie. Er beugte sich langsam vor, zweifellos wohlmeinend, seine gepflegte, schmale Hand tätschelte meinen Unterarm. »Du überlegst jetzt, was dieser Kolumbianer mit dir vorhaben könnte – stimmt's? Aber sei unbesorgt. Ich bin ein Mann mit Bildung und Prinzipien. Emotionen sind mir nicht fremd, auch wenn sie in den Geschäftszeiten gut verschlossen bleiben. In Situationen wie diesen werde ich von Rührung überwältigt. Es macht mich glücklich, eure Erleichterung zu sehen. Nein, mein Lieber, hier bin ich außerhalb der Geschäftszeit. Das Alsterpavillon betrete ich niemals aus geschäftlichen Gründen. Als ich vorhin reinkam, traute ich zuerst meinen Augen nicht, da ich dich überall, aber nicht in Hamburg vermutete. Hoffentlich machst du mit dem Geld etwas Sinnvolles. Denn eins ist klar: Du bist nicht der Gangster-Typ. Und das Leben eines Kleinganoven ist, jetzt mal ehrlich, alles andere als erstrebenswert.«

Bülent und Doris schwebten durch den Raum, auf einander einredend, vermutlich mit einem enorm wichtigen Thema befasst, setzten sich schwungvoll auf ihre Stühle, sagten »oh, Mann« und »Junge, Junge«. Bülent teilte uns mit, dass er neuerdings verrückt nach Dave Edmunds sei und den Song *I Knew The Bride (When She Used To Rock'n'Roll)* irgendwann in sein Repertoire aufnehmen wolle, und dann winkten die beiden hektisch den Kellner herbei und bestellten Cola, Fanta und Orangensaft. Verwundert rätselte ich, wieso Bülent sich das weiße Zeug in die Nase gezogen hatte, ausgerechnet er, dem schon sein Haschischkonsum Allah gegenüber peinlich war, den ich nach seinem Besäufnis in Bad Harzburg zum ersten Mal beten sah, mit allem Drum und Dran, also der ganzen vorschriftsmäßigen Gymnastik, mehr oder weniger exakt nach Mekka ausgerichtet. Vielleicht hatte er ja, wie so viele Gläubige, welcher Religionszugehörigkeit auch immer, ein Schlupfloch gefunden – zum Beispiel die Tatsache, dass nirgendwo im Koran das Wort Kokain auftaucht. Doris schob unauffällig das Plastiktütchen mit dem Koks zu Manuel, doch der winkte ab. »Könnt ihr behalten.« Er reichte mir eine Visitenkarte. »Falls ihr was braucht. An sich gebe ich mich nicht mit Kleinkram ab, aber wir sind ja jetzt Freunde.«

Freunde? Das fand ich nun doch etwas übertrieben.

Am nächsten Tag begleitete ich Bülent, als er seine Familie besuchte. Es war nicht so, dass er etwa Schiss gehabt hätte, ganz und gar nicht. Er hatte sich in den paar Wochen stark verändert. Seinem Vater, das stand fest, würde er nie mehr gehorchen, obwohl er ihn und überhaupt die ganze Familie liebte. Aber nichts würde mehr so sein wie zuvor. Sein Lebensweg führte unwiderruflich in eine andere Richtung – weg von den Obst- und Gemüsehändlern, weg von den Kebap-Restaurants und Döner-Läden, hinaus aus den Teehäusern, in denen alte, schnauzbärtige Männer die Kugeln ihrer Tesbih – der Gebetskette – durch die Finger rutschen lassen, rauchen, Tee trinken, Karten oder Tavla spielen und krank vor Wehmut sind. Weg von diesen Teehäusern und türkischen Kulturvereinen, in denen die Luft erfüllt ist von der Traurigkeit der alten Männer und der Unruhe perspektivloser, unsicherer junger Burschen, und natürlich auch raus aus der Enge überbelegter Wohnungen, in denen noch immer die einschnürenden Regeln Ostanatoliens den Tag und das Leben bestimmen. So sehr er an dieser begrenzten türkischen Welt auch hing, weil sie seine Heimat gewesen war und ihm Schutz geboten hatte, war ihm klar, dass sie nicht seine Zukunft sein konnte. Das hatte er längst geahnt, und in den letzten Wochen war die Vorstellung nach und nach konkret und zur Gewissheit geworden: Er musste die ostanatolischen Burgen im fremden Deutschland verlassen, um nicht mehr der Fremde zu sein.

Bülents Mutter öffnete die Tür – und gleich darauf verwandelte sich die Familie Gürsel in eine wild umherflatternde Schar hochgradig aufgeregter Hühner. Ein Wirbel aus diversen Gefühlsregungen, die nicht nur positiver Art waren. Aber Jubel, Freude, Erleichterung, Stolz und Bewunderung dominierten ganz klar, und die dunklen Emotionen – Zorn und Angst, Enttäuschung und Gekränktsein –, mochten sie in letzter Zeit auch noch so sehr gebrodelt haben, kamen nur schwach zur Geltung, wurden zwar ab und zu gezeigt, etwa durch einen Rippenstoß, einen Klaps auf den Hinterkopf oder – offenbar bei den Gürsels beliebt – durch das Kneifen der Wangen, der Nase, des Oberarms, aber abgeschwächt, fast liebevoll, von Tränen und Küssen begleitet. Und Bülent ließ es sich beglückt gefallen. So sehr er sich auch verändert hatte, fühlte er sich dennoch keineswegs erhaben. Es kam ihm gar nicht in den Sinn, sich den Eltern und Geschwistern überlegen zu fühlen.

Was sie von mir halten sollten, war den Leuten nicht ganz klar. Ein Typ, dessen anfangs mäßig lange Haare inzwischen gewuchert waren wie Unkraut, der um einiges älter als Bülent war, der in der Zeit, als er hier im Haus gewohnt hatte, keiner Arbeit nachgegangen war – das Idealbild des Verführers? Andererseits war der verlorene Sohn wohlbehalten heimgekehrt, wenn auch nur, zum Entsetzen der Eltern, für eine Stunde, und die 35 000 Dollar waren ja neulich gerade zur rechten Zeit gekommen, von Bülent, dem Tausendsassa, der, wie es schien, demnächst aufsteigen, fliegen würde, dem Adler gleich, hoch über ihnen kreisend, der Glückliche, der es besser machen würde als all die anderen. Gute Sänger konnten viel Geld verdienen. Das war ja bekannt. Sie traten im Fernsehen auf, wurden in Zeitungen abgebildet und interviewt. Aber ausgerechnet Rock'n'Roll? Demnächst der erste Auftritt. In Sasel. Die Eltern hatten keine Ahnung, dass Sasel ein Stadtteil von Hamburg ist. Den Geschwistern sagte der Name was. »Ihr kommt alle auf die Gästeliste«, sagte Bülent stolz. Wir tranken Tee und aßen klebriges, süßes Zeug, das prima schmeckte. Zuerst wurde pausenlos gequasselt, hauptsächlich auf Türkisch – und nur ein Bruchteil wurde für mich übersetzt, weil ich im Moment nicht so wichtig war. Konnte ich auch verstehen. Dann lief die Kassette mit Aufnahmen von Bülent mit der Band – auch die flapsigen Unterhaltungen zwischen den Songs waren drauf und bezeugten das gute Verhältnis zwischen Bülent und den Deutschen. Gebannt hörten die Gürsels zu, vor Stolz und Bewunderung schier zerfließend. Dass er über eine schöne Stimme verfügte, war ihnen ja bekannt, aber was er damit alles machen konnte, hatten sie nie für möglich gehalten. »Mann, du bist spitze!«, schrie die Schwester begeistert auf. Den Brüdern gefiel, dass Bülent völlig frei von Hemmungen mit den Deutschen sprach, musizierte und herumulkte. Man konnte gar nicht erkennen, dass einer der Musiker türkischer Abstammung war – wenn man die drei, vier gutmütigen Sticheleien überhörte, zum Beispiel Micks Witzchen, die E-Gitarre sei in Ostanatolien unbekannt, da es dort ja keine Elektrizität gäbe. Und einmal behauptete Knackwurst, türkischer Rock'n'Roll sei wegen der Ü- und Ö-Lastigkeit undenkbar. Alles scherzhaft, wie gesagt, und von Respekt bestimmt. Insgeheim dankte ich Eddy, dass er diese Gespräche draufgelassen und auch Bülents Bericht von einer typisch deutschen Weihnachtsfeier in Bad Harzburg nicht gelöscht hatte, weil der nicht nur im Studio, sondern ebenso bei den Gürsel-Kindern zu Lachanfällen führte. Die Eltern verstanden nur einzelne Wörter, mussten die Übersetzung abwarten und lachten zwangsläufig mit Verzögerung, aber offenbar wild entschlossen, den Lach-Wettbewerb zu gewinnen. Nach und nach schwand das Misstrauen mir gegenüber; auf einmal lag Sympathie in ihren Blicken, und dafür war ich dankbar.

Zum Abschied gab's wieder Tränen. Literweise. »Türkische Mütter«, murmelte Bülent mir, den Genervten spielend, zu. Der Vater räusperte sich gerührt, in den Augen der Geschwister glitzerte Sehnsucht nach der Welt da draußen.

Nur noch ein paar Tage bis zum Auftritt. Eddy fragte uns, ob wir Bock auf ein Konzert hätten. In einer Lagerhalle in Ottensen, wahrscheinlich unbeheizt, vermutlich mit verdreckten Toiletten. Er müsse aus geschäftlichen Gründen dorthin. Eine Punk-Band namens Scheißhaus. Punk sei nun mal angesagt, und es könne sich lohnen, eine halbwegs mit ihren Instrumenten vertraute Punk-Gruppe aufzubauen. Wir sagten zu.

Eine hundertjährige Lagerhalle aus Backstein, völlig ohne Dekoration und natürlich auch ohne Mobiliar. Die selbstgezimmerte Theke sah aus, als würde sie demnächst zusammenbrechen. Da es keinen Kühlschrank gab, wirkte sich die Kälte zumindest auf die Temperatur des Biers positiv aus. Etwa hundert Gäste, vor allem Punks, was mich nicht verwunderte, aber auch einige düster blickende Anarchos, gut gelaunte Spontis, blasierte Edel-Punks aus Eppendorf und eine Gruppe besoffener Penner, die ihr ganzes Habe in Einkaufswagen von ALDI vor sich herschoben und nachher garantiert ihre Schlafsäcke ausbreiten würden.

Nicht nur der Kälte wegen fand ich hier alles zum Kotzen – die unreflektierte Anti-Haltung, die kindische Trotz-Attitüde, grobschlächtiges Gehabe schien Pflicht zu sein. Zum Anheizen wurden, keineswegs überraschend, zerkratzte Platten von den Sex Pistols, Damned und The Clash gespielt, über eine lausige Anlage, und als Eddy einen Verantwortlichen fragte, ob man den Sound nicht besser aussteuern könne, erhielt er die hingerotzte Antwort, der Sound sei perfekt beschissen, ein geiler Schweine-Sound, frei von jeglicher gottverdammten Arschkriecher-Schönheit. Die ersten Bierflaschen zerschellten auf dem Boden, ein Penner pisste in eine Ecke, Hunde fickten, die ersten Punker kotzten – idealer Auftakt für 'ne Punk-Band.

»Scheißhaus, Scheißhaus!«, brüllten schließlich die Fans. Und die Band betrat die Bühne, die eindeutig von denselben Leuten zusammengezimmert worden war, die auch die Theke errichtet hatten. Vier dürre, bleiche Knaben in zerrissenen schwarzen Jeans, zerrissenen schwarzen Lederwesten über zerrissenen schwarzen T-Shirts und selbstverständlich mit allerlei Metall in Form von Sicherheitsnadeln, Stachel-Armbändern und Ketten versehen, schlotternd vor Kälte, versuchten auf rührende Weise, abgefuckt und verkommen zu wirken. Der Frontmann spuckte ein paar Worte ins Mikrofon, und ab ging die Luzie. Man merkte sofort, dass die Band mit enormer Hingabe spielte, laut und schnell, wenn auch falsch und einfallslos, verpasste Einsätze waren die Regel, der dumpfe Rhythmus lud zum Mitgrölen ein. Deutsche Texte, schwer verständlich wegen der miesen Anlage und weil sich der Sänger ohnehin undeutlich artikulierte. Das Wort Scheiße kam jedenfalls häufig vor. Zum Glück hassten die Punks jede Art von Virtuosität, ein Gitarrensolo galt in ihren Kreisen als Ausdruck staubiger Spießigkeit, und so ging dieser Kelch an uns vorüber. Die Mehrzahl der Gäste war von Anfang an besoffen. Nun wurde Pogo getanzt, oder besser gekämpft. Man sprang den Rhythmus ignorierend umher, rempelte und pöbelte sich an, einige fielen hin, Bier wurde reichlich verschüttet.

Wir sahen uns an, Eddy, Bülent, Doris und ich, auf unseren Gesichtern lag Entsetzen. Nichts gegen Krawall mit Nervenkitzel, nichts gegen die Suche nach Neuem, aber das hier war nur dumpf und doof. Wer hier mit einem Buch in der Hand auftauchte, wurde wahrscheinlich verprügelt. Achselzuckend verließen wir dieses barbarische Gemetzel, ließen uns auf dem Weg zum Ausgang ein paarmal anrempeln, anschnorren und beleidigen, ohne zu reagieren – selbst Bülent blieb passiv, war wie erschlagen, vom Kulturschock quasi paralysiert – und atmeten auf, als die Heizung des Wagens ihr wohltuendes Werk verrichtete.

Bülent war erschüttert. »Dass die sich auf eine Bühne trauen, ist einfach nur lachhaft. Aber dass keiner der Gäste merkt, dass die Penner gar nicht spielen können, dass die ihre Instrumente wie Feinde behandeln, das, äh, das finde ich so was von bizarr. Ich kam mir vor wie in einem Alptraum.«

Eddy grinste. »Das ist jedenfalls nicht die Band, die ich suche. Vielleicht sollte ich den Plan vergessen. Mir ist die Weltanschauung dieser Leute ja überhaupt nicht zugänglich. Dieses wirre, pseudo-gesellschaftskritische Gebrabbel würde ich keine zwei Stunden ertragen.«

»Bald ist es so weit!«, schrie Bülent frohlockend, »Bald wird die Welt meine Stimme hören!« Zappelnd saß er neben mir im Fond, mit funkelnden Augen. Ein Beatles-Stück – *She's A Women* – dröhnte aus sauguten Boxen, wurde jedoch von Bülent übertönt, der irgendwie durchgeknallt wirkte und schrie: »Ich bin der King, ey! Hab alles perfekt geplant, Leute, den Aufstieg in die Weltklasse! Zuerst mach ich den Elvis, klar, logo! Der beste Elvis, den es je gab! Aber dann werd ich mir diese viel zu enge Haut abstreifen wie eine Schlange!« Jetzt überlegte er kurz und intensiv. »Ah, nein, nicht die Schlange! Der Schmetterling! Aus der Raupe wird ein bunter, davonschwebender Falter! Dann werd ich eigene Stücke schreiben! Hört ihr überhaupt zu?! Ich werde die Rock-Musik revolutionieren, so wie es damals die Beatles machten! Nach den Beatles hat's keine weitere Revolution in der Rock'n'Roll-Geschichte gegeben! Versteht ihr?! Ein paar Verfeinerungen, satter Sound dank besserer Aufnahmetechnik, verspielte Varianten – aber nichts wirklich Neues! Und nun komme ich!!!«

»Mensch, Bülent!« Ich rüttelte genervt an seinem Arm. »Dein Geschrei geht mir echt auf den Sack!« Die Anspannung, dachte ich, wir sind alle total angespannt, und der, auf den's ankommt, verständlicherweise am stärksten.

Scheißwetter. Temperatur nicht mehr als fünf Grad. Nieselregen. Und hier in Sasel, am Stadtrand, sah alles noch trüber aus. Zuerst überkam mich das Weltuntergangs-Feeling in seiner ertragbaren Form, nämlich scheißmelancholisch, die Gedanken verbrämt mit bedeutungsschwangerem Geraune à la Stefan George. Kurz darauf wechselte meine Stimmung. Leider nicht in die heitere Abteilung, sondern – und zudem in Schwarz-Weiß – hinüber in die Eiseskälte der Filme aus der Wochenschau über Naturkatastrophen, Krieg und Hungersnot. Nach einem guten Schluck aus dem silbernen Flachmann kam wieder etwas Farbe in die Welt.

Am Eingang und im Vorraum hingen Plakate. Bülent, der jetzt Elvis Vegas hieß, sah darauf in der Tat dem jungen Presley verblüffend ähnlich – schwarzes Leder-Blouson, gelbes Halstuch, schwarzes Hemd, Bluejeans, weiße Socken, schwarz-weiße Slipper. So würde er auch auf der Bühne auftreten.

Der Chef des *Cheyenne Clubs,* ein schnauzbärtiger ehemaliger Boxer namens Manni, hatte die Ruhe weg. Alter Hase. »Der Laden wird voll sein, keine Angst«, sagte er. Seine Stimme war heiser von Schnaps und Zigaretten. »Wir haben gut geworben. Im *Abendblatt* und in der *Morgenpost* stand auch was, wie ihr sicher mitgekriegt habt, und wenn der Junge …«, er klopfte Bülent auf den Rücken, »… nur halb so gut ist wie auf dem Demo-Band, kann nichts passieren. Hauptsache, keine Drogen. Ich hab schon Pferde kotzen sehen. Glaubt mir. Drogen beim Auftritt – und alles wird unberechenbar.«

Backstage standen belegte Brote, Gebäck und Getränke bereit, aber niemand verspürte Appetit. Roadies flitzten herum, wussten offenbar ganz genau, was zu tun war. Wo blieben nur die verdammten Musiker? Eddy winkte ab. Ich solle mir keine Sorgen machen. Pünktlichkeit sei nicht ihre Stärke. Doch schon schlurften sie herein, entspannt wie ein Kegelklub. Fünf langhaarige, teils bärtige Rock'n'Roll-Recken und ein glatzköpfiger Schwarzer, der zu einigen Stücken wie etwa *Dixieland Rock* und *Trouble* Trompete oder Saxophon spielen sollte. Jeder von ihnen klopfte Bülent kumpelhaft auf den Rücken. Den Sound-Check zogen sie zügig und ohne Probleme durch.

Noch eine halbe Stunde. Die Türken-Fraktion, angeführt vom Gürsel-Klan, traf ein, etwas mehr als zwanzig Leute – Verwandtschaft, Freunde von

Bülent, Nachbarn, sein ehemaliger Chef, der Pistazien verteilte, und alle im besten Zwirn, alle ziemlich unsicher, steif und bewegt. Andächtig starrten sie auf die Plakate, konnten es kaum fassen, dass einer der Ihren darauf zu sehen war, riesengroß, lässig und schön, leider nicht unter seinem türkischen Namen, aber mühelos als Türke zu erkennen – und das war schließlich ausschlaggebend. Weitere Gäste tröpfelten herein. Doch dann entströmten dem Bus an der nahen Haltestelle massenhaft Jugendliche, die ausnahmslos zum *Cheyenne* marschierten. Mehrere Schrottkarren – Ford Taunus, Golf und Opel Rekord – fuhren hupend vor. Leder-Typen stiegen, überzeugt von ihrer Wichtigkeit, bedächtig von schweren Motorrädern und bewegten sich, Respekt heischend, in den Vorraum.

Der überwiegende Teil der Besucher bestand aus Jugendlichen, die alle die gleichen Klamotten trugen, nämlich Turnschuhe, Bluejeans, blaue Jeans-Jacken, Sweat-Shirts. Halblange Haare à la Berti Vogts und Günter Netzer schienen bei den Jeans-Trägern männlichen Geschlechts obligatorisch zu sein. Auch HSV-Embleme waren in diesen Kreisen üblich. Die zweitgrößte Gruppe stellten die Teds, also Jugendliche und nicht mehr ganz frische Nostalgiker, die sich kleideten wie die Rock'n'Roller der 50er Jahre – Jungs mit Entenschwanz-Frisur, langen Jacken mit Samt-Revers, schwarzweißen Slippern und so, die Mädchen mit Pferdeschwanz und Petticoat. Dann folgte die Türken-Riege mit immerhin um die zwanzig Personen, auffallend unzeitgemäß in ihrem steifen Sonntagsstaat, stolz, aber misstrauisch, zusammengeschweißt zu einem festen Block. Den Schluss bildeten die schon etwas älteren Rocker und ein paar kichernde Kiffer. Ein Raunen ging durch den Saal.

Tony Sheridan, der rauhe Rock'n'Roller, der schon mit den Beatles gespielt hatte, war in Begleitung von zwei Kumpels eingetroffen. Dank Eddys gutem Draht zu den Medien waren zwei Journalisten gekommen. Sie sahen gelangweilt aus – hatten schon zu viele Elvis-Nachahmer erlebt –, wirkten müde und schienen gedanklich bereits am Tresen ihrer Stammkneipe auf das erste Bier des Tages zu warten.

Von oben, vom Backstage-Bereich, konnte man durch ein Fenster in den Vorraum sehen.

Bülent erbleichte. »Oh Scheiße«, stöhnte er gequält. »Mensch, Hans, da unten sind hauptsächlich Türkenhasser. Solche Typen kenne ich. Besoffene HSV-Fans, die Teds mit ihren Südstaaten-Emblemen, dumpfe Rocker. Vorhin hab ich mitgekriegt, wie sich einige das Plakat näher ansahen und einer enttäuscht sagte: ›Was soll das denn? Das is ja'n Türke.‹ Das wird eine Katastrophe. Zumindest für mich. Die da unten werden vielleicht ihren Spaß haben, wenn sie mich mit Bierflaschen und Beleidigungen bombardieren. Dann rasten meine Leute aus – und schon entsteht eine Massenschlägerei. Das halt ich nicht aus, Hans, das geht nicht.« Er war völlig mit den Nerven runter. Angst hatte sich in seinen Kopf geschlichen, die alte, allzu vertraute Angst vor den anderen und ihrer andersartigen Kultur.

Mir gefiel ganz und gar nicht, was ich vor mir sah: einen zitternden, hastig atmenden jungen Mann, der nicht den Eindruck machte, in etwa zwanzig Minuten energiegeladen und siegessicher auf die Bühne stürmen zu können. Mir schlug der Anblick, verbunden mit Horror-Vorstellungen von der nächsten, der dunkelsten Stunde in Bülents Leben voll auf den Magen. Am liebsten hätte ich gekotzt. Durfte natürlich nicht sein. Also redete ich intensiv auf das Nervenbündel ein. Auf alle möglichen Arten: mit leicht belegten Engelszungen, sanft und mütterlich, väterlich besorgt, kumpelhaft vertraulich, mit der Guter-Cop-böser-Cop-Nummer, kühl und sachlich, dann wieder aggressiv, genervt, schließlich schluchzend. Half leider alles nichts. »Tony Sheridan ist da, verdammt noch mal!«, schrie ich ihn an. »Der Typ, der mit den Beatles *My Bonnie* so knallhart gebracht hat!« Müdes Achselzucken. Es war vorbei. Draußen im Saal der brummende Strom aus dreihundertfachem Gemurmel, die Instrumente wurden gestimmt, auf die coole Weise, klar, selbstsicher bis zum Geht-nicht-mehr. Dreckiges kurzes Solo von Mick, ein blubbernder Basslauf von Henrik, auf jeden Fall gute Laune. Kurze Ansage von Eddy, offenbar mit Witz, der hier ankam, weil gelacht wurde. Der Name hallte laut und deutlich durch den Saal: »Elvis Vegas, jetzt!«

Schon tauchte der Chef des Ladens auf, zuversichtlich grinsend, mit den Augen zwinkernd. »Okay, Elvis Vegas, dein Auftritt!«

Müde tätschelte ich Bülents Arm, hätte beinahe ›lass uns nach Hause gehen‹ gesagt, doch der Arm, den ich so müde tätschelte, schnellte, gemeinsam mit dem Rest des Körpers, in die Höhe – ich dachte, verflucht, jetzt hat er auch noch einen Stromschlag bekommen –, der kleine Mistkerl war plötzlich voll da, Energie versprühend, tatendurstig, hatte die Angst hinweggewischt, sein Grinsen war noch immer angespannt, doch immerhin ein Grinsen. »Denen zeig ich's«, stieß er hervor – und stürmte auf die Bühne. Dürftiger Applaus. Er warf dennoch beide Arme hoch, in Siegerpose, gab der Band das Zeichen, zählte »one, two, three, four« ins Mikrophon – schon brach das Gewitter los, mit *Ready Teddy*, schnell, knallhart, krachend, riss das Publikum von der ersten Sekunde an mit, auf den Gesichtern der Teds und Rocker machte sich ungläubiges Staunen breit. Als der Song zu Ende war, brüllten und schrien, pfiffen und klatschten die Zuhörer wie besessen. Der Sänger lachte gelöst. Von Verzagtheit keine Spur. »Ist es das, was ihr wollt? Ist das geil?«, brüllte er ins Mikrophon. »Jaaaa!«, brüllte der Saal. »Du bist 'ne Granate, Alter!«, schrie einer der Rocker verzückt. Bülent warf die Lederjacke hinter sich, stampfte dreimal mit dem Fuß auf, dann folgte ein Medley aus *Jailhouse Rock, Long Tall Sally, Hard Headed Woman* und *Tutti Frutti* – und der Saal begann zu kochen.

Es war geschafft. Ein sahniges Gefühl des Wohlbefindens überflutete mich, so weich, so warm, ließ mich schweben und träumen.

Später verstärkte der Schwarze, Tommy Thompson, der aus Trinidad kam und eigentlich Jazzer war, mit dreckigen Saxophon-Phrasen die allgemeine Euphorie – bei Stücken wie *King Creole* und *Trouble*. Auf die Trompete verzichtete er klugerweise, hatte sofort kapiert, dass hier nur dieser dreckige Saxophon-Sound in Frage kam. Bülent bewegte sich so lasziv wie der echte Elvis, sein ganzer Körper war scheinbar spielerisch im Einsatz – mit dem erhofften Erfolg, Bülents Visionen erfüllten sich: kreischende, verzauberte Mädchen kämpften sich vor, schmachteten ihn an, darunter einige, die ihm alles geben würden – schon die erträumte Groupie-Schiene. Die Teds tanzten Rock'n'Roll wie aus dem Bilderbuch, die Rocker, nicht ganz so gelenkig, knallten mehr oder weniger rhythmisch ihre Stiefelabsätze auf den Boden, die Jeans-Jacken-Abteilung schüttelte wild, im Headbanger-Stil, die Köpfe, und der Türken-Block, völlig entrückt, klatschte sich im Takt die Handflächen wund. Super Stimmung, frei von Aggressivität, beglückendes Kollektiverlebnis im Zeichen des Rock'n'Roll. Was die Reporter betraf, so hatte sich ihre Lethargie längst verpisst. Sie fotografierten, was das Zeug hielt, mit aufgesperrten Augen sahen sie sich um, mitgerissen von der Musik, fasziniert von der Ausstrahlung des Sängers, angesteckt von der Begeisterung des Publikums.

Fünf Zugaben. Das letzte Stück, *One Night*, von dem ich immer angenommen hatte, dass die berauschende, bis zum Platzen mit Sehnsucht gefüllte Version des echten Elvis niemals übertroffen werden könne, wurde, raffiniert bestückt, auf circa sechs Minuten erweitert, wich zwangsläufig und dem Konzept gemäß, wie ohnehin die meisten Songs, instrumental von der Original-Fassung ab – nicht nur, weil sich die Bandmitglieder austoben wollten, sondern hauptsächlich, um alles bedeutend fetter, den 70er Jahren entsprechend, abzuliefern –, und wurde, anders als die sehr sparsame, nur von Gitarren und Schlagzeug begleitete Elvis-Version, mit wuchtigen Piano-Untermalungen grundiert, von Micks Fender-Stratocaster zersäbelt und schließlich von Tommy Thompsons flehendem, unbeschreiblich schönen Tenor-Saxophon voller Wehmut wie ein berauschendes, positiv wirkendes Elixier im Saal zerstäubt und vom Publikum aufgesogen; die Spitzen des makellos klaren Saxophon-Sounds durchstießen die Decke des Saals elegant, um in der Hamburger Winternacht zu verwehen. Doch all das wäre nicht mehr als geil, echt dufte oder super gewesen, wenn Bülent nicht noch einmal alles – ob kühl kalkuliert oder nicht, scheiß der Hund drauf – gegeben hätte. »Just call my name – and I'll be right by your side …!« Es klang souverän, angerauht, sicher und vor allem unfassbar schön. Obwohl ich, hinter der Bühne stehend, viel näher dran war, hätte ich mich lieber da unten befunden, inmitten des Menschengebrodels, um das Rock'n'Roll-Mysterium hautnah spüren zu können, um eins zu werden mit der Gemeinde der Rock'n'Roll-Gläubigen, um mich endlich einmal ganz und gar auflösen und mit all den anderen verschmelzen zu dürfen.

Unbeschreiblicher Schluss-Applaus. Der Saal leerte sich langsam, als widerstrebe es den Leuten, diesen auf einmal gesegneten Raum zu verlassen. In zahllosen Augen glänzte Verzückung. »Gibt's schon Platten von Elvis Vegas?« Die Frage wurde hundertmal gestellt. Eddy konnte die Fans nur vertrösten. »Demnächst«, sagte er immer wieder. »Wir arbeiten dran. Jedenfalls wird der neue King in den nächsten Wochen häufig in Hamburg und Umgebung auftreten.«

Tony Sheridan, wie immer cool und sehr sympathisch, steuerte stracks auf Bülent zu, reichte ihm die Hand und sagte, anerkennend grinsend: »Alter, du bist ein Tier. Hat mir verdammt gut gefallen. Wir werden uns bestimmt irgendwann wiedersehen.«

Fast zwei Stunden hatte das Konzert gedauert. Nun waren wir unter uns. Genauer gesagt: Bülent, die Band, der Chef und die Angestellten des Clubs, die Roadies, Eddy, Doris, ich und Bülents Familie. Die Musiker wirkten erschöpft, aber glücklich. Bülents Familie wirkte ebenfalls erschöpft und glücklich. Vor allem der Vater schien total ausgepowert zu sein. »Türkei hat gewonnen«, raunte er mindestens zehnmal mit verschmitztem Lächeln. Seine Frau, an sich ganz und gar nicht der schweigsame Typ, schaute ihren vorhin so begeistert umjubelten Sohn still vor sich hin lächelnd an wie einen Heiligen. Vielleicht überlegte sie in diesem Moment, dass sie nicht sehr viel über ihn wusste, dass sie es gewesen

war, die ihn gedrängt hatte, im Obst- und Gemüse-
laden zu arbeiten, quasi darin zu verschwinden, ein
Unsichtbarer zu werden wie so viele in Hamburg
lebende Türken. Nein, das hatte sie heute begriffen,
ihr Sohn würde berühmt werden, Plakate mit seinem
Konterfei an jeder Hauswand. Er würde ins Fernsehen kommen. Der Stolz aller in Deutschland leben-
den Türken. Vielleicht sogar irgendwann der Stolz
aller Türken auf der ganzen Welt.

Epilog

»Wie's dann weiterging?« Grinsend und mit mir zufrieden reibe ich meinen Rücken am Holz des Tresens in der Eimsbütteler Kneipe und genieße die erstaunten Mienen meiner Zuhörer. »Von Manuel und
den anderen Gangstern wurden wir tatsächlich nicht
behelligt. Wir machten richtig Kohle. Zwei Jahre lang
war ich dabei. Die ganze Zeit, bis Bulent wirklich
ganz oben ankam, ständig im Fernsehen war, Tour-
neen durch Deutschland, Holland, Skandinavien und
sogar England machte. Elvis Vegas. Den Namen hab
übrigens ich kreiert. Dann zog ich mich zurück. Weil
Doris doch wieder was mit Eddy angefangen hatte.
Da kannst du nichts gegen machen. Das Herz, nicht
wahr? Ich hatte es von Anfang an geahnt. Wegen der
Kamasutra-Scheiße. Aber scheiß drauf, was soll's,
lange her. Ich hatte auch danach noch 'ne Menge
Spaß – und steh immer noch in Kontakt mit Doris
und dem mittlerweile ziemlich fetten Eddy. Ach so,
fast hätt ich's vergessen: Der andere Elvis, ihr wisst
schon, der Kater, blieb auf Eddys Hof, hatte den Aufstieg ebenfalls geschafft, war zu Hause angekommen
und fühlte sich grenzenlos wohl. Mit dem verdienten
Geld kaufte ich zwei LKWs und acht mobile Toiletten. Das Geschäft lief so gut, dass ich es nach und
nach ausbauen konnte. Und heute, ich sag's euch,

werden die meisten Open-Air-Konzerte mit meinen Klos in fäkalischer Hinsicht abgesichert. Also denkt an mich, Jungs, beim nächsten Konzert!«